KB207054

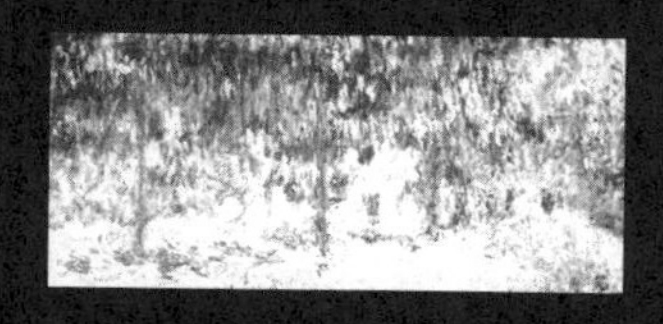

늦여름 2

이 도서의 국립중앙도서관 출판시도서목록(CIP)은 e-CIP 홈페이지(http://www.nl.go.kr/ecip)와
국가자료공동목록시스템(http://www.nl.go.kr/kolisnet)에서 이용하실 수 있습니다.
(CIP제어번호: CIP2011005244)

세계문학전집
088

Adalbert Stifter : Der Nachsommer

늦여름 2

아달베르트 슈티프터 장편소설
박종대 옮김

문학동네

차례

들여다보기

고원지대에 있을 때는 그리 화창하던 날씨가 얼마 뒤 비바람이 불고 눈보라까지 치는 악천후로 바뀌었다. 내가 장미집을 떠날 때도 날씨가 몹시 좋지 않았다. 나는 주인어른의 마차 편으로 가까운 우편국에 도착했다. 고향 방향으로 가는 우편마차에 좌석을 미리 예약해두었던 것이다. 마틸데 부인과 나탈리에는 나보다 이틀 먼저 떠났다. 기상 상황으로 보건대 올해는 더 이상 온화한 날이 오지 않을 거라는 확신이 들었기 때문이다. 길을 떠돌던 롤란트도 아스퍼호프로 돌아왔다. 폭풍이 몰아칠 조짐이 곳곳에 뚜렷이 나타났다. 나는 내가 왜 그리 오래 장미집에 머물렀는지 모른다. 나는 애당초 날씨에 구애받는 사람이 아니었다. 도보 여행을 시작하면서부터 온갖 궂은 날씨에 단련되어 있었기 때문이다. 더구나 비바람을 막아주는 마차에 앉아 잘 닦인 대로를 달려간다면 날씨 따위에는 더더욱 신경을 쓸 까닭이 없었다.

나는 장미집을 출발한 지 사흘째 되던 날 정오에 집에 도착했다. 올해 들어서 벌써 두번째 귀향이었다.

식구들은 서신으로 내가 늦게 오리라는 사실을 미리 알았고, 그 이유도 십분 이해했다. 아니, 단순한 이해 정도가 아니라 역시 예상했던 대로, 내가 주인어른의 권유를 따르지 않고 집으로 바로 왔더라면 다들 나를 나무랐을 듯한 눈치였다. 이제 나는 집을 떠난 뒤에 있었던 일을 모두 이야기했다. 그뿐이 아니었다. 지난번에는 주인어른에게 감사를 표하기 위해 집에 도착하자마자 다시 떠나는 바람에 지난여름에 겪은 일을 이야기할 시간이 없었는데, 이제는 그에 대해서도 이야기보따리를 하나씩 풀어놓았다. 아버지는 틈만 나면 주인어른이 보내준 그림 이야기를 꺼냈는데, 아버지의 말에서 당신이 그 그림들을 탄생시킨 장인의 재주를 얼마나 대단하게 생각하고 있고, 그 장인을 얼마나 우러러보고 있는지 충분히 읽을 수 있었다. 또한 아버지는 음악테이블이 있는 방으로 나를 다시 데려가서 당신이 그것을 왜 하필 그 자리에 두었는지 또다시 설명하면서 내 의견을 물었다. 저번에 이어 벌써 두번째였다. 처음에 나는 아버지의 그런 질문이 의아했다. 그전까지는 아버지가 그런 일로 내 조언을 구하는 일이 없었기 때문이다. 물론 내 의견은 그때나 지금이나 다름없었다. 테이블은 고대(古代)방의 창문 기둥 옆에 두는 것이 주변 환경과 가장 잘 어울리고, 창문으로 들어오는 햇빛 속에 그 고유한 특징이 가장 잘 드러난다고 생각했다. 그런데 나중에야 나는 아버지가 그 자리의 적절성에 대해 내게 반복해서 질문을 던지고, 그 테이블이 있는 곳으로 나를 자꾸 데려가는 이유를 분명히 깨달았다. 그러니까 마음속 충일한 만족감을 그런 식으로 표현했던 것이다. 초가을에 집에 왔을 때는 아버지의 얼굴에만 기쁨이 가득했다면, 지금은 온몸으로 그 기쁨이 퍼져 있었다. 어머니와 누이도 그 어느 때보다 즐거워 보였을 뿐 아니라 내게 어찌나 다정하고 헌신적인지 예전보다 나를 더 많이 사랑하는 듯했다. 가족에게 이런 사랑을 받고 있다는 느낌이 사람을 얼마나 복되게 하는지 말로는 표현할 수 없을 것이다.

나는 아버지에게 장미집 계단에 있는 대리석상에 대해 이야기했고, 그 우아한 자태를 생생히 묘사했다. 아버지는 진지한 눈길로 내 말에 귀를 기울였고, 간혹 놀라는 표정을 짓기도 했다. 아버지는 여러 가지를 물으며 계속 조각품에 관해 이야기하게 했다. 이야기를 듣는 것만으로도 벌써 대리석상에 푹 빠진 듯했다. 나는 슈테르넨호프의 분수 조각상 이야기도 꺼냈고, 그것을 장미집 대리석상과 비교하면서 차이점을 나름대로 뚜렷이 짚어냈다. 내가 더 높은 점수를 준 것은 장미집 대리석상이었다. 비록 분수의 요정상이 지난 세기에 눈부시게 맑은 대리석으로 만들어진 것이고, 장미집 대리석상은 그보다 훨씬 오래전에 제작되어 대리석만 봐도 나이가 들었음을 한눈에 알 수 있었지만 말이다. 아버지는 대리석의 재료에 대해서도 내게 비교를 청했다. 대리석에 대해서는 아버지도 일가견이 있었던 것이다. 나는 주인어른이 소장한 회화들을 언급했고, 걸출한 화가들의 이름도 거론했으며, 이해하는 데 특히 많은 수고를 들여야 했던 그림들도 상세히 묘사했다. 그림에 관한 아버지의 질문이 끊이지 않았다. 그 바람에 내 설명도 처음 계획보다 한층 길어질 수밖에 없었다.

집에 도착한 지 이틀째 되던 날, 우리가 또다시 그림에 관해 이야기하고 있을 때였다. 아버지가 갑자기 내 손을 잡더니 당신의 그림방으로 데려갔다. 나는 집에 와서도 일부러 아버지의 그림방을 찾지 않았다. 조용한 시간으로 방문을 미루었던 것이다. 이틀 동안 나는 부모님과의 대화로 많은 시간을 보냈고, 그중 어떤 시간은 두 분과 누이를 위해 가져온 선물을 건네는 기회로 삼았다. 선물 중에는 '붉은 늪' 공방에서 제작한 작은 대리석 물건들도 있었다. 그 밖에 나머지 시간은 짐을 풀고, 물건을 정리하고, 몇 군데 인사를 다니는 데 썼다. 우리가 그림방에 들어가 방 한가운데에 섰을 때 아버지가 내 손을 놓더니 아무 말도 하지 않았다. 아, 이 감동을 어떻게 표현할까! 그림들을 보는 순간 나는 내 눈을 믿을 수 없었다. 장미집에 비하면 그 수가 훨씬 적었고 슈테르넨호프보다도 적었지만, 그것들은 어디에도 뒤지지 않을 정도로 기막히게 아름다웠던 것이다. 내 눈이 정확하다면, 장미집에도 이만큼 수준 높고 조화로운 작품은 없을 것 같았다. 서로 짜 맞춘 듯이 잘 어울리는 완벽한 걸작품들이었다. 예전에도 알고 있었지만, 근대나 최근 작품은 하나도 없었다. 전부 다 오래전에 나온 작품들이었다. 최소한 16세기는 되지 않을까 싶었다. 깊고 독특한 감정이 내 영혼 속에서 물결처럼 일렁거렸다. 이 그림들은 뭐라 표현할 길 없는 아버지의 크나큰 사랑이었다. 이 귀한 물건들에 대한 아버지의 애착은 지극했다. 그런데도 아들은 이 물건들의 진가를 알아보지 못하고 그냥 지나치고 말았다. 하지만 아버지는 그런 아들을 탓하지 않았을 뿐 아니라 아들을 위해 희생하고, 당신의 삶을 바치고, 아들을 돌보았다. 그리고 이 물건들이 얼마나 아름다운지 결코 아들에게 증명하려 하지 않았다. 나는 여기서도 아버지가 나의 무지를 얼마나 세심하게 배려해주었는지 새삼 깨달았다.

나는 탄성을 지르며 말했다. "아, 말이 안 나올 정도로 아름다운 그림들입니다."

"그래, 그냥 평범한 작품들은 아닐 거라고 생각한다." 아버지가 감동한 듯한 목소리로 말했다.

곧이어 우리는 좀 더 다가가서 그림들을 살펴보았다. 실제로 모두 오래된 그림들이었다. 특별하게 큰 그림은 없었고, 예술적 품위에 어울리지 않게 작은 것도 없었다. 나는 아버지에게 현대 그림은 하나도 없는 것 같다고 말했다.

"그럴 수밖에 없는 사정이 있었다. 여기 있는 그림 중 일부는 네 할아버지한테 물려받았다. 할아버지도 미술 애호가셨지. 나머지는 내가 틈틈이 구입했다. 중세 미술은 근대 미술보다 수준이 높아. 게다가 근대보다 중세 미술에 아름다운 작품이 훨씬 많아서 흠잡을 데 없는 옛 그림을 사는 것이 흠잡을 데 없는 근대 그림을 사는 것보다 한결 쉽지. 우리 시대의 그림을 사랑하는 사람들은 책잡힐 것이 없는 아름다운 근대 그림을 좀체 팔려고 내놓지 않아. 그래서 구하기가 쉽지 않지. 반면에 초보자나 예술적으로 재능이 떨어지는 사람들의 그림은 예전 시대에도 그랬듯이, 화가 자신이나 미술상들이 곳곳에 팔려고 내놓았다. 하지만 난 그런 그림들에는 전혀 손이 가지 않아. 그래서 옛 그림들만 소장하게 된 게지. 옛날에 한 강력한 민족이 있었다. 그 다음에 허약하고 타락한 시대가 왔어. 그 시대에는 형체를 좀 더 크고 모호하게 표현하고, 색상은 강렬하고 음영은 짙지 않게 드러내는 것이 좋은 그림이라고 생각했다. 그 시대 사람들은 서서히 옛것을 경시했고, 옛것을 파멸로 몰아넣었으며, 무지에서 나온 조야함이 옛것의 일부를 파괴하기까지 했지. 특히 야만적이고 혼란스러운 시국이 시작되면서 더욱 그랬어. 그다음에는 다시 사람들이 방향을 틀어 옛것을 존중하는 분위기로 돌아갔다. 최소한 사방에서 옛것을 경시하는 일은 없어진 거지. 뿐만 아니라 옛것을 모방하려는 시도도 나타났다. 회화도 그랬지만 건축에서 더더욱 그런 경향이 뚜렷했어. 하지만 각 부분을 아무리 충실히 흉내 내도 설계나 구성에서는 도저히 원본을 따라갈 수 없었어. 그러던 것이 사람들이 옛 건축물을 다시 평가하고, 옛 그림을 발굴하고, 옛 가구를 수집하고, 옛 복식 스타일을 일부 받아들이기 시작하면서부터 서서히 나아졌지. 물론 말에 힘이 있는 박식한 작가나 여행자 들이 고딕 건축 양식을 야만적이고 시대에 뒤떨어지는 것으로 천명한 시대도 있었다. 어쨌든 우리 시대가 옛것의 정신은 모르면서 변화만 추구하고 단순한 유행만 따르지 않았으면 하는 것이 내 바람이다. 너도 이제 수준 높은 예술이 다시 시작되는 것을 경험하게 될 게다. 어느 영역에서건 성쇠와 부침은 거듭되었으니까. 단순히 우리 자신에 대한 인식에만 그치는 것이 아니라, 이젠 이렇게 말할 수 있겠구나, 우리보다 훨씬 뛰어난 고대 그리스에 대한 인식을 부단히 개선해나가면 우리도 미의 여신이 함께하는 우리만의 독자적인 작품을 고안해내는 수준에 이를 게다. 정열이나 의도, 표피적 매력, 무모한 격렬함으로 흐르지 않고, 옛것의 양식 정도만 빌린 우리만의 독자적인 작품을 말이다. 그 수준에 도달하면 우리는 아마 우리 민족의 일부만 대외적으로 강성한 사회가 아니라 온 민족이 강성한 사회, 우리의 삶이 다른 민족의 삶에 강력한 영향을 미치는 사회에 이를 것이다. 나는 항상 봄의 종달새 노랫소리를 듣는 사람은 행복하다고 생각한다. 하지만 그런 사람들은 자신의 그러한 상태를 외부 세계를 보는 것처럼 느끼지는 못할 것이다. 순진무구한 사람이 자신의 순진무구함을 느끼지 못하고, 정의로운 사람이 자신의 정의로움을 거창하게 내세우지 않고, 타락한 시대가 자신의 타락을 깨닫지 못하듯이 말이다."

나는 아버지의 말을 들으면서 장미집 주인어른이 떠올랐다. 두 분다 느끼는 것과 말하는 것이 비슷했던 것이다. 추구하는 것이 비슷하다면 정신과 생각이 비슷한 것은 결코 놀라운 일이 아닐 것이다. 게다가 두 분은 나이 차도 별로 나지 않는다.

우리는 이제 그림을 하나하나 살펴보았다.

이 방에는 티치아노와 구이도 레니를 비롯해서 파올로 베로네세, 안니발레 카라치, 도메니키노, 살바토르 로사, 니콜라 푸생, 클로드 로랭, 알브레히트 뒤러, 한스 홀바인 부자(父子), 루카스 크라나흐, 반다이크, 렘브란트, 오스타더, 포터, 판 데르 네이르, 바우베르만과 야코프 라위스달의 작품들이 있었다. 우리는 작품 앞을 차례대로 지나가며 꼼꼼히 감상했다. 어떤 그림은 화대에 세워놓고 한참 이것저것 이야기하기도 했다. 나는 기쁨으로 가슴이 벅차올랐다. 이 방에 들어왔을 때의 첫 느낌이 가히 틀리지 않은 듯했다. 이 그림들이 모두 빼어난 작품이고, 질적인 면에서도 서로 매우 잘 어울려 전체가 하나의 걸작 같다는 그 느낌 말이다. 하긴 그사이 그림을 보는 내 안목은 부쩍 성장해서 이제는 크게 빗나간 판단은 하지 않을 정도가 되었다.

아버지에게 내 생각을 이야기하자, 아버지는 실제로 여기 있는 것들이 모두 대가들의 작품일 뿐 아니라, 당신이 다년간 많은 화랑을 다니고 예술에 관한 많은 책을 읽으면서 얻은 경험에 따르면 대가들의 작품 중에서도 수작들만 모여 있다고 장담했다. 나는 이 그림들에 점점 깊이 빨려 들어갔고, 어떤 그림 앞에서는 발길이 떨어지지 않았다. 내가 언젠가 표본으로 삼고 따라 그리려 했던 젊은 처녀의 초상화는 한스 홀바인 부자 중 아들의 작품이었다. 이 그림은 당시와 마찬가지로 지금도 내 마음을 옭아맬 정도로 사랑스럽고 감미로웠다. 그렇지 않다면 습작용 표본으로 이 그림을 선택하지는 않았을 것이다. 화가가 이런 효과를 끌어내려고 사용한 수단을 찾는 일은 쉽지 않았다. 화려하지도 튀지도 않는 색상과 단순하고 자연스러운 색조, 반짝거리지 않는 꾸밈없는 선들, 그러면서도 사람의 발길을 붙잡는 사랑스러움과 순수함, 소박함이 그림에 가득 담겨 있었다. 이마에서 뒤로 넘긴 금발은 힘 하나 들이지 않은 것 같았지만, 실은 이 금발보다 아름다운 것은 거의 없었다. 아버지는 내가 이 그림을 두 번씩이나 화대 위에 올려놓고 관찰하는 것을 허락했다.

그림 감상이 끝나자 아버지는 고대방의 한 가구에서 평평한 서랍을 하나 꺼내더니 창가 근처 테이블 위에 올려놓고 내게 와서 조각품들을 구경하라고 했다.

나는 아버지의 말대로 했다.

나는 그림들을 볼 때보다 더 놀랐다. 서랍 속에는 장미집의 계단에 있는 조각상과 비슷한 형상의 조각품들이 있었던 것이다.

"이건 전부 고대의 조각이다." 아버지가 말했다.

크기도 가치도 모두 다른 여러 광석으로 만든 조각들이었다. 요즘 관점으로 볼 때 사파이어나 루비같이 질 높은 보석은 없었지만, 그보다 약간 값어치가 떨어지는 광석은 있었다. 패물로 만들기도 하고, 내 기억으로는 어머니도 틈틈이 패용하시던 것이었다. 그중에 마노(瑪瑙)로 만든 조각품이 눈에 띄었는데, 거기에는 한 무리의 사람이 적당히 불룩하게 양각되어 있었다. 한 남자가 고풍스러운 의자에 앉아 있었다. 옷은 거의 걸치지 않았다. 팔은 옆으로 편하게 내렸고, 섬세한 얼굴은 약간 치켜든 채였다. 무척 젊은 청년이었다. 그 옆에는 여자들과 소년 소녀 들이 청년보다 덜 두드러지게 양각되어 있었다. 여신이 의자에 앉은 청년의 머리 위에 화관을 씌워주고 있었다. 아버지는 이것이 소장품 중에서 가장 크고 가장 훌륭한 조각품이라고 말했다. 의자에 앉아 있는 남자는 아우구스투스 황제가 분명해 보인다고 했다. 보존 상태가 좋은 로마제국의 주화에 등장하는 아우구스투스의 모습과 옆얼굴이 똑같다는 것이다.

이 남자의 몸매와 신체 균형, 자세, 여성들과 소년 소녀의 자태, 의상, 차분하고 소박한 태도 그리고 몸과 의상의 작은 부분까지 자연에 맞게 선명하게 조각되어 있었다. 그것이 장미집 계단의 조각상이 내 마음속에 불러일으켰던 그런 진지하고 깊고 낯설고 마력적인 인상을 불러일으켰다. 다른 조각품들에는 투구를 쓴 남자들이 있었다. 젊고 아름다운 얼굴 혹은 품위 있게 수염을 기른 늙은 남자의 얼굴이었다. 중년 남자는 없었다. 반면에 여자 얼굴은 몇몇 눈에 띄었다. 그 밖에 몸 전체가 조각된 것도 여럿 있었다. 발에 날개가 달린 헤르메스와 걸어가는 젊은이, 혹은 돌을 던지려고 팔을 치켜든 남자가 그랬다. 이러한 형체들은 돋보기로 확인해도 결함을 찾지 못할 정도로 정확하고 세밀하게 조각되어 있었다. 인간 형체 외에 다른 대상을 조각한 것은 없었다. 문득 나는 정확히 어디였는지는 모르겠지만 어디선가 딱정벌레가 조각된 광석을 본 기억이 났다. 내가 이 말을 꺼내자 아버지가 이렇게 대답했다.

"내가 선호하는 것은 인간 형상의 조각품이다. 아무래도 그게 인간과 가장 가깝지 않겠냐? 게다가 나는 온갖 종류의 조각품을 다 사 모을 만큼 부자가 아니다. 그래서 인간 형상만 집중적으로 사들였다. 그것도 가계에 부담을 주지 않는 선에서 말이다. 그런 예술품 중에는 거기에 들인 돈의 이자만으로도 조촐한 가정이 생활할 수 있을 만큼 값비싼 물건도 많았으니까."

투구 쓴 남자들은 옛 주화에서 쉽게 볼 수 있는, 그리스나 로마 건축물의 돋을새김 조각에서 보았던 일반적인 방식으로 투구를 쓰고 있었다. 그런 단순한 투구 착용 방식은 나중 시대, 그러니까 중세 시대에는 나타나지 않았다. 조각된 얼굴들에는 지금은 존재하지 않는, 머나먼 시대에서 유래한 어떤 낯선 것을 가리키는 특징이 담겨 있었다. 그 특징은 대부분 단순했다. 믿기지 않을 정도로 단순했다. 그러면서도 아름다웠다. 지금보다 더 아름다웠고 표정도 정확했다. 어쨌든 내 눈에는 그래 보였다. 반듯한 이마와 코, 입은 인위적인 느낌이 별로 들지 않았고, 인간 형상의 원형에 가까워 보였다. 노인들의 얼굴도 마찬가지였다. 심지어 실제 생존했던 사람의 초상으로 추정되는 인물도 그랬다. 이 형상은 예술가의 영감에서 나온 것이 아니었다. 조각들은 분명 다양한 시대와 다양한 장인들의 작품이었기 때문이다. 그렇다면

이 형상은 고대의 산물이 분명했다. 여자들의 얼굴도 아름다웠다. 놀랄 정도로 아름다운 얼굴이 많았다. 그런데 우리의 일반적인 상상과는 동떨어진 독특함이 있었다. 머리를 올려 묶는 방법이나, 이마와 코나, 목과 목덜미나, 가슴과 팔이 시작되는 부분이나, 우리와 거리가 먼 전체적인 통일성 면에서 그랬다. 그런데 여자들의 얼굴은 보편적으로 아주 생기가 넘쳤을 뿐 아니라 오늘날의 여성들보다 오히려 남성성이 돋보였다. 그 때문에 여자들의 얼굴은 더 매혹적이고 더 고귀했다. 돋을새김 조각은 굉장히 깔끔하고 수준이 높고 일관성이 있어서 아주 작은 부분조차 흠잡을 데가 없었을 뿐 아니라 다른 식으로 작업했더라면 좀 더 낫지 않았을까 하는 아쉬움도 들지 않았고, 후대 작품들과 비교해서 이것들이 유치한 시작과 시도에 지나지 않는다는 생각도 들지 않았다. 그러니까 그리스의 예술가들은 단순하면서도 위대한 심미관을 갖고 있었고, 주변 환경의 아름다움에서 심미관을 추출하고 다시 그 심미관을 통해 주변 환경을 더욱 아름답게 했던 것이다. 아버지의 그림이 아무리 내 마음에 쏙 들고, 장미집의 그림이 아무리 나를 흡족하게 해도 나는 그림이 아니라 장미집의 대리석상과 아버지의 조각품들을 통해 한층 진지해지고 고양되는 느낌을 받았다. 아버지도 그런 내 마음을 읽은 듯했다. 내가 조각품에 푹 빠져 몇 번씩이나 그것을 손에 잡았다 놓았다 하자 아버지가 잠시 후 입을 열었다.
"지상에 존재하는 것 중에서 가장 아름다운 것이 그리스의 조각품들이다. 어떤 예술 장르건 어떤 시대건 소박함과 위대함, 올바름 면에서 그리스의 조각품을 따라올 것이 없다. 물론 음악에서는 고대의 소박함과 위대함에 비견될 개별 악곡이나 작품이 존재하기는 한다. 하지만 그런 음악을 만든 사람들도 고대 사람들처럼 소박하게 살아왔음을 잊어서는 안 된다. 예를 들어 바흐와 헨델, 하이든, 모차르트가 그런 음악가들이지. 그리스 회화에서는 미술 분야의 하위 분과로 간주되는 조각의 일부 혹은 벽화와 건물 장식의 일부 외에는 아무것도 남아 있지 않다는 사실이 퍽 안타깝다. 그리스 문학은 그 분야의 최고봉이고, 그리스 건축술 역시 소박미의 표본으로 간주되고, 그리스의 역사가와 연설가도 타의 추종을 불허하니 그리스 회화도 다른 예술 장르와 비슷하리라는 것은 충분히 가정할 수 있다. 그리스인들은 우리 시대까지 내려오는 저술을 통해 자신들의 건축물과 철학, 역사, 문학, 조형예술에 관해 이야기했다. 하지만 그 무엇도 회화만큼 높게 치지 않았다. 다른 장르보다 회화를 더 선호한다는 느낌도 드물지 않게 받지. 그렇다면 회화 역시 절정의 수준에 이르렀음이 분명하다. 목소리가 좀 비장하기는 해도 시대와 민족의 대변자 노릇을 했던 그리스 작가들이 다른 예술 장르에 대해서는 그렇게 섬세한 지식과 감정을 드러내면서 회화 속의 실수를 보지 못했을 리는 만무하니까. 만약 그리스 회화가 남아 있다면 우리는 조각상을 보면서 그러했듯이 그리스 회화의 엄정함과 우아함을 만끽하고 경탄했을 게다. 하지만 우리가 그리스의 조각에서 얼마나 많이 배웠는지 모르듯이 그리스 회화에서 어떤 것을 배울 수 있는지는 모르겠다. 이 방에 있는 조각품들은 수년에 걸쳐 내게 큰 기쁨이 되어주었다. 근심과 회의가 삶의 향기를 앗아가버려 삶이 지치고 황량하게 느껴질 때 이 방에 들어와 조각품들을 가만히 들여다보노라면 다른 시간, 다른 세상 속으로 옮겨져 전혀 다른 인간이 된 기분이 들곤 했지."

나는 아버지를 가만히 바라보았다. 여태껏 아버지를 존경해왔고, 아버지가 내 짐작 이상으로 훌륭한 인품의 소유자라는 사실을 확인한 적이 많았지만, 지금처럼 아버지의 진면목을 제대로 알아본 적은 없었다. 아버지가 하시는 사업은 지극히 단조로웠다. 아버지가 그 일을 어쩔 수 없이 하는지, 아니면 자발적으로 선택했는지는 자세히 모른다. 다만 아버지가 그 일을 다들 감탄할 정도로 체계적이고 성실하게, 그리고 충심과 끈기로 운영하는 것을 보면 억지로 하는 것 같지는 않았다. 어쨌든 일을 하다보면 당연히 세속의 번거로운 일들과 맞닥뜨릴 수밖에 없고, 그렇기에 사람들은 아버지가 고가구와 회화, 서적을 수집하는 것을 그저 알량한 취미 정도로만 생각했다. 하지만 지금 내 눈에 비친 아버지는 내가 지금껏 알았던 것보다 훨씬 깊고 고독하고, 경외심을 느끼게 하는 사람이었다. 나는 아버지에게 그리스 작가들의 책을 그리스어로 읽은 적이 있는지 물었다.

"그 작가들을 사랑하면서 어찌 그들의 언어로 읽지 않을 수가 있겠느냐? 기원전의 세계는 오늘날 우리 세계와는 생각하는 것이 완전히 달랐고, 거기다 민족의 대이동으로 역사가 단절되면서 그 이전에 있었던 민족들의 작품은 번역이 불가능해졌다. 이유는 분명해. 우리의 언어는 그 형식이든 정신이든 고대의 표상에 맞지 않기 때문이지. 그리스의 언어로 그들의 문학과 역사를 읽어야만 그들의 일원이 될 수 있고, 그들의 삶의 방식을 평가할 수 있어. 그들의 언어를 모르면 가당치 않은 일이지. 요즘 학교에서는 라틴어와 그리스어를 가르치는 데다, 방과 후에도 보충수업으로 열심히 고대 문자를 익힌다면 그리스 저술을 읽는 것도 힘들지 않을 게다. 요즘 수많은 사람이 배우는 프랑스어나 이탈리아어, 영어보다 훨씬 쉬울 수도 있어."

"그럼 아버지께서는 고대 언어를 배우셨군요."

"다른 사람들이 배우는 만큼, 나한테 필요한 만큼 배웠지."

"그런데도 저는 지금 이 순간까지 아버지가 고대 언어로 책을 읽는 것을 전혀 몰랐어요. 고대 민족의 문학과 역사, 철학에 심취해 있다는 것은 더더욱 몰랐고요. 물론 아버지가 어떤 책을 읽으시는지 훔쳐볼 생각조차 하지 않았지만 말이에요."

"내가 무슨 책을 읽는지 너한테 이야기할 특별한 이유가 없었다. 시간이 되면 자연스럽게 알게 되리라 생각했지. 네 어머니는 아마 알고 있었을 거다."

짐작한 것보다 훨씬 겸손하고, 아들이 언젠가 당신과 같은 길을 걸을 때까지 끈기 있게 기다려준 아버지께 더 큰 존경심을 느낀 것만이 그날의 결실은 아니었다. 나는 아버지가 나를 높이 평가할 뿐 아니라, 이제 내가 예술 분야에서 당신을 바짝 쫓아가 무척 자랑스러워하는 것을 느꼈다. 나는 역사나 문학 혹은 최근에 다른 영역과 관련해 아버지와 몇 차례 대화를 나누면서 아버지에게 상당한 학문적 지식이 있음을 알아차렸다. 물론 아버지가 어떤 과정으로 학문을 익혔고, 학식이 얼마만큼 깊은지는 알 수 없었다. 오늘 난 아버지를 더 많이 알게 되었다. 아버지가 어떤 정규 교육 과정을 거쳤는지는 몰라도, 내가 내 길을 가겠다고 했을 때 흔쾌히 승낙한 것도 결국 아버지의 그런 학문적인 소양이 바탕이 되었기 때문은 아니었을까? 간혹 나 자신조차 상궤를 벗어난 모험처럼 느껴지는 그 길을 말이다. 나는 이제 아버지가 언젠가 장미집 주인어른을 만나 오늘 내게 이야기했던 것처럼 서로 공통되는 주제를 놓고 이야기꽃을 피울 날이 하루라도 빨리 오길 더더욱 바랐다. 물론 나는 아버지의 말을 완전히 이해하지는 못했고, 고대 그리스의 조형예술과 문학, 회화 그리고 근대 음악에 대한 아버지의 생각이 얼마만큼 옳은지도 몰랐다. 어쨌든 아버지가 여전히 사업에 열심이고, 업무의 세세한 부분까지 전부 챙기느라 바쁘다보니 빠른 시일 내에 여행을 떠나는 것은 기대하기 어려운 상황이었다.

대화가 끝나갈 무렵 어머니와 클로틸데가 들어왔다. 어머니는 우리 앞에 놓인 조각품과, 내게 그것들을 보여주며 기쁜 표정으로 설명하는 아버지를 보고는 얼굴이 환해졌다. 당신이 예감하던 '접근'이 실제로 이루어졌음을 목격했기 때문이다.

우리는 조각품을 담은 서랍이 테이블 위에 놓인 고대방과 그림방을 몇 차례 더 오가며 여러 이야기를 나누었다.

조각품 서랍을 원래 있던 자리에 꽂아넣고 고대방에서 나왔을 때 아버지가 말했다. "저 예술품들은 장차 너희 것이 될 수 있다. 너희가 예술품을 진정으로 이해하고 사랑한다면 내가 미리 공정하게 분배해 놓은 대로 우리가 죽은 뒤에 각각 받게 될 것이다. 내가 너희 어머니보다 먼저 죽으면 저 물건들은 평화로운 우리 가정의 기념품으로서 지금 있는 곳에 그대로 있을 것이고, 그러다가 언젠가 너희 어머니도 내 뒤를 따르게 되면 너희 손에 넘어갈 것이다. 클로틸데가 자기 몫을 떼어 가려고 하면 오빠가 떼어주어야 할 몫은 이미 정해져 있고, 거꾸로도 마찬가지다. 우리가 죽은 다음에 혹시라도 너희에게 저 예술품들에 대한 애정이 사라진다면, 너희의 의향을 확인한 뒤 너희가 적절한 보상을 받고 저 물건들을 넘길 곳을 미리 알아봐두었다. 하지만 이 아비는 예술 사랑의 전통이 가문 대대로 이어지리라 믿는다."

우리는 아무 대답을 하지 못했다. 아무리 기를 쓰고 부정해도 언젠가는 부모님과 헤어질 수밖에 없다는 사실에 가슴이 미어졌기 때문이다.

그 시간 이후 나는 조형예술에 더 많은 시간과 관심을 쏟아부었고, 아버지의 그림들도 아주 작은 부분들까지 세세하게 파헤치고 들어갔다. 그러기 위해 그림방을 자주 들락거렸고, 어떤 때는 꽤 오랫동안 그 방에 머무르기도 했다. 나는 규모가 큰 박물관과 화랑은 전부 찾아다니며 그림들을 탐구했다. 이름 있는 조각가의 작품들도 일일이 찾아 구경했고, 그 특징들을 정확히 알아보고자 노력했으며, 마지막에는 유명한 예술 관련 서적들을 읽고 그 내용을 내 생각이나 감정과 비교해보았다. 그 밖에 예술품과 관련해서 아버지와도 많은 이야기를 나누었다. 아버지와 나는 점점 서로에게 접근했고, 나의 감수성은 더욱 깊어졌으며, 내 영혼 역시 예술 속에 깊이 빠져들었다. 나는 우리 도시의 대성당을 보면서 전에 없이 감탄을 연발했다. 그 위풍당당한 건축물 앞에 입을 쩍 벌린 채 장시간 서 있었던 적도 많았다. 또한 이따금 수학책을 뒤적거릴 때는 수학 도형들조차 아름답고 우아하게 느껴졌다. 특히 몇몇 프랑스 수학자들의 도형들이 그랬다. 나는 아름다운 사람들의 얼굴을 그리는 작업도 계속해나갔고, 작년부터 누이와 함께 풍경을 스케치하고 그리는 일도 게을리하지 않았다. 또한 누이가 작년 여름 내가 없는 동안에 그린 그림들을 앞에 놓고는 장미집 주인어른과 에우스타흐 그리고 아버지가 내 풍경화를 보면서 그랬던 것처럼 클로틸데의 그림 속에 존재하는 실수들을 지적해주기도 했다.

마틸데 부인을 알게 된 뒤로, 특히 부인과 자주 자리를 함께하고 이번 늦가을에는 고원지대로 같이 여행까지 갔다 온 뒤로 나는 늙거나 늙어가는 여자들의 얼굴에 관심이 많아졌다. 늙은 여자들에 대한 사람들의 태도는 몹시 부당했다. 물론 나도 마찬가지였지만 말이다. 젊은 사람들은 여자가 어느 정도 나이를 먹으면 그 얼굴을 더 이상 관찰할 가치가 없는 것으로 제쳐놓는다. 절색의 미모와 젊음이 우리의 시선을 빼앗고 강렬한 호감을 불러내는 것은 사실이다. 하지만 세월의 흔적이 깊게 밴 얼굴을 젊음이나 미가 아닌 정신의 입장에서 관찰할 수는 없는 것일까? 거기에는 저마다 사연이 담겨 있지 않을까? 감동 없이는 읽을 수 없는, 아픔과 아름다움의 곡절이 주름 곳곳에 밴 남모를 이야기들이 말이다. 젊음은 미래를 가리키지만, 늙음은 과거를 이야기한다. 과거는 우리에게 관심을 가져달라고 요구할 권리가 없는 것일까? 마틸데 부인을 처음 보았을 때 나는 시들어가는 장미 한 송이가 떠올랐다. 주인어른이 늙어가는 여인을 빗대어 사용한 표현이었는데, 그게 떠올랐던 것은 나 역시 그 표현에 전적으로 공감했기 때문이다. 그래서 나중에 마틸데 부인을 관찰할 때도 시들어가는 장미의 모습이 번번이 떠올랐고, 그에 연이어 새로운 생각들이 줄을 잇곤 했다. 한번은 문득 부인의 얼굴을 보면서 '용서'라는 말이 떠올랐는데, 나중에는 더 자주 떠올리게 되었다. 젊었을 때 부인은 틀림없이 무척 아름다웠을 것이다. 아마 지금의 나탈리에와 비슷했을지 모른다. 지금은 모습이 완전히 달라졌다. 대신 늙은 얼굴은 자신의 과거를 조곤조곤 이야기하고 있었다. 우리가 들을 수 있고 듣기 좋아하는 매혹적인 이야기를 말이다. 이를테면 이런 내용들이다. 부인은 성향이 다양했고, 여러 즐거움을 겪었고, 많은 자산을 잃었고, 고통과 근심을 참아냈고, 신에게 모든 것을 맡긴 채 자족하려 노력했고, 사람들과 잘 지내면서 살아왔고, 지금은 이룰 수 없는 소망과 생각에 잠기게 하는 크고 작은 걱정들도 있지만 지극히 행복하게 살고 있다는 것이다. 예전에 가끔 나를 저녁 모임에 초대해준 후작 부인의 집에서 한 남자가 이렇게 말하는 것을 들었다. 부인의 얼굴에 담긴 아름다운 빛깔을 그려낼 수 있는 사람은 렘브란트뿐이라고. 그 이야기를 들은 후 나는 고령임에도 미모가 여전한 후작 부인을 한층 눈여겨보았을 뿐 아니라 마틸데 부인도 새삼 좀 더 자세히 관찰했고, 세월의 흔적이 깊게 밴 아름다움에 대해 좀 더 잘 알게 되었다. 이제 나는 나이가 많은 여자와 남자 들을 관찰했고, 생김생김의 의미를 연구하기 시작했다. 그런 가운데 아버지의 조각품에 새겨진 노인들의 얼굴이 떠올랐다. 나는 이제 조각품들을 마음 놓고 관찰할 수 있었다. 아버지가 그 방을 자유롭게 드나들도록 허락한 것이다. 나는 조각에 새겨진 얼굴들과 현실에서 만나는 얼굴들을 비교했다. 그런데 둘은 비교가 되지 않았다. 인간 종족의 상이함이 여실히 드러났다. 이제 후작 부인의 얼굴은 과거 어느 때보다 한층 아름답게 느껴졌지만, 그림으로 그리고 싶다는 소망이 생기지는 않았다. 열심히 들여다본 많은 사람의 얼굴에서 마음에 들지 않는 면을 발견할 때도 많았다. 시기와 탐욕, 고루함, 몽매함 같은 것들이었다. 이런 것들을 발견하면 나는 곧 관찰을 중지했고, 눈으로 본 것을 그리려는 소망도 품지 않았다. 구스타프와 교분이 두터워진 뒤로는 청소년들의 얼굴도 즐겨 관찰하면서 그림의 대상이 될 만한 것이 없는지 살펴보곤 했다. 구스타프의 얼굴은 아버지의 조각품에 새겨진 아름답고 소박한 얼굴들, 특히 투구를 쓴 고결하고 독특한 얼굴들을 닮지 않았음에도, 내가 지금까지 살펴본 그 어떤 얼굴들보다 조각 속의 얼굴과 비슷했을 뿐 아니라 막 청소년의 시기로 들어선 소년의 얼굴치고는 드물게 아름다웠다. 또한 도시 청소년들의 얼굴은 표정만 봐도 삐뚤어진 정신이 드러났고, 여성적인 면이나 지극히 도발적인 면 혹은 힘은 전혀 느껴지지 않음에도 나이에 어울리지 않게 어른스러운 면모가 있는 데 반해 구스타프의 얼굴은 건강미가 넘쳐 터질 듯 힘찼고, 어떤 욕망과 근심, 고통, 동요도 드러나지 않을 정도로 소박했으며, 그러면서도 어찌나 부드럽고 선한지 강렬한 시선만 없다면 소녀의 얼굴을 보고 있다는 느낌이 들 정도였다.

이제 나는 얼마 전에 비해 사람 얼굴을 다르게 스케치하고 다르게 채색했다. 전에는, 특히 인물화를 막 그리기 시작할 때는 외부 선을 최대한 올바르게 표현하고, 실제와 가장 유사한 색을 선택하는 데만 온 신경을 모았다면, 지금은 그 목표를 달성했다고 생각하기에 그 대신 표정, 그러니까 이런 말을 사용해도 된다면, 영혼을 보려고 노력했다. 선들과 물감을 통해 표출되는 영혼 말이다. 장미집 대리석상을 사랑하게 되고, 장미집과 아버지의 그림들에 푹 빠진 이후 모든 것이 예전과 달라졌다. 대상의 내면에 있는 것을 짚어내고, 선과 색상 저편에 있는 무언가를 찾아내려 애썼던 것이다. 선이나 색깔보다 훨씬 위대하고 심오한, 그러면서도 그것들로 표현할 수밖에 없는 그 무언가를 말이다. 사람의 얼굴에서 그런 점을 포착해서 그리는 일은 예전에 내가 추구했던 것과 비교가 되지 않을 정도로 어려웠다. 하지만 그림을 제대로 그리려면 피해갈 수 없는 일이었다. 문학 작품을 만들려면 창작을 해야 하듯이. 나는 일단 작은 것에서부터 시작했다. 자그마한 공간에 얼굴의 특징을 스케치해가다가 내적인 것이 조금이라도 드러나기 시작한다 싶으면 스케치와 채색으로 그것을 암시하는 정도에 만족했다. 굳이 그림을 완성하려고 하지 않았다. 그러다보면 오히려 내면적인 것이 망가지고, 회화에 영혼이 없어지는 경우가 드물지 않았기 때문이다. 아버지는 그런 내게 엄격한 심판관이 되어주었다. 예전에는 내가 그린 모든 것을 그냥 넘겨버렸던 분이 말이다. 아버지는 지금 내 눈앞에 있는 그림이 예술이고, 예전의 그림은 단순한 즐거움에 지나지 않는다고 입버릇처럼 말했다. 나는 그림을 그리다가 도무지 해결점을 찾지 못하면 아버지의 그림방으로 달려가 과거의 대가들이 대상을 표현한 방식을 연구하고 또 연구했다. 아버지가 그런 나를 보고 말했다. 그게 미술의 역사를 좇는 길이다. 시기적으로 큰 공백 없이 거의 모든 시대의 그림을 모아놓은 박물관을 다니면서 그림들을 비교하면 미술의 역사가 보일 것이다. 그것은 자연을 정밀히 관찰하고 사랑하는 길이자, 미술의 성장을 담은 길이며, 또 여러 시간과 공간 속에서 다양한 형태로 성장한 미술이 몰락과 파괴를 거듭하다가 다시 출발과 상승을 모색하는 길이다. 과거에 존재한 모든 것을 배척하고 오로지 자기 것만을 강조하는 오만함이 지배하는 시대에는 이 세상 다른 모든 것이 그렇듯 예술도 끝장나고, 인간은 공허함 속으로 내팽개쳐지고 만다.

나는 그림 수업 외에 누이와 함께 스페인어 공부와 치터 연주도 계속해나갔다. 클로틸데는 어릴 때부터 내가 하는 것은 전부 따라 하려고 했고, 나도 누이를 이끌어주는 것이 언제나 즐거웠다. 지금도 그런 일이 부분적으로 계속되었다.

보석상의 아들인 친구가 내게 보석에 대한 지식을 전수해주는 수업도 재개되었다. 보석 수업 시간 외에도 우리는 많은 시간 두터운 정을 나누어왔던 터라 나는 어느 날 용기를 내어 보석 테두리에 관한 내 생각을 이야기했다. 어떤 사람이 직업으로 삼은 일에 대해 왈가왈부하는 것이 주제넘은 짓이라고 평소에 생각하고 있었음에도 말이다. 내 생각은 이랬다. 만약 테가 보석을 압도한다면 그것은 옳지 않다. 그렇다고 옷에 다는 용도 외에 다른 용도의 테를 허용하지 않는 것도 옳지 않다. 따라서 둘을 절충하는 것이 좋아 보인다. 게다가 보석의 미는 테두리 디자인의 미로 인해 한층 두드러질 수 있고, 그를 통해 그 자체로 귀한 광석이 정말 고귀한 물건, 즉 예술 작품으로 거듭날 수 있다. 이 대목에서 나는 중세 예술이 간직한 형상들을 언급하며, 그것을 표본으로 삼아 계속 발전시켜나갈 수 있다고 했다.

친구가 대답했다. "원칙적으로 자네 말이 백번 옳네. 영업에 직접 도움이 되지 않는 것이라면 뭐든 시큰둥하게 여기는 사람들만 빼고는 누구나 자네 말에 적잖이 공감할 걸세. 그래서 보석 디자인 작업에 품격과 정신을 담으려는 갖가지 시도가 있었고, 지금도 있네. 그런데 그런 시도는 디자인하는 사람의 솜씨에 따라 성패가 갈리네. 바로 거기에 몇 가지 어려움이 있지. 우선, 보석을 세공하는 사람들 중에는 예술가가 무척 드무네. 그도 그럴 것이 어느 정도 예술적 경지에 이르려면 엄청난 시간과 노력이 필요하기 때문이지. 그리고 예술가들은 보석 세공을 하지 않으려 하네. 그 사람들의 정신에도 맞지 않고, 돈도 안 되니까. 둘째로, 예술가들에게 디자인을 부탁해도 조악한 작품이

나올 수 있네. 보석과 테두리 디자인은 아주 특별한 취향이 있어야 가능한데, 예술가들은 전반적으로 보석에 대해 아는 것이 너무 없네. 게다가 위대한 예술가들은 접근 자체가 쉽지 않아. 설령 그 사람들이 디자인을 한다고 하더라도 가격이 엄청나게 비싸지겠지. 그 때문에 우리 같은 업자들은 수준이 좀 떨어지는 기술자를 찾을 수밖에 없고, 그 사람들은 또 질 낮은 디자인을 제공할 수밖에 없네. 우리 입장이 그러네. 물론 가끔은 우리도 진주와 보석으로 진정한 예술 작품을 만들어 놓고, 안목이 있는 고객이 그것을 사 가길 기대하네. 하지만 예술적 가치가 있는 작품보다는 그냥 아무 것이든 보석을 원하는 사람들이 훨씬 많으이. 이처럼 예술적 가치가 있는 보석을 다량으로 만들지 못하는 데는 다 그만한 이유가 있네. 뛰어난 디자인이 부족하기도 하지만, 그런 걸 구입할 고객이 드물기 때문이지. 우리야 보석을 파는 것이 직업이 아닌가? 그러니 판매를 고려하지 않을 수 없지. 물론 우리의 일반 고객도 수준 낮은 다자인을 배척할 정도의 미적 취향은 있으니 우리도 어느 정도는 거기에 맞추네. 그러니까 보석 테두리의 소재는 고상한 것으로, 형태는 아주 단순한 것으로 선택해서 보석의 아름다움을 부각하고 거기에 붙은 고정용 꺾쇠는 숨기는 거지. 자네가 아까 중세의 무늬에 대해 이야기했는데, 그건 새로운 생각이 아니네. 벌써 그런 시도가 있었네. 리자흐 남작이 그림들을 들고 와서 비슷한 형태의 보석을 만들어달라고 우리한테 주문하기도 했거든."

순간 나는 사정을 훤히 꿰뚫었고, 더 이상 이 일에 대해 이러쿵저러쿵 이야기할 필요가 없었다. 그때부터 나는 내 친구가 도시의 여러 작업실에 맡긴 보석 세공을 예전보다 한층 세심하고 꼼꼼하게 살펴보았다. 대부분 무척 아름다웠다. 아니, 습관적으로 아름답다고 말하는 것이 아니라 진정으로 아름다웠다. 그럼에도 나는 이렇게 주장했다. 만일 보석 세공에 좀 더 고결하고 수준 높은 예술 감각이 가미된다면 장신구에 많은 돈을 쓰는 사람들이 그런 진정한 예술 작품을 구입하는데 결코 돈을 아끼지 않을 거라고. 내 친구의 반박이 이어졌다. 예술 감각의 수준이 아무리 높아도, 그게 아무리 넓게 퍼져 있어도 보석을 단순히 몸에 치장하는 장신구로만 여기는 사람의 수가 훨씬 많을 것이다. 예술의 향취가 느껴지는 보석 걸작을 주문하고 구입하는 사람들보다 말이다. 물론 자신도 그런 걸작을 최고로 친다. 게다가 예술 감각이 있는 사람은 보석의 아름다움에 사로잡혀 종국에는 그 아름다움 외에는 아무것도 바라지 않게 된다고 했다. 나는 친구의 마지막 말에 전적으로 공감했다. 나 자신이 보석을 관찰하는 기회가 많을수록, 보석과 더 가까워질수록 보석이 내게 더 강력한 힘을 미치는 것을 느꼈기 때문이다. 그래서 테두리 없이 오로지 보석만 수집해서 그 아름다움을 즐기는 사람들이 있음을 이해하게 되었다. 보석 색깔의 감미롭고 섬세한 광채 속에는 무언가 뇌쇄적인 것이 들어 있었다. 나는 색깔 있는 보석을 선호했다. 다이아몬드가 아무리 번쩍거려도 색깔 있는 보석의 단순하면서도 다채롭고 깊은 광채만큼 내 마음을 사로잡지는 못했기 때문이다.

나는 여름에는 제쳐둘 수밖에 없었던 내 본업을 재개했다. 일을 소홀히 함으로써 내 인생 자체가 무계획의 상태에 빠진 것 같아 자책감을 지울 수가 없었던 것이다. 나는 보통 겨울에 이 일을 했고, 다른 일들과 병행해나갔다. 얼마 안 가 일의 규칙성이 나를 평온하게 만들었다. 왜냐하면 예술과 학문에서 거둔 성취의 기쁨에도 내 속에 남아 있던 고통스러운 무언가가 일의 규칙성으로 인해 수그러들었고, 하루를 엄격하게 쪼개는 확고하고 엄숙한 일 앞에 빛이 바랬기 때문이다.

나는 지난겨울처럼 지인들을 방문했고, 음악회와 극장에도 갔다.

이 모든 것이 한 치의 흐트러짐 없이 진행되기 위해선 정확한 시간 배분과 낭비 없는 시간 활용이 필요했는데, 나는 어릴 때부터 이런 일에 익숙해서 문제될 것이 없었다. 나는 매일 새벽같이 일어났고, 아침 식사를 하기 전에 벌써 등불을 켜놓은 채 몇 가지 일과를 처리했다. 게다가 잠도 많이 자지 않고 밤에도 여러 시간 일했으며, 일의 집중도도 높았다. 내 존재의 활력과 행복감은 일을 통해 더 분명해지고 확고해졌다.

귀향 후 후작 부인을 찾아가 인사를 드렸다. 부인은 불과 며칠 전에 자신이 아끼는 시골 별장에서 도시로 돌아온 터라 아직 도시 생활을 조금 낯설어할 때였다. 부인은 여느 때와 마찬가지로 무척 다정하게 나를 맞으며 여름 동안에 내가 한 일들에 대해 물었다. 나는 할 이야기가 많지 않았다. 라우터제 호수의 수심 측량 작업, 그사이 많은 열정을 쏟았던 미술과 그에 대한 애정 그리고 문학에 대한 사랑은 이야기할 수 있었다. 장미집 주인어른과의 특별한 관계에 대해서는 그냥 일반적인 것만 이야기했다. 대인 관계가 넓고 기품이 넘치는 노부인에게 묻지도 않은 내 사생활을 시시콜콜히 이야기하는 것이 외람된 일이라 여겼기 때문이다. 부인도 그 문제를 자세히 캐묻지 않았다. 대신 미술과 작가들에 대해서는 적극적인 관심을 보였다. 부인은 내가 어떤 책을 읽었는지, 그 책을 어떻게 이해했는지, 그 책에 대한 개인적인 의견은 무엇인지 물었다. 부인은 내가 거론한 모든 작품을 잘 알고 있었다. 다만 그리스 작품들은 번역본으로만 읽었다고 했다. 부인은 몇몇 문학 작품들에 아주 깊은 관심을 드러냈다. 작품에 대한 우리의 견해는 일치할 때도 있었지만, 엇갈릴 때도 많았다. 부인은 자신이 그런 의견을 갖게 된 근거를 설명했고, 나는 그 설명을 들으면서 늘 새로운 관점을 배웠다. 미술과 관련해서 부인은 내게 그림을 보여달라고 했다. 전부를 보여줄 수 없다면 몇 점이라도 내가 직접 골라서 갖고 오라고 했다. 나는 대답했다. 전부를 보여주기엔 너무 많다. 특히 초창기에 자연과학적 그림들을 무척 많이 그렸기 때문이다. 그런데 나의 자연과학적 그림들이 예술적 수준으로 넘어가는 경계가 어디쯤인지는 나 자신도 잘 모른다. 그래서 시기별로 그림을 골라서 가져오겠다고 했다. 그런 다음 우리는 내가 그림을 갖고 올 날을 잡았다.

약속한 날 정오, 나는 후작 부인의 집을 방문했다. 그림을 선보이는 자리에는 부인의 여관 외에 아무도 없었다. 이 그림들은 오로지 부인만을 위해 갖고 온 것이기에 다른 사람들은 들이지 말라는 지시를 내렸던 것이다. 그림을 하나씩 살펴보던 부인은 모든 그림의 가치를 인정했다. 특히 자연과학적 식물 그림들에 큰 관심을 보였다. 부인 역시 식물학을 공부했던 데다 요즘도 이 학문에 대한 애정을 잃지 않고 시골 별장에서 식물을 가꾸었기 때문이다. 부인은 내 그림의 정확성을 칭찬하며, 어느 그림이 실제 식물과 가장 비슷한지 이야기했다. 나도 부인의 판단에 전적으로 동의했다. 식물 그림 다음으로 부인의 시선을 끈 것은 인물화였다. 풍경화에 대해서는 그림이 조금 한쪽으로 치우쳤다는 느낌을 받은 듯했다. 부인 자신이 여름이면 몇 주씩 우리 나라에서 아름답다고 하는 고장들을 찾아다니며 풍경을 관찰했기에 자연의 생김새에 대해서는 전문가나 다름없었다. 그런데 부인은 풍경화에 대한 생각은 구체적으로 드러내지 않았다. 다만 인물화에 대해서는, 이런 식으로 가다보면 세상의 진기한 얼굴들을 죄다 모을 수도 있겠다고 했다. 그에 대한 내 대답은 이랬다. 그럴 생각으로 그림을 그린 것도 아니지만, 어떤 얼굴이 진기한 얼굴인지 쉽게 판단 내릴 능력도 없다. 다만 자연의 대상들을 오랫동안 그리다보니 어느 순간 인간의 얼굴이 그림의 가장 격조 높은 대상이라는 생각이 들었고, 그때부터 사람 얼굴을 그림에 담았을 뿐이다. 처음에는 인간의 얼굴에 대한 이해가 부족해서 대부분 자연물을 그리듯이 그렸고, 그러다가 어느 순간 그것을 뛰어넘어 인간의 얼굴에만 고유하게 존재하는 무언가 고결한 것을 발견하고는 선과 표정을 통해 그 인간 본연의 면을 표현하고자 노력하고 있다. 물론 그런 시도가 성공할지는 나 자신도 모른다고 했다.

부인은 내가 추구하는 학문에 대해서도 물으면서 무언가 체계적인 이야기를 듣고 싶다는 희망을 넌지시 내비쳤다. 부인이 가장 큰 관심을 보인 부분은 우리의 지구가 어떻게 생성되었고, 어떻게 오늘날의 모습으로 발전했는가 하는 지구의 역사였다. 나는 이렇게 답했다. 우리의 지식은 아직 그것을 밝힐 만큼 나아가지 못했다. 게다가 나는 나 자신과 타인을 위해 최대한 많은 것을 발굴하려고 노력했음에도 새로운 결론에 도움이 될 만한 중요한 자료를 찾지 못했다. 하지만 부인이 관련 학술 서적을 탐독하거나 그 학문을 전문적으로 공부하지 않으면서도 내 지식과 다른 사람들의 성과에 대해 알고 싶으시다면 그럴 기회와 시간은 얼마든지 있을 거라고 했다. 내 말에 부인은 만족감을 표하며 그녀 특유의 선량하고 우아한 태도로 나를 놓아주었다.

이후 나와 부인의 관계는 달라졌다. 이제 나는 부인의 집에 자주 들렀다. 우리는 저녁 늦게까지 희미한 불빛에 의지해서 문학 작품과 그림 들에 대해 이야기했고, 어떤 때는 부인의 모임에 초대되었다가, 모임이 끝난 뒤에 부인과 여관, 나 이렇게 셋이서만 남아 다시 대화를 이어갔다. 그런 자리에는 부인의 아들이나 손자 혹은 부인의 가까운 혈족이 드물게 동석했고, 대화의 주제는 대개 지구의 역사와 자연학에 관한 것이었다. 그 밖에 지나는 길에 잠시 들러 부인의 안부를 묻는 일도 잦아졌고, 내가 함께하는 저녁 시간의 풍경도 달라졌다. 한번은 내가 최근에 읽은 문학 작품에 대해 이야기했다. 오래된 작품이었는데, 부인은 요즘은 전혀 들추어보지도 않고, 들여다본 지도 꽤 된 그런 책이라고 했다. 내 이야기를 계기로 우리는 다시 그런 책들을 선택해서 함께 읽어보기로 마음먹었다. 그런 모임은 주로 저녁에 열렸는데, 내가 낭독자 역할을 맡을 때가 많았다. 특히 참석자 수가 많지 않을 때 그랬다. 나는 낭독 대상을 몇몇 스페인 소설로 정했다. 부인과 여관, 나, 참석한 또 다른 남자는 스페인어가 서툴렀지만, 그럼에도 스페인어로 읽기로 했다. 낭독은 내가 맡았다. 낭독이 좋든 나쁘든 우리는 덧붙여진 설명을 읽고 틈틈이 모국어로 대화하면서 소설을 끝까지 읽어냈다. 이 일 이후 나는 독일어로도 더 자주 낭독을 해야 했다. 또한 내가 낭독한 부분에 대해 내 의견이나 설명을 요구받는 일도 드물지 않았다. 특히 세르반테스와 칼데론의 작품에 도전할 때는 더더욱 그랬다. 그 외의 다른 언어, 예를 들어 단테와 타소의 이탈리아 작품은 부인의 여관이 즐겨 낭독했다. 그리스 작품은 『일리아스』와 『오디세이아』를 거친 뒤 아이스킬로스의 몇몇 작품으로 넘어갔는데, 나는 이 작품들을 혼자 독일어로 번역해서 낭송했다. 작품 낭송 때는 그리스인들의 사회생활과 가정생활, 국가 체계, 예술, 땅과 바다의 모양과 특질에 대한 많은 이야기가 오갔다. 이런 일들로 인해 나는 그해 겨울 후작 부인의 집에 예전보다 훨씬 자주 초대를 받았다. 그런 우리에게 봄은 너무 일찍 찾아왔다. 이제 각자 다시 시골로 떠날 시간이었다. 우리는 다음 겨울에 할 일들을 약속했고, 부인은 정겨움과 아쉬움을 듬뿍 담아 나를 놓아주었다.

그해 겨울 내가 집에서 주로 한 일은 예술과 책에 관한 아버지와의 대화였다. 아버지는 당신이 어떻게 그림에 마음을 빼앗겼고, 어떻게 수집까지 하게 되었는지 이야기했다. 그 와중에 이야기는 아버지의 청소년 시절로 거슬러 올라갔다. 아버지는 평소보다 한층 흥겹고 흥분된 상태로 당신이 청소년기를 어떻게 보냈는지 상세히 묘사했다. 아버지는 무언가를 배우기 위해선 재원을 직접 장만해야 했다. 무척 재능이 많았던 형이 가끔 도와주었지만 액수는 미미했다. 몇 살 차이가 나지 않던 형도 필요한 것을 직접 마련해야 할 상황이었기 때문이다. 아버지는 세상의 똑똑한 사람들이 시키는 대로 책을 읽기 시작했고, 견습 기간 중 쉬는 날이면 자기 방에서 책에 푹 빠져 지냈다. 견습 기간이 끝나 우리 도시와 유럽의 상업 중심지들에서 일하게 되었을 때는 화가들과 교유했고, 그들의 작업실을 방문해서 그림 그리는 방법에 대한 지식을 얻었으며, 그 지식을 토대로 유럽 대도시의 유명한 미술관들을 찾아다녔다. 이 과정에서 아버지는 자신의 무식을 깨닫고 처음부터 다시 공부를 시작했다. 반년 정도 거주할 요량으로 트리에스테에서 로마로 옮겨 갔는데, 거기서 당신이 아는 것이 아무것도 없음을 깨달았다고 했다. 아버지는 불평 한마디 없이 다시 공부를 시작했다. 옛 그림들에 대한 사랑도 로마에서 싹텄다. 취직해서 본격적으로 일을 할 때가 배움의 시기보다 자유 시간이 많았다. 아버지는 그 시간을 당신이 좋아하는 일에 바쳤다. 그 무렵 아버지는 은퇴한 늙은 수도원장과 함께 고대 작가와 역사가 들의 책을 읽었다. 자신이 이끌던 수도원에서 나온 뒤 겨울이면 우리 도시에서 유유자적하며 살던 수도원장은 고대 사상과 저술을 진정으로 아끼는 사람이었고, 아버지에게서 자신과 똑같은 취향을 발견하고 지식을 전수해주려고 했던 것이다. 이후 아버지는 틈나는 대로 수도원장의 방에서 이른바 고전이라 불리는 책들을 소리 내어 읽었다. 아버지가 수도원장을 알게 된 것은 우리 도시의 사장 밑에서 일할 때였다. 사장이 자신의 은사였던 수도원장을 위해 집에서 1년에 한두 차례 연회를 베풀었던 것이다. 아버지에게 일을 가르친 그 사장은 그러니까 아버지에게는 마지막 사장이었는데, 진정한 신사였다. 상용(商用) 여행에 직원들을 데리고 다니면서 거래처와 교역 방법, 교통로 등을 알 기회를 주었을 뿐만 아니라, 직원들이 큰 사업을 벌일 자본이 없을 때에는 적은 밑천으로 시작해서 나중에 독립할 기반을 스스로 마련할 수 있도록 충분한 시간을 주기도 했다. 아버지 역시 그렇게 해서 적은 돈이나마 모을 수 있었고, 그 돈을 밑천으로 영업을 조금씩 넓혀나가 마침내 사장의 지원 아래 상인으로 독립하게 되었다. 아버지는 유흥에는 전혀 돈을 쓰지 않았고, 그럴 돈이 있으면 책이나 예술품을 사거나 공부에 도움이 되는 여행을 다녔다. 차츰 사업이 확장되면서 수익에 대한 전망도 밝아질 즈음 아버지는 어머니를 만나 결혼에 성공했다. 어머니는 적지 않은 지참금을 갖고 시집을 왔고, 그로써 두 분은 안정적인 가정의 토대를 놓았다. 자식들이 자유롭고 독립적으로 살 수 있고, 미래를 위한 비상금까지 준비해놓을 수 있는 그런 가정 말이다. 아버지가 진정으로 좋아하는 일을 할 수 있었던 것도 그런 가정이 있었기 때문이다. 그 일은 아내와 자식에게 성심을 다한 가장에 대한 일종의 보상이라 할 수 있었다. 고령의 수도원장은 아버지를 마지막 제자로 삼고는 곧 세상을 떠났다. 아버지의 양친은 멀리 떨어진 삼림지대에서 땅을 일구며 살았는데, 아버지는 젊은 아내를 데리고 양친을 세 번 방문했다. 그 직후 양친은 차례로 돌아가셨다. 아버지의 사장은 우리 남매의 대부가 되어주었고, 이후 사업에서 손을 떼고 자신의 유일한 혈육이자, 유명한 장원의 소유자와 결혼한 딸의 집에 기거하다가 숨을 거두었다. 이렇게 모든 상황이 바뀌었다. 아버지와 백부는 양친의 고향집과 소출이 빈약한 땅을 누이에게 넘겼다. 그런데 이 누이가 자식을 남기지 않고 죽자 집과 땅을 먼 친척에게 넘겼다. 아버지와 백부는 당신들이 직접 시골로 내려가 농사를 지을 형편은 아니었기 때문이다. 백부는 우리가 미성년일 때 작고했고, 외조부모와 우리에게 유산을 남기신 외종조부도 마찬가지였다. 어머니는 형제자매가 없었기에 이제 친가 쪽으로건 외가 쪽으로건 우리 집안에서 혈육지친은 우리밖에 남지 않았다. 아버지는 가까운 혈족, 특히 형의 죽음으로 인해 생긴 사랑을 어머니와 우리에게 모두 쏟아부었다. 가정은 이제 당신의 모든 것이었고, 우리 남매는 사랑과 애정으로 영원히 연결되어야 했다. 특히 아버지와 어머니가 교회 묘지에 잠든 뒤에도 우리 남매의 사랑은 절대 식어서는 안 된다는 것이 당신의 가르침이었다.

그런데 사랑에 대한 그런 가르침은 사실 불필요했다. 우리 남매는 더 이상 사랑할 수 없을 만큼 서로 사랑했기 때문이다. 그보다 더한 사랑이 있다면 부모님에 대한 사랑뿐일 것이다. 그래서 부모님이 언젠가 우리 곁을 떠나리라는 생각만으로도 우리는 가슴이 미어졌다. 하지만 그런 날이 실제로 오면 우리는 우리의 사랑을 어디에 쏟아야 할지 매우 잘 알았다. 그 사랑은 결코 다른 어떤 것으로 향하지 않고, 우리의 생명이 다하는 그날까지 돌아가신 부모님에게 오롯이 바쳐질 것이다.

우리 집뿐 아니라 다른 집에서도 손님이 오면 다과를 앞에 놓고 담소를 나누거나, 아니면 음악이나 춤 모임이 열리곤 했는데, 나는 이런 일들이 예전보다 더 불편해졌다. 아니, 불쾌한 느낌에 시간 낭비라는 생각까지 들었다. 특히 춤을 추는 모임에서는 아예 자리를 피해버렸다. 그건 모든 면에서 나와 성향이 거의 비슷한 누이도 마찬가지였다. 그런 자리는 참석하지 않고 내게로 도망쳤던 것이다. 그런 모임이 있는 날이면 나는 우리 집으로 오는 사람들, 특히 그중에서도 젊은이들을 정확히 꿰뚫어 보았다. 예전에는 이들을 어려워했다면, 아니 이들에게 일종의 외경심 같은 감정을 느꼈다면 지금은 더 이상 그런 감정이 남아 있지 않았다. 나는 사람들과의 교제와 깊은 사색을 통해 내가 어려워했던 것이 실은 그 사람들의 자신감과 고상함이고, 그런 것들은 우리 집 모임 같은 자리에 자주 참석하고, 그런 모임에서 말을 많이 하고, 사람들 앞에 나서길 좋아하면 배울 수 있음을 알아차렸다.

더구나 습득하기도 어렵지 않은 듯했다. 내가 보기에 정신 능력이 떨어지는 사람들에게서도 그런 면을 쉽게 발견할 수 있었기 때문이다. 나는 이런 상류층 사람들만 경험한 것이 아니라 하류층의 사람들도 경험했다. 그것도 도시 하층민에 국한되지 않고 산골 주민과 시골 농부까지 다양했다. 후작 부인의 집에서 본 상류층 젊은이들은 거드름을 피우지 않았고, 소박하고 겸손하고 정중하면서도 매사에 능숙했으며, 청소년기에 자주 들었지만 그때는 제대로 이해하지 못했던 '훌륭한 교육을 받은 청년'이라는 말을 자연스레 떠올리게 했다. 하류층에서도 괜찮은 남자를 여럿 만났다. 이런 남자들은 자기보다 높다고 생각되는 사람들 앞에 섰을 때 일부러 자신을 높이려고 노력하지 않았고, 그저 자신이 이해하는 만큼 차분히 말하고, 상대의 대답을 차분히 경청할 줄 알았다. 내 눈에는 여러 행동 방식을 잘 알고 있으면서 필요에 따라 그중 하나를 드러내는 인간들보다 그런 남자들이 더 교양 있어 보였다. 장미집 주인어른이 좋은 본보기였다. 나는 후작 부인의 집에서 말과 행동에서 분명한 존경심을 불러일으키는 남자들을 만났는데, 장미집 주인어른은 그들보다 훨씬 소박했다. 처음에는 조금 이상해 보였던 의상조차 나중에는 어른의 성품과 무척 잘 어울렸다. 또한 구스타프는 물론이고 에우스타흐도 내가 도시에서 상대한 사람들보다 여러모로 분명히 나았다. 나는 이제 그런 사람들에 대해 매우 잘 알았고, 그런 사람들을 보면서 어떤 감흥도 일지 않았기에 그들과 함께 있는 것이 시간 낭비처럼 여겨졌다. 물론 아버지라면 이런 경험조차 나름대로 유익한 면이 있다고 생각하실지 모른다. 나는 주로 젊은 남자들만 경험했기에 처녀들에 대해서는 판단을 내릴 수 없었다. 처녀들과 이야기를 나눈 적도 거의 없었고, 그렇다고 나처럼 소심한 남자에게 여자들이 먼저 말을 걸거나 다가오는 일도 없었기 때문이다. 중년의 경우는 여자건 남자건 내가 존경을 표해야 할 사람이 먼저 곁을 주는 일이 많았다. 하지만 노인들한테는 처녀들과 마찬가지로 쉽게 다가가지 못했다. 내가 좋아하는 친구라면 단연 보석상의 아들이 맨 윗자리를 차지했다. 진정한 친구라는 말이 어울리는 친구였는데, 우리는 보석 수업 말고도 많은 시간을 함께 보냈고, 여러 가지 일에 대해 허심탄회하게 대화를 나누었으며, 둘 다 높이 평가하는 책을 함께 읽기도 했다. 그 친구의 양친은 무척 다정하고 세련된 분이었다. '프레보른'이라는 친구도 나쁘진 않았다. 그 친구는 여전히 타로나라는 아름다운 아가씨 이야기를 했고, 그 처녀가 멀리 여행을 떠나 이 도시로 오지 못하는 바람에 내게 그녀를 보여주지 못하는 것을 무척 애석해했다. 나는 젊은 남자들끼리 즐기는 유흥에 함께하는 일이 극히 드물었다. 더구나 도시의 많은 젊은이들이 그러듯 낮 시간에 또래 친구들과 어울려 시내를 싸돌아다니는 일은 더더욱 없었다. 할 일이 너무 많아서 다른 데 낭비할 시간이 없었기 때문이다. 게다가 나는 가족들과 있을 때가 가장 편했다.

겨울이 지나갔다. 나는 꽤 늦은 봄에 다시 시골로 향했다. 지난여름이 아무리 즐거웠고, 아무리 내 정신을 한껏 고양시켰다고 하더라도 내 가슴 깊은 곳에는 무언가 불편한 것이 여전히 남아 있었다. 내 본연의 일을 소홀히 하면서 무질서하게 다른 일에 빠진 데 대한 죄의식이 그것이었다. 나는 이제 과거의 잘못을 만회할 심정으로 이 여름의 대부분을 내 본연의 일에 매진하기로 마음먹었다. 나는 일에 필요한 장비와 도구를 모두 챙겼고, 시간을 엄격히 쪼갠 후에 남은 자유로운 시간만 내가 좋아하는 다른 일에 쓰기로 했다.

이윽고 단풍나무집에 닿았다. 나는 올해 좀 더 먼 산악지대까지 탐색할 계획이었는데, 거기까지 나를 따를 용의가 있는 일꾼들을 물색했다. 카스파 영감이 먼저 내 제의를 수락했고, 곧이어 다른 두 사람이 따라나섰다. 그 정도면 충분했다. 나는 나의 치터 스승에 대해 물었다. 그런데 그 사냥꾼은 이곳을 떠난 뒤 행방불명 상태나 다름없다고 했다. 소식을 아는 사람은 아무도 없었다. 나는 붉은 늪 공방에 들러 대리석 작업이 얼마나 진척되었는지 살펴보았다. 작업은 일부 마무리되어 있었다. 나는 가을에 물건들을 우리 집으로 운반하도록 조처해놓고, 올여름에 계획한 일을 수행하기 위해 단풍나무집을 떠났다. 정든 숙소를 나서는 순간 마음속에 잔잔한 우수의 물결이 일었다.

산줄기가 갈라져 멀리 뻗으면서 거칠게 뒤엉켜 있었지만, 그럼에도 내가 떠나온 산악지대에 비하면 아름다움이 현저히 뒤떨어지는 한 지점에서 나는 향후 작업의 근거지가 될 숙소를 정했다. 그러고 나니 불현듯 창문이 반짝거리는 밝은 단풍나무집과 고향처럼 정겨웠던 그곳의 골짜기가 사무치게 그리워졌다. 나는 세 골짜기의 입구에 위치해 있어서 최적의 입지 조건을 갖춘 듯한 한 여관의 방을 빌렸다. 방 창문으로 내다보이는 검은 전나무 숲은 세 골짜기에서 발원한 개천들을 지나 축축한 초원과 골짜기 안쪽으로 이어지다가 산 위로 올라갔다. 높은 봉우리와 설산은 시커먼 전나무들 위로 뻗은 협소한 골짜기에 가려 보이지 않았다. 산비탈과 개천가에 산재한 오두막 여러 채와 내가 묵고 있는 숙소를 가리켜 '전나무골'이라 부르는 것도 그 때문인 듯했다. 내가 든 여관의 담벼락은 초록색 이끼가 무성했고, 파밖에 자라지 않는 작고 초라한 정원에 인접해 있었다. 골목길 바닥은 시커멨다. 풀 속에도 검은 자국이 짙게 배어 있었다. 이 여관에 유일하게 정기적으로 자주 들르는 것이 숯 마차였기 때문이다. 마부들은 이곳에 들러 동물에게 여물도 먹이고 자신들도 쉬어갔다. 조금만 눈을 돌리면 이 지역의 어마어마하게 넓은 삼림을 볼 수 있었는데, 삼림 곳곳에 숯가마가 산재해 있었다. 새까만 마부들이 모는 새까만 숯 마차 행렬이 도로를 따라 길게 이어졌는데, 이렇게 평지로 운반된 숯은 우리 도시까지 수송된다고 했다. 작은 창문과 십자형 철제 창살이 달린 방이 내 거처였다. 방 안에는 책상 하나와 의자 둘, 침대 그리고 옷과 다른 물건들을 넣어두는 채색한 장롱이 있었다. 내 짐 중에서 비교적 큰 궤짝들은 창고 안의 칸막이 너머에 보관했다. 카스파 영감과 다른 일꾼들은 헛간의 짚더미 위에서 잠을 잤다. 자잘한 짐들은 대부분 가방 속에 넣어두었고, 필요한 것만 방 안의 못에 걸었다. 필기구와 학술 서적, 문학 작품은 책상 위에 올려놓았고, 집에서 미리 준비해온 침구류는 침대 위에 두었으며, 등산용 지팡이는 한구석에 세워놓았다. 늦은 오전이면 내 방의 한 창문으로 고개를 빠금 내밀던 해가 오후에는 다른 창으로 옮겨 갔고, 이내 전나무의 뾰쪽뾰쪽한 끝을 황금빛으로 물들이고는 사라졌다. 나는 비슷한 여관을 여러 번 전전해보았기 때문에 이 여관에 적응하기가 어렵지 않았고, 여관의 주인장과 안주인, 얌전한 딸 그리고 생각하는 것이 지극히 소박하고 선량한 이곳 사람들과도 곧 친해졌다. 사냥꾼과 특이한 방랑자, 행상도 여기 전나무골 여관을 간혹 드나들었지만 손님은 대부분 숯 마부와 벌목꾼 들이었다.

이들은 숲속 곳곳에서 흩어져 일하다가 토요일이나 명절 때가 되면 식솔을 만나려고 밖으로 나갔다. 그러면 그동안 고생한 육신에 보상이라도 해주려는 듯 이 여관에 묵어가곤 했다. 전나무골 주민들의 주요 밥벌이는 벌목이었고, 주요 재산은 암소와 염소였다. 그들은 날마다 숲으로 갔고, 그중 젊은 축은 여름 내내 지형이 높은 삼림지대에 머무르며 벌목을 했다.

우리는 이 집에서부터 작업을 해나가기 시작했다. 길고 넓게 펼쳐진 삼림지대에 우리의 망치 소리가 진동했고, 숲을 형성시킨 땅의 다양한 특성을 간직한 증거들이 다채로운 암석의 형태로 전나무골로 옮겨졌다. 우리 여관에서는 바위산이나 산꼭대기에 쌓인 얼음이 보이지 않았다. 산속 깊이 들어갈수록, 그리고 산괴(山塊)에 가까워질수록 모든 것이 점점 큼직큼직해졌고, 숲도 한층 부풀어 올랐다. 습기 많은 전나무와 가문비나무 숲의 그늘을 몇 시간 걸어가자 이윽고 나무 행렬이 점점 빈약해지면서 식물의 개체 수도 줄어들었다. 반면에 말라죽은 나무와 사고로 망가진 나무가 점점 늘어나면서 습기가 없는 암석들도 더 빈번하게 눈에 띄었다. 마침내 짧은 풀과 거친 모래, 굽은 나무들을 품은 휑한 공터가 몇 차례 이어지더니 엄청난 크기의 짙은 바위 벽이 눈앞에 버티고 서 있었다. 바위 벽에는 반짝거리는 눈밭이 펼쳐졌고, 갈라진 암벽 사이로 흰색으로 도배한 산이 우뚝 솟아 있었다. 여기서부터는 숲의 세계보다 한층 큰 암석의 세계가 펼쳐졌다. 작업을 하다보면 부득이하게 숲에 둘러싸여 있다가 툭 트인 산지로 나가게 되는 경우가 많았다. 한 암석 줄기의 성분에 대한 조사가 끝나면, 또 개천의 표석을 관찰하고 기록하기 위해 암석 줄기에서 골짜기로 흘러 들어온 물줄기들에 대한 조사가 끝나면, 그리고 여러 번 더 면밀히 조사했는데도 더 이상 새로운 것이 나오지 않으면 우리는 직접 암벽을 타고 올라가 자연이 허락하는 한에서 암석을 밟고 이리저리 돌아다녔다. 그렇게 우리는 우리 계획에 이끌려 거칠기 그지없는 외진 땅으로 나아갔다. 한번은 깎아지른 듯한 산등성이에 이르렀다. 독수리인지 미지의 새인지 모를 새 한 마리가 화들짝 놀라 우리 머리 위로 후다닥 날아올랐고, 수백 년 동안 인간의 눈에 띄지 않았을 외로운 나무 한 그루가 자라고 있었다. 우리는 사방이 뻥 뚫린 고지에 이르렀다. 숙소가 있는 광활한 숲과 저 멀리 인간들이 사는 경작지가 한 폭의 그림처럼 아래에 펼쳐져 있었다. 일꾼들은 점점 열심히 일했다. 무릇 인간에겐 자연을 정복하고 자연의 주인이 되고자 하는 강한 충동이 있다. 그것은 아이가 자연물로 집을 짓거나 조립하고 또 그것을 파괴하는 것에서도 드러날 뿐 아니라 어른들 역시, 아킬레우스의 작가*가 자주 언급했듯이, 땅을 단순히 양분이 싹트는 곳으로 만드는 데 그치지 않고 자신의 즐거움을 위해 수없이 변형하기도 한다. 그와 마찬가지로 산악 주민들도 사랑하는 산을 길들이려 하고, 특별한 다른 목적이 없는데도 산을 정복하고 산을 오르고자 한다. 그런 이야기가 산간 생활에서는 활기를 더해주는 삶의 양념이다. 내 일꾼들은 망치와 끌로 매끈한 암벽에 계단을 만들거나, 구멍을 내거나, 아니면 못을 박은 다음 사다리를 만들어 인간의 힘으로는 도저히 이를 수 없을 것처럼 보이는 곳에 도달하면 만면에 달뜬 기쁨이 그득했다. 우리는 일

---

* 호메로스를 가리킨다. 아킬레우스는 호메로스의 서사시 『일리아스』의 중심인물.

에 빠져 전나무골 여관으로 며칠씩 내려가지 않는 일도 많았다.

나는 작업과는 전혀 상관이 없어도 높은 산의 정상에 올라가길 좋아했다. 고산 정상에는 얼어붙은 눈 위로 바위가 솟아 있었고, 그 바위 발치에는 크레바스*가 있었다. 작은 균열일 경우에는 간단히 뛰어넘으면 그만이었지만, 그렇지 않을 경우에는 사다리를 만들어 건너야 했다. 간혹 나는 더 이상 아무것도 없는 마지막 바위에 서서 주위와 발밑으로 겹겹이 이어진 산들을 둘러보았다. 주변 산들 중에는 정수리에 솟은 새하얀 뿔 덕에 나보다 높이 솟은 것도 있었고, 나와 어깨를 겨누는 것도 있었으며, 아래로 꺼진 듯 주저앉은 것들도 있었다. 나는 운무에 감싸여 주름처럼 길게 이어진 골짜기들과 작은 거울처럼 반짝거리는 호수들을 보았다. 땅들이 얇은 서류철처럼 내 앞에 놓여 있었다. 저 멀리 뿌연 안개에 잠겨 있는 곳도 보였다. 우리 도시가 있는 곳이었다. 내게 몹시도 소중한 사람들, 그러니까 아버지와 어머니, 누이가 사는 곳이었다. 이어 나는 푸르스름한 양떼구름이 일어나는 쪽으로 고개를 돌렸다. 아스퍼호프와 슈테르넨호프가 그쯤에 있을 것이다. 존경하는 장미집 주인어른, 선량하고 맑은 마틸데 부인, 에우스타흐, 쾌활하고 열정적인 구스타프 그리고 나탈리에가 사는 곳이었다. 내 발아래 모든 것이 침묵했다. 마치 세계가 영면에 든 것 같았고, 활발하게 움직이던 생명 있는 모든 것이 한순간의 꿈인 듯싶었다. 사방 어디에도 연기 한 자락 피어오르지 않았다. 우리는 항상 맑은 날을 잡아 산에 올랐기 때문에 하늘은 대부분 청명했을 뿐 아니라 저 아래

---

* 만년설의 표면에 생긴 깊은 균열.

자잘한 대상들이 가득 찬 평지보다 한층 깊고 푸르고 넓었다. 이렇게 산에 올랐다가 다시 내려갈 때면, 카스파 영감이 우리 뒤에서 바위에 박아넣은 못을 뽑아 어깨에 멘 자루에 넣을 때면, 그리고 우리가 크레바스에서 사다리를 철거하거나 사다리가 필요 없는 경우 크레바스를 그냥 뛰어넘을 때면 카스파 영감의 단단하고 진지한 얼굴과 동행한 다른 일꾼들의 얼굴에도 모종의 변화가 일었다. 산꼭대기에 서 있던 경험이 그들에게도 깊은 인상을 남긴 것이 분명했다.

나는 일하다 시간을 뺄 수 있는 날이면 주변 풍경을 가볍게 스케치했다. 나도 휴식이 필요했을 뿐 아니라 날씨 때문에 부득이 일을 중단해야 하는 날이 있었던 것이다. 그리고 저녁이면 오래전에 죽은 한 위대한 작가가 우리에게 남긴 말들을 읽으면서 밤의 깊은 의미를 새삼 깨달았고, 촛불이 꺼지면 우리로서는 여전히 알아낼 수 없는 불가사의한 밤의 세계 속으로 그 말들과 함께 깊숙이 빨려 들어갔다.

나는 얼마 전부터 학문의 재료를 단순히 수집하는 데 만족하지 않았을 뿐 아니라 발견된 것들을 토대로 지층의 형태만 정확히 이해하려는 수준에 머물지 않았다. 물론 지금도 지층의 형태를 있는 그대로 정밀하게 기록했지만, 이제는 그것을 넘어 왜 그런 형태가 되었는지, 처음에는 어떤 형태였을지 늘 스스로에게 질문을 던지고 고민하기 시작했다. 나는 고민을 계속 발전시켜나갔고, 머릿속에 번뜩이는 것들을 남김없이 기록했다. 어쩌면 언젠가는 어떤 결론을 내릴 수 있지 않을까 하는 기대를 안고서 말이다.

장미꽃이 필 무렵 나는 지금까지 했던 작업을 일단락 짓고 아스퍼호프로 떠나기로 했다.

나는 일꾼들에게 임금을 지불했고, 장차 다시 일을 시키겠다는 약속과 함께 여비까지 얹어서 고향으로 돌려보냈다. 전나무골 여관에 있던 개인적인 짐들은 모두 쌌고, 큰 짐들은 그곳에 놓아두었다. 그러고는 대금을 정산한 뒤, 다시 돌아올 테니 그때까지 내 물건들을 잘 보관해주기 바란다고 했다. 나는 말 한 필이 끄는 산악용 마차를 타고 전나무골 여관 근처의 개천에서 숲 위쪽으로 난 산길로 출발했다. 대로에 이르자 마차를 돌려보냈다. 나머지 여행은 우편마차를 이용할 생각이었다. 마지막 우편국에서 장미집까지는 걸어갔다. 그전에 짐은 장미집으로 미리 발송해놓았다.

나는 원래 계획보다 늦게 도착했다. 심심산골의 서늘한 환경 속에서 지내다보니 바깥세상에서 일어나는 자연의 변화를 감지하지 못한 것이다. 올해 평지는 봄에 무척 따뜻했고, 여름도 일찍 찾아왔다. 나는 산속에 있었기에 그 사실을 알 길이 없었다. 지나가는 정원마다 벌써 활짝 피어 있는 장미를 보고서야 깨달았다. 장미집 언덕을 올라갈 때도 완벽한 아름다움을 자랑하는 장미나무의 우듬지가 짙은 지붕 위로 보였다. 환기를 위해 젖혀두기도 하고, 더위 때문에 닫아두기도 하는 창문 커튼들이 나를 보고 어서 오라고 손짓하는 듯했다. 새들의 낭랑한 노랫소리와 띄엄띄엄 지저귀는 소리도 오랜만에 찾아온 반가운 손님을 맞듯 나를 환영해주었다.

나는 울타리 문의 구조를 알고 있었기에 사람을 부르지 않고 직접 문을 열고 들어갔다.

어른은 양봉장에 있었다. 문 근처 제라늄 밭에서 일하던 정원사 지몬이 그렇게 말했다. 나는 즉시 양봉장으로 향했다. 주인어른은 벌통 앞에 서서 곧 떼 지어 나올 어린 벌들을 기다리고 있었다. 내가 인사를 드리려고 다가갔을 때 어른이 내게 그렇게 말했다. 우리의 만남은 아버지와 아들 사이의 상봉처럼 뜨겁고 감동적이었다. 그사이 어른에 대한 나의 애정이 그만큼 커졌고, 어른도 나를 아들처럼 아끼고 사랑하는 듯했다.

어른은 양봉장을 떠날 수 없는 상황이어서 내가 다른 사람들에게 먼저 인사를 하겠다고 하자 어른도 그러라고 했다. 마틸데 부인과 나탈리에가 아스퍼호프에 있다는 말도 빼놓지 않았다.

나는 집으로 걸음을 옮겼다. 내가 왔다는 말을 전해 들은 구스타프가 한달음에 계단을 내려왔다. 환영 인사와 답례, 질문과 대답이 오갔다. 그다음에는 내가 너무 늦게 온 것과 아무리 바쁘더라도 봄에 며칠 시간을 내어 아스퍼호프에 들르지 않은 것에 대한 질책이 이어졌다. 구스타프는 내게 해줄 이야기가 엄청나게 많다면서 그 이야기를 다 하려면 이번에는 여기에 아주 오래 머물러야 한다고 했다.

구스타프가 나를 자기 어머니에게 데려갔다. 부인은 덤불가의 테이블에 앉아 책을 읽다가 내가 다가오는 것을 보더니 자리에서 일어나 손을 내밀었다. 나는 우리 도시의 관례대로 손에 입을 맞추려고 했는데 부인이 허락하지 않았다. 부인이 손에 입을 맞추는 인사를 받지 않는다는 사실은 예전부터 알고 있었지만, 순간적으로 그만 깜박한 것이다. 부인이 말했다. 좀 더 일찍 오리라고 생각했다. 그래도 이리 다시 만나게 돼서 무척 반갑다. 늦게 온 만큼 너무 짧게 머무르지 않았으면 좋겠다고 했다. 부인은 그 말을 하면서 테이블로 돌아갔다. 테이블 위에는 부인이 읽던 책이 놓여 있었다. 나는 부인이 권한 의자에 앉았다. 구스타프도 테이블 옆에 선 채로 자리를 지켰다. 부인은 어찌 나 밝고 상냥한지 지금껏 그런 얼굴을 본 적이 없다는 느낌이 들었다. 하지만 어쩌면 그것은 기억의 한계 때문일지 모른다. 부인의 얼굴은 예전에도 늘 그랬을 것 같았기 때문이다. 나는 오랜 이별 끝에 부인을 볼 때마다 놀라움을 금치 못했다. 부인은 나이가 들수록 점점 우아해지고 사랑스러워졌기 때문이다. 세월의 흔적을 보여주는 잔주름과 다른 특징들 속에는 여전히 신뢰를 일깨우는 생생한 미모가 숨 쉬고 있었다. 인물화를 그리려고 수많은 사람의 얼굴을 면밀히 관찰하면서부터 깨달은 것이지만, 이러한 미모보다 더 아름다운 것은 바로 부인의 영혼이었다. 선량하고 기품이 넘치는, 다가오는 사람들에게 깊은 인상을 주는 그런 영혼이었다. 테이블 위에는 진보라에 가까운 색의 장미가 심긴 화분이 놓여 있었다. 부인은 등나무 의자에 등을 기댄 채 양손을 무릎 위에 포개놓고 말했다. "우리는 슈테르넨호프에서 조촐한 축하연을 열려고 해요. 알고 있겠지만, 우리는 작년부터 저택의 벽을 이루는 커다란 돌에 덧칠해놓은 회를 벗겨내기 시작했어요. 여기 주인어른의 말로는, 회칠로 인해 오히려 건물이 죽어버렸고, 회칠을 벗겨내 돌을 그대로 드러내는 것이 훨씬 아름다울 거래요. 이제 건물의 전면부 작업이 끝났어요. 건물 앞에 설치한 구조물들도 막 철거했죠. 지금은 건물 앞 바닥의 흔적을 없애는 작업을 하고 있을 거예요. 그런 다음 모래를 고르고 잔디를 깨끗이 씻어서 석회 자국이 사라지면 우리 모두 그리로 갈 생각이에요. 기대만큼의 결과가 나왔는지 봐야 하지 않겠어요? 다른 사람들도 가기로 했고, 아마 이웃도 몇 분 오실 거예요. 이제 젊은이도 여기 아스퍼호프의 일원이나 다름없으니 함께 가서 판단을 내려주지 않겠어요? 그리해주리라 믿어요."

"제 판단은 아직 보잘것없습니다. 제 판단 중에 조금이나마 쓸 만한 게 있고, 제게 미에 대한 약간의 지식과 감각이 있다면 그건 모두 저를 자상하게 받아주시고, 제 속에 있는 것들을 끌어내주신 이 집 어르신 덕입니다. 아마 어르신이 아니었더라면 그런 것은 결코 나올 수도 없었고 의미를 갖지도 못했을 겁니다. 그런 연유로 저는 슈테르넨호프의 일에 대해 판단을 내리는 데 별 도움이 안 될 겁니다. 더구나 주인어른과 에우스타흐의 의견이 곧 저의 의견이기도 하고요. 그럼에도 부인께서 저를 이리 따뜻하게 초대해주시고, 저 또한 부인의 댁에 가는 것이 큰 기쁨이기에 염치 불고하고 초대를 기꺼이 받아들이겠습니다. 단, 너무 늦게 가지만 않는다면 말입니다. 올여름 저는 작업 현장으로 돌아가 일을 마저 끝내야 하거든요."

"염려 마요. 머잖아 출발할 테니까. 어차피 이 집 사람들은 장미 개화기가 끝나면 우리랑 함께 슈테르넨호프로 건너가 얼마간 묵었다 가지요. 그건 오래전부터 지켜온 관례예요. 올해도 당연히 그리할 거예요. 여기 장미가 완전히 개화해서 시들어 떨어질 때쯤, 슈테르넨호프에서는 우리 집사가 모든 것을 말끔히 마무리해놓은 다음 우리한테 편지를 보낼 거예요. 축하연 날짜는 그 뒤에 정하면 돼요. 돈을 더 들여 건물의 나머지 부분도 회칠을 벗겨낼지, 앞부분만 벗겨낸 현 상태가 이전보다 덜 아름다워도 그대로 둘지, 아니면 벗겨낸 부분을 다시 회칠하는 게 좋을지는 여러분의 판단을 종합해서 결론을 내릴 생각이에요. 그만큼 판정단의 의견이 막중하다는 말이에요. 젊은이가 자신의 의견을 보잘것없는 것으로 폄하한 것은 잘못이에요. 이 집 주인어른과 함께 있으면서 젊은이의 내면에 잠들어 있던 것들이 꽃을 피운 것은 아주 자연스러운 일이에요. 우리 인간이 모두 그래요. 스스로 완전히 설 때까지는 남에 의해 키워지기 마련이죠. 그렇게 남의 내면에 잠들어 있는 중요한 면을 일깨워 예상보다 일찍 드러나게 하는 일은 큰 인물들의 행복한 특권이에요. 젊은이의 내면에 좀 더 고결하고 위대한 것으로 발전해가려는 성향이 존재했다는 것은 자발적으로 학문에 뛰어들었다는 사실에서 여실히 드러나요. 우리 시대의 다른 청년들은 그 나이에 절대 그런 일에 관심을 가지지 않아요. 게다가 젊은이의 가슴속에 선천적으로 '미'에 대한 취향이 존재했다는 것은 학문에 뛰어든 지 얼마 되지 않아 학문적 대상을 그림으로 표현하려 했다는 사실에서 알 수 있어요. 미적 감각이 없는 사람들은 그런 생각을 하지 못하고, 차라리 글로 쓰고 말죠. 마지막으로 젊은이는 단순히 학술적인 그림에 머물지 않고 단시간에 다른 그림, 그러니까 사람 얼굴과 풍경 그림으로 넘어갔고, 나중에는 문학 작품에도 힘을 쏟았어요. 젊은이가 이 언덕으로 올라온 날이 행복한 날이었다는 것은 젊은이가 이 집 주인어른을 사랑하게 되었다는 것에서 나타나요. 사람을 사랑한다는 건 그 감정을 느끼는 사람에게는 커다란 축복이거든요."

구스타프는 어머니가 이야기하는 내내 다정한 눈길로 어머니를 바라보았다.

내가 말했다. "어르신은 참으로 비범한 분입니다."

내 말에 부인은 아무 대꾸 없이 한동안 침묵했다. 그러다가 얼마 뒤 다시 입을 열었다. "여기 테이블 위에 내 독서의 동반자로 장미를 놓아두었는데, 어때요, 마음에 들지 않아요?"

"여기서 키우는 모든 장미가 그렇지만, 이 장미도 무척 마음에 듭니다."

"새로운 종이에요. 예전에 영국에 사는 친구가 편지를 보냈는데, 큐(Kew) 왕립식물원에서 기가 막힌 장미를 봤다면서 그 장미 이름을 편지에 적어줬어요. 그런데 우리 장미 목록에는 그 이름이 없어서 나는 아스퍼호프에 없는 종일 수도 있다고 생각하고, 친구에게 편지를 써서 그 장미를 구해줄 수 없느냐고 물었죠. 친구는 우리 둘 다 잘 아는 한 남자의 도움으로 그 품종을 구해 화분에 옮겨 심은 뒤 아주 세심하게 포장해서 나한테 보내줬어요. 그게 올봄이었죠. 나는 장미를 정성스럽게 돌보다가 장미가 개화할 기미를 보이자 즉시 이리로 갖고 왔어요. 장미는 여기서 완전히 꽃을 피웠어요. 장미의 특징은 모두 꿰고 있는 이 집 주인어른이 그 꽃을 보더니 여기에 없는 종이라고 결론 내렸어요. 그리고 에우스타흐를 불러 그림을 그리도록 했죠. 그러고는 영국으로 편지를 써서 내년 봄에 접목할 가지를 보내달라고 부탁했어요. 그동안 이 장미는 여기서 보살핌을 받을 거예요."

부인이 말하는 사이 덤불에서 테이블까지 이어진 오솔길 옆의 나뭇가지들이 움직이더니 나탈리에가 불쑥 튀어나왔다. 더위 때문인지 얼굴이 달아올라 있었고, 손에는 들꽃 다발을 들고 있었다. 나탈리에는 어머니 옆에 남자가 있으리라고는 상상도 못 한 듯 소스라치게 놀랐다. 그런데 그게 나라는 것을 확인하고는, 달아오른 얼굴의 홍조 위로 창백한 빛깔이 살짝 스쳐 지나가는 듯하더니 이내 다시 좀 더 붉은빛이 얼굴에 감돌았다. 놀라기는 나도 마찬가지였다. 나는 나도 모르게 자리에서 벌떡 일어났다.

나탈리에는 덤불 모퉁이에서 걸음을 멈추었다. 먼저 입을 뗀 것은 나였다. "반가워요, 아가씨. 이렇게 다시 만나게 돼서."

"저도 기뻐요, 이렇게 다시 오셔서."

이때 부인이 말했다. "더위를 먹었는지 얼굴이 발갛구나. 멀리까지 갔었니? 좀 있으면 점심 시간인데, 그렇게 멀리 나가면 안 되지. 열기를 너무 빨리 식히는 것도 좋지 않으니 의자를 햇볕 아래 갖다놓고 좀 앉아 있어라."

나탈리에는 잠시 서 있더니, 곧 어머니의 말대로 테이블 주변의 의자를 햇빛 비치는 곳으로 옮겨놓고 앉았다. 처음 덤불에서 나올 때는 챙이 크지 않은 둥근 모자를 손에 들고 있었는데, 지금은 햇살이 정수리에 강하게 내리쬐자 다시 모자를 썼다. 이 모자는 나탈리에뿐 아니라 마틸데 부인도 장미집과 슈테르넨호프에서 근처로 산책을 나갈 때 즐겨 썼다. 나탈리에는 들꽃 다발을 테이블 위에 올려놓고 꽃송이를 하나씩 골라내기 시작했다. 마치 새 꽃다발을 만들려는 듯이.

"어디에 갔던 거야?" 어머니가 물었다.

"우선 정원에 장미가 피어 있는 곳부터 차례로 둘러봤어요. 난쟁이 나무 옆 덤불과 큰 나무 아래에도 갔고, 나중에는 벚나무 언덕까지 올라가서는 밖으로 나갔어요. 야외에는 파종한 밭이 있었고, 풀 줄기 사이에 꽃이 잔뜩 피어 있었어요. 저는 곡식밭 사이의 좁은 길을 따라 걷다가 들판 쉼터에 이르러 잠시 쉰 다음 다시 길 없는 산비탈을 돌아다니면서 이 꽃들을 꺾었어요. 그런 다음 정원으로 돌아왔어요."

"이 꽃들을 따느라 그렇게 오래 산과 들로 돌아다녔다는 말이니?"

"산에 얼마나 오래 있었는지는 모르겠지만, 그리 길지는 않았을 거예요. 그리고 이 꽃들만 딴 게 아니라 산도 보고 하늘도 보고 풍경도 보고, 또 이 정원과 집도 보았어요."

"집 주변을 돌아다니는 걸 탓하는 게 아니다. 정오가 가까워지면 해가 제일 뜨겁지는 않아도 무척 뜨거워진다. 그럴 때 햇볕을 피할 곳도 없는 언덕을 돌아다니는 건 좋지 않아. 거긴 들판 쉼터만 빼고 나무 한 그루, 덤불 하나 없지 않니? 더구나 경치를 구경하고 꽃을 꺾는 데 정신이 팔려 시간 가는 줄도 몰랐고, 햇볕이 얼마나 뜨거운지도 몰랐어."

"꽃 꺾는 데 정신이 팔리지는 않았어요. 그냥 길을 가다가 눈에 띄는 꽃들만 꺾었는걸요. 그리고 어머니 말씀처럼 햇살이 그리 따갑지도 않았어요. 무척 편하고 자유로운 느낌이었어요. 피곤하지도 않았고요. 몸의 열기가 거북하기보다 오히려 힘을 북돋웠어요."

"햇볕이 뜨거운데 모자까지 손에 들고 다녔니?"

"예, 그랬어요. 하지만 어머니도 아시다시피 저는 숱이 무척 많아요. 숱 많은 머리에 와 닿는 따스한 햇살은 쾌적해요. 모자를 쓰고 있을 때보다요. 모자를 쓰고 있으면 머리가 아주 기분 나쁘게 뜨겁거든요. 모자를 벗으면 시원한 바람에 이마와 머리가 한결 상쾌해요."

나는 나탈리에가 말하는 동안 그녀의 얼굴을 관찰하면서 이제야 나탈리에의 얼굴이 왜 항상 그렇게 특이하게 느껴졌는지 깨달았다. 그 전에 아버지의 고대 조각품을 미리 보아둔 덕분이었다. 나탈리에의 얼굴은 조각품에 새겨진 고대인들의 얼굴과 비슷한 듯했다. 아니, 좀 더 정확히 말해서 조각품에 새겨진 얼굴들의 전형적인 특징이 고스란히 담겨 있는 듯했다. 나탈리에의 이마와 코, 입, 눈, 뺨은 조각된 여성들의 그것과 똑같았다. 거기서 풍기는 자유로움과 고귀함, 소박함, 부드러움, 그리고 완벽한 형태의 몸과 독특한 의지, 독특한 영혼이 엿보이는 강력한 힘도 똑같았다. 나는 여전히 테이블 옆에 서 있는 구스타프에게로 눈을 돌렸다. 구스타프도 비슷한 면이 있는지 확인하기 위해서였다. 그런데 구스타프는 아직 자기만의 본질적인 특징이 얼굴에 완전히 새겨져 있지 않았다. 얼굴선을 비롯해서 이목구비가 아직 무척 둥글고 연약했다. 하지만 몇 년 안에 조각품의 투구 쓴 젊은이들의 얼굴 특징이 그대로 나타나면서 나탈리에와 점점 비슷해질 것 같았다. 이제는 마틸데 부인에게로 시선을 돌렸다. 얼굴의 개성이 노년의 부드러움 속에 파묻혀버린 듯했지만, 불과 몇 년 전까지만 해도 조각품 속 중년 여인과 똑같았으리라는 확신이 들었다. 그렇다면 나탈리에는 지나간 고대 종족의 후손이었다. 현 종족과 다른, 현 종족보다 더 독립적인 종족의 후예였던 것이다. 나는 한참 동안 나탈리에를 지켜보았다. 그녀는 말하는 내내 우리를 바라보기도 하고, 간간이 눈을 내리깔고 테이블 위의 들꽃을 내려다보기도 했다. 나탈리에의 얼굴이 아버지가 말한 '고대 로마적'이라는 수식어와 잘 어울리는 것은 일부 다음과 같은 것 때문인 듯했다. 그러니까 반듯하게 뻗은 목과 장식 하나 없이 소박한 옷이 얼굴의 그런 느낌을 더욱 부각했던 것이다. 옷감에는 쓸데없는 장식이 하나도 없었고, 목에도 목걸이든 뭐든 장신구는 전혀 눈에 띄지 않았다. 이것이 소박한 우아미를 더욱 돋보이게 했다. 수수한 색상과 수수한 스타일의 옷이 수정처럼 깨끗한 목을 감싸며 내려갔다.

나탈리에가 이야기하는 동안 다정한 눈길로 딸을 바라보던 부인이 말했다. "그래서 젊음이 좋은 거야. 무엇 하나 거칠 것이 없고, 무엇이든 발전적으로 소화해내지 않니? 게다가 젊음 역시 자신에게 무엇이 필요한지 스스로 느껴. 노년이 자신에게 안식과 고요가 필요함을 느끼듯이 말이다. 이 집 어른이 늘 하시는 말씀이 있다. 본성은 저절로 드러나게 해야 한다고. 그렇다면 네가 필요하다고 느끼면 어디든 가도 괜찮다. 다만 우리는 네가 지금까지 그래왔던 것처럼 앞으로도 잘못하는 일이 없고, 우리 말을 무시하지 않으리라 믿는다. 네 몸을 잊을 정도로 생각에 깊이 빠지지는 말라는 말이다."

"명심하겠어요, 어머니. 하지만 돌아다니는 것은 허락해주세요. 소원이에요. 물론 가능한 한 절제하려고 노력할게요. 어머니 마음을 편케 해드리기 위해서라도요. 하지만 산이건 들이건 마음대로 돌아다니고 싶어요. 골짜기와 숲에도 가고 싶고, 시골에도 가서 거기 있는 모든 것을 구경하고 관찰하고 싶어요. 그런 다음에 찾아오는 휴식만큼 몸과 마음에 달콤한 것은 없을 거예요."

나탈리에가 정오 직전의 뜨거운 태양 아래에서 더위를 먹었다는 사실은 얼굴에 그대로 드러났다. 그런데 처음의 창백한 낯빛이 가시자 피어올랐던 홍조는 테이블에 앉은 지 꽤 오래되었는데도 거의 가라앉지 않았다. 나탈리에의 양 볼에 나타난 부드러운 홍조는 수줍은 듯 미소 짓는 발간 꽃처럼 아름다웠다.

나탈리에는 꽃다발 다듬는 일을 멈추지 않았다. 큰 꽃다발에서 꽃을 하나씩 빼 작은 꽃다발을 만들어나가더니 어느 순간 큰 다발이 차츰 작아지면서 작은 다발이 점점 커졌다. 나탈리에는 꽃 한 송이, 풀줄기 하나 버리는 일이 없었다. 그렇다면 이것은 꽃을 가려내는 작업이 아니라 처음의 꽃다발을 더 아름답게 만드는 작업처럼 보였다. 역시 내 짐작이 틀리지 않았다. 이제 테이블 위에는 처음의 다발이 완전히 사라지고 새 다발만 남았기 때문이다.

마틸데 부인은 여전히 책을 앞에 펼쳐두었지만 다시 읽지는 않았다. 대신 내가 그사이 어디에 있다 왔는지, 거기서 무엇을 했는지 물었다. 나는 두 가지 다 자세히 설명했다.

구스타프는 이제 내 옆의 의자에 앉아 내 이야기에 귀를 기울였다.

해가 중천에 이르러 우리의 테이블에 직사광선이 내리쬘 무렵 아라벨라가 점심 식사를 하라며 우리를 불렀다.

장미 화분은 정원에서 일하던 한 남자가 집 안으로 가져갔다. 부인은 테이블에 놓아둔 바구니와 책을 들고 일어났고, 나탈리에는 꽃다발을 들었다. 모자는 다시 팔에 걸었다. 그렇게 우리는 집으로 향했다. 여자들이 앞장서고, 구스타프와 나는 그 뒤를 따랐다.

주인어른과 에우스타흐, 구스타프, 심지어 이 집의 다른 사람들에게까지 내가 올해 늦은 이유를 설명했던 것은 결코 이상한 일이 아니었다. 왜냐하면 나는 이 집에서 항상 가족처럼 따뜻한 환대를 받았을 뿐 아니라 이 집 사람들은 내가 매년 여름 장미집을 찾는 것을 관례라고 여겼기 때문이다. 물론 그건 나도 마찬가지였다.

나는 주인어른에게 내가 올여름에 했던 일들을 이야기했고, 주인어른은 내가 없는 사이 장미집에 있었던 변화들을 하루 이틀 사이에 모두 보여주었다.

장미가 활짝 피어 있는 시간은 그리 오래 지속되지 않을 것 같았다. 내가 온 게 장미가 활짝 피기 시작할 무렵이 아니라 벌써 피고 난 이후였기 때문이다.

장미집의 그림들은 내게 다시 달콤한 감정을 선사했고, 계단 위의 대리석상은 내게 점점 가까이 다가왔다. 그전에 내가 아버지의 조각품을 구경하고, 살아 있는 사람에게서 대리석상에 있는 것과 비슷한 면을 발견한 것이 영향을 미친 듯했다. 나는 틈나는 대로 구스타프와 함께 혹은 나 혼자 주변 지역을 돌아다녔다.

어느 날 오후 우리는 장미방에 앉아 있었다. 마틸데 부인이 인생의 여러 일과 현상에 대해 언급하면서 그것들을 어떻게 받아들여야 하고, 그것들이 세월 속에서 어떻게 바뀌어가는지 자분자분 이야기했다. 주인어른의 대답이 이어졌다. 나는 오늘에야 주인어른이 이 방을 얼마나 세심하고 자상하게 꾸몄는지 알아차렸다. 이 방에 걸린 그림들, 그러니까 크기와 액자가 똑같은 그림 네 점은 비록 크기는 작아도 장미집의 모든 그림 가운데 가장 특출하고 비범했다. 그사이 미술에 대한 내 판단력은 그림에 존재하는 뚜렷한 차이를 짚어낼 정도로 발전했다. 내가 주인어른에게 이 방의 그림들이 특히 아름답다고 말하자 어른은 마틸데 부인 앞이어서 그런지 무척 겸손한 표현으로 그것을 인정했다. 곧이어 우리는 다 함께 일어나 그림을 감상했고, 그림에 담긴 섬세함과 우아함, 고결함에 감탄을 금치 못했다.

올해도 장미 개화기에 맞추어 손님들이 찾아왔다. 그러나 나는 예년만큼 사람들과 어울리지 않았다.

올해 나탈리에는 내가 보기에도 작년보다 훨씬 자주 정원과 주변 지역을 돌아다녔다. 산책하는 거리도 멀었고, 혼자 갈 때도 많았다. 나탈리에가 가장 빈번하게 선택하는 경로는 커다란 벚나무가 있는 곳에서 밖으로 나가 파종한 밭들을 돌아서 가는 길이었다. 그게 아니면 곧장 언덕을 거쳐 도로로 내려가기도 하고, 농장으로 가거나 언덕을 따라 걷기도 했다. 어떤 때는 잉호프를 향해 얼마큼 걷다가 돌아왔다. 그렇게 돌아오면 의자에 앉아 주변에서 무슨 일이 일어나는지 물끄러미 지켜보았다.

나 자신이 먼 길을 떠나 저녁 무렵 장미집으로 돌아오던 어느 날이었다. 나는 오리나무 개천에서 위쪽으로 방향을 틀어 들판 사이의 풀밭 길을 지나 언덕에 이르렀다. 이대로 쭉 올라가면 들판 쉼터였다. 그렇게 쉼터를 향해 터벅터벅 걸어가는데 물푸레나무 아래 벤치에 누가 앉아 있는 것이 보였다. 나는 사람이 있건 말건 물푸레나무를 향해 계속 올라갔다. 거리가 아주 가까워졌는데도 나는 그 사람이 누군지 알아보지 못했다. 형체가 나를 등지고 있었을 뿐 아니라 나무에 몸이 대부분 가려져 있었기 때문이다. 형체는 남쪽을 보고 있었다. 움직이지도, 고개를 돌리지도 않았다. 그렇게 내가 형체 뒤에 바짝 접근했을 때였다. 그제야 그 사람은 풀을 밟는 내 발소리나 곡식을 스치는 옷소리를 들은 것 같았다. 그 사람이 갑자기 자리에서 벌떡 일어나더니 몸을 돌렸다. 내 앞에 서 있는 것은 나탈리에였다. 우리는 벤치를 사이에 두고 두 걸음도 채 떨어져 있지 않았다. 나무는 이제 옆쪽으로 비스듬한 방향에 있었다. 우리는 둘 다 깜짝 놀랐다. 나로서는 벤치에 앉아 있는 사람이 나탈리에라고는 상상조차 못 했고, 나탈리에도 길이 없는 뒤쪽에서 갑작스레 사람 발소리가 들려오니 소스라치게 놀랄 수밖에 없었다. 게다가 발소리의 주인공이 남자임을 알았을 때는 더더욱 가슴이 철렁 내려앉았을 것이다. 나탈리에는 그것이 나라는 것을 바로 알아차리지는 못한 것 같았다.

우리는 잠시 묵묵히 마주 서 있었다. 이윽고 내가 말문을 열었다.

"아가씨였군요. 아가씨가 여기 물푸레나무 밑에 앉아 있으리라고는 생각도 못 했어요."

"힘들어서 벤치에 앉아 쉬고 있었어요. 평소 집으로 돌아가는 시간보다 늦었거든요."

"힘든데 괜히 내가 일어나게 했네요. 어서 앉아요. 그리고 여기서 잠시만 기다려요. 내가 서둘러 집으로 돌아가서 구스타프를 보낼게요. 누나를 모셔오라고 말이에요."

"그러실 필요 없어요. 아직 저녁도 안 된걸요. 게다가 저녁이라고 해도 이 근방엔 위험한 게 없어요. 그러니 제가 혼자서 멀리까지 갔다 와도 어머니와 어르신이 별 걱정을 안 하시죠. 오늘은 라이트 언덕의 붉은 십자가까지 갔다 왔어요."

"한 시간이 넘는 거리일 텐데."

"얼마나 걸었는지는 몰라요. 그냥 곡식이 바다처럼 일렁거리는 들판 길을 따라 무작정 걸었어요. 비탈의 덤불과 들판의 나무들을 지나다보니 어느새 파종한 밭 사이로 붉은 십자가가 우뚝 솟아 있었어요."

"내 걸음으로 쉬지 않고 걸어도 거기까지 족히 한 시간이 걸립니다."

"말한 대로 저는 시간을 재지 않았어요. 그냥 여기서 붉은 십자가까지 걸어갔다가 다시 돌아왔어요."

벤치 뒤의 풀밭에 어정쩡하게 서 있던 나는 그사이 나무 앞의 공터로 위치를 바꾸었다. 나탈리에도 자세를 살짝 바꾸며 다시 벤치에 앉았다.

"거기까지 갔다 왔으면 당연히 휴식이 필요할 겁니다."

"꼭 그것 때문에 이 벤치를 찾은 건 아니에요. 아무리 힘들어도 집에 갈 힘은 아직 남아 있어요. 아니 더 멀리 가래도 갈 수 있어요. 여기를 찾은 건 다른 소망이 있어서예요."

"뭔가요, 그게?"

"여긴 무척 아름다워요. 눈으로 산책하기에 이만한 곳도 없어요. 게다가 여기 앉아 있으면 혼자만의 생각에 잠길 수 있어요. 식구들에게 돌아가면 그 생각을 중단할 수밖에 없거든요."

"그래서 여기서 쉬는 겁니까?"

"예."

"어려서부터 혼자 들판 길을 다니기 좋아했어요?"

"그건 잘 기억나지 않아요. 어린 시절 중에는 정확히 기억나지 않는 시기가 더러 있잖아요. 설사 제가 어릴 때 활발히 움직이는 것을 무척 좋아했더라도 그랬다는 기억이 머릿속에 없다면 그건 사실이 아닐 거예요."

"그럼 요즘은 밖으로 마구 나가고 싶은 마음이 드나요?"

"답답한 느낌이 없는 곳으로 돌아다니길 좋아해요. 곡식이 물결치는 들판 길을 걷고, 완만한 언덕을 오르고, 잎이 무성한 나무들을 지나고, 그러다보면 문득 하늘과 구름이 다른 생경한 지방에 이르곤 해요. 저는 걸어가면서 생각하고 또 생각해요. 하늘과 구름, 곡식, 나무, 덤불, 풀, 꽃은 그런 나를 방해하지 않아요. 그런데 정말 피곤해서 이곳 벤치나 정원의 의자, 우리 방의 소파에 털썩 주저앉을 때면 다시는 그렇게 멀리까지 가지 않으리라 다짐하곤 해요. 그건 그렇고 어딜 갔다 오시는 길이에요?" 나탈리에가 잠시 침묵한 끝에 물었다.

"식사 후에 오리나무 개천에서 호수 쪽으로 올라갔다가 발크 언덕의 작은 숲을 지나갔어요. 란데그 지방과 그곳의 교회 탑이 훤히 보이는 언덕이죠. 나는 발크 언덕에서 위로 더 올라갔고, 그러다 마침내 갈대의 집들에 이르렀어요. 근데 거기서는 아스펴호프까지 족히 두 시간이 걸리니 더 가지 않고 돌아가기로 마음먹었어요. 더구나 거기까지 가는 데 이미 많은 시간이 소요됐어요. 중간 중간에 자주 걸음을 멈추고 이것저것 구경했기 때문이죠. 그래서 지름길을 택해야 했어요. 들판 길과 여러 교회 길로 들판을 지난 다음 데른호프와 암바흐 사이에서 호숫가 숲으로, 그리고 다시 오리나무 개천으로 내려왔어요. 거기서부터는 나도 잘 아는 길이죠. 비탈의 풀밭을 따라가면 들판 쉼터까지 가장 빨리 갈 수 있죠. 그래서 길이 없는데도 풀밭을 지나 이리 올라온 겁니다."

"무척 피곤하시겠어요." 나탈리에가 몸을 한쪽으로 밀어 벤치 위에 내가 앉을 자리를 마련해주었다.

나는 어떻게 해야 할지 잠시 갈피를 잡지 못하다가 결국 나탈리에 옆에 앉았다.

"혹시 벤치에서 읽으려고 책을 갖고 오진 않았어요? 오늘은 꽃을 꺾지 않았어요?"

"책도 가져오지 않았고 꽃도 꺾지 않았어요. 걸을 때는 물론이고 들판의 벤치나 바위에 앉아 있을 때도 책은 읽을 수 없어요."

나탈리에 옆에는 정말 아무것도 없었다. 심지어 여자들이 야외로 갈 때 가져가는, 자잘한 물건들을 넣어두는 바구니도 없었다. 나탈리에는 그저 한가하게 벤치에 앉아 있었다. 밀짚모자는 벤치 옆 풀 위에 놓여 있었다.

잠시 후 나탈리에가 말을 이어갔다. "꽃은 길가에 피어 있는 것들만 틈틈이 꺾어요. 이 근방에 제일 많은 것은 양귀비예요. 하지만 양귀비는 잎이 잘 떨어져서 꽃다발을 만들기에 좋지 않아요. 양귀비 말고는 수레국화와 패랭이꽃, 초롱꽃 등이 골고루 있어요. 저는 꽃바다가 펼쳐져 있을 때도 꽃을 꺾지 않아요."

나탈리에와 이렇게 단둘이 들판 쉼터의 물푸레나무 아래에 앉아 있으니 기분이 야릇했다. 나탈리에의 발끝이 땅 위의 먼지 속으로 비죽 삐져나와 있었고, 옷의 솔기는 바닥에 닿아 있었다. 물푸레나무는 잎사귀 하나 살랑거리지 않았다. 바람이 잔잔했기 때문이다. 아래를 내려다보건, 좌우 뒤쪽을 돌아보건 사방은 온통 여물어가는 푸른 이삭들 천지였다. 우리와 가장 가까운 곡식밭의 가장자리에서는 붉은 양귀비와 파란 수레국화가 우리를 넌지시 건너다보고 있었다. 해가 뉘엿뉘엿 넘어갔다. 곡식밭 너머 해가 넘어가는 쪽의 하늘이 하얗게 반짝거렸다. 구름 한 점 없었다. 남쪽에는 높은 산들의 맑고 또렷한 선이 하늘과 맞닿아 있었다.

"붉은 십자가 근처에서 좀 쉬었어요?" 얼마 뒤 내가 물었다.

"쉬지 못했어요. 거기서는 쉴 수가 없어요. 십자가가 곡식들 한가운데에 솟아 있어서 그냥 한 팔로 십자가에 기대고 들판과 과일나무와 인가만 잠시 바라보다가 왔어요."

"여긴 날이 맑고 햇살이 가득하면 멀리 내다보이는 전경이 아주 아름다워요."

"맞아요. 긴 사슬 같은 은빛 봉우리들과 드넓은 숲, 그리고 인간에게 축복을 안겨주는 들판, 이 모든 것 아래에 어머니와 동생, 아버지 같은 어르신이 사는 집이 있어요. 그런데 저는 구름 낀 날에도 이런 언덕에 올라가요. 세상이 또렷이 보이지 않아도 상관없어요. 그렇게 걸을 때 가장 좋은 것은 내가 혼자라는 사실, 오로지 나 자신에게 몰입한 채 내가 완전히 혼자라는 사실을 느끼는 거예요. 혹시 여행 다니면서 그런 거 못 느껴봤어요? 그쪽이 탐구하는 세계는 어땠어요?"

"시기에 따라 달랐어요. 한때는 세계가 아름답고 분명했어요. 나는 많은 것을 알고자 했고, 많은 것을 그리고 많은 것을 기록했어요. 그 시기가 지나자 모든 것이 점점 어려워지더니 학문적 과제들이 더 이상 쉽게 풀리지 않고 복잡하게 뒤엉키면서 계속 새로운 문제를 만들어냈어요. 그런 다음 다른 시기가 찾아왔죠. 학문이 더 이상 궁극적인 것이 아니라는 느낌이 들었고, 개별적인 것을 알고 있느냐 아니냐는 중요하지 않은 듯했어요. 그와 함께 세계가 잘게 나뉘지 않은 상태에서 한꺼번에 포착해야 할 내적 아름다움으로 불타올랐죠. 나는 경탄하는 심정으로 그 세계를 사랑했고, 그 세계에 다가가고자 했으며, 거기에 내재하는 위대한 미지의 것을 동경했어요."

나탈리에는 한동안 말이 없다가 얼마 뒤 다시 물었다. "이번 여름에 작업 장소로 다시 돌아가실 건가요?"

"그럴 생각이에요."

"겨울은 식구들과 함께 보내나요?"

"지금까지처럼 올겨울도 부모님 댁에서 보낼 겁니다."

이번에는 내가 질문을 던졌다. "겨울에는 슈테르넨호프에서 지냅니까?"

"전에는 도시에서 겨울을 보낼 때가 많았지만, 지금은 벌써 몇 번 슈테르넨호프에서 보냈어요. 여행을 한 적도 두 번이나 되고요."

"클로틸데 말고 다른 누이는 없나요?" 얼마간의 침묵 끝에 나탈리에가 다시 물었다.

"없어요. 우리 남매가 전부예요. 형제가 있는 즐거움을 누리지 못하죠."

"저도 자매가 있는 즐거움을 누리지 못하는걸요."

해가 지평선 너머로 떨어지면서 황혼이 찾아왔다. 우리는 여전히 벤치에 앉아 있었다. 이윽고 나탈리에가 일어나더니 풀 위에 있는 모자로 손을 뻗었다. 내가 먼저 집어서 건넸다. 나탈리에가 모자를 쓰더니 출발할 채비를 했다. 순간 내가 팔을 내밀었다. 나탈리에가 살며시 자기 팔을 끼웠다. 그런데 어찌나 살짝 끼우던지 닿는 느낌이 거의 없었다. 우리는 벚나무와 가까운 정원 문이 있는 쪽으로 올라가지 않고, 쉼터에서 곡식밭 사이로 난 오솔길을 따라 농장으로 내려갔다. 둘 다 말이 없었다. 나는 옆에서 걸어가면서 나탈리에의 살랑거리는 옷과 그녀의 발걸음을 느꼈다. 낮에는 들리지 않던 시냇물 흘러가는 소리도 들려왔다. 황금빛으로 물들어가는 저녁 하늘이 우리 머리 위로, 곡식밭 언덕 위로, 검게 채색한 듯한 나무 주위로 활활 불타오르고 있었다. 우리는 농장까지 걸어갔다. 거기서부터는 장미집까지 이어진 초원을 가로질러 정원 문으로 향하는 오솔길로 접어들었다. 양봉장 방향에 있는 문이었다. 우리는 그 문으로 들어가 양봉장을 지났고, 거기 있는 나무들과 길가의 덤불을 지나 마침내 집에 이르렀다. 식당방에는 벌써 사람들이 다 모여 있었다. 나탈리에가 팔짱을 끼고 있던 팔을 뺐다. 아무도 우리가 어디서 어떻게 만나서 함께 오는지 묻지 않았다. 곧 저녁 식사가 시작되었다. 그만큼 시간이 깊었다. 식사를 하는 동안 나탈리에와 나는 거의 입을 열지 않았다.

우리는 식당방을 나와 각자 자기 방으로 흩어졌다. 나는 방에 들어오자마자 촛불을 끄고 푹신한 소파에 앉아, 그사이 하늘에 떠오른 달이 방바닥에 만들어내는 빛의 사각 무늬를 물끄러미 지켜보기만 했다. 그날 밤은 매우 늦게 잠자리에 들었다. 더구나 평소 습관과는 달리 침대에 들어 책을 읽지도 않았다. 그저 꽤 오랫동안 잠들지 못한 채 침대에 누워 있기만 했다.

그날 이후 나탈리에는 나를 피하는 듯했다. 며칠 밤 동안 나는 치터 연주 소리를 다시 들었다. 모녀의 치터 연주는 아주 훌륭했다. 나도 예전에 비해 치터 소리를 더 깊이 받아들이고 더 정확하게 평가할 수 있었다. 하지만 그런 이야기는 하지 않았다. 나 자신이 치터 연주에서 어설픈 수준이 아니라는 말은 더더욱 하지 않았다. 나는 치터를 장미 집으로 가져온 적이 한 번도 없었다.

이윽고 슈테르넨호프로 떠날 시간이 다가왔다. 부인과 나탈리에는 하인들을 데리고 먼저 출발했다. 손님을 맞을 채비를 하기 위해서였다. 우리는 나중에 뒤따르기로 했다.

우리가 떠나기 전에 주인어른이 내게 이런 부탁을 했다. 예전에 내가 라우터탈 골짜기에서 발견해서 아버지에게 선물했고 아버지가 유리방의 기둥에 부착한 그 벽장식목을 이번 겨울에 정확하게 그려서 내년 여름에 갖다줄 수 없겠느냐는 것이다. 나는 그 말을 듣고 무척 기뻤다. 내가 그렇게 사랑하고, 그렇게 큰 은덕을 베푼 어른에게 나도 이제 무언가 해드릴 수 있다는 사실이 몹시 뿌듯했던 것이다. 나는 힘닿는 데까지 정확하고 세심하게 그려서 갖다드리겠다고 약조했다.

며칠 뒤 나는 주인어른과 에우스타흐, 롤란트, 구스타프와 함께 슈테르넨호프로 출발했다.

축제

슈테르넨호프에서 열리는 축제는 흔히 말하는 그런 일반적인 축제가 아니라 여러 사람이 다 함께 초대받아 방문하는 모임에 가까웠다. 그것도 어떤 특별한 행사가 있거나 격식을 갖춘 초대가 아니라 그저 기회가 되어 사람들을 부른 것뿐이었다. 게다가 언제 방문할지, 얼마나 머물지도 참석자들의 재량에 맡겼다.

우리는 아스퍼호프를 출발한 지 둘째 날에 슈테르넨호프에 도착했다. 길을 약간 돌아서 왔기 때문이다. 벌써 많은 손님이 모여 있었다. 여러 가족이 모이는 행사에선 늘 그렇듯 특이한 옷차림의 낯선 하인들이 성 근처에서 서성거리거나 농장과 성 사이의 길을 이리저리 오가고 있었다. 손님들이 타고 온 마차와 말 들은 일부 농장에 넣어두었다. 우리는 성문을 지나 안뜰에 마차를 세웠다. 나는 마차가 언덕길을 달려 성에 가까워지자 회칠이 벗겨져 맨돌이 그대로 드러난 성의 전면부를 궁금한 시선으로 바라보았다. 순간 망설임 없이 판단을 내렸다. 지금 모습이 예전과는 비교도 안 될 만큼 나아 보였다. 예전에는 어땠는지 아예 기억조차 나지 않을 정도였다. 나와 같은 마차를 탄 다른 일행도 그것을 보고 내심 판단을 내렸을 법한데도 누구 하나 입을 열지 않았다. 물론 그건 나도 마찬가지였다. 하인들이 다가와 우리 짐을 받아 들고 마차를 몰고 갔다. 집사가 우리 일행을 넓은 계단을 통해 응접실로 안내했다. 응접실은 아스퍼호프에서 제작된 새 집기들이 비치된, 일렬로 쭉 늘어선 여러 방 가운데 하나였다. 방들은 문이 모두 열려 있었다. 마틸데 부인은 늙수그레한 부인과 함께 테이블에 앉아 있었다. 다른 몇몇 부인과 처녀 들, 그리고 중년 남자와 청년 들은 그 둘레에 띄엄띄엄 앉아 있었다. 나탈리에는 눈에 띄지 않는 외진 곳에 있었다. 마틸데 부인과 나탈리에는 보통 이런 자리에서 지체 높은 부인들이 입는 옷을 입었다. 다른 부인들이 입은 것보다 훨씬 소박했는데도 조화와 우아함 면에서 따를 옷이 없었다. 나는 여기서도 뿜어져 나오는 주인어른의 정신을 느꼈다. 내가 몇 번 동석한 우리 도시의 상류층 모임을 떠올려보면 다른 사람들이 추구하는 고상한 정장이 바로 마틸데 모녀가 입은 그런 옷이 아닐까 하는 생각이 들었던 것이다. 마틸데 부인이 자리에서 일어나더니 상냥한 얼굴로 우리에게 고개를 숙였다. 다른 이들도 따라 했고, 우리 역시 부인과 다른 손님들에게 인사했다. 사람들이 다시 자리에 앉자 집사와 하인 둘이 우리에게 자리를 마련해주었다. 나는 남의 눈에 잘 띄지 않는 곳에 자리를 잡았다. 어디서건 이런 모임에서는 참석자들을 소개하는 것이 관습이었는데, 그런 관습이 장미집과 슈테르넨호프에서는 엄격하게 지켜지지 않는 듯했다. 여러 사람이 모인 자리에서도 돌아가며 소개를 하지 않는 경우를 여러 번 보았다. 지금 여기 슈테르넨호프의 응접실에서도 마찬가지였다. 사람들은 형식적인 소개 대신 적절한 기회에 개인적으로 서로 정보를 교환하거나, 아니면 우연히 인사를 나누었다. 그래서 새로 손님이 와도 참석자들을 일일이 다시 소개하는 일은 일어나지 않았다. 게다가 여기 있는 사람들은 어차피 대부분 서로 아는 사이였다. 주인어른과 마틸데 부인은 사람들에게 나를 굳이 소개하려 하지 않았다. 아스퍼호프에 낯선 손님이 와도 누구냐고 물은 적이 없는 것이 나라는 사람이었기 때문이다. 구스타프는 거의 손님처럼 행동했다. 어머니에게 귀엽게 인사하고, 다른 사람들에게도 허리 숙여 인사하고, 또 나탈리에에게는 활짝 미소를 짓더니 한갓진 자리에 얌전히 앉아 사람들의 이야기에 귀를 기울였다. 주인어른과 에우스타흐, 롤란트는 정장 차림이었다. 물론 나도 그랬다. 그런데 검은 양복을 입은 이들의 모습은 낯설었을 뿐 아니라 평상복을 입고 있을 때보다 오히려 초라한 느낌이 들었다.

주인어른은 곧 여러 손님들과 담소를 나누었다. 일반적이고 일상적인 일들에 관한 대화였는데, 어떤 때는 한 사람과, 어떤 때는 여러 명과 이야기를 주고받았다. 나는 거의 말을 하지 않았다. 누군가 말을 시키거나 질문을 할 때만 입을 열었다. 나는 내 앞에 보이는 사람들을 구경하거나, 개개인을 관찰하거나, 아니면 나탈리에를 살펴보았다. 한번은 롤란트가 내 옆으로 의자를 끌고 오더니 우리 둘 다 관심 있는 것들에 대한 이야기를 꺼냈다. 아마 이 친구도 나처럼 군중 속에서 외로움을 타는 듯했다.

가벼운 다과 자리가 끝나고 대부분 일어나 끼리끼리 무리를 짓자 누군가 정원으로 산책을 나가자는 제안을 내놓았다. 사람들은 박수로 그 제안에 동의를 표했다. 마틸데 부인이 일어났다. 젊은 부인들은 벌써 일어나 있었다. 한 잘생긴 노신사가 마틸데 부인에게 팔을 내밀었다. 부인과 같은 테이블에 앉은 늙수그레한 부인의 남편처럼 보였는데, 마틸데 부인을 계단 아래로 안전하게 호송하겠다는 뜻이었다. 장미집 주인어른도 늙수그레한 부인에게 팔을 내밀었다. 이런 식으로 몇 쌍이 더 생겨났다. 다른 사람들은 아무렇게나 뒤섞여 밖으로 나갔다. 나는 걸음을 멈추고 사람들에게 길을 내주었다. 나를 밀치고 지나가는 일이 없도록 하기 위해서였다. 나탈리에는 아름다운 한 처녀와 이야기하면서 내 곁을 지나갔다. 나는 롤란트, 구스타프와 함께 마지막으로 계단을 내려갔다. 정원에서는 사람이 많으면 늘 있는 그런 풍경이 펼쳐졌다. 사람들은 천천히 앞으로 움직이다가 어떤 때는 여기, 어떤 때는 저기서 걸음을 멈춘 채 이것저것 구경하고 이야기를 나누고는 다시 걸었다. 일부는 대열에서 떨어져 나갔다가 얼마 뒤 다시 하나로 합쳐졌다. 나는 사람들의 이야기를 귀담아듣지 않았다. 아까 그 처녀랑 함께 걸어가는 나탈리에가 보였다. 곧 몇 명이 더 합류했다. 나는 다른 사람들 틈에서 어른거리는 나탈리에의 연갈색 비단옷을 보았다. 덤불에 가려 사라졌던 나탈리에의 형체가 다시 나타났다. 응접실에서 만났던 젊은 사람들은 중년 남자들과 걷기도 하고, 더 어린 청년들과 걷기도 했다. 롤란트와 구스타프는 내 곁에 붙어 있었다. 구스타프는 내가 일을 재개한 그곳은 어떻게 생겼는지, 높은 산은 있는지,

골짜기는 넓은지, 라우터제 호숫가처럼 아늑한지, 내가 어느 산에 올라갔는지, 더 깊이 들어갈 생각은 없는지 등을 물었다. 롤란트는 참석자들의 면면을 이야기해주었다. 몇몇 사람의 이름을 언급하며 사람들의 형편과 관계를 설명했다. 롤란트는 수많은 곳을 돌아다녔을 뿐 아니라 교회와 예배당, 퇴락한 성 들을 비롯해서 중요한 곳이라면 어디 하나 빠지지 않고 들렀기 때문에 누구보다 아는 것이 많았다. 게다가 성품 자체가 워낙 활달해서 사람들의 속사정도 잘 알았고, 기억력까지 좋아서 기억하는 것도 많았다. 그가 털어놓은 이야기는 이랬다. 우리가 응접실에 들어갔을 때 마틸데 부인 옆에 앉아 있던 늙수그레한 부인은 대지주이다. 슈테르넨호프에서 걸어서 한나절 정도 떨어진 곳에 산다. 이름은 틸부르크이고, 그녀의 성(城)도 같은 이름으로 불린다. 틸부르크 부인은 세상의 모든 안락하고 호사스러운 것에 둘러싸여 산다. 그 성의 온실은 일대에서 가장 아름답다. 정원에는 당대에 빼어나다고 하는 것치고 없는 것이 없다. 정원사 둘에 과실수 담당 정원사가 따로 있고, 조수들의 수도 상당하다. 성의 방들은 세상의 큰 도시들에서 들여온 가구와 직물 들로 장식되어 있고, 마차 역시 편리함과 화려함의 극치를 이룬다. 거실에는 회화와 서적, 잡지, 자잘한 놀이 도구 들이 곳곳에 흩어져 있다. 부인은 인근 지역을 즐겨 찾고, 이웃들이 방문하는 것도 좋아한다. 겨울에는 성에 머무르는 일이 거의 없고 머물더라도 항상 짧게 머무른다. 여행을 즐기고, 특히 남쪽 지방에 자주 머물며 돌아올 때는 늘 진기한 물건들을 챙겨 온다. 부인은 외동딸이자 유일한 상속자였다. 오빠가 하나 있었지만 어린 나이에 죽었다. 마틸데 부인에게 팔을 내준 남자가 남편이다. 남편도 부유한 부모의 유일한 혈육이라 두 사람의 결합은 어마어마한 재산이 하나로 합쳐지는 것을 의미했다. 남편은 아내의 취미 생활을 공유하지는 않지만, 그렇다고 반대하지도 않는다. 열정이 없는 단순한 성품의 남편은 사랑하는 아내를 기쁘게 해주는 일이라면 뭐든 하려고 한다. 그래서 아내가 좋아하는 여행에 따라나서기를 좋아한다. 남편의 재산관리 솜씨는 옛날부터 탁월하다고 정평이 나 있다. 응접실에 있던 젊은 남자들 가운데 생기 넘치는 검은 눈의 늘씬한 청년이 두 사람의 아들이다. 그것도 하나밖에 없는 자식이다. 아들은 아주 잘 컸다. 틸부르크 측에서 슈테르넨호프와 좀 더 깊은 관계를 맺고 싶어 하는지는 알 수 없다.

이 대목에서 구스타프가 롤란트 쪽으로 몸을 살짝 기울이더니 그의 얼굴을 바라보았다. 하지만 다른 말은 하지 않았다.

틸부르크 성은 나도 잘 알았다. 기억도 생생했다. 하지만 그 근처를 지나가기만 했을 뿐 직접 들어가본 적은 없었다. 지나가다 보면 최근에 환한 색깔로 회칠을 한 둥근 탑 네 개가 성의 네 귀퉁이에 서 있는 것이 보였다. 여기 슈테르넨호프에서는 막 벗겨버린 그런 회칠이었다. 저택 표면을 장식하는 회칠이 주변 나무들의 초록색뿐 아니라 먼 산과 하늘의 푸른색과 지나치게 날카롭게 대비되어 하늘이 칙칙해 보인다는 이유에서 말이다.

롤란트의 말이 이어졌다. "저기 중간 창문 근처에 앉아서 틈만 나면 자리에서 일어나는, 작고 머리가 하얀 남자는 하스베르크의 주인입니다. 하스베르크는 원래 저 양반의 부친이 둘째 아들에게 물려주려고 산 것입니다. 큰아들에게는 가문의 세습지(世襲地)인 바이스바흐를 주기로 했거든요. 그런데 둘째 아들과 아버지가 죽는 바람에 장자인 저 양반이 바이스바흐와 하스베르크를 둘 다 차지하게 되었습니다. 그리고 시간이 지나 장자는 자기 아들에게 세습지를 넘기고 자신은 하스베르크로 들어가 살았습니다. 그런데 저 양반은 천성이 항상 뭔가를 발명하거나 만들지 않으면 배기지를 못합니다. 바이스바흐에 있을 때부터 많은 건축물을 지었고, 하스베르크에 와서도 그런 성향은 바뀌지 않았죠. 하긴 그게 바뀌면 천성이 아니겠죠. 어쨌든 저 양반은 하스베르크에 와서 모범 농장을 운영하고, 밭과 초원을 개량하고, 그 주위에 아름다운 산울타리를 치고, 정선한 가축들을 따로 모아 키우고, 또 입지가 좋은 보호지에서 맥주의 원료로 쓰는 홉을 재배했습니다. 그 방법이 이웃들에게 퍼져 농가의 소득 증대에 큰 기여를 했죠. 또한 저 양반은 제방을 쌓아 리트 강의 물이 초지로 범람하는 것을 막고, 물방아가 돌아가는 개울 가장자리에 벽을 쌓고, 삼을 물에 담그는 시설을 짓고, 마구간과 헛간, 건조실, 다리, 잔교, 정원 정자를 새로 만들고, 성의 내부를 끊임없이 개조했습니다. 낮에는 곳곳을 돌아다니며 점검하거나 정돈하고, 밤에는 새로운 도안을 그리거나 설계하는 것이 저 양반의 일이었죠. 어디선가 도로를 내거나, 경영 계획을 수립하거나, 건물을 세울 일이 있으면 다들 저 양반을 불러 조언을 청합니다. 저 양반도 마다하지 않고 자기 돈을 들여서까지 한달음에 달려가죠. 주(州) 정부 안에서도 저 양반의 말은 힘이 있습니다. 저기 잿빛 옷을 입은 부인이 저 양반의 아내입니다. 그리고 아까 나탈리에 아가씨와 함께 떡갈나무 쪽으로 걸어가던 아가씨 둘이 딸이고요. 부인과 딸들은 아버지에게 이제 제발 그만 쉬라고 애원을 합니다. 그런 일에 신경을 쓰기엔 나이가 너무 많다는 것이죠. 그러면 저 양반은 항상 '이게 마지막'이라는 말만 되풀이합니다. 하지만 제 생각엔 저승사자가 데리러 오는 그 순간까지도 무언가 새로운 것을 만들려고 계획을 짜고 있지 않을까 싶습니다. 어쨌든 우리 어르신께서도 그 점에 대해서만큼은 저 양반을 아주 대단하게 생각하죠."

우리는 덤불 모퉁이를 돌아 담쟁이덩굴 벽 옆에 서 있는 떡갈나무 쪽으로 걸어갔다. 다시 우리 앞에 사람들이 나타났다. 롤란트가 말했다. "저기 갈색 비단옷을 입은 여자 앞에 걸어가는 남자 보이죠? 세련된 검은 양복을 입은 남자 말입니다. 저 사람은 바흐텐 남작입니다. 그 뒤에 있는 여자가 부인이고요. 아들도 여기 와 있는데, 응접실에서 한참 동안 구석 쪽 창가에 서 있던 중키의 남자입니다. 성격이 좋은 청년이죠. 그런데 우연이라고 보기에는 너무 자주 슈테르넨호프에 들릅니다. 남작은 장원 관리에 열심입니다. 특별한 취미 같은 것은 없고, 그저 모든 것을 현재의 질서대로 유지하면서 부를 늘려가는 유형이죠. 슬하에 자식이라고는 저 아들 하나뿐이어서 장차 저 집에 들어갈 며느리는 아주 명망 높고 부유한 집안의 안주인이 될 겁니다. 남작 가족은 겨울이면 주로 도시에서 지냅니다. 장지(庄地)는 곳곳에 흩어져 있는데, 아름다운 초지와 커다란 숲 정원이 딸린 톤도르프도 그중 하나죠."

"나도 거긴 아네." 내가 대답했다.

"란데크에 남작 소유의 무척 낡은 성이 하나 있는데, 성 안에는 기가 막히게 아름다운 문들이 있습니다. 16세기에 만들어진 것으로 추정되는데, 성의 집사는 주인에게 절대 그 문들을 남에게 넘기지 말라고 신신당부합니다. 그래서 문들은 지금 서서히 허물어져가고 있죠. 우리의 도안책에도 그 문들의 도안이 담겨 있습니다. 문들은 당시의 양식으로 짓고 내부를 꾸민 방들을 아름답게 장식하고 있습니다. 문으로 수명이 다하면 탁자나 다른 물건으로도 유용하게 쓸 수 있을 겁니다. 란데크의 다 쓰러져가는 예배당 안에도 뛰어난 받침돌이 있는데, 그것도 그림으로 남겨두었습니다. 여름에 남작은 대개 발슈타인에 삽니다. 엘름 강이 흘러나오는 깊은 산속의 별장이죠."

"나도 거길 아네. 남작의 가족에 대해서도 대충은 알고 있고."

"머리가 눈처럼 하얀 저 남자는 이름이 '잔둥'인데, 양을 사육하는 방법을 질적으로 한 단계 끌어올렸다는 평을 듣는 사람입니다. 그 옆에 걸어가는 두 남자 중 한 남자는 베르크호프 성의 주인으로 두루 명망이 높습니다. 다른 남자는 란데그 행정관입니다. 잉호프 식구들은 아직 오지 않았고, 여기 주변에 사는 사람들은 벌써 여럿 눈에 띄네요. 저는 여러 지방을 재미 삼아 돌아다니면서 사람들을 그들의 취미에 따라 묶어보았는데, 매장된 암석에 따라 산맥을 각각 다른 색으로 칠하는 것처럼 각 지역도 사람들의 취미별로 다양한 색깔을 칠할 수 있을 것 같더군요."

우리가 다시 방향을 틀어 담쟁이덩굴 벽의 오른편으로 다가갔을 때 마틸데 부인이 틸부르크 부인과 함께 옆길에서 우리 앞으로 나왔다. 부인이 걸음을 멈추고 내게 말했다. "젊은이는 장미집 계단에 있는 조각상만 사랑하고, 내 집의 분수 요정상에는 별로 관심이 없는 것 같아요. 관심을 받을 자격이 충분히 있는 조각상인데 말이에요. 그래서 말인데, 이 조각상을 좀 더 세심히 관찰해보고, 그것이 아름답다고 내게 말해줬으면 해요."

"여기 있는 조각상의 아름다움은 저도 벌써 인정하고 있습니다. 저처럼 하찮은 인간의 평가라도 직접 듣길 원하신다면 얼마든지 말씀드리겠습니다. 이 조각상은 한없이 아름답습니다."

"고맙군요. 이제 우리 모두 분수 옆의 동굴로 가기로 했으니 같이 가요."

그 말과 함께 부인이 틸부르크 부인과 함께 담쟁이덩굴 벽 쪽으로 앞장서 걸었고, 우리는 그 뒤를 따랐다. 각각 다른 방향에서 나온 사람들도 이 대열에 합류해 분수의 요정상으로 걸음을 옮겼다.

몇몇은 동굴 안으로 들어갔고, 나머지는 입구에 서서 조각상에 대해 이야기를 나누었다. 조각상은 차분히 자태를 뽐내었고, 분수는 끊임없이 가느다란 물줄기를 뿜어냈다. 조각상에 대한 대화는 일반적인 수준에 머물렀다. 나는 다채로운 색상의 옷을 말끔히 차려입은 사람들이 맑고 부드러운 흰 대리석상 앞에 서 있는 것이 낯설게 느껴졌다. 롤란트와 나는 입을 열지 않았다.

사람들은 조각상에서 떨어져 천천히 담쟁이덩굴 벽을 지나 전망대로 올라갔고, 거기서 한동안 머문 뒤 피나무가 있는 데로 돌아갔다. 행렬은 피나무와 그 뒤의 아름다운 광장을 둘러보고는 귀로에 올랐다. 에우스타흐는 내내 보이지 않았다.

우리가 성의 안뜰에 도착한 것과 거의 동시에 잉호프 식구들과 다른 몇몇 손님을 태운 마차들이 성에 도착했다. 사람들은 반갑게 인사를 나누었다. 막 도착한 손님들이 번거로운 여행복을 벗고 나자 이런 모임에서는 늘 그렇듯 사람들은 자연스럽게 몇 무리로 나뉘었다. 몇몇은 집 앞에 서서 잡담을 주고받았고, 다른 사람들은 잔디밭의 모랫길을 돌아다녔으며, 또 다른 사람들은 농장을 산책했다. 성의 서쪽 들녘 가장자리에 아름답게 줄 맞추어 서 있는 나무들 뒤로 붉은 저녁 해가 나타났고, 그 불덩이가 점점 창백해지면서 늦저녁의 노란색으로 바뀔 무렵 손님들은 다시 성에 모였다. 어떤 무리는 산책에서 돌아왔고, 어떤 무리는 대화를 하다가 모였고, 또 어떤 무리는 성 안의 이것저것을 둘러본 뒤에 돌아왔다. 사람들이 향한 곳은 식당방이었다. 이제 끼리끼리 교제하기가 여의치 않은 이런 시골에서 이웃 간의 매우 즐거운 저녁 모임이 시작되었다. 나는 여름에 항상 시골에서 지냈기 때문에 이런 자리를 관찰할 기회가 많았다. 시골에서는 도시에서보다 자신과 생각이나 가치관이 비슷한 사람들을 만나기가 한층 어렵기 때문에, 그리고 도시에서는 많은 사람이 모이는 공간을 마련하려면 꽤 큰돈을 들여야 하지만 여기서는 공간을 얼마든지 넉넉히 확보할 수 있기 때문에, 또 시골에서는 웬만한 식품을 직접 조달할 수 있고, 도시만큼 음식을 까다롭게 주문하는 사람이 없기 때문에 주인장의 인심은 도시보다 한결 후했고, 손님들도 대접을 더 잘 받았다. 또한 방이나 테이블에 모였을 때 그 자리의 분위기는 시골에서 훨씬 쾌활하고 활기차고 자연스러웠다. 서로 다시 만나 반가워하고, 그사이 각자의 장원에서 일어난 일들을 묻고, 자신의 경험을 전달하고 견해를 교환하는 자리였기 때문이다.

식탁 위에는 벌써 음식이 차려져 있었다. 집사가 손님들에게 자리를 배정해주었다. 게다가 혹시라도 있을지 모를 혼란을 피하려고 직접 쪽지를 써 자리를 표시해두었다. 사람들이 자리에 앉았다. 집사는 서로 잘 아는 사람들끼리 가까이 모이도록 배려했다. 그럼에도 사람들은 집사의 쪽지를 무시하고 자기들 마음대로 자리에 앉는 일이 벌어졌다. 방의 천장에는 램프가 아늑하게 불타오르고 있었다. 그것 말고는 식탁 위 곳곳에 켜둔 촛불들이 방을 밝혔다. 가운데 자리에 앉은 마틸데 부인은 근처에 있는 모든 사람에게 상냥하게 미소를 지으며 따뜻하게 대했을 뿐 아니라 멀리 떨어진 사람들도 홀대받는 느낌이 들지 않도록 쉼 없이 관심을 표하고자 노력했다. 명망이 높고 나이 든 손님일수록 부인과 가까운 곳에 앉았고, 젊을수록 거리가 멀어졌다. 갈색 눈에 쾌활함이 담겨 있는 잉호프 집안의 딸 율리에는 내 맞은편 자리였고, 그녀와 자매인 푸른 눈의 아폴로니아는 약간 더 멀리에 있었다. 두 자매는 감각이 넘치는 세련된 옷을 입었다. 그에 비하면 장신구는 세련미가 조금 떨어지는 듯했다. 두 자매 옆에는 틸부르크와 바흐텐 가문의 젊은 남자들이 앉았다. 나탈리에의 자리는 에우스타흐와 롤란트 사이였다. 자리를 원래 그렇게 배치했는지, 아니면 나탈리에가 그 자리를 선택했는지는 알 수 없었다.

식사는 소박했고 대화는 활기찼다. 사람들은 지역의 여러 사건들에 대해 이야기했고, 자잘한 일들을 거론하며 서로를 놀려먹었으며, 자기 집단에서 겪은 경험을 나누었고, 그 지방에서 새로 나온 책들에 대해 평가를 내렸고, 새로 시작한 취미 활동과 여행, 앞으로의 계획에 관해 이야기했다. 그 밖에 지역의 역사와 행정, 개선되어야 할 부분, 또 아직 발굴되지 않은 보물에 대한 이야기도 화제에 올랐다. 학문과 예술에 관한 이야기도 빠지지 않았다. 손님들은 이런저런 농담에 마음껏 웃음을 터뜨렸고, 새것이 있으면서도 옛것을 부흥할 줄 아는 이런 모임에 참석한 데 무척 만족스러워하는 것 같았다.

흥겨운 분위기 속에 시간은 후딱 지나갔고, 사람들이 자리에서 일어났다. 각자의 침실로 가는 복도마다 불이 켜졌고, 손님들은 하나둘 정해진 숙소로 걸음을 옮겼다.

이튿날 아침, 식사가 끝나자 잔디는 따스한 아침 햇살에 이미 바짝 말라 있었다. 사람들이 모두 밖으로 나갔다. 드디어 회칠 제거 작업에 대해 판단을 내릴 시간이 된 것이다. 시종들조차 그 자리에 빠지면 큰일이라도 날 것처럼 손님들 근처를 떠나지 않았다. 그들 역시 앞으로 어떤 일이 벌어질지 알고 있었던 것이다. 사람들은 우선 건물 정면에서 몇백 걸음 떨어졌다. 그런 다음 잔디에서 걸음을 멈추고 등을 돌려 회칠을 벗겨낸 벽을 관찰했다. 곧이어 긴 포물선을 그리며 건물의 한 모퉁이를 돌아갔다. 회칠을 벗겨내지 않은 벽들을 살펴보기 위해서였다. 이렇게 건물의 두 부분을 모두 보고 나자 사람들은 이제 두 곳이 모두 보이는 지점에 자리를 잡고 섰다.

서서히 의견들이 쏟아졌다. 나이가 들고 명망 높은 손님들에게 먼저 의견을 구했다. 그런데 이들은 대부분 판단을 내리지 못하거나 판단을 유보했다. 칠을 한 쪽이나 벗겨낸 쪽이나 두 곳 다 나름대로 장점이 있고, 그중 하나를 택하는 것은 개인적인 취향과 선호도의 문제라는 것이다. 대화가 점점 일반적인 방향으로 흘러가자 차츰 한결 뚜렷한 의견들이 나오기 시작했다. 어떤 이들은 성의 벽면을 이루는 돌을 그대로 드러내는 것이 다른 저택들과 구별되는 독특한 개성을 살리는 일이라면서 비용만 감당할 수 있다면 벽면 전체의 회칠을 벗겨내는 것이 좋다고 했다. 그러고 나면 성이 자기만의 고유한 모습으로 재탄생하리라는 것이다. 다른 사람들은 이렇게 반박했다. 집의 벽면에 회를 입히는 것이 일반적인 풍습이다. 환하게 회칠한 집이 한결 정감 있게 느껴진다. 그래서 이 집의 전 주인도 벽면에 회칠을 했을 것이다. 그것이 시대의 새로운 취향에 맞기 때문이다. 다시 반박이 이어졌다. 사람들의 생각은 늘 바뀐다. 옛날에는 벽의 표면을 이루는 사각형 돌들을 그냥 드러냈다. 그런데 나중에 그 위에 석회를 칠했고, 지금은 또다시 옛것을 찬미하고 옛것으로 돌아가려는 시기가 도래했다. 장미집 주인어른은 각각의 의견들을 차분히 들었고, 대답할 때도 어느 한쪽으로 치우침이 없었다. 사람들의 의견이 대체로 똑같은 원을 맴돌고 있었기 때문이다. 마틸데 부인도 딱히 의미 있는 말은 하지 않았고, 에우스타흐와 롤란트는 완전히 입을 다물었다. 롤란트의 불같은 성격을 감안하면 참으로 의아한 일이 아닐 수 없었다. 나는 장미집 식구들의 이런 태도를 보며 다음과 같은 결론을 내렸다. 이들은 벌써 판단을 내렸지만 당분간 그 의견을 내비칠 생각이 없다고 말이다. 그렇다면 이 행사는 이웃에 대해 예의를 차리는 일반적이고 별로 중요하지 않은 자리에 지나지 않고, 다른 모임처럼 함께 구경하고 이야기하는 사교 모임 이상은 아니라는 생각이 들었다.

내 의견은 명쾌했다. 돌을 드러내는 것이 지극히 자연스럽다는 것이다. 그사이 내가 얻은 지식에 따르면, 기념비의 경우 재료가 굉장히 중요하고, 결코 이질적인 것과 섞여서는 안 된다. 규모가 크고 위엄이 넘치는 것일수록 더더욱 그렇다. 개선문은 지붕이 있다 하더라도 대리석으로 만들어야지 벽돌이나 나무로 만들어서는 안 되고, 주조한 철이나 압착한 종이로 만드는 것은 더욱 안 된다. 입상(立像)은 대리석이나 금속 혹은 나무로도 만들 수 있다. 하지만 거친 돌로는 안 되고, 갖가지 재료로 짜 맞추는 것은 절대 안 된다. 그저 사람들이 들어가 살 목적으로만 지은 우리의 새로운 집들에는 기념비적인 요소가 전혀 없다. 그게 한 가문의 영화를 드러내는 기념물이든, 한 혈족이 그들끼리 오랫동안 안락하게 살아온 것에 대한 상징물이든 간에 말이다. 여하튼 그 때문에 새로운 집들은 벽돌로 지었고, 그 위에 무언가를 칠했다. 가구에 래칠을 하거나 인공 돌에 색깔을 입히듯이. 그런데 우리의 산간 지역에서는 한 혈족이 들어가 살려고 단순한 나무들로 지은 집들(정원에 조경이나 휴식을 위해 지은 목조 건축물과는 다르다)에 기념비적인 요소가 있었다. 돌로 단단하게 짜 맞춘 성과 아치형의 문, 기둥, 다리에는 그런 요소가 더욱 많았고, 돌로 지은 교회들은 더더욱 그랬다. 그것들을 보면서 나는 자연스레 다음과 같은 결론에 이르렀다. 색깔을 입히지 않은 사각형의 돌들을 짜 맞추어 성을 지은 사람들이 옳았고, 돌에 석회를 칠한 사람들은 틀렸으며, 또 칠을 다시 벗겨낸 사람들이 옳았다는 것이다. 나는 석회를 제거하려고 망치와 끌로 돌의 표면을 긁어내는 모습도 보았다. 그렇게 하지 않으면 완전히 제거하는 것이 불가능했기 때문이다. 그런데 그렇게 새로 드러난 돌의 표면은 원래부터 회칠을 하지 않은 추녀와 주춧돌보다 회색빛이 더 환했다. 물론 그 역시 머잖아 세월과 비바람에 다시 짙은 색으로 변할 것이다.

확실한 결론은 내려지지 않았지만 의견 교환은 충분히 이루어졌다고 생각했는지 사람들은 이제 다시 집 안으로 들어갔고, 현장을 지켜보던 하인들도 뿔뿔이 흩어졌다. 마치 평가회가 완전히 끝나기라도 한 것처럼.

집에 들어온 손님들도 분산되었다. 어떤 사람은 방으로 들어갔고, 어떤 사람은 다시 야외로 나갔다.

나는 내 거처로 향했다. 예전에도 묵은 바로 그 방이었다. 나는 방에서 편안한 저고리로 갈아입고 가벼운 모자를 쓴 뒤 정원으로 나가 덤불 사이의 어두운 길을 걸었다. 혼자라는 사실이 편했다. 나는 일부러 사람들이 거의 다니지 않는 길을 걸었다. 누구와도 만나지 않고, 누구도 우연히 동행하는 일이 없도록 하기 위해서였다. 정말로 외딴길에는 나 말고 아무도 없었다. 자그마한 새들만 길바닥을 스스럼없이 총총 뛰어다니며 모이를 쪼고 있었다. 거기서 나는 길을 크게 돌아 담쟁이덩굴 벽 쪽으로 향했다. 요정상 동굴에 들어갈 작정이었다. 그 안에 아무도 없다면 말이다. 그런데 동굴 근처에 이르러 동굴 안이 비스듬히 들여다보였을 때 대리석 벤치에 앉아 있는 나탈리에가 보였다. 요정상 측면에 위치한 작은 벤치였다. 나탈리에는 그 벤치의 안쪽 끝에 앉아 있었다. 연회색 비단옷이 어두운 동굴에서 어른거렸다. 나탈리에는 벤치 팔걸이에 팔꿈치를 괸 채 손으로 이마를 가리고 있었다. 나는 걸음을 멈추었다. 어떻게 해야 할지 몰랐다. 분명한 것은 이대로 동굴 안으로 들어가고 싶지는 않다는 사실이었다. 하지만 아주 살짝 몸을 돌려도 소리가 나서 나탈리에를 방해할 수 있었다. 이러지도 저러지도 못하고 있는데, 문득 나탈리에가 눈을 들더니 서 있는 나를 발견했다. 그녀는 얼른 벤치에서 일어나 동굴 밖으로 나가더니 잰걸음으로 담쟁이덩굴 벽을 지나 덤불 속으로 들어갔다. 얼마 뒤 덤불 속에서 어른거리던 나탈리에의 옷이 완전히 사라졌다. 나는 잠시 그대로 서 있다가 동굴로 들어가 벤치에 앉았다. 나탈리에가 앉았던 벤치였다. 분수 물이 졸졸 흘러내리고 있었다. 벤치 옆에 외롭게 서 있는 설화석고 사발이 보였고, 정적에 감싸인 채 반짝거리는 대리석도 보였다. 나는 무척 오래 앉아 있었다. 그때 사람들의 목소리가 가까워졌다. 분수의 요정상을 보러 오는 것이 분명했다. 나는 자리에서 일어나 동굴 밖으로 나갔다. 그러고는 덤불 속으로 들어가, 왔던 길로 다시 성으로 돌아갔다.

손님들은 점심 식사 시간에 다시 한 번 전부 모였다. 일부는 식사 후에 바로 출발하기로 했다. 밤이 되기 전에 집에 도착하기 위해서였다. 손님들은 성이 아름답게 꾸며지길 진심으로 바라는 건배사를 하고 주인의 따뜻한 환대에 감사를 표했다. 건배사에 이어 손님들의 건승과 조속한 재회를 바라는 주인의 답사가 나왔다. 환한 여름 해가 방안을 아름답게 물들였고, 정원의 나무들이 성을 장식했다.

식사 후 몇몇 손님이 출발했고, 오후가 되면서 모두들 차례로 떠나갔다.

아스퍼호프로 가야 하는 우리 일행은 내일 아침 일찍 떠나기로 했다.

저녁 식탁에서는 자연스레 성의 회칠 문제가 다시 화제로 떠올랐다. 남아 있는 사람들은 모두 의견이 일치했다. 그러니까 주인어른과 에우스타흐, 롤란트 할 것 없이 모두 내 의견과 같았다. 이윽고 내가 의견을 말할 차례였다. 나는 가슴속으로 느끼는 것을 가감 없이 털어놓았다. 모두가 그것을 기다린 듯했다. 주인어른은 마틸데 부인과 공사비를 어떻게 감당할지에 대해 이야기했다. 망치와 끌로 돌의 회칠을 벗겨내는 작업은 예상보다 많은 비용이 들었던 것이다. 주인어른이 이렇게 조언했다. 공사 기간을 길게 잡아야 한다. 그러면 비용도 나누어 지출할 수 있으니 충분히 감당할 수 있을 것이다. 물론 공사가 지연됨으로써 아름다움을 즐길 시간이 미루어지는 것은 어쩔 수 없다고 했다. 우리는 어른의 제안에 동의를 표했고, 장차 이 집이 고상하고 기품 넘치는 새 옷으로 갈아입고 우리 앞에 다시 나타날 그 순간을 즐겁게 기다리기로 했다. 미래의 주인에게 새로 단장한 집을 넘길 수 있다는 것은 또 다른 기쁨이었다.

이튿날 해가 뜨자 주인어른과 에우스타흐, 롤란트, 구스타프 그리고 나는 마차를 타고 장미집으로 출발했다.

나는 장미집과 슈테르넨호프에서 보낸 지난 며칠과 관련해서 시골 생활과 그것의 매력에 대해 언급했다. 그에 이어 한동안 시골 생활에 대한 이야기가 화제가 되었을 때 주인어른이 말했다. "도시에서의 사회생활이라는 것을, 남이 우리 집을 찾든 우리가 남의 집을 찾든 항상 타인들과 함께해야 하는 생활로 받아들인다면 그 생활은 별로 유익하지 않네. 그것은 큰 도시 근처의 촌락들처럼 단조로운 삶이네. 사람들은 다른 단조로운 삶을 동경하네. 한 지역 내에서는 삶과 그 삶의 방식이 모두 똑같으니까. 한 단조로운 삶에서 다른 단조로운 삶으로 넘어가는 것도 그 때문이겠지. 한데 인간의 온 영혼을 사로잡고 만물을 단순함 그 자체로 에워쌀 만큼 숭고한 단조로움도 있네. 그리로 가서 그곳을 자기 삶의 확고한 테두리로 만들 수 있는 이들은 선택받은 사람들일 걸세."

"세계사에도 비슷한 사례가 있을 것 같습니다." 내가 말했다.

"세계사에도 그런 경우가 있었네. 누군가 자기 인생을 가득 채운 위대한 행위로 이 삶에 단순한 형태를 부여한 경우지. 아니면 어떤 엄청난 성과가 이루어질지 모르는 광대한 학문 분야, 혹은 모든 것을 단순한 몇 가지 근본 입장으로 정리하는 철학 분야에서 그런 일이 일어났네. 하나 인생의 모든 일이 그렇듯 여기서도 한도와 단계가 있었지."

"인류에겐 아주 중요한 두 시기가 있었습니다. 고대와 오늘날이 그 시기죠. 그런데 말씀하신 것의 대부분은 그리스 로마 시대에 나타나지 않았나 싶습니다."

"역사에서 어떤 시기들이 있었는지는 결코 다 알 수 없네. 우리 시대와 가장 가까운 사람들은 그리스인과 로마인 들이네. 우리는 그들에게서 나왔고, 그들에 대해 가장 많이 아네. 그러나 얼마나 많은 다른 민족이 있었고, 얼마나 많은 미지의 역사가 숨어 있을지 누가 알겠나? 언젠가 우리 앞에 그리스와 로마 시대 외에 인류사에 있었던 모든 민족의 세계가 펼쳐진다면 우리 문제에도 무언가 해결점이 보일 걸세. 그런데 혹시 수많은 민족의 세계가 실제로 존재했는데 그사이 잊힌 것은 아닐까? 혹은 새로운 것들이 앞으로 치고 나오면서 스스로 발전하기에만 바빠 세계사에서 가장 뒤쪽에 있던 부분들이 잊힌 것은 아닐까? 만 년 뒤에 그리스인이나 우리에 대해 말하는 사람들이 있을까? 그때는 전혀 다른 생각들이 유통되고, 완전히 다른 말을 쓰고, 완전히 다른 방식으로 표현하지 않을까? 우리는 그것들을 이해하지 못할 것이네. 만 년 전의 사람들이 했던 말을 우리가 이해하지 못하고, 설사 그 말을 안다고 하더라도 그 뜻을 제대로 파악하지 못하는 것처럼 말이네. 그렇다면 인간의 명성이라는 것이 다 무엇이겠나? 아무튼 원래 이야기로 다시 돌아가서, 우리가 알고 있는 이집트인과 아시리아인, 메디아인, 인도인, 히브리인, 페르시아인은 제쳐놓고, 그리스 로마 세계하고만 우리를 비교해보면 그들의 세계 속엔 우리 세계보다 훨씬 소박한 삶의 위대성이 담겨 있었던 것 같네. 종종 나는 카이사르의 행위와 저술 중 어느 것에 더 가치를 둬야 할까 결정해야 할 상황이 오면 내가 얼마나 망설이는지, 내가 얼마나 아는 것이 없는지 깜짝 놀라네. 카이사르의 행동과 저술은 과거 그 비슷한 것을 찾아보기 힘들 정도로 명쾌하고 강력하고 확고하네."

"제가 보기에, 옛날에는 행위와 사고가 오늘날만큼 복잡하게 뒤엉키지 않은 것 같습니다."

"고대 그리스 로마 사람들의 무대는 우리의 그것만큼 넓지 않았네. 알렉산드로스 시대에는 행위 공간이 그리스와 동방 세계에 이르렀고, 카이사르 시대에는 브리타니아와 갈리아, 이탈리아, 아시아, 아프리카로 넓어졌음에도 지금과 비교하면 협소하기 그지없네. 어쨌든 그런 상황에서는 외부 세계와의 관계가 아주 단순했지. 하나 내부로 눈을 돌리면 상황은 달라지네. 국정에서 목소리를 내는 힘 있는 사람들의 막대한 수를 감안하면 사정이 그리 간단치 않았던 게지. 그런 사람들을 말과 행동으로 휘어잡고 이끌 수 있는 힘을 얻기란 무척 힘들었을 테고, 그래서 경탄을 불러일으키는 강인한 인물의 초상을 주화 같은 것에 표현했을지도 모르네. 하지만 우리 시대는 완전히 다르네. 이 시대는 고대의 붕괴에 이어 찾아왔는데, 내가 보기에 다음 시대로 넘어가는 과도기처럼 보이네. 미래에는 아마 그리스 로마를 훨씬 뛰어넘는 시대가 올 걸세. 우리는 지금 세계사에서 굉장히 특별한 영역과 맞닥뜨렸네. 그건 다름 아닌 자연과학이네. 국가 제도와 법, 예술에서 아주 특출한 능력을 발휘했던 고대인들도 잘 몰랐던 분야지. 물론 우리도 아직 이 특별한 영역이 세계와 인간의 삶에 어떤 영향을 끼칠지 알지 못하네. 우리에게 이 학문의 명제들은 일부는 책이나 강의실 속의 죽은 지식으로 머물러 있고, 또 일부는 상업과 교역, 도로 건설 같은 일들에만 응용되고 있네. 우리는 초창기의 요란한 출발 소리에 취해 그 결과를 예단할 수 없는 상황이네. 그러니까 이제 겨우 시작의 초기 단계에 와 있다는 말이지. 장차 우리가 빛의 속도로 지구상의 모든 소식을 전파할 수 있게 되면, 우리가 직접 그 정도 속도는 아니더라도 단시간에 지구의 반대편에 이를 수 있게 되면, 우리가 그 같은 속도로 큰 짐들을 수송할 수 있게 되면 어떤 일이 벌어지겠나? 교환과 교역이 쉬워지면서 전 지구의 재화를 모든 사람이 공유하게 되지 않겠나? 지금은 작은 시골 도시와 그 주변 지역이 자기 안에 갇혀 그 밖의 나머지 지역과 차단막을 치고 살 수 있네. 그러나 얼마 안 있으면 그런 일은 불가능해질 테고, 일반적인 교통망의 발전으로 그런 고립은 허물어질 걸세. 그리되면 아무리 하찮은 인간이라도 그런 세상에 맞추어 살기 위해 지금보다 몇 배는 더 아는 것이 많아야 할 것이네. 이성의 발전과 교육으로 이런 지식을 맨 먼저 획득한 국가는 부와 권력을 얻어 번영의 길로 나아가겠지만, 그러지 못하는 다른 국가는 위험에 빠질 수 있네. 그런데 이런 상황에서 인간의 '정신'은 어떤 식으로 변모할 거라고 생각하나? 참으로 중요한 문제가 아닐 수 없네. 이런 방향에서의 투쟁은 계속 이어질 걸세. 아니, 벌써 시작되었네. 인간 사회에 새로운 상황들이 대두했기 때문이네. 앞서 말한 초창기의 요란한 출발 소리는 더욱 강해질 것이네. 그것이 얼마나 지속될지, 어떤 해악이 나타날지는 나로서도 말할 수 없네. 하지만 언젠가는 정화의 순간이 찾아올 테고, 물질의 우위는 정신 앞에서 단순한 힘으로 전락하고 말 걸세. 결국 승리하는 것은 정신이고, 그 정신이 물질을 부리게 될 거라는 뜻이네. 그리고 정신이 인간에게 새로운 이득을 안겨줌으로써 일찍이 역사에 없었던 위대함의 시대가 도래할 걸세. 나는 수천 년 동안 그렇게 단계별로 발전해왔다고 믿네. 그것이 어디까지 전개될지, 어떤 모습을 띨지, 어떻게 끝날지는 인간의 오성으로는 밝혀낼 수 없네. 다만 다른 시대와 다른 삶이 찾아올 거라는 점은 확실해 보이네. 인간의 정신과 육체에 내재하는 마지막 토대가 아무리 완강하게 버티더라도 말이네."

우리는 마차를 타고 가는 동안 이 문제와 관련된 몇 가지 세세한 부분에 대해 이야기를 나누었고, 그것들의 가능한 결과를 가늠해보았다. 특히 화학처럼 눈부신 발전을 이루었고 영향력도 갖춘 자연과학 분과들이 가장 많이 언급되었다. 롤란트는 자연과학적 혁신이 모든 것을 뒤엎는다고 해도 그 혁신에 전적으로 찬동한다고 했다. 주인어른과 에우스타흐는 새로운 것이 인간 사회에 좋기 때문에 받아들이는 것이지, 그저 새롭다는 이유만으로 받아들여서는 안 되고—새것 중에는 좋지 않은 것도 무수히 많기 때문이다—또한 그것도 큰 혼란 없이 서서히 우리 사회에 자리 잡고 동화되기를 바란다는 소망을 피력했다. 과도기가 길수록 새로운 것을 수용하는 과정은 더 차분해질 테고, 결과는 더 지속적이리라는 것이 두 사람의 생각이었다.

점심 식사 후 화제는 슈테르넨호프의 분수 요정상에 이르렀다. 주인어른이 조각상을 입수하게 된 경위를 설명해주었다. 마틸데 부인에게는 먼 친척이 있었는데, 원래 재산이 많은 데다 유산까지 상속받은 상당히 부유한 남자였다. 이 남자는 수집에 취미를 붙였다. 주화와 인장을 비롯해서 켈트족과 고대 로마의 골동품, 악기, 튤립과 달리아, 책, 회화, 조각상에 이르기까지 품목도 무척 다양했다. 그는 주변보다 약간 높게 지은 집 옆에 넓은 공터를 조성해서 거기다 돌을 깔고 정원의 여러 방향으로 석조 계단을 설치했다. 공터의 흉장(胸牆)과 계단 가장자리에는 입상들을 세워두었다. 그에게는 이 공터를 거니는 것이 가장 큰 기쁨이었다. 그래서 태양이 아무리 뜨겁고 발밑의 자갈이 아무리 따갑게 느껴지는 날에도 공터 산책을 멈추지 않았다. 집 안의 계단과 방에도 입상들이 있었다. 지금 마틸데 부인 집에 있는 요정상은 정원의 우물 사원*에 있었는데, 원래 이 친척 남자가 종조부에게 물려받은 것이었다. 종조부가 젊었을 적에 한 이탈리아 조각가가 어느 제후를 위해 만들었다고 하는데, 그 제후가 어느 날 갑자기 세상을 떠나는 바람에 조각상은 그만 갈 곳을 잃어버렸다. 이후 여러 우연을 거쳐 그 조각가와 인연이 있던 종조부의 손에 들어갔다. 그 일을 계기로 마틸데 부인의 그 먼 친척은 입상 수집에 취미를 붙였다. 그가 죽은 뒤 유언장에는 이렇게 적혀 있었다. 자신이 소장한 예술품들을 예술의 진가를 아는 사람이나 예술을 진정으로 아끼는 사람에게 넘겨야지 돈이나 밝히는 거간꾼에게 팔아서는 안 되고, 그렇게 모은 돈과 그가 남긴 다른 물건들을 먼 친척들에게 배분하라는 것이다. 그에게는 자식

* 생명의 원천인 물을 숭배하기 위해 우물 주변에 지은 원형의 작은 건축물.

은 물론이고 가까운 친척도 없었기 때문이다. 그가 남긴 예술품 중에는 요정상이 월등히 아름다웠다. 마틸데 부인은 항상 그 우아한 자태에 경탄을 금치 못했고, 또 이미 그 무렵 슈테르넨호프의 주인이 되어 성 안에 아름다운 회화를 비치해두었기에 부인이 예술 애호가라는 사실은 굳이 증명할 필요가 없었다. 그래서 그 조각상을 사들이는 데 아무 어려움이 없었다. 더구나 주위 사람들도 생판 모르는 남에게 파는 것보다 부인에게 넘기는 것이 훨씬 마음 편했다. 부인이 촌수로 멀기는 해도 어쨌든 고인의 일가붙이였기에 조각상은 어차피 가문 안에 남는 것이었고, 부인 역시 고인의 공동 상속인이었기 때문이다. 부인은 가슴 깊이 사랑하는 요정상을 슈테르넨호프로 가져와 홀에 세워두었다. 그리고 한참이 지나 에우스타흐와 주인어른의 도움으로 떡갈나무 사이에 담쟁이덩굴 벽과 동굴을 만들었다. 그로써 요정상에 무척 잘 어울리는 기품 넘치는 자리가 탄생했다. 홀에서는 조각상이 너무 크게 느껴졌을 뿐 아니라 요정의 자세와 양태가 홀에 어울리지 않았다. 물이 흘러내리는 항아리는 원래 조각상에 붙어 있었고, 수조와 벤치는 새로 만들었으며, 설화석고 사발은 부인의 소장품 중에서 갖다 놓았다.

우리는 저녁에 장미집에 도착했다. 이튿날 나는 주인어른에게 케르베르크 교회의 제단 그림을 모사하게 해달라고 청했다. 아버지에게 선물할 생각이었다. 어른은 내 청을 흔쾌히 들어주었다. 제단 그림은 우리가 고지대를 여행할 때 초안으로 그려놓은 것을 롤란트가 다시 수정했는데, 내게 넘겨진 것도 바로 그 그림이었다.

나는 해가 뜰 때부터 해가 질 때까지 방에 틀어박혀 열심히 그림에 매달렸다. 그렇게 며칠이 지나자 마침내 그림이 완성되었다. 나는 그림을 정성스럽게 포장한 다음 주인어른에게 돌려주었다.

이제 더 이상 아스퍼호프에 머물 이유가 없었던 나는 서둘러 전나무골로 출발했다.

나는 산으로 올라가 열정적으로 일했고, 산에서 내려와서는 치터 연습에 몰두하거나 부지런히 책을 읽었다.

그러던 늦여름의 어느 날, 나는 모든 일을 중단하고 짐을 쌌다. 연장과 책 들을 가방과 궤짝에 넣고 일꾼들을 대부분 돌려보낸 뒤 궤짝에 이름표를 붙였다. 그런 다음 짐을 부치라고 일러두고는 라우터탈 골짜기로 향했다. 나와 함께 간 사람은 카스파 영감과 유독 나를 잘 따르는 젊은 일꾼 하나뿐이었다. 나는 이번에 라우터제 호수의 수심 측정을 마무리할 계획이었다.

호숫가 여관에 여장을 풀고 작업에 필요한 모든 도구를 챙겼다. 수중에 없는 도구들은 새로 만들게 했다. 나는 정말 열심히 일했다. 해가 떠 있는 내내 호수에 있었고, 밤이면 잠자는 몇 시간만 빼고는 종이 위에 계산을 하고, 글을 쓰고, 그림도 그렸다. 나는 예전에 측정했던 곳 중에서 몇 군데를 재차 측정했다. 수위나 수심에 변화가 있는지 확인하기 위해서였다. 그런데 전적으로 똑같은 수위는 생각할 수 없기에, 나는 측정한 수치를 항상 평균 수위와 비교해서 호수 바닥의 특정 지점이 평균치와 얼마나 차이를 보이는지 조사했다. 평균 수위는 한 해 중 대부분의 시간대에서 나타나는 수위를 기준으로 잡은 것인데, 내 그림에도 이 수위를 적용했다. 재측정 작업의 표준으로 삼은 것도 바로 이 평균 수위였다. 물가에서 멀리 떨어진 지점들은 내가 측정을 시작한 이후 수위가 달라지지 않았다. 설사 변했다고 하더라도 우리의 측정기로는 인지할 수 없을 정도로 미미했다. 수심이 깊고 가파른 벽 근처나 물가도 마찬가지로 변화가 없었다. 반면에 자갈이나 다른 물질들이 빗물에 쓸려 내려오는 상대적으로 얕은 지점에서는 변화가 나타났다. 하지만 가장 변화가 심한 곳은 개천이 흘러나오는 협곡과 잇닿은 지점들이었다. 그러니까 개천이 얼마나 넓고, 폭우가 쏟아질 때 물이 얼마나 급격히 불어나느냐에 따라 호수 안으로 밀려 들어와 쌓이는 흙과 자갈의 양이 달랐던 것이다. 나는 과거의 측정을 반복 확인하는 작업이 끝나자 이제 새 측정으로 넘어갔다. 내가 얻고자 하는 지식을 얻으려면 새 측정이 꼭 필요했다. 그와 아울러 나는 호수 바깥쪽으로 이어지는 대지의 정경도 부지런히 그림에 담아나갔다.

작업은 두 번 중단되었다. 그중 한 번은 붉은 늪 공방을 찾았기 때문이다. 내가 주문한 대리석 물건들이 얼마큼 진척되었는지, 제대로 만들어지고 있는지 확인하기 위해서였다. 진척 상황은 나무랄 데가 없었다. 일꾼들의 장담이 아니라도, 내가 봐도 이번 여름 안에 모두 완성될 것 같았다. 하지만 품질 면에서는 마음에 들지 않는 구석이 많았다. 나는 부탁 반 질책 반으로 기술자들에게 내가 주문한 대로 정성을 다해 만들어줄 것을 당부했다.

작업이 중단된 또 다른 이유는 날씨였다. 장마가 들면서 구름이 산허리를 감아 돌아 산이건 호수건 형체가 제대로 보이지 않았다. 나는 여관에 틀어박혀 야외에서 연습장에 그린 수많은 그림을 스케치북에 정성껏 옮겨 그렸다. 이로써 완성의 날은 점점 가까워졌다.

마침내 야외 작업이 모두 끝났다. 이제 남은 것은 종이 위에 기록한 많은 것과 지금껏 내가 활용하지 못한 많은 요소를 그림 속에 담아내고, 각각의 종이에 표현된 형체들을 그림과 비교하면서 정확성이 떨어질 경우 필요한 부분을 보완하는 일이었다. 그 밖에 색깔을 칠해야 할 곳도 여러 군데 있었다.

내가 '정확성'이라는 목표를 달성하기 위해 거쳐야 했던 기나긴 작업과 수많은 난관을 극복하고 나자, 어느 날 작업 종료와 함께 지금까지의 작업을 총괄하는 전체 그림이 내 눈앞의 우수 어린 어스름 속에 놓여 있었다. 나 자신도 미처 예상하지 못한 아름다운 그림이었다. 나는 한동안 혼자서 그 그림을 감상했다. 이 감동을 나눌 사람은 없었다. 얼마 뒤 나는 커다란 그림을 돌돌 말아 조심스럽게 가방 속에 챙겨넣었다. 그러고는 호숫가 여관 사람들에게 작별을 고하고 라우터탈 골짜기의 단풍나무집으로 향했다.

나는 단풍나무집에 방을 잡은 후 매일같이 붉은 늪 공방으로 출근해서 하루 종일 그곳에 머물렀고, 땅거미가 깔릴 무렵 다시 단풍나무집으로 돌아왔다. 공방에서 내가 한 일은 기술자들이 내 대리석을 자르고 갈고 문지르고 다듬고 광내는 것을 지켜보는 것이었다. 또한 작품의 완성도, 특히 작품의 정확도를 높이기 위해 이것은 어떻게 작업하고, 저것은 어떻게 처리해야 하는지 꼼꼼히 제시하기도 했다.

아버지에게 선사할 수반은 서서히 마무리되는 중이었고, 그보다 크기가 작은 물건들은 벌써 상당수가 완성되어 있었다. 해가 오두막 안으로 비쳐들었고, 수반은 맑고 아름답게 반짝거렸다. 나는 튼튼한 목재로 수반을 넣을 용기들을 제작하게 했다. 그러고는 용기 안에 수반의 부품을 비롯해서 권양 장치와 지레, 밧줄을 넣고는 발송 채비를 마쳤다. 그런데 용기를 강까지 수송하려면 마차에 특별한 설비를 갖추어야 했다. 이윽고 설비가 완성되자 용기들을 마차에 실었다. 나도 마차를 타고 강까지 갔고, 혹시 모를 사고를 예방하기 위해 잠시도 마차 곁을 떠나지 않았다. 선착장에서 용기를 실은 배가 출발했다. 용기들은 우리 도시 앞의 화물 선착장에서 다시 튼튼한 마차로 갈아탄 뒤 우리 집 정원으로 운반되었다.

그해 가을 우리는 대리석 수반을 설치할 분수대를 만들어야 했다. 아버지는 내가 편지로 보내준 수반의 치수에 맞게 물건들을 준비하고 사전 작업을 해두었다. 이제 수리 시설 전문가 하나와 일꾼 몇을 더 고용했다. 나는 온종일 작업장을 지키며 일을 도왔다. 아버지도 짬나는 대로 달려와 작업 현장을 지켜보았다. 관이 설치되고, 수직 파이프가 장부로 연결되고, 그 위에 꽃자루가 세워지고, 필요한 곳에 쇠를 덧붙이고, 꽃자루에 잎사귀가 부착되었다. 잎사귀에서 꽃자루로 이어지는 부분은 마개로 막아두었는데, 그 마개를 열자 맑은 물줄기가 잎사귀 위로 떨어졌고, 그렇게 수반을 가득 채운 물은 다시 부드러운 노란색 대리석 바닥 위로 떨어져 바닥의 수로를 따라 졸졸 흘러갔다. 색깔은 기가 막히게 잘 어울렸다. 꽃자루의 짙은 색은 장밋빛 잎사귀로 인해 한층 도드라졌고, 바닥의 노란색은 그 장밋빛에 아름다움과 세련된 광채를 더했다. 분수대 제막식에는 여러 손님이 초대되어 우리 집 식구들과 함께 성공을 축하해주었다.

아버지는 내 선물에 대한 답례로 아주 멋지게 장정된 책을 건네주었다. 표지에 반양각으로 '니벨룽겐의 노래'라고 적힌 책이었다. 나는 지극히 감사한 마음으로 선물을 받았다.

겨울에는 추위가 들지 않도록 분수대를 나무 집으로 씌우기로 결정했다. 그리고 봄에 전체적인 풍경을 지금보다 더 우아하고 아름답게 만들려면 분수대 주변을 어떻게 장식할지 함께 머리를 짜내기로 했다. 모두들 여름이 시작되기 전에 계획을 확실히 세워 실행에 옮기기를 희망했다.

나는 수반 외에 붉은 늪 공방에서 제작한 다른 대리석 물건들도 내놓았다. 그중에는 정원 끝의 한 장소를 염두에 두고 만든, 추녀가 있는 기둥들도 있었다. 정원의 그 장소는 산과 주변이 훤히 내다보이는 곳이었는데, 아버지는 예전부터 거기다 전망의 즐거움을 더하고 경관을 더욱 품위 있게 해줄 무언가를 설치할 계획이었다. 나는 이렇게 말했다. 그 넓은 공간을 울타리처럼 감싸줄 아름다운 테두리가 있으면 좋을 것 같다. 사람이 기댈 수 있고, 물건을 놓아둘 수 있는 테두리면 더욱 좋겠다. 그 공간에 사람들이 쉴 수 있는 의자를 갖다놓아도 되고, 또 테두리 근처에 테이블을 두어도 금상첨화일 것 같다고 했다. 그 밖에 나는 아무 용도로나 쓸 수 있는 대리석 사발, 커튼 고리, 테이블 판, 기둥 장식 그리고 종이 같은 것들을 눌러두는 데 쓰는 다채로운 색깔의 사각형 돌들도 내놓았다.

나는 아버지에게 케르베르크 제단 그림을 보여주며, 오직 아버지만을 생각하고 그린 그림이니 당연히 아버지가 가져야 한다고 말했다. 아버지는 무척 기뻐하며 고마움을 표했다. 아버지에게 이 제단이 새롭지는 않았다. 복원되기 오래전에 이 제단을 실제로 보았을 뿐 아니라 작년에 장미집 주인어른이 보내준 그림들 속에도 복원된 제단의 그림이 있었던 것이다. 그럼에도 아버지는 이제 이 그림을 늘 곁에 두고 생각날 때마다 편안히 감상할 수 있게 되어 무척 기쁜 모양이었다. 아버지는 그림을 여러 차례 관찰하더니 제단에서 발견한 몇 가지 점을 이야기해주었다. 수년 전 아직 복원되지 않은 상태로 보았을 때보다 제단이 훨씬 화려하고 다채로워 보인다. 제단에 곡선이 나타나고, 작은 탑들은 휘감긴 살로 인해 피라미드 형태를 이루고, 인물이 매우 섬세하게 묘사된 점들로 미루어보아 이 제단은 엄격한 고딕 양식의 시대에 속한다기보다 그 양식에 변화가 나타나기 시작한 시점에 제작되었음이 틀림없다. 그리고 장식부는 세월이 지나면서 원래 있던 곳에서 위치가 바뀌었고, 오른편에 있어야 할 반신상들은 온데간데없이 사라졌으며, 다른 인물 형상들 중에도 없어진 것이 많다고 했다. 아버지는 서가에서 책들을 가져오더니 책 속의 그림을 가리켜가며 당신의 주장이 사실임을 증명했다. 내가 말했다. 장미집 주인어른과 에우스타흐도 같은 의견이었다. 하지만 이 제단의 복원 작업은 엄밀한 의미로 보자면 '복원'이 아니라, 단지 재료의 현 상태를 유지하고 훗날 시도될 전면적인 수리나 복구 작업을 위해 보존할 목적으로 이루어졌을 뿐이다. 장차 그런 복구를 가능케 할 수단과 방법이 존재한다면 말이다. 그래서 대상의 형체가 명백할 경우에만 그것을 되살리는 작업을 했다고 말했다.

나는 아버지의 책들이 다루는 문제에 깊은 관심을 보이며 아버지에게 책을 빌려달라고 청한 뒤 내 방으로 가져가 탐독하기 시작했다. 이 책들의 영향으로 나는 건축술과 그 역사를 처음부터 자세히 알고 싶었고, 그래서 그와 관련된 모든 책을 아버지와 다른 이들의 조언에 따라 구입하기에 이르렀다.

가약

겨울은 예년처럼 흘러갔다. 나는 산에서 가져온 물건들을 정리했고, 지난여름 야외 작업과 다른 일들로 빼앗긴 시간 때문에 한참 미뤄둔 글쓰기에 열중했다. 그러나 가족과 한집에서 오붓하게 지내는 것만큼 기쁜 일은 없었다. 나에 대한 아버지의 존중감은 날이 갈수록 깊어졌고, 나에 대한 사랑도 더없이 지극했다. 그러면서도 아버지는 예전에 내 생계와 교육에 필요한 모든 일을 내게 맡기고 나를 위한답시고 당신 마음에 흡족한 다른 길을 가도록 강요하지 않은 것처럼, 지금도 모든 것을 내 판단에 맡겼다. 하지만 내가 추구하는 일에 대해서는 예전보다 더 자주 물었고, 그와 관련된 것들을 설명해줄 것을 청했다. 또한 당신의 수집 취미나 집안의 대소사와 관련해서는 항상 내 의견과 조언을 먼저 들은 뒤에 행동으로 옮겼고, 문학 작품과 역사서, 예술 작품 들에 대해서도 예전보다 훨씬 자주 나와 이야기를 나누려고 했다. 게다가 내 손을 잡고 당신이 아끼는 회화와 서책들, 그리고 다른 물건들로 가서 함께 많은 시간을 보냈으며, 틈만 나면 우리를 유리방에 모이게 했다. 유리방에서는 항상 따뜻한 공기가 옛 무기와 옛 조각품, 기둥의 벽장식목을 아늑하게 감싸고 있었다. 아버지는 많은 이야기를 했고, 당신의 가솔과 함께 보내는 이런 저녁 시간을 퍽 푸근하게 느끼는 듯했다. 더구나 요즘 아버지는 예전보다 훨씬 일찍 서재에서 나올 뿐 아니라 집에 머무는 시간도 한결 많은 듯했다. 어머니는 아버지의 표정이 밝아진 것을 무척 기뻐했다. 그래서 아버지의 계획을 귀담아들었고, 그 계획을 실행하는 데 필요한 일이라면 당신의 능력이 미치는 한에서 성심을 다했다. 어머니는 우리 자식들에게도 과거 어느 때보다 깊은 사랑을 쏟았다. 클로틸데 역시 갈수록 내게 지극한 애정을 보였다. 내게 누이는 꼭 남동생 같았고, 나 역시 누이에게 친구이자 조언자이자 놀이 동무나 다름없었다. 누이는 우리 집 외에 다른 것에는 아예 관심이 없는 듯했다. 우리는 함께 스페인어를 공부했고, 치터를 연주했고, 그림을 계속 그려나갔다. 이런 가운데에도 누이는 집안일에 열심이었다. 어머니의 뜻에 부응함으로써 어머니에게 칭찬을 받기 위해서였다. 누이는 세심함과 능숙함을 요하는 일을 성공적으로 마무리하고 나서 인정을 받으면, 진지하고 중요한 일로 수많은 사람 앞에서 상을 받을 때보다 더 기뻐했다.

몇 년 전보다 횟수가 훨씬 줄어들었지만 올겨울에도 우리 집에서 열린 크고 작은 모임에서는 우리가 어렸을 때보다 현재 더 많은 대화가 오갔다. 진지한 사안들에 대한 진단이 이루어졌고, 국가적인 일들과 일반적인 공공의 문제, 혹은 사회현상에 대해 토론이 벌어졌다. 또한 참석자들은 자신의 일과 취미뿐 아니라 극장을 방문한 일부터 주변에서 일어나는 소소한 사건들까지 털어놓았다. 거기다 춤과 노래, 음악 같은 일반적인 여흥도 곁들여졌다. 젊은 사람들은 여기서 새로운 사람을 사귀었고, 나이 든 사람들은 기존의 친분 관계를 더욱 돈독히 유지해나갔다.

나는 친구들을 방문해서 이런저런 이야기를 주고받았고, 내가 하는 일을 일반적인 수준에서 설명했다. 그들 역시 주변에서 겪은 일들과 이 나라의 유력 인사들에 대해 이야기했다.

나는 회화 공부와 보석학 수업을 이어 나갔고, 간혹 연극도 보러 갔다. 건축술에 관한 책들은 무척 재미있었다. 세상을 향해 유익한 결실을 약속하는 새로운 분야였다.

후작 부인 집에서 열리는 저녁 모임은 내게 점점 중요한 일과가 되었다. 후작 부인의 방을 자발적으로 빈번하게 찾는 사람들끼리 서서히 모임이 형성되었다. 굉장히 매력적인 화젯거리들이 대화 테이블에 올랐고, 누군가가 최신 지식과 사상을 개진해도 멈칫거리며 발을 빼는 사람은 없었다. 사람들은 가능한 한 그날의 화젯거리를 준비했을 뿐 아니라, 이른바 '전문가'라고 하는 사람들의 독특한 언어 구사 방식에 일상어의 옷을 입혀 보통 사람도 그것을 이해할 수 있게 했다. 이런 방법을 통해 도출된 것들은 그대로 참석자들의 지식이 되고 그 모임의 소득이 되었다. 그러나 도저히 알아먹을 수 없는 말들의 잔치만 벌어질 경우에는 결론도 평가도 없이 토론을 끝내버렸다. 이와 병행해서 나의 문학 수업과 스페인어 공부도 활기차게 계속 이어졌다.

날씨가 화창해 따스한 햇살이 방 안으로 마구 쏟아져 들어오는 날이면 나는 유리방으로 가서 기둥의 벽장식목을 그렸다. 주인어른이 부탁한 일이기에 더더욱 심혈을 기울였다. 이루 말할 수 없이 큰 신세를 지고 절로 고개가 숙여질 정도로 존경하는 그분을 실망시킬 수는 없었다. 그분이 만족하도록, 그분에게 기쁨이 되도록 그림을 완성해야 했다. 우선 나는 벽장식목을 도안 형식으로 그린 다음 그것을 토대로 유화를 완성할 생각이었다. 연갈색 종이에 스케치를 하고, 검게 음영을 넣고, 환한 갈색으로 광도를 높이고, 가장 밝은 부분은 희게 칠했다. 이런 식으로 도안을 마무리하고 여러 번의 비교와 측정을 통해 모든 비율이 올바르다는 확신이 들었을 때 나는 이제 유화 제작에 들어갔다. 유화는 도안보다 작게 그렸지만 비율은 도안과 같았다. 색깔은 항상 오전 시간을 택해 칠했다. 이유는 분명했다. 그림의 하이라이트 부분뿐 아니라 빛과 어둠을 가장 완벽하게 포착할 수 있고, 색깔 역시 전반적으로 실물에 가장 충실하게 선택할 수 있었기 때문이다. 색깔과 관련한 예전의 내 경험이 이번에 사실로 입증되었다. 옒게 니스를 칠한 벽장식목 조각에 주변 물건들의 색깔이 영향을 끼친 것이다. 그러니까 이 방에 걸려 있는 중세의 검과 철퇴, 검붉은색의 걸개그림 그리고 벽, 바닥, 창문 커튼, 천장 장식이 한정 지을 수 없는 범위로 알게 모르게 조각 속에 투영되어 있었다. 나는 이 모든 것을 그림에 그대로 반영하면 묘사된 대상들이 한층 매력적인 모습을 띠리라는 사실을 알았지만, 이 방의 모든 물건을 함께 그리지 않는 한 벽장식목에서 우러나오는 그런 매력적인 색감을 설명할 수는 없었다. 게다가 이 방의 물건을 모두 그리는 것은 원래의 내 목적과도 맞지 않았다. 그래서 나는 이 방이 제공하는 모든 우연적인 요소와 그림에 강한 영향을 주는 물건들을 치운 다음 색깔을 칠했다. 그래도 방 안에 남아 있는 것은 어쩔 수가 없었다. 왜냐하면 한편으로는 사실적 묘사에 충실해야 했고, 다른 한편으로는 주변의 모든 영향을 배제한다면 그 대신 정말 터무니없는 것을 집어넣음으로써 대상의 생명을 빼앗을 수도 있었기 때문이다. 대상에서 주변의 모든 환경적 요소를 제거하면 그 대상은 자신의 현존재, 그러니까 실존적 자리를 잃어버리고 만다. 벽장식목의 실제적인 공간색(空間色)은 전체 그림에서 저절로 우러나올 것이다. 나는 그림 작업에 엄청난 수고를 들였고, 내 힘과 지식이 닿는 한 정확하게 그리려고 애썼다. 색깔에 깊이를 더하려고 한참을 물감과 씨름했고, 올바른 색조와 필요한 광채를 얻으려고 부단히 노력했다. 멀리서 보면 그림과 벽장식목이 구별되지 않을 때까지. 그림은 내가 수학적 방법까지 동원해서 제작한 도안과 정확히 일치하는 듯했다. 이만하면 그림이 완성되었다는 생각이 들었을 때 나는 아버지에게 그림을 보여주었다. 아버지는 자잘한 몇 군데만 빼고는 그림의 완성도를 인정했다. 나는 몇 군데를 수정했고, 아버지도 흐뭇한 표정으로 고개를 끄덕였다. 곧이어 나는 그림들을 정성스레 포장했다. 이제 장미집으로 옮기는 일만 남았다.

그림을 완성하고 나자 어느새 봄이 성큼 다가와 있었다. 그것은 내가 초겨울의 흐린 날보다는 늦겨울의 맑은 날에 주로 그림을 그렸기 때문이다.

나는 봄에 다시 여행을 떠났다.

처음 들른 곳은 장미집이었다. 나는 주인어른 앞에 벽장식목 그림을 펼쳐놓았다. 거기에는 도안뿐 아니라 유화도 있었다. 어른이 에우스타흐를 서재로 불렀다. 내 그림에 대한 두 사람의 평가는 무척 호의적이었다. 예전에는 내 그림들을 두고 이 정도까지 호의적인 반응을 보인 적이 없었다. 나는 기쁨으로 가슴이 벅차올랐다. 에우스타흐가 말했다. 외부 영향으로 생겨난 색감과 공간색의 구별이 무척 훌륭하고, 그것을 통해 벽장식목의 주변 환경을 대략 짐작할 수 있다고. 두 사람은 그림을 적당한 거리에 세워놓고 흐뭇하게 감상했다. 특히 에우스타흐는 흑백 도안의 정확성과 실용성에 대해 칭찬을 아끼지 않았다.

나는 장미집을 짧게 방문하고 곧장 전나무골로 달려갔다. 그런데 여기서도 얼마 머물지 않고, 새로 작업할 장소를 찾기 위해 바로 산속 깊숙이 들어갔다. 적당한 장소가 발견되자 나는 라우터탈 골짜기로 옮겨 단풍나무집을 찾았다. 카스파 영감과 작년에 나와 함께 일했던 일꾼들을 올해도 고용하기 위해서였다. 서로 만족스러운 조건으로 계약이 이루어진 뒤에도 나는 단풍나무집에 며칠 더 묵었다. 한편으로는 일꾼들이 채비할 시간이 필요하기도 했고, 다른 한편으로는 그새 정이 듬뿍 든 이 집과 골짜기 그리고 주변 환경을 얼마간이라도 더 만끽하기 위해서였다. 이 기회에 나는 붉은 늪 공방에 수차례 들러 요즘은 거기서 대리석으로 어떤 물건을 만드는지 구경했다. 공방은 1년 전부터 굉장히 번창한 듯했다. 나는 장차 새로운 대리석이 발견되면 어떤 물건들을 만들지 기술자들과 상의했다. 벽장식목의 나머지 부분들을 찾는 작업은 올해에도 성과가 없었다.

라우터탈 골짜기에서 아주 유쾌한 사건이 일어났다. 그사이 온데간데없이 사라졌던 치터 선생이 다시 나타난 것이다. 그는 나를 보고 무척 기뻐했고, 우리가 새로운 작업의 근거지로 삼은 카르그라트로 나를 따라가고 싶다고 했다. 카르그라트는 만년설 바로 옆에 자리 잡은, 나무 한 그루 없이 풀만 자라는 언덕에 있는 자그마한 산간 마을인데, 그곳에는 가난한 주민들과 그보다 더 가난하지만 자족의 삶을 영위하는 신부 한 사람이 살고 있었다. 치터 선생이 말했다. 일을 시켜주면 자신도 임금을 받고 일을 하겠다. 자유 시간에는 나와 치터 연습을 하고 싶다. 이제껏 나만큼 큰 기쁨을 주는 제자는 만나지 못했다는 것이다. 나는 고민 끝에 사냥꾼의 제안을 받아들이기로 결정했고 그와 적절한 조건에 임금을 합의했다.

모든 준비가 끝나자 나는 일꾼들과 함께 단풍나무집을 출발했다. 우리는 목적지에 조금이라도 빨리 닿으려고 한갓진 산길을 택했다. 마차를 두 대 빌려 얼마간을 달릴 때 한 번만 도로로 내려갔다. 나는 카르그라트에서 자그마한 방을 하나 빌렸고, 일꾼들은 임시변통으로 헛간을 거주 공간으로 사용했다. 내 물건들은 판자로 아주 작은 창고를 만들어 따로 보관했다. 우리가 지금 있는 곳은 꽤 높은 고지대 근처였다. 내 방의 앙증맞은 창문으로 눈 덮인 봉우리 세 개가 보였다. 그 뒤로 무척 날씬하고 눈부시게 하얀 카르슈피츠 봉우리가 소뿔처럼 뾰쪽 솟아 있었고, 그 옆에는 보석처럼 반짝거리는 지미(Simmi) 만년설의 암석층이 길게 펼쳐져 있었다. 매서운 산바람이 마을의 뾰쪽한 교회 탑을 휘감더니 우리 머리와 얼굴 위로 거칠게 불어왔다. 계곡 아래에는 다른 산들이 있었고, 그보다 또 한참 밑에는 사람들이 무리 지어 사는 도시와 마을 들이 있었다.

오랜만에 듣는 사냥꾼의 치터 연주는 가히 환상적이었다. 그를 만나지 못한 사이 내가 그의 연주 솜씨까지 거의 잊은 모양이었다. 그전까지 들었던 다른 사람들의 연주는 그의 솜씨에 대면 명함도 못 내밀 정도였다. 감히 '최고의 명인'이라는 수식어를 붙여도 과하지 않을 듯했다. 그는 악기에 푹 빠져 악기와 하나가 되었다. 연주할 때는 완전히 딴사람이 되었고, 듣는 이의 마음 깊숙한 곳을 건드렸다. 그것도 선하디선한 곳을. 이렇게 높은 산에서 듣는 연주는 더더욱 아름답고 감동적이고 고즈넉했다.

작년에 우리는 거의 항상 숲과 암벽에 에워싸여 몇몇 장소에서만 자유롭게 전망을 감상할 수 있었다면, 올해는 툭 트인 언덕에 있을 때가 많았고 예외적으로만 숲과 암벽에 둘러싸여 있었다. 우리 작업의 가장 친근한 동반자는 얼음이었다.

절기상 장미 개화기가 점점 가까워지자 나는 아스퍼호프를 방문하기로 마음먹고, 내가 없는 동안 카르그라트에 아무 문제가 없도록 조처해놓은 다음 길을 나섰다.

장미집에 도착하자 정원사와 하인들이 말했다. 마틸데 부인과 나탈리에, 주인어른, 에우스타흐, 롤란트, 구스타프는 벌써 슈테르넨호프로 출발했다. 장미가 진 데다 나를 더 이상 기다릴 수가 없었다는 것이다. 내가 봄에 이 집에 들러 올해는 지미 만년설 근처에서 작업을 할 거라고 말하자 주인어른은 이렇게 답했다. 올여름에는 자네가 아스퍼호프에 못 올 수도 있겠다. 예까지 쉽게 걸음할 거리가 아니기 때문이다. 해서 때가 돼도 오지 않으면 못 오는 걸로 알겠다. 대신 가을에는 일을 서둘러 끝내고 얼마간이라도 이곳에서 함께 지낼 수 있기를 기대한다. 그럼에도 혹시 자네가 오면 슈테르넨호프로 뒤쫓아 오라고 여기 사람들에게 일러놓겠다.

이튿날 나는 우편국에서 경마차를 빌려 슈테르넨호프로 달렸다.

슈테르넨호프 인근에 다다랐을 때 뭇 정원과 울타리에서 막 봉오리를 터뜨린 장미들이 보였다. 아스퍼호프에서는 정원에서건 울타리 근처에서건 사람들이 깜박 잊고 내버려둔 시들고 쭈글쭈글해진 몇 송이 빼고는 구경할 수 없었던 장미였다. 슈테르넨호프 성으로 올라가는 언덕 위의 장미 덤불에도 개화를 기다리는 꽃봉오리들이 수줍게 매달려 있었다. 슈테르넨호프에서는 장미를 따로 모아 키우지 않고 다른 장원들과 마찬가지로 정원을 아름답게 장식하는 용도로만 키우기에 언덕의 잔디밭 가장자리에도 군데군데 장미 덤불이 있었다. 어쨌든 아스퍼호프에서와는 달리 지금 이 시기에 장미가 피는 것은 슈테르넨호프가 아스퍼호프보다 산맥에 가깝고, 더 높은 곳에 위치하기 때문인 듯했다.

성의 안뜰에 도착하자 하인들이 내 짐을 받아 들었다. 나는 하인의 안내로 정면의 넓은 계단을 지나 마틸데 부인의 방으로 갔다. 부인은 방에 혼자 있었는데, 내가 왔다는 이야기를 듣고 문까지 걸어 나와 그 특유의 따뜻하고 정겨운 태도로 나를 맞아주었다. 부인이 나를 꽃으로 장식한 창문 옆의 테이블로 이끌었다. 그녀가 즐겨 앉는 곳이었다. 내가 부인이 권한 맞은편 의자에 앉자 부인이 말했다. “이렇게 와줘서 정말 고마워요. 올해는 길이 너무 멀어서 못 오는 줄 알았어요.”

“늘 이렇게 다정하게 맞아주시고, 분에 넘치는 대접을 해주시니 어찌 찾지 않겠습니까? 아무리 멀어도, 일을 중단해야 하더라도 매년 찾아뵙겠습니다.”

"지금은 집에 나와 나탈리에 둘만 있어요. 장미가 시든 뒤에도 젊은이가 오지 않기에 올여름에는 못 오나보다 생각하고 다들 가까운 데로 여행을 떠났죠. 구스타프도 함께 갔어요. 여행이라면 사족을 못 쓰거든요. 주인어른 일행은 외딴 골짜기의 작은 교회로 갔어요. 롤란트가 그 교회를 그려서 가져왔는데, 그림 속 교회가 무척 아름다워서 다들 롤란트의 안내로 그리 떠났어요. 교회를 구경한 뒤에는 어디로 갈지 몰라요. 다만 며칠 뒤 다시 슈테르넨호프로 돌아오는 건 분명해요. 그때까지 여기서 기다리도록 해요. 다들 무척 반가워할 거예요. 여기 묵는 동안 최대한 편히 지내도록 조처하겠어요."

"저는 편안함과는 거리가 먼 사람입니다. 익숙하지도 않고, 중히 여기지도 않습니다. 저로서는 모녀가 호젓하게 지내시는 데 방해가 될까봐 염려될 뿐입니다. 그리고 저는 이미 최고의 대접을 받았습니다. 따뜻한 환영이 그것이지요."

"따뜻한 환영이 아무리 최고의 대접이라 해도, 또 손님이 아무리 편안함을 원치 않는다 해도 주인의 얼굴에 나타난 따뜻함만으로 그친다면 그것은 손님을 맞는 주인의 도리가 아니겠죠. 그런 따뜻함은 당연히 행동으로 표출되어야 합니다. 그러니 우리가 도리를 다할 수 있도록 해줘요. 우리가 원해서 하는 일이에요. 여건이 허락하는 한 젊은이가 편히 지내도록 하는 게 우리의 의무예요. 그걸 받아들이든 그러지 않든 그건 손님 마음이지만 말이에요."

"부인께서 의무라고 생각하시는 것에 이러쿵저러쿵 토를 달고 싶지는 않습니다. 다만 저로 인해 쓸데없는 수고를 하시지 않을까 걱정스러울 뿐입니다."

"큰 수고가 아니니 걱정 마세요. 즐거운 마음과 세심한 배려가 손님을 편안히 모시는 방법의 핵심이니까요. 그러니 그 정도는 받아줘요."

부인은 이 말과 함께 종에 달린 줄을 당겼고, 하인이 들어오자 집사를 불러오라고 명했다.

집사가 나타나자 부인은 내가 이 집에 얼마간 머물 예정이니 나를 모시는 일에 각별히 신경을 쓰라고 간결하게 지시했다. 집사가 물러나려는 순간 부인이 몇 마디 더 일렀다. 자신도 나중에 기회가 되면 이야기하겠지만, 지금 가서 아가씨에게 누가 왔는지 미리 알리고, 저녁 식사 시간에 식당방에서 다 함께 모일 거라고 일러두라고 했다.

집사가 나가자 마틸데 부인이 말했다. 이제 중요한 일은 처리했다. 남은 건 어떤 식으로 일이 진행되는지 보고를 듣는 것이라고 했다.

이제 우리는 화제를 바꾸었다. 부인은 내 안부를 묻고 나서 내가 올여름 매진하는 일이 무엇인지 전반적으로 물었다.

나는 대답했다. 육체적인 상태는 변함없이 좋다. 어릴 적부터 단순한 생활에 익숙했는데, 그것이 오랜 야외 활동과 연결되면서 꾸준히 건강을 유지하는 것 같다. 내 일은 정신 건강에도 많은 영향을 끼친다. 나는 내 판단에 따라 일을 결정하고 조정하는데, 그 일이 말끔히 정리되어 내 눈에 매우 유망한 방향으로 진행된다 싶으면 더할 나위 없이 마음이 평온해지고 침착해진다. 지난 몇 년간 나의 주 분야는 그 무대만 바뀌었을 뿐 줄곧 같은 방향으로 나아가고 있다. 그러나 부차적인 분야는 그사이 다른 것으로 바뀌었고, 아마 내 삶이 지속되는 한 이 상태로 계속 갈 것 같다고 했다.

이 말 끝에 이젠 내가 다른 사람들과 모녀의 안부를 물었다.

부인이 대답했다. 다들 아무 문제 없이 잘 지낸다. 주인어른은 늘 그래왔던 것처럼 소박하게 살아가고, 작은 땅뙈기나마 토지를 소유한 사람의 의무와 도리를 다하려 최선을 다하고, 이웃과 남 들에게 자비를 베풀고, 그러면서도 자신을 내세우는 일 없이 조용히 처신하고, 예술과 학문으로 삶을 장식하고, 존재하는 모든 것을 주관하는 하늘의 힘에 경배하는 마음으로 살아간다. 그러다보니 인생의 행복에 속한다고 할 수 있는 남들의 호의와 좋은 평판이 절로 따라왔다. 에우스타흐와 독립심이 꽤 강한 롤란트는 주인어른의 일에 자발적으로 동참하기도 하지만, 다른 한편으로는 자신들이 원하고, 자신들의 상황에 맞는 일을 추진하기도 한다. 구스타프는 청춘의 사다리를 부지런히 타고 올라가는 중인데, 잘못된 방향으로 가는 것 같지는 않다. 그래서 이대로 계속 가면 가장 높은 계단에 이르러 언젠가는 다른 삶으로 무난히 넘어갈 것 같다. 마지막으로 자신과 나탈리에에 관해 이야기하자면 여자의 삶은 항상 제한적이고 종속적이다. 그 속에서 여자는 안정을 찾고 공고해진다. 그런데 자신들에게는 여자들이 의지할 그런 발판이 없다. 친척이나 가까운 가족의 발판이 없는 것이다. 그래서 두 사람은 이 장원에서 불안하게 살아가고, 많은 것을 남자들처럼 스스로 해결해야 한다. 다만 세월이 흐르면서 이러구러 연결된 벗님들의 도움으로 여자의 권리를 향유하고 있다. 이런 사정은 특별한 일이 없는 한 앞으로도 계속될 것 같다고 했다.

나는 부인의 말을 사뭇 진지하게 받아들였다. 그로써 무거워진 분위기는 올여름에 있었던 일로 화제를 돌리면서 다시 부드러워졌다.

마틸데 부인은 장미 개화와 그때에 맞추어 찾아온 손님들, 슈테르넨호프에서의 생활, 풍년에 대한 기대에 대해 이야기했다. 나는 그에 대한 화답으로 내 작업 현장과 내가 추구하는 일 그리고 그것을 달성하는 데 필요한 과정과 수단에 대해 설명했다.

그런 식으로 대화가 한참 이어진 뒤 나는 자리에서 일어나 내 방으로 갔다.

하인이 나를 부인의 응접실에서 내 거처로 안내했다. 슈테르넨호프에 올 때마다 내가 이용하는 이 방들은 벌써 깨끗이 정돈되어 있었고, 예전과 거의 똑같은 모습으로 꾸며져 있었다. 심지어 집사는 예전에 내가 보던 책들까지 잊지 않고 갖다놓았다. 한동안 방에 혼자 앉아 있는데 집사가 들어오더니 방 안에 마련해놓은 것들이 마음에 드는지, 혹시 더 필요한 것은 없는지 물었다. 나는 분에 넘칠 만큼 모든 게 잘 갖추어져 있다고 대답하면서 그의 수고와 배려에 감사를 표했다. 이어 집사가 다시 방을 나갔다.

나는 스스로에게 얼마간 안식의 시간을 허락한 뒤 방 안을 서성이기 시작했다. 어떤 때는 이 창문, 어떤 때는 저 창문 곁에 서서 익숙한 대상들과 근처의 들판, 멀리 떨어진 산들을 내다보았다. 그러다가 저녁 식사 자리에 맞는 옷으로 갈아입었다.

식사 시간은 곧 찾아왔다. 이 성에 도착한 때가 이미 늦은 오후였기 때문이다.

식당방으로 들어섰을 때 마틸데 부인과 나탈리에는 벌써 도착해 있었다. 부인은 아까 나를 만났을 때와는 다른 옷을 입고 있었다. 나탈리에도 옷을 갈아입었는지는 알 수 없었다. 다만 부인과 비슷한 옷을 입은 것으로 보아 나탈리에도 내가 집에 왔다는 이야기를 듣고 옷을 갈아입은 것이 분명하다는 생각이 들었다. 우리는 간단히 인사를 나누고 각자 자리에 앉았다.

나는 모녀와 이렇게 셋이서만 식사를 하는 것이 몹시 어색했다.

대화는 일반적인 이야기로 흘러갔다.

식사 후 나는 곧바로 자리에서 일어났다. 괜히 두 사람을 성가시게 하고 싶지 않았기 때문이다.

거처로 돌아온 나는 가방에서 종이와 책을 꺼내놓고는 얼마간 글을 쓰고 책을 읽었다. 그런 다음 사색에 잠겨 있다가 잠자리에 들었다.

이튿날 나는 혼자 아침 산책을 마친 뒤 식사를 했다. 식사 후 우리는 다 함께 정원을 둘러보았다. 그런 다음 나는 그림방으로 가서 그림을 감상했다. 오후에는 농장과 들판으로 산책을 나갔고, 저녁은 전날과 똑같이 흘러갔다.

나는 많은 사람 사이에서 나탈리에를 볼 때보다 어머니와 단둘이 있는 나탈리에를 볼 때 그녀가 한층 낯설게 느껴졌다.

이날 우리는 많은 이야기를 나누지 않았다. 대화도 지극히 평범한 내용에 그쳤다.

셋째 날도 둘째 날과 똑같이 흘러갔다. 나는 다시 그림을 감상했고, 고가구가 비치된 방에 들렀으며, 위층 복도와 방 들도 둘러보았다.

슈테르넨호프에 묵은 지 넷째 날이었다. 오후에 나는 읽고 있던 호메로스의 책을 책상 위에 내려놓고, 내 거처의 응접실과 집 뒤편의 작은 계단을 지나 정원으로 나갔다. 무척 화창한 날이었다. 하늘에는 구름 한 점 없었고, 꽃밭에는 따스한 햇볕이 내리쬐었다. 일꾼들의 목소리도, 새들의 노랫소리도 들리지 않았다. 다만 내 거처의 출구 근처 비계(飛階)에서 인부들이 끌과 망치로 건물의 회칠을 벗겨내는 소리만 나직이 들려왔다. 나는 덤불과 늦게 개화한 꽃들 쪽으로 걸음을 옮겼다. 상당히 높은 산울타리로 둘러싸인 모랫길에서 유일하게 그늘이 있는 곳이었다. 모랫길을 따라가니 피나무가 나왔다. 나는 거기서 울창한 나무 밑을 지나 담쟁이덩굴 벽 쪽으로 향했고, 덩굴 벽을 따라 쭉 걷다가 분수 동굴에 들어섰다. 내가 접근한 방향은 벽의 왼편이었다. 그리로 다가가면 분수 요정상이 좀 더 아름답게 보였다. 대신 요정상 맞은편에 위치한 동굴 속 벤치는 보이지 않았다. 동굴에 들어서는 순간 나는 벤치에 앉아 있는 나탈리에를 보았다. 나탈리에는 깜짝 놀라 자리에서 벌떡 일어났다. 놀라기는 나도 마찬가지였다. 하지만 나는 나탈리에의 얼굴을 가만히 들여다보았다. 얼굴의 홍조와 창백함 사이에서 동요가 묻어났고, 눈은 나를 향해 있었다.

내가 먼저 입을 열었다. "여기 아가씨가 있는 줄은 몰랐습니다. 담쟁이덩굴 왼편 방향에서 오면 벤치가 보이지 않거든요. 만약 알았더라면 들어오지 않았을 겁니다. 괜히 방해하는 것 같아서요."

나탈리에는 아무 대답을 하지 않았고 여전히 나를 바라보았다.

내가 다시 말했다. "본의 아니게 아가씨를 놀라게 했다면 너그러이 용서하십시오. 바로 자리를 피해드리겠습니다."

"아뇨, 아뇨."

이제 동요한 쪽은 나였다. 나는 그 말의 의미를 몰라 이렇게 물었다. "화가 났어요, 나탈리에?"

"아뇨, 화가 난 게 아니에요." 나탈리에는 이렇게 대답하고는 막 내리깔았던 눈을 다시 들고 나를 바라보았다.

"혼자 시간을 갖고 싶어 이곳을 찾은 것 같은데, 제가 바로 여기를 떠나겠습니다."

"일부러 저를 피하는 것이 아니라면 꼭 떠나실 필요는 없어요."

"내가 여기를 떠나지 않아도 된다면 나 때문에 그렇게 서 있을 필요는 없습니다. 앉으세요. 어서요, 나탈리에. 앉으세요."

나탈리에가 벤치에 앉아 등받이에 등을 기댔다. 입구에서 아주 가까운 쪽이었다.

이로써 나는 나탈리에와 요정상 사이에 서게 되었다. 애매한 위치였다. 나는 무례한 느낌이 들어 약간 뒤로 물러났다. 그런데 그러고 나니 이제는 그리 높지 않은 동굴에서 벤치의 빈자리 앞에 꼿꼿이 서 있게 되었다. 이것도 온당치 않아 보였다. 결국 나는 벤치의 빈자리에 엉덩이를 대고 앉으며 말했다.

"다른 데보다 여길 좋아하시나봐요?"

"좋아해요. 호젓한 데다 아름다운 대리석상이 바로 눈앞에 있거든요. 이곳이 마음에 안 드세요?"

"아뇨, 마음에 듭니다. 게다가 요정상은 보면 볼수록 사랑하지 않을 수 없어요."

"예전에도 여기 자주 오셨나요?"

"아가씨 어머님의 호의로 여기 혼자 묵으며 슈테르넨호프의 가구들을 그릴 때 동굴을 자주 찾았어요. 물론 나중에 정식으로 초대받아 여기에 왔을 때도 수시로 드나들었고요."

"저도 여기서 뵌 적이 있어요."

"이곳은 사람의 이성과 감성이 충만한 느낌이 들도록 꾸며져 있어요. 담쟁이덩굴의 초록색 벽은 외부와 격리되어 있어 고즈넉하고, 떡갈나무 두 그루는 마치 경비병처럼 서 있으며, 대리석의 하얀색은 나뭇잎과 정원의 녹음을 부드럽게 어루만지고 있죠."

"어머니가 말씀하신 대로 이 모든 것은 서서히 이루어졌어요. 담쟁이덩굴은 점점 자라 벽을 뒤덮더니 떡갈나무 옆에까지 이르렀어요. 그리고 동굴 안도 바뀌었어요. 원래는 여기에 벤치가 없었거든요. 그런데 요정상이 인기를 끌면서 사람들이 요정상을 감상하려고 그 앞에 자주 서 있거나 그 옆 동굴에 들어가는 일까지 생기자 어머니께서 요정상의 재질과 똑같은 대리석으로 이 벤치를 만들게 하셨고, 벤치에 기원전에 만들어진 예술적인 등받이까지 달았어요. 한편으로는 요정상과 조화를 이루면서 다른 한편으로는 이 작품에 평온과 생기를 더하기 위해서였죠. 설화석고 사발도 시간이 지나면서 갖다놓은 거예요."

"사람들은 이런 작품들에 끌리기 마련이죠. 구경하고픈 욕구가 생기니까요."

"저는 어릴 적부터 봐와서 조각상이 아주 익숙해요. 단순해 보이는 대리석이 정말 아름답지 않나요?"

"굉장히 아름답죠."

"한참 들여다보고 있으면 저 돌이 아주 깊다는 생각이 들어요. 투명해서 밑바닥까지 훤히 보일 것 같은 그런 느낌이에요. 물론 실제로 투명하지는 않죠. 하지만 저 돌의 표면은 저항 같은 건 생각지도 못할 만큼 연약하고 순수해 보여요. 표면에 곱게 반짝거리는 자잘한 조각들만이 그 근거가 되지만 말이에요."

"투명한 대리석도 있습니다. 그러려면 얇은 층이 하나만 있어야 하죠. 그 층을 통해 보이는 세계는 황금빛에 가깝습니다. 하지만 여러 층이 겹쳐져 있을 경우에 대리석은 밖에서 보면 눈처럼 하얗습니다. 투명하고 자잘한 성에가 수많은 층으로 겹쳐진 눈처럼 말입니다."

"그럼 제가 잘못 느낀 게 아니네요?"

"제대로 본 겁니다."

"대리석은 가격 면에서건 고결함 면에서건 다른 보석에 비해 한 단계 아래겠죠?"

"예, 외형적으로는 분명히 그렇습니다. 하지만 대리석은 단순히 재료의 측면에서 보자면 아주 작은 조각으로 발견되는 다른 보석만큼 비싸지 않음에도 그 자체로 탁월하고 아름다운 물건이라 흰색뿐 아니라 다른 모든 색깔도 갈망의 대상입니다. 사람들은 이걸로 아주 다양한 물건을 만들고, 인간의 조형예술이 표현할 수 있는 최고의 것을 하얀 대리석의 순수함으로 표현하기도 하죠."

"여기 앉아 요정상을 보고 있으면 항상 가슴 뭉클한 느낌이 들었던 게 그 때문이었군요. 저리 딱딱한 돌로 저리 여리고 부드러운 형상을 표현할 수 있다는 사실이 놀랍고, 세상의 가장 아름다운 것을 표현하기 위해 흠 하나 없는 대리석을 선택한다는 것이 이해가 가요. 저는 아스퍼호프의 계단에 있는 대리석상을 볼 때마다 항상 그것을 느꼈어요. 수많은 세월이 흐르면서 재료가 더러워졌음에도 여기 있는 요정상보다 훨씬 아름답고 외경심을 불러일으키는 조각상이에요."

"과거의 고매한 민족과 일부 고대 민족들이 신성한 것이나 대단한 인물을 조각할 때 하얀 대리석을 재료로 선택한 것은 결코 우연이 아닙니다. 반면에 나뭇잎 장식이나 추녀, 기둥, 동물 형상, 심지어 신분이 낮은 신이나 인간을 조각할 때는 색깔 있는 대리석이나 사암, 나무, 점토, 황금 혹은 은을 사용했습니다. 구하기도 다루기도 쉬운 나무나 흙, 연한 돌, 몇몇 금속을 놔두고 굳이 땅을 파서 하얀 대리석을 캐고 그걸로 조각품을 만든 데는 그만한 이유가 있었던 것이죠. 게다가 다양한 물건들의 재료가 되고, 인간과 고귀한 존재의 장신구로 사용되는 다른 보석들도 재료 면에서 인간의 정신을 끌어들이는 무언가가 있습니다. 그것들을 가치 있게 하는 것은 단순히 희귀성이나 광채가 아니죠."

"보석에 대해서도 따로 공부를 하셨나요?"

"한 친구가 많은 보석을 보여주며 설명까지 해주었습니다."

"보석은 인간에게 퍽 야릇한 물건인 것 같아요."

"보석 속에는 무언가 깊고, 사람의 마음을 휘어잡는 것이 있습니다. 마치 우리에게 말을 거는 어떤 정신이 깊숙한 곳에 숨어 있는 듯하죠. 예를 들어 자연의 어디서도 그 비슷한 색을 찾아보기 힘든, 벌새 같은 새의 깃털이나 딱정벌레의 앞날개에만 어른거리는 에메랄드의 초록빛 속에는 고요함이 깃들어 있어요. 또 유색 보석들 가운데 가장 고결해 보이는, 붉은 비단 같은 빛으로 우리를 바라보는 루비 속에는 충만함이 담겨 있고, 오팔 속에는 인간의 머리로는 해명할 수 없는 불가사의한 신비로움이 깃들어 있으며, 다이아몬드 속에는 빛의 강한 굴절도로 인해 번개처럼 빠르게 광택과 색상의 변화를 만들어내는 강렬한 힘이 숨어 있어요. 폭포의 흩날리는 물에서도, 눈부신 눈의 결정체에서도 찾아볼 수 없는 그런 변화죠. 그래서 보석을 흉내 낸 모조품들은 정신이 없는 껍데기에 지나지 않습니다. 속은 텅 비어 있고, 부서지기 쉽고, 충만한 깊이와 부드러움 대신 공허한 찬란함만 내세우는 빈껍데기일 뿐이죠."

"진주에 대해서는 말씀하지 않으셨어요."

"진주는 보석이 아닙니다. 물론 세간에서는 보석처럼 사용되죠. 진주의 겉모습은 아주 검박합니다. 하지만 인간의 아름다움을 진주만큼 은은하고 우아하게 장식하는 것은 없습니다. 심지어 남자의 목도리 고리나 옷가슴 주름에 달려 있는 진주도 제 눈에는 한없이 기품이 넘쳐 보입니다."

"보석을 장신구로서 좋아하세요?"

"보석의 종류마다 가장 아름다운 것을 고르고, 거기다 올바른 예술 법칙에 맞게 테를 두르고, 그렇게 두른 테두리가 보석과 조화를 이룬다면 인간 몸의 어떤 장식도 보석 장식만큼 아름답지는 않을 겁니다."

이후 우리는 침묵했다. 그 틈을 이용해 나는 이제 나탈리에를 관찰했다. 나탈리에는 평소에 즐겨 입는 옅은 회색 비단옷을 입었는데, 늘 그렇듯 목까지 올라오고 손목까지 덮는 옷이었다. 장신구는 전혀 없었다. 나탈리에만큼 보석과 잘 어울릴 사람은 없을 것 같은데 말이다. 마틸데 모녀를 만난 이후 나는 두 사람이 당시 여자들이라면 모두가 걸고 다니는 귀걸이조차 하고 다니는 모습을 보지 못했다.

침묵 속에서 우리는 졸졸 흘러내리는 분수 물을 약속이라도 한 듯 지켜보았다.

이윽고 나탈리에가 말문을 열었다. "우리는 이곳의 편안함에 대해 얘기하다가 대리석의 고결한 면과 보석에 관한 이야기로까지 넘어갔어요. 하지만 얘기할 게 아직 한 가지 남았어요. 이곳을 더욱 특별하게 만드는 것이 있어요."

"그게 뭐죠?"

"물이에요. 여기 물은 제가 아는 다른 어떤 물보다 더 시원하게 갈증을 풀어줄 뿐 아니라 분수 위를 저렇게 노닐듯이 즐겁게 흘러가는 것이 사람의 마음을 어루만지고 눈길을 붙잡는 힘이 있는 것 같아요."

"나도 똑같은 것을 느낍니다. 붙잡을 수 없는 생명체처럼 순식간에 흘러가버리는 저 물이 분수 위에서 아름답게 반짝거리는 모습을 여기서 얼마나 자주 보았는지 몰라요. 물은 사람들의 생각보다 훨씬 경탄스러운 존재인 것 같습니다. 공기만큼요."

"저도 물과 공기가 경탄스러워요. 하지만 사람들은 둘 다에 별 관심이 없어요. 주위에 널려 있으니까요. 공기가 대지의 숨결이라면 물은 대지의 생명줄 같아요."

"매우 정확한 말입니다. 과거에는 물에 존경을 표했던 민족들이 있었습니다. 그리스인들은 바다를 무척 귀히 여겼고, 로마인들은 좋은 물을 끌어 들이려고 어마어마한 규모의 시설을 만들기도 했죠. 물론 로마인들은 물의 외형적인 부분에만 집착하는 바람에 그리스인들처럼 물의 아름다움에 주목하지 못했고, 오로지 몸에 좋은 물을 최상의 상태로 공급하는 데만 열중했습니다. 우리 몸속으로 들어오는 것들 중에 물만큼 귀한 것이 공기 말고 또 있을까요? 참으로 맑고 고귀한 물만이 우리 몸과 하나가 되어야 하지 않을까요? 특히 구덩이를 파 거기서 나오는 물을 마시는 탓에 건강을 해칠 우려가 큰 대도시 사람들이 그래야 하지 않을까요? 나는 산속과 골짜기, 평야지대, 대도시를 오가며 무더위의 갈증을 식혀주는 수정처럼 맑고 꿀처럼 단 물맛을 알게 되었고, 물맛의 차이도 구별할 줄 알게 되었습니다. 산속과 언덕의 샘에서 나오는 물, 특히 화강암에서 흘러나오는 맑디맑은 물만큼 상쾌한 것은 어디에도 없습니다. 그런데 여기는 물 말고 아름다운 것이 또 있습니다. 바로 저 샘이죠."

나탈리에는 아까부터 목이 말라 화제를 물로 돌린 것인지, 아니면 대화를 하던 도중에 갑자기 가벼운 갈증이 생긴 것인지는 모르겠지만 아무튼 자리에서 일어나 설화석고 사발을 집어 들더니 졸졸 흐르는 물줄기에서 물을 받아 아리따운 입술에 대고 마셨다. 나머지는 우묵한 수반에 쏟은 뒤 빈 사발을 원래 자리에 내려놓고는 다시 벤치에 앉았다.

나는 가슴이 먹먹해지는 것을 느꼈다. "우리는 지금껏 이곳의 아름다움을 예찬하고, 이 장소와 여기 있는 것들에 대해 이야기했지만, 내게는 이 장소에 대한 남모를 아픔이 있습니다."

"아픔이 있다고요? 이 장소에서요?"

"벌써 1년 전 일이네요. 당신이 이 동굴에 있다가 나를 의도적으로 피한 게. 당신은 지금 이 벤치에 앉아 있었고, 나는 동굴 밖에 있었죠. 당신은 나를 보더니 종종걸음으로 서둘러 덤불 속으로 피해버렸어요."

나탈리에가 얼굴을 돌려 검은 눈으로 나를 빤히 바라보았다. "그걸 기억하시는군요. 그 일 때문에 가슴이 아픈가요?"

"지금도 그때를 떠올리면 가슴이 아프지만, 그때는 가슴이 미어지는 듯했습니다."

"그쪽도 나를 피했어요."

"내가 피했던 건 당신을 귀찮게 쫓아다니는 듯한 인상을 주기 싫어서였어요."

"제가 당신한테 중요한 사람인가요?"

"나탈리에, 나는 우리 도시와 지방에서 많은 처녀들을 알고 있어요. 하지만 누구도, 심지어 내가 가장 아끼는 누이조차 당신만큼 높이 평가하지는 않아요. 당신만큼 끊임없이 내 눈앞에 떠오르고, 내 마음을 가득 채우는 사람은 없어요."

내 말을 듣던 나탈리에의 눈에 그렁그렁 눈물이 맺히더니 마침내 뺨 위로 주르르 흘러내렸다.

나는 깜짝 놀라 나탈리에의 얼굴을 떨리는 눈으로 들여다보았다. "이 아름다운 눈물방울은 당신도 내게 마음이 있었다는 뜻인가요?"

"당신은 제 목숨과도 같은 사람이에요."

나는 이루 말할 수 없이 놀랐다. "어떻게 그런…… 믿을 수가 없습니다."

"저도 당신의 말을 믿을 수가 없어요."

"당신은 내 마음을 쉽게 알 수 있었어요. 당신은 선하고 맑고 소박한 사람이에요. 내게는 푸른 하늘처럼 분명하고, 깊은 하늘만큼 깊은 영혼을 가진 사람이었어요. 내가 당신을 안 지도 벌써 몇 해가 지났어요. 당신은 당신 어머님과 존경스러운 주인어른 앞에서도 늘 당당했고, 오늘이 어제 같고 내일이 오늘 같을 사람입니다. 나는 사랑하는 가족, 그러니까 아버지와 어머니, 누이만큼 당신을 내 영혼 깊이, 아니 그보다 훨씬 깊이 품고 있었습니다."

내가 말하는 동안 다정한 눈길로 나를 바라보던 나탈리에의 눈에서 폭포 같은 눈물이 쏟아졌다. 나탈리에가 내게 손을 내밀었다.

나는 그 손을 잡고 말없이 그녀를 바라보기만 했다.

몇 초 뒤 내가 나탈리에의 손을 놓고 말했다. "나탈리에, 난 당신이 정말 하찮기 그지없는 나 같은 인간에게 마음을 두고 있다는 게 아직 믿기지가 않아요."

"당신은 스스로의 진가를 모르고 있어요. 제가 당신을 마음에 둔 것은 무척 자연스러운 일이었어요. 어머니와 저는 많은 시간을 도시에서 보냈어요. 한겨울 내내 도시에서 보낼 때도 많았죠. 우리는 여행을 했고, 여러 나라와 도시 들을 구경했고, 런던과 파리, 로마에도 갔어요. 그러던 중에 젊은 남자들을 많이 만났어요. 그중에는 중요한 관직을 맡은 지체 높은 사람들도 있었어요. 저는 여러 남자가 제게 관심을 보이는 것을 알았지만, 그때마다 제 마음은 오히려 위축되었어요. 어떤 남자가 눈으로 제게 말을 걸어오거나, 아니면 다른 방식으로 점점 접근하려고 하면 제 마음속에서는 공포가 일었어요. 그럴수록 그 사람들과 더더욱 거리를 둘 수밖에 없었죠. 그러다가 우린 다시 고향으로 돌아왔어요. 그런데 어느 해 여름 당신이 아스퍼호프로 왔어요. 전 당신을 보았어요. 당신은 이듬해 여름에도 왔어요. 당신은 검박하고 소탈했어요. 전 당신이 이 지구의 대상들을 얼마나 사랑하는지, 당신이 일에 얼마나 헌신적으로 몰두하는지, 그것을 얼마나 학문으로 품으려고 하는지 알았어요. 그리고 당신이 제 어머니를 얼마나 공경하는지, 주인어른을 얼마나 존경하는지, 제 동생 구스타프를 얼마나 아끼는지, 당신의 아버지와 어머니, 누이동생에 대해 얼마나 경의를 품고 이야기하는지 알았어요. 그래서…… 그래서……"

"그래서 뭐요, 나탈리에?"

"당신을 사랑하게 되었어요. 당신은 소박하고 선하고 진지한 사람이에요."

"나는 이 세상 무엇보다 더 당신을 사랑합니다."

"예전에 들판을 온종일 돌아다닐 때 전 당신 때문에 가슴앓이를 했어요."

"몰랐어요, 그건. 몰랐기 때문에 내 마음을 숨겼어요. 누구에게도 털어놓지 못했어요. 아버지에게도, 어머니에게도, 누이에게도, 심지어 나 자신에게도. 나는 내 의무라 생각했던 일을 하러 떠났고, 산으로 갔고, 산이 어떻게 구성되어 있는지 기록했고, 암석을 수집했고, 호수를 측정했고, 한 해 여름은 주인어른의 충고로 하는 일 없이 아스퍼호프에서 보냈고, 그다음에는 다시 야생으로 돌아갔고, 급기야 만년설의 경계까지 올라갔습니다. 나는 당신의 어머니와 주인어른, 구스타프만 점점 뜨겁게 사랑할 수밖에 없었죠. 하지만 나탈리에, 나는 산꼭대기에 앉아 있을 때도 내 머리 위를 가득 채운 맑은 하늘 속에서 당신의 얼굴을 보았어요. 단단한 바위를 건너다볼 때도 바위 위에 떠도는 향기 속에서 당신의 얼굴을 보았어요. 산에서 사람들이 사는 세계를 내려다볼 때도 대지를 감싼 정적 속에 당신의 얼굴이 떠 있었고, 심지어 집에서 식구들의 얼굴을 들여다볼 때도 당신의 얼굴이 어른거렸어요."

"이제 모든 게 풀렸어요."

"그래요, 다 잘 풀렸어요, 내 사랑 나탈리에."

"아, 내 귀한 사람!"

우리는 그렇게 말하며 서로의 손을 다시 잡고 한동안 잠자코 앉아 있었다.

짧은 시간 안에 주변의 모든 것이 이렇게 달라질 수 있을까? 모든 사물이 예전에 없던 모습으로 다시 태어나는 느낌이었다. 나탈리에의 눈에는 내가 일찍이 보지 못했던 희미한 광채가 어른거렸고, 지칠 줄 모르고 흐르는 물과 설화석고 사발, 대리석은 한층 맑고 투명해 보였다. 요정상의 하얀 미광도 조금 전과는 확연히 달랐고, 떨어지는 물줄기 소리도 완전히 바뀌었다. 햇빛에 반짝이는 주변의 녹음은 이제 좀 더 다감한 녹색으로 옷을 새로 갈아입은 듯했고, 건물 벽의 회칠을 벗겨내려고 망치질하는 소리마저 내가 아까 건물을 나설 때와는 전혀 다른 울림으로 동굴 속으로 흘러 들어왔다.

잠시 후 나탈리에가 입을 열었다. "궁정극장에서의 일은 왜 한 번도 이야기하지 않으세요?"

"무슨 일 말입니까?"

"〈리어 왕〉 공연이 있던 날 말이에요."

"설마…… 특별석에 앉아 있던 아가씨가 당신이라는 건 아니겠죠?"

"저였어요."

"아니, 그럴 리가! 당신이 한 송이 장미처럼 화사하다면 그 아가씨는 하얀 백합처럼 창백했어요."

"연극 때문에 너무 슬퍼서 얼굴색이 바뀌었을 거에요. 그때 저는 아직 어렸거든요. 그런데 특별석 주위에 있던 사람들 가운데 오직 당신의 눈에서만 나와 비슷한 연민의 감정을 읽었고, 그걸 보면서 일면 동질감 같은 것을 느꼈어요. 그로 인해 제 감정은 한층 격해져서 급기야 걷잡을 수 없이 폭발했죠. 하지만 좋았어요. 그렇게 감동적인 연극을 본 건 처음이었거든요. 나는 늙은 리어 왕이 고통스러워할 때 당신의 눈에 엄습한 연민의 감정을 보았는데, 당신의 그 눈이 연극이 끝나고 극장 홀을 나갈 때 내 곁에 그렇게 가깝게 다가온 것을 반가운 우연이라고 생각했어요. 순간 저는 자칫 외로울 수도 있었을 극장 안에서 내게 감정의 동무가 되어준 당신에게 눈빛으로라도 감사의 표시를 해야겠다고 생각했어요. 그 눈빛을 몰라봤어요?"

"알아봤어요. 아가씨의 눈빛에 담긴 호의를 보면서 우리 둘의 감정이 일치한 것을 인정한다는 뜻일 수도 있겠다고 생각했죠."

"그런데도 저를 알아보지 못했어요?"

"알아보지 못했어요, 나탈리에."

"저는 아스퍼호프에서 당신을 첫눈에 알아봤어요."

"극장에서 내게 감사를 표한 그 눈이 당신의 눈이었다니 몹시 뜻밖이고 몹시 기쁩니다. 당시 그 눈빛은 내 마음속 깊이 파고들었어요. 세상에서 가장 사랑스럽고 아름다운 눈이었으니 어찌 그러지 않겠습니까?"

"당시에 벌써 저는 다른 누구보다 당신을 깊이 가슴속에 담아두었어요. 당신은 남이었고, 어쩌면 평생 남으로 남아 있을지도 모르지만 말이에요."

"나탈리에, 오늘 일어난 일은 내 인생의 전환점이자 생각지도 못한 일대 사건입니다. 모든 것을 새로 짜고 미래를 준비해야겠어요."

"오늘 일은 하늘에서 뚝 떨어진 행운이나 다름없어요. 사람 힘으로는 이런 큰 행운을 만들어낼 수 없을 테니까요."

"그렇다면 우린 이 행운을 감사히 받아들여야 합니다."

"영원히 간직해요."

"돌이켜 생각해보니, 오늘 오후 읽고 있던 호메로스의 글귀가 머릿속에 들어오지 않은 것이 얼마나 다행인지, 그래서 책을 내려놓고 정원으로 나온 나를 이 분수의 대리석상으로 이끈 운명의 여신이 얼마나 고마운지 모르겠습니다."

"우리가 서로의 마음을 몰랐더라도 서로를 향한 마음이 간절하고 진실했다면, 언제 어디서가 될지는 몰라도 우리 마음은 반드시 닿았을 거예요."

"그런데 당신은 왜 날 항상 피했어요, 나탈리에? 말해줘요."

"전 당신을 피하지 않았어요. 다만 제 마음을 털어놓을 수가 없었어요. 그렇다고 당신을 아무 관계도 없는 남처럼 대할 수도 없었고요. 하지만 당신이 옆에 있으면 좋았어요. 그런데 당신은 왜 절 그렇게 피했어요?"

"같은 이유에서죠. 당신이 내게 거리를 두었기에 다가갈 수가 없었어요. 하지만 당신이 있는 자리에선 주위의 모든 것이 아름다웠어요. 물론 미래의 행복은 꿈도 못 꾸었지만요."

"이젠 다 이루어졌어요."

"그래요, 다 이루어졌어요."

짧은 침묵 끝에 내가 다시 말을 꺼냈다. "나탈리에, 당신은 하늘에서 떨어진 이 행운을 영원히 간직해야 한다고 말했어요. 그래요, 우리 약속합시다. 목숨이 붙어 있는 한 서로를 사랑하고, 앞으로 무슨 일이 닥치고 어떤 일이 생겨도 서로에게 충실하기로요. 우리가 한몸이 되어 같은 해와 같은 하늘을 즐겁게 바라보든, 아니면 각자 다른 해와 다른 하늘을 올려다보며 나머지 한쪽을 고통스러운 추억으로만 기억해야 하는 일이 생기더라도 말입니다."

"예, 내 사랑. 변치 않을 내 사랑! 미래에 은총이 내리든 불행이 찾아오든 삶이 지속되는 한 우리 변치 마요."

"오, 나탈리에, 가슴이 기쁨으로 터질 것 같소! 당신을 가지는 것이 이리도 황홀한 일인지 미처 짐작하지 못했소. 이룰 수 없는 꿈이라고만 생각했는데……"

"저도 당신이 그렇게 헌신적으로 임하던, 하늘의 소명과도 같은 일을 두고 제게 오리라고는 생각지 못했어요."

"오 내 사랑, 영원한 내 사랑 나탈리에!"

"영원히 못 잊을 하나뿐인 내 님!"

나는 뜨거운 감정에 사로잡혀 나탈리에 옆으로 바짝 다가가 내 얼굴을 그녀의 얼굴로 기울였다. 나탈리에가 고개를 돌리더니 아름다운 입술을 가만히 내게 맡겼다. 내가 청하는 키스를 받아들일 자세였다.

"영원히 당신 한 사람만을 사랑하겠소."

"영원히 당신 한 사람만을 사랑하겠어요."

내 입술에 달콤한 그녀의 입술이 닿는 순간 나는 그녀의 몸이 파르르 떨리는 것을 느꼈고, 그녀의 눈에서 다시 흘러내리는 눈물을 감지했다.

나는 입술을 떼고 그녀의 얼굴을 바라보았다. 나탈리에의 눈에 눈물이 고여 있었다.

내 눈에도 눈물이 솟구쳤다. 주체할 수 없는 눈물이었다. 나는 나탈리에를 다시 끌어안으며 그녀의 얼굴을 내 가슴에 댔다. 그러고는 그녀의 머리 위로 고개를 숙이고 한 손으로 부드럽게 감싸 쥔 그녀의 머리를 내 심장 쪽으로 가만히 당겼다. 나탈리에는 움직이지 않았다. 그녀는 울고 있었다. 그녀가 내 얼굴을 바라보았을 때 나는 영원한 결합과 무한한 사랑의 증표로 다시 한 번 그녀의 입술에 뜨거운 키스를 퍼부었다. 그녀도 두 팔로 내 목을 감은 채 변치 않을 사랑과 하나 됨의 징표로 내 키스를 받아들였다. 순간 나는 나탈리에가 이제 내 마음을 완전히 받아들였고, 그녀의 삶이 내 삶과 하나가 되었다는 생각이 들었다. 나는 스스로 맹세했다. 힘닿는 한 내 속에 있는 모든 것을 동원해서 그녀의 미래를 아름답게 꾸미고 그녀를 행복하게 해주겠노라고.

우리는 이제 말없이 앉아 있었다. 내밀한 소통과 하나 됨의 증표로 손만 잡고 있었다.

얼마간 시간이 흐르자 나탈리에가 말했다. "우리는 서로의 사랑을 영원히 지키자고 약속했고 이 사랑은 계속될 거예요. 하지만 앞으로 어떤 일이 일어나고 어떤 식으로 흘러갈지는 양가 어른들의 손에 달려 있어요. 우리 어머니와 당신 부모님의 손에요."

"그분들도 우리의 행복을 빌어줄 겁니다."

"저도 그렇게 기대해요. 하지만 제 일을 결정할 모든 권한이 아무리 저한테 있다 하더라도 어머니의 마음에 들지 않는 행동은 결코 하고 싶지 않은 게 제 마음이에요. 우리가 이 세상에 함께 있는 한 그럴 거예요. 당신도 그렇게 하겠죠?"

"나도 그렇게 할 겁니다. 내 부모님을 사랑할 뿐 아니라 당신들이 기뻐해야 나도 기뻐할 수 있으니까요."

"가족 말고도 물어볼 사람이 더 있어요."

"누구 말이에요?"

"주인어른요. 사심이 없고 무척 선하고 지혜로운 분이죠. 우리가 인생의 고비에서 갈피를 잡지 못하면 든든한 버팀목이 되어주실 것이고, 도움이 필요하면 언제든 손을 내밀어주실 거예요. 구스타프의 두 번째 아버지이기도 하고요."

"그래요, 나탈리에. 주인어른께는 꼭 여쭙고 허락을 구해야 합니다. 그런데 한 분이라도 반대를 하면 어떡하죠?"

"그럴 일이야 없겠지만 한 분이라도 반대한다면 그럴 이유가 있다고 생각해야겠죠. 그래도 우리는 목숨이 붙어 있는 한 계속 사랑할 것이고, 저는 이 세상에서건 저세상에서건 지조를 지킬 거예요. 물론 현실에서는 더 이상 만나면 안 되겠지만요."

"우리가 그분들에게 우리에 대한 결정권을 맡겼다면 그래야 하겠죠. 하지만 그럴 일은 없을 겁니다. 절대로."

"저도 없으리라 확신해요."

"아버지는 당신의 됨됨이를 알면 무척 기뻐하실 겁니다. 어머니도 당신을 딸처럼 사랑하실 테고, 클로틸데도 온 마음으로 당신을 따를 겁니다."

"오래전 당신한테서 가족 이야기를 들었을 때부터 벌써 당신의 부모님을 공경하고 클로틸데를 사랑했어요. 제 어머니한테는 오늘 바로 이야기하겠어요. 비밀이 있으면 하룻밤을 넘기지 못해요. 당신도 부모님한테 가서 여기서 있었던 일을 말씀드리고 곧 이리로 연락 주세요."

"알겠어요, 나탈리에."

"다시 산으로 가실 건가요?"

"원래는 그럴 생각이었는데, 방금 더 중요한 일이 생기는 바람에 일정을 바꾸어 부모님을 뵈러 가야겠습니다. 다만 중간에 잠깐 시간을 내어 작업 현장으로 달려가서 일을 취소하고 사람들을 돌려보내고 와야 할 것 같아요."

"그러는 게 좋겠어요."

"내 부모님의 결정은 인편에 알리지 않고 내가 직접 달려와서 말씀드리겠습니다."

"그러면 더 좋죠. 그사이 여기서 저는 주인어른께 말씀을 드릴게요."

"나탈리에, 이제 당신한테는 클로틸데라는 여동생이, 나한테는 구스타프라는 남동생이 생기는 겁니까?"

"어차피 예전에도 구스타프를 동생처럼 사랑하고 아끼지 않았어요? 모든 게 다 잘된 것 같아요."

우리는 여행을 떠난 주인어른 일행의 귀환에 대해 이야기했다. 다들 우리 일에 대해 뭐라고 할지, 주인어른이 우리 사이의 급격한 전환을 어떻게 받아들일지 궁금했다.

흥분이 어느 정도 가라앉자 우리는 마침내 집으로 가려고 자리에서 일어났다. 내가 팔을 내밀자 나탈리에가 수줍게 팔짱을 끼었다. 우리는 담쟁이덩굴 벽과 정원의 아름다운 길을 지나 주변이 툭 트인 공간에 도착했다.

그렇게 얼마간 걸어가는데, 정원 바깥에서 농장 쪽으로 걸어가는 마틸데 부인이 보였다. 근처에 농장으로 나가는 작은 문이 있었는데, 그 문이 열려 있었다.

"지금이라도 당장 쫓아가서 어머니한테 말씀드려야겠어요." 나탈리에가 말했다.

"그게 나을 것 같으면 그리해요."

"알았어요, 그리할게요. 나중에 봐요."

"안녕."

나탈리에가 팔짱을 뺐고, 우리는 손을 굳게 맞잡았다. 곧이어 나탈리에는 농장으로 나가는 문 쪽으로 걸음을 옮겼다.

나는 나탈리에의 뒷모습을 지켜보았다. 나탈리에는 문을 나서기 전 몸을 돌려 다시 한 번 나를 돌아보았다. 잠시 후 그녀의 회색 비단옷이 초록색 산울타리 사이로 사라졌다.

나는 집에 들어가는 즉시 내 방으로 향했다.

오늘 오후 유난히 머리에 들어오지 않던 호메로스의 책이 책상 위에 그대로 놓여 있었다. 아, 그사이 얼마나 엄청난 일이 있었던가! 세상에서 가장 아름다운 처녀가 내 가슴에 안기지 않았던가? 이것이 뜻하는 바는 분명했다. 세상에서 가장 우아하고 따뜻하고 아름다운 여인이 내 사람이 된 것이다. 내 사랑이 뚜벅뚜벅 내게로 걸어온 것이다! 내가 뭘 했다고? 내가 뭐라고?

나는 의자에 앉아 안식의 정적이 깔리는 대지를 내다보았다.

나는 이날 더 이상 집을 떠나지 않았다. 저녁 무렵 건물 북쪽으로 난 복도로 나가 정원을 내다본 것이 전부였다. 푸른 초원 사이의 하얀 오솔길로 마틸데 부인과 나탈리에가 걸어가고 있었다.

나는 다시 방으로 돌아왔다.

어두워지자 하인이 저녁 식사를 하라고 나를 부르러 왔다.

부인과 나탈리에는 벌써 식당방에 있었다. 부인이 예의 그 부드러운 미소와 다정다감한 태도로 내게 자신의 옆자리를 권했다.

발전

우리가 식사를 하기 위해 모인 방은 내가 이 성에 묵을 때면 아침 점심 저녁으로 다 함께 모여 식사를 하던 바로 그곳이었다. 식탁에는 곱고 하얀 아마천 식탁보가 깔려 있었는데, 식탁보에는 요즘 지천으로 핀 꽃보다 아름답고 고풍스러운 꽃들이 마치 은을 풀어서 짠 것처럼 곱게 수놓여 있었다. 하얀 장갑을 낀 하인이 우리 뒤에 서 있었고, 집사는 방 안을 이리저리 돌아다녔다. 벽 쪽에는 이런 식당방에 꼭 있어야 할 물건들을 보관하는 서랍장이 있었다. 이렇듯 늘 보던 물건과 늘 보던 풍경인데도 오늘은 이 방이 내게 동화 속처럼 환상적으로 느껴졌다. 마틸데 부인은 짙은 색 줄무늬가 있는 보라색 비단옷을 입었고, 어깨에는 검은 레이스가 달린 망사 숄을 걸치고 있었다. 부인은 손님이 오면 식사 시간에 항상 새로운 옷으로 갈아입고 나타났다. 그건 내가 왔을 때도 마찬가지였으며, 오늘 저녁도 그 습관은 바뀌지 않았다. 짙은 색 비단옷 덕에 더 곱고 아름다워 보이는 부인이 우리 사이의 팔걸이의자에 앉았다. 나탈리에가 오른쪽, 내가 왼쪽 자리였다. 나탈리에는 옷을 갈아입을 시간이 없었는지, 오후에 입은 연회색 비단옷을 그대로 입고 있었다. 평소에 내가 무척 마음에 들어 하는 옷이었다. 나는 나탈리에를 정면으로 바라볼 용기가 나지 않았다. 그건 나탈리에도 마찬가지인 듯했다. 나탈리에는 형언할 수 없을 정도로 고결한 눈을 줄곧 어머니 쪽으로 향하고 있었다. 그렇게 몇몇 순간이 지났다. 마틸데 부인이 습관대로 의자에 앉은 채 조용히 양손을 모으고 기도했다. 우리도 함께 기도를 올렸다. 기도가 끝나자 이 집의 관례대로 날개문이 열리면서 하인이 냄비를 갖고 들어와 식탁 위에 내려놓았다. 집사가 냄비 뚜껑을 열면서 말했다. 늘 하는 말이었다. "편히 드십시오."

마틸데 부인이 팔을 뻗어 커다란 은숟갈을 들더니 하인이 건네주는 그릇에 수프를 담았다. 이 일만은 남에게 맡기지 않고 언제나 부인이 직접 했다. 집사는 모든 것이 제대로 돌아가는지 확인하고는 늘 그랬듯 방을 나갔다. 이제 평소와 똑같은 저녁 식사 시간이 시작되었다. 부인이 식탁에 차려진 음식들에 대해 쾌활한 어투로 이런저런 이야기를 했다. 지금 이 자리에 없는 주인어른 일행과 그들의 귀환이 안겨줄 즐거움도 잊지 않고 언급했다. 부인은 올해 곳곳에서 기대되는 풍년과 축복에 대해 이야기했고, 지상의 모든 것이 결국 어떻게 하늘의 순리를 따르는지에 대해서도 이야기했다. 식사가 끝나자 부인이 자리에서 일어났고, 각자 자기 방으로 갈 채비를 했다. 부인은 식사 전에 나를 맞았던 그 다정함과 선함으로 다시 작별 인사를 했고, 우리는 서로 편안한 휴식을 기원하며 헤어졌다.

그날 밤은 내 생애에서 가장 진기한 밤이 되었다. 나는 창가에 서서 하늘을 올려다보았다. 달도 없고 구름도 없었다. 온화한 밤하늘에는 천구를 가득 채울 만큼 많은 별이 서로 몸이 닿을 듯 다닥다닥 붙어 있었다. 하늘의 장엄한 축제로 내 심장은 한층 부풀어 올랐다. 이날의 밤하늘은 예전에 내가 관찰했던 어떤 하늘보다 화려하고 강렬했다. 일단 나는 새로운 세계에 적응해야 했다. 한참 동안 깊디깊은 감정으로 별들로 뒤덮인 천구를 올려다보았다. 마음은 일찍이 내 삶에서 그랬던 적이 없을 정도로 진지했다. 내 앞에 미지의 머나먼 땅이 놓여 있었다. 나는 방 안쪽으로 걸어가 불투명한 갓으로 책상 위의 촛불을 가렸다. 밤하늘의 별빛이 촛불에 흐려지는 것을 막기 위해서였다. 나는 다시 창가로 돌아갔다. 시간이 흘렀고, 밤의 축제는 계속되었다. 문득 이런 생각이 들었다. 무수하지만 미미할 수밖에 없는 대지의 아름다움이 사라지고 우주의 무한한 아름다움이 멀고 고요한 빛의 축제 속에서 꽃을 피우는 이 시간에, 인간을 비롯해서 대다수의 다른 피조물이 수면에 빠져 있어야 한다는 사실이 얼마나 이상한가! 우리에게는 아주 짧은 순간만, 수수께끼 같은 꿈의 세계 속에서만 그런 장관을 보는 것이 허락되어 있을까? 우리는 이 장관을 예감하고, 언젠가는 더 가까이서 볼 수 있으리라고 기대한다. 하지만 현세에서는 그 세계에 대해 예감밖에 가질 수 없는 것일까? 대다수 인간에게는 잠들지 못하고 밤하늘을 올려다보는 짧은 순간만 허락된 것일까? 밤하늘의 아름다움이 일상으로 추락하는 것을 막기 위해? 일상이 되면 그것의 위대함이 사라지기 때문에? 나는 홀로 밤하늘 여행을 계속했다. 별자리들이 하늘에서 천천히 움직였다. 나는 별자리에서 눈을 떼지 않았다. 별자리들은 간혹 형체가 보이지 않는 시커먼 숲이나 대지의 언저리로 가라앉았다. 대신 동쪽에서 다른 별자리들이 떠올랐다. 그런 과정이 지속되면서 별들의 위치가 서서히 바뀌었다. 그러나 빛의 축제는 멈추지 않았다. 마침내 하늘이 점점 밝아지면서 동쪽에서 붉은 해가 모습을 드러냈고, 별들은 불꽃놀이의 애잔한 흔적처럼 하나둘 꺼졌다. 밤하늘을 내내 지켜본 내 눈에는 만물을 뚜렷하게 밝혀주는 대낮보다 사라진 고요한 밤하늘의 장관이 더 위대해 보였다. 하지만 그 세계가 진실로 어떤 모습일지 누가 알 수 있을까? 낮은 모르고 밤만 아는 피조물들은 어떤 삶을 살아갈까? 해가 지면 눈을 뜨고, 해가 뜨면 자신의 새하얀 옷을 맥없이 축 늘어뜨린다는 머나먼 나라의 그 아름다운 꽃들은 어떻게 살까? 밤이 낮인 동물들은? 마음속으로 무한한 존재에 대한 경배와 존경이 일었다.

나는 꿈을 꾸듯 침대로 걸어갔다. 그전에 촛불을 끄면서 창문 커튼은 일부러 치지 않았다. 침대에 누워서도 밤하늘의 별들을 보기 위해서였다.

이튿날 아침 나는 정신을 가다듬었다. 어제 무슨 일이 있었는지, 어떤 새로운 의무가 주어졌는지 차분히 떠올려보았다. 나는 옷을 입었다. 야외로 나가 온몸에 신선함을 불어넣어줄 서늘한 아침 공기를 쐴 생각이었다.

방을 나선 내가 성 밖으로 나갈 통로로 택한 것은 성의 남쪽 부분에 세로로 길게 뻗은 복도였다. 창문이 안뜰로 향한 이 복도는 남쪽에 위치한 마틸데 모녀의 방들과 연결된 문을 지나갔다. 예전에 손님들을 위해 만들어놓은 듯한 이 문들은 지금은 대부분 잠겨 있었다. 방들 안에 손님들이 들락거릴 수 있는 통로를 따로 만들었기 때문이다. 이 복도를 쭉 따라가면 성의 서쪽 부분에 난 작은 계단에 이르렀고, 그 계단을 내려가면 작은 문이 하나 있었는데, 아침에는 보통 열어두는 그 문을 지나면 바로 넓은 길을 통해 들판으로 나갈 수 있었다. 그래서 나는 이 복도를 택했다. 남의 눈에 띄지 않고 슬그머니 이 집을 빠져나가려면 성의 주 현관보다는 이 복도를 선택하는 편이 훨씬 나았다. 더구나 복도의 돌바닥에 푹신한 양탄자가 깔려 있어서 발소리가 나지 않는 것도 이 복도를 선택한 또 다른 이유였다. 괜한 발소리로 마틸데 모녀의 수면을 방해하고 싶지 않았기 때문이다. 물론 해가 제법 높이 떠 있는 것으로 보아 성 안 사람들은 모두 벌써 오래전에 일어나 있었을 테지만.

내가 복도 끝 계단 근처에 이르렀을 때였다. 여자들의 방과 연결된 것으로 보이는 문 하나가 열려 있었다. 누군가 나가려고 문을 열어둔 것일까? 방금 누군가 이 문을 열고 나간 것일까? 아니면 성미 급한 하녀가 문 닫는 것을 깜박 잊고 그냥 가버린 것일까? 아니면 다른 이유가 있는 것일까? 나는 방문 앞을 지나가야 할지 말지 잠시 망설였다. 그러나 이 문이 침실이 아닌 응접실과 연결되어 있고, 야외로 이어지는 계단이 바로 코앞이었기 때문에 나는 최대한 서둘러 방문 앞을 지나가기로 마음먹었다. 다만 아까보다 조금 더 조심스럽게 발을 내디뎠다. 문에 접근했을 때 안을 살짝 들여다보았다. 역시 짐작대로였다. 이 문 뒤는 바로 응접실이었다. 응접실에는 일상적인 작은 가구들이 비치되어 있었다. 그런데 응접실뿐만 아니라 커다란 유리문과 연결된 또 다른 방도 보였다. 유리문이 반쯤 열려 있었다. 그 방에 나탈리에가 있었다. 뒤편으로 중세풍의 우아한 장롱이 보였다. 나탈리에는 방 가운데쯤에 서 있었다. 그녀 옆의 테이블에는 두툼하고 고풍스러운 양탄자가 축 늘어져 있었고, 그 위에 치터 두 대가 놓여 있었다. 나탈리에는 모자만 쓰지 않았을 뿐 완벽히 외출복 차림이었다. 아름다운 고수머리는 머리 끈 아니면 다른 비슷한 것으로 단정하게 뒤로 묶었다. 옷은 평소처럼 목까지 올라왔고, 목에는 어떤 장신구도 찾아볼 수 없었다. 또다시 연회색 비단옷이었지만, 이번에는 무척 가늘고 새빨간 줄무늬가 있었다. 옷은 허리 부분이 잘록하게 들어가고 풍성한 주름이 바닥까지 넓게 내려왔다. 소매는 좁고, 손목까지 내려왔으며, 손목과 위팔에는 팔찌 형태의 둥근 짙은 색 무늬가 있었다. 나탈리에는 허리를 꼿꼿이 펴고 서 있었다. 상체가 약간 뒤로 젖혀진 느낌까지 들었다. 왼손은 책을 쥔 채로 테이블을 짚고 있었고, 오른손은 왼쪽 아래팔을 살짝 잡고 있었다. 말로 표현할 수 없을 정도로 아름다운 얼굴에 평온이 깃들어 있었고, 눈을 가만히 감고 있는 모습이 마치 깊은 사색에 빠져 있는 듯했다. 언제나 맑은 영혼을 담은 얼굴에 이런 깊은 정신적 사색의 흔적이 배어 있는 것은 처음 보았다. 나는 이 얼굴이 말하는 것을 알아들었다. 그녀의 내면은 이렇게 말하는 듯했다. '이제 시작이야!'

나탈리에는 내가 오는 소리를 듣지 못했다. 복도 바닥에 양탄자가 깔려 있었기 때문이다. 얼굴이 남쪽을 향해 있었기 때문에 나를 보지도 못했다. 나는 아주 잠시 나탈리에의 사색하는 모습을 살펴보고는 곧장 문을 지나 계단으로 내려갔다. 나탈리에 역시 나와 똑같은 감정에 휩싸여 있음을 확인한 순간 내 가슴은 환희의 바다에 풍덩 빠진 느낌이었다. 이는 매우 귀해서 거의 기대하지도 않았던 것을 손에 넣었다는 감정이자, 자신의 삶이 어떤 새롭고 엄청난 전환점에 들어섰는지 또렷이 인식하는 감정이었다. 나는 지금껏 내가 만난 가장 아름다운 여인이, 숱한 남자들의 접근을 모두 뿌리칠 정도로 도도한 여인이 오직 나로 인해 저렇게 깊은 사색에 빠져 있는 것을 믿을 수 없었다. 나는 다짐했다. 내 생의 마지막 순간까지, 아니 그 삶을 넘어서까지 내 피의 마지막 한 방울, 내 심장의 마지막 힘줄을 다 모아 그녀를 사랑할 것이라고. 그녀가 살아 있든 죽든 영원히 내 영혼의 가장 깊은 곳에 그녀를 품을 것이라고. 가슴속으로 열락의 물결이 잔잔히 퍼져나갔다. 이 생뿐 아니라 수천 번의 죽음 뒤에 이어질 수천 번의 생에서도 나탈리에를 영원히 사랑하리라는 생각만큼 달콤한 감정은 없었다. 그전까지 내가 보았던 세상의 수많은 것, 내가 겪은 수많은 기쁨, 내가 느낀 수많은 만족감이 이제는 아무것도 아니었다. 맑고 깊고 아름다운 영혼을 가진 한 여인을 완전히 내 것이라 부를 수 있는 것만큼 행복한 일이 있을까!

나는 약간 열려 있는 작은 문을 열고 나가 길을 따라 걸었다. 성을 지나 들판으로 이어지는 길은 넓었고, 부드러운 모래가 깔려 있었다. 그런 까닭에 바닥이 말라 있어서 아침 산책에 즐겨 이용되었다. 이전 주인이 만들고 마틸데 부인이 개량한 길이었는데, 내가 나온 작은 문 앞에서 남쪽과 북쪽 두 방향으로 꽤 멀리까지 이어졌다. 이를테면 이 길은 성의 접선(接線)이라 할 수 있었다. 롤란트가 이 길을 가리켜 농담 삼아 '접로(接路)'라 부른 것도 그 때문이었다. 길 가장자리에서 눈에 가장 자주 띄는 것은 과일나무들인데, 대부분 다른 데서 키워서 옮겨 심은 것들이었다. 옛날에는 길 전체가 미루나무 가로수 길이었다. 이 길은 그렇지 않아도 일직선으로 풍경을 관통하는 데다 위로 쭉쭉 뻗은 나무들이 심겨 있어 전체적으로 상당히 추한 모습을 띠었고, 그래서 산책하는 사람들에게 즐거움을 주려는 원래의 조성 목적에도 배치되는 결과를 낳았다. 부인은 벗들과 상의한 끝에 어차피 들판에도 악영향을 주던 미루나무를 하나씩 제거해 나가기로 했다. 이렇게 해서 미루나무는 모두 잘리고 뿌리째 뽑혀 나갔다. 미루나무가 있던 자리에 과일나무를 심는 일을 일부러 피했다. 그리되면 미루나무 가로수 길 대신 과일나무 가로수 길이 생기는 것에 지나지 않았기 때문이다. 그렇게 생긴 과일나무 길은 예전보다 흉측하지는 않겠지만 아름답지 않기는 마찬가지일 것이다. 아무튼 길가에 과일나무를 간격에 맞추어 일렬로 심지 않고, 불규칙하게 띄엄띄엄 심음으로써 길에는 신선한 변화가 나타났다. 일직선인 길 자체를 수정하기는 어려웠지만, 이런 방식을 통해 새로운 사고의 전환으로만 가능한 독특한 변화가 생겨났던 것이다. 성에서 북쪽으로 가는 길은 초원과 들판을 지나 덤불로 이어졌고, 그 뒤 숲속까지 일정 정도 오르막길을 올라갔다. 남쪽 길은 들판을 관통했는데, 길가에는 특히 아름다운 사과나무가 줄지어 서 있었다. 길은 부드러운 곡선을 그리며 들판의 언덕을 향해 올라갔는데, 거기서는 길게 늘어선 산맥의 아름다운 전망을 감상할 수 있었다.

나는 남쪽으로 방향을 잡았다. 내가 산책을 대개 남쪽 길로 시작하는 이유는 남쪽 풍경이 잘 보일 뿐 아니라 한껏 빛을 안고 걸어갈 수 있고, 보다 아름다운 광채와 사랑스러운 색채로 빛나는 구름을 올려다볼 수 있어서였다. 하늘은 어제처럼 아주 맑았고, 해는 동쪽 하늘에 떠서 풀과 나무 잎사귀에 매달린 이슬방울을 모조리 빨아들이고 있었다. 여름의 영향이 점점 뚜렷해지고 있음에도 아침의 서늘함은 아직 가시지 않았다. 나는 새로운 눈으로 주변 사물을 둘러보았다. 대상 하나하나가 더욱 푸릇푸릇해진 듯했고, 나 역시 그 모습에 서서히 적응해갔다. 언덕에 올라 길게 뻗은 산맥을 바라보았다. 푸른 꼭대기들이 나를 내려다보았고, 눈 덮인 벌판이 나를 향해 고운 광채를 발산했다. 내가 마지막으로 작업한 곳인 카르그라트 만년설 옆의 봉우리들도 보였다. 그곳의 얼음 들판과 눈 덮인 땅에 있었던 때가 벌써 몇 년 전처럼 느껴졌다. 나는 한동안 언덕에 서서 온유한 바람과 태양의 광채, 사물들의 매력을 온몸으로 느꼈다. 그전에 이 일대를 산책할 때면 늘 주머니 속에 책을 한 권 챙겨 갖고 다녔지만 오늘은 그러지 않았다. 지금은 어떤 책이든 읽을 기분이 아니었다. 얼마 뒤 나는 각양각색의 사과가 달린 나무들을 다시 지나갔다. 사과들은 종류에 따라 벌써 저마다 독특한 색깔을 띠기 시작했다. 들판의 언덕길을 따라 한참 걸어가니 마침내 완만한 내리막길이 시작되었다. 이대로 계속 내려가면 길은 골짜기 부근 낯선 장원의 경계에서 끝나거나, 아니면 우리 지방을 무수한 방향으로 지나가는 여느 보도(步道)와 똑같은 다른 길로 넘어가게 될 것이다. 아무도 신경 쓰지 않고, 아무도 고치거나 아름답게 꾸밀 생각을 하지 않는 길이었다. 나는 더 이상 내려가지 않았다. 답답한 골짜기에 시야가 갇히는 것이 싫었기 때문이다.

등을 돌리니 눈앞에 성의 장관이 펼쳐졌다. 내게는 이제 남다른 의미로 다가오는 성이었다. 창문이 햇빛을 받아 반짝거렸고, 회칠을 벗겨낸 건물의 남쪽 벽이 나를 부드럽게 건너다보았다. 짙은 색 지붕은 북쪽의 푸른 하늘과 대비를 이루었고, 지붕의 몇몇 굴뚝에서는 실오라기 같은 연기가 피어올랐다.

나는 과일나무들이 있는 들판의 언덕길로 천천히 되돌아갔다. 이윽고 길이 성을 향해 완만하게 기울어지기 시작했다.

그때였다. 건너편에서 누군가가 나를 향해 다가오는 것이 보였다. 나탈리에였다. 우리는 서로를 알아보자마자 조금이라도 일찍 서로에게 닿으려고 잰걸음을 놓았다. 드디어 마주 서는 순간 나탈리에가 그 큰 눈으로 나를 다정하게 바라보더니 손을 내밀었다. 나는 그 손을 두 손으로 따뜻하게 감싸 쥐고는 반가운 마음을 전했다.

나탈리에가 말했다. "동시에 같은 길을 걷다니 정말 놀라워요. 안 그래도 오늘은 벌써부터 이 길을 걷고 싶었어요."

"간밤엔 어떻게 보냈어요, 나탈리에?"

"한참 동안 잠을 못 잤어요. 간신히 잠이 들어도 곧 다시 깨곤 했죠. 아침부터 이 길로 나와 들판 언덕까지 올라가려고 했어요. 그런데 집 밖으로 나가기엔 옷이 어울리지 않았어요. 옷을 갈아입느라 이제야 나왔어요. 아침 공기를 쐬고 싶었거든요."

정말이었다. 나탈리에는 아까 내가 봤던, 가는 줄무늬가 있는 연회색 비단옷 대신 한결 소박하고 짧은 연갈색 옷을 입고 있었다. 사실 연회색 비단옷은 아침 산책에는 적합하지 않았다. 풍성한 주름치마단이 거의 바닥까지 내려왔기 때문이다. 나탈리에는 이제 가벼운 밀짚모자를 쓰고 있었다. 들판으로 산책을 나갈 때마다 쓰는 모자였다. 나는 나탈리에에게 아침 식사 시간까지 아직 여유가 있는지, 혹시 들판의 언덕까지 올라갔다가 돌아올 시간은 충분한지 물었다.

"충분할 거예요. 그렇지 않았다면 집에서 출발하지도 않았을 거예요. 괜히 저 때문에 집안의 질서가 흐트러지는 것은 원치 않거든요."

"그럼 내가 모시고 가도 괜찮을까요?"

"저야 고맙죠."

우리는 내가 방금 왔던 길을 다시 나란히 걸어갔다.

나는 나탈리에에게 팔을 내주고 싶은 마음이 굴뚝같았지만 그럴 용기가 나지 않았다.

우리는 부드러운 모랫길을 따라 천천히 나무들을 한 그루 한 그루 지나갔다. 나무들이 드리우는 그늘과 그사이로 비치는 햇살이 우리 뒤로 물러났다. 그렇게 묵묵히 걷고 있는데 나탈리에가 먼저 말문을 열었다. "간밤에 편히 주무셨어요?"

"거의 못 잤습니다. 하지만 불편하지는 않았습니다. 아가씨 어머님께서 저를 위해 특별히 신경을 쓴 제 방의 창문으로는 밖이 훤히 내다보일 뿐 아니라 별이 총총한 밤하늘이 창문 한가득 들어오죠. 간밤에 창가에 서서 별들을 아주 오랫동안 관찰했습니다. 그러다 아침이 되어 시간상 남들에게 방해가 되지 않을 거라는 생각이 들자 부드러운 공기를 만끽하려고 이렇게 나온 겁니다."

"맑은 여름날의 신선한 공기를 들이켜는 것만큼 기운을 북돋우는 것은 없을 거예요."

"하늘이 우리 인간에게 내린 가장 상큼한 양분일 겁니다. 높은 산에 올라가 무한한 바다처럼 주위 곳곳에 퍼져 있는 공기를 느끼면서 그런 생각을 하곤 하죠. 여름 공기만 청량감을 주는 것이 아니라 겨울 공기도 마찬가지예요. 우리의 본질에 역행하는 성분들이 없는 깨끗한 모든 공기가 그래요."

"조용한 겨울날이면 저는 어머니와 함께 지금 우리가 걷는 이 길을 자주 걸어요. 길이 넓고 잘 닦여 있죠. 겨울이면 에를탈 골짜기 주민들과 인근의 주민들이 저지대의 교통로에서 이 들판으로 살짝 방향을 틀어 우리 산책로를 자주 이용해서 그래요. 겨울에 나뭇가지에 고드름이 주렁주렁 달리거나, 서리가 내려 줄기와 가지에 고운 격자무늬가 생기면 정말 환상적이에요. 심지어 서리가 온통 공중에 끼어 있는 것 같을 때도 많아요. 그러면 바로 옆의 사물도 희뿌옇게 보일 정도로 대기 중에 옅은 안개가 끼죠. 한번은 세상 만물이 아주 또렷하게 보이는 맑은 날이었어요. 햇볕이 내리쬐는 들판 위로 짙푸른 하늘이 펼쳐져 있었는데, 들판의 언덕에 오르자 정말 거짓말처럼 산줄기가 한눈에 보였어요! 겨울 풍경은 무척 고요해요. 사람들은 집에 틀어박혀 나올 생각을 않고, 새들은 따뜻한 곳을 찾아 떠나고, 야생동물은 더 깊은 숲속으로 들어가고, 심지어 마차도 요란한 말발굽 소리와 바퀴 구르는 소리를 내지 않고 단순한 말방울 소리로만 어딘가에서 겨울의 정적을 뚫고 달려가는 사람이 있음을 알리죠. 그런 겨울날 우리는 맑은 길을 걸으며 여러 가지 이야기를 나누곤 해요. 산책의 종착점은 보통 길이 골짜기 아래로 내려가기 시작하는 지점이에요. 도시에서는 시골 생활이 허락하는 이런 아름다운 겨울 산책을 즐기지 못할 거예요."

"물론이죠. 도시에서는 그런 산책을 즐길 수 없어요. 우리가 겨울을 겨울답다고 느끼는 것은 오로지 추위 때문입니다. 도시에서는 눈이 내려도 곧 치워버리죠. 겨울뿐 아니라 여름에도 툭 트인 시골의 자유와 광활함에 비길 만한 것은 눈을 씻고 찾아봐도 없습니다. 반면에 도시에는 예술과 학문의 육성, 사교의 즐거움, 인간 사회의 통치 행위가 존재합니다. 사람들이 도시에서 찾는 것도 그런 것들이죠. 하지만 학문과 예술의 일부는 시골에서도 육성할 수 있습니다. 물론 인간 사회의 일반적 통치와 관련된 기구와 분과 들을 시골로 옮길 수 있을지는 잘 모르겠습니다. 거기에 대해서는 아는 것이 별로 없어요. 어쨌든 나는 오래전부터 겨울에도 높은 산에 올라가 거기서 한동안 지내면서, 그곳의 삶을 몸소 체험하고 싶다는 생각을 품어왔습니다. 겨울에 고산지대에 머물렀거나 심지어 위험한 산봉우리를 오른 사람들이 쓴 책들을 보면 그게 퍽 독특한 경험이라는 것을 알 수 있고, 나도 따라 하고 싶다는 강렬한 자극을 받곤 합니다."

"생명과 건강을 해칠 위험이 없다면 얼마든지 해도 된다고 생각해요. 좀 더 큰일을 도모하고 경험할 수 있는 건 남자들의 특권이에요. 우리는 이따금 겨울에 대도시로 나가 다양한 사람들의 삶을 보곤 하는데, 그때마다 어서 슈테르넨호프로 돌아가고 싶은 마음이 들어요. 여기서는 계절의 변화를 자연 속에서 그대로 체험할 수 있을 뿐 아니라 사시사철의 묘미도 오롯이 즐길 수 있어요. 서로 왕래하면서 기품과 품위를 지켜줄 벗들도 있고요. 그 밖에 예술과 학문도 여자들에게 적당한 범위 내에서 우리의 한적한 삶에 벗이 되어줘요."

"슈테르넨호프는 고결하고 기품이 넘치는 장원입니다. 인간적인 것의 아름다운 부분이 많이 모여 있고, 그것과 배치되는 것들은 별로 눈에 띄지 않습니다. 하지만 지금처럼 유지하려면 많은 번거로운 일들과 맞부딪쳐야 할 겁니다."

"어머니도 그렇게 말씀하세요. 그래도 지금껏 이만큼 이룩하신 것에 대해 늘 하늘에 감사하세요. 하늘의 뜻이 아니었다면 감히 꿈도 꾸지 못했을 일이라고요."

대화를 나누는 사이 우리는 언덕의 가장 높은 지점에 다다랐다. 눈앞에는 이제 완만한 내리막길이 시작되었다. 우리는 한동안 그 자리에 멈춰 서 있었다.

나탈리에가 말했다. "이번 여름에 당신이 머물렀던 카르그라트가 어딘지 말씀해주세요. 여기서는 보이겠죠?"

"물론 보이죠. 저 산맥의 서쪽 맨 끝에 있는 겁니다. 여기 밀밭 가장자리의 떡갈나무 바로 위에 하늘색 산봉우리 보이죠? 그 오른편에 똑같이 생긴 두 개의 세모꼴 눈밭에서 다시 오른쪽으로 가면 잿빛이 도는 산속에 평평한 환한 지점들이 보일 겁니다. 그게 바로 카르그라트 설원입니다."

"똑똑히 보여요. 얼음 위로 솟은 봉우리들도 보이고요. 저 얼음에 있었던 거예요?"

"사방으로 설원에 에워싸인 경계 지점에 있었죠. 물론 빙판에 올라가기도 했고요."

"저기서도 여기가 또렷이 보이나요?"

"카르그라트 산세는 여기서도 각 부분을 뚜렷이 구분할 수 있을 정도로 굵직굵직합니다. 하지만 산 아래의 대지는 다릅니다. 모두 고만

고만하고 자잘해서 높은 산꼭대기에서도 구분이 안 됩니다. 연무(煙霧)에 감싸인 단순한 평면처럼 보일 뿐이죠. 물론 망원경으로는 내가 잘 아는 지점들을 찾을 수 있습니다. 슈테르넨호프의 언덕과 숲도 그렇게 해서 자주 찾았죠."

"여기서 보이는 봉우리들의 이름을 알려주세요."

"설원 위로 가장 높이 솟은 것이 카르그라트 봉입니다. 오른쪽에 있는 것이 글롬 봉이고, 그다음이 에테른 봉과 크룸호른 봉입니다. 왼쪽에는 봉우리가 두 개밖에 없는데, 아슈코겔 봉과 젠테 봉입니다."

"보여요, 다 보여요."

"산비탈 쪽으로 내려가면 훨씬 작은 봉우리들이 더 있습니다. 여기서는 보이지 않고, 이름도 없죠."

우리는 그러고도 얼마간 더 산세를 감상하고 대화를 나누었다. 이제는 돌아갈 시간이었다. 등을 돌려 성으로 출발하려는 순간 나탈리에가 말했다. "저 산들에 다른 색깔의 대리석들은 많은데, 하얀 대리석이 없다는 건 이상해요."

"그건 아가씨가 저 산들에 대해 오해하고 있는 거예요. 저 산들에도 하얀 대리석 층이 분명 있어요. 층의 일부를 깨뜨려서 다양한 용도로 사용하기도 하는걸요. 그 층들 중에는 오염되지 않은 아주 섬세한 순백색의 대리석을 품은 지점들도 분명 있을 겁니다."

"저도 그런 대리석으로 물건을 만들었으면 좋겠어요."

"그럴 수 있어요. 물건을 만드는 데 그만큼 좋은 재료는 없습니다."

"제 역량으로는 장신구 같은 자잘한 물건 정도만 만들 수 있을 거예요. 그것도 제대로 된 재료가 있고, 벗님들이 좋은 충고로 도와주신다면 말이에요."

"내가 그런 재료를 구해드리죠. 원한다면 만드는 것도 도와드릴 수 있고요."

"그래주신다면 무척 고맙죠. 주인어르신은 유색 대리석으로 고상한 작품들을 만들어 집에 소장하고 있고, 당신도 그런 대리석으로 부모님께 아름다운 물건들을 만들어드렸어요."

"예, 나는 지금도 또 다른 작품의 재료가 될 아름다운 대리석을 찾기 위해 노력하고 있습니다."

"제가 하얀 대리석을 유난히 좋아하는 것은 이탈리아에서 그걸로 만든 아름답고 화려하고 훌륭한 물건들을 봤기 때문일 거예요. 특히 피렌체와 로마는 정말 잊을 수가 없어요. 거기서 본 물건들은 감탄만으로는 부족한 작품들이에요. 늘 하는 생각이지만, 그런 자연물을 설계하고 제작한 것은 인간의 정신과 감각이에요. 당신도 야외에 체류할 때 마음을 빼앗는 물건들을 보셨을 거예요."

"예술 조형물들은 시선을 끌고, 사람의 마음을 감탄과 사랑으로 가득 채우기 마련입니다. 반면에 자연의 대상들은 다른 손의 작용으로 만들어진 작품입니다. 만일 그것들을 제대로 관찰하는 방법을 안다면 그것만큼 최고의 경탄을 불러일으키는 것은 없을 겁니다."

"저도 항상 그렇게 느껴요."

"나는 인생길에서 꽤 오랫동안 조물주의 작품들을 관찰해왔습니다. 그다음에는 인간의 예술 작품을 접했죠. 둘 다 내 영혼을 황홀하게 하는 매력이 있었습니다."

대화를 하는 사이 어느새 우리는 성에 점점 가까워졌다. 이제 작은 문이 코앞이었다.

나탈리에가 문 옆에서 걸음을 멈추고 말했다. "어제 어머니와 한참 동안 이야기를 나누었어요. 어머니는 우리의 가약에 반대하실 마음이 전혀 없으셨어요."

나탈리에의 얼굴에 살포시 홍조가 번졌다. 그녀가 부끄러운지 얼른 문을 열고 들어가려는 순간 내가 그녀를 붙잡았다. "나탈리에, 내가 당신에게 무언가를 숨긴다면 그건 바른 일이 아닐 겁니다. 당신은 모르겠지만, 사실 오늘 난 우리가 만나기 전에 당신을 먼발치서 보았어요. 아침에 산책을 나가려고 복도를 지나가는데 당신의 방문이 열려 있었고, 그렇게 열린 문으로 당신이 책을 쥔 채로 고풍스러운 양탄자로 덮인 탁자를 짚고 있는 모습을 보았죠."

"저에게 닥친 새로운 운명을 생각하고 있었어요."

"나도 알고 있었어요. 그러리라 짐작했어요. 하늘의 은총으로 당신의 삶에 기쁨이 넘치길 기도할 뿐입니다."

내가 양손을 내밀자 나탈리에가 따뜻하게 맞잡았다.

이어 나탈리에는 문을 열고 들어가 계단을 올라갔다.

나는 잠시 기다렸다.

나탈리에가 위층에 도착해서 문을 닫는 소리가 들리자 그제야 계단을 올라갔다.

이날 아침 나탈리에의 존재는 과거 그 어느 때보다 빛나고 화사했다. 나는 기쁨으로 터질 듯한 가슴을 안고 내 방으로 들어갔다.

옷을 갈아입었다. 아침 산책의 흔적을 없애고, 단정하게 보이기 위해서였다. 그러고는 식당방으로 내려갔다. 아침 식사 시간이 벌써 가까워졌기 때문이다.

식당방에는 아무도 없었다. 식탁에는 식사 준비가 끝나 있었다. 얼마간 기다리자 마틸데 부인과 나탈리에가 동시에 들어왔다. 나탈리에는 옷을 갈아입었는데, 아침 산책 때보다 한결 격식을 갖춘 옷이었다. 마틸데 부인과 마찬가지로 손님과 식사할 때는 그렇게 차려입는 것이 예의라고 생각하는 것 같았다. 부인은 평소의 차분하고 쾌활한 태도로, 하지만 훨씬 다정하게 내게 인사하며 자리를 권했다. 우리는 식탁에 앉았다. 며칠 전부터 익숙해진 방식으로 아침 식사가 시작되었다. 똑같은 물건들이 식탁에 놓여 있었고, 똑같은 순서대로 식사가 진행되었다. 하녀 하나가 가끔 들락거리느라 중간 중간에 우리끼리만 있는 시간이 있었는데도 부인은 평소 습관대로 아침 식사 자리에서 자신이 맡은 일들만 했다. 나탈리에와 나 사이에 있었던 특별한 사건은 입에 올리지 않고, 식탁에서 일상적으로 오가는 이야기들만 화젯거리로 올렸다. 예술에 관해, 요즈음의 아름다운 날들에 관해, 아스퍼호프의 장미 개화기에 있었던 일에 관해 이야기했다. 이윽고 우리는 식사를 마치고 자리에서 일어나 헤어졌다.

이렇듯 하루 종일 나와 나탈리에 사이에 새롭게 시작된 관계에 대한 언급은 없었다.

오전에 우리는 정원에서 만났다. 마틸데 부인은 그사이 정원에서 있었던 변화들을 보여주었다. 정원의 한갓진 곳에 지나치게 일직선으로 반듯하게 자란 산울타리들을 제거하고 대신 한층 가볍고 유쾌한 느낌의 시설을 설치하려고 자리를 만들었다. 화단도 새로 조성했고, 처음 접한 식물들과 주인어른이 무척 아끼는 진기한 꽃들을 한데 모아두었다. 마틸데 부인이 꽃 이름을 하나씩 이야기하자 나탈리에는 귀를 쫑긋 세웠다. 오후에는 산책을 했다. 처음에 우리는 열심히 건물 회칠을 벗겨내는 인부들에게로 가서 한동안 작업 광경을 지켜보았다. 부인이 몇 가지 질문을 던졌고, 작업과 관련하여 잠시 의견을 주고받았다. 그런 다음 우리는 성이 위치한 골짜기를 압도하는 언덕 등성이를 따라 길을 크게 우회하면서 성과 정원, 농사가 보이는 작은 숲의 가장자리를 지나, 마침내 오늘 아침 내가 나탈리에와 함께 걸었던 산책로의 북쪽 노선을 따라 성으로 되돌아왔다. 아침에는 산책로의 남쪽 노선을 산책했었다.

저녁께 여행을 떠난 사람들의 마차가 도착했다.

주인어른이 맨 먼저 내렸고, 뒤이어 나머지 사람들이 거의 동시에 내렸다. 나는 모든 이에게 반갑게 인사를 받는 가운데 이리 늦은 데 대한 질책을 들었다. 우리는 다 함께 성의 응접실로 향했다. 각자의 처소로 향하기 전에 잠시 환담을 나누고자 했던 것이다.

주인어른이 내게 올해는 어디에 있었고, 어떤 산을 돌아다녔는지 물었다. 내 대답은 이랬다. 전에 말씀드렸듯이 지미 만년설에 갔다. 베이스캠프는 카르그라트에 꾸렸다. 그곳에 산괴(山塊)와 똑같은 이름의 작은 마을이 있는데, 거기서부터 배회를 시작했다고 했다. 나는 주인어른에게 그곳의 여러 지명을 말해주었다. 주인어른도 지멘 지방에 대해 아주 잘 알고 있었다. 에우스타흐는 그런 산세에서 볼 수 있는 아름다운 자연 형상들에 대해 이야기했다. 반면에 롤란트는 자기들이 들렀던 클람 교회에 꼭 가봐야 한다고 했다. 내가 그 교회의 대체적인 모습을 상상할 수 있도록 에우스타흐가 그림들을 보여줄 거라고 했다. 구스타프는 늘 그렇듯 사랑과 우정을 듬뿍 담은 표정으로 내게 반갑게 인사했다. 주인어른은 이제 여기서 벗님들과 오래 머물 생각이냐고 물었다. 그 물음에 나는 중요한 용무 때문에 여기를 다시 급히 떠나야 할지 모르겠다고 대답했다.

이런 일상적인 대화 끝에 여행에서 돌아온 사람들은 각자의 방으로 갔다. 여행의 흔적을 제거하고, 먼지를 뒤집어쓴 옷을 벗고, 몸을 씻거나 여행에서 가져온 것들을 정리하기 위해서였다.

우리는 저녁 식사 시간에야 다시 만났다.

식사는 언제나 그렇듯 명랑하고 따뜻한 분위기 속에서 진행되었다.

이튿날 아침 식사를 마친 뒤 정원에서 마틸데 부인과 주인어른이 함께 얼마간 산책을 했다. 뒤이어 어른이 내 방에 와서 말했다. "이야기 들었네. 이곳의 친구들이 반갑고 유쾌한 일로 받아들이는 것을 자네 양친과 가족에게 알리는 것은 당연하면서도 지극히 좋은 일이지."

나는 아무 말도 하지 못했고, 얼굴이 발갛게 달아오른 채 공손하게 허리만 숙였다.

오전 중에 준비가 끝나는 대로 출발하겠다는 내 말에 어른은 가까운 우편국까지 말을 내주겠다고 했다. 조촐하게 짐을 꾸리고 나자 정오까지 시간이 한참 남았다. 나는 정오 전에 떠나기로 결정했고, 어른들도 허락했다. 내가 주인어른에게 인사를 드리고 곁을 떠나자 어른은 맑고 명랑한 눈으로 내 뒷모습을 한참 지켜보았다. 마틸데 부인도 부드럽고 인자한 표정으로 나를 떠나보냈다. 나는 1층 창가에 서 있는 나탈리에에게 다가가 나직이 말했다. "잘 있어요, 내 사랑 나탈리에."

"잘 다녀오세요, 사랑스럽고 귀한 내 님!" 나탈리에도 마찬가지로 나직이 대답했다. 우리는 서로 손을 맞잡았다.

나는 다른 사람들과도 작별 인사를 나누었다. 그들도 내가 떠난다는 사실을 알고 벌써 응접실에 모여 있었다. 나는 에우스타흐 형제와 힘차게 악수를 했고, 구스타프에게는 따뜻한 입맞춤을 받았다. 진심이 담긴 환영과 이별 의식은 우리 사이에 벌써 오래전부터 일상이 되어 있었는데, 오늘은 유난히 특별하게 다가왔다.

나는 계단을 내려가 마차에 올랐다.

나는 마틸데 부인의 마차를 타고 가까운 우편국에 내리자마자 마차를 다시 돌려보내고는 카르그라트 방향으로 가는 다른 마차로 바꾸어 탔다. 목적지까지 한숨도 돌리지 않는 강행군이 이어졌다. 마침내 카르그라트에 닿았다. 나는 일꾼들에게 불가피한 사정이 생겨 올해는 작업을 계속할 수 없게 되었다고 설명하고는 올해 작업을 끝냈을 때 주기로 한 임금을 전부 지불한 뒤 그들을 돌려보냈다. 일꾼들은 다들 만족해했다. 치터 선생인 사냥꾼은 내가 도착하기 전에 벌써 어딘가로 떠나고 없었다. 어디로 갔는지 아는 사람은 없었다. 앞으로의 일을 위해서라도 일꾼들과의 계약 관계를 정리해두는 것은 무척 중요했다. 내가 이리로 먼저 온 것도 그 때문이었다. 나는 아스퍼호프로 떠나기 전 그들에게 내가 곧 돌아올 거라고 하면서 내가 없는 동안 해야 할 작업을 일러두었고, 내가 돌아온 뒤 어떤 작업을 해야 하는지도 미리 알려주었다. 하지만 이제 계획을 전부 변경할 수밖에 없는 사정이 생겼다. 인부들과의 일을 처리하고 나자 나는 내 물건들을 카르그라트에 안전하게 맡겨놓고는 즉시 출발했다. 그전에 마지막으로 들렀던 마을에서 카르그라트까지 빌려 타고 온 말이 큰 도움이 되었다. 첫 우편국에서 마차를 전세 내어 부모님 집으로 향했다.

예기치 않은 나의 출현에 식구들은 놀라움을 감추지 못했다. 모든 일이 일사천리로 진행되는 바람에, 출발하기 전에 부모님께 썼던 편지가 나보다 늦게 도착한 것이다. 부모님은 내가 연락도 없이 갑자기 이 여름에 돌아온 것을 납득하지 못하는 눈치였다. 나는 부모님의 질문에 답했다. 이렇게 홀연히 집에 돌아온 이유가 있다. 나쁜 일이 아니니 걱정할 필요는 없다. 너무 서두르느라 좀 더 일찍 연락을 드리지 못했을 뿐이다. 그 말에 부모님은 안도했고, 평소 성품대로 더 이상 이유를 세세히 캐묻지 않았다.

이튿날 아침 아버지가 도시로 출근하기 전이었다. 나는 아버지가 있는 책방으로 가서 말했다. 오래전부터 마음에 둔 여자가 있다. 이름은 나탈리에라고 하는데, 장미집 주인어른의 오랜 지기의 영애다. 마음을 숨겨왔던 것은 만일 그게 가망 없는 사랑이라면 아무에게도 이야기하지 않고 혼자 마음을 다독이는 것이 현명한 처사라고 생각했기 때문이다. 그런데 나탈리에도 나를 마음에 두고 있었음을 최근에 알았다. 그전까지는 짐작조차 못 한 일이었는데, 우연히 전혀 다른 이야기를 하다가 서로의 마음을 확인하게 되었다. 그래서 우리는 목숨이 붙어 있는 한 이 사랑을 변함없이 지킬 것이고, 어느 누구에게도 이런 형태의 사랑은 주지 않겠다고 굳게 약조했다. 나탈리에는 이 사실을 양가 식구들에게 알려야 한다고 했고, 나도 전적으로 동의했다. 우리끼리 맺은 가약이라 하더라도 가족의 동의가 있어야 우리는 행복할 수 있다. 만약 한 집이라도 반대한다면, 우리의 사랑은 변함없이 지속되겠지만, 사사로이 만나는 일은 더 이상 없을 것이다. 그런데 나탈리에의 가족은 우리의 가약에 아무런 반대를 하지 않았다. 이제 나는 우리 집에 이 사실을 고하고 허락을 받으러 왔다. 아버지께 먼저 말씀드리고 어머니는 나중에 따로 말씀드릴 생각이라고 했다.

"아들아, 너는 성인이다. 사랑을 약속할 권리가 있을 뿐 아니라 이미 네 인생에서 무척 중요한 약속을 했다. 이 아비는 너를 잘 안다. 그리고 얼마 전부터는 예전보다 더 자세히 알 기회가 있었기에 네가 선택한 정인이 비록 누구에게나 존재하는 결함은 있을지언정 인간적인 가치와 선함에서는 보통 사람들보다 훨씬 괜찮은 사람일 거라 믿는다. 더구나 네 말을 들어보니 내 생각이 가히 틀리지 않은 것 같구나. 무슨 말인고 하면, 네 애정은 결코 급히 타오른 불꽃이 아니라 차근차근 진행되어온 것이다. 너는 사랑의 아픔을 극복하려고 했고, 그사이 누구에게도 그것을 털어놓지 않았으며, 우리에게도 나탈리에에 대해 언급하지 않았다. 그렇다면 그것은 성마른 감정에 휩쓸린 욕망에서 비롯된 것이 아니라 깊은 존중의 토대에서 피어오른 애정이다. 그건 아마 나탈리에도 마찬가지일 것이다. 네 말에 따르면 나탈리에도 네가 그녀의 마음을 알기 전에 너를 벌써 사랑하고 있었다고 하지 않았느냐? 더욱이 너는 장미집 어른을 만나면서 인격적으로 크나큰 발전을 이루었고, 장미집을 다녀올 때마다 아주 뛰어난 것들을 가져왔다. 그 어른 역시 교양이 넘치는 선한 분임이 틀림없다. 그렇다면 그 어른과 가까운 사람들도 마찬가지일 터, 나 역시 이 혼약에 반대할 이유가 없다."

나는 아버지가 우리의 가약에 이의를 제기할 분이 아니라고 짐작했음에도 아버지를 설득하는 일 때문에 걱정을 많이 했고 긴장도 늦추지 않았다. 그런데 아버지의 얼굴에 잔잔한 만족감이 흘렀다. 아버지의 말을 듣는 내내 가슴속에서 환희가 일었다. 내 눈과 표정에서도 그런 감정이 그대로 묻어났을 것이다. 아버지가 나를 인자한 눈으로 바라보았다. "네 어머니한테는 내가 이야기하마. 그게 아마 수월할 게다. 오전은 이대로 보내고 점심 식사 후에 내가 네 어머니를 이 방으로 불러서 따로 이야기하마. 클로틸데한테는 기회가 되는 대로 알리자꾸나."

책방을 나온 아버지는 도시의 사무실로 출근할 채비를 했다. 매일 아침 똑같이 반복되는 일이었다. 채비가 끝나자 아버지는 어머니의 배웅을 받으며 집을 나섰다. 오전 시간은 내가 집에 있을 때와 마찬가지로 평범하게 흘러갔다. 어머니와 클로틸데는 내가 갑작스레 돌아온 이유를 묻지 않고 자신들의 일에 열중했다. 점심 식사가 끝나자 아버지가 어머니를 책방으로 모시고 가더니 얼마간 나오지 않았다. 두 분이 다시 책방을 나와 우리에게 왔을 때 어머니는 내게 다정한 눈길을 던졌다. 하지만 다른 말은 없었다.

부모님은 우리 곁에 앉았고, 우리는 한동안 식탁에 앉아 환담을 나누었다.

우리는 일어나 정원으로 나갔다. 지난 수년 동안 여름에는 보지 못했던 정원이었다. 여기저기 산재한 장미들은 주인어른의 장미에 비길 바는 아니었지만 슈테르넨호프의 것들보다 나쁘지는 않았다. 어린 시절 항상 다정하고 친근했던 정원이 이제는 작고 볼품없이 느껴졌다. 물론 이 계절에도 아직 피어 있는 꽃들과 과일나무, 야채, 포도 덩굴,

복숭아 울타리들이 이 도시 안에서는 결코 하찮은 수준이 아니었음에도 말이다. 이것이 도시의 정원과 부유한 시골 정원의 차이였다. 식구들은 그사이 있었던 변화들과 정원의 중요한 부분들을 내게 보여주었다. 모두들 이렇게 따뜻한 계절에 나와 함께 지내는 것을 무척 기뻐하는 듯했다. 그도 그럴 것이 그전까지 나는 항상 나뭇잎이 떨어져 정원이 앙상한 모습으로 변하고, 대지에 싸늘한 바람이 불기 시작하는 계절에야 집으로 돌아왔기 때문이다. 저녁 무렵 아버지는 다시 도시로 나갔다. 나머지 식구들은 계속 정원에 있었다. 누이가 포도나무 가지 묶는 일을 하는 사이 나는 어머니와 단둘이 대리석 분수대 옆에 서 있었다. 어머니가 말했다. "아들아, 나는 하늘의 모든 축복이 네가 내디딘 이 중요한 발걸음에 항상 함께하길 바란다. 네가 신중하게 선택했고, 번성할 모든 조건이 갖추어져 있다 하더라도 이 발걸음은 너무도 무겁고 중요하다. 이제 너희 앞에는 서로 맞추어가고 서로에게 적응해야 한다는 과제가 놓여 있어."

"감히 기대해도 된다면 신이 저희에게 행복을 허락해주시길 간절히 기원할 뿐입니다. 저는 부모님께 먼저 여쭈어보지 않고는, 또 부모님의 뜻이 제 뜻과 같음을 확인하지 않고는 행복의 발걸음을 뗄 수가 없었습니다. 물론 우리의 사랑이 일치하는지 먼저 확인하는 작업이 필요했습니다. 그것이 확인되었기에 이제 가족의 의견을 알아봐야 했습니다. 제가 온 것도 그 때문입니다."

"네 아버지 말로는, 지금껏 어느 것 하나 잘못된 일이 없었고, 앞으로도 모든 일이 순조롭게 흘러갈 것이고, 또 모든 결합이 그렇듯 이 결합에서도 시작 단계에서는 조금 삐걱거리는 것이 있겠지만 결국 다른 어떤 결합보다 일찍 평온을 찾게 될 거라고 하시더구나. 네 아버지 말이 아니더라도 나 역시 그러리라 믿는다. 너는 아주 훌륭한 분들과 함께 있었다. 그렇다면 이 선택도 결코 나쁠 수 없다고 생각한다. 네 선택은 네 가슴이 원한 것이다. 이제 곧 네 심장은 네 정인의 심장과 하나가 될 게다. 네 정인의 삶이 네 삶과 하나가 되듯이 말이다. 하지만 모든 사람이 그럴 수 있는 것은 아니고, 이런 식의 모든 결합이 행복한 것도 아니란다. 나는 이 도시에 대해 많은 것을 알고, 도시민들의 삶도 적지 않은 부분 관찰해왔다. 너는 기본적으로 우리의 결혼 생활만 안다. 이 어미는 너의 결혼 생활이 존경스러운 네 아버지와 나의 결혼 생활처럼 행복하길 두 손 모아 기도한다."

나는 아무 대답을 하지 못했다. 그저 눈가만 촉촉해졌다.

"클로틸데가 이제 외로워하겠구나. 집과 가족밖에 모르는 아이니……"

"어머니, 나탈리에는 소박하고 생각이 바른 아가씨예요. 기품을 지키고 고결하게 살려는 것이 한눈에 보여요. 또 우리 가족을 얼마나 귀히 여기는지, 얼마나 선한지 몰라요. 아마 나탈리에를 직접 보시면 절대 주위 사람을 외롭게 만들 아가씨가 아니라는 것을 알게 되실 거예요. 어머니는 오히려 새로운 인연을 얻은 것을 기뻐하실 거예요. 클로틸데에게는 이제 가족이 한 사람 더 생긴 겁니다. 그건 어머니와 아버지도 마찬가지고, 마틸데 부인과 주인어른, 그 주변 사람들도 마찬가지입니다. 우리는 모두 새 인연으로 연결되었습니다. 지금까지 떨어져 있던 것들이 하나로 합쳐진 것이죠."

"나도 그리 생각했고, 그리되리라 믿는다. 하지만 이제 클로틸데는 너에 대한 애정의 형태를 바꿔야 할 게다. 큰 아픔 없이 무사히 넘어가야 할 텐데."

이 말끝에 클로틸데가 우리에게 다가오더니 장미 한 송이를 내게 내밀며 쾌활한 얼굴로 말했다. 내가 올해 아스퍼호프에서 급하게 이리 오느라 놓칠 수밖에 없었던 모든 장미를 대신해 주는 거라고.

나는 그 말을 듣고서야 우리 집 정원에 장미가 아직 피어 있음을 깨달았다. 반면에 지형이 높고 바람이 거친 아스퍼호프에서는 장미가 일찍 시들었다. 내가 그 이야기를 하자 어머니와 누이는 금방 그 이유를 알아냈다. 아스퍼호프의 장미는 온종일 햇볕에 노출되어 있을 뿐 아니라 정성스러운 보살핌을 받고 토양도 좋지만, 여기 있는 장미들은 공간이 협소한 관계로 다닥다닥 붙어 있고, 또 이웃집 담장들 때문에 그늘이 많아 발육이 느렸던 것이다.

내가 장미를 받아 쥐며, 만일 누이가 아스퍼호프의 정원에서 장미를 꺾었더라면 주인어른한테 따끔하게 야단을 맞았을 거라고 말했다.

"거기라면 나도 그럴 생각을 안 하죠." 누이가 대답했다.

우리는 대리석 분수대 곁에 더 머물렀다. 클로틸데는 아버지가 봄에 했던 작업을 보여주었다. 물을 좀 더 안전하게 끌어 들이는 장치와 미관용 장식 부분이었다. 나는 이것들을 보면서 아버지가 얼마나 합리적으로 탁월하게 준비했는지, 아버지에게 배울 점이 얼마나 많은지 새삼 깨달았다. 그럴수록 아버지와 장미집 주인어른이 만날 시간이 기다려졌다. 이제는 정말 그 시간이 얼마 남지 않은 것 같았다.

분수대를 떠났을 때 클로틸데가 주변 경관이 잘 보이는 지점으로 나를 데려갔다. 아늑한 분위기에서 전망을 즐기기 위해 흉장을 설치하기로 한 곳이었다. 흉장은 일부가 완성되어 있었다. 담을 쌓은 다음 내가 가져온 대리석판으로 그 위를 덮고, 옆면은 아버지가 마련한 다른 대리석을 입혔다. 내가 선물한 돌림띠와 까치발도 사용되었다. 그런데 대리석이 아직 많이 모자랐다. 나는 그것을 보며 이곳의 흉장이 동일한 재료와 동일한 방식으로 제작되도록 최대한 많은 대리석을 구해 오겠다고 약속했다.

"우리는 항상 멀리서도 오빠를 생각하고, 오빠한테 기쁜 일을 준비하려고 애써요."

"잘 알고 있어. 내 편지를 보면 알겠지만 나도 항상 우리 가족을 생각해."

"그럼 한 해 여름 정도는 우리랑 여기서 함께 지내요."

"언젠가는 그럴 날이 오지 않겠니?"

어둠이 개선장군처럼 대지에 거침없이 밀려들기 시작할 무렵 아버지가 도시에서 돌아왔다. 우리는 유리 벽으로 둘러싸인, 은은한 불빛이 비치는 무기방에서 저녁 식사를 했다. 요즈음은 해가 길어서 새까만 어둠이 깔리고 나면 시간이 이미 꽤 늦었다. 그래서 내가 기나긴 여름 작업을 끝내고 식구들에게 돌아온 가을철과는 달리 우리는 식사 후에 무기방에 오래 머무를 수가 없었다. 또한 오늘같이 뜨뜻미지근한 저녁에는 유리창을 여럿 열어두기 때문에 방 안의 담쟁이덩굴이 바람에 살랑거리고 램프 안의 불꽃까지 불안하게 흔들거렸다. 결국 우리는 자리에서 일어나 각자 방으로 향했다.

이튿날 꼭두새벽에 클로틸데가 내 방문을 노크했다. 문을 열자 누이가 들어왔다. 나는 누이의 얼굴에서 어머니가 간밤에 누이에게 내 이야기를 했음을 한눈에 알아차렸다. 누이는 나를 가만히 바라보더니 가까이 다가와 내 목을 감고는 눈물을 왈칵 쏟아냈다. 나는 그러는 누이를 한동안 내버려두고는 부드럽게 말했다. "괜찮아, 클로틸데?"

"괜찮아요. 하지만 마음이 아파요." 클로틸데가 의자에 털썩 주저앉았다. 나도 그 옆에 앉았다.

"다 알고 있어?"

"다 들었어요. 왜 좀 더 일찍 말해주지 않았어요?"

"부모님께 먼저 말씀드린 뒤에 이야기하려고 그랬지. 게다가 너한테는 더더욱 용기가 나지 않았어."

"그전에도 몇 년 동안 시간이 있었는데 왜 아무 말 안 했어요?"

"말할 게 없었어. 서로 마음을 알게 된 건 불과 얼마 전이야. 이렇게 급히 달려온 것도 그 때문이고. 애틋한 감정이 나 혼자만의 감정이라 생각했고, 미래가 어떻게 될지 모르는 상황에서 내 속마음을 다른 사람에게 털어놓을 수가 없었어. 남자답지 않아 보였을 뿐 아니라 어쩌면 곧 정리해야 할지도 모를 감정을 괜한 말로 고조시켜서는 안 된다고 생각했거든."

"오빠의 그런 마음은 어느 정도 예감하고 있었어요. 그래서 항상 속으로 오빠의 행복을 빌었고요. 무척 착하고 사랑스럽고 충실한 사람이라고 들었어요. 그 사람이 나만큼 오빠를 사랑해줬으면 하는 바람뿐이에요."

"클로틸데, 너도 곧 그 사람을 보게 될 거고, 그 사람을 알고 사랑하게 될 거야. 그 사람은 한 부모에게서 태어난 오누이의 사랑으로 나를 사랑하지는 않지만 우리 모두를 더 행복하게 해줄 또 다른 사랑으로 나를 사랑하고 있어."

"예전부터 난 오빠가 그 사람 이야기를 할 때마다 이런 생각을 자주 했어요. 어쩌면 둘이 연결될 수도 있겠다. 오빠가 그 사람의 애정을 갈구하는 것 같다. 다른 어떤 처녀보다 그 사람과 결합하면 더 완벽한 결합이 이루어질 것 같다는 생각 말이에요. 그 사람 이야기만 나오면 말수가 적어지는 오빠의 태도를 보면서 더욱 그런 생각이 들었어요."

"네 예감이 맞았다."

"왜 그 사람 얼굴은 한 번도 그리지 않았어요?"

"그건 너한테도, 어머니나 아버지한테도 마찬가지지만, 그 사람한테는 더더욱 모델이 되어달라는 부탁을 할 수가 없었다. 용기가 나지 않았어."

"이젠 정말 행복해야 해요. 마지막 순간까지 즐겁게 살아야 해요. 그리고 후회하지 마세요. 오빠의 이 선택을 절대 후회해서는 안 돼요."

"후회하는 일은 없을 거야. 고맙다, 클로틸데. 내 귀하고 사랑스러운 누이."

누이가 손수건으로 눈물을 닦았다. 그러고는 이제 완전히 정신을 차렸는지 다정한 눈으로 나를 바라보았다.

"이제 나는 누구와 그림을 그리고, 스페인어 책을 읽고, 치터를 연주하죠? 내 마음속 이야기는 누구한테 털어놓고요?"

"나한테 해. 나는 예전처럼 네 곁에 있을 거야. 책을 읽고 그림을 그리고 치터를 연주하는 건 나탈리에하고도 할 수 있어. 마음속 이야기도 털어놓을 수 있고. 지금까지 나하고 했던 건 전부 나탈리에와 할 수 있어. 나탈리에를 알게 되면 내 말이 사실이라는 것을 금방 깨달을 거야."

"한시라도 빨리 만나고 싶어요."

"곧 보게 되겠지. 이제 내가 그렇게 자주 함께 지냈던 사람들과 우리 가족이 한 울타리로 연결될 날이 멀지 않았어. 나도 네가 가능하면 빨리 나탈리에를 만났으면 좋겠어."

"그때까지는 나탈리에에 관한 이야기를 많이 들려줘요. 나탈리에를 그려서 가져다주면 더 좋고요."

"기왕 말이 나왔으니 이제는 숨김없이 다 말해줄게. 우리의 결합에 대해서는 나탈리에와 이야기하는 것보다 너한테 이야기하는 게 더 편해. 그런데 나탈리에의 그림에 대해서는 확답을 줄 수가 없어. 가능하면 그림을 그리려고 노력하겠지만 장담할 수는 없어. 나탈리에를 그린 그림이 있고, 그것을 내가 베껴도 되는 경우에만 가능한 일이야. 어쨌든 그림을 받으면 잘 간직해둬. 네가 나탈리에를 직접 만나고, 우리가 좋은 관계로 잘 살 때까지. 그러다가 결국……"

"결국 뭐?"

"언젠가 네가 우리와 떨어져야 할 시간이 올 거야. 마음은 우리와 함께하더라도 네가 다른 남자와 깊은 관계를 맺게 되면 우리를 떠날 수밖에 없어."

"그럴 일은 없어요! 절대 없어요!" 클로틸데가 격하게 소리쳤다. "나를 이 집과 떼어놓으려는 남자는 절대 받아들일 수 없어요. 내가 사랑하는 건 아버지와 어머니, 오빠뿐이에요. 나는 이 조용한 집과 이곳을 적법하게 들락거리는 모든 사람을 사랑해요. 이 집 안에 있는 것들을 사랑하고, 여기서 서서히 형성되는 것들도 사랑해요. 나탈리에와 그 가족들도 사랑할 거고요. 하지만 나를 우리 집에서 끌어내려는 낯선 남자는 절대 사랑할 수 없어요!"

"클로틸데, 하지만 너는 남자를 따라가야 하고, 여기서 나가 살아야 해. 그때부터 네 남편은 우리 집을 적법하게 드나들면서 서서히 우리 식구가 되어갈 거야. 물론 네가 아버지와 어머니를 떠나지 않아도 될지 몰라. 어쨌든 분명한 건 네가 우리와 떨어진다고 해서 부모님이나 나를 지금보다 덜 사랑하라는 말은 결코 아냐."

"됐어요, 그만해요! 이제 그런 얘기 하지 마세요. 괴로워요. 가슴이 찢어질 듯 아파요. 내가 이 새벽에 얼마나 애절한 마음으로 오빠를 찾아왔는데……"

"그래, 이 이야기는 하지 말자. 진정하고 이대로 내 곁에 있어."

"다른 좋은 이야기를 해줘요."

클로틸데가 마지막 눈물방울을 닦아내더니 허리를 곧추세우고 앉았다. 이젠 무슨 이야기든 해야 했다. 누이가 다시 나탈리에에 대해 물었다. 어떻게 생겼는지, 어떤 일을 하는지, 어머니와 남동생, 주인 어른과의 사이는 어떤지. 나는 나탈리에를 언제 처음 만났는지 이야기했다. 내가 언제 슈테르넨호프에 갔는지, 나탈리에는 언제 아스퍼호프를 방문했는지, 사랑의 감정이 언제 내 심장에서 싹텄고 어떻게 자랐는지, 내가 나 자신과 얼마나 싸웠는지, 그다음에는 어떤 일이 있었는지, 우리가 마지막으로 서로의 마음을 어떻게 확인했는지도.

나는 가슴 깊이 묻어둔 이야기를 토해낼수록 마음이 편안해지고 감정이 달콤해지는 것을 느꼈다. 내밀한 이야기를 이렇게 누군가에게 털어놓는 날이 오리라고는 상상조차 하지 못했다. 클로틸데의 영혼은 그 어떤 소중한 것도 넣어둘 수 있는 유일한 사랑의 보석함이었다.

우리는 꽤 오랫동안 대화를 나누었다. 클로틸데는 새로운 것을 묻기도 하고, 조금 전에 물었던 것을 또다시 묻기도 했다. 그러고 있는데 어머니가 내 방에 들어오시더니 다정하게 앉아 있는 우리를 보고는 맞은편 테이블에 앉으시며, 식사 시간이 돼서 우리를 부르러 왔다고 말했다. 아무리 찾아도 클로틸데가 보이지 않기에 내 방에 있을 거라고 짐작했다는 것이다.

"얘들아, 지금처럼 남매간의 사랑을 잘 간직해야 한다. 절대 서로 소원해져서는 안 돼. 어떤 상황에서건 너희가 우리에게 그랬던 것처럼, 그리고 지금 이렇게 둘이 다정하게 앉아 있는 것처럼 서로 애정을 쏟아야 한다. 그러면 인생에서 가장 아름다운 보물을 얻게 될 거다. 너희는 남매간의 사랑 속에서 도덕적으로 더욱 강해질 것이고, 아버지에게 기쁨을 선사해줄 것이고, 이 어미에겐 노년의 행복이 되어줄 것이다."

그 말에 우리는 아무런 대답을 하지 못했다. 어머니의 말은 우리에게 너무나 당연했기 때문이다. 이윽고 우리는 어머니를 따라 방을 나갔다.

아버지는 식당방에서 벌써 우리를 기다리고 있었다. 이제는 모두들 내가 예고 없이 집에 돌아온 이유를 알았기에 내 일에 대해 허심탄회하게 이야기를 나눌 수 있었다. 부모님은 새로운 인연에 대한 기대를 숨기지 않았고, 우리 오누이 사이가 잘 마무리된 것도 기뻐하셨다. 나는 클로틸데에게 했던 것처럼 부모님에게도 나탈리에에 대해 좀 더 상세히 이야기해야 했다. 나탈리에가 어떤 사람인지, 무슨 일을 하는지, 교육은 어떻게 받았고 어느 분야에 관심이 있는지, 소녀 시절은 어떻게 보냈는지에 대해. 그 밖에 식구들의 이해를 돕기 위해 마틸데 부인과 슈테르넨호프, 아스퍼호프 그리고 주인어른에 대해서도 몇 가지 더 이야기했다. 또한 예전에 〈리어 왕〉 공연에서 보았던 그 처녀가 바로 나탈리에였다는 사실도 언급했다. 당시 그 처녀는 내 근처의 특별석에 앉아 연극의 내용에 깊이 감동해 눈물을 흘렸고, 같은 아픔을 느끼던 내게 유대감의 표현으로 극장을 나가면서 감사의 눈빛을 던졌다. 그녀가 바로 나탈리에였다는 사실은 최근에야 알게 되었는데, 정말 이만한 인연도 없을 것 같다는 말을 덧붙였다.

아버지는 오랫동안 보이지 않은 끈으로 연결되어 있던 집안들, 그러니까 당신 아들의 정신적 발전과 아들의 왕래라는 끈으로 연결되어 있던 집안들이 이제 현실에서도 서로 가까워져 깊은 인연을 맺게 될 날이 멀지 않았다고 말했다.

어머니의 말이 이어졌다. 연세가 들수록 점점 이해할 수 없는 지구력으로 사업에 몰두하는 아버지는 이제야말로 일을 모두 뿌리치고 여행을 떠나 더 유쾌하고 더 아름다운 것들을 접해야 한다. 그것은 시급한 사회적 의무일 뿐 아니라 가족에 대한 책무이기도 하다는 것이다.

아버지가 대답했다. "이번에 여행을 떠난다면 나 혼자 가지 않고 당신과 클로틸데도 함께 데려갈 거요. 그래서 내 아들에게 그렇게 친절하게 대해주신 분들을 찾아뵙고 인사를 드립시다. 당연히 그분들을 우리 도시로 초청해서 우리 집에 모실 생각이오. 그런데 언제 떠날지는 지금으로선 결정할 수가 없소. 아들이 먼저 그리 가서 우리 가족의 의사를 전하는 게 우선이오. 앞으로 어떻게 할지에 대해서는 아들의 생각도 듣고, 그쪽 어른들의 뜻에 따르도록 합시다. 이제 아들은 새로운 의무를 짊어졌기에 빨리 떠나서 일을 마무리해야 하오. 그사이 우리는 아들이 슈테르넨호프에서 보낼 소식이나 의견을 기다리도록 합시다."

"아버지, 가능한 한 저는 빨리 떠나고 싶습니다. 내일 당장 떠나면 좋겠지만, 사정이 여의치 않으면 모레라도 출발하겠습니다."

"상의할 게 아직 더 있을지 모르니 모레 떠나도록 해라. 그래도 늦진 않을 게다."

클로틸데는 장차 우리 식구가 다 함께 여행을 떠날 거라는 말에 기쁨을 감추지 못했다.

어머니가 말했다. "앞으로는 그럴 일이 더 많을 거라 믿는다. 가족을 생각한다면 네 아버지도 도시보다 더 넓고 자유로운 곳에서 맑은 공기를 마시고 산과 숲과 들판을 바라볼 기회를 더 많이 만드시지 않겠니?"

"걱정 마오, 테레제. 나도 언젠가는 사업을 그만둘 테니. 다른 사람에게 사업체를 넘기든, 아니면 아예 사업을 접든 사업에서 손을 뗄 거요. 그러고 나면 산과 숲과 들판이 보이는 곳에 집을 세내거나 새 집을 지어 삽시다. 여름에 거기 살다가 겨울에 힘들면 다시 도시로 나오면 되지 않겠소?"

"말씀만 그러실 게 아니라 행동으로 옮기셔야죠."

"때가 무르익고 적당한 장소만 있으면 자연히 그리될 게요."

"육체적으로든 정신적으로든 당신 건강에 도움이 된다면 저는 매년 겨울을 시골에서 지내도 상관없어요. 오히려 감사할 일이죠."

"지금 생각하지 못하는 일들이 앞으로 많이 일어날 게요." 아버지가 대답했다.

우리는 아침 식사 후 자리에서 일어나 각자 볼일을 보러 갔다.

오전 중에 어머니가 나를 다시 불러, 나탈리에와 어디서 살려고 하는지, 혹시 그와 관련해서 미리 생각해둔 게 있는지 물었다. 그러고는 이렇게 덧붙였다. 우리 집에서 살겠다면 공간은 충분하다. 신혼살림을 장만하고, 그 밖에 필요한 것들을 마련하기만 하면 된다. 특히 나를 다르게 보이게 해줄 옷이 필요하다고 했다. 어머니는 내 의견을 듣고 싶어 했다. 모든 것을 늦지 않게 준비하기 위해서였다.

나는 그 문제에 대해선 구체적으로 생각한 적이 없고, 아직 시간이 있으니 아버지께 여쭈어보는 것이 어떻겠느냐고 했다.

어머니는 내 생각에 동의했다.

우리는 점심 식사 후 아버지에게 물었다. 아버지도 나와 같은 생각이었다. 그런 문제를 논하기에는 아직 너무 이르다. 장차 필요한 모든 것을 순차적으로 추진해나갈 적당한 때가 올 것이다. 지금은 다른 일들을 상의하고 숙의해야 할 시간이다. 본격적인 조치들은 나중에 때가 돼서 추진해도 늦지 않을 거라고 했다.

어머니는 아버지의 말에 만족했다.

오후에 나는 도시의 후작 부인 집에 들렀는데, 우연히 부인이 요 며칠 집에 묵고 있다는 이야기를 들었다. 부인은 푸른 가르다 호수에서 몇 주를 지내려고 곧 리바로 출발할 예정인데, 지금은 여행 준비로 한창 바쁘다는 것이다. 나는 부인을 언제 뵐 수 있을지 인편으로 여쭈어

보았고, 이튿날 열두시에 오라는 답을 들었다.

나는 약속 시간에 서류 가방을 들고 후작 부인의 집으로 향했다. 부인은 다정하게 나를 맞고는 어쩐 일로 내가 지금 도시에 있는지 의아하다고 했다. 그 말에 나도 부인이 이 시기에 도시에 있는 것이 의아하다고 대답했다. 부인은 자신의 여행 계획을 언급했고, 나 역시 갑작스레 일이 생겨 여름 작업을 중단하고 도시로 돌아오게 되었다고 설명했다.

부인은 올해의 내 작업에 대해 물었고, 나는 자세히 대답했다.

부인은 지미 만년설에 특히 많은 관심을 보였다. 오랜 옛날부터 잘 알고 있던 산맥이었기 때문이다. 나는 우리가 어디에 있었고 무슨 일을 했는지 상세히 묘사한 뒤 설원과 그 가장자리, 만곡 지형, 경사 지형, 근원 부분을 그린 채색화를 가방에서 꺼내 부인 앞에 펼쳐놓았다. 부인은 하나하나 꼼꼼히 살펴보며 아주 작은 부분까지 세세하게 물었다. 나는 다음에 기회가 되면 라우터제 호수의 바닥을 그린 그림들도 갖고 와서 소상히 설명드리겠다고 약속했다. 부인은 무척 기뻐했다. 곧 여행할 곳도 남쪽 알프스의 진기한 호수들 가운데 하나였기 때문이다. 이어 부인은 회화 분야에서 얼마나 성취를 이루었는지 물었다. 나는 올해는 학문적인 성격이 짙은 만년설 그림들 말고는 풍경화든 인물화든 아무것도 그리지 못했다고 대답했다.

부인이 말했다. "무척 아름답고 젊은 얼굴을 그리고 싶다면 타로나의 그림을 모사하게 해줄 수 있네. 나는 이렇게 나이를 먹는 동안 많은 경험을 했고, 많은 사람을 보고 관찰했지만 타로나만큼 고결하고 매혹적이고 사랑스러운 얼굴은 아직 보지 못했네."

이 말에 나는 얼굴이 붉게 물들었다.

부인이 맑고 사랑스러운 눈으로 나를 바라보더니 고운 미소를 띠며 말했다. "혹시 절세가인이라고 생각하는 사람이 따로 있는가?"

나는 대답을 하지 못했고, 부인도 대답을 기대한 것 같지는 않았다. 나탈리에에 대한 이야기는 아직 꺼낼 수 없었다. 남들에게 알릴 만큼 일이 진행되지는 않았기 때문이다.

이윽고 내가 자리를 파하고 작별 인사를 드리자 부인이 인자한 표정으로 손을 내밀었다. 나는 그 손에 입을 맞추었다. 부인은 다가오는 겨울에 내가 가능한 한 빨리 산에서 돌아오길 바란다고 했다. 부인도 서둘러 도시에 도착할 생각이라는 것이다.

나는 지금으로서는 도착 시점을 확정할 수 없을 것 같다고 대답했다.

두번째 날 아침 나는 여행 준비를 끝내고 방에 서 있었다. 마차는 벌써 집 앞에 대기 중이었다. 특별히 주문한 마차였다. 나는 한시라도 빨리 슈테르넨호프에 가고 싶은 마음에 마차를 주문하겠다는 아버지의 제안을 거절하지 못했다. 아버지와 어머니, 누이는 식당방에서 나를 기다리고 있었다. 나는 식당방으로 내려갔고, 우리는 간단히 아침 식사를 들었다. 식사 후 내가 하직 인사를 올렸다.

어머니가 말했다. "주님께서 너와 네 길에 축복을 내리실 거다. 이 길은 네가 이제껏 경험한 적이 없는 중요하고 또 중요한 길이다. 하늘이 내 기도와 소망을 들어주셔서 이 길이 네게 결코 후회 없는 길이 되기만을 바랄 뿐이다."

어머니가 내 입술에 입을 맞추고는 이마에 성호를 그어주었다.

아버지가 말했다. "너도 알다시피 나는 네가 아주 어릴 때부터 네 일에 간섭하지 않았다. 앞으로도 너 스스로의 판단하에 행동하고 그 결과를 받아들여라. 물론 네가 이번에 그랬듯이 중요한 사안이 있을 때 내게 조언을 청한다면 나는 세상을 좀 더 산 경험으로 언제든 너를 도울 것이다. 어떤 때는 그런 직접적인 충고보다 네가 달콤한 상황에 취해 미처 챙기지 못한 것들로 관심을 돌리게 할 수도 있다. 그 밖에 이런 중요한 인연을 맺기 전에 해야 할 일이 몇 가지 더 있다. 너의 정신과 마음을 더욱 강하고 단단하게 만드는 일이다. 그러려면 유럽의 주요 도시들을 여행하고 본받을 민족들을 찾아가는 것이 좋다. 지금 너의 재정 상황으로는 충분히 가능한 일이다. 모자라면 내가 돈을 보태줄 수도 있다."

나는 깊이 감동해 말을 잇지 못했다. 아버지의 손을 잡은 채 마음으로 고마움을 전달할 뿐이었다.

클로틸데가 눈물로 작별 인사를 하더니 내 손을 잡고 나직이 말했다. "항상 주님과 함께 가요. 오빠가 하는 일은 모두 잘될 거예요. 오빠는 선하고 현명하니까요."

나는 곧 돌아오고 싶다는 희망을 피력하고는 계단을 내려갔다.

여행은 거침이 없었다. 지나는 곳마다 말들을 벌써 주문해놓았을 뿐 아니라 어디서도 묵지 않고 식사도 짧은 시간에 해결했던 것이다.

마침내 슈테르넨호프에 도착해서 마틸데 부인의 방에 들어서는 순간 부인이 나를 향해 다가오면서 말했다.

"어서 와요. 역시 내 생각대로 됐어요. 안 그랬으면 이리로 오지 않고 장미집으로 갔을 테니까."

"저희 집 어른들은 부인과 주인어른을 진심으로 존경하시고, 저희의 행복한 미래를 믿고 계십니다."

그때 나탈리에가 내가 왔다는 소식을 듣고 방 안으로 들어섰다.

"잘 있었어요, 나탈리에? 우리 가족의 따뜻한 안부를 전합니다."

"불편한 데는 없으시죠? 이렇게 무사히 빨리 돌아오시길 소망했어요."

"내 소망도 똑같아요. 이제는 모든 게 잘됐고 확실해졌어요."

우리는 마틸데 부인의 방에 머물며 얼마간 담소를 나누었다.

이튿날 나는 아스퍼호프로 달려갔다. 마틸데 부인이 마차와 말을 내주었다.

장미집에 도착했을 때 주인어른은 목공예소에 있었다. 목공예소에 들어서는 순간 어른이 내게 손을 내밀었다.

"돌아왔다는 이야기는 진작 들었네. 슈테르넨호프에서 소식을 알려주었지."

에우스타흐가 내게 야릇한 시선을 던졌다. 그도 이제 우리 일을 아는 게 분명했다.

나는 평소에 쓰던 객실에 짐을 풀었다. 얼마 뒤 구스타프가 내 방으로 올라오더니 정말 잘되었다며 끝없이 기쁨을 토로했다. 오늘에야 주인어른에게 우리 일을 들었던 것이다. 구스타프는 누이에게 마음을 품었던 틸부르크가 누이를 데려가는 것보다 누이가 나와 맺어진 것이 천 번 만 번 잘된 일이라고 이야기했다.

신뢰

나는 장미집에 얼마간 묵었다. 어른이 권하기도 했고, 평정심을 찾을 필요도 있었으며, 현재 내게 닥친 일들을 맑은 눈으로 들여다보면서 명쾌한 분별력으로 정리할 필요가 있어서였다.

이제 사람들이 나를 바라보는 눈에는 호기심이 가득 담겨 있었다. 내가 이 집 어르신의 벗이자, 이 집에 가족처럼 자주 들락거리는 사람들과 어떤 관계가 되었는지 다들 아는 눈치였다. 이 관계를 불쾌하게 생각하거나 못마땅한 시선으로 바라보는 사람은 어디에도 없는 것 같았다. 오히려 그 반대였다. 사람들은 예전보다 내게 더 친절했고 더 정성을 기울였다. 나는 정원 뒤채로 갔다. 정원사 지몬이 나를 공손하게 맞으며 급히 아내 클라라를 불렀다. 내가 왔음을 알리고, 내게 인사를 드리라는 뜻이었다. 전에 없던 일이었다. 인사가 끝나자 지몬이 나를 '정원'으로 안내하겠다고 나섰다. 여기서 정원은 지몬이 온실을 가리켜 부르는 말이었다. 정원사는 내게 식물들을 보여주며, 어떤 것들이 새로 들어왔는지, 어떤 것들이 특히 아름답게 컸는지, 어떤 것들이 상태가 좋은지 설명했다. 또한 어떤 특별한 이유로 포기할 수밖에 없었던 식물들이 다시 어떻게 살아나서 아름다운 자태를 뽐내고 있는지도 이야기했다. 그런데 정원사는 내가 설명을 듣는 중간에 생각이 딴 데로 가 있거나, 머릿속이 텅 빈 것처럼 멍해 있는 것을 몰랐다. 나로서는 한 번도 없었던 일이다. 그래서 정원사는 예전처럼 명랑하고 꼼꼼하게 식물들에 대한 설명을 이어갔다. 슈테르넨호프의 마나님이 이 집 어르신을 위해 영국에서 조달한 장미의 장점과 아름다움을 설명할 때는 특히 열심이었다. 그다음으로 그는 나를 선인장 온실로 안내했다. 지몬은 이곳에 들어서자마자 세레우스 페루비아누스가 있는 데로 나를 데려갔다. 그의 말에 따르면 나의 자상한 도움으로 아스퍼호프로 오게 된 대형 선인장이었다. 세레우스는 많은 수고와 기술을 들여 설치한 유리 집 속에서 위로 똑바로 솟구쳐 있었다. 잉호프에 있을 때만 해도 누르스름한 빛을 띠었는데 지금은 짙은 청록색으로 바뀌어 있었다. 건강을 완전히 회복했음을 보여주는 명백한 증거였다. 이대로 가면 살아 있는 기둥 같은 이 선인장에서 환상적인 새하얀 꽃이 필 날도 멀지 않은 듯했다. 정원사 지몬은 막 꽃을 피우기 시작한 몇몇 선인장으로 나를 인도했다. 그런데 이 선인장들 옆에는 꽤 큰 집광렌즈 하나가 놓여 있었다. 환한 햇빛 아래서 꽃과 가시, 몸통을 자세히 관찰하기 위해서였다. 지몬이 내게 렌즈를 들여다보라고 청했다. 물체를 무색으로 비춰주는 이 렌즈는 둥근 형태 덕에 오차가 극히 적은 아주 탁월한 물건으로 판명되었다. 지몬의 이야기는 이랬다. 주인어른은 선인장 관찰용으로만 사용할 렌즈를 따로 만들게 했고, 거기다 아름다운 상아로 테를 둘렀다. 어르신은 오늘 처음 선인장 온실에 들러 이 렌즈로 꽃과 가시를 구경했다고 한다. 나도 비단 같은 꽃잎들을 에워싼 노란색, 하얀색, 분홍색 꽃받침을 렌즈를 들고 자세히 들여다보았다. 선인장 꽃의 색깔은 고운 비단이나 대부분의 다른 꽃들보다 훨씬 아름다웠다. 나도 그 사실을 잘 알았지만, 지몬의 설명을 얌전히 듣고 있었다. 지몬은 꽃받침의 초록색, 분홍색 혹은 짙은 적갈색의 아름다움에 대해서도 이야기했다. 날씬한 수술대가 한 움큼 솟아오른 꽃받침의 사랑스러움은 어떤 꽃도 따라갈 수 없었다. 일부 기생식물과 극소수의 꽃만 제외하면 세상에서 가장 예쁜 꽃은 선인장 꽃이었다. 지몬은 내가 모르거나 미처 관찰하지 못한 것들에도 주의를 환기시켰다. 즉 공처럼 둥근 몇몇 선인장의 경우는 꽃이 항상 새로운 눈, 대개 아주 짧은 줄기에 형성되는 가시의 눈에서 생기는 반면에, 다른 선인장들은 웬만한 길이의 꽃자루에 작년이나 그전에 형성된 가시의 눈에서 자라난다는 것이다. 지몬은 언젠가 분명히 이 기준에 따라 선인장 모양의 새로운 분류법이 생길 거라고 말했다. 그러고는 현존하는 선인장들의 차이를 보여주었고, 나도 그것을 명확히 알아보았다. 그가 말했다. 이것은 결코 우연이 아니라 벌써 30년 전부터 관찰해온 사실이다. 자신이 젊었을 때 이런 형태의 종은 거의 알려져 있지 않았다. 하지만 사람들은 이 식물의 아름다움을 알아보았고, 여행객들은 아메리카에서 이 식물들을 보내왔다. 독일 출신으로 거의 전 세계를 돌아다닌 그 유명한 여행객이 대표적이다. 그사이 많은 지식이 축적되었다. 어쨌든 이 식물 종을 '기형'이라 부르는 것은 무지와 단견, 혹은 피상적인 지식에서 비롯된 것이다. 이것들만큼 규칙적이고 다양하고 매력적인 식물은 없다. 선인장 반대론자들을 따뜻한 숭배자로 바꾸기 위해서는 이 식물들을 정확하게 관찰하고 비교하고, 또 그런 관찰을 조금만 더 진전시키면 된다. 식물을 아예 싫어하는 사람만 아니라면 가능하다. 내가 식물원을 나서자 지몬은 온실의 경계 지점까지 나를 따라 나왔고, 그의 아내도 문밖까지 나와 인사했다.

꽃밭과 채소밭에서 일하던 일꾼들도 나를 보고는 걸음을 멈추더니 모자를 벗고 정중하게 허리를 숙였다.

에우스타흐는 예전처럼 부드럽고 친절했다. 하지만 내적인 친밀감은 그 어느 때보다 더 강하게 느껴졌다. 나는 에우스타흐가 나를 받아주고 인정하는 것을 보며 기쁨을 감추지 못했다. 그는 현재 작업 중인 것을 비롯해 이미 제작된 물건과 그림들 그리고 앞으로 작업해야 할 것들을 모두 보여주었다. 에우스타흐는 얼마 뒤 주인어른이 여기서 제법 멀리 떨어진 한 교회를 방문할 예정이라고 했다. 주인어른의 비용으로 복원할 교회인데, 어른은 이 여행에 나를 데려갈 생각이라고도 했다. 에우스타흐가 내게 보여준 물건과 재료 들 가운데에는 내가 예전에 주인어른에게 선사한 그 아름다운 대리석은 보이지 않았다. 그렇다고 그걸로 물건을 만들었다는 이야기도 듣지 못했다. 아무도 그것에 관해 이야기하지 않았고, 나도 묻지 않았다. 나는 목공예소에 몇 시간 머물며 진행 중인 작업들을 관심 있게 지켜보았다.

롤란트는 여느 해처럼 여름에는 아스퍼호프에 없었다.

나는 에우스타흐와 함께 장미집의 방들을 돌아다니며 회화와 동판화, 조각품, 가구 들을 감상했다. 우리는 이것들에 대한 의견을 주고받았고, 그 과정에서 나는 이 물건들의 가치와 의미를 마음속 깊이 새기려고 애썼다. 우리는 책방과 대리석 홀 그리고 대리석상이 있는 계단실도 찾았다. 대리석상은 여전히 숭고하고 고귀하고 순수한 자태를 뽐냈다. 최근에 더욱 사랑스럽게 느껴지는 슈테르넨호프의 요정상에 비해서도 그랬다. 주인어른은 내 청을 받아들여 마틸데 부인과 나탈리에가 아스퍼호프에 올 때면 거처하는 방들의 문을 열어주었다. 나는 다른 방들보다 맨 마지막 방에 더 오래 머물렀다. 내가 '장미방'이라 부르는 곳이었다. 마틸데 부인의 내면에 깊이 배어 있는 평온과 투명함이 나를 휘감았다. 그런 분위기는 방의 색상과 형태 그리고 여기 걸려 있는 비길 데 없이 아름다운 그림에도 배어 있었다.

우리는 농장에도 내려갔다. 사람들이 공손한 표정으로 나를 농장 곳곳으로 안내하면서 각 공간에 무엇이 있는지, 거기서 무엇이 만들어지는지, 그것들이 어디에 사용되는지, 최근에 무엇이 바뀌었는지를 소상히 설명했다. 농장 관리인은 특히 자신이 직접 개선한 가축 사육 방식과 주인어른이 들여온 수탉들에 대해 큰 만족감을 표시했다. 우리가 농장을 떠나 집 쪽으로 올라가는데 정원에서 새들의 노랫소리가 울려퍼졌다. 나는 문득 뒤를 돌아보았다. 농장 문 앞에 푸른색 행주치마를 두르고 하얀 셔츠를 입은 하녀들이 옹기종기 모여 우리의 뒷모습을 지켜보고 있었다.

내가 관심의 대상이 되었음은 나 스스로도 또렷이 지각할 지경이었지만, 그 이유를 발설하는 사람은 아무도 없었다.

처음에 다른 사람이 누이를 데려가는 것보다 내가 누이와 맺어진 것이 천 번 만 번 잘된 일이라며 기쁨을 숨기지 않았던 구스타프도 이제는 그 문제를 구체적으로 거론하지 않았다. 대신 기회 있을 때마다 친밀한 마음을 더 표현하려고 했다.

주인어른이 마침내 에우스타흐가 말한 그 교회 이야기를 꺼내면서 내게 함께 가지 않겠느냐고 물었고, 나는 어른의 초대를 흔쾌히 받아들였다.

어느 날 아침 우리는 아스퍼호프를 떠났다. 주인어른과 에우스타흐, 구스타프, 나 이렇게 넷이었다. 어른 말로는 짧게 여행할 때는 구스타프를 데려가지만, 멀리 오래 여행할 때는 슈테르넨호프에 데려다준다고 했다. 이튿날 우리는 교회에 당도했다. 롤란트는 미리 우리가 온다는 연락을 받고 벌써 기다리고 있었다. 교회는 고대 독일풍의 건축물이었는데, 어른과 에우스타흐 형제의 말에 따르면 14세기에 지어진 것이 분명하다고 했다. 교구는 규모도 크지 않고 경제적으로도 넉넉하지 않았다. 지난 몇백 년 사이 교회는 곳곳이 망가졌다. 창문을 전체적으로 혹은 부분적으로 벽돌로 막기도 하고, 기둥 벽감에 있던 석상을 제거하고 대신 그 자리에 도금한 채색 목상을 갖다놓기도 했다. 그런데 목상이 원래의 석상보다 더 컸던 탓에 벽을 일부 헐어내고, 장식이 아름다운 닫집까지 뜯어내야 했다. 또한 교회 내부도 알록달록한 색깔로 칠해졌다. 세월의 영향으로 교회 내부가 다시 심각하게 손상되면서 수리가 시급해졌다. 하지만 수리비 마련이 문제였다. 수리에 드는 막대한 자금을 조달하기가 쉽지 않았기 때문이다. 결국 어디까지 수리할 것인지를 두고 교구 사람들은 큰 불화에 휩싸였다. 예전에는 부유한 권세가가 있어서 이 교회가 건립되고 유지되었던 것이 분명했다. 부유한 권세가의 가문이 살았던 성은 교회 근처에 폐허로만 남아 있었고, 지금 외롭게 언덕을 지키고 있는 건 당시의 기념비 같은 교회 하나뿐이었다. 교회 주변에는 근대에 지어진 몇몇 가옥이 있었는데, 이것들과 인근의 구릉지대에 산재한 농장들이 교구의 전부였다. 폐허가 된 성의 현 소유주들은 아주 먼 곳에 살았는데, 그사이 성의 주인이 바뀌어 이 외딴 교회에 대해 아예 애정이 없거나, 아니면 그 후손이라고 하더라도 과거의 애정 같은 건 깡그리 잊고 사는지도 몰랐다. 교회의 사제는 소박하고 독실한 사람이었는데, 예술에 대한 이해는 부족할지 몰라도 오랫동안 눈에 익은 교회가 서서히 허물어지기 시작하자 깔끔한 상태의 교회를 보고 싶은 마음에 사방팔방으로 뛰어다니며 기부금을 모았다. 그렇게 뛰어다니다가 마지막으로 찾은 사람이 장미집 주인어른이었다. 교회의 모사본까지 소장하고 있던 어른은 교회에 대한 애정이 남다를 수밖에 없었다. 그래서 곧장 교회로 달려가 상태를 확인한 후 자신의 복원 계획을 수락한다는 조건하에 지금껏 모금한 액수를 넘는 비용을 대고, 몇 년 안에 작업을 끝내겠다고 약속했다. 마침내 복원 계획이 수립되었고, 이 사안에 조금이라도 발언권이 있는 사람들은 하나같이 이 계획에 동의를 표했다. 그전에 사제가 계획서를 보지도 않고 주인어른에게 고마움을 전한 뒤, 사람들을 쫓아다니며 계획서를 받아들일 것을 열심히 설득했기 때문이다. 이윽고 주인어른의 주도하에 공사가 시작되었다. 창문을 가로막았던 담벼락은 모르타르와 벽돌에 가려진 장식이 하나라도 다치지 않도록 조심스럽게 헐어냈다. 그런 다음 창틀에 원래의 양식 그대로 유리창을 끼웠다. 벽감은 목조 성상을 제거한 뒤 원형대로 복원했다. 교회의 천장 아래나 다른 공간들에서 발견된 낡은 성상들은 손상된 부분을 복구한 뒤, 그 성상이 있었다고 추정되는 곳에 옮겨놓았다. 벽감에 들어맞는 입상이 없으면 그 자리는 그냥 비워두었다. 거기에 교회의 건축 양식에 맞지 않는 목상을 두는 것보다 그냥 빈 채로 두는 것이 낫다고 판단했기 때문이다. 물론 새 입상을 제작하는 것이 가장 합당한 조처였다. 하지만 그것은 복원 계획에 포함되지 않았다. 주인어른의 능력을 넘어서는 일이었기 때문이다. 어쨌든 비어 있는 벽감이든 다른 벽감이든 조금이라도 훼손된 곳이 있으면 전부 수리해서 원래대로 복구했다. 벽감 위의 닫집들도 장식과 함께 그대로 복원되었다. 교회 내부를 회칠하는 계획도 수립되었다. 그 계획에 따르면 돌이 아닌 곳은 그 부분의 재료와 가장 비슷한 색깔을 띠도록 했고, 색깔을 칠하지 않은 석조 리브*와 다른 돌들은 건드리지 않고 재료의 표면이 그대로 드러나게 했다. 사다리가 닿지 못하는 곳에는 이미 회칠용 비계가 설치되어 있었다. 이것들 말고도 교회 안에는 고쳐야 할 것이 아직 많이 남아 있었다. 예전 사람들이 낡은 성가대석을 예쁘게 고친다며 손을 대고, 2층 난간 쪽으로 완전히 새 벽을 설치하고, 최신 양식의 측면 예배소를 추가하고, 측면 제단을 새로 설치한답시고 측랑 벽의 일부를 허물어뜨린 것이다. 이런 잘못들도 원래대로 되돌려놓아야 했지만 재원이 부족해서 손을 쓸 수가 없었다. 고대 독일 양식의 중앙 제단은 예전 모습 그대로 남아 있었다. 롤란트는 지난 세기 사람들이 이 교회를 건립할 당시의 사람들만큼 돈이 많지 않았던 것이 천만다행이라고

* 아치형의 천장에 있는 갈빗대 모양의 뼈대.

했다. 그렇지 않았더라면 틀림없이 원래의 제단을 뜯어내고, 지난 세기의 끔찍한 양식으로 새 제단을 설치했을 거라는 것이다. 주인어른은 작업 상태를 꼼꼼히 점검하더니 에우스타흐와 롤란트뿐 아니라 나까지 한자리에 모이게 했다. 모든 것이 계획에 따라 충실히 진행되고 있는지, 돈을 조금 더 들이면 원래 의도한 것에다 교회에 꼭 필요하고, 교회를 꾸며줄 부분을 몇 가지 더 추가할 수는 없는지 논의하기 위해서였다. 의견은 빨리 하나로 모아졌다. 다들 추구하는 방향이 같고, 이 방면의 교양까지 서로 뿌리 깊이 연결되어 있어서 쉽사리 동일한 결과에 이를 수 있었던 것이다. 나는 질문을 받았음에도 별로 할 말이 없었다. 한편으로는 건축 분야에 대해 아는 것이 너무 적었고, 다른 한편으로는 여기서 문제되는 예술의 세세한 부분들에 관하여 남들과 보조를 맞출 만큼 지식이 충분하지 않았기 때문이다. 사제는 우리를 극진히 대했다. 비록 남루하지만 자신의 집에 우리 모두를 숙박시키려 했다. 주인어른은 정중히 사양했다. 여관에 묵어도 된다는 것이었다. 주인어른에 대한 사제의 존경과 감사의 표현은 멈출 줄을 몰랐다. 교구 신도들도 대표단을 꾸려 우리를 찾아왔다. 주인어른을 예방(禮訪)하고 사의를 전하기 위해서였다. 찾는 사람 하나 없을 것 같은 이 한갓진 언덕에 외롭게 서 있는 교회의 늘씬하고 고상한 형체를 보면서, 그리고 작은 부분 하나까지 예전 모습 그대로 섬세하게 복원해 놓은 것을 보면서 사람들은 기쁨을 감출 수 없었다. 이 건축물이 오래전에 죽은 건축가의 머리에서 나와 일꾼들의 손에 의해 태어났을 당시 맑고 푸른 바람이 이 순수하고 소박한 건축물을 향해 살랑살랑 불었던 것처럼, 지금 다시 이 소박한 건축물을 향해 맑고 푸른 바람이

고요히 불어오는 듯했다. 사람들은 주인어른처럼 아름다운 것들을 순수하게 사랑하는 사람이 있다는 사실에 절로 고개를 숙였다. 여기서 하나를 더 추가한다면 주인어른은 아름다운 것에 대한 사랑을 넘어 인류에 대한 사랑으로 이 많은 고결한 것들이 쇠락하는 것을 막으려고 자신의 돈과 시간과 통찰력을 기꺼이 바쳤다. 사람들이 고귀한 옛 형상들을 보고 즐길 수 있도록 하기 위해서였다. 그것을 즐길 능력과 의지가 있는 사람이라면 말이다.

이런 속사정을 교구 신도들이 다 알지는 못했다. 신도들은 그것이 자신들의 의무라고 생각했기에 주인어른을 찾아뵙고 감사의 인사를 전했을 뿐이다.

주인어른은 공사 진행 과정에 만족감을 표한 뒤 실질적으로 복원 책임을 맡은 에우스타흐에게 몇 가지 지시를 내리고, 롤란트에게도 앞으로 좀 더 자주 이곳에 들러 작업 상황을 점검하고 보고할 것을 당부했다. 이제 각자의 길로 떠날 시간이었다. 롤란트는 인근 산으로 다시 돌아가려 했고, 우리는 아스퍼호프로 떠날 생각이었다. 롤란트가 먼저 출발했다. 우리는 떠나기 전에 일대에서 영향력이 큰 유리 공장에 들렀다.

장미집으로 돌아가는 길에 우리는 '미의 형성'에 대해 이야기했다. 미를 표현하는 사람들이 있다는 것이 얼마나 다행인지 모른다. 이들은 동시대인들에게 미의 잔잔한 빛을 전파하고, 그들을 항상 좀 더 밝고 맑은 세계로 인도한다. 미를 내면 깊숙이 받아들이고 교유를 통해 남에게 미를 옮기는 사람들이 존재한다는 것도 얼마나 좋은 일인지 모른다. 특히 주인어른 같은 사람들은 도처에 있는 미의 흔적들을 꾸준히 찾아가고, 그것들을 보존하고, 또 손상된 것이 있으면 복원하는 데 수고와 시간을 아끼지 않는다. 이것은 능력과 의지의 문제였다.

주인어른이 말했다. "예전에도 비슷한 이야기를 했던 것으로 기억하네. 지금껏 살아오면서 깨달은 것인데 특정한 일에는 특정한 소질이 있는 것 같네. 타고난 재능이 있다는 말이지. 이런 소질들은 그것의 크기, 발현될 가능성 그리고 그 영향력으로 구분되네. 이를 통해 신은 지상에 필요한 다양한 행위들을 보여주려고 한 것 같네. 나는 어떤 사람들이 자기 분야에서는 범상치 않은 능력을 발휘하고, 자기 일에서는 세세한 부분까지 속속들이 알며 거침없이 밀고 나가지만, 다른 일에서는 한심할 정도로 무지한 것을 볼 때면 참으로 기이한 느낌을 지울 수가 없네. 일례로 국정을 맡아보는 정치인들이 그렇다네. 이들은 자기 일과 관련해서는 미세한 부분까지 꿰뚫고, 자기 백성의 생각을 비롯해 자신과 교유하는 다른 정치인이나 다른 정부의 의도를 짐작하고, 만사를 자신의 목적에 맞게 유도할 줄 알아서 남들 눈에는 그 재능이 신기한 자연현상이나 놀라운 마술처럼 보이지. 하나 그들은 예술 영역에서는 아무리 많은 가르침을 받고, 아무리 많은 교유를 하고, 아무리 오랫동안 걸출한 예술 작품을 일상적으로 접한다고 해도 어설프고 말이 안 되는 소리만 늘어놓기 마련일세. 물론 그들과는 완전히 다른 사람들도 있네. 아주 젊을 때 알던 남자인데, 이 남자는 예술 작품에 대해서는 어떻게 그런 평을 쓸 수 있을까 싶을 정도로 놀라운 이지력을 발휘하고, 예술의 깊은 경지를 이야기하고, 일반인으로서는 이해조차 되지 않을 감탄스러운 생각들을 쏟아냈네. 그런데 그런 사람이 지극히 평범한 사람들이나 자기보다 훨씬 못한 사람들의 의견과 의도는 전혀 꿰뚫지 못했고, 국가에서 필요한 과정에 대해서도 아는 것이 없었네. 그럴 눈이 없거나, 자신의 소질과 충동에만 사로잡혀 다른 것들에 관심을 기울이지 않았던 게지. 예를 들면 용맹스러운 장수로 태어난 사람은 옳고 그름을 가리는 법정에서는 문외한이 될 수밖에 없고, 학문에 재능이 있는 사람은 군 조직에서는 눈뜬장님에 지나지 않네. 신은 예술에 대한 재능을 몇몇 사람에게만 부여했네. 이들은 마치 해바라기가 해를 좇듯 아름다움에 이끌릴 수밖에 없는 사람들이지. 정말 탁월한 업적을 쌓을 재능을 가진 사람들은 그 수가 정해져 있기 마련이네. 많은 사람이 그런 소질을 가질 수는 없지. 대다수 사람들이 특정 방면에서 재주를 드러내지 못하고, 그저 일상적인 일만 하네. 특별한 일을 할 특별한 재주가 없는 것이 특질인 사람들이지. 그렇지만 세상은 이런 사람들에 뿌리를 두고 있고, 이런 사람들로 물질적인 것들이 축적되고, 이런 사람들로 세상만사가 돌아가지. 물론 자신의 소질에 맞는 일을 찾는 것은 굉장히 중요하네. 하나 안타깝게도 현실에서는 그런 경우가 많지 않네."

"소질이 있으면 자연스레 거기에 맞는 일을 찾아가지 않을까요?" 에우스타호가 물었다.

"넘칠 정도로 풍부하고 강력한 소질이라면 그에 맞는 일과 연결될 걸세. 하지만 소질은 그런 일을 찾는 과정에서 소진되기도 하네."

"슬픈 일이네요. 그리되면 소질의 원래 목적은 달성하지 못하게 되니까요." 에우스타호의 말이었다.

"소질의 목적을 완전히 달성하지 못한다고는 생각지 않네. 소질에 맞는 일을 찾아가는 과정 자체가 목적이기도 하니까. 그리고 그 과정에서 소질이 자신과 타인 속에서 촉진하고 만들어내는 것도 목적이라 할 수 있네. 아마 소질이 일을 찾아가는 과정에는 거쳐야 할 고도의 다양한 단계들이 존재할 걸세. 만일 모든 소질이 자연스럽게 자신과 맞는 일을 찾아가게 된다면 그보다 훨씬 아름답고 풍요로운 것, 즉 영혼의 자유는 잃게 되지 않겠나? 영혼의 자유는 사람의 소질을 어떤 대상 쪽으로 향하게 할 수도 있고, 거기서 떼어놓을 수도 있네. 또한 자신의 낙원을 보고도 거기서 등을 돌리고, 그런 다음에는 그렇게 된 것을 슬퍼하거나, 아니면 결국엔 낙원으로 들어가 행복을 느낄 수도 있을 걸세."

이번에는 내가 대화에 끼어들었다. "저는 자주 이런 생각을 했습니다. 예술가는 작업할 때 동시대인들을 염두에 두고 어떻게 그들에게 자신이 의도한 영향을 줄지 계산하지 않을까 하고 말입니다. 예술은 인간에게 심대한 영향을 미치니까요. 비록 짧은 시간이었지만 제 자신에게서 그것을 관찰할 기회가 있었습니다."

"나는 그렇지 않을 거라 확신하네. 만일 인간이 자신의 타고난 소질을 모른다면, 그리고 아주 대단한 소질임에도 주변에서 그것을 알아보지 못하거나 자신이 깨닫지 못해 소질과 상관없는 다양한 일들을 해야 한다면, 또 마침내 그가 영혼의 자유에 따라 자신의 소질을 펼칠 수도 있고 또 거기서 등을 돌릴 수도 있다면, 인간은 결코 그 소질을 펼칠 때 그것이 어떤 지점에 도착하리라고 예상할 수는 없을 걸세. 오히려 소질은 그 힘이 클수록 그 특유의 법칙에 따라 더욱더 강하게 표출되고 자신의 목표를 향해 거침없이 나아갈 걸세. 그리고 소질은 더 깊이 더 꿋꿋이 펼쳐나갈수록 점점 큰 영향력을 얻게 될 걸세. 신적인 재능은 항상 하늘에서 떨어지는 것처럼 보이네. 물론 자신의 창작물이 동시대인들에게 어떤 영향을 끼칠지 미리 계산했던 사람들도 있었고, 그 결과 제법 큰 영향력을 행사한 경우도 있었네. 그러나 그건 예술적인 영향도, 깊은 영향도 아니네. 그런 사람들은 우연적이고 표피적인 것에 도달한 것뿐이네. 뭐라 할까, 후대 사람들에게 공감을 얻지 못하고, 어떻게 이런 것이 옛사람들에게 영향을 끼쳤는지 이해할 수 없는 것들이라고 할까? 그 사람들이 만든 건 세월이 지나면 금세 생명력이 다하고 마는 그런 작품들이네. 그렇다면 예술가라 할 수가 없지. 반면에 예술의 진정한 힘으로 만들어진 작품은 그 자체가 인간성의 순수한 꽃이기에 모든 시대를 초월해 사람들에게 영향을 주고 감동을 자아내네. 인간이 자신의 가장 값진 본성, 즉 인간성만 잃지 않는다면 말일세."

내가 말했다. "도시에서는 언젠가 이런 질문이 제기되었습니다. 자신이 의도하는 작품이 누구도 뛰어넘지 못할 걸작이지만 동시대뿐 아니라 후대도 그것을 이해하지 못하리라는 것을 알 경우에 예술가는 과연 그 작품을 창작해야 하느냐, 말아야 하느냐 하는 문제였습니다. 혹자는 이렇게 말했습니다. 그래도 창작해야 한다. 그것이 위대한 행위이다. 예술가는 자신을 위해 작품을 만드는 것이다. 예술가 역시 동시대인이자 후대인이라는 것이죠. 하지만 다른 혹자는 이렇게 말했습니다. 동시대인이 이해하지 못할 줄 알면서도 작품을 만드는 것은 어리석은 짓이다. 그것도 후대인들까지 이해하지 못할 작품이라면 그보다 어리석은 짓은 없다고요."

"후자의 경우는 아닌 것 같네. 예술가가 작품을 만드는 것은 자연에 꽃이 피는 것과 같은 이치일세. 생각해보게. 꽃이 자신을 봐줄 사람이 없다고 해서 피지 않는가? 꽃은 사막에도 피고, 사람이 들지 않는 깊은 산중에도 피네. 진정한 예술가라면 자기 작품이 이해받을까, 그렇지 않을까 하는 질문은 던지지 않을 걸세. 그의 눈에는 지금 자신이 만들고 있는 것이 정말 맑고 아름답게 보일 테니까. 그러니 오염되지 않은 순수한 다른 눈에도 그렇게 보일 거라고 생각할 수밖에 없지. 붉은 것은 모두에게 붉지 않겠나? 비천한 사람조차 아름답게 여기는 것이라면 모든 사람에게 아름다울 거라고 생각지 않겠나? 예술가는 진정으로 아름다운 것이라면 소수의 전문가들에게만 아름다울 거라고는 생각지 않을 걸세. 그렇지 않다면 누군가 후대가 이해하지 못할 걸출한 작품을 만드는 일이 어떻게 가능하겠나? 예술가는 항상 의심을 품고 사는 사람들이네. 세상 사람들과 믿음이 다르기 때문이지. 위대한 예술가는 자신의 민족보다 앞서 나가고, 작품을 통해 세상과 동시대인들을 자신의 고결한 감정과 사유 세계로 이끄는 사람들이네. 수십 년 뒤에는 사람들도 그 예술가처럼 느끼고 생각하게 되면서 어떻게 당시에 그 작품들이 이해받지 못했는지 의아해할 걸세. 하나 그 사람들도 예술가들을 통해 사고하고 느끼는 법을 새로 배운 것뿐이네. 여기서 가장 위대한 인간은 가장 순수한 인간이라는 결론이 나오지. 이제 다시 처음으로 돌아가서, 진정한 예술가라면 자신이 의도한 작품이 결코 이해받지 못한다는 사실을 알더라도 창작을 포기하지 않을 걸세. 창작을 그만둔다면 더 이상 예술가가 아니고, 예술 외적인 것에 얽매이는 사람에 불과하지. 어쨌든 그렇기에 외적인 성공은 물론이고 정말 편히 걸어갈 수 있는 길, 그러니까 부와 명성을 누리며 편히 걸을 수 있는 길을 마다하고 가난과 궁핍, 결핍, 배고픔, 불행 속에서 아무도 알아주지 않는 예술을 하는 감동적인 현상이 생기는 걸세. 물론 그러다가 마지막에는 빈민구호소 같은 데에 의지하거나, 거지로 살다가 죽게 되겠지만 말이네."

우리는 어른의 의견에 동감했다. 예술을 속세에서 가장 위대한 행위로 여기고, 예술 행위에 높은 가치를 부여하는 에우스타흐도 물론이었다. 그는 입버릇처럼 이렇게 말했다. 선함은 선해서 좋듯이, 예술은 예술이기에 추구할 가치가 있다고. 나 역시 어른의 견해에 찬동했다. 어른의 말에 설득력이 있었기 때문이다. 구스타프도 비록 경험으로 아는 것은 아니었지만, 어른의 말을 진실로 믿는 것 같았다. 현재는 수양아버지의 말이 곧 진실이었기 때문이다.

그 뒤로도 우리의 이야기는 계속 이어졌다. 그 자체가 목적인 행위에 대한 이야기에서부터, 외적 성공과는 상관없고 한번 빠지면 다른 모든 것을 희생해야 하는 대상에 대한 이야기를 지나, 인간의 마음을 가득 채우고 인간이 애착을 갖는, 인간의 현존재나 현존재의 일부를 표현하는 여러 가지 것들에 대한 이야기에 이르기까지 다양한 말이 오갔다. 실제로 우리 인간과 그런 관계를 맺을 수 있는 대상은 예상보다 훨씬 많았는데, 우리의 이야기를 듣고 있던 어른이 다음과 같이 말했다. "세상에는 인간의 몸이나 동물적인 측면에만 관계되고 그것만 만족시키는 것들이 있네. 다른 것들은 무시하고 오로지 이런 것들만 지속적으로 갈망하는 것을 우리는 '욕정'이라고 부르지. 해서 '고결한 욕정'이라는 말만큼 잘못된 것은 없을 걸세. 또한 인간의 가장 고결한 것만을 우리가 추구해야 할 최고의 대상으로 부른다면 그런 대상들을 향한 모든 충동은 아마 '사랑'이라는 이름 하나로 묶어도 무방하리라 보네. 한데 무조건적인 애정과 절대적인 존경이 합쳐진 것으로서의 사랑은 신이나 신적인 것이 대상일 때나 가능하네. 하지만 신은 우리 인간의 감정으로는 도달할 수 없는 것이기에 신에 대한 사랑은 그저 경배일 수밖에 없지. 해서 신은 지상에서의 사랑을 위해 신적인 것의 일부를 우리에게 부여했네. 그것도 다양한 형태로 말일세. 예를 들면 자식에 대한 부모의 사랑, 형제자매 간의 사랑, 신부에 대한 신랑의 사랑, 신랑에 대한 신부의 사랑, 친구간의 사랑, 조국에 대한 사랑, 예술과 학문, 자연에 대한 사랑이 그런 것들이네. 그리고 큰 강에서 작은 물줄기들이 갈라져 나오듯이 큰 사랑에서 분화된 작은 사랑들도 있네. 인간이 저녁참에 삶의 응급조치로 자주 몰두하는 자잘한 일들, 예컨대 꽃을 가꾸고, 식물을 재배하고, 동물을 기르는 일과 같이 우리가 일반적으로 '취미'라 부르는 것들이 그런 것들이네. 한데 사랑의 큰 대상을 떠난 사람이나 더 이상 그런 사랑을 하지 못하는 사람, 게다가 취미 활동같이 작은 사랑도 없는 사람은 산다고도 말할 수 없고 역시 신을 경배하지도 않네. 그저 이 세상에 있는 것뿐이라고 할까? 정리하자면 사랑은 '위대한 목표들을 향한 위대한 힘들의 방향'이라고 표현할 수 있고, 바로 거기에 사랑의 정당성이 존재하네."

잠시 후 주인어른의 말이 다시 이어졌다. "우리가 방금 방문한 교회들이 건립되었던 시절은 이런 측면에서 우리 시대보다 훨씬 위대했고, 그들의 추구는 한결 고결했네. 신의 사원 안에서 행해진 신에 대한 찬미라고 할까? 반면에 우리는 지금 주로 물질의 교류와 생산, 사용에만 치중하고 있네. 그것은 결코 그 자체로 타당한 추구일 수 없네. 더 고결한 사유가 뒷받침될 경우에만 타당성을 인정받을 수 있을 걸세. 우리 옛 선조들의 예술적 추구는 항상 예술적 성취를 이루어냈다는 점에서 특히 대단하다고 할 수 있네. 진실로 아름다운 것을 창출해낸 거지. 사원들은 그 시대의 경이로움이었고, 그것을 짓는 데만 무려 몇백 년이 걸렸네. 옛사람들은 진정으로 그것들을 사랑했지. 당시의 사원들은 지금도 미완성 상태이거나, 그 잔해에서는 음울함을 떨쳐내고 다시 깨어난 시대의 감동이 스며들어 있네. 우리의 바로 위 선조들도 자기들만의 미적 관념에 따라 많은 교회를 지었네. 물론 끝없는 증축과 제단 설치, 내부 변형을 통해 기존 교회들을 기형으로 만든 경우가 훨씬 많지. 하나 그 선조들조차 신의 집을 지으려 했고, 미와 교회적인 것의 표현에 역점을 두었다는 점에서는 우리보다 훨씬 높은 수준이라 말할 수 있네. 물론 미의 본질 면에서는 이전 세기들의 본보기와는 많은 차이를 보이지만 말일세. 지금 우리 시대는 물질적인 것에서 다시 좀 더 고결한 것으로 넘어가려고 노력하는 듯 보이네. 하지만 그렇다고 해서 우리의 건축물 속에 미적인 것을 바로 실현할 수는 없네. 처음엔 옛 시대의 아름다움을 단순히 모방하는 작업에 몰두해야 할 것이고, 그다음엔 기술자들의 자의적인 작업 방식 때문에 많은 시행착오를 겪어야 할 것이네. 그러다보면 좀 더 일반적이고 예리한 통찰력이 서서히 생겨나고, 옛 건축 양식에서 우리 시대 특유의 새로운 양식이 싹트게 될 걸세."

내가 말했다. "제 의견으론 우리가 방금 봤던 교회에는 독특한 아름다움이 있었습니다. 그런 아름다움을 알아보지 못하고 교회에 그렇게 많은 것을 덧붙일 생각을 하는 시대가 어떻게 존재했는지 납득이 안 됩니다. 그 자체로 추악해 보이고, 교회와는 도무지 어울리지 않을 것 같은 것들을 말입니다."

"우리의 조국에는 거칠고 야만적인 시절이 있었네. 오로지 싸우고 황폐화하는 데만 힘을 쏟고, 인간 영혼의 깊은 면을 추구하는 흐름은 완전히 근절된 시대였지. 이 시대가 지나자 사람들은 미의 관념을 잃어버렸네. 대신 자기 자신 외에는 어떤 것도 아름다운 것으로 인식하지 않고, 도처에 자기만 내세우는 단순한 경향이 대두되었지. 그게 합당하든 합당하지 않든 상관없이 말이네. 그리해서 고대 독일의 기둥들에 로마풍 추녀나 코린트풍 돌림띠가 들어가는 사태가 발생하게 된 게지."

"하지만 제가 지금껏 봤던 많은 교회들에 기초해서 감히 판단을 내리자면 방금 우리가 떠난 교회는 고대 독일 교회들 중에서 가장 아름답고 고결했습니다."

"작지만 다른 큰 교회들을 압도하지. 그 교회는 살랑살랑 흔들리는 들판의 풀줄기처럼 늘씬하게 위로 뻗어 있네. 곡선이 상당히 자연스럽고, 바람에 고갯짓을 하듯 살짝 고개를 치켜든 것도 풀줄기를 닮았지. 그 밖에 아치형 창문의 장미들, 기둥머리와 천장 리브의 장식들 그리고 첨탑의 장미는 들판에 핀 다양한 식물들처럼 가볍고 경쾌하게 느껴지네."

"그 때문에 저는 교회를 보면서 이런 생각에 사로잡혔습니다. 예전부터 자주 했던 생각인데, 테를 포함해서 보석 디자인은 고대 독일의 건축 양식을 본뜬 것이 아닐까, 그로써 더 아름다운 형태에 이를 수 있었던 것은 아닐까 하는 생각 말입니다."

"고대의 건축 장인들은 품위 있고 아름다운 것을 단순하면서도 장엄한 방식으로 표현하려고 했는데, 보석 디자인 기술자가 그런 양태를 본뜨고자 했다는 말이라면 자네 말이 맞네. 하나 만약 자네 말이 중세 건축물에 나타나는 형상들을 축약하면 바로 장신구에 적용할 수 있지 않을까 하는 것이라면 그건 잘못 생각한 것이네."

"저는 그리 생각했습니다."

"예전에도 이 문제를 두고 이야기한 기억이 나는구먼. 당시 나는 장신구의 근저에 고대 예술이 있다고 말했네. 한데 고대 예술이라고 해서 건축술만을 이야기한 게 아니라 모든 예술, 그러니까 가구 예술, 성물(聖物)과 세속의 물건을 만드는 예술, 회화 예술, 조각 예술, 목공예 같은 예술을 총망라해서 이야기한 것이었네. 또한 나는 형상의 직접적인 모방을 말하지 않았고, 그 형상들에 내재하는 정신을 인식하고 그 정신을 마음속 깊이 담은 뒤에 창작을 해야 한다는 뜻을 말했네. 건축 형상을 장신구에 응용하는 데는 소재 면에서 장애 요소도 있네. 미의식이 특히 깊이 밴 건축물은 항상 적잖이 진지한 대상들이었네. 예를 들면 교회와 궁전, 다리, 고대 기둥과 아치형의 문이 그렇지. 그중에서도 중세에는 교회가 주류를 이루었으니, 그걸 보기로 얘기해 보기로 함세. 교회의 진지함과 기품을 표현하기 위해선 재료가 상당히 중요한 역할을 했는데, 사람들은 그 재료로 돌을 선택했네. 그런데 돌로 만들어진 것들 중에서 하늘을 향해 가장 우람하고 장엄하게 솟은 것이 바로 산이네. 돌은 숲이나 풀에 덮이지 않고 맨살이 그냥 드러날 때 가장 숭고한 모습을 띠네. 해서 돌로 교회를 지을 경우는 돌의 표면을 그대로 드러내야지, 치장을 한답시고 돌에 물감이나 회를 칠해선 절대 안 되네. 그리고 하늘로 뻗은 바윗덩어리 바로 아래 있는 것이 숲이네. 그렇다면 돌 다음으로 가장 막강한 힘을 발휘하는 것은 나무라고 할 수 있겠지. 해서 기품과 예술적인 외관을 고려한다면 나무로 만든 교회도 생각해봄직할 걸세. 물론 나무들에도 색깔을 칠해선 안 되겠지. 한데 쇠나 심지어 은으로는 교회를 만들어선 안 되네. 아주 역겹게 느껴질 걸세. 상상해보게. 조야한 화려함의 극치이지 않겠나? 그리고 만약 압축 같은 방식을 통해 종이 재질로 비바람을 막고, 내부를 아주 아름답게 장식하는 것이 가능할 경우에도 그 교회는 사람들에게 혐오와 경멸을 불러일으킬 게 분명하이. 형상도 소재와 관련이 있네. 돌은 진지하고, 하늘로 향하고, 또 쉽게 휘거나 구부러지지 않지. 물론 내가 말하는 것은 건축용 자재이지 대리석이 아니네. 해서 사람들은 돌로 교회의 형상들을 만들어 단순하면서도 강력한 힘을 내뿜게 했네. 휘어야 할 곳은 적당한 수준에서 어느 정도 우아하게 휘게 했고, 벽과 다른 조형들에 부담을 주지 않도록 했네. 휘어짐이 과도해지기 시작하던 시절에는 교회의 엄격한 미가 중단되고, 귀여움이 그 자리를 대신했지. 우리는 장신구의 테두리로 금속을 선택했네. 대부분 금이었지. 한데 금속은 그 속성이 돌과 확연히 다르네. 금속은 돌보다 무거워 사람 몸에 부담을 주지 않으려면 크기를 작게 한정해야 했지. 금속은 물질 가운데 유연성과 확장성이 가장 크네. 그래서 우리는 금속을 대담하게 구부리거나 뒤트는 작업을 할 수 있다고 믿었고, 실제로 그렇게 했네. 금 같은 금속으로 만든 장신구들은 결코 돌로 만든 것과 같을 수가 없네. 둘 다 아름답더라도 말이네. 하나의 정신을 알게 되면 다른 것의 정신도 알게 된다고 생각하네. 그러면 아주 걸출한 것이 나오지."

나는 어른의 이 견해에 대해 근본적으로 반박할 것은 없었다. 에우스타흐가 여러 교회의 유명한 석조 형상들을 예로 들어가며 좀 더 자세히 설명해주었다. 익숙하고 가벼운 석조 형상을 금으로 만들 경우 그것이 갑자기 얼마나 무겁고 굼뜨고 어설퍼질지, 또 그것을 생동감 넘치는 독특한 것으로 만들려면 어떻게 점차적으로 변형시켜야 하는지 이야기했다. 이와 관련해서는 집에 도착하면 그림들을 보여주겠다고 약속했다. 이 대목에서 나는 주인어른과 에우스타흐가 이 일을 평소에 얼마나 깊이 생각해왔고, 또 이 일을 얼마나 깊이 이해하고 있는지 알아차렸다.

주인어른이 계속 말했다. "아까 우리가 봤던 그 교회는 겉모습뿐만 아니라 제단과 벽감의 성상들도 교회가 건립될 당시의 다른 일반적인 조각상들보다 아름답네. 만일 내가 그리스 조각상이 중세 조각상보다 관능미 면에서 훨씬 뛰어나다고 말한다 하더라도 예외가 없지는 않네. 중세에도 사랑스럽기 그지없는 조각상들이 있었다는 말이지. 게다가 변형의 흔적이 없고 관능미가 드러나는 중세 조각상들은 대부분 그리스 조각상보다 더 따뜻한 느낌을 주네. 그 작은 교회 안에도 비슷한 느낌의 조각상이 있었네. 그 때문에 나는 교회의 복원을 기꺼이 떠맡았고, 나 자신에게 완벽하게 복원할 재력이 없음을 안타까워했던 걸세. 내가 벽감에서 사라진 조각상들을 그렇게 열심히 찾게 한 것도 그 때문이네. 가능한 한 많은 조각상을 찾아내서 어떻게든 교회에 활기를 주기 위해서였지. 물론 처음부터 모든 벽감에 조각상이 있지는 않았을 거라는 생각이 아주 없지는 않았지만 말일세. 아마 언젠가는 이 교회뿐 아니라 이보다 더 중요한 교회들도 원형 그대로 복원하려는 강력하고 고결한 힘이 이 사회에 일어날 거라 믿네."

우리는 두번째 날에 아스퍼호프에 도착했다. 내가 이제 지체할 수 없다고 말하자 어른은 며칠 후에 슈테르넨호프로 출발할 예정이니 그때 같이 가도록 하고, 그전까지는 여기에 좀 더 있는 게 어떻겠느냐고 반문했다.

나는 며칠 더 늦춘다고 큰 차이가 있는 것은 아니지만 가능하면 빨리 양친을 만나 뵙고 싶다고 설명했다.

슈테르넨호프로 떠나기 전날 저녁이었다. 어른이 적당한 기회에 내게 말했다. "이제 자네는 나와 아주 가까운 사람들과 중요한 인연을 맺게 되었네. 그렇다면 슈테르넨호프가 어떤 곳이고, 내가 그 집과 어떤 관계인지 자네도 알아야 마땅할 걸세. 그러니 내 모든 걸 얘기해주겠네. 하나 지금은 자네 마음이 바쁘고 경황이 없는 것 같으니 다음에 마음이 좀 안정되면 이야기하는 게 나을 듯하이. 지금은 자네 말대로 양친을 먼저 찾아뵙고 여기 일이 어떻게 되어가는지 말씀드리게. 그런 다음 적당한 기회에 다시 여기에 오면, 우리는 언제든 자네를 따뜻이 환영할 걸세."

이튿날 아침 주인어른과 나는 구스타프까지 대동하고 슈테르넨호프로 달렸다.

여느 때처럼 우리는 유쾌하고 다정하게 환영을 받았다. 아니, 예전보다 더 다정하고 유쾌한 듯했다. 우리가 묵었던 방들은 마치 이 집에 사는 가족이 묵는 방처럼 상시 준비가 되어 있었다. 나탈리에는 마틸데 부인 옆에 서서 사랑스러운 표정으로 주인어른과 나를 바라보았다. 나는 부인에게 공손히 인사를 드렸고, 나탈리에에게도 비슷하게 인사했다. 구스타프는 예전보다 더 수줍음을 타는 듯했는데, 어떤 때는 누이에게, 어떤 때는 내게 의미심장한 눈길을 던졌다. 우리는 안부를 주고받고 이런저런 일반적인 이야기를 나눈 뒤 각자 방으로 흩어졌다.

주인어른은 도착한 날뿐 아니라 이튿날에도 성내 곳곳을 돌아다니며 이것저것을 점검하고, 마틸데 부인과 상의하고, 또 제법 멀리 떨어진 곳까지 직접 찾아가서 마틸데 부인의 이름으로 지시를 내렸다. 건물 표면의 회칠을 벗겨내는 작업도 당연히 점검 대상이었다. 어른은 몸소 비계에 올라가 회칠을 얼마나 꼼꼼히 제거하고 있는지, 또 돌의 표면 상태는 얼마나 깨끗한지 조사했다. 또한 작업 속도를 가늠하고, 미래를 위한 주문도 했다. 우리는 주인어른의 이런 행보에 대부분 동행했다. 사람들은 나에게 극진히 대해주었다. 마틸데 부인은 평소처럼 자애롭고 침착하고 부드러웠다. 하지만 조금만 더 눈여겨보면 예전과의 차이를 발견할 수 있었다. 부인은 더 이상 인자할 수 없을 정도로 인자한 사람이었지만 나는 차이를 느꼈다. 솔직하게 이야기를 털어놓는 것이야 예전과 다름없었지만, 지금은 그 분위기나 느낌이 달랐다. 부인은 성과 정원, 혹은 농지나 농장 경영에 대해 내게 물을 때가 많았는데, 그 태도가 마치 이 성의 주인이나 그것을 알 권리가 있는 사람에게 의견을 구하는 듯했다. 그렇다고 내 의견을 꼬치꼬치 캐묻는 것은 아니었다. 어차피 그런 일들에 대한 최선의 판단은 주인어른이 내렸기 때문이다. 부인은 마치 내가 한집안 식구인 것처럼 물었고, 무슨 의도가 있는 사람처럼 공연히 질문을 부각하거나 강조하는 일도 없었다. 그저 우리가 한데 속해 있다는 느낌을 주려는 것뿐이었다. 부인의 이런 마음을 느낄 때마다 나는 희열로 벅차올랐다. 주인어른도 크게 다르지 않았다. 어른은 늘 여일한 사람이었지만 나를 대하는 태도가 전보다 더 내밀해진 것은 사실이었다. 구스타프도 처음의 소심한 면을 버리고 내게 좀 더 적극적으로 친밀감을 표시했다. 물론 지금도 나탈리에와 나의 관계에 대해 빗대어서라도 은근히 말을 꺼내지는 않았다. 그건 남들도 마찬가지였지만, 나이도 어린 구스타프가 그러는 것은 역시 남다른 교육 덕으로 볼 수밖에 없었다. 어쨌든 구스타프는 간혹 내 곁으로 갑자기 다가와 슬그머니 내 팔을 잡거나, 내 손을 쥐고 힘을 주었다. 나탈리에와의 관계만 예전과 확연히 달라졌다. 우리는 분수 요정의 동굴에서 서로의 마음을 확인하기 전보다 오히려 더 쑥스러워했고 생경했다. 물론 이제는 남들이 보는 데서도 스스럼없이 그녀에게 내 팔을 빌려주고 서로 이야기를 나누어도 되는 사이가 되었지만, 정작 만나면 현재 우리의 관계와 동떨어진 의미 없는 것들만 이야기했다. 그럼에도 나는 그녀와 함께 걸을 때면 형언할 수 없는 희열을 느꼈다. 구름과 별, 꽃, 들판 등 이 세상 모든 것이 아름다운 빛 속에서 일렁거리고, 마틸데 부인과 주인어른의 얼굴조차 더 아름답게 바뀐 듯했다. 나탈리에의 마음도 이와 비슷하다는 것을 나는 속내를 듣지 않고도 알 수 있었다.

우리가 농장의 헛간이나 다른 문, 혹은 들판과 사람들이 일하는 곳을 지나갈 때면 사람들은 우리 뒤에 모여 우리에게 의미심장한 눈길을 던지곤 했다. 아스퍼호프의 사람들이 나를 보던 바로 그 눈빛이었다. 이곳 사람들도 이제 내가 이 집 딸과 어떤 관계인지 아는 게 분명했다. 그것은 하인들이 내게 좀 더 공손한 태도를 보이는 데서도 읽을 수 있었다. 예전에는 그런 태도가 그 정도로 뚜렷하지는 않았던 것이다. 어쨌든 아스퍼호프건 여기서건 사람들의 얼굴에 호의를 담은 기쁨 같은 것이 어른거렸다. 나탈리에와 나의 관계를 달갑게 생각하는 것이 분명했다. 나는 사람들의 이러한 태도에 깊은 만족감을 느꼈다. 지금껏 많은 사람과의 교유를 통해 충분히 깨달은 사실이지만, 정신적 성장의 수준이 어떻든 신분이 낮은 사람들은 신분이 높은 사람들을 매우 정확히 판단했다. 특히 우정이건 혼인이건 어떤 인연이 맺어질 때 무엇이 어울리고 무엇이 어울리지 않는지 제대로 분간했다. 나는 그들이 나를 나탈리에와 어울리는 쌍으로 여기는 것을 보면서 행복감을 감출 수 없었다. 다만 나탈리에가 사람들의 이런 태도를 어떻게 생각하는지는 알 수 없었다.

이렇게 사흘이 지났다. 그사이 우리는 성과 정원, 들판, 숲 곳곳을 다 함께 돌아다녔고, 그림방과 고가구가 있는 방에도 들러 그림과 가구를 감상했다. 마지막으로 장원의 여러 사안을 두고 마틸데 부인과 주인어른 사이에 상의와 조처가 끝나자 우리는 다음날 떠나기로 결정했다. 작별 인사도 환영 인사 때만큼이나 따뜻하고 정감이 넘쳤다. 인사가 끝나자 우리는 현관 앞에 대령한 마차를 타고 나흘 전에 떠나왔던 방향으로 다시 돌아갔다.

나는 가까운 우편국까지만 주인어른과 동행했다. 우리는 거기서 헤어졌는데, 어른은 이제 샛길로 아스퍼호프로 향했다. 나를 예까지 바래다주느라 길을 잠깐 우회했던 것이다. 나는 우편마차를 타고 카르그라트로 달렸다. 올해의 작업을 중단하는 데 그치지 않고 거기에 두고 온 장비와 물건 들까지 아예 싹 가져올 요량이었다. 나는 카르그라트 마을에 당도하자마자 주변을 정리했고, 물건을 싸서 부쳤다. 그러고는 전부터 알고 지내던 신부와 여관집 사람들, 그리고 친분이 있는 다른 사람들과 작별 인사를 나눈 뒤 갑작스러운 일로 중단하게 된 이 작업을 언제 다시 속행할 수 있을지 모르겠다고 말하며 그곳을 떠났다.

이제 라우터탈 골짜기로 향했다. 집으로 가는 길에서 조금 돌아가야 했지만, 푸근한 느낌을 선사하는 그 골짜기가 꼭 보고 싶었다. 물론 다른 목적도 있었다. 그사이 나머지 벽장식목을 찾는 일에 진척이 있었는지 확인하고 싶었던 것이다. 별로 기대는 안 했지만 그것을 알아보지 않고 곧장 집으로 돌아가고 싶지는 않았다. 역시 수색 작업에는 성과가 없었다. 벽장식목은 흔적조차 발견되지 않았다. 대신 나는 이 골짜기에서 예전에 가까이했던 사람들을 만났고, 지난 몇 년 동안 내게 기쁨을 안겨주었던 것들도 보았다.

나는 붉은 늪 공방에도 들렀다. 이곳은 내가 마지막으로 들렀을 때보다 한층 수준이 높아졌고, 일거리도 많아 한창 바쁘게 움직이고 있었다. 이제는 여러 곳에서 주문이 밀려들었다. 심지어 내 주문으로 만든 샷갓나물 수반이 우리 도시에 알려지면서 거기서도 주문장이 날아들었다. 때로는 낯선 사람들이 이 외진 구석까지 찾아들어 공방에서 만든 물건들을 사가거나 주문했다. 공방은 예전에 비해 여러 부분이 개선되어 있었다. 나는 작업 과정을 지켜보면서 또다시 물건을 몇 개 주문했다. 무언가를 만들 아름다운 대리석 조각이 아직 몇 개 남아 있기도 했지만, 아버지 집 정원의 흉장이나 다른 곳에 쓸 물건이 필요했기 때문이다. 공방 사람들은 나를 무척 반갑게 맞았다. 또한 지금 어떤 작업이 진행되고 있고, 무엇을 어떻게 고쳤으며, 앞으로는 어떤 일을 하려는지 일일이 설명해주기도 했다. 그들은 내가 이 작은 공방을 항상 아껴주고, 때로는 개선책과 좋은 착상까지 제공해준 것에 대해 고마움을 잊지 않았다. 나 역시 이 모든 것에 기쁨을 표했고, 근처에 올 일이 있으면 잠시라도 시간을 내어 들르겠노라고 약속했다.

나는 라우터탈 골짜기와 붉은 늪 공방을 떠난 뒤에는 더 이상 지체하지 않고 곧장 부모님의 집으로 달려갔다.

내력

나는 식구들에게 편지로 주인어른과 함께 고풍스러운 교회로 짧은 여행을 떠난다고 알렸기에 식구들은 내가 벌써 돌아올 줄은 미처 예상하지 못했다. 더구나 여행 뒤에는 내가 다시 고산지대의 작업장으로 올라갈 것이고, 돌아오는 길에는 또 슈테르넨호프에 들러 얼마간 묵으리라 짐작했기에 더더욱 그랬다. 그러나 식구들의 예상은 틀렸다. 나는 실제로 두 곳에 다 들렀지만 오래 머물지 않았기 때문이다. 식구들에게 한시라도 빨리 내 일을 알리고 싶은 마음도 간절했다. 그런데 내가 저쪽 집의 반응을 이야기했을 때 식구들은 내 예상보다 훨씬 무덤덤하게 반응했다. 물론 기뻐하기는 했다. 하지만 이리될 줄 진작 알고 있었고, 수년 전 그 집안들 이야기를 들을 때부터 일이 이런 식으로 발전할지 짐작하고 있었다는 것이다. 부모님은 만일 장미집과 슈테르넨호프에서 나를 좋게 생각하지 않고 나와 나탈리에의 결합을 기쁨으로 여기지 않는다면 지금껏 나한테 그리 다정하고 자애롭게 대하지는 않았을 거라고 했다. 나는 부모님의 이런 생각이 나에 대한 애정에서 비롯되었음을 알기에 고맙게 받아들였지만 그분들은 그저 한 가족이니까, 나를 존중하고 사랑하니까 그렇게 생각하는 거라는 느낌을 떨칠 수가 없었다. 하지만 나는 나탈리에와 그 주변 사람들을 잘 알았고, 그분들의 가치도 잘 알았기에 달리 판단했다. 내게 닥친 일은 자비로운 운명이 내게 가져다준 행운이었을 뿐이다. 그것도 앞으로 무한히 노력해야만 되갚을 수 있을까 말까 한 그런 행운이었다.

아버지는 만사가 잘되었다고 말했고, 어머니는 기뻐하면서도 걱정스러운 목소리로 이렇게 중요한 일에 아무 준비도 안 되어 있다는 말만 되풀이했다. 누이동생은 생각에 잠긴 표정으로 나를 유심히 바라보기만 했다.

나는 현 상황에서 내가 해야 할 일들을 매끈하게 처리할 수 있도록 부모님이 도와줄 것을 부탁했고, 조만간 아버지의 조언대로 여행을 떠나 좀 더 큰 세상을 둘러보고 싶다는 소망도 피력했다.

아버지가 말했다. "해야 할 일이 많다. 내 생각엔 우리가 저쪽 어른들을 찾아뵙는 것이 가장 시급한 것 같구나. 신부 측이 신랑 측을 먼저 찾게 하는 건 예의가 아니다. 게다가 장미집 주인어른께서 내게 그토록 값진 호의를 베푸셨는데, 나는 아직 답례도 못 하고 있구나. 또 어른께서는 혼사 전에 집안 내력과 관련해서 네게 이야기를 해주겠다고 하셨으니 그것도 먼저 들어봐야겠지. 그런 다음 네가 말한 대로 여기를 떠나 좀 더 큰 세상을 보고 오도록 해라. 사람과 세상에 대해 많은 것을 경험할 수 있는 좋은 기회가 될 게다. 저쪽 집에서 해야 할 일은 저쪽 어른들이 판단해서 잘하실 게다. 우리는 기다리기만 하면 된다. 다만 지금부터 우리가 해야 할 일은 너무 서두른다는 느낌을 주지 않으면서도 이런 큰일을 소홀히 취급하고 있다는 인상을 주지 않도록 준비해나가는 것이다. 내가 보기에 가장 원만하고 합당한 순서는 이렇다. 우선 너는 장미집 어르신이 말해주시겠다고 한 내력을 들어야 한다. 그런 다음 나는 네 어머니와 함께 신부 집을 방문할 것이고, 그 기회에 장미집 어르신도 찾아뵐 생각이다. 그 후에 인생 공부를 위해 더 큰 세상을 구경하고 싶다는 네 소망을 실행에 옮기도록 해라. 장미집 어르신께서는 당신 이야기를 털어놓기 전에 네 마음이 좀 더 안정되기를 바란다고 직접 말씀하셨고, 또 혼사를 너무 재촉하는 것처럼 보이는 것도 온당치 않기에 지금 당장 장미집으로 달려가 그분의 이야기를 듣겠다고 나서서는 안 된다. 시간을 두고 천천히, 그러니까 겨울쯤에 찾아가 뵙는 것이 좋겠구나. 그러면 그분도 네가 조증을 내지 않고 있음을 짐작하시면서도 네가 평소에 오지 않았던 계절에 찾아온 것을 보고는 이 혼사를 간절히 원하고 있다는 사실을 간파하실 게다. 그리고 네 마음의 안정을 위해 제안을 하나 하겠는데, 이 아비가 태어난 곳으로 아비와 함께 잠시 여행을 다녀오는 게 어떻겠느냐? 너만 좋다면 곧 떠날 수 있다. 여행을 다녀온 다음 겨울에 장미집으로 가서 우리의 안부를 전하고, 춘삼월 호시절에 우리가 슈테르넨호프로 찾아가 안주인께 따님을 주십사 청할 거라고 말씀드려라."

다들 아버지의 제안을 한마음으로 환영했다. 특히 어머니는 아버지가 자발적으로 이런 여행 계획을 짰다는 사실에 기쁨을 감추지 못했다. 그것도 예상조차 못 했던 여행지였다.

아버지가 어머니에게 말했다. "내년 봄 고지대의 산맥 근처까지 여행하려면 미리 연습을 해둬야 하지 않겠소? 게다가 장미집에도 들러야 하고, 또 그보다 멀리 가게 될지 누가 알겠소? 늘 집에 있던 사람이 한번 발동이 걸리면 역마살이 끼어 이 지방 저 지방으로 끝없이 돌아다니는 법이오."

그 말에 내가 대답했다. "클로틸데는 이제껏 산맥을 한 번도 가본 적이 없고, 이번 일에서도 소외감이 가장 클 듯합니다. 그리고 제가 그전부터 누이에게 늘 산에 데려가겠다고 약속했음에도 또다시 이번 저의 장기 여행으로 약속을 미룰 수밖에 없는 상황입니다. 그러니 아버지와 함께 짧은 여행을 다녀온 뒤 가을쯤에 시간을 내어 누이와 함께 고산지대에서 얼마간 지내다 올까 합니다. 산은 늦가을에도 무척 아름다울 뿐 아니라 공기가 맑아 6월이나 7월의 후텁지근하고 흐린 날들보다 훨씬 주변 전경이 좋습니다."

클로틸데는 내 제안을 아주 반갑게 받아들였다. 나는 아버지와 여행을 떠나기 전에 산악 여행에 필요한 옷가지와 다른 물건들을 일러줄 테니 우리가 여행하는 동안 모두 준비해놓으라고 누이에게 말했다. 그러고는 아버지에게 이렇게 덧붙였다.

"주인어른께서 말씀하신 마음의 안정을 찾는 데는 아버지의 고향으로 떠나는 여행만큼 좋은 게 없을 것 같습니다."

아버지와 어머니는 내가 클로틸데와 산악 여행을 떠나겠다고 제안한 것을 아주 흐뭇하게 생각하셨다. 어머니는 클로틸데의 여행 준비를 도울 것이고, 특히 건강을 지키는 데 부족함이 없도록 만전을 기하겠다고 말했다.

어머니의 말에 나 역시 여행 중에 모든 수단을 동원해서라도 클로틸데가 건강을 해치는 일이 없도록 하겠다고 약속했다.

실제로 우리는 다음날부터 여행에 어떤 물건들이 필요한지 상의하기 시작했다. 누이는 물건 장만에 아주 열심이었다. 나는 필요한 목록을 차근차근 작성해나갔고, 얼마 뒤에는 최소한 중요한 것은 하나도 빠뜨리지 않았다는 확신이 들 정도로 완벽한 목록이 탄생했다.

그사이 아버지와 함께 출발할 날짜가 다가왔다.

그날 새벽 우리는 아버지가 꽤 멀리 출타할 때면 늘 이용하는 경마차에 올랐다. 이제 아버지는 앞으로 오랜 시간 비좁은 마차 안에서 지내야 했다. 그래서 어머니는 여행 중에 혹시 무슨 탈이 날지도 모른다는 생각에 출발 며칠 전부터 과연 아버지가 장시간 여행을 해도 괜찮을지, 갑작스레 몸에 이상이 생기지나 않을지 철저히 진찰을 받게 했다. 의사들이 이구동성으로 아무런 문제가 없을 거라고 장담하자 그제야 어머니도 안심했다. 우리는 중간 중간에 우편마차를 갈아탔고, 내키는 만큼 가다가 내렸다. 저녁때가 가까워지자 아버지는 해가 아직 떠 있는데도 마차를 멈추게 하고는 숙소를 정한 뒤 저녁 식사 전까지 산책을 했다. 나는 아버지와 이렇게 오랜 시간을 함께 있었던 적이 없었고, 이렇게 많은 대화를 나눈 적도 없었다. 우리는 예술에 대해 이야기했다. 아버지는 당신이 애장하는 그림들과 내가 아직 모르는 새로 구입한 그림들에 대해 이야기했고, 또 그것들의 예술적 가치에 대해 전문가적 식견을 담아 심도 있는 의견을 펼치기도 했다. 이윽고 화제는 당신의 조각품을 지나 우리 둘 다 잘 아는 책으로 넘어갔다.

책이 문학 작품이나 학술 서적일 경우 우리는 그 의미에 대해 토론했고, 일부 대목을 서로 떠올리기도 했다. 시대적 사건들과 우리 나라의 상황도 화제에 올랐다. 마지막으로 아버지는 당신의 사업 이야기를 입에 올리면서 사업의 토대와 상황에 대해 설명했다. 또한 우리가 지금 통과하는 지역을 손으로 가리키며 이런저런 것을 언급했고, 이곳저곳에서 어떤 가문이 어떤 운명을 겪었는지도 이야기해주었다. 이렇게 나흘을 달려 우리는 마침내 목적지에 닿았다. 이 지방은 내가 전혀 모르는 곳이었다. 이제껏 여행하면서 한 번도 들르지도, 지나가지도 않은 지역이었기 때문이다.

우리 나라 북쪽 국경에 인접한 숲 가장자리에 숲을 따라 골짜기가 길게 형성되어 있었다. 예전에는 숲이었던 이 골짜기에 지금은 인가와 밭, 초원, 암벽, 협곡, 개울이 산재해 있었다. 나무와 벽돌을 반반씩 섞어서 지은 아버지의 생가는 이 일대 전역을 뒤덮은 커다란 숲에서 뻗어 나온 작은 숲 언저리에 있었다. 서쪽으로는 무척 우람하고 울창한 너도밤나무가, 동쪽으로는 바위가, 북쪽으로는 커다란 숲이 띠처럼 둘러싸고 있어서 바람이 쉬이 들지 않았고, 남쪽으로는 결코 황량하지 않은 초원과 들판이 내려다보였다. 들판은 소출이 적었지만, 가축 사료용 채소는 아주 풍성하게 났다. 그 때문에 이 지역에서는 가축을 무척 많이 길렀다. 우리는 골짜기에 위치한 한 여관으로 들어가 며칠 묵을 방을 빌린 뒤 여장을 풀고는 아버지의 생가를 방문했다. 지금 그 집에는 아버지의 먼 친척이 살고 있었다. 시각은 정오가 다 되어갔다. 아버지의 친척은 우리를 무척 반갑게 맞으며 당장 짐을 싸서 여관에서 나와 자기들 집으로 들어오라고 했다. 그러나 아버지는 괜히 폐를 끼치고 싶지도 않고, 여관에서 지내는 것이 더 편할 것 같다며 극구 사양했다. 결국 친척도 뜻을 꺾을 수밖에 없었다. 다만 점심 식사는 반드시 자기 집에서 들고 가야 한다고 우겼고, 우리도 그것만은 뿌리칠 수가 없었다.

거실에 앉아 있을 때 아버지가 한구석의 큼직하고 낡은 탁자를 가리켰다. 옛날에 형제자매와 함께 식사를 하던 식탁인데, 놓인 위치뿐 아니라 창문으로 쏟아져 들어온 햇빛에 반짝거리는 것도 예전과 똑같다고 했다. 아버지는 옛날에 당신이 잠을 잤던 침실도 보여주었다. 거실 옆의 자그마한 방이었다. 이윽고 우리는 밖으로 나갔다. 아버지가 계단을 가리켰다. 안뜰을 둥그렇게 에워싼 목판 길과 연결된 계단이었다. 아버지는 화강암 물통 속으로 여전히 맑은 물을 흘려보내고 있는 샘도 가리켰다. 아버지의 증조부가 만든 물통이라고 했다. 아버지는 축사와 헛간, 그 뒤의 숲속 길도 보여주었다. 아버지가 아직 소년티를 완전히 벗지 못했던 시절, 대처로 나가 행운을 시험해보려고 괴나리봇짐 하나 달랑 들고 고향을 떠날 때 밟았던 바로 그 길이었다. 우리는 야외로 나가 주변 일대를 둘러보기로 했다. 아버지는 길을 가면서 자주 걸음을 멈추고 회상에 잠겼다. 특히 15분쯤 걸리는 도로변의 작은 목조 건물에 들어갔을 때는 다양한 과일나무들이 서 있는 지점까지 정확히 기억하고 있었다. 너도밤나무에 둘러싸인 이 작은 건물은 당시 골짜기에 살던 모든 아이가 다니는 학교였다. 아버지는 모든 것이 어릴 때 그대로라고 말했다. 풍경도, 들길도, 수로도, 샘에서 흘러나온 개울도. 심지어 초원에 핀 아르니카도 예전의 그 꽃들 같다고 했다. 아버지가 나를 들판 가장자리의 돌 언덕으로 데려갔다. 곳곳에 산딸기나무 가지들이 뻗어 있었고, 가시 많은 블랙베리 덩굴이 돌을 휘감았으며, 딸기 잎도 무성했다. 아버지가 소년 시절에 따던 야생 딸기였다. 돌 언덕에서 우리는 다시 친척집으로 돌아가 그 집 식구들과 소박한 식사를 들었다. 식사 후 친척의 안내로 소유지를 차례로 둘러보았다. 아버지는 가끔 들뜬 목소리로 여기저기를 가리키며 말했다. 여기가 네 조부가 쟁기질을 하고 써레질을 하고 구덩이를 파던 곳이고, 저기가 네 조모가 누이와 하녀, 일용직 일꾼들과 함께 풀을 베던 곳이다. 또 지금처럼 옛날에도 저기서 암소와 염소 들이 숲 쪽으로 어슬렁어슬렁 걸어다녔고, 당신의 식구들도 지금 들판에 있는 사람들과 행색이 똑같았다고 했다.

친척집에 다시 돌아왔을 때 아버지는 따뜻한 대접에 고마움을 표하고는 저녁 무렵에 다시 한 번 들르겠다고 말했다.

아버지가 여관방에 들어와 가방을 열자 온갖 물건이 쏟아져 나왔다. 친척집 식구들에게 나누어 줄 선물이었다. 나는 아버지의 생가에 가면 어떤 사람들을 만나게 될지 들은 적이 없었다. 그건 아버지도 정확히 모르고 있었던 게 분명했다. 그래서 나는 아버지가 선물을 준비해 갖고 왔으리라고는 전혀 예상하지 못했다. 하지만 아버지는 만일을 대비해서 선물을 미리 준비해 왔다. 선물은 주로 옷감과 자잘한 장신구 같은 것들이었다. 그런데 아버지가 그 집에 처음 갈 때 선물을 가져가지 않고 두번째로 방문할 때 가져가려는 데는 나름대로 이유가 있었다. 친척집 사람들은 이 지방의 골짜기에 사는 순박한 주민들이었지만, 처음 방문하면서 불쑥 선물부터 내미는 것은 예의에 어긋나는 행동이었기 때문이다. 그것은 어떻게 보면 도회지 사람의 과시욕으로 비칠 수도 있었다. 하지만 지금은 낮에 점심 식사로 신세를 졌고 따뜻한 환대까지 받았으니 선물로 예를 표한다고 해서 전혀 이상할 것이 없었다.

우리가 그 집에 들러 선물을 나누어 주자 친척집 식구들은 몇 번씩 고개를 숙여 감사하고 또 감사했다. 그 집 식구는 중년 부부와 아들 둘, 딸 하나, 할머니로 이루어져 있었다. 남자 하인 하나와 하녀 둘의 선물은 미처 생각하지 못했다. 선물 증정이 끝나자 밤이 되었고, 우리는 다시 숙소로 돌아왔다.

우리는 그곳에 나흘을 더 묵었다. 아버지는 당신이 예전에 즐겨 다녔던 곳으로 나를 데려갔다. 자그마한 호수와 기막힌 전망을 볼 수 있는 암벽, 그리 멀지 않은 곳에 위치한 성 비슷한 건물 내의 정원, 목조 학교, 그리고 무엇보다 걸어서 반 시간 정도 걸리는 거리에 있는 교회 등이었다. 그 교회는 골짜기 주민들에게 유일한 영혼의 안식처였는데, 내 조부모도 이곳의 교회 공동묘지에 묻혔다. 묘소 앞에는 아버지와 숙부가 세워놓은 하얀 대리석 비석이 조부모의 안식을 빌고 있었다. 이런 장소 말고도 아버지는 하루의 대부분을 지치지도 않고 부지런히 들길과 숲길로 돌아다녔다.

다섯째 날 우리는 식구들이 기다리는 집으로 출발했다.

그날 이른 아침 우리는 먼저 친척집을 찾았다. 친척집 식구들은 이런 날의 시골 풍습대로 평소보다 좋은 옷을 차려입고 우리를 기다리고 있었다. 우리는 진심 어린 태도로 작별 인사를 나누었다. 나는 어차피 도보 여행에 익숙하고, 또 여러 지방을 돌아다니는 사람이기에 장차 이 지방을 다시 찾으면 꼭 한번 들르겠다고 약속했다. 반면에 아버지는 이제 나이가 점점 많아지다보니 여기에 다시 올 수 있을지 장담할 수 없다고 말했다. 친척집 식구들은 하느님의 가호로 꼭 다시 볼 수 있기를 바란다고 대답했다. 친척집 식구들은 여관까지 따라와 우리가 마차에 오르기를 기다렸다. 나는 이들의 작별 인사와 사례(謝禮)의 말에서 아버지가 이들에게 상당한 액수의 돈을 주었음을 알아차렸다. 이들은 한참이나 우리 마차의 뒷모습을 지켜보았다.

마차가 출발하자 아버지는 굳은 표정으로 말이 없었다. 마음이 무거운 듯했다. 그러나 시간이 지나자 마음이 조금 풀렸는지 우리는 이리로 올 때처럼 다시 대화를 나누기 시작했다.

귀로에 오른 지 셋째 날 저녁 우리는 도시의 우리 집에 도착했다.

어머니는 열하루 동안 바깥바람을 쐬고 눈에 띄게 좋아진 아버지의 얼굴을 보고 기쁨을 감추지 못했다. 아버지는 양 볼에 보기 좋은 붉은 빛이 돌았을 뿐 아니라 살까지 통통하게 올라 있었고, 눈은 사무실에서 서류만 들여다볼 때와는 비교도 안 되게 맑아 보였다.

아버지가 말했다. "이건 시작의 효과일 뿐이오. 오랫동안 움직이지 않은 육체에 자극과 변화가 생겨 일어난 일시적인 결과라 할 수 있겠지. 시간이 지나면 피와 근육과 신경도 신선한 공기와 육체 운동에 적응하게 될 거요. 그러면 더 이상 얼굴도 붉어지지 않고, 근육도 부풀지 않을 것이오. 하지만 야외에 오래 머물고 아무 걱정 없이 적절하게 몸을 움직이는 것이 줄곧 사무실에 앉아 미래에 대한 생각에 빠져 있는 것보다 건강에 훨씬 좋은 건 분명하오. 이제 당신도 머지않아 이러한 행복을 맛보고 즐기게 될 거요. 그런 날이 예상보다 빨리 올지 누가 알겠소?"

어머니가 대답했다. "당신이나 그런 행복을 즐겼으면 정말 좋겠어요. 그런 여행이 진짜 필요하고 절실한 사람은 당신이에요. 우리는 여기 정원과 도시 주변을 돌아다니면 돼요. 음습한 방에 틀어박혀 지내는 건 당신뿐이에요. 하지만 당신 입으로 이렇게 말씀하시는 걸 보니 이젠 정말 그 말이 사실이 될 것 같기는 해요."

"사실이 될 거요. 틀림없이."

어머니가 우리에게 고개를 돌려 물었다. 그렇게 짧은 여행인데도 아버지가 예전보다 훨씬 건강하고 쾌활해 보이지 않느냐고.

우리는 어머니의 말에 동의했다.

이제는 다른 여행이 우리를 기다리고 있었다. 올여름은 우리에게 여행의 계절이나 다름없었다. 이번에 준비하는 여행은 나와 클로틸데의 산악 여행이었다. 아버지의 고향에 들렀을 때 가을은 벌써 성큼 다가와 있었다. 생가 주변의 너도밤나무 잎사귀들이 떨어지기 직전의 붉은빛으로 물들어 있었던 것이다. 이제 지체할 시간이 없었다.

클로틸데는 준비가 끝나 있었다. 나는 특별히 준비할 것이 없었다. 항상 떠날 준비가 되어 있었기 때문이다. 이렇게 해서 우리는 약속한 여행을 꾸물거리지 않고 바로 떠날 수 있었다.

어머니는 내게 누이의 건강에 유의하라고 특별히 당부했고, 아버지는 여러 가지를 잘 따져서 이 둘도 없는 기회를 충분히 즐기고 오라고 말했다. 우리는 맑은 가을 해가 떠오를 무렵 우리 집 대문을 나섰다.

나는 처음 이렇게 먼 여행을 떠나는 누이를 낯선 사람들이 함께 타는 합승마차에 태우고 싶지 않았다. 성품과 행동거지가 어떤지도 모르는 사람들이 좁은 공간 속에서 누이와 접촉하는 것을 원치 않았던 것이다. 그래서 적당한 지점까지 우편마차를 타고 가는 쪽을 택했다. 산악지대에 도착해서는 어떻게 갈지 그때 상황을 보고 결정하기로 했다. 이런 식으로 여행하면 내가 원하는 곳에 멈출 수 있다는 장점 외에 어쩔 수 없이 한 마차를 타고 함께 가는 사람들의 눈치를 보지 않고 누이에게 이런저런 것들을 설명할 수 있는 장점이 있었다. 또한 우리는 친척과 집, 그리고 다른 일들에 대해서도 거리낌 없이 오누이의 정이 듬뿍 담긴 대화를 나누었다. 이런 식으로 우리는 이틀을 달렸다. 나는 장시간의 마차 여행에 익숙지 않은 누이를 고려해 자주 휴식을 취했다. 하루 여행도 저녁이 되기 한참 전에 끝냈다. 마차 창문 밖으로 몇 마일 떨어진 거리에서 우리의 길을 계속 따라가는 산들이 보였다. 그러나 지금은 산이 중요하지 않았다. 누이와 이렇게 한 마차에 타고 있고, 누이의 아름다운 얼굴을 보고 숨소리를 들을 수 있다는 사실만이 중요했다. 모든 새로운 것을 완벽하게 맑은 영혼 속으로 받아들이는 클로틸데의 신선한 태도와 우애 넘치는 말은 그 자체로 내게 말할 수 없는 감동이었다.

셋째 날 오전 나는 누이를 쉬게 했다. 오후에는 마차를 빌려 우편마차 도로를 벗어나 곧장 산악지대로 향했다. 마차 여행은 쾌적하고 즐거웠고, 우리는 갖가지 이야기를 마음 놓고 떠들어댔다. 엷은 초록빛이 도는 맑은 대기 속에서 푸른 산이 우리를 향해 성큼 다가오는 순간 클로틸데의 눈은 점점 빛났고, 얼굴에도 기쁜 표정이 번져 나갔다. 아버지와 마찬가지로 누이의 고운 뺨은 사흘 만에 붉게 물들었고, 눈도 한층 맑아졌다. 이윽고 우리는 내가 미리 숙소로 점찍어둔 장소에 도착했다. 계곡에서 내려온 물이 모여 형성된 초록빛의 아펠 강이 콸콸

소리를 내며 흘러갔는데, 하상(河床) 위로 비스듬히 세워놓은 제방을 지나갈 때면 물소리는 한층 요란했다. 숲 비탈이 긴 산줄기를 타고 가파르게 올라갔고, 아득히 높은 너도밤나무 숲의 시커먼 가장자리 위로 저녁놀에 불타는 빨간 산꼭대기가 보였으며, 그 꼭대기 위에는 벌써 어느 정도 흰 눈이 쌓여 있었다.

이튿날에는 산악 마차를 빌렸다. 우편마차 도로가 아닌 거친 산길을 가는 데는 최적이었을 뿐 아니라 말들도 산악 지형과 길 상태에 익숙해 있어서 가장 믿을 만했다. 우리는 짐을 마차에 싣고 반짝거리는 아펠 강을 향해 산속 깊숙이 달려갔다. 나는 산세가 뛰어난 산의 이름을 말해주었고, 그 생김새와 구조를 설명했으며, 산의 색깔과 명암에 대해 아는 대로 상론(常論)을 펼쳤다. 곳곳에 벌써 불그스름하고 노르스름하게 물들기 시작한 활엽수들이 가을 산에 정취를 더해주었다.

어느 정도 산속 깊이 들어왔다 싶었을 때 방향을 틀어 그때부터 산줄기를 따라 달렸다. 그렇게 이틀이 지나고 셋째 날도 오후로 기울 무렵 골짜기 저 아래 라우터제 호수가 우리를 맞아주었다. 넓은 숲으로 뒤덮인 산등성이를 돌자 호수 수면이 햇빛에 반짝거리는 지점이 점점 많아졌다. 이윽고 전나무와 너도밤나무, 단풍나무 가지 사이로 호수 대부분이 내려다보였다. 마차로 좁은 길을 두 시간 남짓 달려 내려가자 호숫가가 나타났다. 우리는 얕은 물가에서는 돌멩이도 하나하나 보일 만큼 가까이 접근했다. 거기서 다시 호수의 일부 구간을 돌아가자 호수 여관이 나타났다. 나는 돈을 주어 마부를 돌려보낸 뒤 한 며칠 쓸 방들을 빌렸다. 라우터제 호수에서 측량 작업을 할 때마다 머물렀던 방은 클로틸데에게 주고, 나는 그 옆의 작은 방을 썼다. 나는 그 방이면 충분했다. 사람들은 클로틸데를 넋을 잃고 바라보았다. 이렇게 아름답고 고결한 아가씨는 다들 처음이라고 했다. 이런 누이를 둔 나조차 이제 새로 보는 듯했다. 노를 저을 줄 알거나 등반 아이젠을 잘 부착하거나 등산에 일가견이 있는 사람이면 죄다 우리를 찾아와 자신들을 써달라고 했다. 나는 필요하면 언제든 부를 것이고, 그래서 같이 가게 되면 매우 기쁠 거라고 말하며 일단 그들을 돌려보냈다.

먼저 나는 클로틸데의 방을 불편함이 없도록 꾸몄다. 그런 다음 창문으로 볼 수 있는 주요 지점들을 손으로 일일이 가리키며 이름을 알려주었다. 나는 호수의 수심을 측량할 때 호수 위에서 어떤 방향으로 움직였고, 어느 지점에서 어떻게 멈추어 작업했는지 설명했다. 누이는 물감과 미술 도구를 가지런히 펼쳤다. 방 안에서 창문 너머로 보이는 것을 화폭에 담기 위해서였다.

우리는 호숫가 여관의 주변 지역을 산책하는 것으로 며칠을 보냈다. 클로틸데가 이곳 지형에 익숙해질 필요가 있었기 때문이다. 예견했던 아름다운 날씨가 시작되었고, 그런 날씨는 한동안 이어졌다. 우리는 산중의 산책이 선사하는 기쁨과 만족을 한없이 즐겼다. 우리의 건강 상태는 최고였다. 어머니뿐 아니라 나도 조금쯤 품고 있던 클로틸데에 대한 염려는 기우였다. 우리는 집으로 편지를 보냈다.

나는 누이를 호수로 데려가 그 자체로 아름답고 의미 있는 곳들뿐 아니라 풍취 있고 진기한 풍광을 볼 수 있는 지점들도 구경시켜주었다. 이런 모든 과정에는 산악지대에 여러 차례 머물면서 얻은 경험이 큰 도움이 되었다. 누이는 이 모든 것을 가슴 깊이 받아들였다. 누이는 내 덕택에 처음 산을 찾는 사람들이 산의 위대함과 숭고함을 느끼기 전에 겪어야 하는 수많은 시행착오들을 피해 갈 수 있었다. 호수 항해에는 내가 호수를 측량할 때 늘 나의 동반자가 되어준 젊은 선장 두 사람이 함께했다. 우리는 산에도 올라갔다. 나는 클로틸데를 위해, 안은 푹신하지만 밖은 딱딱해서 거친 돌을 충분히 견딜 수 있는 신발을 따로 만들게 했다. 누이는 챙 달린 편안한 모자를 썼고, 체형에 맞게 제작한 등산용 지팡이를 들었다. 산등성이에 올랐을 때 우리는 아름다운 전망을 만끽했다. 클로틸데는 멋진 경치를 구경하고 나면 항상 무언가를 그리려고 했는데, 내 그림보다 훨씬 결점이 많은 그림이 탄생했다. 아직 경험이 턱없이 부족했기 때문이다.

이렇게 일주일이 지난 뒤 우리는 지금껏 여기 산악지대에 머물면서 이용했던 간이 마차를 타고 라우터탈 골짜기와 단풍나무집으로 향했다. 단풍나무집 숙소는 호숫가 여관보다 한결 나았다. 우리는 나란히 붙은 널찍하고 아늑한 방 두 개를 빌렸다. 창문은 집 앞 단풍나무를 향해 나 있었는데, 노란 물이 든 나뭇잎 사이로 남쪽에 위치한 산들이 보였다. 산들은 희뿌연 안개에 휩싸여 있었다. 나는 여관집 여주인뿐 아니라 내가 왔다는 이야기를 듣고 득달같이 달려온 카스파 영감, 그리고 마찬가지로 그 소식을 듣고 다 함께 몰려든 다른 사람들에게도 누이를 소개했다. 호숫가 여관에서보다 더 큰 환호성이 울려퍼졌다. 이들은 천사처럼 아름다운 처자가 자기들 산에 왔고, 더구나 그 처녀가 내 누이라는 사실에 즐거워했다. 이들은 약간 쑥스러워하면서도 일을 돕겠다고 자청했다. 클로틸데는 그전까지 나를 따라다니며 내 작업을 도와준 사람들을 유쾌한 마음으로 관찰했고, 그들과 이야기를 주고받으며 묻는 말에도 빼지 않고 대답을 잘했다. 누이는 산간 주민들이 살아가는 방식에 점차 적응하는 듯했다. 나는 내 치터 선생에 대해 물었다. 클로틸데에게 그를 소개해주고 그의 탁월한 연주를 두 귀로 직접 듣게 해주고 싶었다. 그럴 생각으로 짐 속에 우리의 치터 두 대를 챙겨 오기도 했다. 그런데 사냥꾼이 내 작업에서 손을 뗀 뒤로 인근 골짜기에서건 먼 골짜기 마을에서건 그의 소식을 아는 사람은 아무도 없었다. 결국 나는 클로틸데에게 여기 산간 마을의 평범한 치터 연주자의 연주밖에 들을 수 없을 것 같다고 말했다. 누이도 그들의 연주는 이미 들은 바 있었는데, 도시 음악가나 내 연주보다 한층 매력적으로 느끼는 듯했다. 사실 내 연주는 도시풍의 연주와 산중풍의 연주가 반반씩 섞인 혼성 연주라고 할 수 있었다. 우리는 방을 우리 방식대로 꾸몄다. 그 뒤의 생활은 호숫가 여관에서 지낼 때와 대체로 비슷했다. 나는 클로틸데를 에허탈 골짜기로도 안내했다. 우리의 치터를 만든 장인이 사는 곳이었다. 장인은 나와 클로틸데에게 판 것과 똑같은 세번째 치터를 아직도 갖고 있었다. 장인의 말로는, 이 치터의 진가를 알고 사러 온 이들이 더러 있었지만 그런 사람들은 이 치터를 구입할 만큼 돈이 많지 않은 산간 주민들이었다. 그만한 돈이 있는 사람들은, 주로 여행객들인데, 값이 더 비싸더라도 아름답게 장식된 치터만 찾을 뿐 진정으로 훌륭한 이 치터는 알아보지 못하고 그냥 밀쳐두었다고 했다. 장인은 우리를 위해 그 치터로 잠시 연주를 해주었다. 상당히 능숙한 솜씨였다. 하지만 그 떠돌이 사냥꾼이 연주하는, 이 악기로만 가능한 거칠면서도 한없이 부드러운 방식은 아니었다. 사냥꾼의 솜씨는 악기를 만든 장인뿐 아니라 어느 누구도 감히 흉내 내기 어려운 듯했다. 나는 늙은 장인에게 클로틸데가 내 누이이고, 누이 역시 장인이 필생의 작품이라 말한 치터 세 대 가운데 하나를 갖고 있다고 말했다. 장인이 환하게 웃는 얼굴로 클로틸데에게 현(絃)을 한 묶음 내밀며 말했다. "그건 내 최고의 치터입니다. 아마 더 이상 그런 건 만들지 못할 겁니다."

우리는 단풍나무집 근처의 다른 골짜기들과 몇몇 산을 돌아보았다. 간혹 카스파 영감이나 다른 사람이 그런 우리와 동행하거나 짐을 들어주었다.

나는 아버지를 위해 벽장식목을 샀던 오두막집으로도 클로틸데를 데려갔고, 벽장식목이 원래 있었던 곳으로 추정되는 석조 성으로도 안내했으며, 또 붉은 늪 공방에도 함께 가서 대리석 작업 과정을 보여주었다.

우리는 호숫가 여관보다 단풍나무집에서 더 오래 묵었다. 이곳 사람들이 그곳 사람들보다 한결 정감이 넘치고 친밀하고 도움에 적극적이었다. 특히 여관집 여주인은 누이의 일이라면 발 벗고 나서서 시중을 들었다. 이곳에 머물 시간도 얼마 남지 않았을 무렵 차갑고 궂은 날씨가 시작되었다. 우리는 이 시간을 아늑한 숙소에서 조용히 보냈다. 그런데 나뭇잎의 상태와 초원에 핀 가을 식물의 외관, 동물들의 행동과 가축 상태에서 나는 춥고 궂은 날씨가 본격적으로 시작되지는 않았고, 따뜻하고 맑은 날씨가 당분간 더 이어지리라는 사실을 알아차렸다. 날씨가 다시 개자 클로틸데와 함께 단풍나무집을 떠나 카르그라트로 향했다.

내 예견은 틀리지 않았다. 출발한 지 이틀 동안은 약간 흐리고 서늘한 날씨가 이어지더니 그 뒤로는 거짓말같이 날이 화창하게 개기 시작했다. 물론 아침에는 서늘했지만 정오가 가까워질수록 기온은 눈 덮인 정상까지 빠른 속도로 올라갔다. 이렇게 맑고 따뜻한 날이 이어지면서 고지의 눈뿐 아니라 정상의 만년설을 덮고 있던 눈까지 녹아 얼음이 여름보다 더 뚜렷하고 폭넓게 드러났다. 우리는 이런 화창한 날씨가 시작된 지 이틀 만에 카르그라트에 당도했다. 시간이 상당히 오래 걸렸다. 하루에 많은 거리를 가지 않았을 뿐 아니라 산들을 아주 천천히 오르내렸기 때문이다. 우리는 초라하기 그지없는 숙소에 묵었다. 주변 지역의 광활함과 황량함으로 인해 더더욱 작고 빈한해 보이는 숙소였다. 우리는 도착한 지 이틀 만에 산에 오를 준비를 모두 끝내고 지미 만년설로 향했다. 길 안내자를 비롯해서 생필품과 그 밖의 등반에 필요하거나 유익한 물건들을 날라줄 짐꾼들 그리고 가마를 들어줄 사람들도 동행했다. 첫날 우리는 카르 대피소까지 올라갔다. 거기서 카르 봉을 등정하는 사람들을 위해 나무판자로 지은 작은 오두막에서 나무를 가져와 불을 때고 저녁 식사를 해 먹으면서 하룻밤을 보냈다. 이튿날 동이 틈과 동시에 우리는 다시 산을 오르기 시작해서 햇빛이 찬연한 오전에 둥글게 솟은 만년설에 이르렀다. 카르 봉까지 올라가는 건 생각할 수 없었다. 우리는 여기서나마 보이는 모든 것을 꼼꼼히 눈에 담았다. 이윽고 냉기가 사지로 파고들 무렵 우리는 귀로에 나섰고, 대피소에서 다시 음식을 해먹은 뒤 완전히 하산했다. 숙소에 닿았을 때 클로틸데는 초주검이 되어 내 품에 쓰러졌다.

이튿날 나는 클로틸데에게 만년설과 그 주변, 만년설 봉우리, 만년설의 균열 그리고 물결 형태의 만년설을 그린 그림을 여러 장 보여주었다. 얼마 전에 직접 본 것들을 이 그림들과 비교해보라는 뜻이었다.

나는 그림 속의 많은 부분을 설명하면서 누이의 기억 속에 담겨 있는 것들을 불러냈으며, 이 기회를 이용해서 그림이 실제 대상에 비해 얼마나 모자라는지 다시 한 번 지적했다. 이후 이틀 동안 우리는 산의 얼음과 만년설의 형태를 쉽게 관찰할 수 있는 여러 지점을 찾아갔다. 나는 클로틸데에게 깎아지른 듯한 절벽에서 떨어지는 폭포도 보여주었다. 그러고 나자 이제 부모님 집으로 돌아갈 시간이 되었다는 생각이 들기 시작했다. 이런 고지대에서 오래 지체하는 건 도시 생활에 적응되어 있는 누이에게 별로 좋지 못할 것 같았다. 나는 클로틸데에게 가장 가까운 길로 평지로 내려가 고향으로 돌아가자고 제안했다. 누이도 동의했다. 우리는 인근의 조금 더 큰 마을에서 첫 우편국까지 우리를 데려다줄 간이 마차를 주문했다. 그런 다음 단풍나무집 주인 부부와 길 안내인, 짐꾼들과 작별 인사를 나누었다. 나는 이들에게 작은 선물을 나누어 주었다. 또한 가끔 우리 남매를 찾아와 자신의 좁은 시각에서 볼 때 아름답다고 생각되는 것들을 보여주곤 했던 이곳 신부님에게도 작별을 고했다. 인사가 끝나자 우리는 말 한 필이 모는 간이 마차에 몸을 싣고 좁은 길을 따라 카르그라트를 내려갔다. 이 작은 마을에서 우리가 마지막으로 본 것은 널빤지를 댄 사제관 벽과, 마찬가지로 널빤지를 댄 예배당의 좁은 벽면이었다. 나는 이런 고지대에서는 거친 비바람과 눈보라로부터 건물을 지키려면 저렇게 벽에 널빤지를 대야 한다고 클로틸데에게 말해주었다. 우리가 두 건물로 한 번 더 시선을 돌리는 순간 우리 눈과 건물 사이에 작은 동산이 하나 보였다. 우리는 마차를 타고 빠른 속도로 미끄러져 내려갔다. 주위는 온통 거친 땅이었다. 이윽고 저지대 쪽으로 살며시 한쪽 발을 담근 숲이 우리를 맞았다. 풍경은 점점 아늑해지고 날은 점점 따뜻해졌다. 우리는 삐걱거리고 흔들리는 마차를 타고 줄곧 아래로 내려갔다. 마치 궤도처럼 길게 널빤지가 깔린 숲길을 지나자 드디어 일반 도로가 나타났다. 여기서부터는 길이 점점 단단해지고 넓어졌다. 우리는 평평한 길을 편안하게 달렸다.

마차가 우편국이 있는 가장 가까운 마을에 당도하자 나는 돈을 줘서 마부를 돌려보냈다. 우리는 우편마차로 바꾸어 타고 일직선에 가까운 지름길로 산악지대에서 저지대로 내달렸다. 우리 도시와 연결된 군사 도로로 가는 길이었다. 산들은 점점 뒤로 물러났고, 온화한 가을해는 산을 점점 푸른빛으로 물들였다. 이제 우리가 달려가면서 산들은 점점 크기가 작아졌고, 종국에는 사람들에게만 이로운 들판으로 뒤덮인 땅이 우리 앞에 펼쳐졌다. 거기서 우리는 큰 도로를 만났다. 지금껏 우리는 북쪽으로 달려왔는데 이제 길을 동쪽으로 틀었다. 마차도 더 나은 것으로 바꾸어 탔다.

이 도로로 하루를 달리고 나서 나는 한 마을에 마차를 멈추고 하루를 묵어가기로 했다. 하룻저녁과 하룻밤의 휴식이 필요했던 것이다. 이튿날 정오가 가까워질 무렵 나는 누이를 적당한 높이의 어느 언덕으로 데려갔다. 아름다운 가을날이었다. 오전에 언덕을 부드럽게 휘감고 있던 안개가 완전히 걷히고 청명한 대기가 나타났다. 나는 망원경을 떡갈나무 줄기에 나사로 고정하고 렌즈를 조절한 뒤 클로틸데에게 들여다보게 하고는 무엇이 보이는지 물었다.

"어두운색의 높은 지붕이 보여요. 지붕 위에는 우람하고 굵은 굴뚝이 몇 개 솟아 있고, 지붕 아래엔 마찬가지로 어두운 색깔의 벽이 있고, 그 벽에는 커다란 창문이 적당한 간격으로 나 있어요. 건물은 직사각형 같아요."

"망원경을 건물 주변으로 돌리면 뭐가 보이니, 클로틸데?"

"집 뒤에 나무들이 있어요. 정원 같아요. 저쪽 건물 벽은 우리 집 벽처럼 환해요. 들판도 보이고, 들판에 나무도 있고, 여기저기 집도 보이고…… 저 뒤로 구름 모양의 봉우리들도 보여요. 우리가 갔던 높은 산들 같아요."

"그래, 우리가 떠나온 산들이 맞아."

"그럼 저게 설마……?"

클로틸데가 망원경에서 눈을 떼더니 나를 빤히 바라보았다.

"맞아, 저 건물이 슈테르넨호프야."

"나탈리에가 사는 집 말이에요?"

"그래, 나탈리에도 살고, 고귀한 마틸데 부인도 살고, 내가 존경해 마지않는 걸출한 사람들도 들락거리고, 내 사유와 감정이 달려가고, 예술이 우아한 모습으로 살아 숨 쉬고, 사방으로 아름다운 대지가 펼쳐진 곳이지."

"저기가 슈테르넨호프라고요?" 클로틸데는 다시 망원경에 눈을 대고 한참을 들여다보았다.

"나는 설레는 마음으로 너를 이 언덕으로 데려왔어. 내 심장이 고동치고, 내 존재의 깊은 축이 깃들어 있는 곳을 너한테 보여준다고 생각하니 절로 마음이 설레었어."

"내가 머릿속으로 이곳을 얼마나 자주 찾았고, 알지도 못하는 이 낯선 곳에 내 마음이 얼마나 자주 머물렀는지 오빠는 모를 거예요."

"지금은 저리 가고 싶어도 갈 수가 없어. 그건 너도 이해할 거야. 일이란 순리에 따라야 하거든."

"그건 나도 알아요."

"너도 언젠가 나탈리에를 보면 진정으로 사랑하게 될 거야."

클로틸데는 다시 한참 동안 망원경을 들여다보면서 하나하나 자세히 관찰했다. 나는 내가 중요하다고 생각하는 곳으로 누이의 시선을 돌려 거기 보이는 것들을 일일이 설명했고, 성과 그 안에 있는 것들에 대해서도 이야기했다.

그사이 정오가 다가왔다. 우리는 나무에서 망원경을 떼어낸 뒤 천천히 숙소로 내려갔다.

"여기서 장미집은 안 보여요?" 클로틸데가 도중에 물었다.

"안 보여. 장미집이 있는 마을에서 가장 높은 지점도 보이질 않아. 저기 북쪽에 자리 잡은 크론발트 숲에 가려서 그래. 앞으로 가다 보면 망원경으로 장미집을 구경할 수 있는 언덕을 지나가게 될 거야."

우리는 이튿날 다시 출발했다. 마차가 아스퍼호프의 언덕이 내려다보이는 지점에 이르자 나는 마차에서 내려 주인어른의 집을 가리켰다. 그러고는 망원경을 조절해서 클로틸데에게 건넸다. 하지만 거리가 너무 멀어서 장미집은 작고 하얀 별로밖에 보이지 않았다. 그러고 나서 우리는 다시 길을 떠났다.

이후 셋째 날 저녁 우리는 부모님의 도시 근교 집과 이어지는 성문길에 진입했다.

어머니와 아버지가 밖으로 나와 우리를 맞았다. 아버지는 오늘 우리가 도착하는 것을 알고 집에서 우리를 기다리고 있었다. 내가 어머니를 소리쳐 불렀다. "어머니, 클로틸데를 무사히 데려왔습니다. 그것도 아주 건강한 상태로요."

정말 클로틸데는 아버지가 짧은 여행 후에 그랬듯 야외에서 맑은 공기를 쐬고 몸을 움직인 덕에 도시에서 지낼 때보다 한결 힘차고 밝아졌다. 얼굴에도 건강한 빛이 감돌았다.

클로틸데는 마차에서 뛰어내리자마자 어머니의 품에 안겼고, 아버지에게도 아주 반갑게 인사했다. 그도 그럴 것이 부모님 곁에서 이렇게 장시간 멀리 떨어져 지낸 적은 생애 처음이었기 때문이다. 부모님이 흥분한 클로틸데를 계단으로 이끌어 자기 방으로 데려갔다. 거기서 이야기를 들을 심산이었다. 클로틸데의 이야기는 그치지 않았다. 그사이 위로 옮겨놓은 짐을 풀어, 여러 고장을 돌아다니며 산 선물과 기념품 그리고 여러 여행지에서 수집한 물건을 꺼낼 때만 이야기가 중단되었다. 우리는 얼마간 누이의 방에 함께 있다가 적당한 시점에 방에서 나왔다. 지금 클로틸데에게 필요한 건 휴식이었기 때문이다.

이후 클로틸데는 도취의 시간에 빠져들었다. 산에서 본 것들을 쉴 새 없이 묘사하고 또 묘사했으며, 그림을 펼쳐놓고 뒤적거리거나 아니면 기억을 되살려 직접 그림을 그리기도 했다.

내게도 이 여행이 성과가 없진 않았다. 나는 여행을 떠나기 전 진반 농반으로 이 여행을 갔다 오면 한결 마음의 안정을 찾을 수 있을 거라고 했는데, 그것은 사실이었다. 거기에는 클로틸데의 역할이 컸다. 누이는 오래전부터 내게 몹시 익숙해진 대상들을 여행 내내 완전히 새로운 눈으로 바라보았고, 모든 것을 신선하고 맑은 마음으로 깊이 받아들였다. 나는 당연히 그런 클로틸데에게 마음을 빼앗겼고, 무언가 새롭고 근원적인 자극을 받았으며, 누이의 기쁨이 내게 고스란히 전이되어 내 관계들을 좀 더 신중하게 숙고하고 정리할 수 있게 되었다.

나는 나탈리에와 편지를 주고받자는 약속을 하지 않았다. 아니, 그럴 생각조차 하지 않았다. 그건 아마 나탈리에도 마찬가지였을 것이다. 우리의 관계는 너무 고결해서 서로 편지를 주고받으면 세속적으로 변할 것 같은 느낌이 들었다. 우리는 상대의 사랑을 굳게 믿어야 했고, 괜한 초조함으로 스스로 격을 떨어뜨리지 말아야 했으며, 만사가 저절로 진행되도록 기다려야 했다. 이렇게 나는 행복한 마음으로 나탈리에와 거리를 유지했고, 현 상황을 있는 그대로 기쁘게 받아들였으며, 때가 되어 내 양친과 나탈리에의 가족이 시작할 일을 차분히 기다렸다.

클로틸데는 자신이 그린 산과 하늘, 호수, 숲에 물감을 칠하려고 했다. 나는 그런 누이 곁에 앉아 어디가 잘못되었고, 어떻게 하면 더 잘할 수 있을지 설명했다. 그 과정에서 우리는 깨달았다. 사람은 그 깊고 높은 산의 부드러운 힘을 표현할 수 없고, 아무리 뛰어난 거장이라 하더라도 그것을 비슷하게 표현하는 것뿐이라는 사실을. 클로틸데는 산에서 들었던 치터 연주 방식과 독특한 느낌의 음조를 흉내 내려고 했다. 이때도 나는 누이에게 도움을 주었지만, 우리 둘 다 산중 치터 선생의 수준에 도달하는 것은 불가능할 듯했다. 물론 그래도 즐거웠다. 나는 틈틈이 시간을 내어 몇몇 친구를 두세 번 방문했다.

그렇게 겨울이 왔다. 나는 아버지의 충고에 따라 이번 겨울에 주인 어른을 찾아뵙기로 작정하고 있던 터였다. 그 김에 고산지대를 한 번 더 찾아가 사정이 허락한다면 높은 산의 꼭대기까지 올라가 만년설의 얼음을 밟고 내려오려고 결심했다. 여행 시기는 1월로 정했다. 겨울철 날씨가 가장 일정하고 맑은 시기가 1월이었기 때문이다. 나는 1월이 시작되자마자 부모님의 집을 떠나 썰매 마차에 몸을 싣고는 눈과 서리로 덮인 들판을 지나 벗님들이 거주하는 지방으로 달렸다. 날씨는 열흘 동안 큰 변화 없이 적당히 추웠고, 눈은 풍성하게 내렸으며, 마차는 마치 하늘을 나는 것처럼 미끄러지듯이 내달렸다. 이제껏 개방형 마차 외에는 타본 적이 없던 나는 이번에도 질 좋은 모피를 깔아놓은 개방형 썰매 마차에 올라 몸을 감싼 모피의 부드러운 촉감을 즐겼고, 지나가면서 보는 모든 풍경, 서리를 맞은 채 조용히 침묵하고 있는 숲들, 하얀 울타리 너머로 앙상한 팔을 뻗은 정숙한 과일나무들, 정겨운 연기가 모락모락 피어오르는 인가들, 그리고 밤이면 좀 더 어둡고 차가워지는 하늘에 여름의 그 어느 순간보다 강렬히 불타는 무수한 별들을 감상했다. 나는 고산지대를 방문한 뒤에 주인어른을 찾을 생각이었다.

라우터탈 골짜기 인근에 도착했다. 이제 도로를 떠나야 할 시간이 되었다. 나는 말 한 필이 끄는 썰매를 빌렸다. 겨울에 이런 샛길을 다니려면 어쩔 수 없었다. 말 두 마리가 지나다닐 수 없을 정도로 길이 좁았기 때문이다. 목적지는 라우터탈 골짜기의 단풍나무집이었다. 단풍나무들이 턱수염 같은 잔가지들이 달린, 요상한 모양의 앙상한 굵은 팔을 겨울 대기 속으로 뻗었다. 창문이 많은 여관은 지붕에 쌓인 눈을 비롯해서 주변을 덮은 눈과 대비되어 평소의 갈색이 한층 짙어 보였다. 집 앞의 가문비나무 테이블은 안전한 곳으로 옮겼는지 보이지 않았다. 여주인은 이런 계절에 찾아온 나를 보고는 깜짝 놀라면서도 무척 반가워했다. 그러더니 내 방을 바람 한 점 들지 않는 따듯하고 아늑한 곳으로 꾸미고, 햇빛이 내 창문으로만 든다는 생각이 들 정도로 방을 환하게 만들어주겠다고 약속했다. 내가 짐을 방으로 옮긴 지 얼마 되지 않아 방 안의 난로에 불이 활활 피어올랐다. 이런 산악 지대에서는 거의 볼 수 없는, 내부에서 불을 피우는 난로였다. 외부에서는 이 난로에 접근하기가 어려워서 안주인이 그렇게 고친 것이다. 나는 몸이 어느 정도 따뜻해지고 짐 정리가 대충 끝나자 여관 휴게실로 내려갔다. 거기에는 여러 사람이 모여 있었는데, 길을 가다 들른 사람, 요기를 하려고 들른 사람, 대화를 하고 싶어 온 사람 등 제각각이었다. 다닥다닥 붙은 많은 창문에서 햇빛이 쏟아져 들어왔다. 큰 난로에서 활활 타오르는 장작의 쾌적한 열기에 테이블 주변을 즐겁게 노니는 겨울 햇살이 더해져 방 안은 한층 포근하게 느껴졌다. 나는 또 다시 치터 선생에 대해 물었다. 이번에도 그의 소식을 아는 사람은 없었다. 나는 카스파 영감에 대해서도 물었다. 건강하다고 했다. 그를 데려와달라는 내 부탁에 누군가가 자리에서 일어났다. 나는 사람들에게 이렇게 말했다. 라우터제 호수에서 에허 산의 설원으로 올라갈 생각이다. 처음에는 카르 봉의 지미 만년설로 올라가려고 했는데, 이 한겨울에 카르그라트로 가는 것이 아무래도 무리일 듯하여 생각을 바꾸었다. 에허 산은 지미 만년설보다 한참 아래에 있지만, 그 자체로 무척 아름다울 뿐 아니라 비할 데 없이 멋진 암석들로 둘러싸여 있다고 했다. 모두들 나를 말렸다. 겨울에는 거기까지 갈 수가 없다. 산꼭대기의 추위는 사람이 견딜 만한 수준이 아니라는 것이다. 나는 이렇게 반박했다. 그들 말대로 겨울에 에허 산에 올라간 사람이 없다면 결국 확실히 아는 사람은 없다는 뜻이 아니냐고 말이다.

"하지만 그건 충분히 예상할 수 있는 일이죠." 많은 사람이 이렇게 대답했다.

"추측보다 더 나은 건 경험입니다." 내가 대답했다.

그사이 카스파 영감이 왔다. 사람들이 즉시 그에게 내 계획을 전달하자 카스파 영감도 나를 단호하게 만류했다. 내 대답 역시 단호했다. 겨울에도 많은 자연 연구자가 높은 산을 오른다. 그것도 에허 산보다 높은 산들이다. 그 사람들은 산에서 숙박하기도 하고, 때로는 몇 날 며칠을 지내기도 한다고 했다. 그러나 주위 사람들의 반박도 만만치 않았다. 다른 산들에서는 그럴 수 있어도 여기 산들에서는 절대 그럴 수 없다는 것이다. 이렇듯 서로의 주장이 일치점을 찾지 못하자 결국 카스파 영감이 내 편을 들었다. 내가 그렇게 가고 싶다면 혼자서라도 따라나설 용의가 있다. 하지만 날씨를 잘 골라야 한다고 했다. 내가 대답했다. 그렇지 않아도 날씨가 맑을 것 같으면 그것을 예보해주는 도구를 갖고 왔다. 게다가 나 자신이 하늘의 징후를 보면서 기상을 좀 볼 줄 안다. 산 위에서 눈 폭풍이나 짙은 안개를 만나고 싶지 않기는 나 역시 매한가지라고 했다. 그런데 카스파 영감 말고는 나와 함께 에허 산으로 올라가겠다는 사람이 없었다. 예전에는 나의 산악 작업에 동행을 자청했고, 내가 부르기만 하면 득달같이 단풍나무집으로 달려왔던 사람들이 말이다. 나는 카스파 영감에서 말했다. 미리 준비를 해두는 게 좋겠다. 내가 갖고 온 여러 물건들 가운데 산행에 가져갈 것이 있으면 직접 골라도 된다. 그리고 출발 날짜는 나중에 얘기해주겠다고 했다. 나는 여관 휴게실에 모인 사람들이 나의 겨울 산행을 두고 열띤 토론을 벌이는 것을 보면서 내 방으로 돌아가 저녁 내내 방에서 나오지 않았다. 나는 알고 있었다. 이제 저들은 밤새 이 문제를 두고 이러쿵저러쿵 이야기할 것이고, 며칠 동안은 골짜기 구석구석에서 이 문제가 사람들의 입에 오르내리리라는 것을.

이후로도 카스파 영감과 나와 함께 가겠다는 사람은 나오지 않았다.

나는 산으로 출발하기 전에 주변을 산책하며 시간을 보냈다. 정적 속에 장엄하게 잠들어 있는 숲, 엄청난 눈에 뒤덮인 봉우리들, 그리고 고드름이 주렁주렁 매달린 에허 골짜기의 빙벽이 눈길을 끌었다. 고드름 중에는 나무 몸통만큼 굵은 것도 있었는데, 이런 것들은 간혹 뚝뚝 부러져 쿵 소리와 함께 눈 위에 떨어졌다. 나는 산에 올라가 압축된 것 같은 고요한 겨울 공기 속을 가만히 응시했고, 어두운 숲과 바위 그리고 연푸른색을 띤 머나먼 산줄기와 확연히 구분되는 모든 하얀 형상들을 바라보았다.

대개 날씨가 가장 일정한 1월 중순경에 실제로 장시간 맑은 날씨가 지속될 조짐이 나타나기 시작했다. 전날 약하게 불던 바람도 가라앉았고, 잿빛 하늘도 걷혔으며, 일그러진 새털구름도 푸른 창공에 자리를 내주었다. 동쪽에서 살며시 바람이 불어왔고, 추위는 점점 강해졌다. 눈이 햇빛에 반짝거렸고, 저녁에는 대지에 푸른빛이 도는 안개가 깔렸다. 환한 아침과 강한 추위를 예보하는 안개였다. 내 기기들도 높은 기압과 낮은 습도를 가리켰다.

나는 카스파 영감에게 이제 출발할 시간이 되었다고 말했다. 우리는 지팡이와 등반 아이젠, 밧줄, 설피(雪皮)*, 이불, 옷가지, 삽, 도끼, 취사도구, 며칠분 식량, 그 밖에 필요하다고 생각되는 것들을 꾸려 호수로 갔다. 거기서 각자 최대한 가볍고 편안하게 걸을 수 있도록 짐을 두 개로 나누었고, 다음날 아침을 기다렸다.

동이 틀 무렵 우리는 길을 나섰다. 이번 산행을 위해 특별히 제작한 긴 장화를 신고 발목까지 푹푹 빠지는 눈길을 걸었다. 이 길은 우리가 가려는 곳까지 이어졌는데, 여름에만 다녀서 지금은 전혀 흔적이 없었음에도 우리는 쉽게 길을 찾을 수 있었다. 이곳 지리는 눈을 감고도 훤히 볼 수 있을 정도였기 때문이다. 눈 속을 몇 시간 걷자 숲이 나타났다. 숲속에서는 눈이 많지 않아서 걷기가 한결 수월했다. 숲을 지나자 돌 더미와 가파른 암벽들이 이어졌다. 그런데 이곳은 여름보다 오히려 지금이 걷기에 더 편한 것 같았다. 거친 돌과 비좁은 바위틈 사이에 눈이 푹신하게 쌓여서 울퉁불퉁한 느낌이 전혀 없었기 때문이다. 첫번째 산을 넘어가자 에허 산의 고원지대가 나타났다. 저 아래 푸른 호수가 하얀 풍경을 배경으로 잔잔히 펼쳐져 있었다. 우리는 여기서 잠시 걸음을 멈추었다. 이곳은 고원이라 불리기는 하지만 사실 평지나 다름없었다. 호수로 내려가는 가파른 비탈만 없다면 말이다. 고원은 앞뒤 좌우로 솟은 상당수의 봉우리들로 이루어져 있었다. 봉우리들은 크기와 모양이 모두 달랐고, 그것들 사이에는 깊은 물줄기가 흘렀으며, 어떤 것은 끝이 뾰쪽했고, 어떤 것은 끝이 평평했다. 이곳은 짧은 풀과 군데군데 키 작은 소나무로 덮여 있었고, 그 위로 무수한 암석이 솟아 있었다. 여름에도 이곳은 방향 찾기가 무척 어려웠다. 지형이 비슷비슷했고, 사람 발로 다져진 길이 나 있지 않았기 때

---

* 산간지대에서 눈밭을 걸을 때 신발에 덧대 신던 일종의 덧신.

문이다. 그러니 눈이 만물을 뒤덮어 원래의 모양을 지워버린 겨울에는 말할 것도 없었다. 심지어 삐죽 솟은 무언가가 있다 하더라도 그 역시 낯설고 이상한 형체로 바뀌어 있었다. 이곳에는 알프스 오두막이 여러 채 있었다. 여름이면 이 일대에 가축을 방목했는데, 가축은 그 수가 아무리 많아도 아주 넓게 흩어졌기 때문에 몇 달 동안 서로 만나지 못하는 일이 많았다. 우리는 아직 날이 밝을 때 고원지대를 지나가기로 마음먹었다. 그래서 올바른 방향을 찾기 위해 언덕이나 절벽에 관한 지식을 서로 주고받았고 이곳 지형에 대해 확실히 아는 것들을 이야기했다. 고원 상부 끝자락의 바위들은 비교적 큼직큼직해서 길을 잃을 가능성이 한결 적었다. 이곳의 거대한 석회암 지대에 '낙농 오두막'이 하나 있었는데, '염소젖 오두막'이라고도 불리는 이곳이 오늘 우리의 목적지였다. 우리는 고원의 초입부이자 산악 등반 코스의 가장자리에 해당하는 곳에 있었다. 여기엔 새까맣고 커다란 바위가 하나 있었는데, 바위는 색깔뿐 아니라 크기와 희한한 모양으로 단번에 사람들의 눈길을 끌었다. 멀리서도 잘 보여 염소젖 오두막에서 고원을 지나 아래로 내려가는 사람들에게는 표지판 구실을 톡톡히 했다. 그래서 사람들은 이 검정 바위에만 도착하면 길을 제대로 찾았다는 데 안도할 수 있었다. 검정 바위는 고원지대에 머무는 사람들, 예를 들어 낙농업을 하는 농부나 알프스 등반가, 사냥꾼 들에게는 집결지나 다름없었다. 때문에 바위 둘레에는 길이 뚜렷이 형성되어 있었고, 호수로 내려가는 길을 착각하는 일은 거의 발생하지 않았다. 또한 윗부분이 해가 뜨는 쪽으로 돌출해 있어서 비나 혹독한 서풍을 피하는 데도 제격이었다. 우리가 검정 바위에 도착했을 때 인간의 흔적은 어디에도 없었고, 아무도 밟지 않은 하얀 눈만 바위 둘레에 곱게 쌓여 있었다. 바위는 주변의 눈 때문에 더 새까매 보였다. 바위의 돌출부 아래에는 좀 더 작은 바위들이 있었는데, 눈이 들이치지 않아 쉬어가기에 그만일 것 같았다. 우리는 기꺼이 자연의 초대를 받아들여 작은 바위들 위에 주저앉았다. 벌써 몸이 지치기 시작했기 때문이다. 카스파 영감이 말아놓은 이불을 펼쳐 가볍지만 따뜻한 모피 담요 두 장과 방한용 물건들을 꺼냈다. 산행으로 데워진 몸과 발이 쉬는 동안에 갑자기 식는 것을 방지하기 위해 내가 준비시킨 물건이었다. 우리는 모피 담요를 몸에 두르고 나서 빵과 포도주로 간단하게 요기를 했다. 몸에 온기를 불어 넣는 데는 이 정도면 충분했다. 식사가 끝나자 나는 온도계를 점검했다. 검정 바위에 도착하자마자 눈밭에 등산 지팡이를 꽂고 거기에 온도계를 걸어두었던 것이다. 나는 카스파 영감에게 어제 저 아래 호수보다 이곳의 기온이 더 높다고 일러주었다. 햇살이 눈밭 위로 강렬하게 쏟아졌고, 미풍조차 불지 않았다. 푸르스름한 기가 도는 하늘에는 실처럼 가느다란 하얀 구름 몇 줄기만 떠 있었다. 바위 돌출부에 서자 저 아래 호수 쪽으로 좀 더 조밀하고 차가운 공기가 형성되어 있음을 한눈에 알아볼 수 있었다. 호수가 또렷하고 맑게 보이기는 했지만 호수 주변의 하얀 풍경 속에 엷고 푸르스름한 안개가 어른거렸다. 이것은 위쪽의 따뜻한 공기가 오래전부터 호수 위에 생성되어 있던 아래쪽의 차가운 공기와 맞닿으면서 생기는 현상이었다. 나는 습도계와 기압계도 살펴보았다. 그런 다음 카스파 영감에게 이불과 모피 담요를 싸게 하고 나는 기구들을 챙겼다. 우리는 다시 길을 떠났다.

우리는 나아가야 할 방향을 굉장히 신중하게 찾아나갔다. 더 신중을 기해야 할 때는 매번 걸음을 멈추고 주변 지형을 기억해내려 했고, 우리가 현재 어디에 있는지 정확히 확인하려고 노력했다. 어떤 때는 자침(磁針)을 사용하기도 했다. 봉우리 사이의 계곡과 분지에서는 설피를 신어야 했다. 느지막한 오후, 드디어 에허 산의 높고 시커먼 봉우리들이 눈 속에서 우리를 맞아주었다. 해가 지평선 너머로 절반 이상 넘어갔을 때 우리는 염소젖 오두막에 당도했다. 이곳의 전망은 아주 독특했다. 여기서는 호수와 그 주변이 보이지 않았지만, 대신 해넘이 방향으로 라우터탈 골짜기의 공터뿐 아니라 클로틸데와 내 치터를 만든 장인이 사는 에허탈 골짜기가 훤히 들여다보였다. 나는 오두막으로 들어가기 전에 그곳 경치를 감상하고 싶었다. 그러나 골짜기는 보이지 않았다. 아까 검정 바위에서 확인했던 현상, 즉 위쪽의 따뜻한 공기가 아래쪽의 차가운 공기와 만나면서 생긴 현상이 한층 뚜렷해지면서 하얀빛이 도는 잿빛의 평평한 운무(雲霧)가 발아래에 가득 펼쳐졌기 때문이다. 거대한 안개 바다였다. 나는 하얀 바다 위의 허공에 붕 떠 있는 기분이었다. 바다에는 검은 바위들이 드문드문 솟아 있었다. 그것은 멀리까지 잔잔하게 이어졌고, 가장자리에는 탁한 푸른빛의 산줄기가 길게 뻗어 있었다. 바다 위의 황금빛 하늘은 포만감으로 한껏 부풀어 올랐고, 거의 광채를 잃어버린 해는 이제 산 아래로 내려갈 준비를 하고 있었다. 뭐라 표현할 수 없는 장관이었다. 내 옆에 서 있던 카스파 영감이 말했다. "겨울에도 정말 멋집니다."

"그러네요. 정말 멋지네요!"

우리는 해가 넘어갈 때까지 그곳에 서 있었다. 하늘이 일순간 활활 타오르는 듯하더니 이내 모든 색깔이 서서히 바래기 시작했고, 종국에는 하나의 거대한 무색으로 녹아내렸다. 우리가 찾아가려는 얼음이 있는, 남쪽 방향의 거대한 봉우리들에만 한 줄기 불안한 빛이 아직 희미하게 불타오르고 있었다. 그러나 봉우리 위에는 벌써 별이 하나둘 나타나기 시작했다. 우리는 이제 너무 어두워져서 걷기가 어려운 길을 지나 오두막으로 갔다. 여기서 하루를 묵어갈 생각이었다. 오두막은 사람이 지내지 않는 겨울이면 늘 그렇듯 잠겨 있지 않았다. 나무 빗장만 걸쳐져 있었는데, 빗장을 걷자 쉽게 문이 열렸다. 우리는 안으로 들어가 촛대에 초를 꽂고 불을 붙인 뒤 거실에 주저앉았다. 침실에는 건초가 조금 쌓여 있었고, 거실 중앙에는 널빤지로 대충 짜 맞춘 탁자가 있었으며, 벽 쪽과 탁자 둘레에 벤치가 하나씩 놓여 있었다. 우리는 먼저 따뜻한 음식을 해 먹기로 했다. 그런데 예기치 못한 일이 벌어졌다. 어디에도 장작이 보이지 않았던 것이다. 나는 만일을 대비해서 주정(酒精)을 준비해 왔다. 납작한 팬에 고기 몇 점이라도 굽기 위해서였다. 이제 우리는 몸을 데우기 위해서라도 벤치 일부를 잘라 장작 대신 때기로 결정했다. 나중에 주인에게 따로 변상할 생각이었다. 카스파 영감이 도끼로 벤치를 부숴 화덕에 집어넣자 곧 불이 활활 타올랐다. 우리는 평소 산악에서 그랬던 것처럼 따뜻한 저녁 식사를 해 먹은 다음 건초와 이불, 모피로 잠자리를 만들었다. 나는 오두막 밖에 내놓은 계측기들을 한 번 더 살펴보고는 잠자리에 들었다. 맑은 하늘에 별이 가득했다. 늦은 저녁인데도 고지는 내 짐작보다 훨씬 따뜻했다.

우리는 동이 트기 전에 일어나 불을 켜고 옷을 입은 뒤 아침을 먹고 다시 길을 나섰다. 남쪽 하늘 아래 에허 봉이 거의 새까만 모습으로 서 있었다. 빙원을 가리고 있는 집 벽 위의 창백한 대기 속으로 우뚝 솟은 에허 봉이 또렷이 보였다. 날은 또다시 아주 맑았다. 사위가 아직 밝지 않았음에도 길을 잃을 염려는 없었다. 바위들이 우리가 가는 방향 양편으로 경계를 지어 우리의 이탈을 막아주었기 때문이다. 우리는 이 바위들 사이로 한참을 올라갔다. 우리는 설피를 착용하고 어슴푸레한 허공 속을 헤치고 나아갔다. 그렇게 한 시간 이상을 걷자 사방이 툭 트이고 동쪽으로 넓은 평원이 펼쳐진 봉우리에 닿았다. 평원은 위쪽으로 꽤 높이까지 이어지다가 어느 바위 근처에서 남쪽으로 휘어졌다. 그 너머에 우리가 가려고 하는 얼음층이 있었다. 얼음층은 엄청난 힘으로 남쪽에서 북쪽으로 압력을 가하고 있었는데, 에허 봉은 얼음층의 남쪽 경계 지점에 있었다. 평원을 힘들여 올라가자 어느새 주변이 환해져 있었다. 그런데 우리 발아래, 평원의 동쪽 가장자리 너머로 멀리 보여야 할 산들이 보이지 않았다. 대신 눈 덮인 평원 가장자리에는 눈의 하얀색과 조금 다른 색깔의 바다가 무한정 펼쳐져 있었다. 안개의 바다였다. 어제보다 한층 짙어진 안개 속에 우리의 봉우리가 마치 외딴섬처럼 떠 있었다. 카스파 영감이 안개를 보고 겁을 먹은 눈치였다. 그런 그를 내가 이런 말로 안심시켰다. 걱정하지 않아도 된다. 위를 봐라. 우리 머리 위의 하늘이 맑게 개어 있지 않은가? 저 안개는 비나 눈이 내리기 시작할 즈음 산봉우리를 구름처럼 감싸고 있다가 서서히 산 중턱까지 내려가서는 산을 타는 사람들에게 공포를 안겨주는 그런 안개와는 큰 차이가 있다. 그러니까 저 안개는 상층운이 아니라 하층운이다. 길을 잃으면 끔찍한 일이 일어날 수도 있는 고봉까지 넘보지는 못하고 해가 중천으로 올라갈수록 사라지는 수평의 안개구름이다. 최악의 경우 없어지지 않고 남아 있다고 하더라도 검정 바위가 있는 곳보다 높은 곳까지 올라오지는 못한다. 검정 바위부터는 내려가는 길을 우리가 잘 알고 있고, 눈 속에 찍힌 우리 발자국까지 있으니 그걸 보고 따라 내려가면 걱정할 것이 없다고 했다. 오랜 경험으로 산을 잘 아는 카스파 영감은 내 말을 금방 알아듣고 마음을 놓았다.

우리가 서서 이야기를 나누는 사이 동쪽의 한 지점에서 안개가 걷히기 시작했고, 지금껏 납빛 회색으로 덮여 있던 설원이 아름답고 우아한 색으로 물들어갔다. 안개가 걷힌 지점에서 붉은 점 하나가 작열하기 시작했다. 이 점은 갈수록 점점 커지더니 마침내 접시만 한 크기로 공중에 떴다. 옅은 붉은색이었지만, 강렬한 루비처럼 안에서는 이글이글 불타올랐다. 해가 낮은 산들을 하나하나 정복하면서 주변의 안개를 불태워 없앴다. 설원의 눈은 점점 붉어졌고, 그와 함께 푸르스름한 응달도 더욱 또렷해졌다. 우리 오른편, 그러니까 서쪽의 높은 바위들도 빛을 받아 붉어졌다. 머리 위의 광대하고 활짝 갠 하늘 말고는 아무것도 보이지 않았다. 그 하늘 아래, 자연이 빚어놓은 이 거대한 평원에 미세한 점보다 작은 인간 둘이 서 있었다. 이윽고 안개의 가장 바깥쪽 지점이 녹아내린 금속처럼 반짝거리기 시작했다. 하늘이 환해졌고, 해가 껍데기를 벗고 번쩍거리는 광석 같은 본모습을 드러냈다. 갑자기 빛이 우리 발아래 눈밭과 바위 위로 쏟아졌다. 아름다운 날이었다.

우리는 밧줄로 몸을 묶어 길게 연결한 채 걸었다. 지금부터는 무척 가파른 길이어서 혹시 한 사람이 미끄러지더라도 다른 사람이 잡을 수 있게 하기 위해서였다. 이곳은 작고 날카로운 돌이 깔려 있어서 여름에는 지나가기가 한결 수월했지만, 겨울에는 바닥의 상태를 알 수 없고 눈이 쌓여 있어서 미끄러지기 일쑤였다. 이런 데서는 설피를 신으면 동작이 굼떠 위험할 수 있었다. 그래서 우리는 설피를 벗고 좀 더 신중히 걸음을 옮김으로써 무사히 길을 건넜다. 그런 다음 몸을 묶었던 밧줄을 풀고 몇 시간 더 걸어가자 마침내 빙하와 만년설이 나타났다.

우리는 잘 아는 방향으로 얼음 위를 걸었다. 얼음과 주변 풍경은 여름과 비교해서 거의 변화가 없었다. 이곳은 여름철에도 비가 아닌 눈이 내렸기 때문이다. 우리는 익숙한 지역으로 계속 걸어 들어갔다. 얼음이 깨지거나 부서진 곳에는 눈이 덮여 있었다. 측면의 얼음들은 주변의 전반적인 하얀색을 배경으로 푸르스름한 빛이 돌았고, 위쪽으로 얼음이 둥그렇게 형성된 곳에는 눈이 덮여 있었다. 여름과 겨울의 차이는 하나뿐이었다. 바로 여름철에는 가끔 푸르스름한 색을 띠는 얼음이 속살을 그대로 드러내 보이는 경우가 있지만, 겨울에는 그런 일이 전혀 없다는 사실이었다. 우리는 얼마간 얼음 위에 머물렀고, 거기서 포도주와 빵으로 점심 식사를 들었다. 그사이 아래쪽에서 무언가 변화가 감지되었다. 안개가 서서히 걷히면서, 멀리 혹은 가까이 있는 산의 일부가 또렷이 보였다가 사라지는 일이 반복되었던 것이다. 그러다 마침내 안개가 완전히 걷히고, 만물이 안개 한 점 없는 햇빛 아래 부드러운 푸른빛으로, 혹은 황금빛이나 퇴색한 은빛으로 꼼짝도 하지 않고 깊은 침묵 속에 서 있었다. 해는 구름 벗님 한 점 없이 외로

이 산상에 햇빛을 비추었다. 이곳 꼭대기에서도 추위는 그리 심하지 않았다. 아래쪽 골짜기보다 따뜻했고, 여름철에 비해서도 그리 춥지 않았다.

우리는 상당 시간 얼음 위에 있다가 귀로에 올랐다. 산을 내려가는 길목에 해당하는 빙하의 익숙한 출구까지는 쉽게 도착했다. 눈밭에는 아주 드물게 동물이 지나간 흔적이 있었다. 그것 빼고는 아무도 발을 들여놓지 않은 천연의 눈 위에 오직 우리의 발자국만 선명히 찍혀 있었다. 우리는 그 발자국을 따라 무사히 가파른 평원을 지나 저녁 무렵 염소젖 오두막에 당도했다. 주변은 벌써 깜깜해져서 사물이 제대로 보이지 않았다. 우리는 오두막에 들어가 남은 벤치로 불을 때서 따뜻한 저녁 식사를 해 먹은 뒤 달콤한 잠자리에 들었다. 이튿날 아침, 하늘은 다시 맑았고 계곡에는 안개가 깔렸다. 간밤에 바람 한 점 불지 않았기에 이제 고원지대를 지나 산을 내려가는 일은 걱정할 필요가 없었다. 우리의 발자국이 지워지지 않고 눈밭에 고스란히 남아 있어서 그것만 의지해도 충분했던 것이다. 잠시 상의할 일이 있어 걸음을 멈춘 자리와 지팡이를 꽂아둔 옆쪽에도 흔적이 아직 완벽히 남아 있었다. 우리는 생각보다 빨리 검정 바위에 다다랐다. 거기서 다시 점심을 먹은 뒤 점점 열어지는 안개를 뚫고 가파른 산을 내려갔다. 어차피 여기서는 안개가 깔려 있어도 더 이상 걸림돌이 되지 못했을 것이다. 나는 산자락에서 온도계를 점검했다. 역시 산꼭대기보다 골짜기 아래쪽이 더 추웠다.

오후에 우리는 호숫가 여관에 당도했다.

이튿날에는 라우터탈 골짜기의 단풍나무집에 들었다. 사람들은 우리를 에워쌌고 이야기를 듣고 싶어 했다. 겨울 산행을 이렇게 간단히 끝낸 데 놀라움을 금치 못했다. 특히 여름에 계곡과 비교해 기온이 상당히 낮았던 정상의 만년설이 정작 겨울에는 그리 춥지 않다는 사실이 믿기지 않는 모양이었다. 이제 카스파 영감은 마을에서 제법 비중 있는 인물이 되었다.

내 가슴은 산에서 보고 느꼈던 것들로 가득 차 있었다. 나를 겨울의 고산으로 이끈 그 깊은 감정은 역시 현혹이나 착각이 아니었다. 숭고한 감정이 가슴속으로 스며들었다. 나탈리에에 대한 사랑만큼이나 숭고한 감정이었다. 그랬다. 나탈리에에 대한 사랑을 더욱 고귀하고 존귀하게 만드는 것이 이 숭고한 감정이었다. 나는 단풍나무집의 아늑한 침대에 누워 이렇게 많은 아름다운 것을 창조하고, 이렇게 우리를 행복의 기쁨으로 충만케 하는 신께 경배를 드리며 잠이 들었다.

이 겨울 나는 주인어른을 찾아뵙기 전에 거룩한 겨울 산을 다녀온 것을 결코 후회하지 않았다.

나는 라우터탈 골짜기에 한동안 더 머물면서 겨울의 향취가 묻어나는 골짜기의 주요 지점들을 둘러보았고, 염소젖 오두막의 주인을 찾아가 우리가 산에서 땔감으로 사용한 벤치 값을 물어주었다. 그런 다음 아스퍼호프 방향으로 썰매를 몰았다. 카스파 영감은 나와의 작별을 진심으로 아쉬워했다. 그와는 이번 겨울 산행으로 예전보다 더 가까워진 느낌이었다.

남풍을 예고하는 고산 상층부의 따뜻한 대기가 이제 그 세력권을 완전히 확장하면서 아직 냉기가 가시지 않은 저지대에도 남풍이 불기 시작했다. 산을 감싸고 있던 구름이 차츰 낮은 지대로 내려가면서 대지에 비를 뿌렸다. 이 비는 내가 아스퍼호프에 도착할 무렵 얼음 알갱이의 형태로 변해 내 머리와 뺨에 후드득 떨어졌다.

나는 말과 썰매를 농장에 넣어두고 주인어른을 뵈러 올라갔다. 어른은 서재에서 양피지를 한가득 꺼내놓고 정리하는 중이었다. 나는 어른에게 인사를 올렸고, 어른 역시 늘 그렇듯 나를 반갑게 맞았다.

나는 어른에게 저번에 아스퍼호프를 떠난 뒤로 줄곧 여행만 했다고 말했다. 처음엔 정리할 일이 있어서 카르그라트에 들렀고, 그러고 나서 부모님의 집으로 가 아버지와 함께 아버지의 고향으로 여행을 떠났으며, 그다음엔 누이를 기쁘게 해주려고 누이와 함께 고산지대로 여행을 떠났고, 이어 겨울이 오자 에허 산의 만년설까지 올라간 뒤 이렇게 돌아오는 길이라고 했다.

"잘 왔네, 언제든 환영일세. 자네 부모님의 집이라 생각하고 원하는 만큼 묵고 가게."

"감사합니다, 정말 감사합니다."

어른이 발치에 있는 초인종 줄을 당기자 얼마 뒤 늙은 카타리나가 올라왔다. 어른은 내가 곧 방에 들 수 있도록 불을 지펴놓으라고 지시했다.

카타리나가 대답했다. "이미 그리했습니다. 손님의 마차가 들어오는 것을 보고 즉시 루트밀라에게 방에 불을 지피라고 했으니, 지금쯤 따뜻하게 데워져 있을 겁니다. 하지만 환기를 하고, 침구를 갈고, 곳곳에 먼지도 털 시간이 필요하니 조금만 기다려주십시오."

"잘했네. 불편함이 없도록 세심히 신경 써주게."

"알겠습니다." 카타리나가 물러갔다.

"방 정리를 하는 사이 자네는 나와 함께 에우스타흐에게 건너가 작업장을 둘러보지 않겠나? 그전에 구스타프한테 가서 자네가 왔다는 것도 알리고."

나는 제안을 받아들였다. 어른은 여름철에 입었던 옷과 비슷한 옷을 입고 있었는데, 그 위에 외투 형태의 저고리만 걸쳤다. 우리는 구스타프의 방부터 들렀다. 구스타프는 나를 보자마자 내 품에 안겼다. 수양아버지가 구스타프에게 목공예소로 함께 가지 않겠느냐고 물었다. 구스타프는 외투는 걸치지 않고 좀 더 따뜻한 실내복으로 갈아입고는 우리를 따라나설 채비를 했다. 우리는 계단을 지나 밖으로 나갔다. 그런데 어른은 오늘처럼 날씨가 나쁜 겨울날에도 머리에 아무것도 쓰지 않았다. 구스타프는 가벼운 모자만 썼다. 우리는 모래밭을 지나 덤불 쪽으로 걸어갔다. 하얗고 거친 자잘한 얼음 알갱이들이 어른의 흰머리 위에 내려앉았고, 얇지는 않지만 혹독한 겨울 추위를 막기에는 부족해 보이는 저고리에 부딪혀 튕겨 나갔다. 정원의 나무들이 바람에 신음했다. 고산지대에서 저지대로 불어오는 바람은 시간이 갈수록 격해졌다. 이윽고 우리는 목공예소에 닿았다. 내가 처음 여기 왔을 때처럼 오늘도 공장에서는 연기가 엷게 피어오르고 있었다. 하지만 당시처럼 일직선으로 곧게 올라가는 것이 아니라 굴뚝을 떠나자마자 바람에 이리저리 흔들려 사방으로 어지럽게 흩날렸다. 또한 당시에는 피어오르는 연기 옆에 초록색 나뭇잎들이 장식처럼 자리하고 있었다면, 지금은 앙상한 나뭇가지만 바람에 몸을 내맡긴 채 공중으로 팔을 뻗고 있었다. 공장 지붕 위에는 눈이 쌓여 있었다. 공장이 점점 가까워지는데도 안에서 울려퍼져야 할 작업 소리가 들리지 않았다.

쌩쌩 부는 바람이 모든 소리를 집어삼켰기 때문이다.

우리가 들어서자 에우스타흐가 다가와 나에게 반갑게 인사를 건넸다. 예전 어느 때보다 친근하고 정겨운 인사였다. 작업장 안에는 평소보다 두 명 많은 기술자가 일을 하고 있었다. 일거리가 많거나, 아니면 시급히 마무리해야 할 일이 있음이 분명했다. 바깥의 거센 바람 속에 있다가 실내에 들어오니 공기는 더더욱 쾌적하고 아늑하게 느껴졌다. 에우스타흐가 우리를 응접실로 안내했다. 나는 그에게 올해는 짧게라도 아스퍼호프에서 겨울을 지내려고 왔다고 말했다. 지금까지는 주로 도시에서만 겨울을 지냈기에 아스퍼호프의 겨울은 한 번도 본 적이 없는데, 도시의 겨울은 많은 가옥과 인공 시설물 탓에 본래의 모습이 상당히 퇴색했다고 했다.

에우스타흐가 대답했다. "여기서는 겨울의 온전한 모습을 볼 수 있을 겁니다. 겨울은 항상 아름답죠. 설사 겨울이 겨울답지 않게 따뜻한 바람과 하얀 구름을 일으키고, 눈 없는 대지에 비를 뿌린다고 하더라도 아름다움은 변치 않습니다. 이곳의 겨울은 간혹 남쪽 나라들에서 그렇듯 늦여름 비슷한 계절로 전락하거나, 아니면 때에 맞지 않게 초록색 이파리를 틔워 자신의 본분을 망각하는 일은 없었습니다. 그리되면 겨울이 아니겠죠."

나는 그에게 내가 에허 빙하에 다녀왔고, 그전에도 대도시에서 벗어나 폭풍 치는 아름다운 겨울날을 야외에서 보낸 적이 있다고 말했다.

곧이어 에우스타흐가 새로 완성한 그림들을 비롯해 막 작업에 들어간 작품들의 평면도와 측면도 및 다른 설계도들을 보여주었다. 그림들 중에는 클람 교회의 물건들을 그린 것이 몇 장 있었고, 설계도들

중에는 내가 예전에 주인어른과 함께 갔던 교회에서 어른이 복원 작업을 추진하기로 한 것들의 설계도가 다수 포함되어 있었다.

얼마 뒤 우리는 작업실로 옮겨 현재 진행 중인 작업들을 구경했다. 대부분 방금 작업하기 시작한 교회 물건들이었다. 한쪽 구석에서는 두꺼운 참나무 널빤지와 낙엽송 널빤지로 목공 일을 하고 있었다. 보아하니 벽장식목을 조각하는 듯했는데, 벽장식목에 쓸 돌림띠도 보였다. 가구 중에는 정말 다양한 목재를 사용해서 만드는 가구가 하나 있었다. 특히 예전에는 가구에 사용한 적이 없는 희귀 목재까지 사용했다. 무척 크게 만들려는 것 같았는데, 초기 작업 상태로는 용도와 형태를 짐작할 수 없었다. 나는 그에 대해 묻지 않았고, 다른 사람들 역시 특별히 운을 떼지 않았다.

우리는 한동안 목공예소에 머물며, 여기 있는 다른 물건이나 이곳과 관련 있는 일들에 대해 조금 더 대화를 나눈 다음 문을 나섰다. 주인어른과 구스타프가 나를 내 거처까지 데려다주었다. 방은 벌써 따뜻하게 데워져 있었다. 난로에서 딱딱 불꽃 튀는 소리가 들리는 것으로 봐서 불이 활활 타오르는 듯했다. 방 안은 깨끗이 청소되어 있었다. 커튼과 시트는 하얬고, 모든 가구가 반짝반짝 윤이 났다. 썰매에 싣고 온 짐들도 벌써 방으로 옮겨져 있었다. 주인어른은 내게 이제 천천히 방 정리를 하라고 이르고는 구스타프와 함께 방을 나갔다.

나는 여행 가방에서 물건들을 꺼내 겨울의 포근함이 느껴지도록 침실과 거실에 배치했다. 방 안의 온기에 이끌려 나도 모르게 그런 생각이 들었던 것이다. 나는 앞으로 얼마나 오래 이 방에 머무르게 될지 몰랐다. 그건 내 뜻과는 상관없는 상황에 달려 있었다. 나는 짐 중에서 책과 필기구, 화구를 내 마음에 들도록 배치했다. 이 모든 것이 끝나자 여행복을 벗고 편안한 평상복으로 갈아입었다.

이어 나는 산책에 나섰다. 정원의 익숙한 길을 따라 큰 벚나무가 있는 곳까지 올라갔다. 길 위의 눈은 잘 다져져 있었다. 그렇다면 이 정원은 다른 집 정원들과는 달리 겨울에도 사람들의 발길이 끊이지 않았다는 뜻이었다. 물론 내 부모님의 정원도 그랬다. 어머니와 아버지는 겨울에도 정원에 자주 걸음을 하셨던 것이다. 샛길들도 잘 다져져 있었다. 쌓인 눈을 삽으로 퍼낸 흔적도 여러 곳에서 보였다. 어린 나무와 가녀린 식물 들은 짚으로 싸놓았다. 유리나 다른 밀폐 장치로 보호해야 할 식물들은 그에 맞게 잘 보호되어 있었다. 눈 덮인 화단과 다른 공간들은 그 둘레의 길에 깔끔하게 둘러싸여 있었다. 나뭇가지에는 서리가 앉지 않았다. 자잘한 알갱이 형태로 쏟아지는 눈은 나뭇가지에 달라붙지 않았다. 나뭇가지는 주변의 하얀 눈과 대비되어 더욱 짙어 보였다. 큰 나무에 빽빽하게 붙은 나뭇가지들이 집단으로 바람에 몸을 떨며 신음을 냈다. 가지에 잎사귀가 하나도 없어서 나무에 달아놓은 둥지가 더욱 또렷이 보였다. 정원의 깃털 주민들은 보이지도, 들리지도 않았다. 한 마리도 없는 것일까? 눈보라가 칠 때는 새들을 볼 수 없을까? 아니면 죄다 둥지에 은신해 있는 것일까?

큰 벚나무 가지에서 들리는 바람 소리는 특히 거칠고 요란했다. 나는 나무 아래 벤치 옆에 서서 남쪽을 바라보았다. 내 밑에 짙은 색 나무 울타리가 보였다. 마치 눈 위에 불규칙하게 짜놓은 시커먼 직물 같았다. 멀리 하얀 지붕을 얹은 집이 보였다. 그 너머로는 아무것도 보이지 않았다. 눈 덮인 지점이나 숲을 보고 나서 눈을 들면 허공으로 무언가 창백한 것이 어른거리는 듯했다. 그러나 뚜렷이 알아볼 수 있는 것은 없었다. 하늘에서는 눈이 마치 직물을 짜는 실 가닥처럼 가늘고 길게 내리고 있었다. 나는 벚나무 언덕에서 야외로 나가려다가 멈칫했다. 쪽문이 잠겨 있었기 때문이다. 결국 몸을 돌려 다른 길로 거처로 돌아갔다.

같은 날 나는 롤란트가 왔다는 소식을 들었다. 주인어른이 그에게 함께 가자며 나를 데리러 왔다. 어른은 롤란트를 위해 커다란 방을 내주었는데, 그 방에서 롤란트는 막 유성 물감으로 풍경화를 그리고 있었다. 우리가 들어섰을 때 그는 화대 앞에 서 있었다. 화대는 방 한가운데에 있지는 않았지만 창문에서 상당히 멀리 떨어져 있었다. 평소에는 그 정도로까지 멀리 떨어져 있지 않았다. 다른 창문은 커튼으로 가려놓았다. 아마(亞麻) 저고리를 걸친 롤란트는 팔레트와 목탄을 들고 있다가 우리가 오는 모습을 보았다. 그는 가까운 테이블에 그것들을 내려놓고 우리를 향해 걸어왔다. 주인어른이 말했다. "내가 가자고 해서 함께 왔네. 자네도 싫어하지는 않을 거라고 했지."

롤란트가 대답했다. "찾아주시는 것이야 늘 대환영이지만, 부족한 제 그림을 보고 마음에 드시지 않을까 걱정입니다."

"그건 봐야 알지 않겠나?"

"제가 봐도 부족한 점이 많은데, 전문가들의 눈에야 여부가 있겠습니까?"

그사이 우리는 그림 앞에 섰다.

이제껏 나는 이와 비슷한 그림을 본 적이 없었다. 그만큼 그림이 뛰어나다는 뜻이 아니었다. 그것은 아직 판단 내릴 수 있는 상황이 아니었다. 많은 부분이 시작 단계에 있었기 때문이다. 또한 통제를 벗어난 격정이 거칠게 드러난 부분도 있는 것 같았다. 하지만 그림의 구성과 그림에 담은 생각은 퍽 야릇한 느낌을 자아냈다. 그림은 몹시 컸다. 일반적인 풍경화보다 훨씬 컸다. 도르르 말지 않으면 그림을 방에서 갖고 나갈 수조차 없을 것 같았다. 황량한 화폭 위에는 산이나 호수, 평야, 숲, 아름다운 배들이 떠 있는 잔잔한 바다가 아니라 움직이지 않는 단단한 바위들이 그려져 있었다. 그것도 가지런히 솟은 것이 아니라 우연히 무리를 지은 듯 아무렇게나 모여 있거나, 여기저기 땅속에 비스듬히 박혀 있었다. 마치 타 민족의 섬에 눌러앉은 이방인 노르만족 같다고나 할까? 그런데 그림 속의 땅은 노르만족이 정착한 그 섬 같지는 않았다. 고대의 유명한 밀밭이나 풍성한 열매를 맺는 나무들로 뒤덮인 땅이 아니라 나무와 덤불은 하나도 보이지 않고 메마른 풀, 석영(石英)이 쌓인 하얀 고랑, 자갈, 그리고 곳곳에 있는 폐허만 품은 채 찢기고 갈라진 모습으로 이글거리는 태양을 올려다보는 대지 같았다. 그것이 바로 롤란트의 땅이었다. 그는 엄청나게 넓은 화폭을 그런 땅으로 덮었고, 땅을 무척 크고 단순한 구역으로 나누었다. 땅 위에는 구름이 개별적으로 혹은 무리 지어 떠서 대지에 그늘을 드리웠고, 하늘은 깊고 뜨거웠다.

우리는 한동안 그림 앞에 서서 그림을 관찰했다. 롤란트는 우리 뒤에 서 있었다. 내가 고개를 돌렸을 때 롤란트는 반짝거리는 눈으로 화포를 들여다보고 있었다. 우리는 그렇게 말없이 그림만 바라보았다.

이윽고 주인어른이 말문을 열었다. "이 친구는 아직 자신이 본 적이 없는 대상을 과제로 삼았네. 상상의 눈 앞에 그 대상을 세워두고 그림을 그린 게지. 이 시도가 얼마나 성공할지는 지켜봐야 할 걸세. 나는 이런 비슷한 그림을 저 남쪽 나라에서 본 적이 있네."

롤란트가 말을 받았다. "저는 어떤 특별한 대상을 겨냥한 것이 아니라 마음으로 보이는 형상을 그대로 풀어냈을 뿐입니다. 저는 이것을 전부 유성 물감으로 그릴 작정입니다. 유화는 수채화보다 더 많은 자극을 주고, 강력하고 열정적인 것을 표현해줍니다."

나는 롤란트의 화구도 자세히 살펴보았다. 붓은 자루가 굉장히 길었다. 그림과 거리를 두고 작업하려면 그럴 수밖에 없을 것 같았다. 그것도 이렇게 큰 화포라면 말이다. 붓 자체도 상당히 컸다. 붓 옆에는 끝에 목탄을 묶어둔 길고 가느다란 작대기도 있었다. 밑그림을 그릴 때 사용하는 도구가 분명했다. 팔레트에는 물감을 많이 짜두었다.

롤란트가 말했다. "인자하신 어르신 덕에 제가 이렇게 자유롭게 그림을 그리고 있습니다. 원래는 우리에게 필요한 그림들을 그려야 할 의무가 있고, 물건을 만들기 위해 설계도를 작성해야 하는데도 말입니다."

"만사 순리대로 움직이는 게지. 지금껏 자네는 내 마음에 드는 설계도들을 그려왔네. 이제부터는 자네 마음이 움직이는 대로 대상을 선택하고 작업하게나. 자네의 정신이 자네를 이끌 걸세."

곧이어 우리는 더 이상 롤란트의 작업을 방해하지 않으려고 서둘러 방을 나왔다. 겨울 해는 아주 짧았기 때문이다.

복도를 따라 걸으면서 주인어른이 말했다. "롤란트는 먼 여행을 떠나야 할 걸세."

어두워지자 우리는 쾌적한 온기가 흐르는 어른의 서재에 모였다.

주인어른 외에 에우스타흐와 롤란트, 구스타프, 내가 자리를 함께했다. 우리는 갖가지 이야기를 나누었는데, 특히 완성을 목전에 둔 물건들과 예술에 대한 이야기가 가장 많이 나왔다. 구스타프는 아직 제대로 이해하지 못하는 것들이 많았고, 대화에 끼는 일도 드물었다. 하지만 이런 대화가 구스타프의 정신적 성장에 다양한 형태로 도움이 됨은 분명했다. 지금은 이해되지 않는 것들이 어떤 어렴풋한 예감으로 이어지거나, 아니면 머릿속 어딘가에 보관되어 있다가 훗날 다른 무언가로 확고하게 형태화될 수 있었다. 그것은 청소년기와 현재의 경험 덕에 나 스스로가 잘 아는 사실이었다.

거처로 돌아왔을 때 난롯불이 활활 타오르고 있었다. 나는 난로에서 타고 있는 장작이 주인어른 소유의 알리츠 숲에서 자란 너도밤나무라는 사실에 왠지 마음이 편안해졌다. 잠들기 전까지 나는 한동안 책을 읽고 글을 썼다.

이튿날은 비가 내렸다. 빗줄기는 동일한 모양으로 하늘을 질주하는 푸르스름한 빛깔의 구름에서 후드득 쏟아졌다. 바람 역시 온 집이 울부짖을 정도로 격렬하게 불어댔다. 바람이 남서쪽에서 불었던 탓에 빗방울은 내 방 창문을 때렸고, 이내 방울이 줄기가 되어 넓은 유리창에 주르르 흘러내렸다. 집은 매우 튼튼하게 지어져 있어서 비와 바람의 위협을 전혀 받지 않았다. 방 안에 있으면 안전하게 보호받고 있다는 느낌을 받았다. 그런데 부인할 수 없는 것은 폭풍이 일정한 수준에 도달하면 무언가 숭고한 것으로 사람의 마음을 강화시킨다는 사실이었다. 나는 아침에 일어나자마자 불을 켜놓고 아버지 어머니에게 편지를 썼다. 내용은 이랬다. 에허 빙하에 무사히 올라갔다 왔다. 올라갈 때건 내려올 때건 최대한 조심해서 사고는 일어나지 않았다. 어제부터는 장미집에서 지내고 있다고 했다. 클로틸데에게는 따로 편지 한 장을 동봉했는데, 지난번에 함께한 여행에서 얻은 산에 대한 부분적 지식을 토대로 겨울 고산지대의 풍경을 짧게 묘사해놓았다. 날이 점점 밝아지면서 아침 먹을 시간이 되자 나는 식당방으로 내려갔다. 식사 자리에서 새로 알게 된 사실이 있었다. 어제저녁 에우스타흐와 롤란트가 주인어른과 한 테이블에서 식사한 것이 일회적인 일이라 생각했는데, 겨울에는 그것이 이 집의 관습이라는 사실이었다. 사실 겨울뿐만 아니라 여름에도 그렇다고 했다. 다만 여름에는 일과의 리듬이 달라서 함께 식사할 수 없었을 뿐이다. 풀어서 말하자면 목공예소에서는 해 뜨기 오래전에 일어나 작업을 시작했기 때문에 허기를 채울 시간도 달랐던 것이다. 게다가 에우스타흐 스스로 식사 시간과 식사 방식을 자신의 선택에 맡겨달라고 부탁하기도 했다. 나는 이렇게 겨울 늦게까지 장미집에 있었던 적이 없어서 이런 관습을 모르고 있었다. 어쨌든 주인어른과 에우스타흐, 롤란트, 구스타프 그리고 나 이렇게 다섯이 모여 아침 식사를 했다. 대화는 폭풍처럼 거세게 들이닥친 날씨에 관한 이야기가 주를 이루었다. 예를 들어 이런 날씨가 어떻게 오게 되었고 어떻게 설명해야 하는지, 이것이 얼마나 자연스러운 현상인지, 이런 겨울날에는 어떤 마음가짐으로 집안일을 꾸려 나가야 하는지, 이런 날씨를 어떻게 참아내야 하는지, 이런 날을 유쾌하게 이겨낼 수 있는 방법은 무엇인지에 관해 이런저런 이야기가 오갔다. 식사가 끝나자 각자 일을 하러 갔다. 어른은 양피지 정리를 계속하려고 당신의 방으로 갔고, 에우스타흐는 목공예소로 향했으며, 롤란트는 날이 흐리기는 했지만 그림을 그릴 만큼은 충분히 밝았기에 그림방으로 갔고, 구스타프는 공부를 하러 갔고, 나는 내 방으로 돌아갔다.

나는 한동안 방 안에서 책을 읽고 글을 썼다. 비바람은 시간이 갈수록 잦아들 줄 모르고 점점 거세지기만 했다. 결국 나는 비가 멎기를 기다리지 않고 평소 습관대로 얼마간 산책을 하기로 마음먹었다. 궂은 날에 맞는 신발을 신고 모자가 달린 비옷을 입고는 공용 계단을 내려갔다. 울타리 문을 지나 집 앞의 모래밭에 이르자 남서쪽에서 부는 바람이 나를 거칠게 몰아붙였다. 겨울비치고는 상당히 굵은 빗방울이 비옷에 후드득후드득 소리를 내며 떨어졌고, 얼굴과 눈, 손도 거세게 후려쳤다. 나는 모래밭에서 잠시 걸음을 멈추고 집 벽 가까이에 자라는 장미들을 관찰했다. 몇몇 어린 줄기는 짚에 싸여 있었다. 군데군데 담요와 흙으로 덮어놓은 것도 있었다. 다른 것들은 그냥 단단히 묶어놓기만 했다. 그런데 전체적으로 장미를 보호하는 특별한 비법이 있는 것 같지는 않았고, 그저 외부 폭력에 다치지 않도록만 하고 있었다. 지금도 흔적이 남아 있는 눈은 장미를 덮을 수 있었고, 오늘 내가 경험하듯 비도 장미에 시원하게 물을 줄 수 있었다. 물론 어린 줄기나 가지가 바람에 부러지거나 떨어지는 일은 없었다. 바람은 장미 가지를 살며시 잡아당기고 놀 뿐이었다. 집의 나머지 벽들도 온전했다. 비가 벽으로 내리쳤지만 벽에 상처 하나 입히지 못했다. 나는 모래밭에서 언덕 아래로 내려갔다. 주변에 쌓인 눈은 따스한 기운을 품은 비의 힘을 벌써 감지한 듯했다. 거품처럼 보드랍고 연한 눈은 서서히 그 형태를 잃어갔다. 곳곳에 매끈한 얼음이 보이기 시작했고, 이따금 벌레 먹은 듯한, 톱니 모양의 얼음 잔해들이 드러나 있기도 했다. 빗물은 스스로 선택한 눈 고랑을 따라 흘러 내려갔고, 구멍이 송송 뚫린 눈이 쌓이지 않은 곳에서는 풀밭 위로 물이 졸졸 흘렀다. 나는 길에 구애받지 않고 물로 변하고 있는 눈 위를 걸어갔다. 그러다가 계곡 아래쪽에서 동쪽으로 방향을 틀어 얼마간 걸었다. 초원을 지날 때는 넋을 놓고 주변 풍경을 감상했다. 더 이상 바닥의 눈을 일으켜 흩날리게 할 수 없는 바람이 눈밭 위로 비를 몰아치는 모습, 눈이 녹으면서 맨바닥이 드러나는 모습, 잿빛 베일이 감아놓은 띠처럼 도르르 굴러 내려가는 모습, 그리고 흐린 구름이 인간의 행위와 작품에는 신경도 쓰지 않고 창백한 들판 위를 무심히 지나가는 모습은 가히 장관이라 할 만했다.

이윽고 나는 초원 아래쪽까지 내려갔다가 북쪽으로 방향을 틀어 농장으로 올라갔다. 농장에 당도하니 어르신—여기 사람들은 장미집 주인어른을 그냥 이렇게 불렀다—이 오늘도 벌써 농장을 다녀갔다는 이야기를 들었다. 주인어른은 이곳저곳을 둘러보며 이런저런 지시를 내렸다고 한다. 나는 어른이 오늘도 머리에 아무것도 쓰지 않았느냐고 물었다. 그렇다는 답이 돌아왔다. 나는 농장의 여러 공간을 둘러보며 체계가 참으로 잘 짜여 있다는 사실을 새삼 깨달았다. 농장 건물은 비 한 방울 뚫고 들어올 수 없는 바윗덩어리나 다름없었다. 빗줄기는 수백 년 동안 바깥에 묻은 때만 씻어낼 뿐이었다. 비가 새거나 들이칠 틈은 한 군데도 없었고, 외벽도 떨어져 나가거나 벗겨진 곳이 없었다. 농장 안에서는 모든 것이 평소와 똑같이 진행되었다. 하인들은 풍구로 곡물에 섞인 이물질을 제거하고, 곡물을 삽으로 퍼서 자루에 담은 뒤 광으로 옮기고 있었다. 농장 관리인은 이 일을 감독하면서 곡물의 청결도를 점검했다. 하녀들 중 일부는 축사에서 일했고, 일부는 가축

사료장에서 사료를 정리했으며, 일부는 실을 자았다. 관리인의 아내는 우유 가공실에서 일했다. 나는 농장의 모든 사람과 대화를 나누었고, 그들은 내가 이런 계절에 장미집을 찾은 데 대해 기쁨을 표했다.

나는 과실수를 심어놓은 구역을 거쳐 정원으로 올라갔다. 겨울에도 낮에는 정원으로 들어가는 쪽문은 잠그지 않았다. 나는 쪽문으로 들어가 정원사의 집으로 향했다. 집에 도착해서 비옷을 벗었다. 비옷의 주름으로 빗물이 주르르 흘러내렸다. 나는 난로 앞의 하얀 벤치에 앉았다. 늙은 정원사 부부는 나를 다정히 반겨주었다. 가식이라고는 모르는 진솔한 사람들이었다. 나는 꽤 오래전부터 이 두 사람과 함께 있으면 꼭 부모님 집에 와 있는 듯한 느낌을 받았다. 정원사의 아내 클라라는 나를 줄곧 곁눈질로 훔쳐보았다. 아마 내게서 자꾸 나탈리에가 연상되는 모양이었다. 정원사 지몬은 내게 온실로 가서 겨울철에는 식물들이 어떻게 자라는지 보지 않겠느냐고 물었다.

나는 이렇게 찾아온 것이 당신들을 만나는 것 외에 식물들도 보려는 목적 때문이었다고 대답했다.

정원사가 저고리를 갈아입더니 자신의 집과 붙은 온실로 나를 안내했다. 실제로 나는 식물에 관심이 아주 많았다. 예전부터 식물을 수집하고 식물에 대해 공부를 많이 했다. 그래서 겨울철 식물의 상태가 궁금했다. 우리는 제법 커다란 저온 온실을 지나 고온 온실로 들어갔다. 나는 식물을 자세히 관찰했을 뿐 아니라 정원사가 식물 하나하나에 대해 설명하는 것을 주의 깊게 들었다. 정원사 지몬은 자신이 아끼는 식물들에 대해 특히 장황하게 설명했다. 그는 내게 각별한 애정을 품고 있었다. 내 덕에 선인장 세레우스 페루비아누스를 얻었다고 생각하는 것 말고도 내가 그의 말을 예의 바르게 잘 들어주고, 자식과도 같은 그의 식물들을 진정으로 좋아하기 때문인 듯했다. 어느새 우리는 정원사의 집 맞은편에 위치한 온실 출구에 이르렀다. 그가 내게 선인장 온실에 갈 생각이 없는지 물었다. 그럴 생각이 있다면 집에 가서 내 비옷을 갖고 오겠다고 했다. 온실에서 선인장 온실까지는 비를 맞고 건너야 했기 때문이다. 내가 그를 만류했다. 비옷을 가져올 필요는 없다. 정원사도 비옷 없이 그냥 걷고, 주인어른도 오늘 아무것도 쓰지 않고 농장에 갔다고 들었다. 그러니 얼마 되지 않는 거리를 아무것도 쓰지 않고 빗속을 걷는다고 해서 문제될 것은 전혀 없을 거라고 했다.

정원사가 말했다. “도련님도 이제 이곳 사람이 다 되어가십니다.”

“아직 다는 아니고 많이 닮아가고 있죠. 자, 이제 건너갑시다.”

정원사도 결국 비옷을 가져오려는 생각을 포기했다. 선인장 온실로 들어가자 지몬이 선인장들을 하나하나 가리키며 설명했다. 페루비아누스는 정말 위풍당당하게 자라 있었다. 지몬은 겨울철 선인장을 돌보는 방법에 대해 길게 이야기를 늘어놓으며 이렇게 덧붙였다. 몇몇 선인장은 2월에 벌써 꽃을 피운다. 그런데 모든 선인장이 추위를 잘 견디는 것은 아니어서 일부는 온실 안에서도 좀 더 따뜻한 곳에 둔다. 특히 많은 세레우스 종이 그렇다고 했다. 지몬은 이제 선인장 온실의 설비로 화제를 바꾸었다. 주인어른이 유리를 서로 잇댈 탁월한 접착제를 개발한 것은 정말 대단한 일이었다. 그 접착제를 사용한 뒤로는 유리를 잇댄 틈새로 물이 들어오지 않아 선인장에 치명적인 물방울이 떨어지는 것을 막을 수 있었다. 또한 그로써 비가 오거나 눈이 녹아내리는 날에도 온실을 판자로 덮을 필요가 없어졌다. 판자로 유리를 덮으면 햇빛을 막아 선인장에 좋지 않은 영향을 끼쳤던 것이다. 정원사가 말했다. 보다시피 오늘같이 비가 거세게 내리는 날에도 빗물은 한 방울도 새지 않고, 바람도 들이치지 않는다. 게다가 온실에 판자로 덮은 부분도 없다. 우박이 내려도 두꺼운 유리와 철판 때문에 걱정할 것이 없다. 추운 밤이 예상될 때는 짚으로 온실을 덮어두고, 눈이 내리면 즉시 빗자루로 털어낸다고 했다. 나는 유리 천장에서 물이 한 방울도 떨어지지 않는 것이 정말 신기했고 중요하게 여겨졌다. 아버지도 이 문제로 골머리를 앓았던 것이다. 나는 주인어른에게 이 설비에 대해 물어보고 그 비법을 전수받을 생각이었다. 아버지에게 알려드리기 위해서였다. 나는 다른 온실들을 지나 돌아갈 때 그곳에서도 물이 새지 않는 것을 보았고, 정원사는 그것을 확인해주었다.

나는 정원사의 집에 조금 더 머물며 정원사의 아내와 이런저런 이야기를 나눈 뒤 돌아갈 채비를 했다. 정원사의 아내는 내가 남편과 함께 온실로 간 사이 내 비옷의 물기를 깨끗이 제거한 다음 입기 좋게 만들어놓았다. 나는 고마움을 표하면서 곧 다시 구겨질 거라고 말했다. 이어 나는 정원사 부부와 정겹게 작별 인사를 나누고 내 방으로 돌아갔다.

나는 옷을 세심하게 갈아입고 주인어른을 찾아뵈러 갔다. 어른은 구스타프의 아침 공부를 봐주고 있었다. 나는 어른에게 그림방이나 다른 방들로 가도 되는지 물었다.

"독서방과 그림방, 동판화방은 따뜻하게 데워져 있을 걸세. 책방과 대리석 홀, 대리석 계단도 그리 춥지는 않을 게야. 방들은 모두 열려 있으니 아무 방이나 내키는 대로 들어가보게."

나는 고맙다는 인사를 하고 물러났다. 어른의 일과로 볼 때 지금은 어른이 구스타프와 공부를 할 시간임을 알고 있었기 때문이다.

내가 가장 먼저 찾은 곳은 대리석 계단이었다. 나는 위에서 계단을 내려갈 생각으로 공용 계단을 지나 대리석 복도부터 먼저 올라갔다. 거기서 이 집의 규칙에 따라 늘 준비되어 있는 털신을 신고 매끈하고 아름다운 대리석 계단을 내려갔다. 넓은 층계참이 있는 계단 중간에 도착했을 때 나는 걸음을 멈추었다. 내 목표가 그곳이었기 때문이다. 나는 고대의 대리석상을 관찰하고 싶었다. 오늘처럼 흘러내리는 빗물로 탁해진 둥근 유리 천장을 통해 느릿느릿 떨어지는 것 같은 칙칙한 빛 속에서도 조각상은 위엄 있고 웅장했다. 평소에는 부드럽고 숭고해 보이던 처녀 조각상이 오늘따라 탁한 햇빛의 베일 속에서 슬프면서도 온화해 보였다. 한낮의 진지함이 말할 수 없이 우아한 조각상의 사지 위에 조용히 내려앉았다. 나는 한참 동안 조각상을 바라보았다. 볼 때마다 느끼는 것이지만 오늘도 조각상은 새로운 느낌이었다. 얼마 전부터 슈테르넨호프의 눈부시도록 흰 요정상이 무척이나 사랑스러운 모습으로 내 영혼 속에 각인되었음에도 그것은 우리 시대의 조각상이었고, 우리 힘으로 파악할 수 있는 것이었다. 하지만 여기 있는 대리석상은 달랐다. 고대의 위대함과 장엄함이 깃들어 있었다. 아, 이런 환경, 이런 위대한 충만함으로 가득 찬 환경에 사는 이는 어떤 사람이었을까? 얼마나 고결한 사람이었단 말인가?

나는 다시 계단을 천천히 올라가 대리석 홀에 들어갔다. 이런 표현을 써도 된다면 '어두운 광채'가 이 공간의 벽들에 숨 쉬고 있었다. 불확실하고 모호한 빛이 교대하는 어두운 날의 이 광채는 고대의 조각상을 감상한 뒤라서 그런지 충분히 참을 만했다. 오늘처럼 컴컴한 날에는 홀이 평소보다 한층 크고 엄숙하게 느껴졌다. 나는 이 홀에 머물고 싶었다. 뇌우를 뿌리던 하늘에서 부드러운 섬광이 번쩍거리는 가운데 주인어른과 함께 이 홀을 서성거리던 그날 저녁만큼이나 여기에 머물고 싶었다. 나는 다시 이 홀을 거닐었다. 흐릿한 햇빛이 비치는 날 바깥의 폭풍, 맥없는 광채가 흐르는 홀의 벽들, 그리고 방금 본 조각상의 기억이 내 마음속에 잔잔한 물결을 일으켰다.

얼마나 지났을까, 나는 그림방으로 통하는 문으로 들어갔다. 그림들이 풀기 없는 광채 속에 걸려 있었다. 화가가 빛과 어둠의 강력한 수단을 사용한 곳조차 제대로 영향력을 발휘하지 못하고 있었다. 그도 그럴 것이 그림을 그림답게 만드는 중요한 요소, 즉 햇살 가득한 밝음이 없었기 때문이다. 가장 아끼는 그림들을 가까이서 바라볼 때도 그랬지만, 그나마 햇빛이 잘 드는 창가 쪽으로 옮겨놓은 화대에 귀도의 작품을 올려놓고 그 앞에 앉았을 때도 예전에 이 그림이 내 가슴속에 불러일으켰던 감정은 싹트지 않았다. 나는 곧 그 원인을 알아차렸다. 고대 조각상으로 야기된 훨씬 고결한 것에 대한 기대가 내 마음속에 있었기 때문이다. 이 그림들은 그 기대를 채워주지 못했다. 나는 책방으로 가서 서가에서 『오디세이아』를 꺼내 독서방으로 갔다. 독서방에서는 벽난로의 가느다란 울타리 뒤로 불꽃이 여유롭게 활활 타오르고 있었다. 어둠 속에서는 빛을, 추운 겨울에는 온기를 선사하는 인간의 따뜻한 벗이다. 독서방은 모든 것이 아주 깔끔하게 정리되어 있었다. 나는 창가에서 조금 떨어진 푹신한 의자에 앉아 유리창을 때리는 빗소리를 들으며 『오디세이아』의 첫 줄을 읽어 내려가기 시작했다. 생생하게 들리는 머나먼 시대의 낯선 말들, 이 말들을 통해 우리 시대 속으로 걸어 들어온, 과거의 모든 특색을 간직한 인물들은 자연스레 대리석 계단의 처녀 조각상과 연결되었다. 작품 속에서 나우시카가 등장하는 순간 나는 또다시 이 대리석 조각상을 처음으로 제대로 감상했던 때와 똑같은 기분이 들었다. 대리석으로 만든 딱딱한 의상이 하늘거리는 부드러움으로 녹아내렸고, 사지는 움직였으며, 얼굴 또한 변화무쌍한 생명을 얻었다. 처녀 조각상은 이제 나우시카의 모습으로 내게 다가왔다. 이것은 내가 대리석 조각상의 진면목을 처음 알아본 그날 저녁의 기억이기도 했다. 그 기억이 오늘 나를 대리석 계단에서 대리석 홀과 그림방으로 이끌었고, 그 공간들에서 만족을 얻지 못하자 호메로스의 『오디세이아』에 손을 뻗게 했다. 『오디세이아』의 주인공들이 홀에서 만찬을 즐기고, 가수들이 당시 하늘에까지 명성을 떨친 노래를 부르고, 오디세우스가 솟구치는 눈물을 보이지 않으려고 얼굴을 가리고, 마침내 나우시카가 깊은 감정에 사로잡혀 홀의 출입구 기둥 옆에 서 있는 대목에 이르렀을 때 내 눈앞에는 아름다운 나탈리에가 미소를 지으며 내게로 다가왔다. 나탈리에는 현재의 나우시카였다. 진실하고, 소박하고, 감정을 과장하지 않고, 숨김이 없는 그런 사람이었다. 두 여인의 형체가 서로에게 녹아들었다. 나는 읽으면서 동시에 생각했다. 어떤 때는 읽고 어떤 때는 생각했다. 그렇게 시간이 꽤 지났을 때 나는 책상 위에 놓인 책을 집어 들고 책방으로 가서 원래 자리에 꽂아두었다. 그러고는 대리석 홀과 객실 복도를 지나 내 거처로 돌아갔다.

이로써 오전 일과가 끝났다.

점심 식사 자리에는 아침을 함께 들었던 사람들이 그대로 다시 모였다. 평소처럼 소박하지만 건강에 좋은 음식들이 나왔다. 우리는 식사를 하고 얼마간 쾌활하게 담소를 나누다가 각자 자리에서 일어나 일을 하러 갔다. 저마다 진지하고 의미 있는 일들이었다. 그것이 구스타프의 경우엔 지식 습득이었고, 다른 사람들의 경우엔 예술이나 학문 영역에서의 발전, 아니면 자신의 삶을 올바르게 구성하는 작업이었다.

오늘 오후에는 특별한 일이 예정되어 있어서 롤란트도 그림 작업을 중단하고 참석해야 했다. 장미집 주인어른이 구입할지 말지 결정할 동판화들이 도착한 것이다. 그래서 장미집 식구들은 오늘 오후에 모여 동판화를 구경하기로 했다. 어른은 내게도 참석을 요청했다. 우리는 하인들이 다니는 계단을 통해 어른의 방으로 올라갔다. 방에는 동판화를 담은 가방이 두 개 놓여 있었다. 우리는 동판화를 좀 더 밝은 곳에서 관찰하려고 가방이 놓인 테이블을 창문 가까이로 옮겼다. 가방을 연 지 얼마 되지 않아 이 작품들의 수집가가 예술적 깊이가 없는 사람이고, 예술의 진지함이나 인간 삶에서의 예술의 의미를 모르는 사람임이 드러났다. 그는 그저 이것저것 다양한 동판화를 모은 평범한 수집가였을 뿐이다. 그는 지금 묘지에 잠들어 있었다. 그의 상속자들이 이것들을 전부 팔아치우려고 장미집으로 보냈다. 주인어른이 이런 진기한 물건들을 구한다는 이야기를 전해 들은 것이다. 삶과 예술의 관계는 물론이고 수집하는 것에도 전혀 관심이 없는 사람들이었다. 물건들 중에는 돈이나 벌려고 요즘의 천박한 스타일로 아무렇게나 조각한 허섭스레기 같은 것도 있었고, 펜이나 백묵으로 그린 석판화도 있었으며, 최근에 제작된 제법 괜찮은 작품도 있었다. 또 상당히 오래전에 만들어진 아주 수준 높은 작품도 더러 있었다. 주인어른과 에우스타흐 형제는 동판화에 대해 많은 이야기를 나누었다. 내게는 모두 새로운 이야기였다. 이 기회에 나는 이 예술 분야의 의미에 대해 예전보다 더 많은 것을 알게 되었다. 동판화는 모든 시대 위대한 거장들의 작품을 퍼뜨릴 수 있고, 많은 사람이 결코 도달할 수 없는 머나먼 장소에 있는 그림이나 개인의 소유물인 까닭에 같은 지역에 사는 사람들조차 쉽게 접근할 수 없는 그림을 복제해서 많은 지역과 먼 미래에까지 감상을 위해 전달할 수 있기에 무척 중요한 분야로 존중받아야 마땅했다. 동판화가 특정 시기에 유행한 양식을 추종하지 않고 그림에 내재된 거장의 영혼을 재현하려고 애쓴다면, 또 인간 얼굴과 손의 부드러움에서부터 비단의 광채와 금속의 매끈함, 바위와 양탄자의 거칢까지 그림에 표현된 모든 소재뿐 아니라 심지어 화가가 사용한 색깔까지 다양하고 깔끔하고 가볍고 아름다운 선들을 통해 묘사하고자 한다면, 관찰자에게 직접 미치는 영향력 면에서 결코 회화에 뒤지지 않고, 예술적 영향력에서도 회화와 동등한 수준으로 인정받을 수 있을 것이다. 왜냐하면 동판화는 상당히 많은 사람에게 영향을 끼치고, 특히 모사된 그림을 볼 수 없는 사람들에게 깊고 충만한 예술적 감흥을 선사하기 때문이다. 이러한 감흥은 당연히 동판화가 그 자체로 더 깊고 고결할수록 더욱 커졌다. 동판화의 선은 힘이 없어서도 안 되고, 특별히 눈에 띌 정도로 요란해서도 안 되고, 중간에 오점을 남겨서도 안 되고, 또 새로운 대상을 능숙하게 묘사하기 위해서는 늘 새로운 기술이 개발되어야 했다. 나는 동판화와 관련한 이런 점들을 주인어른의 집에서 그것을 접한 이후에 서서히 깨달아갔는데, 지금 주인어른이 동판화를 하나하나 자세히 들여다보며 그 가치와 수단, 방법, 영향에 대해 말하는 것을 들으면서 더더욱 명확히 깨닫게 되었다. 우리는 괜찮은 동판화의 면면을 일일이 조사하고 그 빼어남과 부족함을 철저히 논의한 결과 그 작품들 때문에라도 동판화 전부를 사들이기로 결정했다. 가격이 공정하고 타당한 수준을 넘지만 않는다면 말이다. 나쁜 작품들은 구입 즉시 파기해버릴 생각이었다. 나쁜 작품은 그 존재만으로도 나쁜 영향을 끼치고, 더 나은 작품을 보지 못한 사람의 감정을 일그러진 거친 방향으로 이끌기 때문이다. 참석자들의 공통된 의견에 따르면, 예술과 전혀 접촉하지 않는 것보다 인간의 정신을 더럽히는 것이 더 잘못된 예술이었다. 날이 어둑어둑해질 무렵에야 우리는 동판화를 다시 가방에 넣고 테이블을 원래 자리로 옮긴 뒤 헤어졌다.

폭풍은 수그러들기는커녕 더 거세졌다. 빗줄기가 세차게 유리창을 때렸다.

저녁에 우리는 다시 어른의 작업실에 모였다. 구스타프만 빠졌다. 해야 할 공부가 아직 남았기 때문이다. 저녁 식사를 하러 가기 전에 어른은 기압과 습도, 기온, 전기와 관련된 자연과학 기기들을 살펴보고 그 수치를 공책에 기록했다. 그런 다음 집 안 구석구석을 돌아다니며 물건들의 상태와 하인들의 일을 점검했고, 이런 날 폭풍 때문에 혹시 생길지도 모를 사태에 대비했다.

저녁 식사 자리였다. 모두들 빠른 속도로 허기를 채우고 여느 때처럼 즐거운 대화를 나누었다. 그런데 오늘은 평소와는 달리 대화가 끝나갈 무렵에 어떤 책의 일부가 낭송되었다. 최근에 나온 책이었는데,

대부분 누에고치 재배와 비단 길쌈에 관한 내용이었다. 특히 낭송된 장(章)은 실잣기의 기술이 머나먼 동방에서 시리아와 아라비아, 이집트, 이스탄불, 펠로폰네소스를 거쳐 시칠리아와 스페인, 이탈리아, 프랑스까지 도달한 과정을 다루었다. 주인어른의 설명이 길게 이어졌다. 비단과 금 혹은 은으로 이루어진 그 화려한 천을 만드는 기술은 우리 시대보다 13, 14세기 정도가 앞서 있다. 특히 천의 섬세함과 하늘거림, 부드러운 광채는 딱딱하고 거친 오늘날의 것에 비하면 장인의 솜씨가 느껴지고, 무늬의 우아한 곡선과 고운 형상, 디자인에 나타난 풍부한 상상력은 도저히 따라잡을 수 없을 것처럼 보인다. 나는 예술의 한 분야라고 불러도 무방한 이 고대의 영역에 너무 늦게 관심을 가졌다. 이런 천을 수집할 수 있었으면 좋았을 텐데 그럴 수가 없었다. 그러려면 전 유럽뿐 아니라 아시아와 아프리카의 주요 지역들을 돌아다니며 천을 사 모아야 하는데, 그것은 개인의 능력을 넘어서는 일이다. 국가나 큰 단체들은 비교와 가르침, 역사의 풍요로움을 위해 그런 것을 수집할 수 있었다. 부유한 수도원과 오래된 유명 교회의 옷장, 왕실과 큰 성의 금고나 보물 창고에는 빠지면 안 될 소중한 것이 많이 수집되어 있다. 십자군 원정 이후 수없이 많은 것이 동방에서 유럽으로 들어왔다. 일개 기사들조차 황금이나 진귀한 천 같은 노획물을 한 아름 들고 고향으로 돌아오지 않았던가? 그래서 교회의 축일이나 대관식, 축제 행렬 때 외에 일반적인 사교 모임에서도 예전보다 화려함이 훨씬 두드러졌다. '비단'이라는 분야는 그것의 전성기에 나타난 시대, 즉 진기한 교회들이 건립된 시대에도 영향을 미쳤는데, 그 교회들의 장엄한 잔해는 지금도 우리의 경탄을 불러일으킨다. 또 이 분야는 석공예와 상아 조각, 목공예 같은 그 시대의 장식 예술과도 관계를 맺었고, 나중에 유럽 남부와 북부에서 꽃을 피운 위대한 회화 학파의 출현과도 관계가 있다. 심지어 이 분야는 민족들의 가치관과 교류, 상업적 교역로에 대한 관념에도 영향을 미쳤다. 롤란트는 이제 그 천들을 수집할 생각이라고 말했다.

우리는 그날 저녁 늦게까지 함께 있다가 헤어졌다.

이튿날 아침에 일어났을 때 창 너머로 아침 햇살에 빛나는 풍경이 보였다. 온 들판이 눈에 덮여 있었다. 지금도 하늘에서는 눈송이가 펄펄 내렸다. 바람은 약간 잦아들었지만 기온은 한층 낮아진 것이 분명했다.

이날 우리는 다 함께 꽤 오랫동안 산책을 했다. 정원을 이리저리 돌아다니며 정비해야 할 것이 없는지 살폈고, 온실을 방문했으며, 농장도 둘러보았다. 저녁에는 비단에 관한 책을 계속 낭독했다. 눈발은 어둑어둑해질 때까지 이어지다가 마침내 하늘에 환한 구멍들이 생기기 시작했다.

지난 이틀 같은 며칠이 더 지나갔다. 주인어른은 자신과 슈테르넨호프의 관계를 알려주겠다던 약속을 실천에 옮길 기미를 보이지 않았다. 우리는 각자 처소에서 맡은 일을 하는 시간 외에는 주변으로 자주 산책을 나갔다. 폭풍이 그치고 밝고 조용하고 차가운 날씨가 이어지면서 야외 산책은 더욱 쾌적해졌다. 나는 많은 시간을 주인어른과 함께 보냈다. 나는 어른이 창가에서 새들에게 모이를 주고, 정원 외곽에서 산토끼들에게 먹이를 주는 모습을 지켜보았다. 지금은 눈이 폭폭 빠질 정도로 쌓여 있어서 토끼에게 먹이를 나누어 주는 일은 특히 빠뜨리면 안 되었다. 그 밖에 우리는 몇 가지 일을 상의했고, 썰매 마차를 타고 이웃집을 방문하거나, 신선한 공기와 몸의 움직임을 즐겼다. 한번은 주인어른과 함께 올봄에 새로 지을 예정인 다리를 보러 갔다. 이 일과 관련된 다른 남자들도 여럿 와 있었다. 이 지역 사람들은 주인어른을 가만히 내버려두지 않고 관직을 맡겨 지역 일을 보게 했다. 우리는 숲에도 여러 차례 다녀갔다. 건축과 목공예 작업에 쓸 목재를 자르는 일을 감독하기 위해서였다. 벌목 작업은 주로 이 계절에 이루어졌다. 우리는 잉호프도 방문해서 온실을 둘러보았다. 집사와 정원사가 우리를 공손히 안내해주었다. 잉호프의 주인은 가족과 함께 도시로 나가고 없었다.

어느 날 어른이 내 방에 왔다. 근자에는 이런 일이 잦았다. 그저 나를 보러 오기도 했지만, 나한테 불편한 것이 없는지 살피려는 뜻도 있었다. 이러저런 이야기를 주고받다가 어른이 이렇게 물었다. "내가 리자흐 남작이라는 건 자네도 알고 있겠지?"

"오랫동안 모르고 지냈지만, 지금은 안 지 꽤 되었습니다."

"남들에게 물은 적은 없었나?"

"어르신 댁에서 처음 묵고, 길을 가다가 농부에게 물은 적이 있습니다. 농부는 어르신이 아스퍼마이어라고 하더군요. 그리고 제법 멀리 떨어진 다른 곳에서도 물어보았습니다. 하지만 자세한 답은 듣지 못했습니다. 그 뒤로는 아무에게도 묻지 않았습니다."

"왜 묻지 않았나?"

"어르신께서는 제게 이름을 말씀해주지 않았습니다. 그렇다면 제게 이름을 말하는 것이 불필요하다고 생각하시는 거라고 해석할 수 있습니다. 그래서 저는 어르신께 질문을 드리지 않는 것이 도리라고 생각했고, 어르신께 물어서는 안 된다면 다른 사람들에게도 마찬가지라고 판단했습니다."

"이 지방에서는 나를 '아스퍼호프의 주인'이라 부르네. 여기서는 장원의 소유주를 그 집안의 성(姓)이 아니라 장원의 이름으로 부르는 것이 관례니까. 장원의 이름은 소유주가 누구든 백성들 사이에서 그대로 이어지지만, 성은 소유주가 누구냐에 따라 달라지지. 그렇다면 백성들은 주인이 바뀔 때마다 항상 새 이름을 머릿속에 새겨야 할 걸세. 하나 그전에 새겨진 이름을 바꾸기란 쉽지 않지. 그래서 일부 시골 사람들은 나를 그냥 아스퍼마이어라 부르기도 하네. 내 전임자를 그렇게 불렀듯이 말이네."

"언젠가 우연히 어르신의 진짜 이름을 말하는 것을 들은 적이 있습니다."

"그렇다면 내가 국가 관직을 맡은 것도 알고 있겠군."

"알고 있습니다."

"사실 난 그 일이 맞지 않았네."

"제가 들은 바는 그렇지 않았습니다. 어르신께서 국가를 위해 봉직하신 것을 이구동성으로 칭찬했습니다."

"아마 몇몇 개별적인 결과를 두고 그런 말을 하는 모양이네만, 그 사람들은 내가 얼마나 힘들게 그 결과를 이끌어냈는지 모르고 한 소리일 걸세. 나와 재능은 비슷하지만 나랏일에 한결 잘 어울리는 사람이 그 일을 맡았더라면, 아니 나보다 재능이 훨씬 뛰어난 사람이 그 일을 맡았더라면 어떤 결과가 나타났을지는 아무도 모르는 일이네."

"무슨 일이든 그렇게 말할 수 있지 않겠습니까?"

"물론 그렇기는 하네만, 그렇다고 단순히 실패하지 않았다 뿐인 일을 두고 그렇게 칭찬해서는 안 되는 법이지. 내 말을 들어보게. 오늘날 같은 사회에서는 국가 조직이건 일반 조직이건 일하는 사람이 상당히 많이 필요하네. 그렇다고 아무에게나 일을 맡길 수는 없네. 해서 국가에서 일하고자 하는 사람은 일정한 교육 과정을 거쳐야 하고, 그 이전에 사전 단계까지 밟아야 한다고 법으로 정해져 있네. 아니, 반드시 그건 정해놓아야 하지. 사전 단계를 포함해서 정규 교육 과정을 이수한 뒤에 얼마나 빨리 관직을 맡을 수 있느냐, 그리고 일정한 기간 안에 가족을 편히 부양할 수 있을 만큼 높은 직책에 승차할 가능성이 얼마나 있느냐에 따라 국가 관직에 뛰어드는 젊은이의 수가 많을 수도 있고 적을 수도 있네. 국가는 정규 과정을 성공적으로 마친 사람들 가운데에서 노복을 뽑네. 그게 일반적인 원칙이지. 물론 정규 과정을 거치지는 않았지만 국가 공직에 재능이 있는 사람들, 그것도 아주 탁월한 재능이 있는 사람들이 존재함은 분명하네. 그렇지만 국가는 그런 사람들의 재능이 우연한 기회에 드러나거나, 국가와의 상호작용 속에서 밝혀지는 이례적인 경우를 제외하고는 외부 인력을 뽑지 않네. 그럴 수밖에 없는 이유가 있지. 국가는 그들이 어떤 사람인지 알지 못할 뿐 아니라, 전문 지식이 없고 정규 교육을 받지 않은 사람을 뽑는 일은 위험한 모험이고 업무에 혼란과 착오를 불러올 수 있기 때문이네. 해서 국가는 정규 과정을 마친 사람들의 수준이 어떻든 간에 그중에서 사람을 뽑아야 하네. 어떤 때는 재능이 많은 사람이 다수를 이루기도 하지만, 어떤 때는 그 반대인 경우도 많으며, 또 어떤 때는 그저 그런 평범한 사람들이 주류를 이루기도 하네. 어찌 되었든 국가는 이런 인적 자원을 토대로 국가 체계를 구축할 수밖에 없네. 그러기 위해선 국가의 목적 달성에 필요한 일들을 흐트러짐 없이 진행해나가고, 단절과 근본적인 동요가 생기지 않도록 업무의 물적 자원에 일정한 틀을 부여하는 일이 꼭 필요하네. 능력이 떨어지는 사람이 능력이 뛰어난 사람의 자리에 대신 가더라도 전체 조직에는 영향이 없어야 하니까 말일세. 비근한 예를 하나 들어보겠네. 시계 중에서 가장 훌륭한 시계는 부품이 바뀌어도, 그러니까 나쁜 부품이 좋은 부품 자리에 들어가거나, 좋은 부품이 나쁜 부품 대신 들어가도 정확히 계속 돌아가는 시계가 아니겠나? 사실 현실에선 그런 시계는 찾기가 거의 불가능하네. 하나 나랏일에서는 그것이 가능하도록 해야 하네. 아니면 최소한 오늘날 도달한 국가 수준으로 보았을 때 그것을 과제로 삼아야 하네. 그러자면 나랏일의 틀은 엄정해야 하고, 개인이 규정된 틀에서 벗어나 업무를 추진하는 것은 허용할 수가 없지. 심지어 개별 업무를 그 하나의 관점에서만 바라보지 않고 전체와의 조화를 고려해서 희생할 줄도 알아야 하네. 다른 능력은 제외하고 공직에 적합한 심성을 따져보자면 두 부류를 들 수 있네. 하나는 전체 조직과의 관련은 모른 채 그저 자기가 맡은 개별적인 일만 열심히 하는 사람이네. 다른 하나는 사회 일반의 복리 증진이라는 목표 아래 개별적인 것과 전체의 관련성을 꿰뚫는 통찰력이 있고, 그것을 바탕으로 자신의 일을 즐거움과 감동으로 수행하는 사람이네. 후자는 진정한 의미의 정치 지도자들이고, 전자는 국가의 훌륭한 노복들이네. 나는 둘 중 어느 쪽에도 속해 있지 않네. 어릴 때부터 그와 상반된 특성을 갖고 있었던 것이

나라는 사람이었지. 물론 어릴 때와 청년기에는 내게 그런 특성이 있는 줄도 몰랐지만 말일세. 여하튼 그 특성은 크게 두 가지로 나눌 수 있는데, 하나는 내가 내 행위의 주체가 되고 싶어 한다는 것이네. 나는 내가 해야 할 일을 스스로 설계하길 좋아했고, 나 혼자 힘으로 그것을 수행하길 원했네. 그래서 어머니 말로는 어릴 때부터 음식과 장난감 같은 것들을 남이 주는 대로 받기보다 내가 직접 고르려 했고, 남의 도움엔 강한 거부 반응을 보였다고 하네. 그러니 소년기와 청소년기에 반항적이고 고집 센 아이로 불렸던 것은 당연했네. 장년이 되어서도 사람들은 그런 나를 옹고집이라 욕했지. 하지만 나의 그런 면 때문에 내가 맡은 일을 등한시하지는 않았네. 비록 나하고는 맞지 않는 일이라고 하더라도 그럴 만한 합당한 이유나 동기가 있다면 나는 그걸 내 일로 받아들였고, 그 일에 정말 열과 성을 다했네. 그렇게 내 생에서 나는 내 본연의 기질에 어긋나는 일을 맡아서 한 적이 있네. 명예를 지키고 의무를 다하기 위해서였지. 이 이야기는 나중에 자세히 하기로 하세. 어쨌든 이런 면들을 보면, 난 사람들이 흔히 말하는 '자기밖에 모르는 고집쟁이'는 아니었네. 성격이 점점 부드러워지는 노년기에는 더더욱 아니었고. 나의 또 하나의 기질은 내가 내 행위의 성공을 모든 낯선 것에서 분리해서 판단하고자 했다는 것이네. 원했던 것과 그 결과 사이의 관계를 명확히 조망하고, 미래를 위해 내 행위의 규칙을 짜기 위해서였지. 단순히 규정에 따르거나 틀을 지키기 위해서 하는 행위는 내게 고통을 야기했네. 그러니 궁극적 목적이 나와 동떨어져 있거나 뚜렷하지 않은 행위들은 느슨하게 완수하려는 경향을 보일 수밖에 없었지. 반면에 나 자신이 최종 목적과 중간 목적을 또렷이 지각하고 내면화할 수 있었다면, 행위의 목표가 아무리 어렵고 많은 중간 단계를 거쳐야만 달성할 수 있다 하더라도 정말 열심히, 그리고 끝까지 즐겁게 해나갈 수 있었네. 한데 전자의 경우, 나는 일의 목적이 비록 모호하기는 하지만 고결할 거라고 스스로에게 주입함으로써 그 일에 전력으로 달려들 수 있었네. 물론 그러다보니 항상 서두르는 경향을 보였고, 그 때문에 사람들은 나를 조급하다고 질책하기도 했지. 하나 후자의 경우는 달랐네. 일을 하면서 절로 힘이 났고, 내가 봐도 놀랄 정도의 끈기로 주어진 모든 시간을 투자해서 일을 완수했지. 그러자 그때도 사람들은 나를 완강하고 집요한 사람이라 불렀네. 자네는 이 집에 있는 물건들을 보면서 내가 목적을 끈기 있게 추구하는 사람임을 깨달았을 걸세. 나이가 들수록 계획을 짤 때 멀리 내다보는 눈이 생기는 것은 참으로 신기하고, 또 생각보다 훨씬 중요한 일이네. 사람은 나이가 들면 인생의 현실적인 목표를 넘어 저기 아주 멀리 있는 것들을 생각하게 되네. 젊었을 때는 할 수 없는 일이지. 나이 든 사람이 젊은 사람보다 더 많은 나무를 심고 더 많은 집을 짓는 것도 그 때문일 걸세. 이제 자네도 내게 국가 관직에 필요한 두 가지 중요한 재주가 부족함을 알게 되었을 것이네. 하나는 사람과 사물을 조직화하는 데 기본 조건인 복종하는 재주이고, 다른 하나는 전체 조직에 적극 편입되어 시야에 들어오지 않는 목적을 위해 두 눈을 질끈 감고 열심히 일하는 재주이네. 이 재주 역시 어떤 형태의 조직에서건 기본 조건이 될 걸세. 반면에 나는 주어진 것을 최선을 다해 밀고 나가는 대신 늘 근본적인 것을 바꾸려 했고, 전체를 떠받치는 기둥들을 개선하려고 했네. 또한 목적을 스스로 설정하려 했고, 내 조처로 인해 다른 곳에서는 내 성공의 이익보다 더 큰 해악이 생기지 않을까 고려하지 않았고, 또 전체도 보지 않고 오로지 내가 하는 일을 최선으로 이루려고 노력했네. 나는 소년티가 완전히 가시기 전에 국가 관직에 뛰어들었네. 국록을 먹는다는 것이 어떤 의미이고, 나 자신이 어떤 사람인지 깨닫지 못한 채 그저 내가 할 수 있는 한 최선을 다했네. 기왕 일을 맡았다면 의무를 다하지 않는 건 부끄러운 일이라 여겼으니까. 만일 내 덕에 무언가 나라에 도움이 되는 일이 더러 이루어졌다면 그건 한편으론 관직 활동과 관련해서 내 안의 힘을 쥐어짜낼 수 있었기 때문이고, 다른 한편으론 내가 직접 계획을 짜고 실행할 수 있었던 그런 과제를 시대의 사건들이 만들어주었기 때문이네. 그러나 본성과 상반되는 일을 하면서 내가 얼마나 괴로워했는지는 지금 자네에게 말로 표현할 수가 없을 정도네. 물론 당시에는 더더욱 표현할 수 없었고. 당시 난 그런 내 모습을 보면서 줄곧 이런 그림이 떠올랐네. 지느러미 달린 동물이 억지로 하늘을 날고, 날개 달린 짐승이 강제로 헤엄을 치는 그런 그림 말일세. 결국 나는 어느 정도 나이가 들자 곧 관직을 그만두었네. 자네는 아마 이런 의문이 들 수도 있을 걸세. 국가 조직에 정말 그렇게 많은 사람이 필요한지, 일반적인 업무의 일부를 특별한 일로 만들어 그 일을 전문적으로 다루는 단체나 사람들에게 맡길 수는 없는지 말이야. 그리하면 국가 업무를 더더욱 일목요연하게 조망할 수 있을 뿐 아니라 탁월한 재능을 가진 사람들이 계획을 좀 더 효율적으로 수립하고 실행하는 것이 가능하지 않겠느냐는 것이지. 그 질문에 대한 내 답은 이러하네. 중요한 질문이지만 제대로 대답하는 것은 훨씬 중요하고, 이 질문에 대해 세세한 부분들까지 올바로 대답하는 것은 정말 어려우며, 나 또한 제대로 대답할 자신이 없기는 마찬가지라고. 게다가 이 문제는 오늘 우리의 화제와는 거의 관련이 없네. 그러니 혹시 다음 기회에 이 문제에 대한 판단이 서면 다시 이야기를 나누어보기로 함세. 다만 분명한 것은, 현 국가 관직에 변화가 필요하고, 그 변화가 앞서 언급한 그런 방향으로 진행된다고 하더라도 '현 상태'라는 것은, 국가의 일이건 인간의 다른 일이건 아니면 지구 전체의 일이건 모든 것을 지배하는 일반적 변화 속에서 나름의 권리가 있다는 사실이네. 그러니까 현 상태는 길게 이어진 사슬의 한 마디이고, 자신이 전임자에게 자리를 물려받았듯 후임자에게 자리를 비켜줄 거라는 게지. 자네도 기억하겠지만 예전에 우리는 천직에 관한 이야기를 많이 했네. 한데 자신이 나아가야 할 방향을 결정해야 할 시점, 다시 말해서 인생행로를 선택해야 할 시점에 자신의 내면에 있는 진정한 힘과 성향을 알아차리는 것은 무척 힘드네. 그전까지는 주로 예술을 두고 그런 이야기를 해왔지만, 인생의 다른 분야에서도 마찬가지일 걸세. 내면의 힘과 재능이 워낙 크고 특출해서 바라보기만 해도 누구나 그것을 파악할 수 있고, 그래서 가족들이 아이를 그에 맞는 길로 자연스레 이끌거나, 아니면 누가 시키지도 않았는데 스스로 그 길을 찾아가는 경우는 아주 드물다네. 나는 방금 털어놓은 내 정신의 그런 특질들 외에 또 다른 성향이 있었네. 물론 그런 게 나한테 있다는 사실을 너무 늦게 알아차렸지. 어쨌든 난 어릴 때부터 사물을 감각적으로 인지가 가능한 것으로 표현하려는 충동이 있었네. 단순한 관계와 상황, 개념 따위에는 별로 흥미가 없었지. 그런 것들은 도저히 머릿속에 정립이 되지 않았네. 아직 어렸을 때로 기억하는데, 난 갖가지 물건들을 이런저런 모양으로 세워놓고 그렇게 해서 생겨난 모양에 내가 우연히 들은 마을의 이름을 죄다 붙였네. 또한 가느다란 회초리나 식물 줄기 같은 것들을 구부려 모양을 만든 뒤 거기다 이름을 붙이기도 했고, 작은 천으로 사람 모양을 만들어 사촌이나 외숙모라 부르기도 했지. 심지어 어떤 개념이나 상황에도 특정한 형체를 부여해 기억하기도 했네. 예를 들어 어린 시절에 자주 듣던 '전쟁 선전'이라는 말도 이런 식으로 기억했지. 당시 우리 집에는 새 단풍나무 테이블이 하나 들어왔는데, 테이블 판이 짙은 색 나무 쐐기로 연결되어 있었네. 그런데 쐐기의 횡단면이 이음새 위로 두꺼운 판 위에 비스듬히 드러나 있었지. 나는 이 형태에 '전쟁 선전'이라는 이름을 붙였네. 이런 식의 감각적 인지 충동은 모든 아이에게 있을 테지만, 나는 클수록 이 충동이 점점 뚜렷해지고 강해졌네. 나는 지각할 수 있는 형태라면 무엇이든 좋아했네. 대지를 뚫고 올라오는 새싹, 관목의 꽃봉오리, 식물의 꽃, 첫서리, 첫눈, 쌩쌩 부는 바람 소리, 후드득 떨어지는 빗소리, 심지어 두려움의 대상이었던 천둥 번개까지 좋았지. 또한 목수들이 오두막을 만드느라 나무를 깎고 판자에 못을 박는 모습을 구경하는 것도 좋아했지. 게다가 어떤 대상을 눈에 보이듯 생생히 표현하는 것이 그냥 일반적으로 설명하는 것보다 훨씬 좋았네. 이를테면 '백작이 말을 타고 간다'고 말하는 것보다 '백작이 점박이 말을 타고 간다'고 말하는 것이 가슴에 훨씬 생생히 와닿았던 걸세. 나는 빨간 색연필로 사슴과 기사, 개, 꽃을 그렸네. 그중에서도 내가 가장 좋아했던 그림은 온갖 다채로운 형체로 조합된 도시의 풍경이었네. 그 밖에 나는 점토로 궁전을 만들고, 나무껍질로는 제단과 교회를 만들었네. 나는 이런 충동을 '창작

욕구'라 부르네. 이 욕구는 사람에 따라 많기도 하고 적기도 하지. 반면에 훨씬 많은 사람들에게 존재하는 것이 '유지 욕구'네. 그것의 가장 추악한 변종이 탐욕인데, 이 욕구는 나이가 들어서도 별로 쇠퇴하질 않지. 우리는 아름다운 강변으로 이사를 한 적이 있네. 그해 겨울 나는 처음으로 강에 유빙이 떠내려가는 모습을 보면서 눈이 동그래졌네. 둥근 과자같이 생긴 얼음들이 생겨나고, 서로 부딪치거나 마찰하는 모습을 지겨운 줄도 모르고 하염없이 구경했지. 그 후의 겨울에도 몇 시간씩 강변에 서서 얼음의 모양, 특히 물가에 얼음이 생기는 모양을 호기심 어린 표정으로 지켜보곤 했네. 사람들은 살던 집을 떠나 다른 집으로 이사 가는 것을 별로 좋아하지 않지만 나는 반대였네. 그게 즐거웠어. 짐을 싸고 풀고, 새로운 공간에 배치하는 것이 그렇게 재미있을 수가 없었네. 한데 청소년기에 들면서 이러한 충동의 또 다른 면이 드러나기 시작했네. 단순히 형체를 좋아한 것이 아니라 아름다운 형체를 좋아했던 걸세. 물론 아이 때도 그런 면이 존재했겠지. 어쨌든 색 중에서는 유독 빨간색이, 모양 중에서는 별이나 여러 차례 꼬인 모양이 다른 것들보다 한층 강렬하게 내게 말을 걸어왔네. 당시에는 내 이런 특성을 거의 몰랐지만, 여하튼 청소년기에 난 조각과 건축으로 표현된 몸과 형체 들에 홀딱 넘어갔네. 회화의 평면이나 선, 색상, 음악의 연속적 감정, 문학의 도덕적 세속적 양태들보다 훨씬 좋았지. 나는 이런 구체적인 형체들에 빠져들었고, 삶에서도 이와 비슷한 것들을 찾으려고 애썼네. 바위와 산, 구름, 나무가 그런 것들이었지. 나는 이것들을 사랑했고, 반대편의 것들은 경멸했네. 그리고 인간과 인간 행위, 인간관계에는 마음이 끌렸지만 다른 것들에는 마음이 움직이지 않았네. 나중에야 깨달았지만, 그건 근본적으로 예술가의 심성이었네. 그 심성은 내게 자신을 받아들이고 실현해주기를 간절히 요구했네. 내가 훌륭한 예술가가 될지, 그저 그런 예술가로 그칠지는 나 자신도 모를 일이었네. 다만 걸출한 예술가가 되지는 않을 것 같았네. 그렇게 될 거라면 내면에 잠재된 재능이 절로 밖으로 나와 자신의 길을 알아서 찾아갔을 테니 말일세. 물론 이것도 어쩌면 착각일지 모르네. 내게 드러났던 것은 직접적인 창작의 재능이라기보다 예술을 이해하고 알아보는 재능에 가까웠으니까. 하나 그야 어떻든 내 속에서 꿈틀대는 힘이 국가 관직에는 별 도움이 되지 않고 장애가 됨은 분명했네. 이 힘들은 구체적인 형체를 요구했고, 그 형체를 중심으로 움직였기 때문이지. 그러나 국가는 완성된 구체적 형체가 아니라 인간들의 사회적 관계를 체계화한 하나의 틀이네. 정치 지도자의 활동도 대개 국가 구성원이나 국가 간의 관계와 상황과 관련이 있네. 따라서 정치 활동은 구체적인 형체를 제공하는 것이 아니라 틀을 제공할 뿐이네. 어릴 때 개념들을 머리에 담기 위해 그것들에 하나의 형체를 부여했던 것처럼, 성인이 되어 출사했을 때도 나는 국가 간의 관계에서, 그러니까 타국이 우리에게 무언가를 요구하거나 반대로 우리가 타국에 요구할 일이 있으면, 국가를 구체적 몸이나 형체로 간주했고, 국가 간의 관계도 구체적인 형체들의 연결로 생각하고 풀어나갔네. 또한 한 국가를 중심에 놓지도 않았고, 우리의 이익만을 최고 법칙과 행위 규범으로 삼지도 않았네. 있는 그대로의 사물에 대한 외경심이 워낙 강했던 나로서는 일이 꼬이거나, 논란이 많은 요구가 나오거나, 여러 가지 일을 정리할 필요가 있을 때는 우리의 이익을 우선적으로 따지지 않고 사물 그 자체가 요구하는 대로, 사물의 본질에 맞게 문제를 해결해나가려고 노력했네. 그래야 사물이 복잡한 관계 속에서 잃어버린 본연의 모습을 찾을 수가 있었네. 나는 이런 품성 탓에 걱정도 많이 했고, 남들에게 질책도 많이 받았네. 하나 다른 한편으론 존경과 인정을 받기도 했네. 이유야 뭐 별게 있겠나? 나는 사물의 본질에 기반을 두고 문제를 풀어나갔기에 일단 내 의견을 받아들여 실행에 옮기면 사물의 새로운 질서가 흔들림 없이 지속되었기 때문이지. 게다가 그런 새 질서로 인해 다시 무질서가 발생하거나 쓸데없는 일에 힘을 쏟을 필요가 없다보니 예전에 일을 일방적으로 추진했을 때보다 결과적으로 우리 나라에 더 큰 이익이 생겼네. 그로써 나는 공로훈장과 함께 주위의 인정을 받으며 승진까지 했지. 한데 그 힘든 시절에도 나는 잠깐씩 짬 나는 대로 여행을 떠나 산의 숭고한 모습을 감상하거나, 구름이 층층이 쌓인 산줄기와 어여쁜 시골 처녀의 파란 눈, 아름다운 말을 탄 청년의 날씬한 몸을 보거나, 당시에 벌써 여러 점을 사모은 그림이나 작은 조각상 앞에 서 있기만 해도 평온과 행복감이 마음속에서 잔잔히 퍼져 나가는 것을 느끼곤 했네. 고향으로 돌아온 느낌이라고 할까? 만약 내게 예술적 형상 능력이 있었다면 그건 건축가나 조각가 혹은 화가로서의 형상 능력이지, 작가나 음악가의 형상 능력은 아니었을 걸세. 내가 강하게 끌린 것은 건축이나 조각, 회화의 대상이었지, 음악과 문학은 아니었기 때문이네. 그런데 내 속에서 발현한 것이 창작력이라기보다 예술 애호에 더 가까웠다면 그 역시 형상 능력의 하나이기는 하지만 본질적으로는 형상을 받아들이는 능력에 불과하다고 말하는 게 맞을 걸세. 여하튼 인간 내면의 모든 힘, 심지어 창작력조차 일단 그 소유자를 위해 존재하듯, 예술 애호라는 특이한 능력 역시 소유자의 행복을 위해 존재한다고 할 수 있네. 하나 다른 한편으로 그런 특이한 능력은 남들과 관련을 맺어주기도 하네. 인간의 모든 능력, 심지어 한 인간의 가장 고유한 힘까지도 자기 안에 줄곧 폐쇄적으로 머물지 않고 타인에게 전이되니 말일세. 흔히 이런 말들을 하네. 위대한 예술 작품은 자기 시대에 큰 영향을 미치고, 더 나아가 큰 영향을 미친 작품이라면 위대한 예술 작품이라 불러도 무방하고, 반대로 영향을 주지 못하는 작품은 예술이라 부를 수 없다고 말이네. 그러나 그건 아주 잘못된 주장이네. 만일 육신과 영혼이 맑고 건강한 민족이 있다면, 그리고 그 민족의 힘이 한쪽으로 치우치지 않고 고루 발전해나간다면 그 민족은 순수하고 참된 예술 작품을 따뜻한 가슴으로 충실하게 받아들일 걸세. 그러기 위해선 박학다식함이 필요한 것이 아니라 단지 그 작품을 자신들의 내면에 있는 것과 비슷한 것으로 받아들여서 키워나갈 수 있는 소박한 힘이 필요하네. 한데 어떤 민족이 아무리 뛰어난 재능을 가졌다 하더라도 그 재능들을 한 방향으로만 밀고 나간다면, 혹은 그 재능들이 감각적 쾌락이나 악덕만 좇는다면, 큰 영향을 미쳐야 할 작품들은 그 힘들이 작용하는 방향으로만 따라갈 수밖에 없거나, 아니면 감각적 쾌락과 악덕만 표현하게 될 걸세. 따라서 이런 민족은 순수한 작품을 낯설게 여기고, 그것에서 등을 돌릴 것이네. 고결한 예술 작품이 한 시대를 뒤흔들고 감동시키다가도 뒤이어 그런 작품들을 더 이상 쳐다보지도 않는 민족이 나타나는 것도 그 때문이지. 해서 고귀한 예술 작품들은 얼굴을 가린 채 다시 순수한 감각으로 자신들을 우러러봐줄 다른 민족이 나타나길

학수고대하네. 그런 민족이 나타나면 고결한 작품들은 그들에게 정겨운 미소를 지어주고, 그들에 의해 마치 구제받은 성물처럼 다시 신전으로 옮겨지네. 타락한 민족들 속에서도 한 줄기 외로운 빛처럼 순수한 작품이 활짝 꽃을 피우는 일이 드물지 않네. 그런 작품은 당시에는 주목받지 못하다가 훗날 눈 밝은 사람에게 재발견되기도 하지. 한데 예술의 순수한 활동이 더 쉬워지려면 모든 시대에 예술 작품에 깊은 감각이 있는 사람들이 존재해야 하네. 그런 사람들은 맑은 눈으로 예술품의 진가를 알아보고, 그것을 따뜻함과 기쁨으로 받아들이고, 동시대인들에게 그 기쁨을 다시 나누어 주네. 만일 창조하는 존재를 '신들'이라 부른다면 그런 사람들은 신들의 사제라 할 수 있을 걸세. 이들은 예술이 퇴락의 시대에 접어들면 그 재앙을 지연시키고, 어둠 이후에 광명의 시대가 찾아오면 환한 횃불을 치켜들고 그 시대를 앞장서서 이끌 걸세. 만일 내가 그런 사람이라면, 그리고 내게 끊임없이 다정한 눈짓을 보내는 고결한 예술을 관조함으로써 가슴속에 참다운 기쁨을 채우고, 그 기쁨과 예술에 대한 인식과 존경심을 동시대인들에게도 전해주어야 할 소명이 내게 주어졌다면, 국가 관료로서의 길은 내 본질에 큰 장애가 되었네. 빈약하나마 내게 있던 재능이 뒤늦게 꽃피었다고는 하나, 힘찬 바람과 강렬한 햇살을 이용하지도 못하고 그냥 흘려보낸 젊은 날의 여름을 그것이 대체할 수는 없을 걸세. 자신의 인생에서 가장 탁월한 길이 될 수도 있을 그 길을 쉽게 선택할 수 없다는 것은 참으로 슬픈 일이 아닐 수 없네. 존경스러운 자네 부친께서도 전적으로 동의하신, 우리가 자주 나누었던 이야기를 반복하자면, 인간은 자신의 내면에 존재하는 힘들을 완벽하게 발휘하기 위해 인생 경로를 선택해야 하네. 그렇게 자기 자신을 최선으로 위하는 길이 사회와 국가 전체에도 가장 도움이 되는 길일 걸세. 사람들의 입에 자주 오르내리는 말이지만, 따라서 자신의 길을 오로지 '인류에 유용하게 쓰이기 위해' 선택하는 것만큼 큰 죄악은 없을 것이네. 그것은 자신을 포기하는 것이고, 자기 본연의 재능을 썩히는 길이네. 그런데도 사람들은 어떤 선택을 하고 있나? 우리의 사회적 상황은 우리가 물질적 욕구 충족을 위해 많은 힘을 쏟도록 몰아가고 있네. 해서 젊은 이들은 자신이 어떤 사람인지 인식하기도 전에 사회로 나가 물질적 욕구 충족에 필요한 것들을 확실히 보장하는 분야로 진출하기에 바쁘네. 이런 상황에서 소명이라는 말이 가당키나 하겠나? 이는 참으로 좋지 않은 일이네. 이로 인해 인류는 점점 짐승 떼로 변해가고 있네. 밥벌이에 매달릴 필요가 없어 자유로운 선택이 가능할 때에야 사람은 자신의 힘을 선명하게 인식할 수 있네. 남들에게 떠밀려 길을 선택하기 전에 말이야. 그렇다면 더 늦지 않기 위해 청년기에 선택해서는 안 되는가? 청년기에 자신의 힘을 의식할 수는 없을까? 참으로 어려운 일이네. 관련된 사람들이 모두 합심해서 일이 경솔하게 처리되지 않도록 방안을 강구해야 할 걸세. 이제 이 문제는 이쯤에서 끝내기로 함세. 장차 자네의 신부 될 사람의 가족과 나의 관계를 밝히기 전에 이 이야기를 먼저 해두고 싶었네. 그래야 현재의 내 상태를 자네가 대충이나마 판단할 수 있을 거라 생각했지. 나머지 이야기는 다음에 계속하도록 하세."

우리는 곧 화제를 바꾸었다. 그리고 나서 구스타프를 불러 셋이서 산책을 했다.

회고

내가 드러내놓고 요구하지도 않고, 그렇다고 말을 돌려서 부탁하지도 않았는데 주인어른은 그다음 날, 어제 했던 이야기를 계속해주었다. 어른은 우선 내 방에서 얼마간 함께 있어도 되겠느냐고 물었다. 나는 당연히 된다고 대답했다. 우리는 난롯가에 앉았다. 굵직한 너도밤나무 장작이 만들어내는 불꽃이 쾌적하고 조용히 타오르고 있었다. 어른이 푹신한 의자에 등을 기대며 말했다.

"자네만 괜찮다면 저번에 했던 이야기를 오늘 마저 끝내고 싶네. 아무도 우리를 방해하지 말라고 일러두었으니, 이제 자네만 좋다고 하면 되네."

"어르신과 슈테르넨호프의 관계를 듣는 건 제게 기쁜 일일 뿐 아니라 의무이기도 합니다."

"그럼 나에 대한 이야기부터 먼저 하기로 함세. 그게 순서에 맞을 듯하니."

어른이 이야기를 시작했다. "나는 힌터발트 지방의 달크로이츠라는 마을에서 태어났네. 자네도 알겠지만 힌터발트*라는 이름에는 더 이상 본래의 뜻이 담겨 있지 않네. 옛날에 이 지방은 우리의 강에서 북쪽으로 길게 뻗은 언덕들을 가리켰는데, 당시에는 달크로이츠 마을이 없었네. 아마 숲속에 벌목꾼들의 오두막이 몇 채 들어서기 시작하면서 마을이 형성되기 시작했을 걸세. 지금은 온 구릉지에 들판과 초원, 방목장이 넓게 펼쳐져 있고, 오래된 삼림이 남긴 폐허 몇 군데가 이 땅을 그윽하게 내려다보고 있을 뿐이네. 선친의 집은 마을 외곽에 있었네. 툭 트여 있어서 들판과 초원, 정원, 그리고 남쪽에 자리 잡은 파란 띠 같은 아름다운 숲이 훤히 보였지. 열 살 때 나는 이 지방의 모든 나무와 관목을 구별했고, 하나하나 이름까지 알았고, 멋진 식물과 암석도 알았으며, 주변의 길이 어디로 향하는지도 알았네. 그 길에 접한 인근 마을들을 직접 찾아가보기도 했네. 심지어 달크로이츠에 사는 개들에 대해서도 모르는 것이 없었네. 이 집 개의 색깔은 어떻고, 저 집 개의 이름은 무엇이며, 또 저 개의 주인은 누구인지도 다 알았지. 나는 초원과 들판, 관목을 사랑했네. 우리 집은 말할 것도 없었지. 마을 교회의 종은 지상에 존재하는 것들 중에서 가장 사랑스럽고 우아하게 느껴졌네. 양친께서는 평화롭게 사셨고 사이도 무척 좋으셨지. 누이도 하나 있었는데, 내가 가는 곳이면 어디든 쫓아다녔네. 우

* '뒤쪽의 숲'이라는 뜻. 사람들이 찾기 힘든 깊고 한적한 산간지대를 일컫는다.

리 집은 1층이었네. 눈처럼 하얀 집은 멀리서 보면 초록색 배경 속에 하얗게 빛났네. 집에는 초원과 들판, 작은 숲이 딸려 있었는데, 아버지는 집과 토지의 관리를 하인들에게 맡기셨네. 아마천 장사를 하시던 아버지는 일 관계로 집을 비울 때가 많았기 때문이지. 나는 어릴 때 이미 선친의 가업을 물려받기로 되어 있었네. 하나 그전에 교육기관에서 다른 필요한 교육을 받기로 했지. 조부모님에 대해서는 기억나는 것이 거의 없지만, 어쨌든 조부모님이 돌아가셨을 때 아버지 곁에는 이제 친척이라고는 한 사람도 남지 않았네. 아버지가 먼 곳에서 데려온 어머니에게는 오라버니가 한 분 있었네. 한데 유복한 집에서 자란 오라버니는 '신분이 처지는'—이건 그 오라비가 직접 한 말이네—사내와 결혼한 누이가 마음에 들지 않아 완전히 인연을 끊어버렸네. 무슨 말을 해도 마음을 돌리지 않았다더군. 이후 우리는 어머니의 오라비와 연락이 완전히 끊겼고, 그 양반 이야기라면 입에 올리는 것조차 삼갔네. 그러다보니 1년 내내 그 양반 이름을 한 번도 말하지 않고 지나가는 해도 많았지. 반면에 아버지는 하는 일이 술술 풀려 급기야 그 지방에서 가장 존경받는 사람이 되었네. 한데 내가 학교로 떠나기로 한 그해 말에 우리 집에 연이어 불행이 닥쳤네. 우박이 쏟아져 밭이 엉망이 되었고, 집의 일부가 불에 타버렸으며, 이제 모든 게 복구되어 다시 원래 생활로 돌아갈 수 있겠다 싶은 순간에 아버지가 예기치 않게 돌아가시고 말았지. 그런데 정말 심각한 문제는 그다음에 터졌네. 우리의 후견을 맡은 사람은 칠칠치 못한 사람이었고, 아버지의 사업 동료들은 수상쩍은 요구나 하는 음흉한 사람들이어서 그로 인해 불행한 송사(訟事)가 발생한 게지. 결국 어머니는 우리의 미래를 위해 혼신의 힘을 다해 싸웠지만, 여자 혼자 힘으로는 애당초 감당키 어려운 싸움이었네. 해서 상황이 모두 정리되었을 때는 우리 집 꼴이 말이 아니었네. 살림이 거덜 나면서 궁핍에 빠지게 되었지. 그 와중에도 가을에 나는 사랑하는 집과 골짜기, 사랑하는 가족을 떠나야 했네. 몇 푼 되지도 않은 돈을 품속에 꼭꼭 챙겨넣고는 고학년 형의 손을 잡고 상당히 먼 거리에 있는 학교까지 걸어갔지. 학교에서 나는 극빈층에 속했네. 그렇지만 어머니는 어려운 형편에도 필요한 것들을 늦지 않게 보내주셨네. 풍족하지는 않았지만 최소한의 생활은 가능했지. 그 학교에는 고학년 학생이 저학년 학생에게 과외 공부를 시키고 대가를 받아도 되는 관습이 있었네. 나는 성적이 뛰어난 학생으로 알려져 있어서 4학년 때 벌써 저학년 학생 몇 명에게 과외 공부를 시켰고, 그로써 어머니의 노고를 덜어드릴 수 있게 되었네. 심지어 2년 뒤에는 과외비로 생활비까지 전부 충당하게 되었지. 나는 항상 방학을 어머니와 누이가 사는 하얀 집에서 보냈네. 한데 이 집을 상속받을 생각은 접었네. 나는 학교에서 배운 지식을 토대로 일자리를 마련할 수 있을 테니 집과 땅은 장차 누이에게 넘겨줄 생각이었네. 그렇게 세월이 흘러 드디어 직업을 결정해야 할 시점이 다가왔네. 당시 내가 막 졸업한 학교 같은 일반 학교들은 몇몇 종신직하고만 연결될 뿐 다른 직업에는 별 쓸모가 없었네. 해서 나는 국가 관직으로 나아갈 결심을 했네. 아무리 생각해도 현재의 내 지식으로 뛰어들 수 있는 다른 단계들은 전망이 아주 어두웠기 때문이지. 그렇다고 어머니가 이런 문제에 조언을 해줄 수 있는 처지도 아니었네. 결국 나는 최대한 아껴서 미미한 액수나마 돈을 모았네. 그런 다음 어머니의 한없는 축복을 가슴에 묻고 사랑하는 누이의 눈물을 뒤로하고 도시로 떠나갔지. 골짜기를 지날 때는 주변의 친숙한 사물들을 바라보면서 솟구쳐 오르는 눈물을 참으려고 무던히 애를 썼네. 이윽고 우리의 숲을 지나 고향의 들판과는 사뭇 다른 들판 위로 가을 해가 비추는 것을 보는 순간 내 마음도 서서히 진정되어가더군. 게다가 이제는 내가 눈물을 흘리기 직전이라는 것을 남들이 알아챘다고 해도 전혀 두렵지 않을 것 같았네. 도시로 가서 국가 관료로 입신양명하겠다는 굳은 결심이 서자 머릿속으로 장밋빛 환상이 펼쳐지면서 걸음은 더욱 빨라졌네. 이윽고 고산지대의 가장자리에 이르렀네. 거기서부터는 강 쪽으로 내려가는 길이 시작될 뿐 아니라 완전히 다른 풍경이 펼쳐졌네. 나는 마지막으로 등을 돌려, 여기서 거의 하루 거리에 있는 고향을 돌아보며 어머니에게 다시 한 번 하직 인사를 올렸고, 속눈썹이 긴 누이의 아름다운 얼굴을 상상의 손가락으로 부드럽게 어루만졌으며, 지붕이 빨간 우리의 하얀 집을 비롯해서 우리의 밭과 내가 걸어온 숲들에도 진심 어린 축복을 기원했네. 그러고 나자 정말 두 눈에 눈물이 그렁그렁 맺히더군. 나는 아래쪽 길을 따라 내려갔네. 무성한 나뭇잎이 지붕처럼 햇빛을 가려주던 그 길은 거친 고지대와 아래쪽 하천지대를 연결하는 많은 협로들 가운데 하나였지. 한데 겨우 세 걸음을 뗐을 뿐인데 내가 태어난 곳은 더 이상 보이지 않고 그 언저리만 한동안 간신히 보이더군. 거기서부터는 이제 전혀 다른 풍경이 펼쳐졌네. 나는 다시 한 번 돌아보고 싶은 마음이 굴뚝같았지만 그러지 않았네. 나 자신이 부끄러웠던 게지. 그리하여 서둘러 길을 내려갔네. 밤이 되기 전에 강에 닿아 이튿날 배를 타려면 더 이상 지체해서는 안 되었네. 가을 저녁

해가 나뭇가지들 사이로 어른거렸고 박새들이 지저귀었네. 마치 나를 부르는 소리 같았지. 내 고향의 숲에 사는 박새들도 저렇게 울었지 하는 생각이 들었네. 도중에 나는 마부와 도보 여행자를 여럿 만났네. 내 발걸음 하나하나에는 진심 어린 기원이 담겨 있었네. 이윽고 해가 떨어졌을 때 찰랑거리는 강물 소리가 들렸고, 물 위에 반짝거리는 황금빛 햇살이 보였네."

어른은 이 대목에서 잠시 이야기를 멈추었다. "내 감흥에 취해 자네에게는 중요하지도 않은 일을 쓸데없이 미주알고주알 늘어놓았나 보네. 하나 어쩌겠나? 다른 이들에게는 별것 아닌 이야기도 나이가 들면 아름다운 추억처럼 느껴지는걸."

"괘념치 마시고 계속 말씀해주십시오. 어르신의 추억 속에 남아 있는 과거의 그림들을 함께 느껴보고 싶습니다. 그런 그림들은 더더욱 가슴에 와 닿고, 연결되어야 할 것들을 쉽게 연결해줍니다. 생동감 넘치는 삶에 드리운 옅은 그림자처럼요. 게다가 저는 어르신만큼 시간을 엄격하게 나누어 쓰는 사람이 아니니 제 시간을 염려해서 이야기를 줄이실 필요는 없습니다."

"늙은이가 시간을 때우는 방법이 뭐 별게 있겠나? 할 일 없이 인생의 종착점만 바라보고 살든가, 아니면 마음 내키는 대로 시간을 쓰고 살든가, 둘 중 하나일 테지. 나 같은 늙은이는 별 할 일 없이 그저 시간 나는 대로 꽃이나 가꾸고 사네. 게다가 내가 하는 이야기가 자네에게 전부 쓸데없는 것은 아닐 걸세. 그러니 이야기가 본류에서 벗어나더라도 탓하지 말고 들어주게.

그날 밤 나는 아주 잘 잤고, 이튿날 아침 작고 조야한 배에 올랐네.

당시에는 갖가지 화물을 싣고 강 아래로 내려가는 화물선에 사람도 함께 태웠지. 나와 비슷한 꿈을 꾸는 젊은이들도 여럿 함께 타고 갔는데, 이들은 가끔 노를 젓기도 했네. 우리 배는 넓은 강 위를 미끄러지듯이 달렸네. 우리가 하룻밤을 묵은 작은 도시는 아침 안개에서 빠져나오려고 안간힘을 쓰는 듯했지만 시간이 갈수록 점점 뒤로 물러나더니 결국 우리의 시야에서 사라지고 말았네. 승선한 사람들의 무리에서는 가끔 노래와 왁자지껄한 말들이 쏟아져 나왔네. 나는 그런 그들을 보며 더욱 마음을 굳게 먹고 각오를 다졌지.

항해에 나선 지 이틀째 저녁, 내가 장차 그 어엿한 일원이 될 도시의 높고 날씬한 성탑이 드디어 강변 덤불 위로 우뚝 모습을 드러냈네. 사람들이 외치는 소리로 보아 앞으로 한 시간하고 조금만 더 가면 목적지에 닿을 것 같았네. 나는 다시 거칠게 요동치는 심장 소리를 들으며 속으로 이런 생각을 했네. 수많은 세월 동안 격랑과도 같았던 위대한 운명들을 지켜봐온 저 성탑이 이제 네 미미한 운명을 지켜볼 것이다. 네 운명이 어떻게 풀릴지는 알 수 없지만, 최악의 경우 네 운명이 결딴나더라도 저 성탑은 앞으로 또 다른 사람들의 운명을 내려다볼 것이다 하는 생각이었지. 우리 배는 점점 속력을 높였네. 노잡이들의 손에 희망이 가득 담겨 있었으니까. 좀 더 신이 난 사람들은 노래까지 불렀지. 이렇게 해서 예정보다 일찍 우리 배는 무척 큰 건물 맞은편에 있는 석조 선착장에 도착했네. 한데 나는 배에서 어떤 사람을 만났네. 오늘 내가 하룻밤을 묵을 여관으로 안내해주고, 이튿날에는 셋방까지 얻어주겠다고 자청하더군. 도시에서 2년을 지내다가 지금은 부모님 집에서 방학을 보내고 다시 도시로 돌아가는 길이라는 고학년 학생이었지. 나는 그 제안을 매우 고맙게 받아들였네. 그 학생은 실제로 나를 여관으로 데려가더니 문 앞에서 헤어지기 전에 내일 아침 동이 트는 대로 다시 찾아오겠다고 약속했네. 약속은 지켜졌네. 내가 옷을 채 입기도 전에 내 방문을 노크하는 소리가 들렸으니 말일세. 이리해서 그날 정오가 되기도 전에 우리는 내 짐들을 새로 구한 셋방으로 옮겨놓을 수 있었네. 그 학생은 내게 작별 인사를 하고 자신이 잘 아는 사람들에게로 갔네. 그 뒤로는 그 학생을 거의 만나지 못했네. 우리는 우연히 같은 배를 탔다 맺어진 지나가는 인연이었을 뿐이고, 또 그의 인생행로는 나의 것과 사뭇 달랐기 때문이네. 어쨌든 내가 도시를 구경하려고 처음으로 방을 나갔을 때 대도시에 대한 두려움이 또다시 밀물처럼 밀려들었네. 벽과 지붕으로 이루어진 어마어마한 황무지, 낯모르는 얼굴들이 바쁘게 오가는 거리, 그리고 우글거리는 헤아릴 수 없이 많은 사람들에 나는 그만 기가 죽고 말았네. 더구나 골목 몇 개를 지났을 뿐인데 방향을 찾지 못해 허둥대고, 집으로 돌아가기 위해 행인들에게 번번이 길을 물어볼 때는 완전히 의기소침해졌지. 그도 그럴 것이 나는 이제껏 가족의 품속에서만 지냈고, 주변의 집과 사람이 모두 익숙한 작은 마을에서만 살아왔지 않은가? 나는 국가 관직 예비 과정에 등록하려고 법학교의 교장 선생님을 찾아갔네. 교장 선생님은 내 뛰어난 성적을 보시고는 선뜻 입학을 허락해주셨고, 앞으로 대도시 생활의 유혹에 빠져 공부를 소홀히 하는 일이 없도록 하라고 당부하시더군. 하나 그건 내 경제 형편을 모르고 하신 말씀이었네. 대도시는 어차피 그 안의 나무 하나하나가 나와는 아무 상관이 없는 거대한 숲이나 다름없었으니 말일세. 따라서 나는 굳이 도시의 유혹을 멀리하고 싶지 않아도 부득이 공부에만 매달릴 수밖에 없는 처지였네. 개학 날 나는 내가 다닐 학교를 어렵지 않게 찾아갔네. 그사이 내가 다녀야 할 길을 몇몇 익혀두었던 게지. 학교는 정신을 차릴 수 없을 정도로 많은 사람으로 북적거렸네. 이 학교에서는 모든 전공을 가르쳤고, 그래서 각 전공을 공부하는 학생이 다 모여 있었으니까. 학생들은 하나같이 재능이 뛰어나고 교양 있고 민첩해 보였네. 나는 또 다시 기가 꺾였고 내 능력이 자꾸 작아 보이면서, 여기서 중간만 돼도 다행이라는 생각까지 들었네. 나는 강의실로 들어가 중간쯤의 자리에 앉았네. 수업이 시작되고 끝났네. 다른 전공 수업들도 마찬가지였지. 한데 수업과 도시는 여전히 내게 몸에 맞지 않는 옷처럼 어색하기 짝이 없었네. 그 무렵 가장 큰 위안이라면 내 방에 틀어박혀 옛날을 추억하고 어머니에게 장문의 편지를 쓰는 일이었을 걸세.

그렇게 얼마가 흐른 뒤 다시 마음속에 용기와 힘이 샘솟았네. 그럴 계기가 있었지. 학교의 법률위원회 위원이었던 우리 선생님은 학생들에게 질문을 던지며 가르치는 스타일이었네. 나는 선생님의 강의를 공책에 충실히 받아 적었네. 마침내 상당수의 학생들이 선생님의 질문을 받았고, 이제 내 차례가 왔네. 나는 옷이나 겉모습에서 나보다 훨씬 뛰어난 우리 반 친구들이 공부에서는 나보다 별로 뛰어나지 않고, 내가 오히려 다른 친구들보다 낫다는 사실을 깨달았네. 이것을 깨달으면서, 지금껏 낯설게만 느껴지던 이 도시의 모든 것이 새롭게 보이기 시작했고, 점점 친숙한 느낌마저 들었지. 학생들 중에는 그전부터 알고 지내던 친구가 몇 명 있었네. 예전에 다니던 학교를 나보다 먼저 졸업하고 이 도시의 학교로 진학한 학생들이었지. 새로 사귄 친구도 몇 명 있었네. 그중 한 친구가 내게 경제적으로 큰 도움을 주었네. 당시 나는 무척 아껴서 생활했지만 수중의 돈은 점점 바닥을 보이기 시작했네. 그럴 무렵 내 짝이었던 그 친구가 내가 예전 학교에서 과외 수업을 했다는 이야기를 듣고는 자기 여동생 둘의 과외 선생으로 나를 추천했네. 물론 그런 이야기는 매일의 접촉을 통해 우리 둘 사이에 우정 비슷한 감정이 싹트고, 서로가 마음에 들었기에 가능했을 걸세. 어쨌든 그 친구는 집에서 두 누이의 과외 선생을 구한다는 이야기를 듣고는 내 사정을 부모님에게 이야기했네. 그 친구의 부모님은 나를 보고자 했네. 친구는 나를 집으로 데려갔고, 친구의 부모님은 나를 두 딸의 과외 선생으로 채용했네. 돈을 받고 과외 수업을 하는 터라 나는 나름대로 체계적으로 가르치는 방법을 개발했고, 그것이 성과를 거두었네. 그렇다고 무슨 대단한 교수법이 있었던 것은 아닐세. 그건 처음부터 기대도 하지 않았지만 어느 정도 효과는 있었던 모양이네. 아무튼 이렇게 해서 나는 대도시로 이주하면서 꿈꾸었던 것들을 차근차근 성취해나갈 수 있게 되었네. 그때부터는 경제적인 어려움에서 해방되었을 뿐 아니라 그 친구의 집에 자주 초대를 받아 가족애의 일단까지 맛볼 수 있었고, 전공 공부에도 전력을 쏟을 수 있었지.

처음으로 맞은 방학 때 나는 고향집을 찾았네. 내 가방에는 최고의 성적표가 들어 있었지. 그것 말고도 나는 과외 수업으로 내가 얼마나 큰 인정을 받고 있는지 이야기했네. 학년이 끝나갈 무렵에는 그 방면에서도 상당한 성과를 거두었기 때문일세. 어쨌든 방학이 끝나 다시 도시로 떠날 때는 1년 전과 전혀 다른 마음으로 집을 떠날 수 있었네.

2학년부터는 방학 때 고향집을 방문할 수 없었네. 과외 때문이었지. 아이들을 가르치는 내 방식이 도시의 많은 가정에서 호응을 얻으면서 수요가 늘었고, 보수도 예전보다 많아졌네. 그로써 나는 경제적으로 여유가 생겨 어느 정도 저금도 할 수 있게 되었지. 게다가 경제적 여유를 바탕으로 전공 외에 내가 좋아하는 수학과 자연학도 공부할 여력이 생겼네. 참으로 고마운 일이었지. 다만 유일한 단점은 과외 수업을 하는 집에서 내가 잠시 수업을 중단하고 고향집으로 여행을 떠나는 것을 원치 않는다는 것이네. 충분히 납득할 수 있는 요구였지. 해서 나는 가족들과 예전보다 더 열심히 서신 교환을 하면서, 학업이 끝나기 전까지는 고향 땅을 밟기 어렵겠지만 학업이 끝나면 몇 달 정도 시간을 내어 고향집에서 머물겠다고 약속했네. 과외를 하는 집에서도 나의 이런 결정에 만족했네.

처음엔 그렇게 으스스하던 도시가 이젠 점점 친근한 느낌으로 다가오기 시작했네. 거리와 광장을 돌아다녀도 아는 사람은 거의 만나지 못하고 맨 낯선 얼굴들뿐인 것에도 점점 익숙해졌지. 내가 세계시민이 된 느낌이랄까? 여하튼 예전에는 내 기를 꺾었던 것들이 이제는 오히려 편하게 느껴졌네. 나는 이 도시의 풍부한 학술적 예술적 자료들에도 깊은 영향을 받았네. 도서관과 미술관을 방문하고, 연극을 보고, 좋은 음악을 듣는 것이 생활이 되었지. 내 속에서는 예전부터 학문에 대한 열정이 숨 쉬고 있었고, 형편이 나아지면서 나는 그것들에 힘을 쏟을 여력이 생겼네. 내게 부족한 것이라고는, 내 재력으로는 감당할 수 없는 마음에 드는 것들을 사 모을 수 없다는 것뿐이었네. 나는 사람들이 좋아하는 유흥에는 관심이 없었고 내가 추구하는 일들에서 즐거움을 느꼈으니 시간은 충분했네. 게다가 원래 건강하고 튼튼한 체질이었기에 힘도 충분했지. 아름다운 건물과 교회, 조각상, 회화들을 보면 내 마음속에는 잔잔히 행복감이 퍼졌네. 그런 대상들을 세세한 부분까지 관찰하고 감상하느라 몇 날 며칠을 보낸 적도 있었지. 그 밖에 나는 몇몇 가족과 친분을 쌓았고, 초대를 받았으며, 다른 사람들과의 친분도 서서히 넓혀나갔네.

내가 2학년일 때 누이가 혼인을 했네. 남편은 나도 예전부터 알던 사람이었네. 선한 성품에 욕심이나 나쁜 습관은 없고, 가정적이고, 외모도 괜찮은 편이었으며, 그 밖에 특별한 점은 없는 평범한 남자였지. 한데 나는 누이를 워낙 사랑했기에 항상 누이가 아주 훌륭하고 멋진 사람이랑 맺어져야 한다고 생각해왔네. 하나 이 결혼은 내 바람과는 거리가 멀었지. 어머니는 그런 내게 이런 편지를 썼네. 매제 될 사람이 네 누이를 무척 존경한다. 오랫동안 누이 하나만 보고 충직하게 사랑해왔고, 그 성실함에 누이의 마음이 넘어갔다. 두 사람은 우리 집에서 같이 사는데, 매제는 자그마한 규모의 장사를 아주 열심히 해서 가족을 먹여 살리고 있다. 나도 두 사람의 결혼을 진심으로 축하하고 정말 행복하게 살길 바란다고 답장을 보냈지. 그리고 특별히 매제에게는 내 누이를 한마음으로 사랑하고 아끼고 존중하길 바란다고 당부했네. 누이는 그럴 자격이 충분하다고 믿었기 때문이지. 매제는 내 당부를 철저히 지키겠다고 약속했고, 나는 이후의 편지들에 한결같이 담겨 있는 평화로운 가정의 분위기에서 그 약속이 지켜지고 있다고 믿었네. 어느덧 시간이 흘러 나는 마지막 시험을 통과해서 예비 과정을 무사히 마쳤네. 해서 약속대로 오랫동안 만나지 못한 식구들을 보러 가려고 막 짐을 꾸리고 있는데 누이의 편지가 당도했네. 곳곳에 눈물자국이 번져 있는 편지에는 어머니가 돌아가셨다는 청천벽력 같은 소식이 적혀 있었네. 어머니는 얼마 전에 앓아누웠는데, 겉으로는 그리 위험한 병으로 보이지 않았고, 또 내가 졸업 시험을 앞두고 있었으니 공부에 방해가 될까봐 내게는 어머니의 병환을 알리지 않았다고 했네. 한데 병석에 누운 지 열흘 만에 갑자기 병세가 악화되더니 세상을 떠나셨네. 그리해서 이제 내게는 어머니의 별세 소식만 전하게 된 게지. 나는 즉시 여행에 필요하다고 생각되는 것들을 모두 싼 다음 한 친구에게 두 줄의 짧은 편지를 써 보냈네. 지인들에게 이 일을 알리고, 내가 인사도 없이 떠난 것을 양해해달라는 내용이었지. 나는 곧장 우편국으로 달려갔고, 두 시간 뒤에 마차에 올랐네. 마차는 정말 밤낮없이 달렸네. 심지어 나는 고향으로 길이 꺾이는 곳에 위치한 마지막 우편국에서는 말을 직접 타고 달렸네. 그러다 말이 지치면 다른 말로 갈아타고는 쉬지 않고 달리고 또 달렸지. 그랬음에도 내가 도착했을 때는 어머니의 마지막 육신을 볼 수 없었네. 어머니는 이미 지하에 누워 계셨지. 결국 나는 어머니의 옷과 물건 들, 작은 테이블 위에 있는 자잘한 작업 도구들에서 어머니의 숨결을 느낄 수밖에 없었네. 나는 의자에 쓰러져 눈물을 펑펑 쏟았네. 이대로 그냥 어머니를 따라갔으면 하는 바람뿐이었지. 살면서 처음으로 겪는 크나큰 슬픔이자 상실이었네. 아버지가 돌아가셨을 때는 아직 너무 어려서 죽음의 의미를 제대로 느낄 수 없었네. 물론 아버지의 죽음도 이루 말할 수 없는 아픔이었고 아버지 없이는 살 수 없을 것 같은 생각까지 들었지만, 그 아픔은 내 의지와는 상관없이 날이 갈수록 수그러들기 시작해서 나중에는 희미한 흉터로만 변해버렸지. 몇 년 뒤에는 아예 아버지에 대한 생각조차 하지 않게 되었네. 하나 이번에는 달랐네. 내게 어머니는 순수한 가정의 상징을 넘어 인내와 온유, 질서, 존속의 상징이었고, 우리 사고의 중심점이었네. 그러니 나로서는 그런 상황이 언젠가 바뀌리라는 것은 거의 상상조차 할 수 없었지. 이제야 나는 우리가 어머니를 얼마나 사랑했는지 알게 되었네. 당신은 아무것도 요구하지 않았고, 어떤 것도 당신의 공으로 돌리지 않았으며, 그저 소리 없이 무언가를 주기만 하셨고, 모든 운명을 하늘의 섭리로 받아들이며 조용한 믿음 속에서 자식들을 미래에 맡기시는 분이었네. 이제 그런 분이 세상에 존재하지 않았네. 평소 당신의 침실에서 하얀 이불을 덮고 곤히 주무셨던 것처럼, 지금은 흙을 이불 삼고 누워 모든 것을 하늘에 맡기고 편히 잠들어 있었던 게지. 누이는 그림자처럼 나를 따라다니며 위로하기에 바빴네. 그때까지만 해도 나는 진정으로 위로가 필요한 사람은 내가 아니라 누이라는 사실을 몰랐네. 매제도 슬픔에 잠겨 조용히 일을 하러 나갔네. 나는 어머니의 무덤을 찾아가 하염없이 눈물을 흘렸고, 하늘에 계신 주님께 어머니의 복락을 기원했네. 집으로 돌아와서는 어머니의 흔적이 묻은 공간을 하나하나 둘러보았네. 그중에서도 가장 내 마음을 붙잡은 곳은 어머니가 거처하시던 작은 방이었네. 그 방은 어머니가 앓아누워 있을 때처럼 모든 것이 그대로 놓여 있었네. 매제와 누이는 내게 얼마간 집에 있다 가라고 했네. 나도 고맙게 받아들였네. 내가 예전부터 아주 좋아했던 집 뒤쪽에는 어머니가 병석에 눕기 전에 나를 위해 만들어둔 방이 있었네. 어머니께서 직접 꾸미셨다고 하더군. 나는 그 방에 들어가 짐을 풀었네. 창문 둘이 정원으로 나 있고, 새하얀 커튼과 곱게 펼쳐진 아마천 침대 시트에는 어머니의 세심한 손길이 묻어 있는 것 같았네. 나는 혹시라도 어머니의 정성이 훼손될까 어떤 것에도 손을 댈 수가 없었네. 그저 한참 동안 뿌리가 내린 사람처럼 가만히 앉아 있기만 했지. 그러고 있다가 다시 집안을 둘러보았네. 한데 도무지 내가 어린 시절을 보낸 집 같지가 않았네. 집은 예전보다 컸고 낯설었네. 누이 부부가 생활하는 거처는 예전에 없었던 공간이네. 반면에 아버지가 돌아가신 뒤에도 남아 있던 아버지와 어머니의 방은 없어졌고, 누이와 내가 어릴 때 사용하던 방도 보이지 않았네. 내가 집에서 방학을 보낼 때만 해도 옛 상태 그대로 남아 있던 방이었는데 말일세. 집 안의 가구와 설비도 얼마 전에 바꾼 것 같았네. 게다가 지붕도 예전과 달라져 있었네. 망가진 부분들은 수리했고, 새로운 벽돌을 얹었으며, 옛날에 둥근 벽돌이 있던 가장자리에는 접착제의 일종으로 모르타르를 사용했더군. 이 모든 것을 보면서 나는 가슴이 찢어질 듯 아팠네. 이런 변화는 매우 자연스러울 뿐 아니라 다른 때 봤더라면 아무렇지도 않게 넘겼을 텐데 말이네. 하지만 나는 어머니를 비롯해서 예전의 모든 것을 이 집에서 내보내려 한다는 느낌을 받았네.

나는 이제 조용히 방에 틀어박혀 책을 읽거나 글을 썼고, 날마다 어머니의 묘소를 찾았으며, 틈나는 대로 주변의 밭과 숲도 둘러보았네. 하나 사람들과는 거리를 두었네. 사람들은 만나면 항상 어머니의 죽음을 입에 올렸고, 그것은 간신히 진정시킨 내 가슴을 또다시 후벼 팠기 때문이지. 집 안은 무척 조용했네. 누이 부부는 아직 아이가 없었고, 천성이 평온하고 소박한 매제도 대부분 집 밖에서 생활했으니까. 누이는 하녀 하나와 함께 살림을 꾸려나갔네. 저녁 어스름이 깔리면 누이는 도로 쪽으로 난 문을 철제 빗장으로 걸어 잠그고, 정원으로 들어가는 문만 열어두었네. 그러다 자러 갈 시간이 되면 이 문도 누이가 직접 잠갔지. 누이 부부의 가정은 무척 행복해 보였네. 그것이 그나마 나의 상처에 위안이 되었네. 나는 그제야 매제가 뛰어난 재능과 고결한 정신으로 누이에게 천상의 행복을 안겨준 그런 남자가 아니라는 사실을 용서했네.

그렇게 몇 주가 흘렀네. 나는 고향집을 떠나기 전에 지방법원을 찾아가 부모님이 남긴 유산에 대한 상속권을 포기하고, 그 권리를 모두 누이에게 이양한다는 뜻을 밝혔네. 그를 통해 누이 부부가 세상을 떠나는 날까지 어느 정도 생활의 토대를 마련해주고 싶었던 게지. 내게는 과외 수업을 할 능력이 있으니 괜찮다고 생각했네. 사실 그게 부모님이 내게 남겨주신 상속분이 아니겠나? 어쨌든 나는 과외를 통해 지식을 얻고, 그 수입으로 생계도 꾸려나갈 수 있으리라 기대한 걸세. 이윽고 나는 누이 부부의 진심 어린 감사와 따뜻한 기원을 뒤로하고 고향집을 떠나 도시로 향했네.

도시로 돌아온 나는 이제 은둔에 가까운 삶을 살기 시작했네. 과외 시간도 최소한으로 줄였네. 나머지 시간은 나를 위해 사용했고, 자연과학과 역사, 국가학에 몰두했네. 원래 염두에 두었던 직업에는 관심을 두지 않았네. 대신 떨리는 즐거움으로 나를 가득 채운 학문과 예술에 푹 빠졌네. 그러다보니 사람들과의 교제도 예전보다 줄어들었네. 물론 예전에도 장래의 직업을 한마음으로 준비하고 과외 수업으로 생계까지 유지하느라 거의 나 혼자의 삶에만 치중했기에 특별히 삶의 여정이 바뀌었다고 할 수는 없었네.

하나 이런 식의 삶은 오래가지 않았네. 어머니의 무덤을 떠난 지 반 년쯤 후에 매제한테 연락이 왔네. 가족 묘지에 있는 아버지와 어머니의 무덤 옆에 다른 무덤을 하나 더 세워야 한다는 날벼락 같은 소식이었지. 이번에는 누이의 차례였네. 누이는 어머니가 돌아가신 뒤 충격에서 헤어나지 못하다가 갑작스레 감기에 걸려 힘 한번 쓰지 못하고 세상을 떠났다고 했네. 나도 충분히 예상한 일이었지만, 매제는 극심한 슬픔에 젖어 이렇게 썼네. 이젠 주위에 아무도 없다. 더 이상 즐거움도 없다. 앞으로 혼자 몸으로 남은 인생을 살아갈 생각이다. 아내가 죽음으로써 자신이 재산 상속인이 되었다. 하지만 나와 유산을 나누고 싶다. 자신에게는 자식도 없다. 유일한 기쁨은 무덤 속의 아내를 지키는 것이다. 재산에는 별 관심이 없다. 어차피 소박하게 살아왔기에 훗날 코르넬리엔의 곁으로 떠나는 그날까지 필요한 돈은 얼마 되지 않을 것이다, 뭐 그런 내용이었네. 나는 매제가 누이를 진심으로 사랑했고, 예전의 편지들에서 두 사람의 가정이 늘 행복했음을 잘 알고 있었기에 남은 재산을 매제에게 전부 넘길 생각이었네. 해서 이런 답장을 보냈네. 나는 어떤 것도 요구할 생각이 없으니 남겨진 재산은 나와 나눌 생각 하지 말고 모두 가지라고 말일세. 매제는 고맙다는 인사를 전했지만, 이 선물조차 특별히 기뻐하는 것 같지는 않았네.

그 후로 나는 더욱 방 안에만 틀어박혔고, 삶은 한층 어두워졌네. 방에 틀어박혀 그림을 그리는 시간이 많았고, 간혹 점토로 무언가를 만들거나 채색화로 대상을 표현하기도 했네. 그렇게 얼마가 지났을 때 친분이 있는 사람을 통해 교양 있고 유복한 가정에 입주해 그 집의 남자아이를 가르쳐볼 마음이 없느냐는 제안이 들어왔네. 조건은 상당히 괜찮았네. 내 생활을 구속하지 않겠으며 자유로운 외출뿐 아니라 가끔은 짧은 여행도 가능하다는 조건이 포함되어 있었네. 당시 황량하기 짝이 없었던 내 심리 상태에서는 잠시나마 포근한 가족의 냄새를 맡을 수 있다는 것은 상당히 매력적이었네. 그래서 나는 상황 변화에 따라 언제든 계약을 해지할 수 있다는 조건만 받아들여진다면 그 제안을 수락하기로 했네. 마침내 저쪽에서 내 조건을 받아들였고, 나는 짐을 꾸려 사흘 뒤 그 가족의 장원으로 출발했네. 그 집은 백작령에 속하는 대규모 농장들 근처의 근사한 저택이었네. 도시에서 이틀 가까이 걸리는 거리였는데, 집은 상당히 넓고 햇볕이 잘 들었으며, 둘레에 예쁜 잔디밭이 있고 커다란 정원이 딸려 있었네. 정원에는 채소와 과일, 꽃이 자랐지. 저택의 주인은 풍족한 연금으로 생활하는 남자였네. 연금 외에는 특별한 관직도, 다른 하는 일도 없다고 하더군. 그분 설명이 그랬네. 그러더니 이 말도 덧붙였네. 자신은 모든 사람과 잘 지낼 수 있는 선량한 사람이다. 훌륭하고 자상한 아내가 있고, 어린 아들 외에 제법 큰 여식이 하나 있다. 여러모로 나를 받아들일 수 있는 아주 좋은 상황이다. 내 이름은 가깝게 지내는 한 가족에게서 들었는데, 그 사람들이 나를 적극 추천했다고 했네. 그 집에서는 나를 마중하러 마지막 우편국으로 마차를 보냈지. 내가 하인바흐—그 집의 이름이네—에 도착한 것은 화창한 오후였네. 마차가 현관 앞에 멈추자 하인 둘이 내 짐을 받아 들고 나를 방으로 안내하러 계단을 내려왔네. 내가 마차 안에서 책 몇 권과 다른 자질구레한 짐들을 꺼내고 있는데 집주인이 내려오더니 점잖게 환영 인사를 하고는 몸소 내가 묵을 곳으로 인도해주었네. 내 거처는 아늑한 방 두 개로 이루어져 있었네. 방 안에 들어서면서 집주인이 말했네. 원하는 대로 방을 꾸미고, 원치 않는 것은 내다놓아도 된다. 시중을 들도록 전담 하인 하나를 배치해두었다. 방 정리가 끝나고 나서 오늘 중으로 안주인을 만나고 싶다면 초인종을 울려 하인을 부른 다음 안주인에게 안내해달라 하라고 했네. 집주인은 그 말과 함께 정중하게 인사를 하고는 방을 나갔네. 만난 지 얼마 되지 않았지만 아주 괜찮은 사람 같았네. 나는 먼지 묻은 옷을 벗고 몸을 씻은 뒤 중요한 것만 대충 정리해두고는, 부인을 방문하기에 앞서 예의에 맞는 옷으로 갈아입었네. 그러고는 이 집의 안주인에게 연통을 넣어 내가 지금 찾아뵙고 인사를 드려도 되는지 물어보았네. 얼마 뒤 허락이 떨어졌지. 나는 갖가지 그림들이 걸린 복도로 안내되었고, 작은 홀을 지나 부인의 방으로 들어갔네. 창문이 셋 달린 꽤 큼직한 방이었는데, 그 옆에 아담한 방이 하나 붙어 있었네. 방에는 밝은색 가구와 그림 몇 점이 있었고, 오후의 햇살이 커튼을 통해 부드럽게 쏟아져 들어왔네. 부인은 큰 테이블에 앉아 있었고, 발밑에는 한 남자아이가 놀고 있었으며, 옆의 작은 테이블에는 한 소녀가 책을 들고 앉아 있었네. 책을 낭송하는 중이었던 것 같았네. 부인이 일어나 내게로 다가왔네. 아직 젊고 무척 아름다운 여인이었지. 가장 눈에 띄었던 건 매우 아름다운 갈색 머리와 크고 검은 눈이었네. 나는 속으로 약간 놀랐지만 왜 그랬는지는 나 자신도 모르겠네. 아무튼 부인은 상대에게 신뢰를 주는 다정한 태도로 내게 자리를 권했고, 내가 자리를 잡고 앉자 내 이름을 부르면서 진심 어린 환영 인사를 건넸네. 그리고 나를 진작 여기서 보기를 열망했다고 덧붙였네.

부인이 발밑에서 놀고 있던 소년에게 말했네. '알프레트, 이리 와

서 선생님께 인사드려야지.'

앉아서 놀고 있던 아이가 일어나더니 다가와 내 손에 입을 맞추었네. '안녕하세요!'

'반갑다.' 나는 이렇게 대꾸하고는 소년의 손을 잡았네. 소년은 살굿빛 얼굴에, 머리는 어머니와 마찬가지로 갈색이었네. 하나 짙푸른 눈은 아버지를 닮은 것 같았네.

부인이 말했네. '앞으로 선생님이 맡으실 아이입니다. 하지만 학과 수업을 맡아달라는 게 아니에요. 그건 따로 오시는 선생님들이 맡아요. 선생님은 우리랑 같이 살면서 이 아이와 자주 어울려주시기만 하면 됩니다. 사내아이는 아버지 외에 다른 젊은 남자와도 지내봐야 하고, 그게 아이에게 좋은 영향을 미칠 거라고 생각해요. 교육이라는 건 결국 인간과의 교제가 아니겠어요? 아이가 아무리 어려도 늘 엄마나 다른 또래 아이들하고만 지내서는 안 됩니다. 학과 수업은 교육에 비하면 훨씬 쉬워요. 수업은 뭔가 알고 있는 것을 전달하기만 하면 되지만, 교육은 가르치는 사람 그 자신이 뭔가가 되어야 하죠. 누군가가 그 단계에 이르면 교육은 훨씬 쉬울 거라고 믿어요. 제게는 아델레라는 친구가 있어요. 대성당 정문 맞은편에 있는 상가를 운영하는 사업가의 아내인데, 아델레가 저한테 선생님 이야기를 해주었어요. 선생님이 이 아이를 어떤 식으로 가르치고, 어디까지 가르칠지는 모두 선생님의 재량에 맡기겠어요.'

나는 얼굴이 빨개져서 아무 말도 하지 못했네.

부인이 말했네. '마틸데, 선생님께 인사드려라. 오늘부터 우리와 같이 사실 분이다.'

줄곧 앞에 책을 펼쳐놓고 있던 소녀가 일어나 내게로 다가왔네. 나는 소녀의 키가 상당히 큰 것을 보고 깜짝 놀랐네. 그보다 작으리라 생각했던 게지. 아마 조금 낮은 의자에 앉아 있어서 그렇게 보였던 모양이네. 소녀가 내 곁에 왔을 때 나는 자리에서 일어났고, 우리는 고개를 숙여 인사했네. 인사가 끝나자 마틸데는 다시 자기 자리로 돌아갔고, 나도 내 자리에 앉았네. 부인은 빨개진 내 얼굴을 보고 못 본 척 넘어가려고 일부러 이런 인사를 시켰던 것 같네. 결국 그 덕에 나도 민망한 순간을 모면할 수 있었지. 부인은 자신의 말에 내가 대답하기를 기다리는 것 같지 않았네. 앞선 이야기에 대해 별다른 언급 없이 몇 가지 대수롭지 않은 질문을 던졌고, 나도 편하게 대답했네. 나의 형편이나 가정 상황에 대해서는 깊이 파고들지 않았네. 얼마간의 대화 끝에 부인이 작별 인사를 하면서, 노독으로 피곤할 텐데 지금은 가서 쉬고 나중에 저녁 먹을 때 다시 보자고 했네. 나는 줄곧 내 손을 잡고 선 채로 나를 자주 올려다보던 소년의 손을 놓고 작별 인사를 한 뒤 부인에게 절을 하고 방을 나왔네.

나는 거처로 돌아와 아름다운 의자에 앉았네. 이제야 내가 왜 그렇게 좋은 조건을 받고 고용되었는지, 어떤 막중한 임무가 맡겨졌는지 깨달았네. 덜컥 겁이 났네. 부인의 기품 어린 거동이 무척 마음에 들었는데, 그 때문에 더더욱 겁이 났네. 나는 한동안 앉아 있다가 자리에서 일어났네. 이 집의 바깥어른에게도 인사를 드려야 한다는 생각이 들었던 게지. 초인종을 울리자 하인이 들어왔네. 나는 이 집 주인 어른에게 안내해달라고 했네. 그러자 하인이 이리 대답하더군. 나리께서는 숲으로 가셨는데 저녁에 돌아오실 예정이다. 혹시 내가 찾거든 우선 짐부터 풀고 방에서 푹 쉬고 있으라 하셨다. 자기 때문에 휴식을 깰 필요는 없다. 급한 일은 없으니 나머지는 내일 상의하자는 말씀을 남겼다는 걸세. 해서 나는 부인을 방문하려고 입었던 옷을 다른 옷으로 갈아입은 뒤 짐을 풀어 방을 정리했네. 그사이 하루가 서서히 지나가고 있었네. 방 정리가 끝나자 밖은 벌써 어둑어둑해져 있었네. 몸을 씻고 저녁 식사를 위해 옷을 갈아입고 나자 하인이 들어와 주인 나리께서 찾아오셨다고 했네. 들어오시라고 하자 주인어른이 들어와서, 내 방을 잘 꾸며놓으라고 미리 일러두기는 했는데 혹시 불편한 점은 없는지 물었네. 나는 모든 것이 내 기대치를 훨씬 넘어서기에 더 이상 요구하는 것은 아주 염치없는 짓 같다고 대답했네. 그러자 집주인이 이리 대답했네. 함께 생활하게 되어 무척 기쁘다. 여기 있는 동안 즐겁게 지내다가 나중에 이 집을 나가더라도 후회하거나 고통스러워하지 않았으면 한다고 했네. 이어 주인어른은 함께 식사를 하러 내려가자고 했네. 무척 환한 식당방에는 소박한 저녁 식사가 차려져 있었는데, 우리는 가볍게 대화를 하면서 식사를 했네. 주인어른 내외와 두 아이, 나 이렇게 다섯이서.

다음날 오전 나는 주인어른을 방문해도 되는지 하인을 통해 여쭈었네. 그러라는 기별이 오자마자 하인이 나를 주인어른에게 안내했네. 나는 어제 부인에게 인사를 드리러 갈 때 입었던 옷을 입었네. 어른은 서류 뭉치를 펼쳐놓고 있다가 들어오는 나를 보고는 자리에서 일어나 다가오더니 무척 따뜻하게 인사를 건넨 뒤 나를 테이블로 안내했네. 어른은 아주 세련된 정장을 차려입었는데, 우리가 자리를 잡고 앉자 이렇게 말했네. '내 집에 온 것을 다시 한 번 환영하네. 자네 같은 젊은이가 우리 집에 들어와 내 아들 녀석을 맡아준다니 얼마나 고마운지 모르겠네. 아들의 미래를 걱정하는 아비로서 그보다 기쁜 일이 또 있겠나? 머지않아 자네도 우리가 자네의 친구임을 알게 될 걸세. 우리도 자네가 곧 우정의 감정을 선사하리라 분명히 믿네. 자네가 여기서 맡은 일에 어느 정도 꼴이 갖추어지면 자네의 미래 직업에 필요한 일들에 집중하게. 그리고 여기가 자네 집이겠거니 하고 편안히 생각해주게. 나는 자네가 이곳의 단순한 생활에 적응하리라 믿네. 우리 집은 방문하는 손님이 거의 없고, 우리가 남의 집을 찾아가는 일도 거의 없지. 마틸데는 아내가 직접 교육하네. 여성 교육자를 둬봤지만 별로 좋은 결과를 얻지 못했네. 이제는 다른 교육자를 찾는 일을 포기했지. 마틸데는 어머니와 주로 생활하면서 가끔 또래 여자아이들을 만나네. 간혹 착하고 사랑스러운 언니 둘과 대화를 나누고 산책도 하지. 그 밖에 마틸데는 부녀자로서 알아야 할 소양 교육을 받을 참이고, 배움에도 열심이네. 아들 녀석에 대해선 자네가 직접 보고 확인하게. 자네는 도시에서 사람들과 별 교유 없이 살았다고 들었네. 해서 우리는 자네가 여기서 지내더라도 사람들과의 교제를 그리워하는 일은 없으리라고 생각했네. 나는 일부 학문에 뜻을 두고 공부하고 있네. 만일 자네가 그 방면의 대화를 불쾌하게 여기지 않는다면, 그리고 그 방면에서 공통의 관심사를 발견한다면 나를 큰형 정도로 생각하고 편히 얘기하고 들어주기 바라네. 물론 이 일에서뿐만이 아니라 다른 모든 일에서 나를 그리 여겨주게.'

'어르신의 호의에 몸 둘 바를 모르겠습니다. 이제야 저는 제가 어르신의 집에서 얼마나 막중한 임무를 맡았는지 깨달았습니다. 제가

조금이라도 그 중책을 감당할 수 있을지 모르겠습니다.'

'아마 어렵지 않게 감당할 걸세.'

'그리하지 못한다면요?'

'그럼 다음엔 어떻게 할지 서로 흉금을 터놓고 얘기하면 되지 않겠나?'

'그리 말씀해주시니 한결 마음이 놓입니다. 서로 터놓고 얘기하면 불신이 쌓이지 않을 테니까요. 저는 지금껏 두 가정에서만 살아왔습니다. 하나는 어머니의 가정입니다. 아버지는 제가 어릴 때 돌아가셨지요. 다른 하나는 제가 라틴어 학교에 다닐 때 기숙했던 기품 어린 고위 관리의 가정입니다. 어머니의 가정은 누구한테나 그렇듯이 마음의 고향입니다. 하지만 두번째 가정 역시 저한테는 소중한 기억으로 남아 있습니다.'

'아마 우리 집도 그러할 걸세. 자, 이제 이 집과 부속 공간들을 둘러보게. 자네가 당분간 생활할 무대가 아닌가? 물론 다른 걸 하고 싶다면 그리하게나. 그리고 내 방문은 늘 활짝 열려 있으니 굳이 연통을 넣을 필요 없이 언제든 찾아오게.'

그 말을 끝으로 대화는 끝났고, 우리는 일어나 악수를 나누고 헤어졌네.

나는 평상복으로 갈아입은 뒤 알프레트에게 전갈을 보냈네. 내게 집과 정원을 소개해줄 시간이 있느냐고 말이네. 대답이 오길, 알프레트가 곧 이리로 올 것이고, 시간은 충분하다고 했네. 부인이 직접 아들의 손을 잡고 내 방으로 들어왔네. 하인도 하나 동행했는데, 열쇠꾸러미를 들고 있는 것으로 봐선 내게 이 집의 모든 공간을 보여주라는 지시를 받은 것 같았네. 하인은 나이가 꽤 들었는데, 다른 하인들을 관리하는 역할을 맡은 듯했네. 부인은 아들을 내게 인계하자마자 곧장 방을 나갔네. 나는 소년과 다정히 몇 마디를 나누었네. 일곱 살은 넘어 보이는 소년은 내 물음에 스스럼없이 대답했는데, 나를 상당히 친근하게 느끼는 듯했네. 이윽고 우리는 집을 둘러보려고 방을 나섰네. 성이라고는 할 수 없는 이 집은 17세기에 지어졌는데도 낡지 않았네. 건물은 익부 두 채로 이루어져 있었고, 직각 모양의 두 익부는 모래밭을 품고 있었네. 한데 화단이 있는 모래밭은 건물의 진입로라기보다 정원이나 아이들의 놀이터에 더 가까워 보였네. 건물 벽에는 아마천으로 만든 햇빛 가림막이 달려 있었네. 집은 2층 건물이었는데, 1층과 2층에는 넓은 복도가 길게 죽 이어졌고, 방들은 이 복도를 따라 배치되어 있었네. 복도의 벽은 눈처럼 하얬고, 석고 장식이 있었으며, 창살이 특히 아름다운 창문이 달려 있었고, 밀랍으로 잘 닦아놓은 갈색 문들이 있었네. 그림도 곳곳에 걸려 있었지. 특별히 뛰어난 작품들은 아니지만 그렇다고 조악한 그림들도 아니었네. 어느 집에 가건 복도와 계단에서 쉽게 볼 수 있는 수준의 그림이라고나 할까? 어쨌든 그림 속의 주제도 제한되어 있었네. 주변 풍경과 진기한 건물, 동물들—그중에서도 특히 사냥하는 개들—과 주방 그릇, 혹은 방과 다른 공간의 내부가 주를 이루었지. 늙은 하인은 사용 중인 많은 방의 문을 열어주었네. 이 집에는 현재 거주하는 사람들의 수보다 더 많은 방이 있었기 때문이네. 우리는 매우 아름다운 가구들이 비치된 큰 홀로 들어갔네. 많은 손님을 맞을 때 쓸 수 있는 공간 같았네. 다른 다양한 용도의 방들도 있었네. 상당히 큰 책방과 객실도 그중 하나였지.

이 집의 방들은 하나같이 아름답게 꾸며져 있었고, 정갈하고 깔끔하게 정돈되어 있었네. 집을 다 둘러보고 나자 알프레트가 라이문트—그 늙은 하인의 이름일세—에게 이제 더 이상 우리를 따라다닐 필요가 없고, 정원은 자기 혼자 안내하겠다고 했네. 내가 그 말에 동의하자 늙은 하인은 물러갔고, 나는 알프레트와 함께 건물 밖으로 걸음을 옮겼네. 1층은 주로 하인들이 기거하는 곳과 주방이 있어서 따로 둘러볼 필요가 없었네. 집 옆쪽으로는 마차를 세워두는 창고와 축사 들이 보였네. 밖으로 나오자 퍽 아름다운 잔디밭이 우리를 맞았네. 인위적으로 조성된 길이 엑스 자 모양으로 잔디밭을 가르고 있었네. 잔디밭 위에는 제법 간격을 두고 무척 큰 나무들이 서 있었네. 나무들은 길 하나로 이어져 있고, 거의 모든 나무 밑에 작은 벤치나 의자가 놓여 있었네. 알프레트가 나를 이 나무들로 인도하며 나무 이름을 하나씩 말해주었지. 순간 나는 이 소년이 기억력과 주의력이 뛰어난 아이라는 것을 알고 무척 기뻤네. 알프레트는 또한 이 나무와 저 나무 밑에서 자기들이 무엇을 했고, 어떻게 놀았는지 이야기했네. 나무는 참나무와 피나무, 느릅나무를 비롯해서 무척 큰 배나무가 상당수 있었네. 상당히 우아한 풍취를 풍기는 작은 숲이었지.

알프레트가 말했네. '저는 혼자서는 연못에 가면 안 돼요. 빠질지도 몰라서요. 그래서 혼자서는 가지 않아요. 하지만 오늘은 선생님이 있으니까 같이 가도 돼요. 가요, 선생님. 오리와 물고기한테 나눠 줄 빵도 갖고 왔어요.'

알프레트는 내 손을 잡더니 작은 덤불 쪽으로 끌고 갔네. 덤불을 지나자 제법 큰 연못이 나타났지. 운치가 있는 연못이었는데, 물 위에는 나무로 만든 자그마한 오두막이 수면과 근소한 간격으로 설치되어 있었네. 야생 오리들의 둥지였지. 실제로 많은 오리가 그곳이 제집인 양 들어가 살고 있었네. 물론 여름처럼 많지는 않았지. 연못 위에는 거의 다 컸지만 아직 날지 못하는 새끼들과 어미 몇 마리가 이리저리 헤엄치고 있었네. 물가에는 오리들의 모이를 놓아두는 널빤지가 여러 곳에 설치되어 있었고, 물속에서는 상당수의 잉어들이 느릿느릿 유영하고 있었네. 알프레트가 주머니에서 빵을 꺼내더니 잘게 나누어 하나씩 연못으로 던지기 시작했네. 오리와 잉어가 어설픈 주둥이로 빵 조각을 날쌔게 낚아채면 알프레트는 박수를 치며 기뻐하더군. 아마 이런 재미를 위해 나를 이리로 데려온 것 같았네. 빵이 떨어지자 우리는 그 자리를 떠났네. '정원을 보고 싶으시면 제가 안내할게요.'

'그래, 나도 정원이 보고 싶구나.'

우리는 다시 덤불을 나와 집 맞은편으로 걸어갔네. 그곳에 울타리를 둘러친 커다란 정원이 있었네. 우리는 정원 문을 열고 안으로 들어갔지. 꽃과 채소, 난쟁이나무가 우리를 맞아주더군. 저 멀리 크고 고결해 보이는 과일나무들이 서 있는 게 보였네. 나는 이 정원이 연못보다 훨씬 마음에 들었지만, 그것을 알프레트에게 말하지는 않았네. 물론 녀석도 궁금해하는 것 같지는 않았네. 여느 정원에서 볼 수 있는 꽃들이 여기서는 특별히 훌륭하게 관리되고 있는 것 같았네. 꽃들 하나하나가 저마다 어울리는 자리를 차지하고 있으면서도 전체적으로 기막힌 조화를 만들어내고 있었지. 채소 역시 도시의 가게에서는 보기 힘든 최상 품종인 듯했네. 채소 사이에는 난쟁이나무들이 서 있었고, 온실에는 식물뿐 아니라 과일도 있었네. 포도 덩굴로 만든 긴 아치형 통로를 지나자 과수원이 나왔네. 적당한 간격으로 서 있는 나무들은 모두 건강해 보였네. 바닥에는 풀이 자랐고, 여기서도 나무들은 길 하나로 이어져 있었네. 정원의 이쪽 부분은 오른편으로 울창한 개암나무 덤불과 인접해 있었네. 그 덤불 사이의 오솔길을 따라가자 큼직한 공터가 나타났고, 공터 위엔 꽤 큰 집이 한 채 서 있었네. 창문이 높직하고, 벽돌로 지붕을 얹은 육각형의 별채였지. 한데 별채의 표면이 온통 장미로 뒤덮여 있는 게 아닌가? 장미는 모두 벽에 설치한 울타리 형태의 나무 구조물에 묶여 있었고, 집 둘레의 바닥에 뿌리를 내렸으며, 크기는 다양했고, 빈틈이 보이지 않을 정도로 빼곡히 벽을 덮고 있었네. 막 장미 개화기가 시작되었기에 수많은 장미가 일제히 봉오리를 터뜨린 모습은 장관이었네. 마치 장미의 사원에 들어온 것 같았고, 장미들 틈에 창문을 끼워놓은 듯했네. 장미의 색깔도 검붉은색부터 보라색, 분홍색, 노란색, 하얀색에 이르기까지 다양하기 짝이 없었지. 향기 역시 상당히 멀리까지 퍼져 나갔네. 나는 별채 앞에 한참 동안 서 있었고, 알프레트도 그런 내 곁을 줄곧 지켰네. 이 공터에는 별채 벽의 장미 외에 장미 덤불과 장미 화단이 곳곳에 흩어져 있었네. 그것도 아무렇게나 조성된 것이 아니라 하나하나가 고도의 이지적인 계획에 따라 정돈되어 있었지. 그것을 누구나 첫눈에 알 수 있을 정도로 말일세. 장미나무들에는 작은 이름표들이 걸려 있었네.

'여긴 장미 정원이에요. 장미가 아주 많죠. 하지만 한 송이도 꺾어선 안 돼요.'

'장미는 누가 심고 누가 키우니?'

'아버지와 어머니가요. 일을 도와주는 정원사도 있어요.'

나는 장미 화단을 일일이 둘러본 다음 별채를 한 바퀴 빙 돌았네. 장미 정원 구경이 모두 끝나자 우리는 별채 안으로 걸음을 옮겼네. 별채 바닥은 대리석이었고, 그 위엔 고운 돗자리가 깔려 있었네. 방 중앙에는 테이블이 있었네. 벽 쪽에는 등나무로 엮은 작은 벤치들이 눈에 띄었지. 방 안은 기분 좋을 정도로 서늘했네. 햇빛이 들어오는 창문을 장미와 나무 구조물이 막고 있었기 때문이지. 별채에서 나온 우리는 다시 한 번 과수원을 찾아 그 끝까지 걸어가보았네. 정원 울타리가 나오자 알프레트가 말했네. '여기가 정원의 끝이에요. 이젠 다시 돌아가야 해요.'

우리는 등을 돌려 집으로 돌아갔고, 나는 부인에게 알프레트를 데려다주었네.

그곳이 하인바흐의 집과 정원이자 마클로덴 부부의 장원이었네.

첫날과 마찬가지로 둘째 날, 셋째 날, 그다음 며칠도 편안히 잘 흘러갔네. 나는 내 거처에 곧 익숙해졌고, 시골의 조용함도 내 심적 상태에 큰 도움이 되었네. 알프레트의 수업은 독특한 방식으로 운영되었네. 하인바흐 인근에 농장들을 소유한 백작과 하인바흐의 주인—지금은 '마클로덴'이라고도 불리네—이 공동으로 기금을 조성해서 하인바흐 교구의 선생에게 투자했네. 물론 조건이 있었지. 몇몇 과목에 두루 지식을 갖춘 교사가 직책을 맡고, 백작과 하인바흐의 주인이 교사를 추천하며, 교사는 집으로 직접 찾아와 하인바흐의 아이들과 농장 관리인의 자식들을 가르쳐야 한다는 조건이었네. 대신 교사는 특별 수당을 지급받았네. 하인바흐의 학교와 교회는 걸어서 반 시간 정도 떨어진 거리에 있었는데, 교사는 매일 오후 이리로 건너와 한동안 알프레트 방에 머물며 수업을 했네. 마틸데도 드물지만 수업을 받았네. 교사는 무척 겸손하고 나름대로 교양을 갖춘 청년이었는데, 나는 이 교사와 협의해서 내가 가르칠 과목과 수업 시간을 조정했네. 이렇게 해서 내가 맡은 것이 언어 수업이었네. 그 뒤로 일은 순조롭게 진행되었지.

하인바흐의 생활은 참으로 단순했네. 해가 뜸과 동시에 모두 일어나 식당방에서 아침을 먹었고, 잠시 대화가 이어지다가 각자 자기 일을 하러 일어났네. 아이들은 숙제를 해야 했는데, 마틸데는 특히 어머니에게 부여받은 과제가 많았네. 주인어른은 방으로 가서 책을 읽거나 글을 썼고, 정원이나 장원에 속한 자그마한 토지를 둘러보았네. 나는 내 거처에 머물며 도시에서 시작해 여기서 속행한 학문 탐구에 힘을 쏟았고, 알프레트의 방에 들러 녀석이 무엇을 하는지 감독하거나 해야 할 일을 이끌어주었네. 부인은 이런 나를 자주 도와주었는데, 나보다 자신이 더 많은 시간을 내어 아들을 보살피는 걸 자신의 의무로 생각하는 것 같았네. 정오에 우리는 다시 식당방에 모였고, 오후에는 수업을 했네. 나머지 시간은 대화를 하고 산책을 하거나, 아니면 정원에 머물렀네. 날이 궂으면 함께 모여 책을 낭송하기도 했지. 야외 활동이 가능한 날이면 우리는 방 안에 있기보다 되도록 밖으로 나와 일을 했네. 이럴 때는 집 벽에 설치해놓은 아마천 햇빛 가림막이 큰 도움이 되었네. 부인은 이 가림막을 애용했는데, 몇 시간씩 그 밑에 앉아 집안일을 하거나, 아니면 아이들에게 글을 쓰고 책을 읽게 했네. 주로 오전 햇살이 대기에 따스한 온기를 불어넣을 때 그러곤 했지. 햇살이 벽을 뜨겁게 달구거나 벽 옆에 앉아 있는 것이 불쾌하게 느껴질 정도로 강하지 않을 때 말이네. 잔디밭의 벤치들과 정원의 별채도 이런 야외 활동에 이용되었네. 우리는 좀 더 멀리 산책을 가기도 했네. 그런 날에는 수업이 없었는데, 우리는 떠날 시간을 정한 다음 채비가 끝나면 시계탑의 종소리와 함께 출발했네. 간혹 산이나 숲을 찾기도 했고, 아름답고 매혹적인 토지를 지나가기도 했네. 자그마한 마을로 걸음을 한 적도 더러 있었지. 집과 지근거리에는 하인바흐 식구들과 가끔 교유하는 다른 가족들이 살고 있었네. 해서 이웃의 마차가 우리 집 앞에 서 있거나 우리 마차가 이웃집 앞에 서 있는 경우가 간혹 있었네. 그럴 때면 아이들은 섞여서 놀았고, 어른들도 친교의 시간을 가졌네. 알프레트의 어머니는 마틸데가 이웃집 여자아이들과 방에서 장시간 함께 있는 것을 좋아하셨네. 하지만 딸이 남의 집에 가는 것은 허락하지 않았네. 딸과 떨어지는 것을 원치 않았을 뿐 아니라 당신 말로는 마틸데도 어머니와 떨어지면 불편해하는 것 같다고 했네. 이웃간의 교유에서 가장 선호받는 활동은 음악이었네. 사람들이 모이면 노래와 피아노는 기본이고 바이올린 연주까지 선보이곤 했지. 내가 보기엔 바이올린 연주에서는 알프레트의 아버지가 수준급의 실력을 갖추고 있었네. 우리는 음악이 연주되면 숨을 죽이고 선율에 귀를 기울였네. 또한 어른들은 잔디밭에서 즐겁게 뛰노는 아이들을 흐뭇한 시선으로 바라보곤 했지. 알프레트의 어머니는 방대한 살림을 차질없이 잘 꾸려나갔네. 해야 할 일들을 콕콕 찾아냈을 뿐 아니라 하인과 하녀 들에게 물건을 합리적으로 올바르게 사용하는 방법을 가르쳤고, 물품 구입을 주도했고, 작업 지시를 내렸네. 주인어른과 부인, 아이들의 옷은 소박한 듯하면서도 굉장히 훌륭했네. 우리는 저녁 식사가 끝난 뒤에도 꽤 오랜 시간 식탁에 그대로 앉아 자주 대화를 나누었고, 그다음에야 각자의 방으로 헤어졌네.

이렇게 시간이 흘러 서서히 가을이 다가왔네. 나는 점점 이 집에 적응했고, 날이 거듭될수록 모든 것이 편안해졌네. 이 가족은 나를 자상하게 챙겨주었네. 필요한 것이 있으면 내가 말하기도 전에 즉시 채워주었지. 생활에 필요한 물건만 그랬던 것이 아니네. 삶의 장식에 해당되는 것들도 마찬가지였지. 예컨대 내 방에는 내가 좋아하는 꽃이 늘 화분에 담겨 있었고, 책과 새로운 화구가 틈틈이 책상 위에 놓여 있었네. 한번은 며칠 집을 비우고 돌아왔는데 방의 벽 색깔이 완전히 달라져 있었네. 내가 예전에 이웃 성을 방문했을 때 무척 칭찬했던 색깔이었지. 산책할 때면 알프레트의 아버지는 나와 나란히 걷기를 좋아하셨네. 해서 우리는 다른 사람들과 떨어져 걸으며 대화를 나누었는데, 주인어른의 말씀은 한마디 한마디가 참으로 알차고 풍성했네. 알프레트의 어머니 역시 나와 대화하는 것을 상당히 좋아하셨네. 알프레트의 방은 어머니의 방과 붙어 있었는데, 내가 알프레트의 방에 있을 때면 부인은 자주 들어와 나와 대화를 나누거나, 아니면 아예 나를 자기 방으로 불러 의자에 앉혀놓고는 이런저런 이야기를 했네. 나는 차츰 부인에게 나의 가족사를 전부 털어놓았고, 부인 역시 관심 있게 내 이야기를 들어주면서 내 영혼에 피가 되고 살이 되는 많은 이야기를 해주었네. 첫날부터 내게 호감을 표했던 알프레트는 갈수록 나를 더 따랐네. 녀석은 올곧은 품성을 갖추어나갔네. 육체적으로도 무척 건강했지. 그 점은 녀석의 정신에 좋은 영향을 미쳤네. 게다가 식구들의 좋은 영향에 온통 둘러싸여 있었지. 알프레트는 이해가 빠르고 꼼꼼히 공부하는 아이였네. 순종적이고 진실하기까지 했지. 그러니 내가 알프레트에게 애착을 느낀 것은 당연한 일이었네. 겨울이 되기 전에 알프레트는 더 이상 어머니 옆이 아니라 내 옆에서 생활하고 싶다고 말했네. 이제는 어머니의 도움이 필요한 아이가 아니라 사내대장부가 될 날을 준비해야 할 어엿한 소년이라는 걸세. 어른들은 나의 부탁도 있고 해서 알프레트의 청을 순순히 들어주었네. 그리하여 알프레트는 내 옆방을 쓰게 되었고, 우리 둘을 도맡아 시중들 하인도 따로 배치되었네. 지금껏 주로 내 시중을 들던 하인이었지. 알프레트는 점점 뼈대가 굵어졌고, 이번 여름에는 키까지 훌쩍 자랐으며, 얼굴은 균형이 잡혔고, 시선 또한 강렬해졌네.

이렇게 가을이 끝나고, 아침이면 들판에 서리가 내릴 즈음 우리는 도시로 떠났네. 도시에서는 여러 가지가 바뀌었네. 알프레트와 나는 다시 나란히 방을 썼지만, 창 너머로 보이는 것이라고는 하늘과 산과 푸른 나무들 대신 집과 벽뿐이었지. 하나 나는 예전부터 도시 생활에 익숙해져 있었고, 알프레트 역시 바뀐 환경에 크게 신경을 쓰지 않는 눈치였네. 이제 알프레트를 위해 더 많은 선생이 초빙되었고, 수업 시간도 시골에서보다 더 빡빡해졌네. 그 밖에 우리는 훨씬 많은 사람과 접촉을 가졌고, 그를 통해 받는 영향도 적지 않았네. 나는 여기서도 시골에서처럼 훌륭한 대접을 받았고, 시간이 갈수록 가족의 일원이 되어간다고 느꼈네. 가족이 함께 하는 일에는 늘 나도 함께 했고, 가족이 함께 받는 것은 늘 나도 함께 받았지. 알프레트의 어머니는 내 생활 전반을 보살펴주었네. 내가 하는 일이라고는 옷과 책 따위를 장만하는 것뿐이었네.

대지에 봄바람이 불자 우리는 다시 하인바흐로 향했네. 마틸데와 알프레트, 내가 한 마차에 탔고, 주인어른 내외는 다른 마차에 탔네. 알프레트는 나와 떨어지려 하지 않아서 이번에도 내 옆에 앉혔네. 결국 좌석을 조정해서 마틸데가 내 맞은편에 앉았지. 내가 이 집에 처음 들어왔을 때 열네 살이 채 되지 않았던 마틸데는 이제 열다섯 살이 되어갔네. 작년에 키가 성큼 자라 지금은 성숙한 아가씨티까지 물씬 났지. 마틸데는 짙은 색 옷을 즐겨 입었고, 그게 잘 어울리기도 했네. 흰색 천으로 곱게 감친 짙은 청색이나 갈색, 혹은 보라색 옷을 입고 걸어가면 그 우아함은 이루 말할 수가 없었네. 우아함 자체가 살아서 걸어다닌다고나 할까? 이슬을 머금은 풀잎처럼 싱그럽고 발그레하던 두 뺨은 지금은 조금 더 갸름해졌고, 입술은 붉었고, 큰 눈은 검게 반짝거렸으며, 갈색의 청초한 머리카락은 부드러운 이마 뒤로 넘어가 있었네. 딸에 대한 어머니의 사랑은 지극했네. 잠시도 곁에서 떼어놓으려 하질 않았지. 어머니는 틈만 나면 딸과 대화를 나누고 산책을 했으며, 시골에서는 직접 딸을 가르쳤고, 도시에서는 낯선 교사의 수업 시간에 늘 함께 참석했네. 부인이 딸을 믿고 맡길 수 있는 사람은 오직 나와 알프레트뿐이었네. 그런 부인의 허락으로 우리는 작년 여름에 마틸데와 함께 정원의 잔디밭에서 시간을 보낼 수 있었고, 주변 일대를 돌아다니기까지 했네. 그럴 때면 나는 두 아이에게 질문을 던지고 이야기를 해주었고, 나 자신도 질문을 받고 대답해주었네. 알프레트는 대부분 내 손을 잡고 걷거나, 아니면 어떤 식으로든 내 곁에 바짝 붙어서 가려고 했네. 덤불에서 나뭇가지를 꺾어 나더러 한쪽 끝을 잡고 가게 하기도 했지. 마틸데는 우리 옆에서 걸어갔네. 나는 마틸데가 격하게 움직이는 일이 없도록 잘 챙겨야 했네. 그런 움직임은 음전한 처자에게는 맞지 않는 부박한 행동일 뿐 아니라 건강을 해칠 수도 있었으니까. 그 밖에 마틸데가 진창이나 불결한 곳에 들어가 신발이나 옷이 더러워지지 않도록 하는 것도 내 역할이었네. 마틸데는 워낙 청결하게 키워졌기 때문이네. 옷은 늘 얼룩 하나 없었고, 이와 손은 항상 청결했으며, 머리카락 역시 매일 흠잡을 데 없이 깔끔히 정돈되어 있었네. 나는 남매에게 산들을 가리키며 이름을 알려주었고, 나무와 덤불, 들판의 식물들에 대해서도 아는 대로 설명했으며, 길을 가다가 돌멩이와 달팽이 껍데기, 조개껍데기를 주우면 동물의 삶에 대해서도 이야기했네. 먼 곳의 숲이나 황무지에 사는 크고 힘센 동물에 관한 이야기도 했네. 알프레트는 새를 좋아했네. 특히 새들의 노랫소리를 아주 좋아했는데, 날아가는 새의 이름을 맞히면 그렇게 기뻐할 수가 없었네. 녀석은 덤불이나 숲속에서 새소리가 들리면 새가 몇 마리나 있는지 헤아릴 수 있을 정도였네. 알프레트는 이런 재주를 누이에게도 가르쳐주고는 어디선가 새소리가 들리면 그 소리가 어디서 나는지 물어보곤 했네. 나는 마틸데를 데리고 다니면서 부인의 평소 지침을 한 번도 어긴 적이 없었고, 마틸데는 산책을 통해 외모의 아름다움과 건강을 얻었네. 부인은 작년 여름과 가을에 우리가 마틸데와 함께 돌아다니는 것을 허락했듯이 이번에도 마틸데를 우리와 같은 마차에 타게 했네. 마틸데는 이틀 동안 우리 맞은편에 앉았지. 아침저녁으로 공기는 여전히 쌀쌀했네. 나는 외투를 입었고, 알프레트는 따뜻한 반외투의 단추를 잠가놓았지. 마틸데는 신발까지 가린 긴 짙은 색 양모 스커트 위에 가벼운 외투를 걸쳤는데, 외투는 상체를 턱까지 감쌌고,

머리에는 고급 안감을 댄 따뜻한 모자를 쓰고 있었네. 모자의 챙이 얼굴을 가리고 있어서 3월의 차가운 공기에 발개진 뺨과 반짝거리는 눈밖에 보이지 않았네. 우리는 이번 여름에 할 일들에 대해 이야기했네. 하나 대화의 주제는 주로 길을 가거나 근처에서 만나는 것들 아니면 그것들의 이름을 말하고 그것들에 놀라움을 표하는 것이었네. 마침내 우리는 3월의 어느 화창한 날 하인바흐에 도착했네. 창문 앞의 나무들은 아직 잎사귀가 돋지 않았고, 정원은 황량했으며, 들판 역시 아직 푸른빛이 돌지 않았네. 겨울에 파종한 곳들만 빼고서 말이네.

맑고 푸른 하늘만 제외하고 바깥 날씨는 무척 스산했음에도 집 안에만 들어오면 아늑한 공기가 감돌았네. 모든 것이 깨끗이 청소되어 있었을 뿐 아니라 주인 가족을 맞을 채비도 완벽했네. 방들은 번쩍번쩍 광이 났고, 창문은 거울처럼 반짝거렸으며, 커튼으로 햇빛이 쏟아져 들어왔고, 벽난로에서는 불꽃이 활활 타올랐네. 그사이 내 거처에는 앙증맞은 구석방이 하나 더 늘었고, 예전보다 아름답고 편리한 집기들이 놓여 있었네. 이제 나는 내 방에서 알프레트의 방으로 들어가는 문을 항상 열어두었네. 이로써 두 방이 하나로 합쳐지면서 마치 나이 어린 동생과 함께 사는 듯한 기분이 들었지. 방해받지 않고 해야 할 일이 있으면 구석방으로 가서 일했네.

시골집에서의 생활은 다시 작년 여름과 똑같이 흘러갔네. 나무에 아직 잎이 돋지 않고, 초원의 푸른색은 흐릿하기 짝이 없고, 들판에는 여름의 풍성함을 기약하는 맨흙만 덩그러니 놓여 있었음에도 우리는 벌써 여러 번 산책을 즐겼네. 특히 알프레트와 나는 흐린 날에도 매일 산책을 나갔네. 하늘에서 비가 퍼붓는 날만 제외하고 말이네. 땅과 지붕에 하얗게 서리가 내리는 아침이 지나 차츰 날이 개면서 따뜻한 햇볕으로 길이 마르면 마틸데도 우리를 따라나섰네. 우리는 바로 얼마 전에 종달새의 아름다운 노랫소리를 들었던 언덕이나 들판으로 마틸데를 안내했네. 우리 말고는 봄바람과 함께 이곳을 찾아든 유일한 새였지.

들판과 초원에 하얀 서리가 내리는 일이 서서히 드물어졌고, 햇살은 점점 강렬해졌고, 벽난로엔 더 이상 불을 땔 필요가 없어졌고, 초원은 푸른색의 바다로 변했고, 나무엔 꽃봉오리가 맺혔고, 정원의 복숭아나무 가지엔 벌써 꽃이 몇 송이 피었네. 지저귀는 새들도 다양한 자태와 색깔로 하나둘 모습을 보이기 시작했네. 나는 마틸데가 산책에 따라나서지 못한 날 들판 어디선가에서 오랑캐꽃이나 다른 봄꽃을 발견하면 그것으로 꽃다발을 만들어 마틸데에게 갖다주었네. 테이블 위의 꽃병에 꽂아두라는 뜻이었지. 이런 관심에 대한 답례로 마틸데는 봄의 초입쯤인 내 생일에 손수 짠 둥근 테이블보를 선물해주었네. 마틸데의 어머니가 내게 선사한 은촛대를 올려두는 테이블이었지.

이윽고 봄이 완연한 모습으로 찾아왔네. 작년에만 해도 나는 이 지방의 봄을 제대로 보지 못했네. 봄이 한참 깊어진 뒤에야 이곳에 도착했기 때문이지. 게다가 그동안 도시에서만 지냈기 때문에 시골의 정취 넘치는 봄을 구경하지 못한 지 꽤 오래되었네. 기껏해야 도시에 인접한 교외에서나 잠시 봄의 정취를 맛보거나 봄의 소리를 들었을 뿐이지. 그것도 도시에서 나온 많은 사람 때문에 번다한 가운데 먼지를 마시며 즐길 수밖에 없었네. 그에 반해 하인바흐의 봄은 정적과 고독으로 가득 차 있었고, 푸른 하늘은 아득할 정도로 깊었으며, 꽃들은 나무를 질식시킬 정도로 흐드러지게 피었네. 매일 아침 새로운 꽃향기가 창문으로 흘러 들어왔네. 하인바흐의 사람들은 내가 이런 풍성한 봄의 정경에 놀라고 기뻐하는 모습을 보고는 갖가지 방식으로 이런 기쁨을 배가하고 봄을 더 생생히 느끼게 해주려고 애썼네. 해서 내 방의 꽃들은 매일 온실에서 새로 핀 것들로 대체되었고, 관목이건 꽃이건 땅에서 무언가 새로 모습을 드러내면 다들 내게 보여주려고 안달을 했네. 이곳 사람들은 대부분의 시간을 야외에서 보냈고, 예전보다 훨씬 자주, 훨씬 오래 산책을 했네. 마틸데는 어디선가 새의 노랫소리가 들리거나 나비가 날아가면 내게 얘기해주었고, 간혹 내 방에 갖다두라는 뜻으로 꽃을 건네기도 했네.

이렇게 봄이 가고 여름이 왔네. 작년에 이 가족과 함께 지낸 삶이 그저 편안했다면 올해는 더 편안했네. 우리는 점점 서로에게 길들어 갔네. 간혹 나는 다시는 파괴되지 않을 고향이 생긴 건 아닐까 하는 생각까지 하게 되었지. 주인어른은 나를 늘 귀히 대접했네. 내 방으로 자주 찾아와 한참 동안 대화를 나누었고, 가끔은 자기 방으로 나를 불러 수집품과 작업거리를 보여주었으며, 어떤 때는 나를 존중하고 있음을 증명하는 말을 하기도 했네. 마틸데의 어머니 역시 무척 자상하고 다정한 분이었네. 부인은 예전처럼 나를 정성껏 돌봐주었는데, 다만 지금은 그 태도가 한결 꾸밈없고 자연스러웠지. 우리는 부인의 방에 자주 모여 어린애처럼 놀거나 악기를 연주했네. 알프레트는 처음부터 내게 강한 신뢰를 보였는데, 그 신뢰는 날이 갈수록 커지더니 종국에는 무조건적인 믿음으로 변했네. 알프레트는 상당히 뛰어나고 솔직하고 분명하고 소박하고 착하고, 또 격한 분노에 사로잡히는 일 없이 활달하고 밝고 순진무구하고 순종적인 아이였지. 이제 아홉 살이 되었는데, 나날이 쾌활해지고 정신과 더불어 육체도 성장해가는 것이 한눈에 보이더군. 마틸데의 변화도 놀라웠네. 점점 멋진 아가씨로 변해가더니 최근에는 우리가 즐겨 찾는 정원 별채의 장미보다 더 곱고 아리따워졌네. 나는 두 아이를 말할 수 없이 사랑했네. 나는 알프레트의 수업에 참석해서 학습을 감독하고 이끌었으며, 선생들에게 약점을 보이지 않도록 배운 것을 항상 되물어보았네. 내가 알프레트와 함께하는 일들은 점점 늘어났고, 나는 그것들을 제대로 가르치고 싶었으며, 알프레트 역시 다른 선생들한테 배울 때보다 훨씬 명민하게 배워나갔네. 주인어른 내외도 자주 수업에 참관하면서 아들의 발전을 확신하게 되었지. 나는 산책을 갈 때면 마틸데를 데려가려고 애썼네. 물론 예전에도 그런 마음이 있었지만 지금은 그게 한층 강해진 게지. 나는 마틸데와 대화를 나누었고, 길을 가다 눈에 띄는 것들이 있으면 가리켰으며, 마틸데의 이야기를 듣고 질문에 성실하게 답변하기도 했네. 길이 좋지 않거나 옷이 젖을 염려가 있으면 안전하게 지나갈 수 있는 지점으로 마틸데를 이끌었네. 나는 마틸데가 추구하는 일에도 관심을 보였네. 그중 하나가 그림이었는데, 나는 마틸데의 그림을 자주 구경하면서 조언을 하곤 했네. 마틸데도 내 조언을 청했을 뿐 아니라 내 조언대로 따를 때가 많았지. 그렇게 해서 그림이 이전보다 나아지면 뛸 듯이 기뻐했네. 나는 마틸데가 피아노를 칠 때도 곁에 있었고, 그녀의 손가락이 치터의 현에서 선율을 불러낼 때도 가만히 귀를 기울였네. 또한 마틸데가 어디선가 들은 노래를 기억 속에서 끄집어내어 악보로 적으면 나는 그것을 다시 공책에 깨끗이 필사했네. 주로 치터로 연주한 노래일 때 그랬지. 마틸데는 이제 막 치터를 배우기 시작했는데, 치터에 푹 빠져서 배우는 속도도 굉장히 빨랐네. 마틸데가 금속 현으로 멋진 선율을 연주할 때면 부인은 곁에서 흐뭇한 표정을 지었고, 나와 알프레트 역시 꼼짝도 하지 않고 멜로디를 따라갔네. 그 밖에 나는 마틸데와 부인의 책을 낭송하면서 아름다운 대목이 나오면 그 지점을 손짓이나 몸짓으로 표시했고, 마틸데가 즐거워할 것 같으면 꽃과 열매도 갖다주었네.

여름도 거의 지나고 가을이 목전이었네. 우리는 시간이 짧게 느껴질 정도로 많은 일을 했네. 우리가 하는 일만으로도 시간을 채우고 남았지. 다른 집 아이들이 와서 잔디밭에서 놀이라도 벌어지면 마틸데는 옆쪽으로 조금 떨어져 구경만 했네. 우리는 작년만큼 그렇게 자주 이웃을 찾지 않았고, 이웃을 초대하지도 않았네.

어느 날 오후 우리 셋은 과수원으로 향하는 긴 포도 덩굴 통로의 출구에 서 있었네. 마틸데와 나는 둘만 따로 떨어져 있었네. 알프레트는 나뭇가지에 걸린 더러운 이름표들을 청소하느라 바빴지. 녀석은 청소 작업이 끝나자 바닥에 떨어진 과일들을 주워 한군데에 모아놓고는 상태가 좋은 것과 나쁜 것을 분류하고 있었네. 그때 내가 마틸데에게 이렇게 말했네. 여름이 곧 끝날 것 같다. 날은 점점 짧아질 테고, 저녁에는 곧 쌀쌀한 바람까지 불 것이다. 그리하여 나뭇잎이 누렇게 변할 무렵 사람들은 포도를 따고, 우리는 도시로 돌아갈 것이다.

마틸데는 물었네. 도시에 가고 싶지 않으냐고.

나는 대답했네. 가고 싶지 않다고. 이곳이 무척 아름답고, 도시에 가면 모든 것이 바뀌는 느낌이라고.

마틸데가 말했네. '여긴 정말 아름답죠. 우리끼리만 있는 시간도 많고요. 도시에 가면 낯선 사람들이 끼어들어서 우리가 헤어지는 느낌이에요. 마치 다른 지역으로 여행을 떠난 것 같아요. 하지만 누군가를 진실로 사랑한다는 건 가장 큰 행복이에요.'

'나는 아버지도 어머니도 형제자매도 없어요. 그래서 그게 어떤 것인지 잘 몰라요.'

'사람은 아버지와 어머니와 형제자매만 사랑하는 게 아니라 다른 이도 사랑하죠.'

'마틸데, 나도 사랑해?'

내가 마틸데에게 말을 낮춘 것은 그때가 처음이었네. 게다가 어떻게 그런 말이 내 입에서 툭 튀어나왔는지 나 자신도 몰랐네. 낯선 힘이 그 말을 내 가슴속 한 갈피에 끼워놓았다고나 할까? 어쨌든 내가 그 말을 하자마자 마틸데가 소리쳤네.

'아, 구스타프, 구스타프. 난 당신을 너무 사랑해요. 말로 표현할 수 없을 정도로요.'

순간 내 눈에서 뜨거운 눈물이 왈칵 쏟아졌네.

마틸데가 내 품에 와락 안기더니 팔로 내 목을 감고는 내 입에 부드러운 입술을 갖다 댔네. 나 역시 가냘픈 몸매를 누구도 떼어놓을 수 없을 정도로 뜨겁고 격하게 끌어안았네. 마틸데가 내 품에서 파르르 떨더니 한숨을 내쉬었네.

그때부터 온 세상에서 이 달콤한 아이만큼 귀한 존재는 없었네.

이윽고 우리의 몸이 떨어졌을 때 부끄러워 얼굴이 발갛게 상기된 마틸데가 내 앞에 서 있었네. 포도 덩굴이 만들어낸 빛과 그림자의 줄

무늬가 그녀의 몸 위에 어른거리더군. 마틸데가 사랑스럽게 숨을 들이쉬는 순간 위아래로 오르내리는 가슴이 보였네. 나는 마법에 걸린 사람처럼 넋을 잃고 말았네. 내 앞에 서 있는 이는 더 이상 아이가 아니라 경외심으로 대해야 할 완벽한 처녀였던 걸세. 나는 온몸이 마비된 듯했네.

얼마 뒤 내가 말했네. '아, 귀하고 귀한 마틸데.'

'아, 내 귀한 사람, 구스타프.'

내가 마틸데에게 손을 내밀었네. '언제나 변함없이, 마틸데.'

'영원히.' 마틸데가 내 손을 잡았네.

순간 알프레트가 우리에게로 다가왔네. 하나 아무것도 눈치채지 못한 것 같았네. 우리는 알프레트와 나란히 서서 묵묵히 통로를 걸었네. 알프레트는 혼자서 장광설을 늘어놓더군. 대체로 이런 내용이었네. 나무마다 맨 아래쪽 가지에 철사로 작은 양철 이름표를 걸어놓았는데, 이것이 사람들의 부주의로 더러워지는 경우가 많다. 그래서 깨끗이 청소해야 한다. 특히 나무를 씻고 청소하는 사람이나 그 옆에서 다른 작업을 하는 사람들이 일을 하면서 이름표에 오물을 튀기지 않도록 아버지가 단단히 일러야 한다. 또 벌레가 먹어 일찍 익어버린 보르스도르프 종(種) 사과들을 발견해서 나무 옆에 모아두었다. 나중에 아버지한테 와서 이것들을 쓸 수 있는지 없는지 검사해보라고 할 생각이라고 했다. 그러고도 알프레트의 이야기는 그치지 않았다. 올해는 열매가 무척 많이 열려서 익기도 전에 떨어지는 열매가 많다. 그것들이 다 익을 때까지 나무가 전부 매달고 있을 수 없기 때문이다. 그 열매들도 모아두었는데, 첫번째 줄에 심긴 나무에서 발견한 것만 해도 한가득이다. 물론 전부 쓸모없는 것일 수도 있다. 그리고 자신은 벌써부터 가을이 기다려진다. 그때가 되면 모든 열매를 딸 수 있고, 이 통로에서는 붉은 포도와 푸른 포도, 황초록 포도를 딸 수 있다. 그때까지 얼마 남지 않아서 참 좋다고 했네.

마틸데와 나는 아무 말 없이 알프레트와 함께 통로를 이리저리 거닐기만 했지.

그사이 엄청난 흥분은 어느 정도 진정되었고, 우리는 집으로 돌아갔네. 하나 평소와 달리 나는 마틸데와 함께 부인에게 가지 않았네. 알프레트를 방으로 보낸 뒤 곧장 덤불 속을 지나 이곳저곳을 배회하다가 마틸데의 창문이 보이는 곳으로 걸음을 옮겼네. 이 세상 누구보다 소중한 사람이 살고 있는 방의 창문이었지. 나는 간절한 그리움에 그녀를 창문 너머로 불러낼 수 있을 것 같았네. 우리가 헤어진 지 촌각도 지나지 않았지만 내게는 그 시간이 몹시 길게 느껴졌네. 이제 그녀 없이는 살 수 없을 것 같았고, 날씬하고 아리따운 그 소녀를 가슴에 안지 않고는 모든 시간이 헛되고 공허한 듯했네. 나는 이제껏 누이 빼고는 어떤 소녀와도 손을 잡은 적이 없었고, 어떤 사랑의 속삭임도 나누어본 적이 없었으며, 누구와도 다정한 눈길조차 교환한 적이 없었네. 그런 나를 사랑의 감정이 폭풍처럼 휘감았네. 방 안을 거니는 그녀의 모습이 벽 너머로 보이는 것 같았네. 수레국화처럼 푸른 드레스, 초롱초롱한 눈, 장미처럼 붉은 입술. 한순간 창문 커튼이 움직이는 듯했지만 그녀의 모습은 나타나지 않았네. 유리창에 장밋빛 얼굴 같은 빛이 희미하게 어른거렸지만, 그것은 이제 막 깔리기 시작한 석양이 유리창에 비친 것뿐이었네. 나는 다시 덤불과 포도 덩굴 통로를 지나 과수원으로 들어갔네. 포도 덩굴 통로는 이제 내게 마치 머나먼 동방의 궁전처럼 낯설고도 의미 있는 곳이 되었네. 개암나무 덤불을 지나 내가 간 곳은 장미집이었네. 별채 주위엔 온통 초록색 이파리와 덩굴뿐이었는데도 내 눈엔 모든 장미가 활짝 피어나 붉게 타오르는 듯했지. 나는 다시 포도 덩굴 통로를 지나 마틸데의 창문이 보이는 곳으로 갔네. 마침 마틸데가 창문으로 몸을 내밀고 무언가를 찾는지 주위를 두리번거리더군. 한데 나를 발견하자마자 즉시 창문 뒤로 몸을 감추었네. 그런 마음은 나도 마찬가지였네. 마틸데를 보는 순간 번개에 맞은 것처럼 움찔했으니까. 나는 다시 덤불 속으로 들어갔네. 잔디밭 일부를 둘러싸고 있는 라일락 덤불이었네. 거기에는 그늘 아래 쉴 수 있는 벤치가 있었네. 나는 이 벤치로 갔다가 금방 다시 그녀의 창문이 보이는 곳으로 걸음을 옮겼고, 그녀 역시 창문 밖으로 몸을 내밀었다가 나를 보고는 금방 다시 몸을 숨겼네. 우리는 이 짓을 무수히 반복했네. 라일락이 황혼에 몽롱해지고 창문이 루비처럼 반짝거릴 때까지 말이네. 달콤한 비밀을 공유한다는 것, 그것을 의식하고 있다는 것, 그리고 그것을 가슴속에 불덩이처럼 품고 있다는 것은 참으로 매혹적인 일이었네. 나는 황홀한 기분으로 비밀을 가슴에 품고 방으로 올라갔네.

저녁 식사를 하러 모였을 때 마틸데의 어머니가 내게 물었네. '오늘은 어찌 아이들과 정원에서 돌아와 나한테 오지 않았어요?'

나는 그 질문에 대답할 말을 찾지 못했네. 다행히 부인은 더 이상 자세히 묻지 않았네.

나는 밤새 거의 잠시도 눈을 붙이지 못했네. 그녀를 다시 볼 수 있는 아침을 간절히 기다렸던 걸세. 아침에 식당방에서 만난 우리의 눈빛과 옅은 홍조가 모든 것을 말해주었네. 우리가 서로를 소유하고 있고, 우리가 그것을 알고 있음을 말이네. 아침 내내 나는 알프레트와 열심히 공부를 했네. 그러다가 풀과 이파리에 맺힌 이슬이 완전히 마른 정오경에 정원으로 나갔네. 마틸데도 읽고 있던 책을 들고 집에서 부리나케 달려 나와 우리와 합류했네. 순간 우리 사이에 동의의 시선이 은밀히 오갔지. 마틸데는 나를 다정히 바라보았고, 내 눈에서도 사랑에 겨운 감정이 흘러 나갔네. 우리는 화원과 채소밭을 지나 포도 덩굴 통로로 걸어갔네. 사전에 그리 가겠다고 약속이라도 한 것처럼 말이네. 마틸데와 나는 일상적인 대화를 나누었네. 하나 일상적인 대화 속에도 우리만 아는 의미가 담겨 있었지. 한번은 마틸데가 포도 잎을 한 장 따서 내게 주었네. 나는 그것을 품에 넣은 뒤 이번엔 내가 꽃 한 송이를 건넸네. 그녀도 꽃을 가슴속에 품더군. 나는 읽은 부분을 표시하려고 마틸데가 책갈피에 끼워둔 작은 종이 띠를 빼서 주머니 속에 넣었네. 그녀는 그것을 돌려받으려 했지만 나는 돌려주지 않았지. 그러자 그녀도 어쩔 수 없다는 듯 미소를 지으며 내버려두었네. 우리는 개암나무 덤불로 들어가 이리저리 돌아다니다가 정원 별채의 장미에 이르렀네. 마틸데가 시든 꽃잎을 몇 장 따서 그것으로 가지를 닦았네. 나도 따라서 가지를 닦았지. 그녀가 초록색 장미 이파리 한 장을 내게 내밀었네. 원래 금지된 행동이었지만 나는 가느다란 가지를 꺾어 그녀에게 건넸네. 그녀가 잠시 몸을 돌려 장미 가지를 품속에 감추었네. 우리는 별채로 들어갔고, 마틸데는 탁자 곁으로 가 한 손으로 탁자를 짚었네. 나도 손을 탁자 위에 살짝 올려놓았지. 얼마 뒤 우리의 손가락이 닿았네. 순간 그녀는 뜨겁게 타오르는 불꽃처럼 화끈 달아올랐고, 나도 온몸이 전율에 휩싸였네. 작년 여름만 해도 나는 마틸데에게 스스럼없이 손을 내밀었네. 지나가기 어려운 지점을 건널 때나, 흔들거리는 나무다리 위에서 중심을 잡을 때나, 좁은 길을 안전하게 안내할 때면 별 뜻 없이 선뜻 손을 건넸지. 한데 이제는 손을 내미는 것이 두려웠네. 손끝이 살짝 닿는 것만으로도 서로에게 폭풍 같은 변화가 일어났으니까. 한 사람의 심장 앞에 서자 땅과 하늘, 별, 태양, 아니 온 우주가 한꺼번에 사라졌고, 나는 그것이 어떻게 가능한지 도무지 이해할 수 없었네. 게다가 사람들이 아직 어린애라고 생각하는 소녀의 심장 앞이었는데도 말이네. 하나 이 소녀는 내게 천상의 백합처럼 매혹적이고 우아하고 신비하게 느껴졌네.

우리는 다시 집으로 들어가, 점심 식사를 하러 가기 전에 부인의 방에 먼저 들렀네. 마틸데와 나는 부인 앞에서 평소보다 더 조용하고 말이 없었네. 마틸데는 방에서 새 종이 띠를 찾아 책갈피에 끼웠네. 그러고는 피아노에 앉아 건반을 몇 개 두드리더군. 알프레트는 우리가 정원 별채의 장미에서 시들고 쓸모없는 나뭇잎을 떼어낸 이야기를 했네. 그리고 얼마 뒤 하녀가 와서 점심 식사를 할 시간이라고 알려주었네. 오후에는 산책을 나가지 않았네. 주인어른 내외는 물론이고, 나도 알프레트와 마틸데에게 산책을 제안하지 않았지. 대신 나는 좋아하는 작가의 책을 한참 동안 읽었고, 책을 읽는 내내 불같이 뜨거운 눈물이 주르륵 흘러내렸네. 나중에는 라일락 덤불의 벤치에 앉아 이따금 나뭇가지들 사이로 마틸데의 방을 올려다보았네. 가끔 천사처럼 아름다운 소녀가 창가에 모습을 드러냈네. 저녁 무렵 마틸데는 어머니의 방에서 아주 진지하게 피아노를 쳤네. 무척 아름답고 감동적인 연주였지. 피아노 연주가 끝나자 이제 마틸데는 치터의 현에서 고혹적인 음악을 불러내더군. 악기에 완전히 빠진 사람 같았지. 그녀의 연주는 계속 이어졌고, 선율은 점점 감동적이고 자연스럽게 흘러갔네. 부인은 그런 딸의 연주를 무척 칭찬했네. 얼마 뒤 가까운 소도시에서 일을 보고 돌아온 주인어른이 방으로 들어왔고, 우리는 저녁 식사를 할 때까지 부인의 방에 함께 머물렀네. 식사 시간이 되자 주인어른은 마틸데의 팔을 다정하게 잡고 그녀를 식당방으로 안내했네.

그때부터 참으로 야릇한 시간이 시작되었네. 내 인생과 마틸데의 인생에 전환점이 생긴 게지. 우리는 서로의 감정을 비밀로 하자고 약속한 적이 없음에도 그것을 숨겼네. 주인어른 내외는 물론이고 알프레트와 다른 모든 사람에게 말일세. 다만 감정이 저절로 표출되거나, 자신도 모르게 말이 되어 입 밖으로 튀어나오는 경우에는 가감 없이 서로에게 감정을 드러냈네. 우리의 영혼을 연결해주는 실타래는 수없이 많았네. 이 실타래가 모두 소진되면 다른 실타래가 나타나고 또 나타났지. 공기와 풀, 뒤늦게 핀 들꽃, 열매, 새들의 외침, 책의 글귀, 현의 선율, 심지어 침묵까지도 모두 우리 사랑의 전령들이었네. 감정을 더 깊숙이 숨겨야 할수록 그 감정은 더욱 애틋해졌고 가슴속에서 더욱 활활 불타올랐네. 마틸데와 알프레트, 나 이렇게 셋이서 산책을 하는 횟수는 예전보다 훨씬 줄었네. 둘이 만나면 흥분할까봐 두려웠던 게 아닌가 싶네. 한데 부인은 딸에게 여름 모자를 건네면서 자주 산책을 권했네. 그리하여 함께 산책을 나가게 되면 이름 없는 크나큰 행복의 시간이 이어졌지. 온 세상이 몽롱해졌고, 나란히 걷는 동안 우리의 영혼은 남몰래 하나로 연결되었고, 하늘과 구름, 산은 우리를 향해 미소를 지었고, 우리는 서로의 말소리를 들었고, 말을 하지 않을 때는 발소리를 들었으며, 그 소리를 들을 수 없거나 그냥 조용히 서 있을 때는 우리가 마음으로 하나임을 깨달았고, 서로를 소유하고 있다는 느낌이 온몸을 휘감았고, 집으로 돌아오면 그 느낌은 한층 커져 있었네. 집에 있을 때면 나는 우리의 감정이 담긴 책을 건넸고, 마틸데는 치터의 선율로 마음을 표시했네. 창가에 놓인 꽃들도 짧지만 강렬한 우리의 과거를 증언하는 듯했네. 정원을 산책할 때 알프레트가 혼자 덤불 뒤로 돌아가거나, 포도 덩굴 통로에서 우리보다 앞서 걸어가거나, 우리보다 먼저 개암나무 덤불을 뛰쳐나가거나, 혹은 정원 별채 안에 우리만 남겨놓고 나가버리면 우리는 서로의 손가락을 살짝 건드리기도 하고, 손을 잡기도 하고, 미친 듯이 껴안기도 하고, 혹은 잠깐 걸음을 멈추고 뜨거운 입술을 포갠 채 기쁨에 겨워 이렇게 말을 더듬기도 했네. '마틸데, 내 사랑, 오직 너 하나만 영원히, 너 하나만 영원히 사랑하겠어!'

'아, 당신만 영원히, 당신만 영원히, 구스타프, 영원히 당신 한 사람만 사랑하겠어요.'

참으로 행복한 순간이었지.

그렇게 가을이 차츰 깊어갔네. 지난여름 이후 우리는 외부와 별로 접촉을 가지지 않았네. 마틸데와 알프레트는 갈수록 이웃집으로 가자는 소리를 하지 않았네. 해서 양친도 그리로 가는 일이 드물었고, 손님들도 우리를 찾아오지 않았지. 설령 손님들이 와서 알프레트가 아이들과 어울려 놀아도 마틸데는 전과 달리 함께 어울려 놀 생각을 하지 않았네. 마치 이 집에 없는 사람처럼 거리를 두었지. 마틸데의 몸에도 단시간에 큰 변화가 생긴 것 같았네. 몸은 더 튼튼해졌고 볼은 심홍색을 띠었으며 눈은 더 초롱초롱해졌지.

알프레트는 나를 무척 사랑했네. 부모님과 누나를 빼놓고는 나만큼 사랑하는 사람이 없는 듯했네. 나 역시 온 마음으로 알프레트의 사랑에 답해주었지.

이윽고 늦가을이 초겨울에 자리를 내주었네. 우리는 지난봄 도시에서 시골로 무척 일찍 출발했던 것처럼 가을이 점점 저물어가는데도 될 수 있는 한 오래 시골에 머물려고 했네. 그사이 알프레트의 소원은 이루어졌네. 열매와 포도를 딸 수 있었던 게지. 이제 나뭇가지에는 나뭇잎 하나 달려 있지 않았고, 골짜기엔 안개와 서리가 깔렸네. 우리는 그제야 도시로 출발했지. 도시에서 마틸데는 좁은 틀 속에 갇혀 지냈네. 학과 수업과 교양 수업, 그리고 다른 일거리에 매달려야 했지. 그런데도 마틸데의 품성은 더욱 고상해지고 차분해졌네. 그걸 보면서 나는 내가 참 부자라는 생각이 들었네. 궁전을 소유한 사람이나 이 어마어마한 도시에서 영화를 누리는 모든 사람보다 훨씬 부자라고 말일세. 우리가 대화를 나눌 기회는 아주 드물었네. 하지만 우연히 복도에서 부딪치거나, 부인의 방에서 그녀가 내게 몇 마디를 건넬 기회가 생기거나, 많은 사람 틈에서 운 좋게 나란히 걷게 되거나, 혹은 다른 정신적인 교감의 순간이 주어질 때면 그녀는 아름다운 눈으로 우리가 서로를 얼마나 사랑하는지, 우리의 사랑이 얼마나 굳건한지, 우리의 영혼이 서로를 얼마나 깊이 지배하는지 이야기했네. 그녀의 아름다운 모습은 이제 남들의 눈에도 띄었네. 특히 젊은 남자들이 그녀에게서 눈을 떼지 못했지. 그런데도 마틸데는 변함이 없었네. 남자들이 접근해서 온갖 친절을 베풀고 칭송해도 마틸데는 대꾸 한마디 없었고 태연함을 잃지 않았네. 그러면서 천사같이 아름다운 자태로 나만 이해할 수 있는 말로 이렇게 말해주었네. 자신의 미모와 영혼의 향기, 꽃다운 싱그러움은 오직 나 하나만의 행복을 위한 것이고, 그것만이 자신에게 유일한 기쁨이라고 말이네. 나는 시내에 나갔다가 우리가 사는 집에 돌아오면 걸음을 멈추고 집을 관찰할 때가 많았네. 도시의 영향에서 자신을 굳건히 지키고 서 있는 이 집은 점점 야릇한 느낌을 더해갔네. 나는 집 벽을 올려다보면서 가슴이 뭉클해졌네. 이 벽 바로 뒤에 하늘에서 내려온 존재, 그러니까 내 영혼을 가득 채운 여인이 살고 있었기 때문이지. 마틸데는 내가 자신에게 바친 숭배에 가까운 사랑을 알고 있었네. 그녀는 그것을 은밀한 방식으로 알아보았고, 나 역시 그런 방식으로 그녀의 사랑을 알아보았네. 그녀는 그런 나의 사랑에 기쁨을 드러냈지. 물론 그것은 나 혼자만 알아차릴 수 있었지만 말일세. 마틸데의 부모님은 이제 그녀에게 예전보다 더 좋은 천으로 지은 옷을 입혔네. 마틸데가 그런 고상한 옷을 입고 내 앞에 나타나면 그녀의 모습은 전보다 더 멀면서도 가깝게, 더 낯설면서도 친근하게 다가왔네.

어느 날 나는 친구 집에 가려고 집의 계단을 내려가다가, 계단으로 올라오는 마틸데와 마주쳤네. 마틸데는 어머니와 함께 볼일을 보러 나가는 중이었는데, 어머니는 마차에 앉아 있고 그녀는 가져올 게 있어서 다시 올라왔던 걸세. 그녀는 검은 비단옷에 짧은 비단 외투를 걸쳤는데, 초록색 베일이 달린 모자 밑으로 상큼하고 화사한 얼굴이 보였네. 나는 계단이 굽어지는 곳에서 빛나는 검은 형체가 갑자기 나타나는 바람에 깜짝 놀랐지만, 그게 마틸데임을 금방 알아차리고는 이렇게 말했네. '아, 마틸데, 마틸데, 천상의 여인, 모든 사람이 당신을 얻으려고 쫓아다니는데 이를 어쩌면 좋지, 어쩌면 좋아?!'

'구스타프, 구스타프, 당신은 그 누구보다 뛰어난 사람이에요. 당신은 나의 왕이고 나의 유일한 남자예요. 당신은 모든 것이 훌륭하고 멋져요. 세상의 어떤 장사도 우리를 떼어놓을 수 없어요.'

나는 마틸데의 손을 잡았고, 우리는 짧지만 뜨거운 입맞춤으로 이 사랑의 속삭임이 사실임을 확인했네. 나는 마틸데가 비단 치마를 끌고 계단을 올라가는 소리를 들으며 계단을 내려가 유리 맞닫이문을 열었네. 문 앞에 서 있는 마차가 보였고, 마차의 창문 너머로 마틸데의 어머니가 나를 다정히 바라보더군. 나는 공손히 인사드리고 마차를 지나쳐 갔네. 이제 친구를 찾아갈 생각이 싹 달아났네.

나는 알프레트에게 더 많은 정성을 기울였네. 녀석이 알아야 할 것을 더 철저히 가르쳤고, 녀석이 배운 지식을 잘 기억할 수 있도록 세심히 배려했으며, 여러 방면에서 예전보다 더 많은 도움을 주려고 노력했네. 일반적인 성장 과정에는 필요한 만큼만 영향을 주려고 했네. 나는 알프레트와 많은 대화를 나누었고, 많은 시간을 함께했네. 녀석도 내가 자신을 사랑한다는 사실을 잘 알기에 내게 더 애착을 보이며 나를 잘 따랐네. 나만 졸졸 따라다닌다고 해도 과언이 아니었지. 그러니 시골에서와 마찬가지로 도시에서도 내 옆방에서 생활한 것은 당연했네.

우리는 작년과 마찬가지로 이른 봄에 하인바흐로 출발했는데, 이번에도 마틸데와 알프레트, 내가 한 마차에 탔네. 알프레트는 또다시 내 옆에 앉아 내게서 떨어지려 하지 않았고, 마틸데는 우리 맞은편에 앉았지. 그렇게 우리는 이틀 동안 누구의 눈치도 보지 않고 사랑의 눈빛을 교환할 수 있었고, 자유롭게 이야기를 나눌 수 있었네. 대화가 하찮은 화제로 흘러가더라도 우리는 서로의 목소리를 듣는 즐거움을 누렸고, 일상적인 일을 이야기할 때는 심장이 파르르 떨리곤 했지. 아마 내 인생에서 가장 행복했던 시간이 그 이틀이었을 걸세.

작년과 똑같은 시골 생활이 다시 시작되었네. 이제 마틸데와 나는 아무 속박 없이 자유롭게 어울렸고, 서로의 마음을 더 쉽게 주고받을 수 있었네. 우린 부인의 방이나 주인어른의 방에서도 좀 더 자유로웠고, 정원을 방문하고 잔디밭의 나무 아래를 거닐고 산책을 나갔네. 우리가 가장 좋아한 곳은 포도 덩굴 통로였네. 우리에겐 성지나 다름없는 곳이었지. 포도나무 가지들이 친근한 눈으로 우리를 바라보았고, 포도나무 잎사귀들은 우리 사랑의 증인이었으며, 포도 덩굴에는 우리의 가슴속 깊은 말들이 숨겨져 있고 끝 모를 행복의 입김이 스며들어 있었네. 우리가 포도 덩굴 통로만큼 좋아한 곳은 정원 별채였네. 별채는 사방의 벽들로 우리 사이에 오간 열락의 순간들을 가려주었고, 고요한 사원처럼 우리를 감싸주었네. 우리는 이 두 곳으로 자주 걸음을 했네. 마틸데와 나를 연결하는 끈은 수천 개로 증가했고, 마틸데는 점점 황홀하게 변해갔네. 그러다보니 그녀를 갈망하는 남자들도 점점 늘어만 갔지. 하나 그녀의 영혼은 오로지 나 하나에게만 향해 있었네.

나는 이제 혼자서 멀리 산책을 나가는 일이 잦았네. 한참을 걷다가 더 이상 집이 보이지 않는 지점에 이르면 걸음을 멈추고 집 위에 떠 있는 하얀 구름을 올려다보거나, 집 건너편에 있는 숲을 지그시 바라보았네. 그러면 가슴속에 뜨거운 파랑이 이는 것을 느끼곤 했네. 그러다 다시 서둘러 집으로 돌아와 그녀를 만나고, 그녀의 얼굴에서 재회의 기쁨을 발견하면 내 심장은 영원한 소유에 취해 미친 듯이 고동치고 환호했지.

그럼에도 내 행복을 갉아먹는 고통스러운 무언가가 마음 한구석에 도사리고 있었네. 마틸데의 부모님을 속이고 있다는 생각이 나를 괴롭혔지. 그분들은 우리 사이를 전혀 모르고 있었네. 우리가 말씀을 드리지 않았던 게지. 나는 죄책감으로 점점 마음이 무거워졌네. 그것은 건드리기만 해도 점점 커지는 재앙 같았지!

장미가 막 꽃봉오리를 터뜨리기 시작한 어느 날이었네. 나는 마틸데에게 말했네. 어머니를 찾아가 모든 것을 털어놓고 아버지에게 잘 말씀드려달라고 할 생각이라고. 그러자 마틸데는 자신도 원하던 일이며 이 기회를 통해 우리의 행복이 더욱 분명하고 굳건해질 거라고 대답했네.

나는 마틸데의 어머니를 찾아가 떨리는 목소리로 모든 것을 진솔하게 털어놓았네.

그러자 부인이 이리 대답했네. '짐작도 못 한 일이네요. 지금은 결정을 내릴 수가 없어요. 먼저 남편과 상의해봐야겠어요. 한 시간 뒤에 이 방으로 오면 대답해주겠어요.'

나는 허리를 숙여 인사하고 방을 나와 내 구석방으로 갔네.

한 시간 뒤 부인의 응접실에 들어가자 부인은 벌써 나를 기다리고 있었네. 우리가 자주 둘러앉곤 하는 테이블에 앉아 있던 부인이 내게 의자를 권하고는 말문을 열었네. '남편도 나와 같은 의견이었어요. 우리는 선생님을 무척 신뢰했어요. 모든 것을 믿고 맡길 정도로요. 선생님이 우리를 그렇게 만들었죠. 그 부분에 대해선 더 이상 왈가불가하고 싶은 생각이 없어요. 다만 한 가지는 분명히 말해두고 싶어요. 두 사람의 가약에는 목표가 없어요. 최소한 지금은 목표가 보이지 않는다는 뜻이죠. 두 사람은 아마 똑같은 마음으로 가약을 맺었을 거예요. 하지만 그 결과는 생각하지 않았을 거예요. 그렇지 않다면 우리가 두 사람에게 깊이 사죄해야 하겠죠. 두 사람은 오로지 자신들의 감정에만 빠져 있어요. 물론 이해해요. 다만 그것을 좀 더 일찍 알아차리지 못한 나 자신을 납득할 수 없을 뿐이죠. 그만큼 선생님을 깊이 믿었다는 뜻입니다. 자, 이제 내 이야기를 들어봐요. 마틸데는 아직 어린애예요. 요조숙녀가 되기 위해 필요한 것을 배우는 데만 아직 몇 년이 더 걸리고, 남녀가 만나 가정을 꾸리는 것이 무엇인지 깨닫는 데도 또 몇 년이 더 필요해요. 마틸데는 생기발랄하고, 이거다 싶으면 한 가지에 마음을 다 빼앗겨버리는 아이예요. 자식이 그런 상태에 빠지게 내버려둬야 할까요? 미래의 삶에 정말 중요한 것들을 준비해야 하는 이 시기에 말이에요. 아니면 아이가 적정하게 미래를 준비하도록 아이의 감정을 진정시키는 것이 옳을까요? 그 감정은 앞으로 한 남자의 아내가 될 때까지 지속될까요? 그것이 지속된다면 고통스러운 시간이 오지 않을까요? 그런 감정은 빠른 시간 안에 자연스럽게 종결되지 않으니까요. 혹은 회의와 초조, 불안, 불쾌감, 아픔에 빠지지 않을까요? 그러면 그 감정이 꽃다운 처녀만 누릴 수 있는 아름답고 고귀하고 명랑하고 조용한 나날을 갉아먹지 않을까요? 머리에 신부 화관을 쓰기 전에 말이에요. 목표는 먼데 연애 감정에만 너무 성급히 따르는 것은 삶의 행복을 파괴하지 않을까요? 선생님이 마틸데를 사랑한다면, 정말 온 마음으로 사랑한다면 그 애를 그런 위험에 내맡길 수 있을까요? 애절한 그리움과 격한 감정이 몇 년간 지속되면 사람의 다른 모든 힘을 망가뜨리지 않을까요? 만일 한쪽의 애정이 식어 다른 쪽이 절망에 빠지면 어떡하죠? 혹은 양쪽 다 사랑이 시들해져서 황량한 공허함만 남으면 어떡하죠? 물론 두 사람은 절대 그럴 일은 없을 거라고 이야기하겠죠. 그런 마음은 충분히 이해해요. 어쩌면 두 사람한테는 정말 그런 일이 일어나지 않을지도 모르고요. 하지만 난 뜨거웠던 감정이 싸늘하게 식거나 변하는 것을 자주 보았어요. 게다가 어떤 반대도 이겨낼 만큼 강렬했던 애정이 모든 것을 무디게 하는 세월의 무게에 눌려 별것도 아닌 일에 금방 굴복해버리는 것도 자주 보았어요. 마틸데를 정말 그런 가능성에 내맡겨야 할까요? 지금 이 시기에만 누릴 수 있는 청초하고 쾌활한 삶을 선생님의 마틸데에게 허락해서는 안 되는 것일까요? 자신의 행복만 생각하지 않는 것, 연인의 현재 감정만 고려하지 않는 것, 연인의 차분하고 굳건하고 지속적인 행복을 위해 토대를 마련해주는 것이 더 큰 사랑이 아닐까요? 나는 그것이 선생님의 의무이자 마틸데의 의무라고 생각해요. 물론 두 사람은 가약이 성사되면 지금이라도 행복을 이룰 수 있다고 반박하고 싶을 거예요. 하지만 그건 현실적으로 불가능해요. 마틸데의 재산이 한 가정을 꾸릴 만큼 많다고 하더라도, 그리고 내가 봤을 때는 회의적이지만 그 가정이 아내의 재산으로 당분간 먹고살 수 있다고 하더라도 그것만으로는 턱없이 부족해요. 이유는 분명해요. 내가 말한 대로, 마틸데는 아내와 어머니로서 갖추어야 할 품성을 아직 갖추지 못했고, 더구나 자식의 건강을 돌보는 것이 부모의 책임이라면 우리는 예닐곱 해 안에는 마틸데를 결혼시킬 수 없으며, 그 밖에 선생님이 아무리 자기 주장을 펼쳐도 앞서 말한 그런 불안과 위험이 두 사람에게 존재할 수밖에 없기 때문이죠. 마틸데 또래의 아이들은 부모의 말을 무조건 따라야 해요. 마틸데같이 착한 아이들은 설령 부모의 말이 가슴 아프게 다가오더라도 그 말을 군말 없이 순순히 따르죠. 그만큼 부모의 사랑과 판단을 믿기 때문이에요. 그래서 남편과 나는 이런 결론을 내렸어요. 진정으로 마틸데의 미래를 위한다면 딸아이가 체결한 가약을 반드시 지속시킬 필요는 없고, 파기할 수도 있다고 말이에요. 내가 이런 판단의 근거를 길게 밝힌 것은 그만큼 선생님을 높이 평가하고, 선생님 역시 나를 좋아하고 있다는 것을 알기 때문이에요. 선생님이 마틸데와의 관계를 내게 고백한 것이 그 증거겠죠. 물론 좀 더 일찍 고백했어야 했지만 말이에요. 이제부터는 선생님에 관한 이야기를 할 테니 불편하더라도 들어줬으면 해요. 선생님은 마틸데보다는 나이가 많아도 남자로서 자신의 상황을 냉철하게 판단할 수 있을 만큼 나이가 많지는 않아요. 남편과 나는 선생님의 마음이 참으로 따뜻하고 고결하다는 걸 잘 알아요. 그리고 그런 마음 때문에 부모인 우리가 봐도 여자로서 매력이 넘치는 마틸데와 급격히 사랑에 빠졌다고 생각해요. 선생님한테는 그 마음이 자신을 행복하게 만드는 고결하고 숭고한 것으로 느껴질 거예요. 그래서 마틸데의 현 상황과 입장을 생각하지 못했겠죠. 선생님의 현재 사정도 가약을 맺기에는 적절해 보이지 않아요. 선생님은 아직 젊어요. 이제 겨우 사회에 첫발을 내디딜 준비를 하고 있어요. 앞으로 진로를 찾아 매진해야 하고, 지금의 길이 자신의 길이 아니라고 생각하면 다른 길을 개척해야 해요. 내가 보건대 선생님은 훌륭한 재능과 인품을 갖춘 사람이에요. 그럼에도 확고한 직업을 찾는 데는 많은 시간이 걸릴 거예요. 또 두 사람이 가정을 지속적으로 꾸려나가는 데 필요한 경제적 독립을 이루려면 아주 긴 시간이 걸릴 거예요. 아직 자리도 잡지 못한 상태에서 감정에 치우쳐 성급히 가정을 꾸린다면 선생님의 장래에도 막대한 지장을 초래하고 선생님의 인품과 가슴에도 커다란 상처가 될 수 있어요. 두 사람이 맺은 가약을 파기하거나, 최소한 연기하라고 하는 것이 둘에게 얼마나 큰 아픔일지 우리도 잘 알아요. 두 사람이 안쓰럽게 느껴져요. 심지어 이 일을 사전에 막지 못한 우리 자신에게 자책감까지 들어요. 어쨌든 두 사람은 차츰 안정될 거예요. 마틸데는 수업을 마치게 될 테고, 선생님도 자기 일을 찾게 될 거예요. 그런 다음 다시 이야기해요. 선생님은 마틸데와의 사랑이 허락되지 않은 상황에서는 이 집에 오래 머물기가 쉽지 않을 거예요. 우리는 선생님께 무척 감사하고 있어요. 알프레트는 물론이고 마틸데까지 선생님 덕분에 부쩍 성장했어요. 하지만 우리만 좋다고 선생님을 마냥 붙잡고 있을 수는 없어요. 젊은 사람의 미래에 지장을 줄 수는 없으니까요. 이 문제는 남편이 따로 이야기할 거예요. 내가 했던 말을 심사숙고해봐요. 오늘 바로 답을 달라는 건 아니에요. 며칠 내로 답을 주면 돼요. 그리고 바라는 게 하나 더 있어요. 선생님을 아니까 이런 이야기를 털어놓는 건데, 지금 마틸데를 가장 잘 설득할 수 있는 사람은 바로 선생님이에요. 평소에도 그랬지만 지금은 더 그렇겠죠. 그래서 말인데, 내 말을 듣고 공감하는 바가 있다면 마틸데가 내 말에 따르도록 설득해주고, 그 불쌍한 아이의 마음을 달래주세요. 그게 바로 마틸데에게 더 큰 사랑을 보여주는 거예요. 아니, 선생님 자신과 우리에게도 큰 사랑을 실천하는 거예요. 그런 다음 우리 집에서 그랬던 것처럼 끈기와 열성과 재능으로 일에 매진하세요. 우리는 모두 선생님을 무척 좋아해요. 선생님은 좋아하는 일과 애정을 다시 발견하게 될 테고, 마음이 진정될 테고, 모든 일이 잘될 거예요.'

부인은 말을 끝내고 나서 고운 손을 테이블 위에 올려놓고는 나를 바라보았네.

'마치 회칠한 벽처럼 얼굴이 창백해요.' 부인이 얼마 뒤에 말했네.

순간 내 두 눈에서 눈물이 솟구쳤지. '저는 이제 완전히 혼자입니다. 아버지도 어머니도 누이도 모두 죽었습니다.' 나는 더 이상 말을 이을 수가 없었네. 말할 수 없는 고통으로 입술이 파르르 떨렸지.

부인이 일어나 내 머리에 손을 올리더니 눈물을 글썽거리면서 사랑스러운 목소리로 이렇게 말했네. '아, 구스타프, 내 아들! 넌 항상 내 아들이었어. 더 이상 바랄 게 없는. 하지만 지금 너희는 각자 가야 할 길이 있어. 나중에 성숙해져서 돌아와. 그때도 지금처럼 펄펄 끓는 가슴으로 똑같은 말을 한다면 우리는 기꺼이 너희 둘을 축복해줄 생각이야. 그러니 지금의 격한 감정을 더 발전시키거나 다른 식으로 변형시키지 말고, 지금 너희에게 필요한 마지막 발전 과정에 매진하도록 해.'

부인이 나를 '너'라고 부른 것은 처음이었네.

부인은 얼마 뒤 내 곁을 떠나 방 안을 서성거렸네.

곧이어 내가 말했네. '내일이나 다른 날로 대답을 미룰 필요는 없습니다. 당장 말씀드리겠습니다. 부인께서 말씀하신 이유는 지극히 타당합니다. 저로서도 인정할 수밖에 없을 정도로요. 하지만 저의 내면은 그 이유에 대항하고 있습니다. 부인께서 말씀하신 것이 설사 진실이라 하더라도 저는 그것을 수용할 수가 없습니다. 시간을 주십시오. 지금은 경황이 없어 제대로 생각하지 못하지만, 나중에 다시 한 번 이 문제를 곰곰이 생각해볼 시간을 주십시오. 다만 지금 받아들일 수 있는 것이 한 가지 있습니다. 만일 자식이 영원히 부모와 연을 끊을 생각이 아니라면, 그리고 자식이 부모나 자기 자신을 버릴 생각이 아니라면 부모의 말을 거역해서는 안 된다는 것이죠. 마틸데는 훌륭하신 부모님을 결코 버리지 못할 겁니다. 그리고 성품이 선량해서 자기 자신도 버릴 수 없을 겁니다. 마틸데는 맺은 가약을 취소하라는 부모님의 요구에 따를 겁니다. 저 역시 구차하게 애원하면서 어르신 내외분의 뜻을 돌리려 하지 않겠습니다. 부인께서 말씀하신 이유가 제 가슴속을 파고들지는 못하지만, 부인의 가슴속에는 단단히 뿌리박혀 있는 것 같습니다. 그렇지 않다면 부인께서 이리도 단호하고 인자하게, 그리고 마지막에는 눈물까지 보이면서 말씀하시지는 않았을 테니까요. 부인께서는 결코 생각을 바꾸지 않을 것입니다. 우리는 우리 자신에게 그렇게 큰 행복이었던 것이 부모님에게는 재앙이 될 수도 있다는 사실을 상상조차 못 했습니다. 하지만 부인께서는 그것을 깊은 확신으로 말씀하셨습니다. 혹시 부인의 확신이 틀렸다고 하더라도, 우리의 애절한 청이 혹시 부인의 마음을 녹일 수 있다고 하더라도 우리의 가약에 부인의 진정한 기쁨과 애정과 축복이 함께하지는 못할 것입니다. 부모님의 기쁨이 함께하지 않는 가약은 슬픈 가약일 뿐입니다. 그것은 영원한 고통이고, 부모님의 심각하고 슬픈 얼굴은 영원히 지울 수 없는 질책이 될 것입니다. 때문에 이 가약은, 그것이 비록 지극히 정당하고 자연스러운 것이었다고 해도, 이미 끝이 났습니다. 부모님의 동의가 없다면 유지될 수가 없으니까요. 저는 설령 마틸데가 부모님의 뜻을 거역하더라도 지금 이 마음 그대로 그녀를 말할 수 없이 사랑할 수 있습니다. 또한 마틸데가 부모님의 뜻을 순순히 따르더라도 제가 사랑할 수 있을 만큼 사랑하고 존경할 것입니다. 아무리 멀리 떨어져 있어도 말입니다. 이제 우리는 아무리 고통스럽더라도 가약을 파기해야 합니다. 아, 어머니, 어머니! 처음이자 마지막으로 부인을 향해 이 이름을 부르게 해주십시오. 혀가 이 이름을 토해낼 수 없을 정도로 가슴이 저리고 상상할 수 없을 정도로 고통이 큽니다!'

'고백하자면 그 때문에 나와 남편이 느끼는 슬픔도 그렇게 큰 거예요. 우리가 자식처럼 사랑하는 선생님과 우리의 귀한 아이가 받을 상처를 부모로서 어찌 두고 볼 수 있겠어요?'

'내일 마틸데에게 말하겠습니다. 아버지 어머니의 말에 따라야 한다고요. 오늘은 생각을 정리할 시간을 주십시오. 다른 일들도 정리할 필요가 있을 것 같습니다.'

내 눈에서 다시 눈물이 쏟아져 내렸네.

'구스타프, 마음을 굳게 먹어요. 마틸데와 이야기하든 말든 좋을 대로 해요. 억지로 하라는 건 아니니까요. 지금은 우리의 결정이 부당하게 느껴질지 몰라도 언젠가는 그렇지 않다는 걸 깨달을 날이 올 거예요.'

나는 부인이 인자하게 내민 손에 입을 맞추고는 방을 나갔네. 이튿날, 나는 마틸데에게 잠시 정원을 걷자고 했네. 우리는 정원의 포도덩굴 통로를 지나 장미꽃이 활짝 핀 별채에 이르렀네. 그렇게 거니는 동안 우린 둘 다 별다른 말이 없었네. 간혹 여기저기 꽃이 예쁘다느니, 포도 잎이 싱그럽다느니, 날씨가 화창하다느니 하는 말이 고작이었지. 둘 다 서로의 입에서 어떤 말이 나올지 궁금했던 걸세. 그러니까 마틸데는 내가 전해줄 말을 기다렸고, 나는 내 전언을 마틸데가 어떻게 받아들일지 걱정했지. 별채 근처에 벤치가 하나 있었네. 장미 덤불이 그늘을 드리우고 있더군. 내가 벤치에 앉자고 권하자 마틸데는 내 말을 따랐네. 우리 둘이서만 정원으로 나온 것도 처음이었고, 이렇게 둘만 나란히 벤치에 앉은 것도 처음이었지. 이것은 우리 둘이 앞으로 아무 구애를 받지 않고 돌아다녀도 된다는 뜻일 수도 있었고, 아니면 이것이 마지막이니까 우리에게 절대적인 신뢰를 보낸다는 뜻일 수도 있었네. 마틸데도 그것을 느끼는 것 같았네. 얼굴에 지극한 기대가 드러나 있었기 때문이지. 그럼에도 마틸데는 어서 말을 하라고 재촉하지 않았네. 분위기에서 무언가 심상치 않은 것을 느꼈던 게지. 나는 간밤에 그녀를 어떤 말로 설득할지 무수히 연습했음에도 지금은 그 말들이 한마디도 입 밖으로 나오지 않았네. 또한 아무리 감정을 추스르려 해도 마음속의 고통은 고스란히 밖으로 드러났네. 그렇게 얼마가 지났을까, 마틸데의 손도 잡지 않고 발끝만 내려다보고 있던 나는 드디어 떨리는 목소리로 더듬거리며 말을 하기 시작했네. 마틸데의 부모님이 무엇을 바라고, 우리는 무엇을 해야 하는지. 그런 다음 지금은 가약을 파기할 수밖에 없다는 말이 마침내 내 입에서 튀어나왔네.

나는 마틸데의 어머니가 언급한 이유는 옮기지 않았네. 다만 부모님의 뜻을 따라야 하고, 우리가 따르지 않으면 가약도 결코 성사될 수 없음을 상기시켰네.

내 말이 끝나자 마틸데는 소스라치게 놀라더군.

'방금 말한 걸 다시 한 번 짧게 말해봐요. 우리가 어떻게 해야 한다고요?'

'부모님의 뜻에 따라야 하고, 우리의 가약을 파기해야 한다고.'

'어떻게 당신 입에서 그런 말이 나와요? 내 마음을 돌려놓겠다고 어머니한테 약속이라도 했어요?'

'마틸데, 그런 약속은 하지 않았어. 부모님의 말에 따르겠다고 했지. 부모님의 뜻은 자식들에게 법이나 다름없잖아.'

마틸데가 벤치에서 벌떡 일어나며 소리쳤네. '그래요, 나는 따라야 해요. 그리고 따를 거예요. 하지만 당신은 따를 필요가 없어요. 당신은 부모님이 안 계시잖아요. 당신은 나를 이리로 데려오지 말았어야 했고, 우리가 맺은 사랑의 가약을 깨뜨리라는 지시를 받지 말았어야 했어요. 대신 어머니한테 이렇게 말했어야 해요. 마틸데는 부인의 따님이니까 부인의 뜻을 따를 겁니다. 하지만 나는 부인의 지시를 따를 의무가 없습니다. 나는 부인의 따님을 사랑합니다. 내 몸속에 피가 한 방울이라도 남아 있을 때까지요. 나는 장차 그녀를 가지기 위해 전력을 다할 겁니다. 마틸데는 부인의 뜻을 따를 수밖에 없기에 더 이상 나와 말을 섞지 않을 것이고, 더 이상 나를 보지도 않을 겁니다. 나는 여기서 멀리 떠날 겁니다. 하지만 이 생을 넘어 다음 생에도 그녀를 사랑할 겁니다. 다른 여자에게는 손톱만큼이라도 애정을 나누어 줄 생각이 없으며, 그녀를 결코 포기하지 않을 겁니다. 이렇게 말했어야 했어요. 내 어머니한테요! 만일 당신이 우리 집을 떠났더라면 나는 당신이 그렇게 말하고 떠난 줄 알았을 거예요. 그랬더라면 어떤 시련과 고통이 닥치더라도 당신을 기다렸을 테고, 폭풍과도 같은 이 심장이 당신한테 바쳤던 사랑을 반드시 완성시켰을 거예요. 하지만 당신은 나와 함께 이리로 오기 전에, 나를 이 벤치에 앉히기 전에 벌써 가약을 파기했어요. 내가 선선히 당신 말에 따라 이 벤치에 앉았던 것은 당신이 그전에 무슨 짓을 했는지 몰랐기 때문이에요. 이제는 아버지와 어머니가 우리의 사랑을 허락하겠다고 해도 모든 것이 끝났어요. 당신은 신의를 저버렸어요. 하늘을 받치는 세계의 기둥보다 더 단단하다고 믿었던 신의를 저버렸다고요!'

'마틸데, 이런 말을 하는 내가 너보다 수만 배는 더 힘들어.'

'힘드냐, 힘들지 않느냐의 문제가 아니에요. 중요한 건 어떤 일이 벌어졌느냐예요. 내가 도저히 있을 수 없는 일이라고 생각한 일이 벌어졌어요. 구스타프, 구스타프, 구스타프, 어떻게 당신이 그럴 수 있어요?'

마틸데가 별채의 장미 쪽으로 몇 걸음 걸어가더니 풀밭에 무릎을 꿇고 앉아 두 손을 모으고 눈물을 흘리며 애끓는 목소리로 말했네. '그 사람이 내 입술에 키스를 했을 때 우리를 내려다보던 수천 송이 꽃들아, 내 말 좀 들어봐. 그 사람이 영원한 사랑의 맹세를 속삭일 때 듣고 있던 너 포도 잎아, 내 말 좀 들어봐. 나는 그 사람을 사랑했어. 말로는 표현 못 할 정도로. 내 심장은 연륜은 짧지만 누구 못지않게 고매해. 내 온 심장을 나는 사랑하는 사람에게 바쳤어. 내 심장 속에는 그 사람 생각밖에 없었어. 아직 남은 수많은 시간을, 미래의 삶을 나는 그 사람을 위해 아낌없이 헌신할 생각이었어. 사랑을 위해서라면 피 한 방울까지 짜내고, 힘줄 하나까지 뽑아줄 수 있었어. 그것도 환호성을 지르며 말이야. 나는 그 사람도 그걸 안다고 생각했어. 그 사람도 그리할 거라 믿었으니까. 그런데 이제 그 사람이 나를 이리로 데려와서 너무 실망스러운 말을 했어. 나는 외부에서 어떤 고통이 닥쳐오더라도, 어떤 혹독한 싸움을 해야 하더라도, 어떤 각고의 노력과 인내심을 보여야 하더라도 참아낼 자신이 있었어. 하지만 그 사람은, 그 사람은…… 내가 자기 사람이 되는 것을 영원히 불가능하게 만들었어. 모든 것을 한데 묶을 수 있는 마법을 파괴했기 때문이야. 절대 찢어지지 않을 결합을 영원히 가능케 하는 마법을 파괴했다고!'

나는 마틸데를 일으켜 세우려고 그녀에게 다가갔네. 그리고 그녀의 손을 잡았네. 손은 불덩이처럼 뜨거웠네. 그녀가 일어나더니 내 손을 뿌리치고는 장미가 있는 별채 쪽으로 걸어갔네.

'마틸데, 이건 신의를 저버린 게 아냐. 우리의 신의는 깨지지 않았어! 혼동하지 마. 우리는 부모님에게 우리 관계를 숨겼어. 그것도 한참 동안을. 그건 잘못이야. 그분들은 우리가 혹시 나쁜 짓을 저지르지 않을까 두려워하는 거야. 부모님이 요구하는 건 우리의 감정을 버리라는 게 아냐. 우리가 외적으로 결합하는 것을 당분간 보류하라는 거지.'

'당분간이라고요? 그동안 당신은 심장이 뛰지 않고, 당신은 당신이 아닌가요? 외적인 것과 내적인 것은 하나예요. 사랑은 그 둘을 합친 거라고요. 그걸 모르는 걸 보니 당신은 나를 사랑하지 않았어요.'

'마틸데, 너는 언제나 선하고 고결하고 순수하고 훌륭한 사람이었어. 내 영혼의 모든 힘으로 너를 품은 채 놓아주고 싶지 않을 정도로. 그런 네가 오늘 처음으로 사리에 어긋나는 행동을 하고 있어. 너에 대한 내 사랑은 무한하고 무엇으로도 파괴할 수 없어. 너를 놓아주는 아픔은 이루 말할 수 없이 커. 세상에 그렇게 큰 아픔이 있는지 몰랐어. 그런데 그보다 더 큰 아픔이 있었어. 너한테 오해를 받는 것이었어. 사실 누가 너한테 부모의 명령을 전달하든 상관없다고 생각했어. 결국엔 똑같아. 그분들은 부모님이고, 명령은 명령이야. 우리의 성스러운 마음은 이렇게 말하고 있어. 부모님을 존경해야 하고, 설령 가슴이 찢어질 듯 아파도 부모와 자식 간의 끈은 끊어져서는 안 된다고. 나는 그렇게 느꼈고 그렇게 행동했어. 나는 너한테 부모님의 명령을 정말 부드럽게 전달하고 싶었어. 그러려고 이 사명을 받은 거야. 그렇게 쓰디쓴 말을 나만큼 부드럽게 이야기해줄 사람은 없다고 생각했어. 그래서 너를 이리로 데려온 거야. 선함과 연민의 발로였지. 의무가 나를 이리로 이끌었고, 의무로 인해 내 가슴은 미어지고, 너 역시 한없는 고통으로 시달리고 있어.'

마틸데는 점점 격하게, 심지어 거의 발작적으로 흐느끼면서 대답했네. '그래요, 당신의 이런 말들은 예전의 나라면 정말 듣고 싶어 했던 말이죠. 내 영혼 깊숙이 달콤하게 파고드는 말이죠. 심지어 당신의 말을 영원한 진리처럼 생각한 적도 있었어요. 당신은 모르겠지만. 당신은 우리의 사랑을 끝내자고 나를 설득하지 말았어야 해요. 그게 아무리 뿌리칠 수 없는 의무라 하더라도 당신한테는 불가능한 일이었어야 해요. 나는 이제 당신을 믿을 수 없어요. 당신의 사랑은 내가 생각했던 사랑이 아니고, 내 사랑과도 달라요. 나는 사랑의 짝을 잃었고, 지금 무슨 일이 일어나고 있는지도 모르겠어요. 과거에는 당신이 하늘을 가리켜 하늘이 아니라고 해도, 땅을 가리켜 땅이 아니라고 해도 그 말을 믿었을 거예요. 하지만 이제는 당신의 말을 믿어야 할지 모르겠어요. 정말 모르겠어요. 이러는 나 자신도 모르겠어요. 아, 하느님! 어쩌다 일이 이 지경까지 됐죠? 내가 영원하다고 생각한 것이 이렇게 허물어질 수 있나요? 나더러 이걸 어떻게 견디라고!'

마틸데는 장미 속에 얼굴을 묻었네. 불덩이 같은 볼은 바로 그 순간에도 장미보다 더 아름다웠네. 그녀가 꽃밭에 얼굴을 파묻고는 펑펑 울기 시작했네. 몸이 파르르 떨리는 듯하더군. 아픔으로 기진맥진했던 것일까? 나는 무슨 말이라도 해야 할 것 같아 몇 번 시도해보았지만 번번이 입을 열지 못했네. 그 순간 어떤 말도 그녀의 귀에 들어가지 않을 것 같았으니까. 내 가슴은 갈가리 찢어지는 듯했네. 나는 그녀의 몸에 살며시 손을 올려놓았네. 그걸 느낀 그녀가 몸을 움찔하더니 내 손을 내치더군. 나는 이제 그녀 옆에 가만히 서 있을 수밖에 없었네. 얼마 뒤 나는 한 손으로 장미 가지를 잡고 힘껏 쥐었네. 손이 가시에 찔려 피가 흐르기 시작하더군. 하지만 육체의 아픔은 마음의 고통에 비하면 아무것도 아니었네.

그렇게 얼마간 시간이 흐르고 울음도 어느 정도 진정되었을 때 마틸데가 얼굴을 들더니 주머니에서 손수건을 꺼내 눈물을 닦았네. '모든 게 끝났어요. 우리는 더 이상 여기 있을 이유가 없어요. 집으로 돌아가서 이 일의 후속편이나 계속 만들어요. 내가 여기서 우는 모습을 사람들한테 보여주고 싶지는 않으니까요.'

그녀가 다시 손수건으로 눈물을 닦고는 머리를 단정히 쓸어올렸네. 눈물이 더 솟지 않도록 마음을 다잡는 듯했지. '집으로 가요.'

그녀는 그 말과 함께 포도 덩굴 통로 쪽으로 걸어갔고, 나도 그녀와 나란히 걸었네. 그녀는 내 손에 흐르는 피를 보지 못했네. 나는 이제 그녀를 위로하려는 생각을 완전히 접었네. 그녀의 마음이 위로를 받아들일 상황이 아님을 직감했기 때문이지. 그녀는 나에 대한 분노로 아픔을 더 쉽게 견디는 것 같았네. 우리는 묵묵히 집으로 들어가 곧장 부인의 방으로 향했네. 마틸데는 어머니의 품에 몸을 던졌고, 나는 부인의 손에 입을 맞추고는 방을 나왔네.

그날의 나머지 시간을 짐을 꾸리며 보냈네. 다음날 이 집을 떠나려고 말이야. 마틸데의 아버지가 나를 찾아와서 말했네. '너무 상심하지 말게. 앞으로 모두 잘될 걸세.'

주인어른이 다정하고 온화한 말투로 털어놓은 이유도 부인의 이유와 똑같았네. 마틸데의 어머니 역시 내 방으로 건너와 짐을 꾸리는 나를 침통한 미소로 바라보더니 내게 손을 내밀더군. 내가 가진 희망은 두 사람이 표한 희망보다 한결 어두웠네. 나에 대한 마틸데의 믿음이 완전히 무너진 것 같았으니까. 내가 내일 떠나겠다고 하자 주인어른 내외는 처음엔 만류하는 듯하더니 더 이상 말리지 않았네. 곧이어 나는 알프레트를 불러서 이 집을 떠나게 되었다고 말했네. 알프레트는 내가 긴 여행을 떠나는 거라고 믿고 싶어 했지만, 나는 오랫동안, 아니 어쩌면 영원히 이 집에 돌아오지 못할 수도 있다고 말했네. 그럴 수밖에 없는 불가피한 사정이 생겼다고 했지. 녀석이 울음을 터뜨리며 내 목에 매달렸지만, 나는 녀석을 달랠 수가 없었어. 나 자신도 통곡에 가까운 울음을 터뜨렸기 때문이지. 나중에 알프레트는 부모에게 불려갔네. 서재에 있던 부모가 아들을 달래려고 불렀던 게지. 녀석의 침실도 하인이 다른 방으로 옮겼네. 곧이어 나는 주인어른 내외를 찾아가 그동안 베풀어준 후의에 감사를 표했네. 그분들도 내게 고마움을 전하면서 희망을 주는 말도 잊지 않았네. 내일 나는 이 집의 마차를 타고 가까운 우편국으로 가기로 했네. 마틸데는 저녁 식사 자리에도 나타나지 않았지.

이튿날 아침 마차에 짐을 싣고 떠날 채비를 모두 마쳤네. 나는 마틸데와 마지막 작별 인사를 나눌 기회를 얻었지만, 그녀는 나를 보기를 거부했네. 해서 나는 내 방으로 갔고, 방을 정리하던 늙은 하인 라이문트에게 손을 내밀며 말했네.

'잘 있게, 라이문트.'

'잘 가십시오, 도련님. 행복하십시오.'

'자네는 모를 걸세, 라이문트!'

'압니다, 알아요. 도련님은 행복해질 겁니다.'

'잘 있게.'

나는 계단을 내려갔고, 라이문트가 나와 동행했네. 마차 옆에는 주인어른 내외와 하인 여럿이 서 있었네. 농장 사람들도 와 있더군. 알프레트는 어젯밤에 늦게 잠이 들어 아직 깨지 않았다고 했네. 주인어른 내외는 각별히 예를 다해 작별 인사를 했고, 주위에 있던 사람들도 내게 인사하면서 앞날에 행운이 깃들기를, 그리고 다시 반갑게 만나게 되기를 기원했네. 마침내 나는 마차에 올라 하인바흐를 떠났네.

이 집의 어른이 언젠가 이런 말을 했네. '언젠가 자네가 이 집을 떠

나더라도 후회와 아픔으로 떠나는 일은 없을 걸세.'

나는 이 집을 떠나면서 후회는 없었지만, 가슴 저미는 아픔은 품고 있었네.

그때 주인어른은 자신의 가족이 내게 잊을 수 없는 사람들이 될 거라는 추측도 했는데, 그 말은 맞았네. 내가 그 가족을 어찌 잊을 수 있겠나?

우편국에 도착하자 나는 하인바흐에서 타고 온 마차를 돌려보냈네. 그 가족의 마지막 흔적이었지. 나는 도시로 가는 마차를 예약했네. 내가 오랫동안 머물며 학업을 끝낸 도시이자, 하인바흐로 떠나기 전에 머물렀던 도시였고, 마틸데 부모님의 집이 있는 도시였지. 하지만 나는 도시에서 오래 머물지 않았네.

고향 마을 인근 숲속에 바위 봉우리가 하나 있었는데, 거기 올라가면 멀리까지 사방이 툭 트여 있었지. 봉우리의 북쪽 등성이는 경사가 완만하고 짙은 전나무들을 품고 있었네. 반면에 남쪽은 경사가 가파를 뿐 아니라 높고 깎아지른 듯한 절벽이 있었고, 성긴 숲이 올려다보였네. 숲의 나무들 사이로는 목초지가 있었지. 숲 건너편에는 초원과 들판이, 거기서 조금 더 가면 푸르스름한 습지대가, 그다음엔 짙푸른 띠 같은 숲과 그 위로 멀리 고산들이 차례로 보였지. 고향으로 내려온 나는 이 바위산으로 자주 올라가 비통한 심정으로 목 놓아 울었네. 마음이 그렇게 황량하고 처참하기는 처음이었네. 나는 입을 쩍 벌리고 있는 아찔한 절벽을 내려다보며 그냥 떨어져버릴까 하는 생각도 했네. 한데 이 소름끼치는 상상 속으로 죽은 어머니가 살며시 비집고 들어오더니 서러운 내 마음을 따뜻이 감싸주더군. 나는 날마다 바위

산에 올라가 몇 시간씩 앉아 있다가 내려왔네. 왜 그곳을 찾았는지는 나 자신도 알 수 없네. 청소년기에도 나는 그곳에 자주 올라갔지. 그때 우리는 제법 큰 돌을 밑으로 던지는 놀이를 즐겨 했네. 돌이 절벽 아래로 떨어져 먼지 구름을 일으키는 것을 보고, 돌이 바닥에 쿵 하고 떨어지는 소리와 바위산 자락의 자갈 더미에 부딪혀 나는 잘그락거리는 소리를 들으려고 말이야. 바위산에서는 마틸데의 집이 있는 지역은 전혀 보이지 않았네. 그 지역과 인접한 산줄기조차 보이지 않았지. 나는 서서히 고향 마을 인근의 다른 지역도 돌아다녔네. 매제는 조용하고 부드러운 사람이었고, 우리는 하루 종일 몇 마디도 하지 않고 지낼 때가 많았네.

그렇게 시간이 꽤 지났을 때 나는 고향을 떠날 생각을 했네. 아주 오랫동안 잊고 있었고, 하인바흐에 그대로 파묻혀 지냈더라면 아마 한참을 더 잊고 있었을 관료라는 직업이 그제야 떠올랐던 걸세.

나는 두고 온 짐이 있는 도시로 다시 돌아갔고, 공직자의 길에 모든 것을 잊고 투신하기로 마음먹었네. 사실 준비 과정도 마쳤지. 관리로 지원해 곧 임명을 받은 나는 하급 관리로서 정말 열심히 일했네. 다만 삶 자체는 예전보다 더 사람들과의 접촉을 기피하는 삶을 살았네. 봉급은 얼마 되지 않았지만 그동안 저금한 돈에서 나오는 이자를 보태면 생활하는 데는 전혀 문제가 없었네. 나는 마틸데 부모의 집에서 멀리 떨어진 근교에 방을 구했네. 겨울이면 집과 사무실만 오갈 뿐 다른 곳에는 거의 가지 않았지. 집에서 사무실까지는 상당히 멀었는데, 식사는 오가는 도중에 한 작은 음식점에서 해결했네. 나는 친구와 동료들도 방문하지 않았네. 사람들과 맺어지는 것이 그냥 싫었네. 유일한 위안이라면 국가학과 자연학의 역사에 대해 공부하는 것이었지. 몸을 움직이고 바람을 쐬러 도시 외곽의 성벽이나 도시 주변의 한적한 곳으로 멀리 산책을 떠나는 것도 도움이 되었네. 그런 가운데 마틸데를 딱 한 번 보았네. 지붕을 열어젖힌 마차를 타고 어머니와 함께 근교의 한 대로를 지나가고 있더군. 거기서 그녀를 보게 되리라고는 상상도 못 했지. 그녀를 보는 순간 다리가 후들거리면서 금방이라도 쓰러질 것 같았네. 그녀가 나를 보았는지는 알 수 없네. 어쨌든 나는 곧장 사무실로 걸음을 옮겼네. 관리로 처음 일할 때는 상사들이 나를 별로 주목하지 않았네. 그럼에도 나는 일벌레라는 소리를 들을 정도로 열심히 일했네. 근면함이 내 상처에 치료약이 되어주었고, 나는 그런 약속으로 즐겨 도망쳤던 걸세. 업무에 파묻혀 있으면 머릿속에 다른 어떤 것도 들어올 자리가 없었네. 다만 업무가 끝나면 다시 어쩔 수 없이 고통이 밀려들었지. 그럴 때면 학문도 나를 안전하게 도피시켜주지 못했네. 이윽고 내 근면성이 사람들의 눈에 띄면서 나는 승진을 했네. 처음엔 승진 속도가 느렸지만 갈수록 점점 빨라졌네. 그렇게 몇 년이 지나자 나는 관리로서 영예로운 자리까지 올라갔네. 도시의 교양층과 스스럼없이 어울릴 수 있는 그런 자리였지. 게다가 더 높은 자리로의 승진도 보장된 것처럼 보였네. 이런 상황에서는 명망가의 처자와 결혼해서 행복하고 명예로운 가정을 꾸려가는 것이 일반적인 공식이었지. 당시 마틸데는 스물한 살이나 스물두 살쯤 되었을 걸세. 그런데도 그녀의 부모가 사람을 놓아 내게 접근하는 일은 벌어지지 않았고, 나 역시 그들이 나에 대해 묻고 있다는 흔적을 조금도 찾을 수 없었네. 나는 그것을 속으로 얼마나 바라고 있었는지 모르네. 해서 나는 마틸데에게 직접 접근할 수가 없었네. 대신 간접적인 방식으로 그녀를 향한 내 사랑이 여전히 반석처럼 굳건함을 알려주었네. 그러나 돌아온 것은, 마틸데가 지금도 나를 경멸하고 있다는 명백한 증거들뿐이었네. 게다가 내로라하는 많은 가문에서 그녀의 부와 절세 미모 때문에 열심히 청혼을 하는 판이라 내가 그녀를 차지할 가능성은 전무해 보였네. 나로서는 이제 내 생의 가장 성스러웠던 감정들에 엄숙한 장례식을 치러주는 수밖에 없었지.

그 후의 공직 생활에 대해서는 더 이상 시시콜콜히 늘어놓고 싶지 않네. 이 자리에는 어울리지 않을뿐더러 자네도 대강은 짐작하고 있을 테니까. 전쟁이 발발하면서 나는 교대로 여러 직책에 임명되었고, 포괄적이고 중요한 업무를 맡았으며, 출장을 가고 보고서를 작성하고 여러 가지 제안을 하는 일이 이어졌네. 나는 특별 임무를 맡기도 했고, 무척 다양한 사람들과 접촉했으며, 이렇게 말해도 된다면 황제께서는 나를 거의 벗으로까지 생각하셨네. 내가 남작 작위를 하사받았을 때 페르디난트 외숙이 멀리서 나를 찾아오셨네. 당신의 표현대로라면 나를 예방하러 왔다더군. 외숙은 평소에 내 어머니를 무시했고, 아버지가 돌아가신 뒤로도 찾아보지 않을 정도로 어머니에게 쌀쌀맞게 굴었지만 나는 외숙을 다정히 맞았네. 내게 남은 유일한 혈육이었기 때문이지. 그 시간 이후 우리는 가끔 편지를 주고받으며 안부를 묻곤 했네. 나는 수많은 사람과 관계를 맺으면서 사회의 여러 측면에 대한 이해를 넓혀나갔네. 단순히 업무상의 관계도 있었고, 나를 통해 출세하려는 사람들의 의도적인 접근도 있었으며, 아무 의미 없는 만남도 있었네. 내가 관리의 업무를 얼마나 힘들어했고, 내가 근본적으로 이 업무에 얼마나 부적합한 사람인지는 벌써 말했네. 그러는 사이 나도 서서히 늙어갔네. 나는 주로 도시에서 멀리 떨어져 살아서 세상 소식에 대해선 아는 것이 그리 많지 않았네. 하나 마틸데에 대한 소식은 우연히 얻어들었지. 꽤 늦은 나이까지 결혼을 안 하고 버티다가 마침내 결혼을 했다고 하더군. 오랫동안 평화로운 시절이 이어졌고, 나는 다시 우리의 수도에 줄곧 머물렀네. 한데 그 무렵 나는 인생이 끝나는 날까지 질책받을 우를 범하고 말았네. 그것이 비록 세상에 수없이 일어나는 일이기는 해도 근본적으로 자연의 순리에 어긋나는 일이었기 때문이지. 바로 사랑 없는 결혼을 한 것일세. 싫어하지는 않았지만 그렇다고 좋아하지도 않은 여자였지. 물론 서로에 대한 존경심은 컸네. 사람들은 이런 말로 나를 설득했네. 가정을 꾸리는 것은 의무다. 나이가 들면 당연히 소중한 가족에 둘러싸여야 하고, 나를 사랑하고 돌보고 보호하고, 내 명예와 이름을 대대로 물려줄 자식이 있어야 한다. 그것은 개인의 의무를 넘어 인류와 국가에 대한 의무이기도 하다는 것이었네. 나는 어떤 여자한테도 애정을 느끼지 못한다고 반박했지만, 그들은 거기에 대해서도 또 이렇게 반론을 펼쳤네. 애정은 종종 불행한 결합으로 이어지며, 오히려 지속적인 행복을 가능케 하는 것은 서로의 사정을 잘 알고, 서로를 존중하는 마음이라고 말이네. 나는 나이가 꽤 되었음에도 이 방면에 대해서는 여전히 아는 것이 매우 적었네. 일탈이라 불러도 될 정도로 강렬했던 내 청춘의 사랑이 행복을 가져다주지 않았다는 기억만 가슴 아리게 떠올랐네. 해서 나는 한 여자와 결혼했네. 젊지는 않지만 교양 있고 품행이 단정하고, 나를 깊이 존경하는 사람이었지. 사람들은 내가 처가 덕으로 부자가 되었을 거라고 생각하지만, 사실은 그렇지 않네. 물론 아내가 상당한 재산을 갖고 온 것은 사실이네. 하나 나도 이미 꽤 큰돈을 모아두었지. 평소에 워낙 분수에 맞는 생활을 해서 크게 돈 쓸 일이 없었을 뿐 아니라 특히 고위 관직에 있을 때 상당한 액수를 저축해두었지. 나는 그 돈으로 당시 국채를 사두었는데, 전쟁이 끝나자 국채가 상당히 올라 나는 금방 부자가 되었네. 우리는 결혼해서 2년을 살았고, 나는 이 결혼 생활에서 그전에는 몰랐던 것을 알게 되었네. 그러니까 애정 없는 결혼을 해서는 안 된다는 것이었지. 우리는 화평하게 살았고, 서로의 훌륭한 인품을 존경했으며, 서로를 믿고 서로에게 많은 관심을 보였네. 오죽했으면 사람들이 우리를 가리켜 모범적인 부부라고 했겠나? 그러나 우리는 그저 불행하지 않게 살았을 뿐이네. 불행하지만 않았을 뿐인 삶을 행복하다고 말할 수는 없지 않겠나? 행복이란 우리의 모든 힘을 탁월하고 즐겁게 이끄는 타인의 황홀한 매력의 총칭이네. 2년 후 아내 율리에가 죽었을 때 나는 진심으로 애도했네. 하나 마틸데의 모습이 여전히 마음속에서 지워지지 않았네. 나는 다시 혼자가 되었네. 재혼할 생각은 추호도 없었네. 예전에 몰랐던 것을 분명히 깨달았기 때문이지. 사랑과 애정이란 만들어지는 것이 아니라 진정 마음에서 우러나오는 것이라는 사실을 말일세.

율리에가 죽은 지 1년 뒤 이번에는 외숙께서 내게 막대한 유산을 남기고 돌아가셨네.

그사이 나는 일이 나날이 힘들게 느껴졌네. 관직이 내 천성에 맞지 않고, 관직을 떠나 좀 더 의미 있는 일을 하고 싶다는 생각을 오래전부터 해왔지만, 이제는 그 생각이 깊은 사색과 날카로운 자기 관찰을 통해 점점 확신으로 변해갔네. 결국 나는 내면의 소리에 따라 관직을 사임하기로 마음먹었네. 그러자 친구들이 나서서 나를 만류했네. 특히 내가 국가의 확고한 동량으로 생각하는 몇몇 친구들과 어려운 시절에 혹독한 시련을 함께 극복한 친구들이 나를 집요하게 설득했지. 일을 그만두어서는 안 된다고 말일세. 하지만 내 마음은 요지부동이었네. 결국 사직서를 제출했지. 그러자 황제께서는 내 사의를 좋은 뜻으로 받아주셨을 뿐 아니라 그간의 노고를 치하하는 훈장까지 하사해 주셨네. 나는 시골에 여생을 보낼 작은 장원을 만들어서, 능력이 허락하는 선에서 학문을 탐구하고, 예술을 향유하고, 밭과 정원을 가꾸고, 이웃에게 이익이 되는 일도 하고 싶었네. 그러면서 간혹 옛 친구들을 만나러 도시에 가고, 어떤 때는 아주 먼 곳으로 여행을 하면서 살 계획이었지. 나는 일단 고향으로 내려갔네. 한데 매제는 벌써 4년 전에 죽었고, 집은 낯선 사람들의 손에 넘어가 완전히 다른 모습으로 개조되어 있더군. 나는 곧 다시 고향을 떠날 수밖에 없었네. 그러다가 여러 번의 실패 끝에 지금 살고 있는 이곳을 발견했고, 여기에 정착하기로 결정했지. 그 뒤 아스퍼호프를 구입했고, 언덕 위에 집을 지었고, 자네가 지금 보고 있는 그대로 장원의 꼴을 만들어갔네. 나는 이곳 땅이 마음에 들었고, 매혹적인 입지에 반해버렸네. 그래서 초지와 숲, 밭을 추가로 구입했지. 그런 다음 인근 일대를 모두 방문했고, 장원에서 하는 일에 재미를 붙였으며, 유럽의 주요 나라들로 여행을 떠났네. 그사이 내 머리는 허옇게 세어갔고, 마음속에서도 오랫동안 잊고 있었던 기쁨과 만족의 감정이 서서히 생기기 시작하는 듯했네.

내가 여기 산 지 꽤 오랜 시간이 지난 어느 날이었네. 누군가 내게 와서, 어떤 부인이 언덕을 올라와 한 소년과 함께 지금 우리 집 벽의 장미를 구경하고 있다고 했네. 밖으로 나가자 마차가 눈에 띄었고, 장미 벽 앞에 한 부인이 소년과 함께 서 있는 것이 보였네. 나는 부인을 향해 걸어갔네. 아, 그게 누군지 알겠나? 마틸데였네. 소년의 손을 잡고 하염없이 눈물을 흘리며 장미를 바라보고 있더군. 얼굴은 이미 나이가 들었고, 몸매도 세월의 무게가 얹혀 있었네.

'구스타프, 구스타프.' 마틸데가 나를 보자 눈물범벅이 된 얼굴로 소리쳤네. '내가 여전히 당신 이름을 부르는 것을 이해해줘요. 어쩔 수가 없어요. 내가 저지른 엄청난 잘못에 대해 당신에게 용서를 빌러 왔어요. 잠시 집으로 들어가도 되나요?'

'마틸데, 잘 왔소. 여기서 보게 되다니 참으로 기쁘구려. 여긴 당신 집이나 마찬가지요.'

나는 그 말과 함께 마틸데에게 걸어갔고, 그녀의 손을 잡고 입술에 입을 맞추었네.

그녀는 내 손을 꽉 붙잡고는 놓지 않으려 했네. 흐느낌이 어찌나 격하던지 내게는 여전히 무엇보다 소중한 그녀의 가슴이 터지지나 않을까 걱정될 정도였지.

내가 부드럽게 말했네. '마틸데, 진정해요.'

그녀가 나직이 말했네. '집으로 데려가줘요.'

일단 나는 주머니에 지니고 다니는 작은 종을 꺼내 집사를 불러 마차와 말을 넣어두라고 지시했네. 그러고는 마틸데의 팔을 잡고 집 안으로 안내했네. 식당방에 도착했을 때 소년에게 말했네. '여기 앉아 잠시 기다리겠니? 네 어머니와 할 이야기가 있거든. 어머니도 마음을

진정시켜야 하고.'

소년은 친근한 눈으로 나를 바라보더니 고개를 끄덕였네. 나는 마틸데를 응접실로 데려가 의자에 앉혔네. 그녀가 푹신한 소파에 앉자 나는 맞은편 의자에 자리를 잡았네. 마틸데는 하염없이 울었지만 차츰 눈물이 그치는 듯했네. 나는 아무 말도 하지 않았네. 시간이 흐르자 그녀의 눈물방울도 점점 가늘어지는가 싶더니 마침내 그녀가 마지막 눈물을 손수건으로 훔쳐내더군. 이제 우리는 서로를 말없이 바라보기만 했네. 그녀는 내 하얀 머리를 보는 듯했고, 나는 그녀의 얼굴을 들여다보았네. 얼굴은 이미 한창때가 지난 꽃이었지만, 볼과 입 주위에는 우아한 매력과 부드러운 우수가 깃들어 있었네. 시들었지만 여전히 과거의 아름다움을 품고 있는 여인에게서만 나타나는 감동적인 매력과 우수였지. 나는 그녀의 얼굴선에서 예전의 화사한 청춘을 보았네.

'구스타프, 우리가 이렇게 다시 만났어요. 당신한테 저지른 잘못을 더 이상 마음에 품고 있을 수가 없었어요.'

'마틸데, 그건 잘못이 아니오.'

'당신은 늘 이렇게 선량한 사람이었어요. 그것을 알기에 이렇게 찾아올 수 있었어요. 당신은 지금도 선량해 보여요. 사랑스러운 눈매가 그걸 말해줘요. 당신의 눈은 내 가슴에 환희를 안겨준 그 시절처럼 여전히 아름다워요. 아, 구스타프, 부디 나를 용서해줘요.'

'아, 내 귀한 마틸데, 나는 용서할 게 없소. 그건 당신도 마찬가지요. 생각해봐요. 당신은 볼 수 있었던 것을 못 보았을 뿐이고, 나는 좀 더 숙고했어야 했지만 그러지 못했을 뿐이오. 하지만 사랑에는 모든 게 다 들어 있소. 당신의 가슴 아픈 분노도 사랑이었고, 나의 가슴 아픈 절제도 사랑이었소. 사랑에는 우리의 실수도 포함되어 있고, 그 응보도 담겨 있는 법이오.'

'그래요, 우리가 결코 파괴할 수 없었던 사랑 속에는 그런 게 다 담겨 있어요. 그런데 구스타프, 난 이 모든 것에도 불구하고 당신에게 충직했고, 오직 당신 한 사람만을 사랑했어요. 많은 사람이 나를 갈망했지만 모두 뿌리쳤어요. 다만 나도 여자인지라 한 사람의 남편만은 받아들여야 했어요. 선한 사람이었지만 그저 내 옆에서 남처럼 살아갔죠. 나는 오직 당신 한 사람밖에 생각하지 않았어요. 당신은 내 청춘의 시들지 않은 꽃이었어요. 당신도 아직 나를 사랑하지요. 이 집의 벽에 피어 있는 수천 송이 장미들이 그걸 증명해줘요. 내가 하필 장미꽃이 필 무렵에 여기 온 것은 내게 형벌이나 다름없어요.'

'형벌이라는 말은 하지 마오, 마틸데. 세상일이 다 그래요, 이제 과거사는 제쳐두고 당신 이야기나 해봐요. 어떻게 지내요? 내가 뭐 도울 일이 있소?'

'아니에요, 구스타프. 당신이 존재하는 것 자체가 내게 가장 큰 도움이에요. 내 상황은 무척 간단해요. 아버지와 어머니는 오래전에 돌아가셨고, 남편도 세상을 떠난 지 오래됐어요. 당신이 그렇게 사랑하던 알프레트도……'

'정말 아들처럼 사랑한 녀석이었는데.'

'죽었어요. 결혼도 하지 않고 자식도 남기지 않았죠. 하인바흐의 집과 도시의 집은 생전에 팔아치웠어요. 나는 나머지 재산만 지키며 아이들과 외롭게 살고 있어요. 사랑하는 구스타프, 당신한테 내 아들

을 데려왔어요. 그 애가 내 아들이란 걸 알아보겠어요?'

'아이의 검은 눈동자와 갈색 머리에서 알아보았소.'

'당신에게 그 아이를 맡기려고 데려왔어요. 보시다시피 그 아이는 알프레트를 닮았어요. 판박이나 다름없죠. 그런데 그 아이는 당신이 알프레트에게 그랬듯 그렇게 친근하게 교제할 사람이 없어요. 당신이 알프레트를 사랑한 만큼 그렇게 그 아이를 사랑해줄 사람도 없고, 알프레트가 당신을 사랑한 만큼이나 그 아이가 사랑할 대상도 없어요.'

'아이의 이름이 뭐요?'

'구스타프요, 당신과 이름이 같죠.'

내 눈에서 눈물이 주르르 흘러내렸네.

'마틸데, 나는 여자도 자식도 혈육도 없소. 내 생애에 남은 유일한 사람이 당신이오. 저 아이를 내게 맡겨줘요. 내가 거둬서 가르치고 교육하겠소.'

마틸데가 감동받은 목소리로 말했네. '아 구스타프! 내가 아이였을 때 누구보다 멋진 사람이었던 당신을 향한 내 마음과, 이후 내가 숨을 쉬는 한 항상 당신과 함께했던 내 감정은 한 치의 거짓도 없는 진심이었어요.'

그녀는 자리에서 일어나 내 어깨에 머리를 기대고는 애절하게 울기 시작했네. 나 역시 눈물이 주체할 길 없이 두 뺨을 타고 줄줄 흘러내렸지. 나는 팔로 그녀의 어깨를 감싸고 그녀를 가슴에 안았네. 청춘의 키스가 늙은이들의 이 뒤늦은 포옹보다 더 뜨겁고 더 깊다고 할 수 있을까? 깊은 사랑으로 가득 찬 우리 두 사람의 심장이 파르르 떨리는 듯했네. 인간 내면의 순수하고 훌륭한 감정은 파괴할 수 없는 만고의 보석이나 다름없었네.

우리의 몸이 떨어졌을 때 나는 그녀를 의자로 안내했고, 나도 내 의자에 도로 앉은 뒤 물었네. '아이가 또 있소?'

'저 애보다 몇 살 위인 딸아이가 하나 있어요. 그 애도 나중에 데려오겠어요. 나처럼 눈이 검고 머리도 갈색이죠. 딸아이는 내가 데리고 있고, 아들은 당신한테 맡기겠어요. 당신이 원할 때까지요. 저 아이가 당신 같은 사람이 되는 게 내 소원이에요. 아, 일이 이렇게 술술 풀리리라고는 미처 예상하지 못했어요.'

'마틸데, 진정해요. 이제 내가 아이를 데려올 테니 함께 이야기를 나누어봅시다.'

곧이어 내가 소년의 손을 잡고 응접실로 들어왔고, 우리는 소년과 대화를 나누었네. 물론 중간 중간에 마틸데와 둘이서만 대화를 나누기도 했지. 이어 나는 마틸데에게 집과 정원을 비롯해서 농장과 다른 모든 것을 구경시켜주었네. 저녁 무렵 마틸데는 내 집을 떠나갔네. 로르베르크에서 숙박하기 위해서였지. 아들도 데려갔는데, 여기서 지낼 준비를 모두 끝낸 뒤에 다시 데려오겠다고 했네. 우리는 그 뒤로 편지를 주고받았고, 그렇게 얼마가 지나자 마틸데가 다시 구스타프를 데려왔네. 이번에는 나탈리에도 함께 왔는데, 막 피어나기 시작한 청초한 꽃이 그러할까. 게다가 어릴 때의 마틸데와 판박이였네. 이렇게 닮은 모녀가 또 있을까 싶어 나탈리에를 보는 순간 깜짝 놀랄 수밖에 없었네. 물론 마틸데가 당시 나탈리에의 나이 때 정확하게 어떤 모습이었는지는 알지 못하네. 그때는 이미 내가 마틸데의 집을 떠난 뒤였으니까.

그때부터 참으로 아름다운 시간이 시작되었네. 마틸데는 나탈리에와 함께 자주 우리 집에 들렀네. 나는 초기에 이런 제안을 했네. 내 집 벽의 장미들이 그녀에게 가슴 아픈 기억을 일깨운다면 장미를 모두 치우겠다고 말일세. 하나 그녀는 그냥 두라고 했네. 장미가 이제 자신에게 가장 소중한 대상이 되었을 뿐 아니라 이 집에도 귀한 장식이라는 것이었지. 마틸데는 차츰 차분하고 부드러운 사람으로 바뀌어갔네. 자네가 지금 보는 것처럼 말일세. 그녀의 그런 품성은 외적 상황이 균형을 찾아갈수록, 또 이렇게 표현해도 될는지 모르겠지만 그녀의 마음속에 행복감이 점점 커져갈수록 더욱 공고해졌네. 우리 사이에는 다정한 왕래가 자리를 잡아갔고, 구스타프와 나도 서로에게 차츰 적응했네. 이러한 익숙함 속에서 사랑이 싹텄네. 마틸데는 내 집의 살림에 대해 이런저런 조언을 했고, 나는 마틸데 집의 관리나 행정 문제에 조언을 아끼지 않았네. 우리는 나탈리에의 교육 문제를 두고도 많은 대화를 나누었고, 서로 합의한 과정을 밟게 하기도 했네. 이런 상호 조력을 통해 우리의 애정은 점점 깊어갔네. 결코 사라지지 않을 사랑은 이제 고결하고 다감한 감정으로 변했고, 공개적이고 합법적인 형태로 지속되었네. 나는 다시 사랑할 수 있는 사람이 생겼고, 마틸데는 항상 내게 향해 있던 마음을 내 안녕과 존재에 아낌없이 쏟아부었네. 그 와중에 슈테르넨호프가 매물로 나왔네. 나는 마틸데에게 구매를 권했네. 장원을 둘러본 그녀는 내 집에서 가깝다는 점과 하인바흐의 잔디밭에 있던 큰 나무들을 떠올리게 하는 피나무들 때문에 집을 사는 쪽으로 마음이 기울었네. 더구나 슈테르넨호프는 하인바흐의 집과 여러모로 닮은 점이 많았고, 그 자체로도 아늑한 장원이었으며, 마틸데의 여생에 확고한 근거지가 될 것이고, 그녀의 상황을 어느 정도 안정시켜줄 것 같았네. 그리해서 마틸데는 슈테르넨호프를 사들였네. 그 무렵 나는 내 집에 마틸데와 나탈리에의 거처를 꾸미도록 했네. 슈테르넨호프는 새 주인이 들어가 편히 살 수 있도록 공사를 해야 했거든. 이후에도 그 저택은 끊임없이 개조되고 보수되어 오늘의 모습으로 완성되었네. 물론 자네도 알다시피 거기나 여기나 지금도 공사가 진행 중이지. 집을 튼튼하고 아름답게 만드는 작업은 아마 앞으로도 계속될 걸세. 우리의 이별과 결합의 징표인 장미는 주로 아스퍼호프에서 키우기로 했네. 마틸데가 여기 장미를 보는 것을 좋아했기 때문이지. 장미 개화기가 되면 그녀는 어김없이 내 집으로 와서 얼마간 묵었네. 마틸데는 장미를 사랑하는 마음이 지극했고, 정성으로 돌보았으며, 어쩌다 내 집에 없는 장미를 자기가 직접 구해다줄 것 같으면 뛸 듯이 기뻐했네. 대신 나는 그녀의 저택에 들여놓을 가구를 만들게 했네. 마틸데도 아주 기뻐했지. 구스타프는 나날이 훌륭한 아이로 컸고, 또래의 사내아이들이 선망하는 장부의 기질도 엿보였네. 나탈리에는 단순히 아름답고 멋지기만 한 것이 아니라 어머니의 영향을 받아 순수하고 고결했네. 그런 처자는 참으로 보기 드물지. 나탈리에는 어머니에게 깊은 감정을 물려받았으면서도 부분적으로는 타고난 성정을 통해, 부분적으로는 세심한 교육을 통해 어머니보다 더 차분하고 여일한 성격을 갖추었네. 마틸데와 나의 관계는 독특했네. 남녀를 서로에게 이르게 하는 불같이 뜨겁고 폭풍처럼 강렬한 사랑의 날들이 지나면 고요하면서도 지극히 신실하고 달콤한 우정의 감정이 나타나네. 그 우정의 감정은 어떤 찬사와 비난에도 초연하고, 인간 상황이 보여주는 가장 맑디맑은 사랑일 걸세. 우리에게 그런 사랑이 시작된 게지. 이 사랑은 진실하고 부드럽고, 애절하게 그리워하지 않으면서도 상대와 함께 있는 것을 기뻐하고, 함께 있는 날들을 꾸미고 늘리려 애쓰고, 마치 인간 세계에 뿌리를 두고 있지 않은 것 같네. 마틸데는 내가 하는 일에도 많은 관심을 보였네. 나와 함께 집의 여기저기를 둘러보았고, 정원을 돌아다녔으며, 꽃이나 채소를 살펴보았고, 농장에 내려가서 수확물을 점검하고, 목공예소에서 우리가 만드는 것을 구경했으며, 우리의 예술과 심지어 우리의 학문에도 관심을 나타냈네. 나 역시 그녀의 집을 둘러보고, 성과 농장, 들판에 있는 것들을 점검하고, 그녀의 소망과 의견에 귀를 기울이고, 자녀들의 교육과 미래에도 내 일처럼 관심을 보였네. 그렇게 우리는 행복하고 여일하게 살았네. 한여름 없이 늦여름을 누렸다고 할 수 있을 걸세. 그사이 내 수집품 목록은 완벽해졌고, 건축물들은 점점 마무리되었고, 사람들도 내 주위로 몰려들었네. 나는 내 생의 다른 어떤 곳보다 여기서 많은 것을 배웠고, 여러 가지 취미를 계발했으며, 영리 활동은 거의 하지 않았네."

주인어른이 말끝에 한동안 침묵을 지켰다. 그건 나도 마찬가지였다. 주인어른이 얼마 뒤 다시 말을 이어갔다. "나는 자네가 나와 슈테르넨호프의 관계를 알아야 하고, 자네가 속하게 될 이곳 사람들에 대해 분명히 알아야 한다고 생각했기에 모든 것을 털어놓았네. 아이들은 이 이야기를 대략만 알고 있을 뿐 자세히는 알지 못하네. 자네만큼 상세히 알 필요는 없지 않겠나? 하나 장래의 아내에게는 감추는 것이 있어서는 안 된다고 생각하기에 내가 한 말을 나탈리에에게 이야기해줘도 되네. 자네도 알다시피 내가 이야기해줄 처지는 아니니까. 나탈리에의 미래에 대해 나는 마틸데와 자주 이야기를 나누었네. 서로 깊은 애정이 있고, 서로 지극히 존경하는 짝을 찾아주어야 한다는 것이 우리의 공통된 의견이었네. 사랑과 존경이 있어야만 나같이 아버지 같은 친구와 어머니는 비켜간 행복이 나탈리에를 찾아갈 거라 생각한 걸세. 예전에 마틸데는 늙은 하인 라이문트와 동반하여 여러 차례 멀리 여행을 다녔네. 라이문트는 그 후에 죽었네. 마틸데는 여행을 다니며 지속적인 마음의 안정을 구했고, 또 그것을 찾았네. 인류 역사상 가장 고결한 예술 작품들을 감상하고, 여러 민족과 그들의 활동을 관찰하는 것을 통해서였지. 나탈리에 역시 여행을 통해 심성이 단단해지고 고귀해지고 차분해졌네. 많은 청년이 나탈리에에게 접근했지만 나탈리에는 한 번도 애정의 신호를 준 적이 없었네. 훌륭한 젊은이들과의 인연을 그런 식으로 많이 놓쳤던 셈이지. 나는 그런 나탈리에를 보면서, 혹시 나중에 우리 집의 젊은 남자들 가운데 배필을 택해야 하는 일이 생기지 않을까 걱정하기도 했네. 한데 우리 집 울타리에서 자네를 처음 보았을 때 나는 문득, 이 젊은이라면 나탈리에의 짝이 될 수도 있겠다는 생각을 했네. 왜 그런 생각이 들었는지는 나도 모르네. 나중에 다시 그런 생각을 하게 되었을 때는 그 이유를 알았네. 나탈리에는 자네를 사랑하고 있었지. 자네가 그랬듯이 말일세. 우리는 두 사람 사이에 애정이 싹트는 것을 보았네. 나탈리에는 처음엔 온몸이 들떠 어쩔 줄 몰라 하는 것 같더니, 나중엔 시름에 잠겨 불안에 떨었네. 자네는 예술에 빠르게 마음의 문을 열어나갔고, 좀 더 깊은 학문의 세계로 빠져 들어갔네. 우리는 두 사람의 감정이 발전하기를 기다렸네.

그리고 감정의 지속성을 시험하려고 나탈리에를 두 번의 겨울 동안 일부러 도시로 데려가지 않았네. 그로써 나탈리에를 자네와 떨어뜨려 놓았던 게지. 게다가 어머니가 나탈리에를 긴 여행과 큰 사회에 데려가기도 했네. 그런데도 나탈리에의 감정은 변함이 없었네. 오히려 사랑의 감정이 발전하는 것처럼 보이더군. 우리는 기쁜 마음으로 나탈리에를 자네의 사랑과 보호 속에 맡기기로 했네. 자네라면 나탈리에를 행복하게 해주고, 나탈리에도 자네를 행복하게 해줄 거라 믿네. 서로의 마음이 변치 않으리란 것을 알기 때문이지. 언젠가 구스타프는 슈테르넨호프와 그에 딸린 일체를 물려받을 걸세. 마틸데는 슈테르넨호프에 강한 애착을 갖고 있네. 자신이 죽은 뒤에도 슈테르넨호프가 영원히 가족의 소유로 남고, 자손들이 그 집의 첫 여주인이 구비해놓은 것들을 계속 공경해주길 바라지. 구스타프는 어머니의 바람대로 할 걸세. 우린 그걸 확신하지. 그리고 후손들에게도 똑같은 생각을 심어주려고 노력하리라는 것도 아네. 나탈리에는 아스퍼호프와 그에 딸린 모든 것을 받을 걸세. 현금 자산까지. 나는 자네가 나의 손때 묻은 것들을 결코 더럽히지 않으리라 믿네."

그 말을 듣는 순간 내 눈에 그렁그렁 눈물이 고였다. 나는 어른에게 손을 내밀었고, 어른은 그 손을 힘껏 잡아주었다.

"자네는 여기 아스퍼호프에 살아도 되고, 슈테르넨호프나 자네 부모님 댁에 살아도 되네. 곳곳에 자네를 위한 거처가 마련될 걸세. 자네는 아마 새로운 상황에 맞게 모든 일이 정리될 때까지 이 집 저 집에 돌아가면서 묵게 될 가능성이 높네. 내 재산을 나탈리에에게 넘기겠다는 내용의 서류는 혼인 후에 나탈리에에게 직접 전달될 걸세. 내가 살아 있는 동안은 내 재산의 일부가 넘어갈 것이고, 내가 죽은 뒤에는 나머지가 다 넘어갈 걸세. 나탈리에가 받은 재산을 어떻게 해야 할지는 아마 자네 부친이 가장 잘 가르쳐줄 것이네. 자네 부친은 그 문제와 관련해서 나하고도 상의하려고 할지 모르네. 그 밖에 나탈리에는 결혼하면 친가 쪽의 타로나 가문에서도 유산을 받게 될 걸세."

"나탈리에의 성이 타로나였습니까?"

"그걸 몰랐나?" 주인어른이 반문했다.

"저는 마틸데 부인을 항상 '슈테르넨호프 부인'이라고 부르는 소리만 들었습니다. 제가 부인과 나탈리에와 함께 간 곳이라고는 슈테르넨호프와 아스퍼호프, 잉호프뿐이고, 거기서는 두 사람을 언제나 성이 아니라 이름으로 불렀습니다. 그렇다고 성이 뭔지 굳이 알려고 하지도 않았습니다."

"마틸데가 원한 일이었네. 슈테르넨호프의 지명에 따라 불리는 게 편하다는 게지. 해서 자네는 다른 이름을 듣지 못했을 걸세. 아마 마틸데는 구스타프에게도 이 이름을 그냥 써달라고 할 걸세."

"그런데 제가 극장 특별석에서 나탈리에를 보았던 해 겨울에는 타로나라는 처녀가 도시에 오지 않았다고 들었습니다." 타로나라는 이름을 듣는 순간 나는 오래전에 프레보른이 해주었던 이야기가 떠올랐던 것이다.

"맞네, 그해 겨울 우리는 〈리어왕〉 공연만 보고 왔네. 그때 나도 나탈리에 뒤에 있었는데 자네를 보진 못했네."

"저도 마찬가지였습니다."

"나탈리에가 극장 안에서 특별히 눈에 띄었던 청년에 대해 이야기했네. 하지만 그게 자네였다는 얘기는 한참 뒤에 털어놓더군."

"어르신께서는 혹시 황제께서 병석에서 일어나셨던 겨울에 훈장을 단 의복을 갖춰 입고 궁궐에서 마차를 타고 나오지 않으셨습니까? 그때 어르신과 비슷한 분을 봐서 그렇습니다."

"아마 그게 나였을 걸세. 그 무렵 도시와 궁궐에 들렀으니까."

주인어른이 얼마 뒤에 다시 입을 열었다. "내 귀한 젊은 친구, 난 자네에게 내 인생 이야기를 들려주었네. 자네는 곧 우리 식구가 될 테니까. 이제 마음속 깊은 곳에 있던 이야기까지 모두 털어놓았으니 대화는 여기서 끝내기로 하세."

"머리 숙여 깊이 감사드릴 뿐입니다. 제가 들은 이야기가 어찌나 충격적이고 새로운지 지금으로선 고맙다는 말밖에 떠오르지 않습니다. 다만 부인을 다시 만나신 뒤에 두 분이 좀 더 깊은 관계로 새 출발을 하지 않으시는 게 제 가슴을 울립니다."

내 말에 어른의 얼굴이 붉게 물들었다. 그것도 아주 붉게. 내가 지금껏 어른에게서 본 적 없는 아름다운 얼굴이었다.

"그럴 시간은 지나갔네. 새삼스레 청춘의 연을 다시 맺는 것은 더 이상 아름답지 않을 걸세. 마틸데가 원치 않기도 하고."

어른은 자리에서 일어나 내 손을 따뜻이 잡아주고는 방을 나갔다.

나는 한동안 가만히 선 채 생각을 정리하려 했다. 처음 이 집에 왔을 때, 그리고 이튿날 이 집을 둘러보았을 때 일이 이렇게 되리라고는 짐작도 못 했다. 이 모든 것이 내 소유가 되리라고는 상상도 못 했다. 나는 어른이 자신의 소유물들에 대해 이야기할 때 '우리'라는 말을 그렇게 자주 사용한 이유를 이제야 깨달았다. 마틸데 부인과 그 자식들을 염두에 두고 한 말이었던 것이다.

나는 얼마간 그렇게 방에 있다가 밖으로 나가 시원한 바람을 쐬면서 어르신의 이야기를 다시 한 번 음미했다.

종결

다음날 오전 나는 의복을 정갈히 갖추고 주인어른이 바쁘지 않은 시간을 틈타 서재를 찾아갔다. 그리고 어른이 내게 보여준 깊은 신뢰와 나를 나탈리에의 짝으로 높이 평가한 점에 대해 진심으로 감사를 드렸다.

어른의 답이 이어졌다. "신뢰에 관해 얘기하자면, 그건 지극히 당연하다고 말하고 싶네. 그러니까 우리와 별 관련이 없는 사람에게는 속 깊은 이야기를 털어놓지 않듯이 장차 우리 가족의 일원이 될 사람에게는 그 가족에 관해 모든 것을 알려주는 것이 당연한 일이라고 생각했네. 나는 자네에게 중요한 부분은 모두 이야기했네. 자잘한 일들은 항상 정확히 기억나지는 않지만 실제 상황과 그리 다르지는 않을 걸세. 자네를 높이 평가한 것과 관련해서 얘기하자면, 내가 자네를 나탈리에의 신랑감으로 생각할 정도로 높이 평가한 것은 실은 자네가 이 세상 어떤 남자도 갖지 못한 소중한 것을 갖고 있었기 때문이네. 다시 말해 자네는 누구도 얻지 못한 나탈리에의 사랑을 얻었던 걸세. 나탈리에는 모든 남자를 뿌리치고 바로 자네를 선택했네. 하나 그럼에도 불구하고 마틸데와 나는—사실 내게 그럴 권한이 있는지는 모르겠네만 사람들이 그런 권한을 자연스레 인정해주더군—자네가 가정의 지속적인 행복을 가꾸어나갈 수 있는 사람이라는 확신이 들지 않았다면 결코 그 사랑에 동의하지 않았을 걸세. 혼인 문제를 차치하고 내가 자네를 높이 평가한 이유는 이미 자네에게 설명해주었다고 생각하네. 자네가 장차 나탈리에의 남편이 될 거라고 내가 생각했더라도 실제로 혼인이 성사될지는 불투명했네. 그건 두 사람 사이에 애정이 있어야 가능했으니까. 그래서 그런 생각이 자네에 대한 내 태도에 영향을 끼치지는 않았을 걸세. 하나 시간이 지나면서 그 생각이 더욱 굳어진 것은 사실이네."

"어르신께서는 제게 정말 많은 애정과 호의를 베푸셨습니다. 제가 그런 대접을 받아도 되는지 스스로 되물을 정도로요. 사실 저는 어떤 형태로건 특출한 점이 없는 사람입니다."

"애정과 존중, 혹은 경멸과 혐오의 원인에 대한 판단은 항상 타인에게 맡길 수밖에 없네. 사람은 어떤 분야에서 자신의 능력을 스스로 아무리 잘 안다고 하더라도, 그리고 시시각각 변하는 의지를 아무리 잘 깨닫고 있더라도 자신의 품성은 타인에게 향해 있기에 스스로 그것을 알 수는 없고, 오직 자기 자신에게 향한 품성만 알 뿐이네. 두 방향은 무척 상이하네. 그건 그렇고, 어른을 만날 때 의복을 갖추고 삼가는 태도를 보이는 것이 예의이긴 하지만 한집안 식구끼리 그런 형식에 너무 집착하는 것은 오히려 짐이 될 수 있네. 그러니 앞으로 내게 올 때는 평소 옷차림 그대로 오게. 내가 비록 자네 신부 될 사람의 혈육은 아니지만 나를 나탈리에의 수양아버지 정도로 생각해주게. 모든 일이 잘될 걸세."

주인어른이 마지막 말과 함께 내 머리에 손을 얹고 나를 바라보았다. 어른의 눈에 눈물이 맺혔다.

어른과 지내는 동안 어른의 젖은 눈을 보는 것은 처음이었다. 나는 감동을 이기지 못하고 이렇게 말했다. "그저 감읍하고 또 감읍할 따름입니다. 저는 이 집을 드나들면서 무한히 성장했습니다. 만약 제가 예전의 나에서 벗어나 새로운 나로 거듭났다면 그건 모두 이 집에서 이루어진 일입니다. 청컨대 제 가슴속 깊은 감사를 표현하게 해주십시오. 어르신의 손에 입을 맞추게 허락해주십시오."

"이번 한 번만이네. 아니지. 자네가 내 심장과도 같은 나탈리에와 함께 결혼식 단상에서 내려올 때도 허락해야 할 테니, 이번을 포함해서 두 번뿐이네."

나는 어른의 손에 입을 맞추었다. 순간 어른이 다른 손으로 내 목덜미를 잡더니 나를 가슴으로 끌어안았다. 나는 감격에 북받쳐 말을 할 수 없었다.

얼마 뒤 어른이 말했다. "이 집에서 조금 더 지내다가 가족에게 돌아가게. 자네 부친한테도 자네가 필요할 테니."

"제 식구들에게 어르신의 내력을 이야기해도 되겠습니까?"

"해도 되는 게 아니라 그리해야 할 것이네. 자네 양친도 성스러운 혼사로 맺어질 집안에 대해 알아야 할 권리가 있지 않겠나? 게다가 자식이라면 부모님께 숨기는 것이 있어선 안 되겠지. 장차 이 문제뿐 아니라 다른 일들에 대해서도 내가 자네 부친과 이야기를 나누게 될 날이 올 걸세."

그 말을 끝으로 우리는 작별했고, 나는 방을 나왔다.

나머지 오전 시간 동안 나는 부모님께 편지를 썼다.

오후에는 구스타프와 함께 주변 일대로 멀리 산책을 나갔다가 어스름 녘에 돌아왔고, 구스타프는 낮에 못 한 공부를 밤에 등을 켜놓고 해야 했다.

편안한 일상이 이어졌다. 나는 글로 정리해야 할 것들을 정리했고, 너그럽게 시간을 할애해주신 주인어른과 어울렸으며, 에우스타흐가 부지런히 일하는 목공예소를 여러 번 방문했고, 날만 밝으면 그림에 온 열성을 바치고 있는 롤란트를 찾았고, 때로는 주변 일대를 멀리까지 돌아다녔다. 이번 겨울은 시골에서 이렇게 오래 보내는 첫 겨울이었다. 그사이 시간은 훌쩍 흘러 2월 중순이 되었다. 나는 주인어른에게 작별을 고하고 우편국에서 짐을 로르베르크로 부친 뒤 걸어서 로르베르크로 향했다. 로르베르크에 도착했을 때 서쪽에서 온 마차를 타고 고향으로 출발했다.

여느 때처럼 식구들은 나를 정말 따뜻하게 환영했다. 나는 고산지대로 떠난 겨울 여행에 대해 이야기하고 나서 주인어른의 내력을 며칠에 걸쳐 식구들에게 이야기했다. 식구들로서는 모두 처음 듣는 내용이었다.

아버지가 말했다. "리자흐라는 이름은 나도 자주 들었다. 그 이름이 언급될 때마다 사람들의 표정에 항상 공경의 마음이 묻어나는 듯했지. 하인바흐를 소유한 가족에 대해서는 알프레트라는 이름만 얼핏 들은 것 같구나. 타로나 가문과는 예전에 사업상 거래를 한 번 한 적이 있다."

주인어른과 마틸데 부인의 사랑 이야기는 철저히 비밀에 부쳐야 했다. 그와 같은 이야기라면 소문이 돌아도 골백번은 더 돌았을 텐데, 아버지뿐 아니라 주변의 지인들 가운데에 두 사람의 관계를 아는 사람은 없었다. 어쨌든 이 이야기는 내가 나탈리에와 인연을 맺은 이후 우리 가족에게 가장 인상적인 것임이 분명했다. 나는 그 밖에 아버지가 무척 기뻐하실 선물도 갖고 왔다. 장미집을 떠나기 며칠 전 나는 정원사를 찾아가 온실 유리에 사용한 접착제의 조제 방법을 가르쳐달라고 부탁했다. 그 접착제만 있으면 유리 사이로 물이 새는 것을 막을 수 있었던 것이다. 그런데 조제 방법을 아는 것은 정원사가 아니었다. 주인어른이 정원사에게 내 뜻을 전해 듣고 그 방법을 알려주었다. 나는 아버지에게 접착제의 유용성과 제조 방법을 설명했다.

"이것만 있으면 온실에 물이 떨어지는 것을 막을 수 있겠구나. 겨울철에 유리 사이로 물방울이 떨어져 식물들의 건강에 무척 안 좋았는데, 이제 걱정을 덜었다. 더구나 새 온실에 이 방법을 바로 사용할 수 있다고 생각하니 기쁘기 한량없다. 시골 별장 옆에 온실을 만들 생각이거든."

어머니가 미소를 지었다.

아버지가 어머니를 보고 말했다. "당분간 슈테르넨호프와 장미집으로 떠날 준비를 해야 할 거요. 다른 일은 모두 해결되었으니 이제 남은 건 우리가 해야 할 일뿐이오. 봄이 오면 바로 떠나도록 합시다. 가서 내 아들을 위해 정식으로 청혼하겠소. 그사이 여자들은 필요한 것을 준비하도록 해요. 서둘러요. 시간이 많지 않으니까. 두 달하고 조금 더 남았을지 모르겠소. 그때까지 내 할 일은 서둘러 처리해놓겠소."

아버지의 말에 식구들은 박수를 보냈다. 어머니는 준비 시간이 넉넉할 것 같다고 말했지만, 아버지는 절대 그렇지 않을 거라고 대답했다. 일의 중대성에 비추어보면 말이다. 지당한 말씀이었다.

이제 준비 작업과 주문이 시작되었다. 일을 분담하지 않고 넘어간 날이 없었다. 어머니는 신혼부부가 이 집에 신접살림을 차릴 경우에도 대비했다. 아버지는 그런 어머니를 보고 혼인 전에 내가 혼자 멀리 여행을 갔다 올 거라고 말했음에도 어머니는 뜻을 굽히지 않았다. 막상 닥쳐서 준비하는 것보다 미리미리 준비해서 나쁠 게 하나도 없다는 것이다. 그 말에 아버지는 살림을 책임진 안주인으로서의 권한을 즉각 인정했다.

3월 말경에 아버지가 무척 아름다운 마차를 집으로 들였다. 사인용 여행 마차였는데, 아버지가 주문해서 제작된 것이라고 했다.

"귀하신 분들을 찾아뵙는데 누추하게 가면 안 될 것 같아서 마차를 새로 주문했다. 게다가 앞으로 이 마차를 타고 다닐 일이 더 많아질지 누가 알겠냐?"

아버지는 우리에게 마차를 꼼꼼히 살펴보고 편리성을 점검해보라고 했다. 특히 여성들이 여행하기 편하게 꾸몄다는 것이다. 우리는 마차 내부를 여기저기 살펴보고는 그 설비에 칭찬을 아끼지 않았다. 마차는 전체적으로 견고함에 경쾌함까지 갖추었고, 산뜻한 외관에 여행 중에 필요한 물건을 두는 공간까지 있었다.

아버지가 말했다. "나는 이제 준비가 끝났소. 당신도 준비하는 데 너무 오래 걸리지 않도록 해요."

여자들도 시간에 맞추어 준비를 끝냈다. 아버지는 나무에 꽃이 피고 정원에 꽃봉오리가 맺히기 시작할 즈음에 여행을 떠날 생각이었다. 실제로 우리는 그 무렵에 집을 출발했다.

나는 혼자 혹은 낯선 사람들과 한 마차를 타고 그렇게 자주 갔던 길을 이제 온 식구와 함께 가고 있었다. 우리는 우편국에 닿을 때마다 말을 바꾸었다. 그러나 어머니와 클로틸데를 배려해서 한곳에 오래 멈춰 서 있었고, 하루에 달리는 거리도 길지 않도록 했다. 아름다운 날씨와 하얗고 붉은 꽃들이 우리와 동행했다.

이윽고 출발한 지 넷째 날 오전에 우리는 슈테르넨호프에 도착했다. 마틸데 부인에게는 언제 도착할지 미리 기별해두었다. 슈테르넨호프에 가까워질 무렵 우리는 마차의 지붕을 열고 달렸다. 멀리서부터 식구들의 시선은 성이 위치한 언덕에서 떨어질 줄 몰랐다. 언덕에는 꽃이 만발했다. 식구들의 눈길은 어느새 언덕에서 건물로 옮겨 갔다가 성문 위에 붙은 별 모양 문장(紋章)과 성문 통로의 둥근 천장으로 이어졌고, 마지막엔 우리를 맞으러 나온 마틸데 부인과 나탈리에에게 이르렀다. 우리는 마차에서 내렸다. 나탈리에의 얼굴에 창백함과 홍조가 번갈아 나타났다. 양가 사람들은 인사를 기다리지 않았다. 클로틸데와 나탈리에는 목을 끌어안고 눈물을 흘렸고, 마틸데 부인은 나의 존경스러운 어머니를 꼭 껴안았다. 부인은 아버지에게도 양손을 내밀며 우아하게 인사했고, 여전히 아름다운 두 눈으로 아버지를 따뜻이 바라보았다. 그사이 나탈리에는 내 어머니의 손에 입을 맞추었고, 어머니 역시 아름다운 나탈리에의 이마에 입을 맞추며 답례했다. 아버지는 나탈리에에게 환한 표정으로 가벼운 농담이라도 하려는 듯했으나, 가까이서 그녀를 보는 순간 이내 얼굴이 뻣뻣하게 굳어 예의 바르고 정중하게 인사를 하고 말았다. 나탈리에의 미모에 깜짝 놀란 것 같았다. 아니면 내가 그랬듯이 당신의 조각품에 새겨진 고대 그리스의 우아한 얼굴들이 갑자기 떠올랐는지도 모른다. 마틸데 부인은 클로틸데도 따뜻하게 안아주었다. 내게 신경을 쓰는 사람은 아무도 없었다. 이런 환영 절차가 법도에 맞고 신분 질서에 맞는 것인지는 누구도 따지지 않았다. 우리는 서로 뒤섞여 계단을 올라가 마틸데 부인의 응접실로 들어갔다. 그제야 사람들은 환영 인사를 정식으로 좀 더 쾌활하게 주고받았다.

마틸데 부인이 나의 양친에게 의자를 권했다. "서로 알게 된 지는 꽤 오래된 것 같은데 이제야 얼굴을 뵙네요."

아버지가 대답했다. "제 아들을 그리 잘 돌봐주시고, 아들의 내면적 성장에 그리도 큰 도움을 주신 분들을 진작 뵙고 싶었습니다."

이제는 내가 두 아가씨를 서로에게 소개했다. "클로틸데, 여기가 나탈리에야. 내가 너만큼 사랑하는 사람이지."

"무슨 말을요. 나보다 더 사랑하잖아요. 그 말이 맞아요." 클로틸데가 대답했다.

나탈리에가 말을 받았다. "클로틸데, 우리 친자매처럼 지내요. 내 심장이 할 수 있는 한 친자매처럼 사랑할게요."

클로틸데가 대답했다. “언니라 불러도 되죠? 오빠를 사랑하는 만큼이나 언니를 사랑할 거예요.”

두 처녀는 다시 껴안고 입을 맞추었다.

우리가 테이블에 앉았을 때 내가 나탈리에에게 말했다. “나한테는 인사 안 해요?”

“다 알면서 그래요.” 나탈리에가 다정한 눈길로 나를 바라보았다.

이제 대화는 점점 일반적인 주제로 넘어갔다.

두 부인은 줄곧 손을 잡은 채 서로에게 정겨운 눈길을 보냈다.

대화가 마침내 이번 여행의 쾌적함과 불편함에 관한 이야기로 흘러갔을 때 아버지가 말했다. 우리는 아직 여행복을 입고 있었는데, 옷을 갈아입은 뒤에 다시 찾아뵙고 정식으로 인사드렸으면 한다고 말이다. 그러면서 언제 찾아뵐 수 있을지 물었다.

“격식을 따지실 필요는 없습니다. 그냥 언제든 원하실 때 오십시오.”

“그렇다면 두 시간 뒤에 찾아뵙겠습니다.”

우리는 배정된 숙소로 갔고, 아버지는 우리에게 예복을 입으라고 했다. 두 시간 뒤 아버지는 어머니와 단둘이 성스러운 축일처럼 성장(盛粧)하고는 마틸데 부인을 찾아갔다. 미리 대화를 요청해두었던 것이다. 부인은 부모님을 커다란 응접실에서 맞았고, 아버지는 부인의 딸을 당신의 며느리로 주실 것을 청했다.

얼마 뒤 나탈리에와 클로틸데, 내가 불려 들어가자 마틸데 부인이 말했다. “나탈리에, 드렌도르프 내외분께서 당신들의 자제인 하인리히 군과 너의 혼인을 청하셨다.”

예복을 입은 나탈리에의 모습은 처음 보았다. 완전히 딴사람 같았다. 나탈리에가 눈물을 글썽이며 나를 바라보았다. 나는 그녀의 손을 잡고 마틸데 부인에게 다가가 감사의 인사를 전했다. 부인은 따뜻이 답례했다. 우리는 이제 내 양친에게 가서 마찬가지로 감사를 드렸다. 두 분 역시 정이 넘치는 말로 응대해주었다. 클로틸데는 입고 있는 예복 때문에 행동거지가 조심스러웠고 격식에 얽매인 듯했다. 그건 다른 사람들도 마찬가지였다. 아버지가 그런 딱딱한 분위기를 깼다. 당신이 들어올 때 작은 상자를 내려놓았던 테이블로 걸어가더니 그 상자를 집어 들고 나탈리에에게 다가갔다. "이건 사랑스러운 신부이자 장차 내 딸이 될 네게 주는 작은 선물이다. 하지만 조건이 있다. 상자의 자물쇠 주변에 끈이 있고, 그 끈에는 인장이 달려 있을 것이다. 결혼하기 전까지는 그 끈을 끊지 않았으면 한다. 이유는 나중에 알게 될 것이다. 내 청대로 해주겠니?"

"아버님의 자애로움에 진심으로 감사드립니다. 말씀대로 따르겠습니다."

나탈리에가 아버지에게서 상자를 받아 들었다. 어머니와 클로틸데도 나탈리에에게 선물을 내놓았다. 마틸데 부인과 나탈리에는 어머니와 클로틸데, 아버지에게 줄 선물을 옆방에서 가져왔다. 나탈리에와 나는 아무것도 주고받지 않았다. 선물 교환이 끝나자 우리는 테이블에 앉았고, 진심 어린 대화가 시작되었다. 마지막으로 마틸데 부인이 이렇게 말했다. "이로써 우리 아이들의 사랑과 가약이 부모의 동의로 더욱 강고해졌습니다. 영원한 결합의 날을 언제로 할지는 아이들의 소망과 어른들의 뜻에 따라 결정하겠습니다. 지금은 이 정도로만 얘기하고 차차 상의해서 날을 잡도록 하시지요."

그 말을 끝으로 우리는 헤어져 각자 방으로 갔다.

이제 우리는 예복을 벗었고, 일반적인 방문이 시작되었다. 아주 가까운 사람들이 찾아왔을 때 하는 일이었다. 마틸데 부인은 아버지와 어머니를 성 안 곳곳과 정원, 농장, 들판, 초원과 숲으로 안내했다. 우선 거실을 비롯한 모든 방과 고가구, 회화 그리고 성 안의 모든 것을 보여준 다음 정원으로 나가 피나무와 과일나무, 화단, 요정상 근처의 동굴, 담쟁이덩굴 벽, 그 밖에 정원 내의 모든 시설을 구경시켜주었다. 또한 농업과 관련된 모든 것을 세밀하게 살펴볼 수 있도록 했고, 만개한 대지 위로 햇볕이 부드럽게 내리쬐는 저녁 무렵에는 다 함께 성과 외부가 접하는 길을 반복해서 걸었다. 부모님은 이 길이 퍽 마음에 드는 모양이었다. 흐린 날이나 겨울철에 자유롭고 힘차게 몸을 움직이기엔 무척 쾌적한 길이라는 것이다. 아버지는 이 모든 것에 끝없이 기뻐했고 칭찬을 아끼지 않았다. 어머니와 마틸데 부인은 걸어가면서 무척 다정히 대화를 나누었다. 대화가 길어질 때도 많았는데, 아마 집안 살림과 성내 부속품들의 관리에 관한 의견을 교환하는 것 같았다. 나탈리에와 클로틸데는 벌써 친자매처럼 찰싹 달라붙어서 떨어질 줄을 몰랐다. 각자 서로에게 느끼는 친밀함을 스스럼없이 나타냈다. 우리가 모두 성 안으로 들어갔을 때도 둘만 남아 정원의 한적한 길이나 가까운 들판의 오솔길을 조금 더 돌아다녔다.

내가 말했다. "클로틸데, 이제 알겠지? 내가 나탈리에의 그림을 가져올 수 없다고 한 이유를. 그림으로는 표현할 수가 없었어. 이렇게 직접 봐야만 알 수 있지."

"어떤 그림보다 아름다워요. 하지만 나중에 언니가 지금 나이에 어떤 모습이었는지 기억해두기 위해서라도 그림은 꼭 그려야 해요."

여덟째 날에도 우리는 슈테르넨호프를 떠나지 못하고 여느 날과 똑같은 하루를 보냈다. 부인이 우리를 놓아주지 않았던 것이다. 아홉째 날에야 우리는 다 함께 장미집으로 출발할 채비를 했다. 마틸데 부인과 부모님은 우리 마차에 같이 탔고, 나탈리에와 클로틸데, 나는 슈테르넨호프의 마차에 탔다.

마차가 아스퍼호프의 언덕을 올라갈 때 아버지는 호기심을 주체하지 못하는 듯했다. 마차 안에서 자주 몸을 일으켜 주위를 두리번거렸다. 구름은 있지만 맑은 날이었다. 멀리 떨어진 숲 위로 비가 내렸다. 지나가는 비인 듯했다. 햇살이 언덕과 평야 위에 황금 무늬를 만들어냈다. 이윽고 언덕 위로 주인어른의 집이 보였다. 우리가 도시를 출발할 무렵 도시엔 이미 꽃이 만발했다. 게다가 우리가 여행한 시간과 슈테르넨호프에 머문 시간을 감안하면 아스퍼호프의 꽃들은 벌써 졌어야 하는데, 아직 개화기가 끝나지 않았다. 아니 오히려 지금 최고의 절정을 이룬 듯했다. 이곳은 도시보다 상당히 높은 곳에 위치했기 때문이다. 겨울 곡식이 언덕 위에 풍성하게 자라 있었고, 일부는 막 그럴 채비를 하고 있었다. 여름 곡식은 여기저기 싹이 돋아 있었고, 갈색 흙도 아직 간간이 눈에 띄었다.

마틸데 부인에게서 우리의 도착 소식을 미리 전해 들었는지, 마차가 집 앞 울타리에 도착했을 때 주인어른은 벌써 울타리 앞의 모래밭에 나와 있었다. 옆에는 구스타프와 에우스타흐, 롤란트, 가정부 카타리나, 집사, 정원사 할 것 없이 아스퍼호프 사람들이 모두 서 있었다.

모두 마차에서 내렸다. 아버지와 주인어른이 마주 보고 섰다. 주인어른의 머리는 눈처럼 하얬고, 아버지는 조금 덜 하얬다. 하지만 두 분 다 우아하고 기품이 흘렀다. 두 사람은 악수를 하고 한순간 서로를 바라보더니 이내 오른손을 힘차게 흔들었다.

"잘 오셨습니다. 제 집을 방문하신 걸 진심으로 환영합니다. 아마 우리 집에서 선생만큼 이렇게 열렬히 환영받은 사람은 없을 겁니다. 제가 이렇게 누군가를 오랫동안 뵙고 싶어 한 것도 거의 없었던 일이고요. 우리는 비록 지금 만났지만 인연은 꽤 오래전부터 맺어왔지요. 선생의 아드님을 통해 부친 되시는 분을 존경하고 사랑하게 되었습니다."

"저 역시 아들놈을 통해 어른을 무척 뵙고 싶었습니다. 이 집을 찾은 오늘이 제 생애에서 가장 아름다운 날이 될 것입니다. 나라의 높으신 분을 지극히 공경해야 함을 알면서도 제 아들을 통해 알게 된 인연을 빌미로 이렇게 찾아뵙게 되었습니다. 우선 어른께 진심으로 감사하다는 말씀을 드립니다. 저는 아무것도 해드린 것이 없는데도 제게 베풀어주신 은덕에 절로 고개가 숙여질 따름입니다."

"그 이야기는 이제 그만하시지요. 제가 좋아서 한 일입니다. 한데 이런 결례가 있나! 역시 사람은 한 가지 일에 빠지면 실수를 하게 되나봅니다. 특히 우리같이 고대(古代)에 푹 빠진 늙은이들은 정신을 놓고 우리 이야기만 하다보면 주위를 잘 챙기지 못하지요. 용서해주십시오, 부인. 인사가 늦었습니다. 하나 부인께서는 다른 부인들보다 좀 더 너그러이 제 실수를 용서해주시리라 믿습니다. 남편분이 어떤 사람이고 고대의 보물들을 얼마나 사랑하는지 누구보다 잘 아실 테니 말입니다. 잘 오셨습니다, 부인. 남편분 못지않게 부인을 늘 이리로 모시고 싶었습니다. 이게 결코 과장이 아니라는 건 부인의 자제분이 충분히 증언해줄 것입니다. 제 집을 찾아주셔서 정말 기쁩니다. 부인의 손을 잡도록 허락해주십시오. 마틸데와 나탈리에, 하인리히는 오늘 조금 소외를 당하더라도 이해해주게. 그리고 내가 '클로틸데'라는 이름으로 알고 있는 아가씨도 이 집에 온 걸 진심으로 환영해요. 내 사랑을 받아들이고 응분의 사랑을 주리라 믿어요. 구스타프, 아가씨는 네가 모시도록 해라."

구스타프가 클로틸데에게 말했다. "아가씨를 모실 영광을 주십시오."

클로틸데가 구스타프를 부드럽게 바라보며 대답했다. "제가 영광이죠."

주인어른이 말했다. "참, 자리를 뜨기 전에 우리의 탁월한 예술가 두 사람을 소개하겠습니다. 에우스타흐와 롤란트라고 합니다. 우리의 장원에 거주하면서 작업하고 있죠. 저는 이곳 장원을 '태평처'라 부릅니다. 근심 걱정 없이 사는 곳이란 뜻이죠. 이 두 사람 외에 저기 우리 집 살림을 책임진 카타리나와 집사, 정원사 그리고 다른 이들도 환영의 기쁨을 함께 누리려고 이렇게 모두 나왔습니다."

아버지가 차례차례 손을 내밀었고, 어머니와 클로틸데는 상냥하게 고개를 숙여 인사했다.

곧이어 어른이 내 어머니의 팔을 잡고 걸음을 옮겼고, 아버지는 마틸데 부인을, 나는 나탈리에를, 구스타프는 클로틸데를 안내했다. 이렇게 우리는 울타리에서 정원을 거쳐 집으로 들어갔다. 마차는 농장으로 옮겨졌다. 우리는 곧 각자의 방으로 인도되었다. 마틸데 부인과 나탈리에는 평소 쓰던 거처로 향했고, 아버지와 어머니를 위해선 방 세 개로 이루어진 거처가 따로 마련되었다. 벽지는 무척 아름다웠고, 집기들은 하나같이 훌륭했으며, 편의 시설도 무엇 하나 부족한 것이 없었다. 클로틸데는 부모님 거처 옆의 앙증맞은 하늘색 방을 썼다. 나는 부모님의 거처에서 내 방으로 갔다. 예전부터 내가 쓰던 방이었다. 얼마 뒤 구스타프가 들어오더니 이루 말할 수 없는 기쁨과 사랑으로 나를 끌어안았다.

구스타프가 말했다. "이제는 다 확실해졌죠?"

"확실해졌지. 신께서 마지막 마무리만 허락해주신다면. 넌 이제 진짜 내 귀한 동생이 됐어. 물론 엄밀하게 보면 조금 더 있어야 하지만."

"이제 형이라 불러도 돼요?"

"물론이지."

"형, 내 사랑하는 귀한 형!"

"중간에 무슨 일이 있더라도 우리가 살아 있는 한 영원히 형과 아우로 사랑하자."

"그래요, 영원히. 이제 빨리 옷부터 갈아입으세요. 늦지 않으려면요. 1층 응접실에 전부 모여 환영 인사를 할 거예요. 점심 식사 전에요. 저도 이제 가서 준비해야겠어요."

구스타프의 말대로였다. 모든 손님에게 곧 내려오라는 전갈이 전해졌다. 나는 서둘러 옷을 갈아입었다.

우리는 1층 응접실에 모였다. 내가 이 집에 처음 왔을 때 주인어른이 점심 식사를 준비시키려고 자리를 비운 사이 나 혼자 있었던 바로 그 방이었다. 당시 나는 이 방에서 새들의 노랫소리를 들었다. 오늘은 상감세공된 바닥에 무척 아름다운 양탄자가 구석구석 깔려 있었다. 에우스타흐와 롤란트도 이 모임에 초대를 받았다.

모두 모이자 우리와 마찬가지로 예복을 갖추어 입은 주인어른이 자리에서 일어났다.

"이 집에 오신 모든 분께 다시 한 번 가슴 깊이 감사드립니다. 오늘은 좋은 날입니다. 사랑하는 벗님과 옛 동료 들이 이 자리에 함께하지 못한 것이 서운하기도 하지만 사랑하는 사람이 늘 다 함께 모일 수는 없는 법이지요. 오늘 이 자리엔 중요한 분들이 모두 모였습니다. 이렇게 좋은 날을 있게 하신 분들이지요. 우선 이 집에 수없이 묵어간 젊은이의 모친께 이 집의 주인으로서 반갑게 인사를 올립니다. 부인의 명성과 덕망은 자주 들었습니다. 종종 소문이라는 것이 실상과 전혀 다르기도 하지만 부인의 인품은 절로 예를 갖추게 합니다. 젊은이의 부친께는 감히 '사랑'이라는 표현을 쓰고 싶고, 허락해주신다면 고결한 벗님이라 부르고 싶습니다. 저처럼 머리가 허연 당신은 자식들의 공경과 타인들의 존경 속에 한층 기품이 흐릅니다. 비록 몸은 이곳에 없었으나 이미 오래전부터 당신은 부인과 함께 이 집에 머물러 있었으며, 그에 더해 지금 우리가 이렇게 당신의 모습을 실제로 보는 영광을 베풀어주셨습니다. 그리고 훌륭한 부모님과 함께 이리로 여행한 클로틸데 아가씨에게도 합당한 환영 인사를 전합니다. 마틸데, 오늘은 당신을 뒷전으로 미룬 것을 이해해주리라 믿소. 이 집의 문턱을 당신만큼 자주 넘지 않은 분들이 우선이니 말이오. 하나 오늘은 우리 모두에게 무척 귀한 소식을 가져왔기에 당신을 반기는 마음이 과거 그 어느 때보다 크다는 사실을 알아주기 바라오. 환영한다, 나탈리에 그리고 하인리히. 에우스타흐와 롤란트, 구스타프는 지금 여기서 일어나는 일의 증인으로 참석했습니다."

내 어머니가 답례를 했다. "우리가 이 집에 오면 진심으로 환영받을 거라고 항상 생각하고는 있었지만, 실제로 이런 대접을 받으니 몸둘 바를 모르겠습니다. 깊이 감사드립니다."

이번에는 아버지가 말을 받았다. "저 역시 감사드립니다. 저희에 대한 과분한 칭찬에 몸가짐이 한층 조심스러워집니다."

클로틸데는 허리를 숙여 절만 했다.

마틸데 부인이 말했다. "환영 인사 고마워요, 구스타프. 제가 모든 이를 위해 귀한 소식을 가져왔다고 말씀하셨으니 우선 그 소식부터 밝혀야겠네요. 아흐레 전에 하인리히 드렌도르프와 나탈리에가 슈테르넨호프에서 약혼식을 올렸습니다. 우리가 이리로 온 것은 그 일과 관련해서 당신의 승낙을 받기 위해서예요. 당신은 항상 나탈리에에게 아버지처럼 대해주었어요. 나탈리에가 지금처럼 성장할 수 있었던 것도 대부분 당신 덕이죠. 그러니 당신의 축복 없는 결합은 행복할 수 없을 거예요."

주인어른이 대답했다. "나탈리에는 착하고 총명한 아이요. 이만큼 성장한 것은 타고난 따뜻한 성정과 훌륭한 교육 덕분이오, 나는 별로 기여한 것이 없소. 그리 나쁜 사람이 아니라면 누구에게나 조금은 영향을 미치는 법이오. 당신은 내가 이 가약에 전적으로 찬성했고, 두 사람의 앞길에 행복이 함께하길 진심으로 기원하는 걸 잘 알 거요. 한데 당신이 나를 '나탈리에의 아버지'라 불렀으니 내가 그에 합당한 행동을 하는 것도 허락해야 할 것이오. 나는 나탈리에를 내 상속인으로 정해 아스퍼호프와 그에 딸린 일체를 물려줄 생각이오. 이 집 안에 있는 물건까지 말이오. 또한 나는 친척이 없는 관계로 내 나머지 재산도 전부 물려줄 작정이오. 구체적으로 밝히자면, 나탈리에는 혼삿날에 내 전 재산의 일부를 받을 것이오. 훗날 내가 죽었을 때 나머지 재산에 대한 상속권을 약속하는 서류와 함께 말이오. 내 벗들과 하인들에게 나누어 줄 유산 일부는 서류에 적시해놓을 터이니 나탈리에도 내 뜻을 따르리라 믿소. 나는 아버지로서 사랑하는 딸에게 혼수도 장만해줄 것이오. 어머니는 간단한 선물만 마련하면 될 거요. 그리고 고집을 하나 더 부리고 싶은데, 이 고집도 받아줬으면 하오. 그것을 받아주지 않는다면 나는 무척 가슴이 아플 것이오. 그건 혼인식을 아스퍼호프에서 열자는 것이오. 신랑 될 사람은 아주 오래전에 이 집에 처음 왔고, 당신 모녀는 여기서 이 젊은이를 알게 되었으며, 사랑이 싹튼 장소도 여기고, 또 마지막으로 '신부의 아버지'라 불리는 사람도 여기에 살기 때문이오. 혼인식 날부터 아스퍼호프엔 신혼부부를 위한 거처가 마련될 것이오. 하나 억지로 여기서 살아야 한다는 뜻은 결코 아니오. 두 사람은 자신의 선택에 따라 거주지를 결정할 수 있소. 아스퍼호프든, 슈테르넨호프든, 도시의 집이든, 아니면 마음 내키는 대로 이 집 저 집을 돌아다니든."

어른이 말하는 내내 마틸데 부인은 단아하게 앉아 있었다. 온 방에 진지함이 흘렀다. 부인은 평정심을 유지하려 애쓰는 듯했다. 하지만 이내 눈물이 두 뺨을 타고 주르르 흘러내렸고 입술이 파르르 떨렸다. 감동을 주체하지 못하는 듯했다. 부인은 자리에서 일어나 무슨 말을 하려다 도저히 말이 나오지 않는지 리자흐 남작에게 그냥 손만 내밀었다. 남작이 테이블을 돌아가 부인을 부드럽게 눌러 앉히고는 이마에 입을 맞춘 뒤 고운 이마 뒤로 가르마를 타 넘긴 머리를 자상하게 쓸어주었다.

남작이 다시 자리에 앉자 이번에는 아버지가 발언권을 잡았다. "몇 마디를 더 거들고 몇 가지 조건을 내걸고 싶은 아버지가 여기 또 있습니다. 리자흐 남작님, 우선 제 가족을 대표해서 진심으로 감사드립니다. 제 가족의 일원을 남작님 가족의 일원으로 받아주신 것은 저희 가문의 영광입니다. 제 아들 하인리히는 새로운 의무를 다하고, 더 나은 사회의 일원으로서 인간의 품위를 지키기 위해 부단히 노력할 것입니다. 아비로서 저는 그 점을 분명히 보증할 수 있습니다. 남작님께서도 그 점을 확신하셨기에 제 아들을 가족으로 받아들이지 않았을까 짐작합니다. 제 아들은 모두의 기대에 부응하는 가정을 꾸려나갈 것입니다. 도시의 제 집에서는 신혼부부가 살 단란한 보금자리를 준비하고 있습니다. 훗날 제가 시골로 거주지를 옮기면 그 집에도 아들 부부의 거처를 마련할 생각입니다. 물론 새로 결혼할 두 사람이 자기들의 집을 바깥에 따로 마련하는 것도 반대하지 않습니다. 어찌 됐건 혼인식이 아스퍼호프에서 열리는 것은 타당하다고 생각합니다. 그 부분에 대해서 이의를 제기할 사람은 없을 줄 압니다. 이제 리자흐 남작님께 마지막 청을 드리겠습니다. 저희 늙은 부부와 딸아이까지 한 가족으로 받아주십시오. 저희는 비록 시민계급이고 단순한 삶을 살아왔지만 어떤 상황에서도 저희의 명예와 선한 이름에 부끄러운 일은 하지 않고자 노력해왔습니다."

리자흐 남작이 대답했다. "저는 선생을 오래전부터 알고 있었습니다. 물론 개인적으로 알지는 못했지만 오랫동안 존경해왔죠. 특히 아드님을 알고 난 뒤로는 선생을 더 존경하고 사랑하게 되었습니다. 선생과 이렇게 가까운 인연을 맺은 것을 제가 얼마나 기뻐하는지는 선생의 아들이 증언해줄 것입니다. 앞으로의 관계에 대해서도 마찬가지고요. 그리고 시민계급에 관해 말씀하셨는데, 저 역시 그 계급 출신입니다. 사람들이 업적이라 부르는 과거의 행적으로 저는 한때 시민계급에서 벗어나 있기는 했지만, 제가 받아들인 딸을 통해 다시 이 계급으로 돌아왔습니다. 원래 제게 맞는 계급이기도 하고요. 선생은 제게 없는 두 가지를 갖추었습니다. 끊이지 않는 일과 훌륭한 가정이지요. 이 둘을 갖추신 존경스러운 분이 저를 이리도 높이 평가하신다면 저 역시 선생을 가슴 깊이 받아들이겠습니다. 이승에서의 생이 다하는 그날까지 다정히 함께 걸어가시지요."

그 말이 끝나자 리자흐 남작과 아버지는 자리에서 일어나 서로를 향해 다가가더니 뜨겁게 포옹했다. 이 장면은 모두에게 큰 감동을 주었다. 방 안에 쥐 죽은 듯 정적이 흘렀고, 여러 사람의 눈에 눈물이 고였다.

좀 전에 리자흐 남작이 마틸데 부인을 달래고 자리로 돌아가자 어머니가 부인 옆으로 자리를 옮겨 두 손을 잡고, 입을 맞추고, 부인을 거의 감싸듯이 안고 있었는데, 두 사람은 지금도 그 자세로 앉아 있었다.

이제 나탈리에와 내가 리자흐 남작 앞으로 가서, 그간의 모든 사랑과 자비에 깊이 감사드리고, 우리를 향한 어르신의 선의에 부응하는 사람이 되고자 모든 노력을 다하겠다고 말했다.

주인어른이 말했다. "자네들은 사랑스럽고 다정하고 진솔한 사람들이니 모든 것이 잘될 걸세."

우리가 다시 자리로 돌아오자 이번에는 에우스타흐와 클로틸데, 롤란트, 구스타프, 부모님까지 우리에게 행복과 축복을 빌어주었다.

곧이어 화제는 좀 더 단순하고 일반적인 문제로 넘어갔고, 사람들은 자주 일어나 서로 뒤섞였다. 오늘 어머니는 아버지의 무척 아름다운 보석 공예품을 몇 개 장식으로 옷에 걸고 있었는데, 주인어른은 그 전부터 거기에 눈길을 빼앗겼다. 그런데 지금은 어른뿐 아니라 에우스타흐도 더 이상 공예품의 매력을 뿌리치지 못하고 어머니에게 다가가 놀라운 눈으로 그것들을 관찰하며 감탄사를 내뱉었다. 나중에는 롤란트까지 그 대열에 합류했다. 그걸 보는 아버지의 눈이 기쁨으로 반짝거렸다.

대화가 한동안 더 지속된 뒤 사람들은 점심 식사 전까지 산책을 하기로 약속하고 헤어졌다. 집결 장소는 장미 벽 앞의 모래밭이었다.

우리는 옷을 갈아입고 약속 장소에 모였다.

이 집에 있는 것이라면 무엇이든 빼놓지 않고 보려는 아버지는 리자흐 남작과 동행했다. 주인어른은 장미 벽 앞에 서서 장미에 관한 모든 것을 이야기했다. 마틸데 부인은 어머니와 나란히 걸었고, 클로틸데는 나탈리에와 팔짱을 꼈으며, 나와 구스타프는 가끔 에우스타흐 형제와 한 무리를 이루며 어른들 근처를 서성거렸다. 우리는 모래밭에서 정원으로 갔다. 내 식구들에게 정원을 구경시켜주기 위해서였다. 아버지의 안내자 역할을 자청한 주인어른은 정원의 모든 것을 보여주며 설명을 덧붙였다. 어머니와 클로틸데가 눈에 보이는 것에 관심을 보이면 즉각 각자의 동행인들이 자상하게 설명해주었다.

정원 안쪽으로 꽤 들어왔을 때 아버지가 말했다. "그래도 저기 나비가 보이는군요."

"새들이 정원의 애벌레를 전부 박멸하는 건 불가능에 가깝습니다. 다만 벌레들의 과도한 확산을 막을 뿐이지요. 또한 몇몇은 남아 있어야 내년에 새들에게 먹이를 제공해주지 않겠습니까? 그 밖에 멀리서 나비가 날아오기도 합니다. 그 나비의 애벌레들이 우리에게 심한 해를 주지 않는다면 정원의 아름다운 장식이 되겠지요."

"새들이 나무 열매에 해를 끼치지는 않습니까?"

"물론 해를 끼치지요. 주로 앵두와 말랑말랑한 열매들에요. 하나 새들이 우리 정원에 가져다주는 이득에 비하면 피해는 경미하기 그지없습니다. 새들은 우리에게 선사하는 이득의 일부만 즐길 뿐입니다. 게다가 자연의 먹이 외에 아주 특이하면서도 맛있는 간식들을 저한테서 가끔 받아먹기 때문에 정원의 과일들에 손을 대는 경우는 많지 않지요."

우리는 정원을 다 지나왔다. 화단과 신기한 꽃, 나무, 채소밭, 피나무 길, 양봉장, 온실 등 모든 것을 꼼꼼히 돌아보았다. 날은 거의 완벽히 개었고, 만발한 꽃은 지천에서 향기를 내뿜었다. 우리는 커다란 벚나무가 있는 언덕까지 올라가 거기서 정원을 내려다보았다. 아버지는 모든 것을 보고 관찰하는 것이 무척 행복한 듯했다. 그런데 어머니는 주변 환경에 아버지만큼 많은 관심을 기울이지 못하는 듯했다. 마틸데 부인과 삶의 기쁨과 아픔을 이야기하고, 아이들의 장래를 걱정하느라 바빴기 때문이다. 클로틸데와 나탈리에도 정원을 주 화제로 삼지는 않는 것 같았다. 어떤 일에서건 새로운 화제로 이야기를 엮어나갈 수 있는 풋풋한 처녀들이었기 때문이다.

우리는 벚나무 언덕에서 다시 집으로 돌아왔다. 점심 식사 전까지만 산책하기로 되어 있었기 때문이다. 우리는 각자 방으로 잠시 흩어졌다가 식당방에 다시 모였다.

오후에는 농장과 초원, 들판을 둘러보기로 했다. 우리는 커다란 벚나무 언덕에서 곡식 언덕으로 나가 거기서 들판 쉼터까지 갔다. 내가 처음 아스퍼호프에 왔던 날 저녁에 주인어른과 함께 걸은 바로 그 길이었다. 우리는 쉼터에서 걸음을 멈추고 얼마간 주위 풍광을 즐겼다. 물푸레나무에서는 막 싹을 틔운 어린 잎사귀들이 한껏 부풀어 오를 준비를 하고 있었다. 우리는 벤치에 앉지 못했다. 모두가 앉기에는 벤치가 너무 작았다. 우리는 쉼터에서 농장으로 향했다. 언젠가 나탈리에와 단둘이 걸어간 경로였다. 주인어른은 농장에 들러 농장 안의 크고 작은 것들을 전부 보여주었고, 과거의 모습이 지금은 어떻게 바뀌었고, 앞으로는 어떻게 바뀔지 차근차근 설명해주었다. 농장 견학이 끝나자 농장 초원과 장미집 언덕의 비탈길 들판을 지났다. 그러고 나서 언덕을 빙 둘러 작은 숲에 있는 못에 이르렀고, 오리나무 개천가에서 다시 귀로에 올랐다. 이렇게 벚나무 언덕을 거쳐 집으로 돌아오자 그새 저녁이 되었다. 아버지는 모든 것에 깊은 감동을 받은 듯했다.

이튿날에는 집의 내부를 둘러보기로 했다. 귀한 예술 작품을 비롯해서 집 안의 모든 것이 구경의 대상이었다. 주인어른은 맨 먼저 1층의 방들로 아버지를 안내했고, 그다음엔 대리석 복도를 지나 층계참의 대리석상으로 갔다. 우리도 에우스타흐와 롤란트만 빼고 모두 함께 갔다. 우리는 대리석상 앞에서 한참을 서 있다가 대리석 홀로 올라갔다. 여기서 주인어른은 아버지에게 대리석의 이름을 하나하나 말해주었고, 그것들이 매장된 곳도 알려주었다. 대리석 홀을 나온 우리는 주인어른의 거실을 지나 회화와 책, 동판화가 있는 방들과 독서방, 새들에게 모이를 주는 구석방을 거쳐 마지막으로 객실과 마틸데 부인의 거처에 이르렀다. 롤란트가 그림을 그리는 방에도 잠시 들렀는데, 화대 위의 그림은 이제 거의 완성된 듯했다. 우리는 마지막으로 목공예소에 들러 그곳의 설비와 작업 중인 것들을 둘러보았다. 어제부터 벌써 감동으로 들떠 있던 아버지는 오늘은 아예 제정신이 아니었다. 특히 대리석상에 대해 찬사를 아끼지 않으면서, 그동안 많은 지역을 돌아다니며 고대 작품들을 봐왔지만 이것보다 나은 것은 본 기억이 별로 없다고 했다. 아버지는 대리석상을 사방에서 관찰하고 또 관찰했으며, 때로는 이 부분, 때로는 저 부분, 때로는 전체적인 미에 대해 이야기했다. 아버지는 이것과 비견할 만한 것이 과연 있을까 하는 의문을 표하면서도, 혹시 당신의 오래된 조각품들 가운데 몇 점은 옆에 세워도 부끄럽지 않을지 모르겠다고 했다. 대리석 홀도 무척 마음에 든 듯했다. 그래서 이런 방을 만들 생각만 해도 구름 위에 떠 있는 것처럼 행복하다고 말했다. 아버지는 이런 대리석들을 찾기까지 주인어른이 쏟아야 했던 인내에 찬사를 보냈고, 이렇게 순결하고 장려한 대리석 바닥을 설계한 사람들도 칭찬했다. 아버지는 고가구와 회화, 서적, 동판화에도 적극적인 관심을 보이며 모든 것을 꼼꼼히 살펴보았고, 어떤 때는 애호가의 관점에서, 어떤 때는 전문가의 수준으로 많은 의견을 내놓았다. 주인어른과 아버지는 말이 잘 통했다. 의견이 일치하는 경우가 많았고, 서로의 의견을 보충하는 일도 잦았다. 어머니는 아버지의 즐거움을 당신 일처럼 기뻐했다. 아버지의 장미집 방문을 그리도 원하셨던 어머니는 소원이 단순히 성취된 것을 넘어 이리도 사랑스러운 방식으로 이루어진 것에 기쁨을 감추지 못했다. 아버지는 롤란트의 그림을 주의 깊게 관찰한 뒤 그림의 수준을 높이 평가하면서 리자흐 남작과 그림 속의 여러 부분에 대해 이야기를 주고받았다. 그러고는 장차 롤란트가 훌륭한 화가가 될 거라는 의견을 피력했다. 주인어른은 예술적 안목과 판단력을 갖춘 사람이 자신의 소장품들을 인정해주자 큰 만족감을 표했다. 두 사람은 점점 가까워졌고, 때로는 둘만의 대화에 빠져 주변 사람들의 존재를 잊어버리기도 했다. 에우스타흐가 안내를 맡은 목공예소에서는 모든 그림과 설계도뿐 아니라 이곳의 설비와 작업 방식, 작업 도구까지 자세한 관찰의 대상이 되었다. 아버지는 이 모든 것에 전폭적인 동의를 표했다. 이렇게 집을 한 바퀴 도는 데 꼬박 하루가 걸렸다.

다음날 우리는 마차를 타고 알리츠 숲으로 갔다. 아스퍼호프에 딸린 숲을 부모님에게 보여주기 위해서였다.

그다음 날부터는 다 함께 모여 움직이는 일은 별로 없었고, 각자 흩어져 자기가 좋아하는 일에 열중했다. 장미집과 농장 사람들이 하나 둘 나탈리에와 나를 찾아와 임박한 우리의 결합에 축복을 빌어주었다. 이들은 약혼식이 거행된 지금에야 우리가 실제로 맺어졌음을 알게 되었다. 그전까지는 눈에 보이는 것들에서 대충 짐작하고 추론했을 뿐이다. 아버지는 지금까지 대충 보았던 것들을 이제는 하나하나 다시 꼼꼼히 관찰하기 시작했다. 그러니까 집 안 곳곳을 부지런히 돌아다니며 이것저것을 소상히 살펴보았던 것이다. 부인들은 살림살이에 관심이 온통 집중되어 있었다. 그런 까닭에 카타리나와 함께 시간을 보내는 일이 잦았다. 우리 젊은 사람들은 주로 정원을 걸어다니며 곳곳을 돌아보고 산책했다. 정원사의 집도 여러 번 찾아갔다. 어떤 때는 정원사 부부와 테이블에 앉아 한참 동안 담소를 나누었고, 어떤 때는 온실을 둘러보며 식물들에 대한 이야기를 청해 듣기도 했다. 어느 날에는 다 함께 잉호프로 갔고, 다른 날에는 잉호프 사람들이 아스퍼호프를 방문했다. 로르베르크 신부와 근방의 유지들도 멀리 혹은 가까이서 일부러 찾아와 우리의 결혼을 축하해주었다. 인근의 농부들과 나와 나탈리에를 아는 다른 사람들도 같은 목적으로 장미집을 찾아주었다.

우리는 아스퍼호프에 열이틀 동안 머물렀고, 그다음 날 짐을 마차에 싣고 우리의 도시로 출발했다.

집에 도착하자마자 우리는 손님 맞을 채비에 나섰다. 예의에 맞게 사돈 식구들을 맞으려면 미리부터 방을 꾸며야 했다. 그사이 나는 나대로 준비할 일이 따로 있었다. 나탈리에와 결혼식을 올리기 전에 혼자 먼 여행을 갔다 오는 것이었다. 나는 중요한 물건들을 빼놓지 않고 꼼꼼히 챙겼다. 이 여행을 해야 하는 이유는 분명했다. 여행을 통해 내게 부족한 것을 습득하고, 장거리 여행이라는 측면에서 나탈리에에게 뒤처지지 않기 위해서였다. 또한 훗날 나탈리에와 여행을 떠나기 전에 혼자 멀리 여행해보는 것도 필요한 일이었다. 출발 시점은 나탈리에 식구의 답방 직후로 잡았다.

우리가 도시에 도착한 지 3주 만에 답방이 이루어졌다. 편지를 통해 우리는 이미 도착 시간을 알고 있었다. 마틸데 부인과 리자흐 남작, 나탈리에, 구스타프가 아름다운 마차를 타고 도착했다. 그들은 준비된 방으로 인도되어 옷을 갈아입은 뒤 다시 응접실로 나갔다. 조촐한 환영식이 거행되었다. 우리 집에서의 환영식도 슈테르넨호프와 장미집에서처럼 따뜻하고 정겨웠다. 모든 사람의 얼굴에 기쁨이 넘쳤고, 말 한 마디 한 마디에 사랑과 우정이 담겨 있었다. 심지어 하인들까지 이런 유쾌한 감정에 전염된 듯했다. 그들이 눈부시게 아름다운 신부를 얼마나 마음에 들어 하는지는 그들의 밝은 표정과 말에서 충분히 읽을 수 있었다. 우리 집과 도시에서 누릴 수 있는 쾌적한 것들이 손님들에게 제공되었다. 시골의 두 장원에서와 마찬가지로 여기서도 집 구경이 시작되었다. 손님들은 집 안의 모든 방으로 안내되었고, 회화와 책, 고가구, 고대 조각품을 구경했다. 구석의 유리방과 정원도 빼놓을 수 없었다. 아버지가 소장한 그림들을 보고 주인어른이 말했다. 비록 내 아버지의 최고 작품에 견줄 만한 작품이 장미집에 더러 있다고는 하나 전체적으로는 아버지의 소장품들이 수준이 훨씬 높다고 했다. 아버지는 그 말에 기쁨을 감추지 못하며, 자신도 대체로 그렇게 생각했다고 대답했다. 조각품들에 대한 주인어른의 평가는 더욱 호의적이었다. 하나같이 정선된 작품으로, 대리석상 정도만 그에 견줄 수 있을 뿐이라고 했다.

아버지가 대답했다. "그렇기는 하지만, 장미집의 대리석상이 두 집을 통틀어 가장 뛰어난 작품임은 분명합니다."

유리방의 조각품은 주인어른도 내가 그려준 그림을 통해 이미 잘 알고 있었다. 그런데도 어른은 조각품을 자세히 관찰했고, 그것의 탄생 시점을 고려하면 훌륭한 작품이라고 칭찬을 아끼지 않았다. 대리석으로 만든 삿갓나물 형태의 수반에 대해서도 좋은 점수가 매겨졌다. 아버지는 리자흐 남작 같은 사람에게서 자신의 애장품들이 높은 평가를 받자 몹시 고무된 것 같았다. 이 물건들을 수집해온 이후, 리자흐 남작이 집에 있는 지금처럼 유쾌한 표정을 짓는 것은 보지 못했다. 내가 소장품들의 가치를 처음 알아보았을 때 아버지가 보여주었던 기쁨은 지금에 비할 바가 아니었다. 내가 단순한 느낌에 그쳤다면, 리자흐 남작은 명쾌한 판단이었던 것이다.

우리는 집을 벗어나 극장을 두 번 방문했고, 미술관을 세 번 찾았으며, 마차를 타고 몇 번 근교로 나갔다.

이번 만남에서는 결혼식 시기에 관한 이야기가 오갔다. 내가 장거리 여행을 끝내고 돌아오면 지체 없이 식을 올리기로 의견이 모아지면서 곧 날짜가 잡혔다. 날을 잡고 나자 우리는 헤어질 채비를 했다. 작별의 분위기는 매우 무거웠다. 그도 그럴 것이 이번에는 상당히 오랫동안 만나지 못할 뿐 아니라 호사다마라고 중간에 불행한 일이 생기지 말라는 법도 없었기 때문이다. 그러나 우리는 끝까지 평정심을 유지했고, 사랑하는 사람들 앞에서 고통을 드러내는 대신 앞으로 빈번히 편지를 쓰자는 약속과 함께 헤어졌다.

손님들이 떠나가자 우리는 친분이 두터운 집안에 편지로 내 약혼 소식을 알렸다. 후작 부인에게는 내가 직접 찾아갔다. 내 이야기를 들은 부인은 빙그레 웃으며 말했다. 자신이 언젠가 타로나라는 이름의 아가씨를 입에 올렸을 때 내 얼굴이 갑자기 저녁노을처럼 빨개지는 것을 보고 벌써 짐작했다는 것이다. 나는 이렇게 대답했다. 당시 내가 얼굴이 빨개진 것은 부인에게 마음속의 은밀한 사랑을 들킨 것 같아서였고, 또 그때까지는 타로나라는 아가씨가 나탈리에라고는 꿈에도 생각지 못했다고 말이다. 내가 곧 떠나게 될 여행에 대해 이야기하자 부인은 훌륭한 결단이라고 칭찬하면서, 자신이 예전에 얼마간 머물렀던 여러 수도들의 상황을 이야기해주었다. 또한 각 나라의 지형에 대한 짧은 언급도 빼놓지 않았다. 워낙 풍경의 아름다움에 관심이 많은 분이었기 때문이다. 부인 역시 곧 가르다 호수로 갈 예정이라고 했다. 벌써 여러 차례 방문한 적이 있는 호수였다. 부인이 이렇게 봄철 늦게까지 도시에 남아 있는 것도 가르다 호수로 가기 위해서였다. 부인은 내가 여행에서 돌아오면 자기 집에 잠시라도 들러달라고 부탁했다. 나는 그러겠다고 약속했다.

여행은 이제 한시도 지체할 수 없었다. 어느 날 나는 식구들에게 작별을 고하고 우리 도시의 성문을 나섰다.

나는 우선 스위스를 거쳐 이탈리아로 갔다. 베네치아, 피렌체, 로마, 나폴리, 시라쿠사, 팔레르모, 몰타 섬을 차례로 들른 뒤 몰타에서 배를 타고 스페인으로 향했다. 스페인에서는 수차례 방향을 틀기는 했지만 대체로 남쪽에서 북쪽으로 관통했다. 지브롤터와 그라나다, 세비야, 코르도바, 톨레도, 마드리드, 그리고 다른 작은 도시들이 내 여행의 경로였다. 나는 스페인에서 프랑스로 갔고, 거기서 다시 영국과 아일랜드, 스코틀랜드, 네덜란드와 독일을 거쳐 고향으로 돌아왔다. 2년에서 한 달 반이 모자라는 기나긴 여행이었다. 고향에 돌아왔을 때는 다시 봄이었다. 내 마음속에는 알프스의 위용 넘치는 세계, 나폴리와 시칠리아의 화산, 스페인 남부와 피레네 산맥의 설산들, 그리고 스코틀랜드의 안개 산이 생생히 살아 숨 쉬고 있었다. 그중에서도 내 영혼을 가장 울린 것은 바다였다. 지구상에서 가장 오묘한 곳이 바다가 아닌가 하는 생각이 들 정도였다. 나는 무수히 많은 아름다운 것과 진기한 것에 둘러싸여 있었고, 여러 다양한 민족을 보았으며, 그들의 땅에서 그들을 이해하고 사랑하는 법을 배웠다. 또한 각각 다른 희망과 소망, 욕구를 가진 각양각색의 인간 유형을 보았고, 사람들의 교제 방식을 관찰했으며, 주요 도시들에 오래 머무르며 그곳의 예술 기관과 뛰어난 책, 인간 간의 교유, 사회적 학문적 삶을 깊이 들여다보았다. 그런 와중에도 고향과 나 사이의 편지 왕래는 끊이지 않았다.

나는 돌아오는 길에 고향보다 아스퍼호프와 슈테르넨호프에 먼저 들렀다. 모두들 무탈하고 건강했고, 내 얼굴 역시 구릿빛으로 그을어 있었다. 그런데 나는 이곳에서 아버지의 신상에 일어난 변화를 처음 들었다. 여행 중에는 내가 혹시 놀랄지 몰라 알려주지 않았던 것이다. 아버지는 평소에 당신의 미래와 관련해서 여러 차례 암시를 해두었다. 언젠가 갑자기 사업을 접을지도 모르겠다, 예상보다 빨리 시골 생활을 시작할 수도 있다, 지금은 생각지도 못하는 많은 일이 일어날 수 있다, 또 여행 마차가 앞으로 더 자주 필요할지 누가 알겠느냐 하는 말이 그런 암시들이었는데, 내가 집을 비운 사이 암시가 모두 현실이 되어 있었다. 아버지는 사업에서 손을 떼고 아스퍼호프와 슈테르넨호프 사이에 위치한 구스터호프를 사들여 당신 취향으로 꾸몄다. 무척 아늑한 곳이었다. 주변 사람들은 아버지가 이 새 거주지에 어떤 모습으로 정착할지 벌써부터 즐거운 마음으로 고대했다. 그런데 나는 아버지가 새로 장만한 장원을 방문할 시간을 낼 수가 없었다. 더 이상 불필요한 일로 다시 내 품에 선물처럼 떨어진 나탈리에와 급하게 헤어지고 싶지 않았기 때문이다. 어쨌든 나는 반가운 재회와 아쉬운 이별을 뒤로하고 부모님의 집으로 출발했고, 밤낮없이 달린 덕에 곧 집에 도착할 수 있었다. 내가 도착할 것을 미리 알고 있었던 부모님은 나를 정말 기쁘게 맞아주었다. 나는 곧 내 방에 짐을 풀었다. 이제 아버지는 항상 집에 있었고, 늘 설계도와 도면에 둘러싸여 있었다. 나는 그런 아버지를 보는 것이 퍽 낯설면서도 반가웠다. 내가 없는 동안 아버지는 구스터호프를 다섯 번 찾았고, 그 김에 마틸데 부인의 집이나 리자흐 남작의 집에 자주 묵었다. 어머니와 클로틸데도 아버지를 두 번 따라갔다. 그사이 2년이 지났지만 아버지는 예전보다 한결 젊어 보였다. 슈테르넨호프와 아스퍼호프 식구들도 겨울에 한 번 부모님 집에 다녀갔다고 했다. 사돈끼리의 인연이 무척 아름답고 튼실하게 엮여가는 것 같았다.

집에 도착한 첫날 어머니는 내 손을 잡고 나탈리에와 내가 도시에 오면 묵게 될 새 거처로 안내했다. 나는 우리 집이 이렇게 넓은 줄 처음 알았다. 신혼부부를 위한 거처가 꽤 널찍했다. 방은 아름다우면서도 정연했고 내 마음에 꼭 들었다. 나는 새 거처를 둘러본 김에 결혼식 날짜에 대해 물었다. 어머니는 이제 미룰 이유가 없고 신랑 쪽에서 먼저 날을 제안하는 것이 도리라고 생각한다고 말했다. 아버지의 생각도 같다고 했다. 나는 일을 서둘러달라고 청했다. 그리하여 다음날 벌써 우리의 편지가 슈테르넨호프와 아스퍼호프로 출발했다. 얼마 뒤 답장이 오길, 날은 우리 제안대로 따를 테니 그날 아스퍼호프에서 보자고 했다.

약속대로 나는 후작 부인의 집을 찾아갔다. 그런데 부인은 벌써 시골 별장으로 떠나고 없었다. 나는 여행에서 돌아왔음을 짧게 몇 줄로 써서 알렸다. 편지에 결혼식 날짜도 적어두었다. 얼마 뒤 자그마한 상자와 함께 답장이 왔다. 결혼 축하 선물이 담긴 상자였다. 편지에서 부인은 나를 직접 만나 이 선물을 건네주고 싶지만 몇 주 전부터 몸이 좋지 않아 평소보다 일찍 시골로 떠나게 되어 아쉽다면서 선물은 오래전부터 준비해두었다고 했다. 상자 속에는 무척 크고 아름다운 진주알이 하나 들어 있었다. 테는 없었고, 진주를 옷에 달 수 있도록 핀과 작은 황금 원반만 부착되어 있었다. 나는 후작 부인의 마음 씀씀이와 탁월한 취향, 선물의 의미에 기쁨을 감추지 못했다. 내가 가슴에 달고 싶었던 것이 바로 그런 진주였기 때문이다. 나는 부인에게 진심 어린 감사를 담은 편지를 보냈다.

우리는 곧 준비를 끝내고 출발했다.

"마지막 준비는 내 시골 별장에서 하기로 하자." 아버지가 흐뭇한 미소를 지으며 말했다.

우리는 구스터호프에 도착했다. 작지만 깔끔하게 정돈된 집이었다. 아버지는 이 집을 당분간 이런 용도로만 사용하도록 꾸며놓았다. 우리만의 별장에 있다는 것은 참으로 뿌듯한 감정을 불러일으켰다. 아버지는 이 감정을 가슴 깊이 음미했고, 어머니도 무척 기뻐하는 듯했다. 우리는 여기 머무르며 준비를 완벽하게 끝냈다. 이곳을 떠나 아스퍼호프에 도착한 건 결혼식 이틀 전이었다. 마틸데 부인과 나탈리에는 벌써 도착해 있었다. 우리는 진심으로 서로를 환영했다. 결혼식을 앞두고 집 안 곳곳에 긴장감이 완연했다. 나는 잠깐잠깐만 나탈리에를 볼 수 있었다. 클로틸데도 이런 분위기에 급속히 휩쓸려 들어갔다. 소식이 연이어 도착하고 연이어 나갔다. 하객들과 결혼식 입회인들도 속속 당도했다. 나는 가슴을 짓누르는 긴장감을 느꼈다.

첫날 오후 나는 피나무 길을 소요하는 마틸데 부인과 주인어른, 구스타프를 보고 합류했다. 구스타프는 곧 우리를 떠났다.

마틸데 부인이 입을 열었다. "우린 방금 내 아들이 곧 여기를 떠나 세상으로 나갈 때가 되었다고 말하고 있었네. 자네도 여행을 갔다 오고 나니 구스타프가 달라졌다고 느끼지 않나?"

"이젠 완전히 청년이더군요. 이번 여행에서도 구스타프 같은 아이는 보지 못했습니다. 구스타프는 원래 힘이 넘치는 아이였는데, 지금은 힘이 넘치는 청년이 되었습니다. 하지만 예전보다 더 온유하고 부드러워진 것 같습니다. 심지어 초롱초롱한 눈 속에는 소녀들에게서나 나타나는 애타는 그리움 같은 것이 담겨 있는 듯합니다."

주인어른이 말을 받았다. "자네가 그걸 알아보았다니 기쁘기 한량없네. 구스타프에겐 실제로 그런 게 있네. 좋은 일이지. 물론 그만큼 위험이 따르기도 하지만. 나쁜 영향이라고는 손톱만큼도 받지 않은 강건한 청년은 어떤 시기가 되면 막 꽃피기 시작하는 소녀들한테서 나타나는 그리움보다 훨씬 매력적인 그리움 같은 것을 보이네. 그건 결점이 아니라 힘의 과잉이라 할 수 있을 걸세. 그런 그리움이 부드럽게 반짝거리는 짙은 눈에서 어른거리고, 보석처럼 천진무구한 속눈썹에 서려 있으면 한층 매혹적으로 느껴지지. 그런 청년들은 나쁜 운명이 닥쳐도 순교자의 화관만큼 가치 있는 강한 용기로 인내하고, 조국이 희생을 요구하면 목숨을 초개(草芥)처럼 신성한 제단에 바치기도 하네. 물론 잘못된 감격에 휩쓸릴 수도 있고, 그것에 이용되기도 하지만 말일세. 게다가 그런 청년들은 마음에 드는 소녀에게 감정이 제대로 꽂히면 누구도 말릴 수 없을 정도로 뜨거우면서도 한없이 불행해질 수 있는 사랑이 순식간에 활활 타오르기도 하네. 전혀 때 묻지 않은 젊은 남자는 그 사랑을 주체할 수 없을 정도로 깊이 온몸으로 받아들이기 때문이지. 이번 대사(大事)가 끝나면 구스타프에게 무엇이 필요한지 좀 더 상세히 이야기해보기로 하세."

마틸데 부인이 말했다. "저도 그런 면의 장점과 위험을 알고 있어요."

우리는 곧 집으로 돌아갔다.

주인어른이 도중에 말했다. "구스타프는 세상의 혹독함을 겪어봐야 하네. 그게 녀석을 더욱 단단하게 만들 걸세."

마침내 결혼식 날이 다가왔다. 식은 아스퍼호프가 속해 있는 로르베르크 교구의 본당에서 오전에 올리기로 되어 있었다. 집결 장소는 장미집의 대리석 홀이었다. 사람들이 모이는 것을 감안해서 홀 바닥에 고운 초록색 천을 깔아놓았다. 계단도 마찬가지였다. 내가 방에서 예복을 입고 하늘에 기도를 올리고 나자 결혼식 입회인들이 나를 대리석 홀로 안내했다. 우리 친척들 중에서는 남자들이 먼저 와 있었다. 입회인과 하객들도 대부분 참석했다. 리자흐 남작은 훈장을 단 제복을 입었다. 이윽고 복도와 연결된 문이 열렸고, 나탈리에가 양가 모친과 클로틸데, 다른 여인들과 함께 등장했다. 나탈리에의 예복은 화려하기 그지없었고, 온통 보석으로 도배된 듯했다. 하지만 나탈리에의 얼굴은 무척 창백했다. 예복의 보석들에는 중세풍의 테가 둘려 있는 것 같았지만, 잠시라도 눈여겨볼 상황은 아니었다. 나는 나탈리에에게 다가가 환영의 뜻으로 부드럽게 손을 내밀었다. 나탈리에는 몹시 떨고 있었다.

주인어른이 내 부모님에게 말했다. "지금껏 자제분이 가장 즐겨 했던 이야기는 부모님과 누이에 관한 것이었습니다. 그런 훌륭한 아들이라면 당연히 훌륭한 남편이 될 것입니다."

아버지가 대답했다. "미래의 삶에 필요한 훌륭한 성격들은 어른과 함께 있으면서 길렀지요. 우리는 그것을 보면서 더더욱 아들을 사랑하게 되었습니다. 제 아들을 저리 가르치고 기르신 건 어른이십니다."

"나탈리에도 마찬가지지만 자제분은 스스로 발전했습니다. 부친과의 대화를 비롯해서 나머지 교제들은 거기에 도움을 준 것뿐이지요."

나는 무슨 말을 하려고 했지만 감동해서 말이 나오지 않았다.

부인들 옆에 서 있던 구스타프가 나를 바라보았고, 나도 구스타프를 바라보았다. 녀석도 얼굴이 몹시 창백했다.

그사이 결혼식에 참석할 사람들이 모두 모였고, 출발 시간이 다가왔다. 집사가 모든 준비가 끝났음을 알렸다.

마틸데 부인이 나탈리에의 이마와 입, 가슴에 성호를 그어주었다. 나탈리에는 몸을 숙여 어머니의 손에 입을 맞추었다. 곧이어 옆에 서 있던 아가씨들이 머리에서 발끝까지 내려오는 은빛 안개 같은 면사포를 신부에게 씌워주었고, 나탈리에는 그 아가씨들과 부인들에 둘러싸여 계단을 내려갔다. 대리석상이 있는 그 계단이었다. 우리는 그 뒤를 따랐다. 결혼 입회인들과 리자흐 남작, 아버지가 나와 한 무리를 이루었다. 행렬의 앞쪽 마차들에는 신부를 비롯해서 들러리 아가씨들과 부인들이 탔고, 뒤쪽 마차들에는 남자들과 내가 탔다. 우리가 마차에 오르자 행렬이 움직이기 시작했다. 결혼식 행렬을 보려고 많은 사람이 왔다. 그중에는 내 치터 선생도 보였다. 깃털이 꽂힌 초록색 모자를 쓴 사냥꾼이 내게 손을 흔들었다. 농장 사람들과 아스퍼호프의 하인들은 대부분 교회로 먼저 가서 우리를 기다리고 있었다. 물론 그중 몇몇은 지금 마차를 타고 우리와 함께 움직였다. 행렬이 천천히 언덕을 내려갔다.

교회에서 로르베르크 신부가 우리를 맞았다. 우리는 제단 앞으로 걸어갔고 결혼식이 거행되었다.

돌아오는 길에 나는 나탈리에와 단둘이서 한 마차에 탔다. 나탈리에는 아무 말도 하지 않았다. 다만 면사포를 뒤로 넘긴 얼굴에서 눈물만 방울방울 흘러내렸다.

우리가 다시 대리석 홀에 들어갔을 때 홀에는 오늘 옮겨놓은 긴 테이블과 많은 의자가 놓여 있었다. 리자흐 남작과 아버지가 테이블 위에 서류를 내려놓았다. 우리의 혼인 및 재산과 관련된 서류였다. 나는 그사이 나탈리에의 손을 잡고 그림방과 독서방을 거쳐 책방으로 들어갔다. 방 안에는 우리 둘뿐이었다. 내가 그녀 맞은편에 서서 두 팔을 벌렸다. 그녀가 내 품에 와락 안겼다. 우리는 꼭 껴안은 채 소리 내어 울기 시작했다.

내가 말했다. "이 세상에서 유일한 내 귀한 사랑, 나탈리에."

"아, 내 사랑, 귀한 내 남자, 이제 이 심장은 영원히 당신 거예요. 허약하고 모자라도 너그럽게 안아주세요."

"아, 내 귀한 사람, 난 당신을 끝없이 존경하고 사랑할 거요. 지금 당신을 존경하고 사랑하듯이. 당신도 나를 인내로 받아줘요."

"오, 하인리히, 당신은 정말 좋은 사람이에요."

"나탈리에, 난 당신을 위해 내 모든 단점을 없애려고 노력할 것이오. 그전까지는 내 단점들 때문에 당신이 상처받지 않도록 그것들을 감추고 있겠소."

"저도 당신의 마음을 아프게 하는 일이 없도록 노력할게요."

"모든 게 잘될 거요."

"우리 양가 아버님들이 말씀하셨듯 모든 게 잘될 거예요."

나는 그녀를 창가로 이끌었다. 우리는 창가에 손을 잡고 섰다. 봄 햇살이 창문으로 쏟아져 들어왔다. 아름다운 예복 위로 떨어지는 나탈리에의 눈물방울이 옷에 달린 다이아몬드처럼 반짝거렸다.

얼마 후 내가 물었다. "나탈리에, 행복해요?"

"한없이요. 당신도요?"

"당신은 내게 이 세상에서 가장 귀한 재산이고 보물이오. 이런 보물을 얻은 것이 아직 꿈만 같아요. 죽는 날까지 이 보물을 소중하게 간직할 것이오."

나는 나탈리에가 얌전히 내미는 입에 키스했다. 그녀의 고운 두 뺨으로 다시 홍조가 돌아왔다.

순간 옆방에서 발소리가 들렸다. 마틸데 부인과 어머니, 리자흐 남작과 아버지, 클로틸데가 우리를 찾으러 여기까지 온 것이다.

"어머님, 내 귀한 어머님." 나는 방 안으로 들어오는 사람들에게 걸어가며 말했다. 그리고 마틸데 부인의 손에 입을 맞추려 했다. 부인은 누구에게도 손에 입맞춤하는 것을 허용하지 않는 분이었지만, 이번만은 허용했다. "이번 한 번뿐이네."

이어 부인도 내 이마에 입을 맞추었다. "내 아들아, 행복해라. 너는 충분히 그럴 자격이 있다. 오늘 생명의 반쪽을 너에게 내어준 이 어미가 진정으로 원하는 일이다."

리자흐 남작이 내게 말했다. "아들아, 이제부터 나도 '너'라고 부르기로 하마. 너도 나를 친아버지처럼 '아버지'라 부르도록 해라. 내 아들아, 오늘 혼례를 치른 너의 첫 의무는 조화롭고 고결하고 순결한 가정을 꾸리는 것이다. 네 앞에 네 부모라는 본보기가 있으니 그분들이 사셨던 대로 따라 하면 될 것이다. 가정은 우리 시대에 꼭 필요하다. 예술과 학문, 교제, 상업, 정신적 발전과 시대적 진보뿐 아니라 그 밖에 가치 있는 모든 것보다 더 중요하고 더 필요하다. 예술과 학문, 인간의 진보와 국가는 모두 가정에 뿌리를 두고 있다. 결혼이 행복한 가정생활로 이어지지 못한다면 네가 학문과 예술에서 최고의 것을 이루어내도 헛될 뿐이다. 네가 이루어낸 것은 도덕적으로 타락한 족속들에게 넘어갈 것이기 때문이다. 그들은 네 재능을 별로 필요로 하지 않고, 종국에는 그런 재능을 키우는 일을 중단할 것이다. 네가 언젠가 가족의 토대 위에 굳건히 서게 된다면—물론 결혼을 하지 않고도 큰 일을 해내는 사람들이 많다만—그제야 너는 진정한 인간이 되는 것이다. 가정을 바탕으로 예술과 학문에 힘쓰도록 해라. 대단하고 엄청난 업적을 쌓으면 당연히 칭송을 들을 것이다. 그다음에는 공공의 일에서 네 이웃에게 도움이 되도록 하고, 필요하다면 국가의 부름에 따르도록 해라. 그것이 너와 네 시대를 위해 사는 삶이다. 지금까지처럼 네 가슴이 진정으로 원하는 길을 걸어라. 모든 것이 잘될 것이다."

나는 어른에게 손을 내밀었고, 어른이 나를 껴안더니 내게 입을 맞추었다.

그사이 나탈리에는 내 어머니와 아버지, 클로틸데의 팔에 차례로 안겼다.

나탈리에가 말했다. "저 사람은 지금처럼 영원히 한결같을 거예요." 미래의 소망과 관련한 대답인 듯했다.

내 어머니가 말했다. "아니다, 얘야. 너는 아직 모르겠지만, 네 남편은 지금과 같지 않을 것이다. 지금보다 더 나은 사람이 될 거라는 뜻이다. 당연히 너도 그리될 테고. 사랑도 다른 형태로 바뀔 것이다. 세월이 한참 흐르면 과거와는 전혀 다른 사랑이 될 수밖에 없다. 하지만 해를 거듭할수록 사랑이 커져갈 것이다. 네가 만약 지금이 서로 가장 사랑하는 순간이라고 말한다면 그건 얼마 안 가 더 이상 진실이 되지 못할 것이다. 한창 꽃피는 남편 대신 시든 노인을 앞에 두고 있다면 너는 젊은 사람을 사랑할 때와는 다르게 사랑할 수밖에 없다. 너는 나이 든 남편을 말할 수 없이 사랑할 것이고, 과거보다 더 깊고 진지하게 사랑할 것이다."

아버지가 등을 돌리더니 손등으로 눈물을 닦았다.

어머니가 나탈리에에게 다시 한 번 입을 맞추었다. "선하고 귀한 내 딸!"

나탈리에도 입을 맞추고 내 어머니의 목을 안았다.

리자흐 남작이 말했다. "애들아, 사람들이 기다린다. 이만 가자."

우리는 다 함께 홀로 들어갔다. 리자흐 남작이 나탈리에의 손에 서류를 건네자 나탈리에가 서류를 다시 내게 넘겼다. 아버지도 내게 서류를 주었다. 참석자들은 모두 우리의 행복을 빌었다. 특히 얼마 전까지 보이지 않던 구스타프까지 나타나 누이와 나를 번갈아 포옹하며 행복을 기원했다. 녀석의 아름다운 눈에서 구슬 같은 눈물이 뚝뚝 떨어졌다. 곧이어 에우스타흐와 롤란트, 잉호프 식구들, 로르베르크 신부님이 우리의 결혼을 축하했다. 신부님은 뇌우가 치던 그날 저녁 우리가 이 집에서 처음 만났던 날을 상기했다. 우리는 나머지 사람들한테서도 진심 어린 축하를 받았다.

리자흐 남작이 이제 두 시간씩 자유 시간을 줄 거라고 말했다. 그 후 대리석 홀에 모여 조촐하게 식사를 하자고 했다.

나탈리에는 들러리들의 안내를 받으며 마틸데 부인의 거처로 갔고, 거기서 예복을 벗었다. 나는 내 방에서 옷을 갈아입은 뒤 서류를 안전한 곳에 넣어두었다. 내용은 들추어보지도 않았다. 어느 정도 시간이 지나자 나는 마틸데 부인의 응접실로 가서 나탈리에의 준비가 끝났는지 물었다. 그전에 나탈리에에게 정원으로 잠시 산책을 나가자고 청을 넣어두었던 것이다. 나탈리에는 아름답지만 무척 소박한 비단옷을 입고 나타났다. 계단을 내려가자 그녀가 내게 팔을 내밀었다. 우리는 한동안 커다란 피나무 아래와 정원의 다른 길을 이리저리 돌아다녔다.

두 시간 뒤 식사 시간을 알리는 종소리가 울렸다. 사람들은 홀에 들어가 지정된 자리에 앉았다. 음식은 여느 때와 마찬가지로 소박하면서도 탁월했다. 포도주에 대해 잘 아는 사람이건 잘 모르는 사람이건 무척 귀한 포도주를 제공받았다. 대리석 홀에서 이렇게 함께 식사를 한 적은 한 번도 없었다. 주인어른, 아니 장인어른의 말로는 대리석의 진지함을 받아줄 수 있는 것은 고결한 포도주의 진지함뿐이라고 했다. 곧이어 모두의 건강을 바라는, 운율까지 맞춘 멋진 건배사가 낭송되었다.

장인어른이 말했다. "어떠냐, 나타*, 내 솜씨가 대단하지 않느냐? 너한테 이렇게 제대로 된 남편을 구해주었으니 말이다. 너는 늘 내가 이런 일에는 재주가 없을 거라고 했지만, 봐라, 내가 첫눈에 네 남편 될 사람을 알아봤지 않느냐? 젊은 사람들의 사랑뿐 아니라 노인네의 사람 보는 눈썰미도 번개처럼 빠른 법이지."

나탈리에의 얼굴이 빨개졌다. "아버지, 제가 언제 그랬다고요? 아버지께 그런 능력이 없다고 말한 적은 한 번도 없어요."

"말로는 안 했을지 모르지만 생각은 그리하고 있었겠지. 어쨌든 내 판단은 정확했다. 네 남편은 항상 무척 겸손했고, 멋대로 무엇을 알아내려 하거나 재촉한 적이 한 번도 없었지. 그런 면을 보면서 부드러운 남편이 될 거라고 확신했다." 잠시 후 장인어른이 내게로 고개를 돌렸다. "그렇다고 자만하지는 마라, 하인리히. 결국 이 모든 게 내 덕분이지 않느냐? 이 집에 처음 왔을 때 너는 목공예소에서 이런 말을 했다. 길에는 여러 갈래 길이 있는데, 뇌우가 인도한 이 길이 좋은 길일지 아닐지 알 수 없다고 말이다. 난 그때 이렇게 대답했지. 여러 갈래 길이 있다는 말이 바른 말이기는 하지만 나이가 더 들어야 그 의미를 제대로 알 수 있다고. 내가 이 나이가 되어서야 지나온 길을 조망할 수 있었던 것처럼 사람은 노년에 들어서야 인생길이 보이는 법이다. 내 말의 의미가 오늘과 같은 결과로 나타나리라고 누가 알았겠느냐? 모

---

* 나탈리에의 애칭.

든 게 네가 뇌우의 접근을 고집스레 믿고 내 반론을 믿지 않은 데서부터 시작되었다."

"그렇기에 이것은 더더욱 섭리가 아닐까요? 그런 신중함이 저를 이런 행복으로 이끌었으니까요."

이번에는 내 아버지가 말문을 열었다. "하인리히, 도시의 우리 옆집에 한 노파가 살고 있는데, 가끔 우리 집에도 놀러 오는 그 노파가 너에 대해 이런 예언을 했다. 네가 많은 것을 이룰 거라고 말이다. 그런데 지금 보니 너는 벌써 행복을 이루었구나."

"아직 이룰 것이 더 많습니다." 다른 사람들이 말했다.

내 아버지의 말이 이어졌다. "네 처도 덕이 많은 아이라는 건 알고 있었지만, 이번에 그 아이에게서 또 하나 훌륭한 품성을 발견했구나. 호기심이 많지 않다는 것이지. 아가야, 내가 너한테 준 선물 상자를 열어본 건 아니겠지?"

"아닙니다, 아버님. 저는 아버님이 신호를 주시기만 기다렸습니다."

"그럼 그 상자를 가져오너라."

곧 상자를 가져왔고, 인장이 달린 끈이 두 조각으로 잘려 나갔다. 상자를 열자 하얀 비단 위에 에메랄드로 만든 눈부시게 아름다운 보석이 나타났다. 주위에서 탄성이 터져 나왔다. 보석 알은 이런 종류치고는 그리 큰 편이 아니었지만 그 자체로 무척 아름다웠을 뿐 아니라 테 역시 보석을 압박하는 일 없이 아주 가볍고 우아해서 원래 보석 알과 하나처럼 보였다. 그 자체로 하나의 예술 작품이었다. 에우스타흐와 롤란트도 감탄을 터뜨렸다. 리자흐 남작은 감동으로 입을 다물지 못했다. 사람들은 이와 비슷한 디자인을 본 적이 없다고 이구동성으로 장담했다.

내 아버지가 말했다. "하인리히, 이걸 만드는 데는 네 친구 덕이 컸다. 우리가 에메랄드를 선택한 것은 마침 네 친구한테 무척 아름다운 에메랄드가 충분히 있었을 뿐 아니라 색깔 있는 보석 가운데 여성의 목과 얼굴색을 가장 부드럽게 돋보이게 하는 것이 에메랄드이고, 네가 깊은 색조의 맑은 에메랄드를 무척 좋아한다는 사실을 알고 있었기 때문이다. 여기 이 에메랄드들은 모두 깊고 순수하다. 우리는 너의 평소 지론대로 보석 테를 만들기로 했다. 많은 그림을 그리고 버리고 선택하기를 반복하다가 마침내 이런 모양이 나왔다. 아마 우리 도시에서 가장 뛰어난 기술자의 솜씨일 게다. 그 장인은 시간을 맞추기 위해 정말 밤낮없이 일했다. 내가 상자를 결혼식 전에 열지 말라고 한 것은 이 아이가 더 아름답고 값진 패물이 있는데도 나 때문에 이 패물을 결혼식 날에 차고 나타나지 않을까 걱정해서였다."

리자흐 남작이 대답했다. "나탈리에에게는 이보다 아름다운 보석이 없습니다. 오늘 나탈리에가 착용한 보석은 중세 물건들에 그려진 그림을 보고 만든 겁니다. 마찬가지로 하인리히의 친구에게 맡겼죠. 마틸데, 그걸 가져와보겠소? 에메랄드 보석과 비교해봅시다."

마틸데 부인이 나탈리에에게 작은 열쇠를 건네자 나탈리에가 보석이 든 함을 가져왔다. 보석은 다이아몬드와 루비를 조합해서 만든 것인데, 색깔을 넣은 중세 예술품처럼 부드럽고 순수하고 고결했다. 게다가 영롱한 광채와 장미처럼 붉은빛이 뿜어내는 사랑스러움, 우리 선조들의 머리에서나 나올 수 있는 오묘한 모양 속에는 사람을 빨아들이는 마력이 담겨 있었다. 그럼에도 에메랄드 보석이 이것에 뒤지지 않는다는 것이 모든 이의 일치된 의견이었다. 이어 이것들을 만든 현대의 예술가에게 찬사가 쏟아졌다.

아버지가 말했다. "아마 우리 도시와 주변 일대를 통틀어 그런 그림을 그릴 수 있는 사람은 없을 것입니다. 그 사람은 시대의 미적 취향에 따르지 않고 오직 사물의 본질에 충실합니다. 게다가 정신이 깊어서 그림에서는 지고의 진지함과 아름다움이 뿜어져 나오지요. 저는 그가 그린 형상들을 보면 『니벨룽겐』이나 『오토넨 왕조 이야기』가 떠오를 때가 많습니다. 만일 그가 그렇게 겸손한 성품이 아니었더라면, 그리고 사람들이 줄지어 맡겨대는 일거리에 시달리지 않고 본격적으로 회화에 손을 댔더라면 아마 지금쯤 누구도 따라오지 못할 화가가 되었을 겁니다. 과거의 위대한 대가들과 나란히 어깨를 겨눌 그런 예술가 말입니다."

그때 누군가 말했다. "보석함 속의 패물은 액자 없는 그림이나 마찬가지입니다. 아니, 그림 없는 액자에 더 가깝겠네요."

리자흐 남작이 말했다. "맞습니다. 모름지기 모든 물건은 제자리에 있을 때 가치를 제대로 평할 수 있는 법이지요. 벗님께서 제 경쟁자로 나서셨으니 책잡힐 일도 아닐 듯합니다. 나타, 네가 수고 좀 해주겠니?"

"물론이지요, 아버지!"

나탈리에가 자리에서 일어나 방을 나갔고, 얼마 뒤 값진 보석에 어울릴 만한 옷을 입고 나타났다. 먼저 착용한 것은 다이아몬드와 루비로 만든 패물이었다. 나탈리에가 패물을 차는 순간, 아, 그 황홀함을 무슨 말로 표현할까! 장신구가 액자라는 것이 여실히 입증되었다. 오전에 나는 경황이 없고 더 깊은 감정에 사로잡혀 있어서 이 패물을 눈여겨보지 못했다. 그런데 지금은 마치 부드러운 빛에 둘러싸인 듯한 아름다운 형상이 하나하나 눈에 들어왔다. 새 신부는 모든 사람의 시선을 한눈에 받는 것이 부끄러운지 얼굴이 붉게 달아올랐다. 그 순간 홍조로 인해 루비에 영혼이 깃드는 듯했고, 나탈리에의 얼굴도 그런 루비로 인해 더욱 생기를 띠는 듯했다. 모든 사람이 이 보석에 경탄을 아끼지 않았다. 이젠 에메랄드 차례였다. 그런데 이것도 완벽했다. 짙고 깊은 보석은 나탈리에의 모습에 진지하고 엄숙하고 낯선 아름다움을 부여했다. 다이아몬드가 경건해 보였다면 에메랄드는 주인공처럼 찬란했다. 어느 한쪽의 손을 들어줄 수가 없었다. 리자흐 남작과 아버지도 같은 생각이었다. 나탈리에는 패물을 다시 보석함에 넣더니 방을 나갔고, 잠시 후 아까 입었던 옷을 입고 다시 돌아왔다.

그런데 에메랄드의 경우에는 눈에 띄는 것이 있었다. 보석함에 귀걸이도 함께 있었지만, 나탈리에가 그것을 착용하지 않은 것이다. 다이아몬드의 경우에는 아예 귀걸이가 없었다. 마틸데 부인과 나탈리에는 평소 귀걸이를 하지 않았다. 장신구는 몸을 위해 일해야 하는데, 만일 귀걸이를 달려고 몸에 상처를 내면 그것은 몸이 장신구의 하인이 된다는 것이다.

보석에 관한 이야기는 좀 더 지속되었다. 보석의 본래 목적은 무엇이고, 함에 담겨 있을 때와 몸에 착용하고 있을 때 보석이 얼마나 달라지는지를 두고 여러 의견이 오갔다. 그때 에우스타흐가 나도 무척 공감할 만한 말을 했다. "제 생각에 보석의 고유한 목적이 무엇인지 알 수 있는 사람은 없습니다. 보석은 인간의 몸에 장신구로 걸려 있을 때 가장 아름답습니다. 처음엔 맨살에 착용하고 다니다가 나중엔 옷과 그 밖에 인간과 관련된 모든 것에 하게 되었죠. 왕관과 무기 같은 것들에 말입니다. 하지만 보석이 제아무리 귀하다 하더라도 가구에 걸면 가치가 죽고, 동물에게 걸면 품격이 떨어집니다."

사람들은 이 문제에 대해 좀 더 길게 이야기했고, 예를 들어가며 설명하기도 했다.

리자흐 남작이 아버지에게 말했다. "오늘은 승부를 가리지 못했습니다. 그렇다면 이제 다른 식의 시합을 제안합니다. 자신의 장원을 누가 더 적은 경비를 들여 더 훌륭한 예술 작품으로 꾸미는지 겨루어보고 싶습니다. 사돈은 드렌호프를, 저는 아스퍼호프를 말입니다. 참, 사돈께서 드렌호프를 구스터호프로 부르시겠다면 저희도 그리 부르겠습니다."

아버지가 대답했다. "그건 사돈어른이 훨씬 유리합니다. 이 집엔 훌륭한 예술가들이 있으니까요. 그리고 저는 이제 막 시작했습니다. 그림을 그려줄 예술가도 없고요."

에우스타흐가 말했다. "아스퍼호프에 일이 없으면 저희가 드렌호프로 건너가 도와드리겠습니다."

리자흐 남작이 말했다. "여기 일이 있더라도 그리해야지. 비록 경쟁자이지만, 무기가 없다면 무기를 나누어 주고 겨뤄야 하지 않겠나?"

오후도 상당히 깊어졌다. 저녁까지 시간이 많이 남지 않았다. 식사는 오래전에 끝났지만, 사람들은 이런 자리에선 흔히 그렇듯 일어날 생각을 하지 않고 계속 담소를 나누었다.

한참 전부터 정원사 지몬의 태도가 이상했다. 이 집과 농장에서 일하는 하인들 중에 나이 든 사람들도 이 자리에 초대를 받았는데, 지몬도 참석해 있었다. 나머지 하인들은 농장에서 식사했다. 아침에 나는 결혼 기념으로 뚜껑에 내 이름이 적힌, 은으로 만든 원통형 함을 지몬에게 선물했다. 그는 테이블 위에 이 함을 놓아두고 초조하게 뭐라고 혼잣말을 중얼거렸다. 옆에 앉은 아내와 귓속말을 나눈 것도 여러 번이었다. 그뿐이 아니었다. 그는 쉴 새 없이 홀을 들락거렸다. 그런 그가 그렇게 홀을 나갔다가 막 다시 들어왔다. 그런데 이번에는 자리에 앉지 않고 무언가 할 말이 있는 사람처럼 망설이다가 마침내 내게 와서 말문을 열었다. "인간의 선함에는 보답이 따르기 마련입니다. 오늘 또 하나의 큰 기쁨이 도련님을 기다리고 있습니다."

나는 의아한 시선으로 그를 바라보았다.

"도련님은 세레우스 페루비아누스 선인장의 목숨을 구해주신 분입니다. 도련님이 아니었더라면 페루비아누스는 아마 몰락의 길을 걸었을 겁니다. 페루비아누스가 이 집에 들어오게 된 것도 도련님 덕분이죠. 그런 선인장이 오늘 도련님의 결혼식을 맞아 꽃을 피우려 합니다. 저는 선인장을 추위에 내놓으면서까지 꽃피는 시기를 늦췄습니다. 봉오리가 떨어지는 것을 감수한 것이죠. 오늘 꽃을 피우려고 말입니다. 하지만 모든 게 잘되었습니다. 지금 꽃봉오리 하나가 꽃잎을 피울 준비를 하고 있습니다. 몇 분 안에 봉오리를 활짝 터뜨릴 겁니다. 여기 계신 분들이 온실로 가주신다면 저로서는 그보다 더 큰 영광이……"

주인어른이 말했다. "그런 일이라면 안 갈 수가 있나? 같이 감세."

사람들은 즉시 테이블에서 일어나 온실로 갈 채비를 했다. 지몬은 페루비아누스의 유리 집 주변에 있는 것들을 미리 싹 치워두었다. 사람들에게 선인장을 관찰할 자리를 마련해주기 위해서였다. 우리가 들어섰을 때 꽃은 벌써 봉오리를 활짝 터뜨리고 있었다. 크고 화려하고 낯선 느낌이 드는 하얀 꽃이었다. 모두들 이구동성으로 꽃의 아름다움을 칭찬했다.

지몬이 말했다. "이제는 주변에 페루비아누스를 가진 사람이 드물지 않습니다. 한데 선인장의 줄기가 아무리 크고 우람하더라도 꽃이 피는 경우는 극히 드뭅니다. 이런 하얀 꽃을 볼 수 있을 기회는 유럽에서는 정말 희박합니다. 그런 꽃이 이제 봉오리를 터뜨렸고, 내일 해 뜰 무렵이면 벌써 져버릴 겁니다. 그런 만큼 이 순간은 이 꽃에 얼마나 소중한지 모릅니다. 이 꽃을 제가 피워냈습니다. 그것도 바로 오늘 말이지요. 진정한 기쁨이 만들어낸 행복이라고 생각합니다."

우리는 꽤 오래 온실에 머물며 꽃봉오리가 완전히 피기를 기다렸다.

지몬이 다시 말했다. "페루비아누스는 보통 식물과는 달라 많은 꽃을 동시에 터뜨리지 않고 항상 한 송이씩만 터뜨립니다."

주인어른은 선인장에 꽃이 핀 것을 정말 기뻐하는 듯했다. 그건 마틸데 부인도 마찬가지였다. 나탈리에와 나는 지몬이 우리 두 사람에게 보여준 각별한 애정에 감사를 표했고, 이 놀라운 선물을 결코 잊지 않겠다고 했다. 늙은 정원사의 눈에 이슬이 맺혔다. 지몬은 어스름이 깔리면 불을 켤 생각으로 페루비아누스 근처에 램프를 달아놓았다. 혹시 밤중에라도 이 꽃을 보러 오는 사람들을 위한 배려였다. 꽃은 보면 볼수록 사람의 마음을 사로잡았다. 우리 정원에 있는 식물들 가운데 희귀성과 존귀함, 아름다움에서 이 꽃을 따라갈 꽃은 거의 없을 듯했다. 이 자리에 있는 사람들 중에 그전에 이 꽃을 본 사람은 아무도 없었다. 이윽고 우리는 온실을 떠났다. 어떤 이들은 저녁에 다시 들르겠다고 약속하기도 했다.

피나무 길 근처의 덤불을 지나 돌아가는 길이었다. 길가 바로 옆 덤불에서 치터 소리가 흘러나왔다. 내 어머니를 인도하던 리자흐 남작이 걸음을 멈추었다. 아버지와 마틸데 부인, 우리 근방에 있던 다른 사람들도 마찬가지였다. 나는 나탈리에와 함께 덤불 쪽으로 다가갔다. 치터 소리의 주인공이 누구인지 단번에 알아차렸기 때문이다. 산중의 치터 선생이었다. 그는 자기만의 독특한 방식으로 연주하다가 중단하고, 다시 연주하다가 중단하기를 반복했다. 산에서 직접 고안한 방식이거나, 아니면 이 순간에 즉흥적으로 떠오른 연주 방식이 분명했다. 그의 연주에서는 내가 그렇게 감탄해 마지않은 기교와 힘이 느껴졌다. 아니, 오늘은 예전보다 더 멋들어지게 연주하려는 듯했다. 그의 연주를 듣고 있노라면 그는 지상에서 이 치터보다 사랑하는 것이 없는 사람 같았다. 근처의 모든 사람이 숨을 죽이고 치터 소리에 귀를 기울였다. 박수갈채를 보내는 것도 잊은 듯했다. 마틸데 부인만 나탈리에에게 고개를 돌려 눈짓을 했다. 마치 이렇게 말하는 듯했다. "이런 연주는 들어본 적이 없어. 우리가 절대 흉내 낼 수 없는 소리야." 사냥꾼의 치터는 낯설지만 모두가 알아듣는 언어로 말하는 하나의 생명체나 다름없었다. 마침내 소리가 다시 이어지지 않을 듯하자 내가 나탈리에와 함께 덤불 속으로 들어갔다. 역시 치터 선생이 작은 테이블에 앉아 있었다. 회색 천으로 만든 옷은 다 해어졌고, 테이블 위의 치터 옆에는 초록색 모자가 놓여 있었다.

내가 물었다. "요제프, 다시 돌아온 거요?"

"완전히 돌아온 건 아닙니다요. 결혼 소식을 듣고 연주라도 들려드리고 싶어서 들렀지요."

"잘 들었어요. 정말 아무도 따라 할 수 없는 솜씨였어요. 찬사가 아깝지 않아요. 참, 당신을 위해 준비해둔 게 있어요. 당신이 아주 좋아할 만한 것이죠. 게다가 그건 누구보다도 당신한테 잘 어울릴 겁니다. 당신의 연주에 대한 나의 답례이기도 해요. 그러잖아도 나는 항상 당신의 열성적인 가르침과 산속의 동행에 대해 사례를 해야 한다는 생각을 갖고 있었어요."

"그거야 돈을 받고 한 것이지요. 오늘은 내켜서 한 것이고요."

"며칠 여기 묵으면서 기다려봐요. 그럼 내가 말한 것을 받게 될 테니."

"기꺼이 기다리겠습니다요."

그사이 다른 사람들도 주위에 몰려들어 사냥꾼의 연주 솜씨에 아낌없는 찬탄을 보냈다. 리자흐 남작이 사냥꾼에게 괜찮으면 한동안 여기 묵어가라고 했다. 사냥꾼은 연주를 더 선보였다. 듣는 사람이 주위에 있다는 사실도 잊고 악기와 완전히 하나가 된 듯했다. 그러다가 좀 전에 그랬던 것처럼 청중은 전혀 고려하지 않고 연주를 홀연히 중단해버렸다. 그제야 우리는 자리를 떴다.

나는 즉시 집사를 불러 당장 에허탈 골짜기로 떠날 심부름꾼을 하나 구해달라고 부탁했다. 집사가 곧 사람을 알아봐주겠다고 약속했다. 나는 그사이 치터 제작 장인에게 편지를 몇 줄 썼고, 치터 값에 해당하는 돈을 동봉했다. 그러면서 돈이 모자라면 더 보내줄 테니 내가 저번에 구입했던 치터 두 개와 똑같은 세번째 치터를 상자에 고이 포장해서 이 편지를 가져가는 심부름꾼 편에 보내달라고 했다. 마침내 심부름꾼이 대령했다. 나는 그에게 편지를 건네면서 몇 가지 당부를 했다. 그는 오늘 밤 중으로 출발해서 최대한 빨리 돌아오겠다고 약속했다. 나는 지금껏 팔리지 않던 치터가 그사이 팔려 나갔을 리는 없다고 확신했다.

어느새 밤이 깊었다. 나는 나탈리에, 클로틸데와 함께 다시 한 번 세레우스 페루비아누스를 찾았다. 등불에 비친 선인장은 한층 아름다웠다. 지몬은 페루비아누스 옆에서 보초를 서는 듯했다. 우리는 요제프의 치터 연주를 다시 들었다. 그는 아래층의 큰 방에서 연주했다. 값비싼 포도주가 그 앞의 테이블에 놓여 있었는데, 리자흐 남작이 그를 위해 특별히 보낸 선물 같았다. 온 집안사람들이 그를 에워쌌다. 우리는 한참 동안 치터 연주를 감상했다. 클로틸데는 이제야 내가 왜 이 사냥꾼의 연주를 직접 들어봐야 한다고 말했는지 이해하는 것 같았다.

손님 중 일부는 오늘 벌써 떠났고, 다른 몇몇은 이튿날 동틀 무렵에 떠나기로 했으며, 나머지는 좀 더 있다가 가기로 했다.

다음날 오전이었다. 손님들의 수가 현저히 줄어들자 몇 가지 선물이 더 나왔다. 리자흐 남작이 우리를 목공예소 옆의 창고로 안내했다. 창고 안에는 천으로 가려놓은 물건 몇 점이 한곳에 놓여 있었다. 남작이 첫번째 물건의 천을 치우게 했다. 예술적 기교가 넘치는 책상이 나왔는데, 내가 예전에 리자흐 남작에게 선물한 대리석이 책상 판으로 사용되었다. 나는 그사이 이 대리석의 행방을 궁금해했는데, 이렇게 쓰였을 줄은 꿈에도 생각지 못했다.

리자흐 남작이 말했다. "이 대리석은 어떤 대리석보다 아름답다. 너한테 받은 선물을 이런 형태로 재탄생시켜 지금은 아들이 된 너에게 다시 돌려주고 싶었다. 아직 보여줄 게 남았으니 그때까지는 고맙다는 말을 하지 마라."

두번째로 나온 것은 크고 높은 장이었다.

"이건 에우스타흐의 선물이다."

우리 지방에서 생산되는 온갖 목재로 만든 이 장은 상감세공이 되어 있었다. 목재는 에우스타흐가 직접 조합했는데, 그렇게 매혹적일 수가 없었다. 어느 해 겨울 아스퍼호프에 묵으면서 이 가구를 만드는 것을 본 적이 있었다. 그때 이렇게 다양한 나무들을 모아놓은 것을 진귀한 일이라 생각했는데, 이런 장을 만들리라고는 상상조차 못 했다. 내 서재에 들여놓을 서류 보관용 장이라고 했다.

마지막으로 공개된 것은 놀랍게도 아버지가 소장한 벽장식목의 나머지 부분이었다. 나는 그것을 한눈에 알아보고 기쁨을 감추지 못했다. 하지만 이것이 진본인지 모조품인지는 알 수 없었다. 리자흐 남작이 모든 것을 설명했다. 이것은 모조품이었다. 모조품을 만들 목적으로 내게 벽장식목을 그려서 보내달라고 했던 것이다. 롤란트는 진본을 찾는 데 실패했다. 물론 남은 벽장식목의 치수를 토대로 그것이 원래 부착되어 있었던 공간을 부지런히 찾아다녔고, 그러다 마침내 그 석조 저택의 목조 건축물 한구석에서 그 치수와 정확히 일치하는 널빤지를 찾았다. 그런데 널빤지는 부분 부분 썩고 갈라져 있었으며 곳곳에 벽장식목 조각을 떼어내면서 생긴 상처가 남아 있었다. 그렇다면 나머지 부분은 유실된 것이 거의 확실했다. 이렇게 해서 주인어른은 모조품을 만들기로 결정했다. 그해 겨울 나는 여기서 널빤지에 조각하는 모습을 본 적이 있었다. 아버지는 이것의 아름다움을 침이 마르도록 칭찬했다.

리자흐 남작이 말했다. "시간이 무척 많이 걸렸지만 사돈을 위해 완성했습니다. 사돈집의 유리방에 딱 맞거나 거의 맞을 겁니다. 아니면 드렌호프에 갖다놓는 것도 괜찮겠지요."

"저도 비슷한 생각입니다, 사돈어른."

무한한 감사의 말이 터져 나왔고 기쁨의 표현이 이어졌다. 그러나 주인어른은 모든 감사를 사양했다. 우리는 빠른 시일 안에 이 물건들을 있어야 할 자리에 옮겨놓기로 했다.

그날을 포함해서 그다음 며칠 사이에 모든 손님이 차례로 떠나갔고, 그제야 우리끼리 오붓한 시간을 즐길 수 있었다. 리자흐 남작은 나와 나탈리에를 위해 무척 아름다운 거처를 장만해놓았다. 크지는 않지만 단아한 멋이 있는 거처였다. 내가 여행을 떠난 2년 사이 벽지를 새로 바르고 멋들어진 새 가구들을 들여놓았다. 그러나 우리는 구스타프가 슈테르넨호프를 넘겨받을 때까지 이 성에 우리의 신혼살림집을 꾸리기로 결정했다. 나탈리에마저 떠나가면 마틸데 부인 혼자 너무 쓸쓸할 테니 말이다. 물론 나는 주인어른과 상의하거나 함께 작업하기 위해 아스퍼호프에 자주 들를 것이고, 다른 사람들도 우리를 자주 방문할 것이다. 또한 우리는 구스터호프나 도시에도 자주 찾아가서 얼마간 묵을 것이다. 나는 장차 나탈리에와 장기 여행을 하려고 계획하고 있었다. 그리고 나 혼자 장기간 출타할 경우에 나탈리에는 아무 집에서나 편히 지내도 되었다.

치터 선생은 날마다 연주했다. 우리 앞에서 꽤 오랫동안 연주할 때도 많았다. 다섯째 날 마침내 내가 주문한 치터가 도착했다. 내가 치터를 건네자 사냥꾼은 얼굴이 하얗게 변했다. 그게 어떤 물건인지 단번에 알아본 것이다. 그는 자신의 생애에서 이리 귀한 선물은 다시는 없을 거라 했다. 다른 사람은 자신이 이것을 헐값에 팔아치울지도 모른다고 의심하겠지만 목숨이 다하는 날까지 절대 이 치터와 떨어지지 않겠다고 했다. 그는 치터를 조율한 뒤 연주를 시작했다. 이제야 우리는 이 악기가 얼마나 훌륭한지 깨달았다. 사냥꾼의 연주는 끝없이 이어졌다. 악기에 완전히 도취된 듯했다. 주인어른은 원래 케이스에 따로 방수 가죽 케이스까지 만들어 선물했다. 사냥꾼은 며칠 더 머물다가 하직 인사를 하고 아스퍼호프를 떠났다.

이제 우리는 다 함께 단풍나무집으로 짧은 여행을 떠났다. 나는 카스파 영감을 비롯해 나와 인연이 있는 모든 사람을 내 식구들에게 소개했다. 우리는 단풍나무집에서 엿새를 묵었고, 그런 다음 슈테르넨호프로 출발했다. 저택은 겉면에 칠해진 회를 다 털어내고 본래의 맑은 모습을 되찾았다. 여기서도 우리는 내가 없는 사이 신혼집으로 꾸며진 거처로 안내되었다. 널찍한 건물에 위치한 신혼집은 아스퍼호프의 신혼집보다 훨씬 컸고, 살림살이도 완벽히 갖춰져 있었다.

우리는 이제 슈테르넨호프에서 도시로 갔다. 나탈리에와 나는 내 부모님과 마틸데 부인의 주변 분들 중에서 꼭 인사를 드려야 하는 분들을 찾아뵈었다. 리자흐 남작은 딸로 받아들인 새 신부와 그 신랑, 그리고 신부의 어머니를 여러 친구들에게 소개했다. 나는 내가 나탈리에 타로나와 결혼한 것이 도시에 큰 화제를 불러일으켰음을 알았다. 특히 나를 여전히 친구라고 생각하는 몇몇 지인들이 이 결혼을 도저히 이해할 수 없다고 말한 것도 전해 들었다. 나탈리에가 수많은 남자 중에 하필 나를 선택한 것이 내게도 언제나 선물 같았고, 그래서 그것이 항상 불가사의하게 느껴졌지만, 남들이 그런 말을 했다는 것을 안 순간 나는 이제야 그게 결코 불가사의한 일이 아님을 깨달았다. 나는 보석상집 아들을 찾아갔다. 나의 진정한 친구였다. 그는 내 행복을 진심으로 기뻐해주었다. 나는 그를 우리 식구들에게 데려갔다. 물론 그는 우리 식구들과는 오래전부터 잘 아는 사이였다. 나는 친구에게 다이아몬드와 에메랄드에 그렇게 멋진 테를 만들어준 것에 깊이 감사했고, 친구는 리자흐 남작과 내 아버지의 평가에 무척 행복해했다.

친구가 말했다. "그 어르신들 같은 고객만 있으면 이 분야도 금방 예술적 경지에 이를 텐데. 아니 '예술'이라는 소리를 들어도 무방할 걸세. 그리만 된다면 우리는 아주 즐겁게 작업할 테고, 손님들도 정신적인 작업이 보석과 황금만큼 값어치가 있다는 사실을 깨달을 텐데."

나는 그의 가게에서 예술적 장식이 돋보이는 값진 시계를 하나 샀다. 내게 서류 보관용 장을 선물한 에우스타흐에게 줄 답례품이었다. 시계를 고른 건 클로틸데였다. 롤란트의 선물로는 루비 반지를 샀다. 나에 대한 기억으로 끼고 다녔으면 하는 바람도 있었고, 그동안 벽장식목을 찾느라 기울인 노력에 대한 감사의 표시이기도 했다.

내가 말했다. "롤란트는 저의 연적입니다. 나탈리에를 의미심장한 눈길로 바라볼 때가 많았거든요."

주인어른이 답했다. "별 뜻은 없었을 게다. 전에 롤란트에게 애인이 있었는데, 눈과 머릿결이 나탈리에와 똑같다고 했다. 우리한테 그 이야기를 자주 했거든. 산림 관리인의 딸인데, 그 아가씨도 롤란트를 몹시 좋아했더구나. 그 불쌍한 친구는 오랫동안 애인을 만나지 못해 나탈리에를 바라보면서 그리움을 달래곤 했지. 롤란트는 고비가 많은 친구야. 나야 진심으로 잘되기를 바라지. 제대로만 하면 훌륭한 예술가가 될 자질이 충분한 친구지만, 혹시라도 청춘의 불덩이가 예술에서 벗어나 다른 욕망으로 빠지면 자칫 불행한 인생이 될 수도 있지. 하나 난 모든 게 균형을 찾으리라 믿는다."

도시에서 볼일이 끝나자 우리는 곧 귀로에 올랐다. 목적지는 아스퍼호프였다. 장미 개화기가 다가오고 있었던 것이다. 올해는 하나로 합쳐진 가족들이 과거에 대한 기억과 미래에 대한 희망의 상징으로 다 함께 처음으로 잔치를 벌이며 장미 개화기를 즐기기로 했다. 아버지는 장미로만 이루어진 꽃의 바다를 보면서 그 엄청난 양과 다양성이 얼마나 어마어마한 힘을 발휘하는지 직접 느껴야 했다. 장미 개화기만 지나면 우리의 결혼으로 중단되었던 모든 일이 다시 예전의 궤도로 돌아갈 것이다.

아스퍼호프에 도착해서야 나는 어느 정도 마음의 여유를 되찾았다. 그래서 짬을 내어 리자흐 남작과 아버지가 준 서류들을 꺼내 보았는데, 내용을 확인하는 순간 깜짝 놀라고 말았다. 우리에게 몹시 과분한 것들이 담겨 있었기 때문이다. 상상도 못 한 일이었다. 우선 리자흐 남작은 당신이 세상을 떠날 때까지 이 집을 지금까지처럼 경영해나가고 싶어 하셨다. 생이 다하는 날까지 당신의 늦여름을 만끽하기 위해서라는 것이다. 그러면서 우리가 장원 경영에 함께 나서서 조언과 조력을 아끼지 않으면 기쁠 거라고 했다. 리자흐 남작은 상당한 액수의 현금을 이미 우리에게 넘겨주었다. 그리고 이제부터는 아스퍼호프에서 두 가족이 함께 지내는 시기가 많을 테니 장미집과 농장 사이의 적당한 곳에 새 집을 지을 계획도 세워놓았다. 그것도 곧장 공사에 착수하겠다는 것이 어른의 생각이었다. 아버지가 우리에게 넘긴 재산도 리자흐 남작의 그것에 비해 결코 뒤지지 않았고, 내가 기대하는 수준을 훨씬 뛰어넘었다. 나는 아버지를 찾아가 감사와 함께 의아함을 표했다. 아버지가 말했다. "안심해도 된다. 클로틸데에게 줄 것과 내가 쓸 것은 아직 충분히 남아 있으니까. 나한테도 은밀한 즐거움과 열정이 있었다. 경멸받는 시민적 생업을 시민적 방식으로 소박하게 운영하는 것이었지. 아무리 하찮은 것에도 나름의 긍지와 훌륭함이 있지 않겠느냐? 하지만 이제는 사업에 대한 열정을 접고, 삶의 자잘한 즐거움에 빠지고 싶다. 리자흐 남작처럼 나만의 늦여름을 즐기면서 말이다."

장미집에 머물던 어느 날 나는 나탈리에와 함께 새 아버지를 찾아가 우리의 계획을 허락해달라고 부탁했다. 그러면 아주 기쁠 거라고 하면서.

"무슨 계획이냐?"

"훗날 아버님이 저희 곁을 떠나시더라도 아버님에 대한 기억이 대대로 이어지도록 이 집과 장원에 있는 어떤 것도 바꾸지 않겠다는 것입니다."

"그건 너희가 너무 앞서 갔다. 너희가 그 의미를 잘 모르고 세운 계획이다. 그러니 너희 뜻이 그렇다고 해서 무작정 받아들일 수는 없다.

그게 최악의 결과가 될 수도 있기 때문이다. 너희가 나와 관계된 몇 가지를 존속시켜 나를 기억하겠다면 그리해라. 너희 후손들에게 나에 대한 기억을 심어줘도 괜찮다. 하나 다른 것들은 너희가 원하는 대로, 필요한 대로 바꾸어가라. 내가 살아 있는 동안에도 너희와 함께 이곳을 바꾸고 미화하고 싶은 것이 내 바람이고 또 다른 즐거움이다. 나 혼자 하는 것보다 너희와 함께 하는 것이 훨씬 좋지 않겠느냐?"

"오리나무 개천은 아름다운 가구에 대한 상징물로 꼭 남기고 싶습니다."

"그럼 오리나무 개천은 후대에도 결코 훼손해서는 안 된다는 서류를 작성하도록 해라. 나무들이 모두 썩거나 억수 같은 비가 그 일대를 완전히 휩쓸기 전까지는 말이다."

주인어른이 평소처럼 나탈리에의 이마에 입을 맞추고, 내게는 손을 내밀었다.

이번 장미 개화기는 참으로 정겨웠다. 이제껏 이런 구경을 한 적이 없던 우리 가족들은 장미꽃이 만들어낸 장관에 입을 다물지 못했다. 장미 개화기가 끝나자 드디어 작별의 시간이 찾아왔다. 오랫동안 함께 지내온 가족 간의 결합이 해체되고 각자 본래의 일상으로 돌아갔다. 부모님은 클로틸데와 함께 구스터호프로 갔다. 겨울까지 거기서 묵을 생각이었다. 나는 나탈리에와 함께 신혼집이 있는 슈테르넨호프로 건너갔다. 이제 우리가 그곳의 주인이었다. 마틸데 부인은 우리와 함께 살고 함께 식사할 것이다. 장원의 경영도 내가 맡아야 했다. 나는 그 의무를 기꺼이 떠안으며 마틸데 부인의 협조를 요청했다. 부인도 능력이 미치는 데까지 도와주겠다고 약속했다.

이제 시간은 예전의 궤도에 안착했고, 단순하고 한결같은 삶이 하루하루 흘러갔다.

가을에만 변화가 있었다. 아버지의 생가에 사는 친척들이 구스터호프를 찾은 것이다. 우리는 곧 그리로 건너갔다. 친척들이 떠날 때 아버지는 마차에 선물을 잔뜩 실어주었다.

겨울이 시작될 무렵 롤란트의 그림이 완성되었다. 그림은 크기 때문에 돌돌 말려서 운반되었고, 커다란 금빛 조립용 액자는 따로 있었다. 아스퍼호프로 집결한 우리는 대리석 홀의 화대 위에 그림을 놓고 꼼꼼히 살펴보면서 이런저런 이야기를 나누었다. 롤란트는 기분이 한껏 고조되어 있었다. 주위의 평가가 어떻든, 그러니까 사람들이 그림을 얼마나 칭찬하고, 개선되어야 할 부분을 얼마나 지적하든 자신이 언젠가 지금보다 훨씬 뛰어나고 위대한 화가가 되어 있을 거라는 희망이 내면에서 무럭무럭 자라는 것 같았다. 리자흐 남작은 롤란트에게 여행 경비를 대주고, 조속히 로마로 떠나도록 조처하겠다고 약속했다. 구스타프는 이번 겨울만 아스퍼호프에서 지내고 이듬해 봄에는 세상으로 나가기로 했다.

이렇게 해서 다양한 관계들이 정리되고 결합되었다.

결혼하기 전 내가 언젠가 슈테르넨호프를 방문했을 때 마틸데 부인은 이런 말을 했다. 여자들의 삶은 제한적이고 종속적이다. 자신과 나탈리에는 의지할 친척이 없다. 남자들처럼 많은 것을 스스로 해결해야 하고, 가까운 벗들에 기대어 살아야 한다. 이런 상황은 앞으로도 계속 이어지면서 발전해나갈 것이다. 당시 나는 그 말을 가슴 깊이 새겨두었다.

그런 상황은 나로 인해 일부 발전되었고, 두번째 발전은 구스타프의 정착으로 시작될 것이다. 마틸데 모녀는 이제 내게서 실존의 토대가 되어줄 버팀목을 찾았다. 또한 나를 통해 내 식구들과 새로운 인연을 맺었고, 리자흐 남작과의 관계도 마무리되며 굳건해졌다. 가족의 완성은 최종적으로 구스타프에 의해 이루어질 것이다.

나 자신에 대해 얘기하자면 나는 고지대로의 여행 이후 스스로에게 이런 질문을 던졌다. 사랑하는 벗들과의 교제, 예술, 문학, 학문이 삶을 표현하고 완성할 수 있을까? 아니면 삶을 포괄하고, 삶을 더 큰 행복으로 가득 채울 또 다른 것이 있을까? 그런데 그런 크나큰 행복이, 결코 고갈되지 않을 것 같은 행복이 당시에는 전혀 예상치 못했던 방향에서 나를 찾아왔다. 내가 결코 저버리고 싶지 않은 학문 분야에서 얼마나 큰 성과를 거둘지, 장차 내가 위대한 학자의 반열에 오르도록 신이 은총을 베풀지는 알 수 없다. 다만 이것만은 분명하다. 리자흐 남작이 요구했듯이 나는 티 없이 맑은 가정을 꾸렸다. 우리의 사랑과 심장을 담보로 우리의 가정은 무한한 충만함으로 지속될 것이다. 나는 재산을 잘 관리해나가고 주위에 도움이 되는 사람이 될 것이다. 이제는 학문적인 추구까지 포함해서 모든 것에 단순함과 의지할 버팀목 그리고 의미가 담겨 있다.

인간 존재의 버팀목인 가정, 그리고 자기목적형 성장

괴테의 『빌헬름 마이스터』와 함께 독일어권에서 가장 중요한 성장소설(Bildungsroman)로 꼽히는 슈티프터의 『늦여름』을 펼쳐든 독자는 우선 그 방대한 분량과 끝날 줄 모르는 대사, 몇 날 며칠이 걸릴 것 같은 세밀한 묘사에 질릴지 모른다. 이런 반응은 1857년 이 소설이 발표되었을 때도 크게 다르지 않았다. 많은 사람이 고개를 갸웃거리며 거부감을 표시했고, 개중에는 극작가 프리드리히 헤벨처럼 노골적으로 빈정거린 이들도 있다. 그런데 슈티프터 자신도 독자의 그런 반응을 예상하고 있었던 것인지 출판업자에게 보낸 편지에서 자신의 작품을 변호하고 나섰다. 그는 "국가와 도덕, 심지어 문학계 전반에 만연한 나쁜 면들 때문에" 이 소설을 썼고, 그 속에서 "현실보다 훨씬 깊이 있고 풍요로운 삶을 그려내고 완성할 생각이었다"고 말했다.

그렇다면 그가 생각한 나쁜 사회는 어떤 사회였을까? 당시의 시대상에 비추어보면 산업혁명으로 인한 절대 빈곤층의 대두, 계급 갈등, 정치적 권모술수의 난무, 부의 부당한 분배, 부조리한 국가 체제 등을 꼽을 수 있다. 그런데 사회의 이런 면은 작품 속에 전혀 나타나지 않는다. 직접적으로가 아니라면 배경으로라도 살짝 비칠 법한데 그렇지도 않다. 현실은 철저하게 '장미집'으로 대변되는 작가의 이상적 세계에 가려져 있다. 나쁜 현실을 그대로 드러내는 것이 목표가 아니라 "현실보다 훨씬 깊이 있고 풍요로운 삶을 그려내"는 것이 작가의 의도이기 때문이다.

슈티프터가 꿈꾸던 이상적 삶은 어떤 모습일까? 장미집의 주인어른 리자흐 남작이 혼신의 힘을 다해 꾸며놓은 '아스퍼호프'가 바로 그곳이다. 장미집의 기본 원칙은 질서와 조화다. 이 집에서는 무엇 하나 흐트러진 것이 없고, 모든 것이 원래 있어야 할 자리에 있고, 어디든 항상 정갈하게 정돈되어 있으며, 서로 어긋나거나 남의 자리를 침범하는 것도 없다. 모든 공간은 철저하게 심사숙고해서 건축되었고, 저마다 다양한 목적을 가진 방들은 전체적 통일성에서 벗어나지 않는다. 고대의 대리석상을 중심으로 서재와 객실, 작업실, 응접실, 침실, 심지어 하인들의 숙소까지 실용성에 앞서 질서와 아름다움의 대원칙을 따르고, 각 방의 실내 장식과 가구, 색깔, 무늬 역시 세세한 부분까지 원래의 목적과 조화를 이룬다. 예술과 학문, 생활이 하나의 질서 법칙에 따라 잘 짜여 있는 것이다. 이 집에 사는 사람들도 그 법칙에서 벗어날 수 없다. 각 공간에는 거기에 맞는 행위 법칙이 존재하고, 구성원들은 그 법칙을 엄격하게 지킨다. 사람과 공간은 서로를 보완하고 완성시키는 통일체로 작용한다. 주인어른이 집 안에 들여놓은 조형예술품도 이런 질서 원칙에 복무하고, 이 집에서 이루어지는 예술품 복원 작업도 그 원칙의 일환이다. 책상과 교회 제단, 벽 장식, 대리석상을 복원하는 것은 시간이 파괴한 것을 다시 원래의 질서로 되돌려놓는 작업이다.

질서와 조화의 원칙은 집을 넘어 정원으로 확장된다. 가지런히 정비된 꽃밭과 정원 길, 산울타리, 이국적인 식물을 키우는 온실, 벌레가 먹지 않도록 깨끗이 관리하는 나무, 식물마다 달려 있는 팻말, 이 모든 것은 체계적인 식물원을 연상시킨다. 정원에 사는 동물들도 질서의 원칙에서 벗어나지 않는다. 주인어른은 식물에 해가 되는 벌레를 박멸하는 수단으로 새를 활용하는데, 그 방법 하나만 보더라도 그가 질서와 조화의 구현에 얼마나 정성을 들이는지 알 수 있다. 새의 수는 일정한 수를 넘지 말아야 한다. 수가 너무 많으면 먹이가 모자라서 새들이 나무 열매에 입을 댈 수 있고, 수가 너무 적으면 벌레의 확산을 막을 수 없다. 그리고 자유롭게 날아다니는 새들을 정원으로 유인하기 위해 피신처와 먹이를 제공한다. 이처럼 하나에서 열까지 질서와 조화가 밴 장미집은 자연에 인간의 정신과 계획이 가미된 인위적 낙원이자, 모순과 부조리, 불협화음, 무질서가 존재하지 않고 시간의 덧없음에 맞서 자신을 오롯이 지켜내게 해주는 세계이다. 슈티프터가 생각하는 나쁜 사회는 소설 속에 직접적으로 드러나지 않지만, 바로 이런 질서와 조화가 배제된 세계가 아닐지 유추해볼 수 있다.

그렇다면 리자흐 남작은 어떻게 이런 세계를 만들게 되었을까? 그것을 설명하려면 과거로 거슬러 올라가야 한다. 리자흐가 자신의 과거를 회고하는 장은 그 위치(끝에서 두번째 장)나 분량 면에서는 결코 이 소설의 중심이 될 수 없지만, 내용적으로는 소설의 뿌리이자 출발점이다. 그의 이야기는 주인공 하인리히의 이야기와 평행을 이루는 동시에 대립적 성격을 띤다. 달리 표현하자면, 잘못 풀려나간 리자흐의 인생이 긍정적으로 다시 이어지는 것이 하인리히의 삶이다. 리자흐의 이야기가 하인리히와 나탈리에의 결혼이라는 소설적 클라이맥스 앞에 삽입되고, 리자흐의 삶 속에 부정적 시대상이 많이 반영되어 있는 점을 감안하면 더더욱 그렇다.

나이 들어 뭉근한 방식으로 복원된 리자흐와 마틸데의 사랑을 배경으로 하인리히와 나탈리에의 결합이 이루어진다. 이 결합은 과거 리자흐 쌍의 결합과는 달리 모든 점에서 완벽하다. 이런 점에서 하인리히는 리자흐의 상처를 아물게 하는 구원자이자, 못다 한 삶의 목표를 이루어주는 대리인이자, 거기서 한걸음 더 나아가 리자흐가 그렇게 갈구하던 '가정'의 토대를 세운 이상적 세계의 후계자이다. 또한 리자흐에게 장미집과 하인리히는 실패로 끝난 과거의 삶과 사랑이 자신에게 가한 아픔에 대한 보상이다. 그렇다면 그의 삶을 그렇게 아프게 한 것은 무엇일까? 그 원인은 어디에 있고, 고통은 어떤 식으로 전개되었을까? 그리고 청춘의 '여름'을 덧없이 흘려보낸 뒤에 맞은 시들어가는 늦여름의 세계는 어떤 식으로 그를 위로해주고 있을까? 그 대답은 닮았으면서도 대립적인 성격을 띠는 리자흐와 하인리히의 이야기를 비교해보면 명쾌하게 드러난다.

상인이자 소지주의 아들로 태어난 리자흐는 시골의 시민 가정에서 큰 어려움을 모르고 평화롭게 살았다. 그를 둘러싼 세계도 소박했지만 나름대로 질서가 잡혀 있었다. 그런데 화평해 보이는 양친의 관계에는 처음부터 심리적 압박감이 존재하고 있었다. 어머니가 자신의 신분과 어울리지 않는 아버지와 결혼하면서 친정과 완전히 연을 끊고 살아야 했던 것이다. 게다가 장사 일로 아버지가 자주 집을 비운 것도 가정의 평화를 위태롭게 만드는 요소였다. 그러던 어느 날 아버지가 죽으면서 가세는 급격히 기울고 가정은 해체 위기에 빠진다.

리자흐의 불행도 여기서 시작되었다. 그는 교육을 받기 위해 고향을 떠났다. 그러나 경제적 피폐와 가정의 해체는 젊은 리자흐에게 정신적 방향성을 앗아갔을 뿐 아니라 발전 가능성도 제한했다. 가정이라는 든든한 버팀목이 사라진 지금 그가 맞닥뜨려야 하는 것은 결코 우호적이지도 만만하지도 않은 외적 현실이었다. 그의 현존재는 외적 환경에 종속되었고, 경제적 형편 때문에 과외를 하면서 학업을 이어가야 했기에 자신의 가능성과 소질을 발전시킬 시간은 애초에 허락되지 않았다. 게다가 아버지가 세상을 떠난 뒤로 삶의 마지막 희망이자 정서적 끈이었던 어머니와 누이까지 죽자 그는 완전히 고아가 되어 세상에 내버려진다. 그렇게 아무 희망 없이 통곡의 세월을 보내던 그에게 한 줄기 빛과 같은 기회가 찾아든다. 마틸데의 집에 과외 선생으로 들어가면서 그에게도 잃어버린 가정을 대체해줄 새로운 가정이 생긴 것이다.

리자흐가 묘사하는 마클로덴(마틸데의 부모) 가족의 장원은 훗날 아스퍼호프의 모델로 보인다. 번잡한 도시를 떠나 한적한 시골에서 생활하면서 겨울이 되면 잠시 도시로 나가고, 모아둔 재산 덕분에 세속의 직업에 매이거나 일상의 생존 경쟁에 연연할 필요가 없고, 집과 정원을 동화처럼 아름답게 꾸며놓고, 방들은 각각의 용도에 맞게 장식되어 있고, 이웃과의 사교 방식에 기품과 절도가 넘치고, 또 가정에서 아이들에게 훌륭한 교육을 시키는 것까지 모두 장미집과 닮았다. 물론 전체적인 질서와 조화, 정중한 사교 방식, 주도면밀한 정원 관리, 예술적 교류 면에서는 아스퍼호프가 마클로덴 장원의 완성된 형식이다.

마클로덴 장원에도 장미집이 있었다. 물론 정원의 별채 형식이지만 장미로 완전히 뒤덮인 것은 아스퍼호프의 장미집과 똑같았다. 훗날 리자흐가 지극정성으로 장미집을 가꾼 것은 젊은 시절 마클로덴 장원에서 이루지 못한 소망을 실현하고자 했기 때문인 것처럼 보인다. 그러나 세월은 돌릴 수 없다는 사실을 감안하면 그것은 소망의 실현이 아니라 '보상'이다. 지극한 사랑이 결혼으로 이어지지 못하는 바람에 뜨거운 청춘의 여름을 갖지 못한 인생을 스스로에게 보상하려는 것이다. 리자흐가 훗날 다시 만난 마틸데와의 늦여름적인 관계를 시들어가는 장미로 표현한 것도 그 때문이다. 장미는 그들의 관계가 깨어졌을 때도 중요한 역할을 했다. 두 사람을 반평생이나 갈라놓은 이별의 순간도 정원의 장미 별채에서 일어났기 때문이다. 그렇게 불행과 깊이 연결되어 있던 장미가 이제 상처를 어루만져주는 따스한 손길처럼 실패한 삶의 보상으로 거듭났다. 다시 말해 가정의 해체와 사랑의 실패, 그리고 본성에 맞지 않은 일로 인한 삶의 고단함에 청춘의 생기를 불어넣어주는 보상인 것이다.

그렇다면 리자흐와 마틸데는 무슨 연유로 헤어졌을까? 표면적인 이유는 명확하다. 리자흐와 마틸데는 독립된 실체로서 가정을 꾸리기엔 너무 어렸고 경제적으로도 안정되지 않았기 때문에 나중에 모든 것이 무르익은 뒤에 다시 만나 그때도 지금의 감정을 유지한다면 결혼을 생각해보기로 했던 것이다. 그러나 훗날 리자흐가 경제적으로 안정되고 사회적으로 출세했는데도 둘의 사랑은 결혼으로 이어지지 못했다. 무슨 까닭일까? 그 특별한 이유를 밝히려면 둘의 사랑을 좀 더 자세히 살펴볼 필요가 있다. 둘의 사랑은 하인리히와 나탈리에의 사랑과 확연히 구분된다. 하인리히 쌍의 사랑이 가정에 뿌리를 둔 절제된 사랑이라면 리자흐 쌍의 사랑은 제어할 수 없는 폭발적인 사랑이다. 두 사람은 다른 모든 것의 가치를 무력화하고, 다른 세계는 모두 잊고, 자기들만의 노도 같은 감정에 빠진다. 그들에게 중요한 것은 오로지 현재의 사랑이다.

그런 불같은 사랑은 필연적으로 다른 세계와 배타적인 관계에 빠질 수밖에 없다. 두 연인이 자신들의 관계를 숨긴 것도 그 때문이다. 그러나 그렇게 둘만의 사적인 세계를 구축하고, 관계를 비밀로 한 것은 가족의 질서에 어긋날 뿐 아니라 신뢰를 바탕으로 이루어져야 할 부모와의 소통을 정면으로 깨뜨린 것이다. 이로써 이들과 가족 사이에는 깊은 수렁과도 같은 간극이 생긴다. 리자흐는 마틸데와의 사랑을 절대적으로 우선시함으로써 자신이 새로 찾은 가정의 질서와 규범을 무너뜨린 것에 가책을 느끼고, 마침내 사랑과 가정을 연결할 방법을 찾는다. 결혼이 바로 그것이었다.

리자흐는 마클로텐 부인을 찾아가 둘 사이를 고백한다. 그러나 기대와는 달리 마틸데의 부모는 결혼을 허락하지 않는다. 안정된 가정을 꾸리려면 지금의 뜨거운 감정을 누르고 좀 더 기다리라는 것이다. 리자흐는 깊은 충격을 받지만 부모의 뜻을 받아들인다. 그에게 부모의 뜻은 절대 가치이기 때문이다. 리자흐는 자신이 사랑을 절대시함으로써 부모와 가정의 질서를 깨뜨렸고, 그로 인해 자신과 마틸데에게 이별의 아픔이 생겼다고 생각한다. 가정의 규범이 요구하는 바에 따르면, 사랑은 결혼 속에서 부드러운 형태로 표현되어야 하고, 결혼은 직업이나 수입 같은 사회적 조건이 보장된 뒤 부모가 동의할 경우에만 이루어져야 한다. 이런 면에서 리자흐는 마틸데의 부모와 생각이 전적으로 일치한다. 하지만 마틸데는 달랐다. 리자흐는 가정의 규범을 명분으로 사랑을 배반하지 말았어야 했다. 자신은 딸로서 부모의 뜻을 거역하지 못하지만 리자흐는 아들이 아니기에 그럴 의무가 없다. 그래서 설사 둘의 사랑이 결혼으로 결실을 맺지 못하더라도 영원히 그 사랑을 가슴에 품고 그리워하며 살아가야 한다는 것이 마틸데의 생각이었다. 그녀가 보기에 리자흐는 사랑의 계율을 깨뜨렸고, 사랑하는 사람이라면 무조건 지켜야 할 의무를 저버렸다. 반면에 리자흐는 사랑을 버리고 가정의 규범을 받아들임으로써 마클로덴 가정의 일원으로 편입된다. 마클로덴 부인은 처음으로 '너'라 부르며 그를 아들로 대하고, 그 역시 이렇게 화답한다.

아, 어머니, 어머니! 처음이자 마지막으로 부인을 향해 이 이름을 부르게 해주십시오. 혀가 이 이름을 토해낼 수 없을 정도로 가슴 저리고 상상할 수 없을 정도로 고통이 큽니다!

마틸데는 사랑을 등지고 가족을 택한 연인의 배신을 용서할 수 없었다. 그래서 리자흐를 내치고 낯선 세계로 내몬다. 이로써 그는 다시 의지할 데 없이 바깥세상에 홀로 선다. 그런데 마틸데의 가슴 절절한 비난을 통해 역설적으로 드러나는 것은 리자흐가 사랑을 포기할 정도로 가정을 최상의 가치로, 인간 사회의 굳건한 뿌리로 여기고 있고, 천애고아가 된 이후 마틸데와의 결혼을 통해 다시 그 세계로 간절히 돌아가고 싶어 한다는 사실이다.

사회로 나온 리자흐는 정계에서 명망을 얻고, 경제적으로 성공을 거두고, 국왕에게서 귀족 작위를 하사받고, 또 사랑은 없지만 남편을 존경할 줄 아는 여자와 결혼까지 하지만 그의 삶에는 더 이상 즐거움도 의미도 남아 있지 않았다. 자신의 본성과는 다른 일에 삶을 허비했고, 기쁨을 함께 나눌 버팀목으로서의 가정이 존재하지 않았기 때문이다. 결국 그는 낙향해서 잃어버린 인생의 여름, 즉 황금기를 대체해 줄 낙원을 만든다. 실패한 인생이 야기한 아픔을 치유하기엔 그만한 것이 없다. 이렇게 해서 그는 과거의 삶에서는 불가능했던 조화로운 세계를 만들고자 열과 성을 다했다. 지치지 않고 이어지는 고가구의 복원, 고대의 대리석상에 숨은 본래의 미를 되살리려는 노력, 엄격한 질서에 따른 행동 규범, 이 모두가 놓쳐버린 여름을 애타게 그리워하는 늦여름의 산물이다. 장미집의 탄생에는 이러한 이야기가 숨어 있었다.

이런 이상적 세계가 리자흐의 사후에도 계속 이어지려면 가정이 필요했다. 그 가정을 꾸릴 사람들은 과거 자신들의 실수를 되풀이하지 않고, 또 리자흐가 만든 장미집의 질서와 조화를 충실하게 지켜갈 사람이어야 했다. 그런 후계자로 하인리히와 나탈리에가 지목되었다. 두 사람은 장미집의 완벽한 인위적 질서를 아무 반발 없이 받아들였다. 처음부터 질서와 교양을 중시하는 가정에서 자랐기 때문이다. 게다가 둘은 격렬한 감정을 다스리는 시험도 무사히 통과했다. 주인어른은 과거의 실수를 반복하지 않으려고 하인리히가 감정을 얼마나 자제할 수 있는지, 부모의 뜻에 얼마큼 따를 자세가 되어 있는지 눈여겨보았다. 뜨거운 감정이 결혼의 전제가 되어서는 안 되고, 가정의 규범을 위해서는 에로스도 다스릴 줄 알아야 한다고 생각했기 때문이다. 하인리히와 나탈리에는 시험을 무사히 통과했다. 불같이 타오르는 감정을 여행과 기다림으로 차분히 조절할 줄 알았다. 따라서 두 사람에게는 리자흐 쌍과 달리 사랑과 가정 사이의 갈등은 존재하지 않았다. 사랑과 가정은 깊이 연결되어 있었고 결혼을 통해 하나가 되었다. 두 사람은 사랑을 시작할 때부터 스스로를 개인이 아니라 가정의 일원으로 인지했고, 자신들의 운명에 대한 부모의 절대적인 결정권을 주저 없이 인정했다.

> 한 분이라도 반대한다면 그럴 이유가 있다고 생각해야겠죠. 그래도 우리는 목숨이 붙어 있는 한 계속 사랑할 것이고, 저는 이 세상에서건 저세상에서건 지조를 지킬 거예요. 물론 현실에서는 더 이상 만나면 안 되겠지만요.

하인리히 쌍은 폭풍같이 휘몰아친 사랑을 좇다가 부부의 연으로 맺어지지 못하고 지금은 정열과 생기의 여름 대신 조화와 평정의 늦여름을 사는 늙은 리자흐 쌍의 잃어버린 꿈처럼 보인다. 이렇듯 잘못된 과거는 다음 세대에 투영된 미래를 통해 극복된다. 하인리히가 장차 어떻게 살아갈지는 소설 말미에서도 정확히 알 수 없지만, 주인어른이 가꾼 지고의 가치를 계속 지켜나가리라는 것은 분명해 보인다.

리자흐 남작이 요구했듯이 나는 티 없이 맑은 가정을 꾸렸다. 우리의 사랑과 심장을 담보로 우리의 가정은 무한한 충만함으로 지속될 것이다. 나는 재산을 잘 관리해나가고 주위에 도움이 되는 사람이 될 것이다. 이제는 학문적인 추구까지 포함해서 모든 것에 단순함과 의지할 버팀목 그리고 의미가 담겨 있다.

소설은 모든 시대를 넘어 지켜야 할 가치로서 가정을 예찬하는 것으로 끝맺는다. 가정은 인간 존재의 버팀목이자 인간 사회의 뿌리로서 예술과 학문, 교제, 상업, 국가, 정신적 발전, 시대적 진보 등 그 어떤 것보다 중요하고 요긴하다. 어떤 분야에서 어떤 성취를 이루어냈건 가정이 흔들리고 행복한 가정생활이 없다면 공허할 뿐이다.

소설에서 하인리히의 성장 과정도 가정을 중심으로 이루어진다. 성장소설이라면 대개 집을 떠나 많은 사람과 환경을 만나면서 갈등과 좌절을 겪고, 내면과 외적 세계의 화해를 통해 긴장이 해소되면서 정신적으로 한 단계 성숙하는 것이 기본 구도라면 『늦여름』에서는 항상 집이 중심에 있다. 주인공은 산악지대로 탐사를 떠나지만 늘 다시 집으로 돌아오거나, 아니면 제2의 가정에 해당하는 장미집으로 향한다.

하나의 목표를 향해 나아가는 직선적 방식이 아닌 가정에 뿌리를 두고 세상과 소통하는 순환적 방식이다. 성장의 내용도 외적 성장이 아니라 내적 성장을 지향한다. 자연과학에만 몰두하던 주인공은 차츰 학문과 예술로 지평을 확장하면서 전인적 인간으로 발전해나가는데, 이는 사회를 위해 어떤 사람이 '되겠다는 것'이 아니라 철저하게 '자기목적'에 충실한 성장이다. 사회에 도움이 되지 않는 것이 무슨 소용이 있느냐고 반박할 수도 있겠지만, 사실 세상이라는 것이 늘 무엇을 하겠다고, 무엇을 이루겠다고 나선 사람들 때문에 혼란스러웠음을 생각하면 자기목적형의 내적 성장은 개인적 만족을 넘어 그 자체로 공동선에 기여한다.

박종대

1805년	10월 23일 남부 뵈멘(오늘날의 체코) 몰다우 강가의 소도시 오버플란에서 아마천 직조공이자 상인인 요한 슈티프터와 막달레나 사이에서 장남으로 태어남. 원래 이름은 알베르트였으나 나중에 아달베르트로 바꿈.
1817년	아버지가 오스트리아 벨스 인근에서 사고로 세상을 떠남.
1818년	오스트리아의 크렘스뮌스터 수도원 부속학교에 들어감.
1819년	어머니 막달레나가 제빵공 페르디난트 마이어와 재혼함.
1826년	김나지움을 마치고 빈 대학 법학부에 등록. 그러나 법학 수업보다는 자연과학에 더 많은 관심을 보이면서 법학 학위는 받지 못함. 학비는 주로 개인 과외를 통해 마련.
1827년	프리트베르크에서 파니 그라이플이라는 아가씨와 사랑에 빠짐.
1829~1830년	습작으로 산문 「율리우스*Julius*」를 쓰기 시작했으나 미완성으로 남음. 파니와 함께 휴양지 바트할에서 여름휴가를 보냄. 〈이성과 감성, 그리고 좋은 기분을 위한 오스트리아 시민지〉에 '오스타데'라는 이름으로 시를 실음.
1830년	파니와의 관계가 악화됨. 빈 사회에 발을 들여놓음. 하인리히 하이네와 루트비히 뵈르네, J. F. 쿠퍼 같은 낭만주의자들의 작품을 탐독함. 특히 장 파울의 작품에 푹 빠짐.
1832~1833년	수차례 관청의 견습생 자리에 지원했으나 실패로 돌아감. 모자 만드는 일을 하는 아말리에 모하웁트를 만나 사랑하는 사이로 발전함.
1837년	마리아브룬 임업 교육 기관에 구직 신청. 11월 15일 아말리

에와 결혼.

1839년 회화 〈빈 근교의 가옥 풍경〉〈베아트릭스 골목길 풍경〉〈페허 비팅하우젠〉을 그림. 파니가 9월에 죽음.

1840년 소설 『콘도르*Der Kondor*』를 『예술과 문학, 연극 그리고 유행을 위한 빈 잡지』에 발표.

1841년 『야생화*Feldblumen*』가 연감 『이리스*Iris*』에 실림. 출판업자 구스타프 헤케나스트가 단편집 『빈과 빈 사람들*Wien und die Wiener*』의 편찬인으로 슈티프터를 영입함. 『내 증조부의 서류가방*Die Mappe meines Urgroßvaters*』 발표.

1842년 『보헤미아의 숲*Der Hochwald*』이 『이리스』에 실림. 7월 8일 개기일식을 관찰하고 묘사함. 『습작집*Studien*』(총 6권)에 실릴 소설들을 다듬기 시작함. 『아프디아스*Abdias*』 발표.

1843년 『바보의 성*Die Narrenburg*』이 『이리스』에 실림. 오스트리아 재상 메테르니히의 아들에게 1846년까지 물리학과 수학을 가르침.

1844년 『오래된 인장*Der alte Siegel*』 『브리기타*Brigitta*』 발표. 로베스 피에르에 관한 세 권짜리 소설을 계획함. 『습작집』 1, 2권이 출간됨. 『운명의 세 대장장이*Die drei Schmiede ihres Schicksals*』와 『내 증조부의 서류 가방』 2판을 씀.

1845년 『독신주의자*Der Hagestolz*』 『숲길*Der Waldsteig*』 『성스러운 저녁*Der heilige Abend*』(2판 제목은 『수정*Bergkristall*』) 발표. 아내와 함께 프리트베르크와 오버플란, 오버외스터라이히 지방으로 여행을 떠남.

1846년 다른 작품들을 개작하는 틈틈이 『숲 거니는 남자*Der Waldgänger*』를 집필함. 뮌헨으로 여행을 떠나 화가 하인리히 뷔르켈을 방문함. 로베르트, 클라라 슈만 부부를 만남. 스웨덴 오페라 여가수 제니 린드와 우정을 쌓음.

1847년 린츠에서 여름을 보냄. 『습작집』 3, 4권 출간. 빈에서 미학을 주제로 강연할 계획이었으나 수포로 돌아감. 정치적 개혁 운동에 가담. 아내의 질녀 율리아네(6세)를 양녀로 입양.

1848년 혁명 발발. 빈에서 혁명의 지지자이자 열혈 진보적 자유주의자로 활동. 프랑크푸르트 국민의회 선거인단에 선출됨. 『가난한 자선가*Der arme Wohltäter*』 출간. 〈입헌 도나우 차이퉁〉에 칼럼 「작가의 신분과 품위」 기고. 혁명의 소용돌이 속에 5월 6일 빈을 떠나 린츠로 낙향.

1849년 〈린츠 차이퉁〉과 〈빈의 전령〉지의 편집장으로 활동. 교육제도에 관한 논문들 발표. 12월 주지사의 추천으로 오버외스터라이히 주의 초등 담당 장학사 면접을 봄. 장학사로 임명되어 관료로 일하기 시작함. 린츠에 실업학교를 세움.

1850년 『습작집』 5, 6권 출간. 경제적 이유로 이 작품에 대한 저작권을 출판업자 헤케나스트에게 넘김. 린츠에서 열린 미술 전시회와 오버외스터라이히에서 실시된 고대 로마 유적지 발굴에 대한 글을 씀.

1851년 케퍼마르크트 교회에서 중앙 제단의 조각에 대해 강연함.

1852년 『귀족 저택의 문지기*Der Pförtner im Herrenhause*』(2판 제목은 『트루말린*Trumalin*』) 출간. 오버외스터라이히 주의 문화재 관리위원으로 임명됨.

1853년 『화려한 돌들*Bunte Steine*』 출간. 요하네스 아프렌트와 공동으로 『인문 교양 촉진을 위한 교본*Lesebuch zur Förderung humaner Bildung*』 집필. 프란츠 요제프 훈장을 받음. 실업학교 교장과의 불화. 신경병을 앓음. 회화 작업에 대해 일기를 쓰기 시작함.

1854년 교육부에서 『인문 교양 촉진을 위한 교본』 채택을 거절함. 신경병 악화.

1855년 실업학교 장학사 직에서 물러남.

1857년 아내와 율리아네와 함께 클라겐푸르트와 트리에스테로 여행. 『늦여름*Der Nachsommer*』 탈고.

1858년 어머니의 죽음.

1859년 눈병으로 고생함. 집을 나간 열여덟 살 율리아네가 4주 후 도나우 강에서 시체로 발견됨. 『비티코*Witiko*』 집필 착수.

1860년 빈과 뮌헨으로 여행을 떠남. 질녀 카타리나 모하웁트를 식모로 집에 데려옴.

1862~1863년 신경성 장애와 대사 장애가 반복적으로 나타남. 아내 아말리에까지 병에 걸림.

1864년 건강 상태가 악화됨. 일기에 자신의 상태를 "우울증, 원망, 괴로움"이라고 표현함. 『숲속의 샘물*Der Waldbrunnen*』 출간. 『하임가르텐』지에 『후손들*Nachkommenschaften*』 발표. 7월에 요양을 떠남.

1865년 『비티코』 1권 출간. 11월 25일에 추밀고문관 직책을 받고 은퇴.

1866년 요양차 여러 곳을 전전함. 『비티코』 2권과 『경건한 금언*Der fromme Spruch*』 출간.

1867년 5월에 카를스바트로 요양을 떠남. 『비티코』 3권 출간. 작센 바이마르의 카를 알렉산더 대공으로부터 기사 작위를 받음. 『내 증조부의 서류 가방』 마지막 판 집필. 10월 27일 오버플란을 마지막으로 방문. 12월에는 병 때문에 자리보전을 해야 하는 상태에 이름. 회복할 가능성이 보이지 않음.

1868년 1월 25~26일 밤사이에 면도칼로 목을 그어 스스로 목숨을 끊음. 의식 없이 며칠 더 누워 있다가 1월 30일 린츠의 장크트 바르바라 공동묘지에 묻힘.

문학동네 세계문학전집 발간에 부쳐

세계문학은 국민문학 혹은 지역문학을 떠나 존재하는 문학이 아니지만 그것들의 총합도 아니다. 세계문학이라는 용어에는 그 나름의 언어와 전통을 갖고 있는 국민문학이나 지역문학의 존재를 인정하면서 그것을 넘어서는 문학의 보편적 질서에 대한 관념이 새겨져 있다. 그 용어를 처음 고안한 19세기 유럽인들은 유럽문학을 중심으로 그 질서를 구축했지만 풍부한 국민문학의 전통을 가지고 있는 현대의 문학 강국들은 나름의 방식으로 세계문학을 이해하면서 정전(正典)의 목록을 작성하고 또 수정한다.

한국에서도 세계문학 관념은 우리 사회와 문화의 변화 속에서 거듭 수정돼왔다. 어느 시기에는 제국 일본의 교양주의를 반영한 세계문학 관념이, 어느 시기에는 제3세계 민족주의에 동조한 세계문학 관념이 출현했고, 그러한 관념을 실천한 전집물이 출판됐다. 21세기 한국에 새로운 세계문학전집이 필요하다는 것은 명백하다. 우리의 지성과 감성의 기준에 부합하는 세계문학을 다시 구상할 때가 되었다.

문학동네 세계문학전집은 범세계적으로 통용되는 고전에 대한 상식을 존중하면서도 지난 반세기 동안 해외 주요 언어권에서 창작과 연구의 진전에 따라 일어난 정전의 변동을 고려하여 편성되었다. 그래서 불멸의 명작은 물론 동시대 세계의 중요한 정치·문화적 실천에 영감을 준 새로운 작품들을 두루 포함시켰다.

창립 이후 지금까지 한국문학 및 번역문학 출판에서 가장 전문적이고 생산적인 그룹을 대표해온 문학동네가 그간 축적한 문학 출판 경험을 바탕으로 새로운 세계문학전집을 펴낸다. 인류가 무지와 몽매의 어둠 속을 방황하면서도 끝내 길을 잃지 않은 것은 세계문학사의 하늘에 떠 있는 빛나는 별들이 길잡이가 되어주었기 때문이다. 우리가 자부심과 사명감 속에서 그리게 될 이 새로운 별자리가 독자들의 관심과 애정에 힘입어 우리 모두의 뿌듯한 자산이 되기를 소망한다.

문학동네 세계문학전집 편집위원

민은경, 박유하, 변현태, 송병선, 이재룡, 홍길표, 남진우, 황종연

지은이 **아달베르트 슈티프터**
1805년 오스트리아 뵈멘의 소도시 오버플란에서 태어났다. 1840년 첫 소설 『콘도르』를 발표하여 대중적인 인기를 얻었고, 이후 그동안 집필한 단편들을 모은 『습작집』 여섯 권을 차례로 출간하여 소설가로서 입지를 굳혔다. 1857년 대표작 『늦여름』을 발표했고, 1867년 역사소설 『비티코』를 끝으로 작품 활동을 마감하였다. 1868년 린츠의 장크트 바르바라 공동묘지에 묻혔다.

옮긴이 **박종대**
성균관대학교 독문학과와 동 대학원을 졸업하고, 독일 쾰른 대학교에서 문학과 철학을 공부했다. 유럽의 문화와 정신세계를 소개하는 전문번역가로 활동 중이다. 요즘은 특히 소설 옮기는 재미에 푹 빠져 있다. 옮긴 책으로 『만들어진 승리자』 『위대한 패배자』 『귀향』 『바르톨로메는 개가 아니다』 『이야기 파는 남자』 『아르네가 남긴 것』 『목매달린 여우의 숲』 등이 있다.

세계문학전집 088
늦여름 2

양장본 초판 인쇄 2011년 12월 13일
양장본 초판 발행 2011년 12월 23일

지은이 아달베르트 슈티프터 | 옮긴이 박종대 | 펴낸이 강병선
책임편집 고우리 | 편집 이미영 오동규 | 독자모니터 엄정현
디자인 이경란 최미영 | 저작권 김미정 한문숙 박혜연
마케팅 정민호 김도윤 박보람 정진아 | 온라인 마케팅 이상혁 한민아 장선아
제작 안정숙 서동관 김애진 | 제작처 (주)상지사P&B
펴낸곳 (주)문학동네
출판등록 1993년 10월 22일 제406-2003-000045호
주소 413-756 경기도 파주시 교하읍 문발리 파주출판도시 513-8
전자우편 editor@munhak.com | 대표전화 031) 955-8888 | 팩스 031) 955-8855
문의전화 031) 955-3576(마케팅), 031) 955-2653(편집)
문학동네카페 http://cafe.naver.com/mhdn
문학동네트위터 http://twitter.com/munhakdongne

ISBN 978-89-546-1698-0 04850
978-89-546-1020-9 (세트)

www.munhak.com

문학동네 세계문학전집

1, 2, 3 안나 카레니나 레프 톨스토이 | 박형규 옮김
4 판탈레온과 특별봉사대 마리오 바르가스 요사 | 송병선 옮김
5 황금 물고기 르 클레지오 | 최수철 옮김
6 템페스트 윌리엄 셰익스피어 | 이경식 옮김
7 위대한 개츠비 F. 스콧 피츠제럴드 | 김영하 옮김
8 아름다운 애너벨 리 싸늘하게 죽다 오에 겐자부로 | 박유하 옮김
9, 10 파우스트 요한 볼프강 폰 괴테 | 이인웅 옮김
11 가면의 고백 미시마 유키오 | 양윤옥 옮김
12 킴 러디어드 키플링 | 하창수 옮김
13 나귀 가죽 오노레 드 발자크 | 이철의 옮김
14 피아노 치는 여자 엘프리데 옐리네크 | 이병애 옮김
15 1984 조지 오웰 | 김기혁 옮김
16 벤야멘타 하인학교–야콥 폰 군텐 이야기 로베르트 발저 | 홍길표 옮김
17, 18 적과 흑 스탕달 | 이규식 옮김
19, 20 휴먼 스테인 필립 로스 | 박범수 옮김
21 체스 이야기·낯선 여인의 편지 슈테판 츠바이크 | 김연수 옮김
22 왼손잡이 니콜라이 레스코프 | 이상훈 옮김
23 소송 프란츠 카프카 | 권혁준 옮김
24 마크롤 가비에로의 모험 알바로 무티스 | 송병선 옮김
25 파계 시마자키 도손 | 노영희 옮김
26 내 생명 앗아가주오 앙헬레스 마스트레타 | 강성식 옮김
27 여명 시도니가브리엘 콜레트 | 송기정 옮김
28 한때 흑인이었던 남자의 자서전 제임스 웰든 존슨 | 천승걸 옮김
29 슬픈 짐승 모니카 마론 | 김미선 옮김
30 피로 물든 방 앤절라 카터 | 이귀우 옮김
31 숨그네 헤르타 뮐러 | 박경희 옮김
32 우리 시대의 영웅 미하일 레르몬토프 | 김연경 옮김
33, 34 실낙원 존 밀턴 | 조신권 옮김

35 복낙원 존 밀턴 | 조신권 옮김

36 포로기 오오카 쇼헤이 | 허호 옮김

37 동물농장·파리와 런던의 따라지 인생 조지 오웰 | 김기혁 옮김

38 루이 랑베르 오노레 드 발자크 | 송기정 옮김

39 코틀로반 안드레이 플라토노프 | 김철균 옮김

40 어두운 상점들의 거리 파트릭 모디아노 | 김화영 옮김

41 순교자 김은국 | 도정일 옮김

42 젊은 베르테르의 슬픔 요한 볼프강 폰 괴테 | 안장혁 옮김

43 더블린 사람들 제임스 조이스 | 진선주 옮김

44 설득 제인 오스틴 | 원영선, 전신화 옮김

45 인공호흡 리카르도 피글리아 | 엄지영 옮김

46 정글북 러디어드 키플링 | 손향숙 옮김

47 외로운 남자 외젠 이오네스코 | 이재룡 옮김

48 에피 브리스트 테오도어 폰타네 | 한미희 옮김

49 둔황 이노우에 야스시 | 임용택 옮김

50 미크로메가스·캉디드 혹은 낙관주의 볼테르 | 이병애 옮김

51, 52 염소의 축제 마리오 바르가스 요사 | 송병선 옮김

53 고야산 스님·초롱불 노래 이즈미 교카 | 임태균 옮김

54 다니엘서 E. L. 닥터로 | 정상준 옮김

55 이날을 위한 우산 빌헬름 게나치노 | 박교진 옮김

56 톰 소여의 모험 마크 트웨인 | 강미경 옮김

57 카사노바의 귀향·꿈의 노벨레 아르투어 슈니츨러 | 모명숙 옮김

58 바보들을 위한 학교 사샤 소콜로프 | 권정임 옮김

59 어느 어릿광대의 견해 하인리히 뵐 | 신동도 옮김

60 웃는 늑대 쓰시마 유코 | 김훈아 옮김

61 팔코너 존 치버 | 박영원 옮김

62 한눈팔기 나쓰메 소세키 | 조영석 옮김

63, 64 톰 아저씨의 오두막 해리엇 비처 스토 | 이종인 옮김

65 아버지와 아들 이반 투르게네프 | 이항재 옮김

66 베니스의 상인 윌리엄 셰익스피어 | 이경식 옮김

67 해부학자 페데리코 안다아시 | 조구호 옮김

68 긴 이별을 위한 짧은 편지 페터 한트케 | 안장혁 옮김

69 호텔 뒤락 애니타 브루크너 | 김정 옮김

70 잔해 쥘리앵 그린 | 김종우 옮김

71 절망 블라디미르 나보코프 | 최종술 옮김

72 더버빌가의 테스 토머스 하디 | 유명숙 옮김

73 감상소설 미하일 조셴코 | 백용식 옮김

74 빙하와 어둠의 공포 크리스토프 란스마이어 | 진일상 옮김

75 쓰가루 · 석별 · 옛날이야기 다자이 오사무 | 서재곤 옮김

76 이인 알베르 카뮈 | 이기언 옮김

77 달려라, 토끼 존 업다이크 | 정영목 옮김

78 몰락하는 자 토마스 베른하르트 | 박인원 옮김

79, 80 한밤의 아이들 살만 루슈디 | 김진준 옮김

81 죽은 군대의 장군 이스마일 카다레 | 이창실 옮김

82 페레이라가 주장하다 안토니오 타부키 | 이승수 옮김

83, 84 목로주점 에밀 졸라 | 박명숙 옮김

85 아베 일족 모리 오가이 | 권태민 옮김

86 폭풍의 언덕 에밀리 브론테 | 김정아 옮김

87, 88 늦여름 아달베르트 슈티프터 | 박종대 옮김

89 클레브 공작부인 라파예트 부인 | 류재화 옮김

90 P세대 빅토르 펠레빈 | 박혜경 옮김

● 문학동네 세계문학전집은 계속 출간됩니다